석헌 정규복 총서 1

구운몽 연구

정규복 지음

보고사

自序

　기축년을 마감하는 시점에서 필자의 팔십 평생 학문적 여정을 정리하는 '석헌 정규복 총서'를 간행하게 된 것을 매우 영광스럽게 생각한다.

　본 총서를 간행할 수 있었던 것은 여러 동학과 제자들의 도움이 컸다. 김흥규 교수는 고려대학교 민족문화연구원 원장으로 국내 최대의 연구조직을 이끌어가는 바쁜 가운데 흔쾌히 편집위원장을 맡아서 총서 출판의 밑그림을 그려주었다. 뿐만 아니라 필자가 소장하고 있던 구운몽 관련 자료를 스캔 작업을 거쳐 보관할 수 있도록 지원하였다. 장효현 교수와 우응순 교수는 출판사를 섭외하고 여러 대학원생을 독려하여 원고를 교정하는 등 실무를 맡아 수고하였다. 박성규 교수, 오춘택 교수, 진경환 교수와 이상구 교수는 총서 출판 기획에 참여하여 여러 가지 조언을 해주었다. 모두에게 깊은 감사의 뜻을 전한다.

　총서에 수록된 논문과 저서 중 필자와 특히 관계가 깊은 것은 구운몽 관련 논저들이다. 필자는 1975년『구운몽 연구』로 문학박사 학위를 받았고, 1994년에는 대한민국 학술원으로부터『구운몽 원전의 연구』로 인문과학상을 수상하였다. 필자는「구운몽 영역본 연구」,「구운몽 이본고」,「구운몽의 근원사상고」,「구운몽 노존본의 연구」,「구운몽 노존본의 첨보 작업」등 40여 년 동안 35편의 구운몽 관련 논문을 써

왔는데, 2006년에는 이러한 연구 성과를 인정받아 영국 International Biographical Center에서 선정하는 '21세기의 뛰어난 2천 명의 지성인 (2000 Outstanding Intellectual of the 21st Century)' 명단에 오르기도 하였다.

이제 내 나이는 팔십대에 올랐다. 하루 저녁에 구운몽을 이루었다는 西浦 金萬重은 지하에서 "내가 하루 저녁에 이루어 놓은 것을⋯⋯" 하며 내가 40년 동안 연구하는 모습을 보고 비웃을지도 모른다. 그렇지만 적당한 자료가 나오면, 나는 또 쓸 것이다.

오래된 원고를 깔끔하게 손질하고 여러 차례 번거로운 교정 작업을 해 준 장예준·이종필 군을 비롯한 고려대학교 국어국문학과 박사과정 대학원생들에게 다시 한번 고마운 마음을 전한다.

2009년 12월

정규복

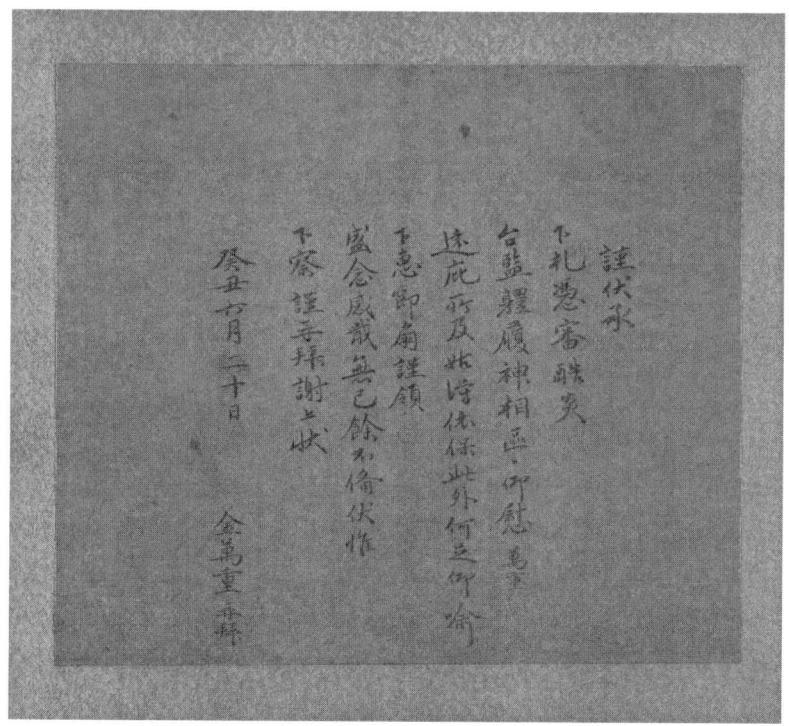

서포 간찰

조선시대 사대부들 사이에는 더운 여름을 시원하게 보내라는 뜻으로 선물로 부채를 주고받는 풍습이 있었다. 이 편지는 서포 김만중이 어떤 대감으로부터 부채를 선물 받은 후 감사의 뜻을 담아 보낸 것이다.

편지의 겉봉이 남아 있지 않고 그 내용 또한 소략하여 받는 이가 누구인지는 알 수 없으나, 극히 공손한 어조의 표현을 사용한 것으로 보아 김만중보다 상당히 높은 연배의 인물인 듯하다.

편지 말미에 있는 "癸丑 六月 二十日"이라는 기록을 통해 김만중이 그의 나이 37세가 되던 해인 1673년(현종 14) 음력 6월 20일에 썼음을 알 수 있다. 『西浦年譜』에 의하면, 이 당시 김만중은 홍문관 부교리로 있었다.

일러두기

※

❶ 『구운몽 연구』는 1974년 고려대학교 출판부에서 초판이 간행되었다. 이 책은 1993년에 간행된 제5판을 저본으로 하였다.

❷ 저본의 오기나 오식을 바로잡았으며, 맞춤법과 띄어쓰기 또한 현행 한글맞춤법과 표준어 규정에 따라 수정하는 것을 원칙으로 하였다.

❸ 한자는 가급적 한글로 바꾸었다.

❹ 이 책에서 사용한 기호는 다음과 같다.

『　』 : 단행본, 작품집, 문집 등
「　」 : 논문
〈　〉 : 작품명

머리말

    필자가 <九雲夢> 연구에 착수하기 시작한 것은 졸고 『한국군담소설연구』를 집필하고 난 직후인, 1958년 가을로 기억된다. 그때 나는 서울 종로 고서점을 방황하다가 우연히 판본・필사본 <구운몽>을 발견하였는데, 이것이 내가 <구운몽>연구를 시작하게 된 동기다.

    <구운몽>은 여타 고소설과는 달리 작자가 뚜렷한 작품인 만큼 우선 텍스트 연구에 착수하였다. 텍스트 연구는 문학 연구의 정초작업인 원전비평(Textual Criticism)에 속한다. 요새 흔히 텍스트 연구가 문학 연구가 아니라고 비웃는 국문학도가 있다. 물론 필자도 텍스트 연구가 문학 연구의 궁극적 목적이 아님을 잘 안다. 그러나 텍스트 연구가 밑받침되지 않는 본격적 연구는 자칫하다간 사상누각이 되기 쉽고, 학문에 있어서 가장 경계하여야 할 방향 감각을 상실할 우려조차 있다. 바꾸어 말하면, 텍스트 연구가 이루어진 후에야 비로소 본격적인 문학 연구가 가능해진다는 것이다.

    텍스트 연구를 위하여 필자는 각처에 散藏된 이본을 수집하기 시작하였다. 이를 통하여 일차적으로 이루어진 것이 「이본고」이다. 「이본고」에서 얻은 결론은 국문본・外譯本 등이 모두 한문본의 번역 과정

에서 이루어졌다는 것이고, 이를 다시 확대하여 西浦의 원작이 국문이라는 종래의 학설에 의심을 가지고 구명해 보았다. 그 결과, 서포의 원작은 국문으로 저작된 것이 아니라, 한문으로 저작되었다는 새로운 사실을 알게 되었다. 이 문제를 제기한 것이 「원작에 대하여」이다.

이후 한문본이 국문본의 母本임을 전제로, 필자는 다시 한문본을 수집하기 시작하였다. 그 과정에서 뜻밖에 「이본고」에서 모본으로 알려진 한문본(癸亥本)의 텍스트인 乙巳本을 찾아냈다. 을사본의 텍스트 문제를 구명한 것이 「을사본고」이다. 필자가 계속해서 20여 종의 한문본을 수집하여 대비해 본 결과, 한문본은 계해본 계열과 을사본 계열 외에도 을사본의 텍스트로 추정되는 老尊本 계열이 있음을 알게 되었다. 이 문제를 다루어 본 것이 「노존본고」이다. 그러므로 결국 <구운몽>의 원전조정(attribution)은 노존본으로 돌아가게 된다.

서울대학본을 따로 떼어 구명한 것은 국문본 중 가장 古本으로 종래에 이를 한문본의 異系로 잡아 심지어는 서포의 원작일 것이라는 억설이 나돌았기 때문이다. 이러한 의혹을 풀기 위하여 따로 「서울대학본고」를 설정하여 그 의혹을 불식하였다. <新飜九雲夢>은 20세기 초엽에 활자화되어 가장 대중 독자를 많이 가졌던 유일서관본의 母本이다. 결국 <신번구운몽>이란 그 명칭이 밝혀주듯 한문본에서 번역되어 나온 것으로 따로 「신번구운몽고」를 설정하였다.

제2항 「사상적 연구」를 설정한 것은 <구운몽>이 우리 고소설 가운데 가장 사상성이 뚜렷하게 반영된 유일한 소설이기 때문이다. 「근원사상고」에서는 종래에 <구운몽>을 三敎思想의 화합이니 혹은 혼합설이니 하고, 혹은 일부다처주의니 윤회사상이니 등등 분분설을 일으켰

음에 대하여, <구운몽>은 불교의 『金剛經』을 바탕으로 한 空觀소설임을 밝혔다. 다시 「환몽 구조론」에서는 불가의 空觀의 구체적인 표현인 五支緣說을 중심으로 <구운몽>의 사상적 구조를 분석하였다.

제3항에 「비교문학적 연구」를 설정한 것은 엄밀히 따져서 비교문학적 방법으로 구명될 수 있는 작품은 우리 고소설 가운데 <구운몽>이 그 대표작이라 생각되기 때문이다. 즉 <구운몽>은 원천(Sources)과 매개(Mediator), 영향(Influences)을 모두 가지고 있다. 이를 밝혀본 것이, 작자 서포가 중국소설에 대한 굉박한 지식으로 집대성한 것이 대작 <구운몽>이라는 것이다. 환언하면, <구운몽>은 환몽소설로 불경 『雜寶藏經』 중 <娑羅那比丘>를 원천으로 하고 다시 唐代의 <枕中記>·<南柯太守傳>·<櫻桃靑衣> 등을 매개로 하여 가장 완벽한 소설의 구조로서 한국 땅에서 완성되었다는 것이다. 이후 <구운몽>은 일본으로 건너갔으나 더 진전되지 못하고 <夢幻>으로 번안되었을 뿐이다. 말하자면 <구운몽>은 환몽소설로서 범동양을 휩쓸 만한 대작임을 자부해도 될 것이다.

여기에 부기해둘 일은 「이본고」는 『아세아연구』(8·9호)에 발표된 것이고, 「을사본고」는 고대 『인문논집』(17집)에 이미 발표한 옛 원고를 바탕으로 그 후 출현한 을사본 상권을 고구하여 添補한 것이고, 「노존본고」·「서울대학본고」·「신번구운몽고」는 새로 작성한 것이며, 「원작에 대하여」는 『국어국문학』(54호)에 발표한 것에 약간 내용을 첨보한 것이다. 제2항 「사상적 연구」에서 「근원사상고」는 『아세아연구』(28호)에 이미 발표된 것에 더 첨보한 것이고, 「환몽 구조론」은 『이재수 박사 화갑기념논문집』에 실었던 것이다. 제3항 「비교문학 연구」는 『고대논문집』(인문·사회과학논집 16집)에 발표한 「구운몽의 비교문학적 고찰」을 개고한 것이다.

이와 같이 이미 여러 학술지에 발표된 옛 원고에다 몇 편의 논문을 새로 써서 졸고를 「텍스트 연구」·「사상적 연구」·「비교문학적 연구」 등 3항으로 나누어 묶어 놓으니 전체 면에서는 균형이 잡혔지만, 부분적으로는 小內容이 좀 중복된 곳이 없지 않다. 막상 이들에 손을 대려 하니 용이한 문제가 아니다. 이들에 손을 대어 시간을 낭비하기보다는 필자의 <구운몽> 연구사의 일면을 알리는 뜻에서 가능한 한 그냥 두었다.

또 따로 부록을 마련하여 을사본을 계해본과 대교하여 자료로 제공했고, 「금강경과 구운몽」을 실었다. 「금강경과 구운몽」은 『국어국문학』(51호)에 실었던 것이다.

이제 <구운몽>의 정초작업인 「텍스트 연구」를 비롯하여 「사상적 연구」·「비교문학적 연구」 등 문학의 주변 연구를 더듬었다. 앞으로의 정초작업으로 남은 문제는 텍스트를 再構해 놓는 실제 작업이 남았을 뿐이다. 텍스트의 재구가 확립될 때, <구운몽>에 대한 본격적 연구가 가능해질 것이다. 텍스트의 재구 작업은 곧 졸고 『구운몽 연구』의 속편으로 내놓을까 한다.

졸고를 엮고 나니 감회가 나를 휘감는다. <구운몽>에 대한 연구를 정초하고 周邊學을 더듬는 데 이럭저럭 십오 년이란 긴 시간을 소비한 것이다. 말하자면 學齡으로 나의 반평생의 역정이다. 五洲의 말에 의하면 서포는 <구운몽>을 하룻밤에 이루어 놓았다는데 나는 이를 십오 년을 끌다니, 한편으로는 내 駑拙을 꾸짖으면서도 다른 한편으로는 감개무량함을 금할 수가 없다. 그것은 좋으나 그르나 이 졸저가 나의 모진 진통 끝에 이루어진 初産이기 때문이다.

끝으로 졸고를 맡아 주신 고려대학교 출판부장 송민호 교수에게 깊이 감사하며, 校準을 담당한 이수진 씨에게 또한 謝意를 표한다. 그리고 졸저를 정성스럽게 다듬어 준 출판부 직원과 색인을 작성해 준 김영희 양의 노고를 잊을 수 없다.

1973年 12月 3日
丁奎福 識

목차

서 론 … 19

텍스트 연구

II
사상적 연구

비교문학적 연구

결 론 ··· 416

서 론

<구운몽>이 한국 고소설 중 <춘향전>과 함께 가장 뛰어난 소설임은 말할 나위가 없다. <춘향전>을 평민소설로서 작자 미상의 流播文學의 대표작이라고 하면, <구운몽>은 양반소설로서 작자가 뚜렷한 固着文學의 대표작이라 할 수 있다. 다시 말하면, <춘향전>은 이조 중기 이후의 사회상을 한 시대에 則하여 이들을 진면목하게 파헤친 사실주의적 소설이다. 이에 반해 <구운몽>은 한 시대와 한 사회에 則하기보다는 시공을 초월하여 인간의 영원한 고뇌 문제를 해결해 보려는 이상주의적 소설이라고 하겠다.

그러나 <춘향전>은 유파문학인 만큼 창작 기교상 시간과 공간의 일치가 분명하지 않아서, 서구의 소설이론으로 볼 때 문제점이 많아 서구인들이 일찍부터 <춘향전>을 깎아 내리고 있음은[1] 무리가 아니

---

1) 영국인 Richard Rutt 씨는 일찍이 <춘향전>을 <구운몽>과 비교하면서, <구운몽>은 우수한 문학성을 부여하면서도 <춘향전>은 파티에서나 즐길 수 있는 이야깃거리에 불과하다고 다음과 같이 혹평을 내리고 있다.

I would go on further, but I can not find a point in which *Chunhyang* is superior to *Ku-unmong*. *Chunhyang* is interesting, but *Ku-unmong* is absorbing. *Chunhyang* is a tale to tell at parties. *Ku-unmong* is a book to read and savor. The former is folklore, the latter is literature. *Korea Journal* Vol.10, No.1, January 1970.

또 영국인 Skillend 박사도 진인숙 씨의 영역본 <춘향전>을 평하는 가운데 <춘향전>은 여성잡지에 실을 만한 흥밋거리에 불과하다고 혹평을 내린 적이 있다.

다. 이와 반면에 <구운몽>은 시간과 공간의 일치가 완벽하게 이루어져 있을 뿐 아니라 幻夢構造의 우수성을 지니고 있어 한국에서보다는 오히려 서구인에 의해 호평을 받고 있음을 볼 수 있다.

<구운몽>의 작자 西浦 金萬重(1637~1692)은 당시 벌열 계급으로 일찍부터 중국소설·패서 등을 다독하였으며, 동양사상의 근저인 불교와 도교에 대한 同異의 辨이 있음은 물론, 九流의 諸力技·산수·음률·천문·지리에까지 능통하였다고 한다.2) 이와 같이 소설가적 바탕을 이루고 있는 김만중은 그의 종손 金春澤에 의하면 파다하게 국문소설을 많이 지었다고 하는데,3) 현존하는 소설은 <구운몽>과 <남정기>뿐이다. 그러나 그 중 <구운몽>이 김만중의 뚜렷한 작품으로 되어 있는 것은 한국문학사상 큰 의의가 있으며 다행한 일이다.

<구운몽>에 대한 연구는 일찍 이가원 교수가 「九雲夢評攷」4)를 썼고, 또 이명구 교수가 「九雲夢攷」5)를 쓴 이래, 김병국 씨의 정신분석학적인 측면에서 시도한 「구운몽 연구」,6) 박성의 교수의 사상적인 측면에서 다룬 「구운몽의 사상적 배경 연구」,7) 현창하 씨의 한·일 비교문학적인 면에서 다룬 「구운몽 연구」,8) 작가적인 측면에서 다룬 김무조 씨의 「서포 연구」,9) 그리고 필자의 「구운몽 이본고」10)·「구운몽의 근

---

2) 至九流方技 算數律呂 象緯之屬 覽而洞解其窺節 而精而竺聰同異之際 出有入無 粗而稗官小說之叢 談天彫龍 靡不歷穿.『西浦文集 序』.

3) 西浦頗多以俗言爲小說 其中南征記者 非等閑之比 余故以文字飜之.『北軒集』卷十六,「西浦遺事別錄」.

4) 이가원,『구운몽』, 덕기출판사, 1955.

5) 이명구,『성균학보』2·3집, 성균관대, 1955.

6) 김병국, 서울대학교 대학원, 1969. 12.

7) 박성의,『아세아연구』36호, 고대 아세아문제연구소, 1969. 12.

8) 현창하,『현대문학』, 1962. 5. 1.

원사상고」11)·「구운몽의 비교문학적 고찰」12) 가장 최근에 나온 설성경 씨의 「구운몽의 구조적 연구」13) 등 논문이 수십 편에 이르고 있다.

본고에서는 <구운몽>이 작자가 뚜렷한 작품이고, 한국 고소설 가운데 심오한 사상이 반영된 유일한 소설이며, 작자 김만중이 外邦 소설 및 패서를 굉박하게 접한 경험을 통해 이루어진 작품임을 감안하여, 첫째 텍스트 연구, 둘째 사상적 연구, 셋째 비교문학적 연구 등으로 나누어 고찰하기로 하겠다.

첫째, 텍스트 연구를 제기한 이유는 다음과 같다. 전술한 바와 같이 <구운몽>은 작자가 뚜렷한 까닭에, 우선 김만중이 쓴 원작은 무엇이며 통설대로 그 원작은 국문으로 저술되었는지를 고구하고, 많은 이본인 필사본·목판본·활판본 가운데 작자의 원작, 혹은 원작에 가까운 이본은 무엇인가를 구명할 필요가 있다. 이와 같은 텍스트 작업은 문학 연구의 정초작업인 원전비평(Textual Criticism)에 속한다. 필자는 한국 고소설의 정초적 연구 방법에 두 가지가 있다고 본다. 하나는 <춘향전>과 같이 작자가 미상일 뿐 아니라 그 작품이 후대로 내려오면서 변형·流播되어 내려온 유파작품인 경우, <춘향전>의 작자는 누구이며 원작은 어떤 형태였는가를 밝히는 것보다는, 그 작품이 어떤 과정을 겪으며 전래하였는가를 살피는 유파 과정의 구명에 중점을 두는 방법이다. 또 다른 하나는 <구운몽>·<홍길동전>과 같이 작자가 뚜렷한 작품인 경우, 여러 이본의 출입을 통하여 그 작품이 어떤 변형 과정을 거쳐 내려왔는

9) 김무조, 부산대학교 대학원, 1959. 12.
10) 정규복, 『아세아연구』 8·9호, 고대 아세아문제연구소, 1961. 12.
11) 정규복, 『아세아연구』 28호, 고대 아세아문제연구소
12) 정규복, 『인문논집』 16집, 고대 문과대학, 1971. 12.
13) 설성경, 『국어국문학』 58~60, 국어국문학회, 1972.

가를 살피는 일보다는, 그 작품의 원작은 무엇인지를 밝히거나, 원작이
존재하지 않는다면 여러 이본 가운데 원작에 가까운 본을 가려내서 텍
스트를 확립해 놓는 텍스트 연구가 그것이다. 말하자면, 작자와 시대가
뚜렷한 작품인 경우, 텍스트가 확립된 후에야, 작자·시대·사상·문체
등 본격적인 연구가 비로소 가능해진다는 것이다. 본고가 텍스트 연구
를 먼저 놓는 이유도 바로 여기에 있는 것이다.

둘째, 사상적 연구에서는 <구운몽>이 한국 고소설 중에서 사상과
敍情이 아무런 모순 없이 교착되어 성공한 유일한 작품으로, 세계 어느
나라 문학작품에 견주어 봐도 우수작임을 자부한다. 다시 말하면, 내용
과 형식의 극치를 이룬 대작이라는 것이다. 이런 면에서 <구운몽>에
내포된 사상성에 대해 논하고자 한다. 즉 종래 Gale 박사의 영역본
(*The Cloud Dream of the Nine*)에 해제를 쓴 Elspet K. Robertson이
나 김태준의 언급대로 儒·佛·道 삼교사상의 혼합 혹은 화합이 옳은
가, 그렇지 않으면 정주동·김기동 교수의 주장대로 불교사상이 옳은
가, 설혹 불교사상이라면 그 분파 사상 중 어떤 사상으로 이루어져 있
는가를 살펴보기로 한 것이다.

셋째, 비교문학적 연구에 있어서는 앞서 언급한 바와 같이 <구운
몽>이 작자 김만중이 외방 소설을 다양하게 읽은 경험을 통해 저작된
만큼, 우선 중국·인도 소설을 중심으로 하여 발신자(Eméteur)·수신
자(Récepteur)·전신매개자(Intermédiaire)를 찾아 분석해 보고자 한
다. 이 연구의 주된 의도는, 한국이 지정학적인 면에서 열강국의 틈바
구니에서 그 문화를 향수해 왔기 때문에, 특히 문학의 경우는 비교문
학의 보고라고 할 만큼 그 자료가 가장 많고, 한국문학사는 비교문학
적 방법을 거치지 않고는 정립되지 않을 것이라는 필자의 소견에서 비
롯하였다.

I
텍스트 연구

1. 이본고

序

1960년도에 록펠러 재단의 원조로 한국고전을 연구하기 위해 내한한 네덜란드인이며, 현재 네덜란드 라이덴대학 교수인 F. Vos(동양 이름 傳司) 박사는 그곳 대학에서 동양문화사를 강의하는 한편, 한국고전의 강의 자료로는 주로 <구운몽>·<춘향전>·향가·시조 등을 활용하고 있다고 한다. 또한 한국고전소설 중 특히 <구운몽>을 애독할뿐만 아니라 이를 영역·獨譯하여 歐洲에 널리 전파시키고 있다 한다. 이 외에도 우리 국문학도를 놀라게 하는 것은—모 일간기자에게 피력한 바 있는— 한국고전문학에 나타난 '이데아'의 특수성을 일본이나 중국의 것과 비기어 독자적인 개인주의적 경향이 농후하다는 것을 들고, 소설의 구조에 있어서도 일본의 <모노가다리(物語)>나 중국의 소설보다 서구의 고전과 비슷한 점이 많아, 보다 공감을 느낄 수 있다는 그의 견해이다.[1] 이는 우리의 고전을 중국의 아류라 혹평하며 '멋'과 풍류미에 타성화된 우리 고전 學徒, 나아가서 자아학대중에 얽매여 우리의 옛것을 돌아보지 않고 '새로운 것'(洋風)을 추종하는 데에 급급하는 현 문단인은, 그의 말이 옳건 그르건 의당 재음미해 보아야 할 것으로 생각한다.

한국의 고소설 중 2대 걸작을 뽑는다면 <춘향전>과 <구운몽>이 이에 해당할 것임은 물론이다. 전자는 한국 봉건제도 하에 아득하게나마 귀족계급에 대한 평민계급의 저항의식이 스며있다고 볼 수 있고, 후자는 귀족계급의 향락성을 裏面으로 부정하는 내세 위주의 사상적 저항을 보여준다고 할 수 있다. 거기서 이 두 소설은 우리나라에서 벗어나 일찍부터 서구인에 의하여 번역되어 서구에까지 소개된 바 있다.

E. K. Robertson Scott가 <구운몽> 영역본의 서문에서 <구운몽>을 다음과 같이 평하였음은 흥미 있는 일이다.

> The reader must lay aside all Western notions of morality if he would thoroughly enjoy this book. (중략) It is a record of emotions, aspirations, and ideas which enables us to look into the innermost Chambers of the Chinese Soul. *The Cloud Dream of the Nine* is a revelations of what the Oriental thinks and feels not only about things of the earth but the hidden things of the Universe. It helps us towards a comprehensible knowledge of the Far East.

위의 예문을 약술하면, <구운몽>을 이해하려면 서양의 도덕관념을 떠나야 한다는 것, <구운몽>은 중국의 내재적 사상을 이해하게 하며, 그리고 지상 및 우주의 비결로 극동 사상을 이해하도록 한다는 것이다. 우리 동양인이 보기에는 좀 지나친 평일지 모르나, 하여간 <구운몽>

---

1) 조선일보, 1960. 9. 5.

은 불교사상에 입각하여 지혜와 서정이 교차된 유일한 한국 고소설임에는 틀림이 없을 것이다. 이는 한국 문단에서 작품의 사상성 결여 여부가 평자 간에 의론되는 이 때, 의당 재고해 볼 만한 문제라고 본다.

그런데 <구운몽>에 대한 연구는 몇몇 연구서가 나왔으나 아직 황량하여 적극적 고구가 시도되지 않은 것은 유감스러운 일이 아닐 수 없다. 이에 비해 <춘향전>에 대한 연구는 어떠한가? 사상적·역사적 내지 지리적 배경, 문체론적 연구 등 다채롭게 시도되어 있으며, 문헌적·서지적 연구는 최근 김동욱 교수의 「춘향전 이본고」로써 거의 완결된 셈이다.

필자는 우선 다른 면은 차치하고, 서지적 연구의 시도로 서포의 원작, 혹은 그 원작에 가장 가까운 것을 가름해 내고자 각처에 散藏된 <구운몽>의 여러 이본을 수집하여 대조 비교해 본 결과, <구운몽> 원작의 표기 문자에 대하여 재고할 필요성을 느꼈다. 필자의 소견으로는 <구운몽> 원작의 표기 문자가 국문이라기보다는 한문이라 보며, 현존한 한문본이 서포의 원작이 아닌가 한다. 김동욱 교수의 「춘향전 이본고」에 따르면, <춘향전>은 이본의 수가 80여 종의 방대한 수를 차지하며 그 내용이 大同하면서도 각종 각색의 내용적 특징을 지니고 있고, 간혹 지명·인명이 통일되지 않은 다른 이름이 보인다고 한다. 그러나 <구운몽> 이본은 이에 비하여 그 내용이 한문본의 테두리를 중심으로 국부적인 사소한 면을 제외하고는 별로 특색이 없고, 기껏해야 刪略·漏缺·文理의 不備·誤文 등이 엿보일 정도인데, 이는 진작부터 이를 다스릴 수 있는 중축이 될 만한 한문본이 계속 존재하였기 때문이라고 생각한다. 그리고 <구운몽>의 원작이어야 할 현존 한글본이 모두가 한문본의 번역에서 유래한 譯本이라는 것, 그리고 <구운

몽>의 원작이 한글로 표기되었다는 확증할 만한 뚜렷한 문헌적 기록
이 아직껏 전무하다는 것, 바로 이런 이유로 필자는 감히 <구운몽>
원작의 표기 문자에 대한 재고를 제기하는 바이다.

그러면 여러 이본을 고찰하기로 하겠는데 그 서술의 순서는 엄격한
비중의 설정에 의한 것이 아니라 필자의 편의에 따라 한문본·한글본
(필사본, 목판본, 활판본)·外譯本 등으로 배열한 것이다. 여기에 덧붙
여 둘 일은, 한글 활판본으로는 유일서관본을 위시하여 博文本·匯東
本·永昌本, 그리고 現版돼 나오는 世昌本·永和本 등이 현존하나 그
내용의 체재는 동일하며 다만 대화나 서술의 행이 바뀐 정도의 차이가
있을 뿐이라는 것이다. 그러므로 본고에서는 그 가운데 유일서관본을
그 대표로 택하여 언급하고자 한다.

1) 한문목각본(癸亥本)

이 이본은 6권 3책으로 된 한문목각본으로, 16회 章回로 分回되어
있으며, 그 체재는 세로 19cm, 가로 16cm이며, 1책이 32장, 2책이 58
장, 3책이 59장, 도합 149장이다. 每頁 10행, 每行 평균 20자로 되어
있으나 간혹 불규칙하게 적게는 19자 많게는 25자까지 있는 곳도 있
다. 그 필치는 대체로 달필이나 한 사람의 필치가 아니고 좀 졸렬한
곳도 눈에 뜨인다.

본 이본의 판각에 대하여는 그 말미에 '崇禎後三度癸亥'란 기록이
있는 것으로 보아, 그 판각 연도가 순조 3년(1803)에 해당함을 알 수
있다. 그러므로 이 이본은 현존한 <구운몽>의 여러 이본 중 最古의
간행본으로, <구운몽>의 저작 연대를 서포의 宣川 유배 시기(숙종 13

~14년, 1687~88)로 가정한다면 꼭 115년 만에 간행된 셈이 된다.

본 이본은 진작부터 서포의 종손인 北軒 金春澤에 의하여 그 번역이 이루어진 '한역본'이란 명칭이 통용돼 왔으나 이는 명확한 考據가 없고 다만 추정에 불과한 것이다. 필자가 살펴본 바로는, 이미 언급한 바와 같이 한문목각본이 오히려 현존한 각종의 한글본을 비롯하여 外譯本의 대본이 되었고, 그 내용을 보더라도 현존한 한글본에 비하여 가장 풍부하여 完備에 가까운 最善本임을 의심할 여지가 없다. 이에 대한 고증은 각 이본고란에서 밝혀질 것으로 믿는다. 그러면 이상의 것을 중심으로 살피고자 한다. 우선 이 이본의 16회 제목을 적어 보면 다음과 같다.

卷之一

蓮花峰大開法宇 眞上人幻生楊家

華陰縣閨女通信 藍田山道人傳琴

卷之二

楊千里酒樓擢桂 桂蟾月鴛被薦賢

倩女冠鄭府遇知音 老司徒金榜得快壻

詠花鞋透露懷春心 幻仙庄成就小星緣

卷之三

賈春雲爲仙爲鬼 狄驚鴻乍陰乍陽

金鸞眞學士吹玉簫 蓬萊殿宮娥乞佳句

宮女掩淚隨黃門 侍妾含悲辭主人

卷之四

白龍潭楊郎破陰兵 洞庭湖龍君宴嬌客

楊元帥倐閑叩禪扉 公主微服訪閨秀

兩美人携手同車 長信宮七步成詩

卷之五
　楊少游夢遊天門　賈春雲巧傳玉語
　合巹席蘭陽相諱名　獻壽宴鴻月雙擅場
卷之六
　樂遊園會獵鬪春色　油碧車詔搖古風光
　駙馬罰飮金屈卮　聖上恩借翠微宮
　楊丞相登高望遠　眞上人返本還元

　이상과 같은 16회장의 분류법이 적중한 것이냐에 대한 여부는 차치
하고, 하여간 이 이본의 분류법은 중국의 장편소설의 장회의 분류법으
로서 한국에도 한문소설인 〈天君衍義〉·〈玉樓夢〉 등에도 나타나
있는 것이다. 그런데 이 이본의 16회장은 서울대학본·강윤호본 그리
고 영역본에도 그 영향을 주었다.

　다음은 한문목각본이 현존하는 여러 이본의 대본인 것에 대하여 고
찰하겠다. 현존하는 한글본이 문체가 대개 한역체이며 심지어는 直音
譯이 많다는 점에서, 본 이본이 여러 이본의 대본이 된 까닭을 찾을
수 있다. 하지만 무엇보다도 현존하는 여러 이본의 내용이 한문목각본
의 내용을 넘어설 수 없고 다만 字字句句가 이 이본의 테두리 안에서
표현법이 각기 다르다는 점이 그 대본이 되었다는 증거의 하나다. 그
일례를 들면 다음과 같다.

　　救我救我 而聲在喉間 (한문목각본)
　　구익구익 ᄒ난 쇼리 후간의 잇셔 (이재수본)
　　구아구아 ᄒ는 소리 목구무역의 이셔 (강윤호본)
　　구아구아 ᄒ니 쇼리 후간의 잇셔 (완판본)
　　소리지르니 소리 목안에서 나며 (경판본)

구아구아 ᄒ되 소리가 목구녕속에 잇셔 (이가원본·유일서관본)

이상의 예문에서와 같이 한문본의 '救我救我 而聲在喉間'의 구절이 여러모로 표현돼 있으나 이 이본의 내용을 뛰어넘을 만한 어구가 없다. 한문본의 '救我救我'는 성진이 南岳衡山에서 내쳐져서 사자의 인도로 낯선 楊家에 떨어지니 그 공포심으로 인한 呼聲일 것이나 '救我'라는 개념과, 신생아의 울음소리인 '구아구아'(과과 - 꽈꽈 - 응아응아)가 결합된, 말하자면 그 훈과 음이 잘 부합된 名句인 것이다. 이는 역시 한문본이 서포의 원작 혹은 그에 가깝다는 것을 입증해 주는 것인지도 모른다. 이 외에도 본 이본의 詩文을 여러 한글본의 것과 對讀해 보면 그 표현법이 한문본을 중심으로 이루어졌음을 여실하게 감지할 수 있을 것이다.

그리고 한문목각본의 내용이 여러 한글본에 비하여 풍부하고 완비된 데 대하여는 각 이본고란에서 밝혀질 것이므로 이중의 언급을 피하겠다. 그렇지만 본 이본을 한글로 충실히 완역해 놓는다면, 刪略과 오역이 산재하는 현존 한글본을 훨씬 능가하는 最善本이 될 것임은 췌언을 요치 않는다.

이와 같이 한문목각본이 <구운몽> 제 이본의 텍스트로 사용됐고 가장 완비된 내용을 지니고 있어, 본 이본이 <구운몽> 이본 중 차지하고 있는 위상이 매우 큰 바 있다. 그러나 그 내용을 보면 여러 한글본에 나타나는 誤文 따위는 없다 할지라도 오자가 산재해 있으며, 간혹 誤句가 나타나 있다. 그러면 우선 필자가 조사한 오자를 추려 보기로 하겠다.

愼勿虛徐(1권 14장) '傳'

今實其自躍之恥(1권 15장) '有'

徽徉之計(1권 17장) '僥倖'

倍大仙之几杖(1권 17장) '陪'

恐兒子死於兵火(1권 17장) '禍'

符彩洒落(2권 1장) '風'

酒召之間(2권 2장) '盃', '間'

豈可徒執僞嫌乎(2권 4장) '爲'

比之則求升於楚岸採玉於藍田(2권 8장) '竹'

蟾月○以妾目見無如秦娘子(2권 9장) '日'

妾雖未親見 大名之下 本無虛事(2권 9장) '辭'

問答之間紗窓已微明矣(2권 9장) '間'

三月晦日 乃靈符道君誕日(2권 12장) '府'

供享於三淸殿(2권 13장) '養'

正欲上轎忽聽琴韻出於三淸殿(2권 13장) '方'

紫淸觀女觀(2권 14장) '冠'

恐不專於細聽也(2권 15장) '傳'

曲臻其妙未有道人之手段者也(2권 15장) '盡'

生卽神往鄭司徒家(2권 21장) '推'

十六歲書生 媒三尺琴(2권 24장) '提'

已至郞君將到此(2권 28장) '知'

今天子神武 朝政淸明(3권 9장) '庭'

改着道士之服 遍遊山水尙未還歸(3권 10장) '衣'

賤妾如知女子之身 亦尊重也(3권 13장) '始'

花燭之禮 雖示及行之(3권 13장) '未'

仍命晉酒 連飮數觥(3권 17장) '進'

越三自楊尙書家 日來入朝(3권 25장) '王', '回'

吾方欲上疏力辭 皇上庶或回聽(3권 27장) '幾'

今者歸妹之盛禮(3권 28장) '御'

軍容幷幷 號令肅肅(3권 31장) '靜靜'

小的等皆夢陪元帥 與神兵思卒大將而破之(4권 8장) '將'

楊尙書成功歸朝則 天可爲王(4권 9장) '大'

奏昏丞相 惟知以楊柳詞 共結舊日之約(5권 14장) '日'

　　이상과 같은 오자는 한문목각본 이전의 원본에도 있었는지 그 여부는 상고할 수 없으나 대부분은 판각 중 생긴 오자로 봄이 타당할 것이다. 필자 소장의 한문필사본에는 위와 같은 오자가 없으므로 위의 추론은 어느 정도 합당하다고 생각한다. 이 외에 오구에 대해서는 「이가 원본」란에서 밝혀질 것이므로 그 예거를 생략하겠다.

　　그러나 위에서 예시한 오자·오구 외에도 본 이본이 지니고 있는 중대한 결함은, <구운몽>의 주제라고도 볼 수 있는 성진의 '大覺' 장면이 漏缺된 데 있다고 본다. 이 '대각' 장면이 과연 한문본에 본래 누결된 것인가, 그렇지 않으면 본시 한문본에 있던 것이 판각 중 부주의로 누결된 것이냐, 혹은 고의에서 刪除된 것이냐에 대해서는 문헌적 기록이 없으므로 자세히 고찰할 수는 없다. 그러나 성진의 '大覺' 장면이 본 이본에는 다만 '高聲問曰 性眞人間滋味 果如何耶 性眞叩頭流涕曰 性眞已大覺矣'라 극히 추상적으로 나타나 있는데, 제반 장면이 한글본에 비하여 일일이 구체적으로 표현돼 있으면서도 이 장면만 추상적으로 무리하게 刪除되었을 까닭은 없으리라 생각된다. 그것도 작은 부분이 아니고 큰 부분이 결여된 것으로 보아 이는 판각 중 부주의에서 누결되었다고 보는 것이 옳을 것이다. 또한 이를 확적하게 밑받침해 주는 것은, 여러 한글본에 나타나 있는 성진의 '대각' 장면이 그 내용은 같으나 다만 표현법에서만 상치되며 그 문장이 순 한역체로 이루어져 있다는 점이다.

그러나 위와 같은 견해는 추론에 불과하여 앞으로의 소상한 고구를 요하나, 차후에 완비된 한문본이 출현한다면 거기에 '대각' 장면이 나타나 있을 것을 의심하지 않는 바이다.

2) 한문언토본

본 이본은 1916년 10월 20일에 홍순필의 저작 명의로 한문본을 대본으로 하여 활판되었다. 거기서 그 내용은 한문본과 똑같으나 한문본이 6권 3책으로 구성된 데 대하여 다음과 같이 3권 1책으로 개판되었을 따름이다.

언토본	1권	2권	3권
한문본	1권, 2권	3권, 4권	5권, 6권

그러므로 본 이본의 특색이란 한문본 그대로임은 물론이다. 그러므로 이 이본에 대해서는 이 이상 더 언급하지 않겠다.

3) 이가원본

본 이본은 이가원 교수의 소장본으로, 이 교수의 증언에 의하면 이 교수가 수십 년 전부터 소장한 것이라 하며, 사본 1책에 分卷・分回도 없이 연철되었고 필적으로 보아서는 약 7・80년 전의 것으로 추측된다고 한다. 이것이 사실이라면 <구운몽> 이본 중 古本이라고는 볼 수 없고 古本과 현대 활판본과의 중간 위치를 차지하는, 비교적 최근본에 가깝다고 볼 수 있다. 본 이본에 고어가 그리 없고 문체가 근대적이라는 점에서, 어느 정도 신빙성 있는 증언이라 생각된다.

본 이본이 학계에 소개된 것은 이 교수의 주해본(부록, 「九雲夢評攷」)을 통해서였다. 학계에서 아직 구체적 검토는 이루어지지 않았으나 이 교수는 그의 「구운몽평고」[2]에서 논급하기를, 이 이본이 <구운몽>의 다른 이본에 비해 가장 구비되고 訛謬가 적다는 이유로 다음의 2항을 열거하였다.

① 刪略된 부분을 발견할 수 없음.

② 他本에 비하여 訛謬가 없음.

그러나 필자가 조사한 바로는 현존하는 여러 한글본 중 이가원본의 내용이 가장 풍비한 것은 사실이나 한문본에 비하면 역으로 산략된 부분이 무수하게 있으며, 무리한 산략에서 야기되는 컨텍스트의 不備・오문・오역 등 미스가 허다하다. 더욱이 이 이본의 문체는 한역체이며 시문과 상소문 등은 한문본의 번역문이다. 이는 결국 이가원본이 서포의 원본 계열이 아니라 한문본을 대본으로 하여 번역된 譯本임을 확증해 주는 것이라고 본다. 그러므로 이 이본이 한문본의 원본이라는 가설을 내세운 것은 무모한 억측에 불과하다

그러나 이가원본이 역본으로서 앞서 서술한 단점을 지니고 있으면

---

2) 『구운몽』, 덕기출판사, 1956, 29쪽.

서도 타 한글본에 비하여 비교적 완비된 내용을 가지고 있다는 것, 미
스가 근소하다는 것, 그 문체와 문맥이 능숙 상통한다는 것 등이 본
이본의 장점이며, 이런 이유로 이가원본이 여러 한글본 중 最善本이라
고 필자는 단정한다. 그리고 이 이본이 지니고 있는 가장 큰 의의는
20세기 초엽에 활판되어 나온 소위 딱지본인 유일서관본·博文本·匯
東本·世昌本 등의 직접적 대본이 되었다는 데에 있다고 본다. 그러면
상술한 것을 구체적으로 고찰하겠다.

　전술한 바와 같이 이가원본은 역본인데 그 직접적 대본은 물론 한문
본이다. 그 이유는 상술한 대로 이 이본의 시문과 상소문이 한문본의
譯文이요 그 문체가 한역체라는 데 있다. 그러면 우선 시문을 예증해
보기로 하겠다.

　　　　자금춘풍이 벽도에 취ᄒ엿스니(7)
　　　　어디로 오는 조흔 시 말이 교교ᄒ뇨(7)
　　　　다락 머리에 어기가 시 곡죠를 전ᄒ니(7)
　　　　남국의 텬화가 쓰치로 더부러 깃드리더라(7)

　　　　봄이 궁 읨에 깁흐미 빅가지 꼿이 변승ᄒ니(7)
　　　　신령혼 쓰치가 나라 와 깃거온 말을 보ᄒ더라(7)
　　　　은한에 다리를 지으미 모름즉이 로력ᄒ야(7)
　　　　일시에 가지러이 두 텬 손이 근너더라.(7) (이가원본)

　　　紫禁春光醉碧桃　何來好鳥語咬咬
　　　樓頭御枝傳新曲　南國天花與鵲巢

　　　春深宮掖百花繁　靈鵲飛來報喜言
　　　銀漢作橋須努力　一時齊渡兩天孫 (한문목각본)

위의 예시는 鄭・李 양소저의 七步詩로, 이가원본의 시는 한문본의 칠언절구의 직역체임을 알 수 있다. 즉 행이 칠언절구에 일치할 뿐 아니라 그 자수와 배열이 칠언절구와 꼭 부합되며 어감이 역시 한국 고유의 3・4조율과는 거리가 멀어 시감이 전연 풍기지 않는다. 더욱이 이 이본을 보면, 황태후가 정・이 양소저에게 시를 지으라는 명을 내리는 장면에,

> 니 바야흐로 너의들의 혼인을 뎡ᄒᆞ미 져 ᄶᅡ치가 지우혜셔 깃붐을 보ᄒᆞ니 이ᄂᆞᆫ 길조라 벽도화우에 깃분 ᄶᅡ치 소리 드른 것으로 글뎨를 습고 각기 칠언졀구 ᄒᆞᆫ수를 지으되 글속에 반다시 뎡혼ᄒᆞᆫ 뜻을 느으라.

하였는데, 그 가운데 '칠언절구'(七言絶句)란 어구가 있는 것은 이 시가 譯詩임을 더욱 확증케 해 준다. 이 외에 한문본에 기재된 시 수는 '楊柳詞'를 비롯하여 오언절구가 10수, 칠언절구가 18수, 그 외 短詩가 있는데 이 모든 시가 이가원본에 충실히 번역된 역시임은 물론이다.

다음 상소문을 예로 들어 고찰하겠다.

> 례부샹셔 신 양소유는 돈슈빅비ᄒᆞ옵고 말슴을 황샹 폐하게 올니ᄂᆞᆫ이다 복이 륜긔ᄂᆞᆫ 왕졍지본이오 혼인은 인륜지사라 그 근본을 ᄒᆞᆫ번 닐은즉 풍화 크게 문어져 그 나라가 어지럽고 그 비로솜을 슴가지 하니 ᄒᆞᆫ즉 그 가도 오러지 못ᄒᆞ야 그 집이 망ᄒᆞᄂᆞ니 국가 흥망승쇠에 관계됨이 엇지 현져치 아니ᄒᆞ니잇가 그럼으로 셩인 군ᄌᆞ와 인군명주 미상불 이에 류의ᄒᆞ샤 그 나라를 다스리고져 ᄒᆞ시미 반다시 그 륜긔를 붓드는 것으로써 중흠을 습고 그 집을 가지러니 ᄒᆞ고져 ᄒᆞ미 혼인을 졍히 흠으로써 웃듬을 삼는지라 신이 임의 례폐를 졍녀의게 보니옵고 ᄯᅩ 자최를 졍가에 의탁ᄒᆞ엿ᄉᆞ온즉 신이 임의 뎡ᄒᆞᆫ 것이어늘 불의금쟈에

부마간택ᄒ시ᄂ 은명이 불사ᄒ 천신의게 나리시니 황송무디ᄒ와 셩샹
의 하교와 죠가의 쳐분이 과연 례에 득당ᄒᆫ 줄을 아지 못ᄒ도소이다.
(이가원본)

禮部尙書臣楊少游 謹頓首百拜 上言于皇帝陛下 伏以倫紀者 王政
之本也 婚姻者 人倫之始也 一失其本則 風化大壞而其國亂 不謹其始
則 家道不成而其家亡 有關於家國之興衰者 不其較著乎 是以聖王哲
辟 未嘗不留意於是 欲治其國 必以植倫紀爲重 欲齊其家 必以定婚姻
爲先者 何莫非端本出治者之道別嫌明微之意也 臣旣已納幣於鄭女
且已托跡於鄭家則 臣固有妻也固有室也 不意今者 歸妹之盛禮 遞及
於無似之賤臣 臣始疑終惑 震駭悚惕 實不知聖上之擧措 (한문목각본)

위의 두 예문을 비교해 보면 이가원본에 한문본의 내용이 충실히
직역됨을 알 수 있다. 이 외에도 상소문·탄원문 등이 직역됨은 물론,
어느 구절에 이르러는 直音을 취한 것도 있음을 부언해 둔다.
이와 같이 시·상소문이 한문본의 번역에서 유래했거니와, 이가원
본의 문체가 거의 한역체로 이루어져 있고 또한 譯句가 散見된다.

수문졸이 그 소종래를 뭇는지라
守門卒問其所從來 (한문목각본)

빅가지 곳이 오히려 있고 만가지 나무가 서로 빗최엿더라
百花猶存 萬樹相暎 (한문목각본)

무비 졍씨를 향ᄒ 말이여늘
無非向鄭氏之說也 (한문목각본)

　이상의 예증은 이가원본이 한문본을 직접적 대본으로 하여 성립되었음을 확증해 줄 것으로 믿는다.

　그러나 이가원본과 한문본의 중대한 차이점은 성진의 '대각' 장면에 있다. <구운몽>의 주제라고도 볼 수 있는, 성진의 꿈에서 현실로 넘어서는 '대각' 장면이 유감스럽게도 한문본에는 이미 말한 바와 같이 크게 생략되어 다만 '高聲問曰 性眞人間滋味 果如何耶 性眞叩頭流涕曰 性眞已大覺矣'라 막연히 서술되어 있다. 그러나 이가원본에는 다음과 같이 구체적으로 리얼하게 서술되어 있는 것이다.

　　퇴사 망연ᄒ여 니르되 쇼유 십륙 셰 젼은 부모 슬하를 ᄶᅥ나지 아녓고 십륙의 급제ᄒ여 연ᄒ여 직명이 잇스니 동으로 연국에 봉ᄉᆞ하고 서으로 토번을 졍벌ᄒᆞᆫ 박긔 닐즉 경ᄉᆞ를 ᄶᅥ나지 아녓스니 언제 스승으로 더부러 십년을 상죵ᄒᆞ엿스리오 노승이 웃어 니르되 샹공이 오히려 춘몽을 ᄶᅵ지 못ᄒᆞ엿도다. 퇴사 니르되 스승은 어ᄶᅦ면 쇼유의 춘몽을 ᄶᅵ게 ᄒᆞ시리닛가 노승 이르되 이는 어렵지 아니ᄒᆞ도다 ᄒᆞ고 손 가운데 셕장을 들어 셕난간을 두어 번 두드리니 홀연 네 산곡으로셔 구름이 니러나 대상의 ᄶᅵ이며 디쳑을 분별티 못ᄒᆞ니 퇴사 졍신이 아득ᄒᆞ야 마치 ᄎᆔ몽듕의 잇는 듯ᄒᆞ더니 오래게야 소리 질러 니르디 스승은 어이 졍도로 쇼유를 인도티 아니ᄒᆞ고 환슐노셔 희롱ᄒᆞᄂᆞ니잇가 말을 맛지 못ᄒᆞ여 구름이 거두니 노승이 간 곳 업고 좌우를 도라보니 팔낭지 ᄶᅩᄒᆞᆫ 간 곳이 업ᄂᆞᆫ디라 졍히 경황ᄒᆞ더니 놉ᄒᆞᆫ 디와 만ᄒᆞᆫ 집이 일시의 업셔지고 제몸이 ᄒᆞᆫ 젹은 암ᄌᆞ의 ᄒᆞᆫ 포단 우희 안쟈시디 향노의 불이 임의 사라지고 디난 둘이 창의 임의 빗쵀엿더라 스스로 제 몸을 보니 일빅여둛 낫 염쥐 손목의 걸넛고 머리ᄅᆞᆯ ᄆᆞᆫ디니 머리 황홀ᄒᆞ야 오란 후의 비로소 제 몸이 연화도댱 셩진 힝재인 줄 알고 생각ᄒᆞ되 처음의 스승의게 수죄ᄒᆞ야 풍도로 가고 인셰예 환도ᄒᆞ야 양가의 아들 되여 댱원

급졔 한님흑스를 ᄒ고 츌당입샹ᄒ야 공명신퇴ᄒ고 두 공쥬와 여섯 낭
즈로 더부러 즐기던 거시 다 ᄒ로밤 ᄭᅮᆷ이라 마음의 이 필연 스승이 나
의 싱각을 그릇ᄒᄆᆯ 알고 날노 ᄒ야곰 이 ᄭᅮᆷ을 ᄭᅮ어 인간부귀와 남녀
졍욕이 다 허ᄉ인 줄 알게 ᄒ미로다 급히 세수ᄒ고 의관을 졍졔ᄒ며
법당의 나아가니 다른 졔ᄌ들이 임의 다 모엿더라

위의 '대각' 장면은 이가원본이 譯本으로서 그 원본인 한문본을 무색
케 한다. 이는 결국 한문본이 한글본에 비해 그 내용이 구체적으로 완
비된 善本의 위치에 있음에도 불구하고 전체적인 밸런스를 약화시키
는 큰 결점이다. 그러나 한문본의 '대각' 장면의 산략은 이미 말한 바대
로 후대의 누락에서 기인된다고 추측된다. 위의 '대각' 장면은 이가원본
이외에도 서울대학본, 경판본, 이재수본 등에도 나타나 있는데, 그 내용
의 표현법은 각기 다르나 이가원본과 서울대학본이 거의 일치하고 있
다. 이로 보면 이가원본의 직접적 대본은 물론 한문본이나 간접적 대본
으로 서울대학본 계열의 영향도 생각해 볼 수 있는 문제라고 본다.

이가원본이 번역본으로서 그 번역에 나타난 특징을 살펴볼 것 같으
면 우선 첫눈에 띄는 것은 산략이 허다하며 무리한 산략을 통해서 기
인하는 컨텍스트의 不備, 오문 등이다. 산략은 開卷 劈頭인 南岳衡山
의 묘사부터 나타나 있다.

텬하에 명산 다엿이 잇스니 동에 티산 셔에 화산 남에 형산 북에
항산이오 그 가온더 슝산이니 이른바 오악이라 오악지즁에 형산이 즁
토에 가장 머니 구의산이 그 남편에 잇고 동졍호가 그 북편에 지나고
소상강이 둘넛는터 형산에 츙융 자긔 텬주 셕름 련화 다엿 봉오리가
놉흐니 구름이 그 낫흘 가리고 안기가 그 허리에 둘너 텬긔 청명치 못

ᄒ면 사롬이 그 진상을 보지 못홀너라 (이가원본)

天下名山有五焉 東曰東岳卽泰山 西曰西岳卽華山 南曰南岳卽衡
山 北曰北岳卽恒山 中央之山曰中岳卽嵩山 此所謂五岳也 五岳之中
惟衡山距中土最遠 九疑之山在其南 洞庭之湖徑其北 湘江之水 環其
三面 若祖宗儼然中處而子孫 羅立而拱揖焉 七十二峯或騰踔而矗天
或巉巖而截雲 如奇標俊彩之美丈夫 七竅百骸皆秀麗淸爽 無非元氣所
鍾也 其中最高之峰曰祝融 曰紫盖 曰天柱 曰石廩 曰蓮花五峰也 其
形擢竦 其勢陟高 雲翳掩其直面 霞氣藏其半腹 非天氣廓掃 日色淸朗
則人不能得其彷彿焉 (한문목각본)

※ 한문본의 방점 부분 이가원본에 누결

위에서 예시한 두 이본을 비교하면, 한문본은 한 폭의 정밀한 풍경
화를 제시해 주고 있으나 이가원본은 산략으로 인하여 추상적인 설명
어구에 그친 감이 있다. 그러나 이와 같이 이가원본에 산략된 부분이
역시 역본인 이재수본, 강윤호본, 정규복본에는 全譯되어 있다.

그리고 산략으로 인하여 문맥의 不備를 초래케 한 일례를 들면, 성
진이 팔선녀와 石橋 위에서 일시 戲談했다는 이유로 육관대사의 분노
를 받아 酆都獄으로 내쳐지는 장면이 있다.

디사 닐ᄋ디 네 가고져 ᄒ는 디로 나가게 홈이니 엇지 머물니오 쏘
네가 어디로 가리요 ᄒ니 네 가고져 ᄒ는 곳이 곳 너의 가히 도라갈
곳이라 ᄒ고 다시 소리를 크게 지르되 황건력ᄉ야 이 죄인을 압령ᄒ여
풍도옥에 가셔 염왕끠 븟치라 (이가원본)

大師曰 汝欲去之 吾令去之 汝苟欲留 誰使汝去乎 且汝自謂曰 吾
何去乎 汝所欲往之處 卽汝可歸之所也 仍復大聲曰 黃巾力士安在 忽

有神將 自空中而來 俯伏聽命 大師分付曰 汝領此罪人 往豊都 交付於
閻王而回 (한문목각본)

※ 한문본의 방점 부분 이가원본에 누결

위에서 예시한 두 이본의 비교를 통해서 이가원본의 문맥이 서로
연결되지 않음을 알 수 있다. 육관대사와 성진과의 대화 중에 黃巾力
士가 개입하는 장면이 이가원본에서는 매우 부자연스러워 그 내용만
가지고는 황건역사가 대사와 성진의 곁에 미리 대령하여 있는 감을 주
나 이는 그 스토리의 전후가 모순된다. 한문본을 보면 대사가 황건역
사를 호령함에 있어서 '黃巾力士安在 忽有神將 自空而來 俯伏聽命
大師分付曰 汝領此罪人'이라 되어 있으니, 스토리의 전개법이 매우
리얼하여 독자에게 실감을 준다. 그러나 이가원본의 경우, 구문법으로
보아 이것이 부주의가 아니라 고의로 생략된 듯 싶다.

앞에서 든 산략은 예문에 불과하고 이 외에도 가춘운의 '爲鬼爲仙'
하는 장면은 大刪略된 부분의 하나이며, 한문본의 구차스런 표현은 그
번역이 어려웠던지 여지없이 커트되고 격언 따위는 거의 생략되어 있
으며 小句의 생략은 부지기수로 산견된다. 그러면 산략된 부분을 일일
이 열거하기는 어려우니 산략된 한자 수를 대강 도표로 작성하면 다음
과 같다.

字數\卷順	2~9	10~9	20~9	30~9	40~9	50~9	60~9	70~9	80~9	90~9	100 以上
一卷	38	13	2	1	1	1	1		2		
二卷	28	14	7			1					
三卷	28	20	9		2	2	1	1		1	
四卷	28	5									

五卷	18	17	8	2				1		1	2
六卷	39	13	12	1		1					
合計	179	82	38	4	3	5	2	2	2	2	2

위의 도표의 자수는 한자이니 그것이 표의문자라는 것을 생각할 때, 만일 이를 산략하지 않고 全譯한다면 상당한 양이 될 것은 물론이다.

이와 같은 산략이 있음에도 불구하고 때로는 誤譯된 부분도 없지 않다. 역자란 때로 어느 장면이 자기의 심중에 공감될 때, 주관적으로 수정도 할 수 있고 誤譯도 할 수 있을 것이다. 이것이 번역문학의 견지에서 보면 허용되지 않는 실격이 되겠지만 과학을 모르는 우리 선조들이야 이와 같은 일은 항다반의 예사로 알았을 것이다.

誤譯된 빈도 수는 산략된 수에 비해 하나의 고려의 여지가 될 것은 아니나 대략 살펴보면 보도동사(Reporting Verb)의 수가 적고 적경홍의 남장 등에 약간의 誤譯이 있다. 그러나 간과해서 안 될 것은 양소유가 換着女裝하여 정소저와 彈琴하는 장면에 삽입된 '六忌七禁彈'이다.

> 싱이 이에 곳쳐 안져 거문고를 당긔며 ᄒ오되 여셧 가지 ᄯᅳ림이 업ᄂᆞᆫ가 ᄒᆞ니 소져 닐아디 크게 찬 것과 크게 더운 것과 크게 바람부는 것과 크게 비오는 것과 ᄲᆞ른 우뢰와 큰눈 오는 것을 ᄯᅳ리ᄂᆞ니 이졔 이 여셧 가지가 업도다 싱이 ᄯᅩ ᄒᆞ오되 일곱 가지 타지 못ᄒᆞᄂᆞᆫ 일이 업ᄂᆞ닛가 소져 닐아더 초상을 드른 쟈와 ᄆᆞᆷ이 어지런 쟈와 일에 의심된 쟈와 의관을 졍졔치 못ᄒᆞᆫ 쟈와 분향치 안은 쟈와 지음을 만나지 못ᄒᆞᆫ 쟈가 타지 못ᄒᆞᄂᆞ니 이제 ᄯᅩ 이러ᄒᆞᆫ 결졈이 업도다 (이가원본)

위의 '六忌七禁彈'은 타 이본에는 전연 볼 수 없는 구절인데, 그 내용이 양생과 정소저가 탄금하는 내용과 전연 부합되지 않는 유리된 장면일 뿐만 아니라, 그 표현법에 있어서도 조잡하여 해라법과 존대법이 혼동되어 불일치하고 있다. 이 이본의 역자가 어디에서 인용했는지는 확적하게 알 수는 없으나 이명구 교수가 그의 「구운몽고」에서 '후세에 와서의 가필'[3]이라 언급한 바 있는데, 필자도 이에 동의하나 하여간 '六忌七禁彈'은 문맥에 연결되지 않는 졸렬한 삽입이라 보겠다.

다음으로 오역에 대하여 살펴보겠다. 이가원본이 역본으로서 능란하고 세련된 문체를 가지고 있으면서도 무리한 산략에서 비롯된 오역, 축소 의역에서 나타나는 미스, 그리고 표현법에 있어서 해라법과 존대법의 불일치에서 나타나는 표현법상의 모순 등이 그 오역의 대부분을 차지하고 있다. 그러면 예문을 들어 고찰하기로 하겠다.

소져 엿ᄌ오디 양한림이 원방 십륙 셰 셔싱으로 거문고로 향ᄌ에 지상가 규수를 희롱ᄒ엿으니 그 긔상이 엇지 홀노 한 녀ᄌ만 직히고 잇스리잇가 타일 승상부에 만종록을 누리면 그 집에 장ᄎ 몃 츈운이 잇슬 줄 알니잇가 말이 맛지 못ᄒ야 ᄉ도 드러오거늘 부인이 소져의 말을 드러 고ᄒ디 ᄉ도 겸두ᄒ고 닐ᄋ디 녀ᄋ의 힝례 젼이나 츈운이 녀ᄋ로 더부러 서로 써나지 못ᄒ게 홀 것이니 필경 흔가지 갈지라 먼져 보님이 무엇이 방히ᄒ리요 년소 남ᄌ가 비록 춘정이 잇슬지라도 망동치 아니홀 것이로되 급히 츈낭을 보닉여 양랑의 격막흔 회포를 위로ᄒ게 ᄒ라 (이가원본)

小姐曰 楊翰林 以遠地十六歲書生 媒三尺之琴 調戲宰相家深閨處子 其氣像豈獨守一女子而終老乎 他日據丞相之府 享萬鍾之祿 則堂中將有幾春雲乎 適其時 司徒入來 夫人以小姐之言 言於司徒曰 女兒欲使春雲 往侍楊郎 而吾意則不然 行禮之前 先送媵妾 決知其不可也

---

3) 이명구, 「구운몽고」, 『성균학보』 제2집, 176~177쪽.

司徒曰 春雲與女兒 才相似而貌相若也 情愛之篤 亦相同也 可使相從
不可使相離也 畢竟同歸 先送何妨 少年男子 雖無風情 亦不可獨栖孤
房 與一柄殘燈爲伴 況楊翰林乎 急送春娘 以慰寂寞之懷 (한문목각본)

위의 예문은 정소저(이름 瓊貝)와 양소유가 가연을 맺은 후 鄭司徒
(정소저의 아버지)가 양소유의 춘정을 위로하기 위하여 行禮 전에 가
춘운을 양소유에게 먼저 보내자는 장면이다. 그러나 두 이본을 비교해
보건대 한문본에 나타나 있는 최부인의 말인 '女兒欲使春雲 往侍楊郎
而吾意則不然 行禮之前 先送賤妾 決知其不可也'가 정사도의 대화로
삽입되어 있다. 이는 한문본의 '夫人以小姐之言 言於司徒曰'을 '司徒
曰'로 착각한 데서 기인하는 미스라 하겠다. 게다가 '少年男子 雖無風
情'이 '연소남자가 비록 춘정이 잇을지라도'로 오역됐고 '亦不可獨栖孤
房 與一柄殘燭爲伴 況楊翰林'의 구절이 고의로 산략되어 결과적으로
뜻이 상통하지 않는 오역이 되고 말았다.

　　상이 이에 명후사 녀즁셔를 숨아 궁즁의 글을 맛게 ᄒ시고 황태후
궁즁에 나아가 란양공주들 모셔 글도 읽고 글시도 익히게 ᄒ시니 공주
진녀들 극히 ᄉ랑ᄒ사 줌시도 셔로 쩌나지 아니ᄒ더니 이날 태후들 모
셔 봉리젼에 나아가 황상의 명을 밧ᄌ와 녀즁셔 등으로부터 양상셔의
글을 밧을시 상셔는 곳 오미불망ᄒ던 셕일 양ᄉ이라 지쳑에서 엇지 아
지 못ᄒ리오 (이가원본)
　　上命爲女中書 使掌宮中文書 仍令進往皇太后宮中 陪蘭陽公主 讀
書習字 公主太愛秦氏 妙色奇才 視如宗戚 跬步相隨 不忍一時分離
秦氏是日侍太后 往蓬萊殿 仍承上命 與女中書等 乞詩於楊尚書 尚書
之七竅百骸 曾已銘鏤於秦氏之心肝矣 豈有不知之理哉 (한문목각본)

위의 예문은 황상이 진채봉을 女中書로 삼아 난양공주를 侍從케 하는 장면인데, 한문본을 보면 태후를 모셔 蓬萊殿에서 여중서와 함께 양상서의 글을 받는 그 주어가 진씨(진소저)로 되어 있으나 이가원본에는 '秦氏是日侍太后' 중 '秦氏'가 생략되어 있기 때문에 문맥상 난양공주가 그 주어로 혼동되고 말았다. 이와 같은 격의 혼동은 이가원본의 미스 중 다수를 차지하고 있는 것이다.

다음은 존대법과 해라법의 불일치를 살펴보기로 하자. 예거하면, 난양공주가 정소저의 숙덕과 재색의 소문을 듣고 평민으로 가장하여 '이소저'라 이름을 바꾸고 당시 양소유와의 가약이 깨어진 후 우울한 심정으로 두문불출하는 정소저와 상봉하는 데 성공한다. 이때 난양공주는 정소저에게 경어로 깍듯이 대한다. 그런데 난양공주는 정소저를 인도하여 궁중으로 돌아온다. 이때부터 난양공주는 공주의 신분으로 정소저에게 해라를 하는 것이다. 그러나 이 존대와 해라는 혼동되어 표현상 모순을 초래한 것이다.

공쥬 정소져다려 닐ᄋ디 져겨는 여긔 잠간 머무르라 ᄒ고 이에 나가 당상에 안즈니 세 상궁이 ᄎ례로 드러와 례로 뵈옵기를 맛치고 업디여 고하되 (중략) 티후 낭낭이 하교ᄒ샤디 공쥬 졍낭즈로 더부러 연을 한가지 타고 드러오라 ᄒ시더이다 공쥬 세 상궁을 밧게 머무루고 드러와 정소져다려 닐ᄋ디 여러 말을 종용ᄒ ᄲᅥ에 ᄌ셰히 ᄒ려니와 티후 낭낭이 져겨들 보고져 ᄒ샤 바야흐로 마루에 어림ᄒ샤 기다리신다 ᄒ니 져겨는 ᄉ양 말고 소민로 더부러 홈ᄭᅴ 드러가 뵈옴이 올토다 정소져 가히 모면치 못홀 줄 알고 디답ᄒ되 첩이 임의 귀쥬의 ᄉ랑ᄒ심을 아오나 려염녀ᄋ가 닐즉 지존ᄭᅴ 뵈옵지 못ᄒ왓ᄉ오니 례모의 어긔미 잇슬가 두려워ᄒᄂ이다 공쥬 닐ᄋ디 티후 져겨를 보고져 ᄒ시는

마암이 엇지 소민의 져져를 ᄉᆞ랑ᄒᆞᄂᆞ 마암과 다르시리오 져져ᄂᆞ 죠금
도 의심마르쇼셔(하략) (이가원본)

이와 같은 존대법과 해라법의 모순은 樂遊原 놀이 때 越王과 양상
서의 대화, 황상과 황태후와의 대화에도 나타나 있는데, 이것은 비단
이가원본에만 국한된 미스가 아니라 한글본에서 거의 범한 미스다. 이
는 우리말의 까다로운 일면을 설명해 주는 것이라고 하겠다.

그러나 이상과 같은 오역과 미스가 산재해 있음에도 불구하고, 이가
원본의 번역자의 입지 조건이 약간의 비판의식이 附隨되어 있음을 간
과해서는 안 될 것이다. 즉 역자는 누군지 고증할 수는 없으나 원본인
한문본을 맹종하지 않고 한문본에 나타나 있는 미스를 일일이 시정하
여 놓았는데, 이는 이가원본이 타 한글본에 비하여 善本으로 인정받을
수 있는 하나의 이유가 되는 것이다. 예를 들면 다음과 같다.

수월 ᄉᆞ이에 일헛든 오십여 고을을 회복ᄒᆞ고 딕군을 모라 젹셕산[4)]
아러 니르니 (하략) (이가원본)
　　數月之間　復所失五十餘城　馳大軍至積雪山下　(한문목각본)

틱후 올케 너기사 즉시 니관으로 ᄒᆞ여금 근처 도관에 두루 무르시
니 졍혜원 니고[5)] 고ᄒᆞ되 (하략) (이가원본)
　　太后是之　卽使小黃門問於近處寺觀　正弊院尼姑日 (하략) (한문목
각본)

---

4) 한문본과 유일서관본에는 '積雪山'으로 되어 있으나 잘못임. '積石山'이 맞음. 『辭源』
　에 山名有二 一曰大積石 卽今大雪山 右靑海南境(중략) 一曰 小積石 右今甘肅導河
　縣西北. 김춘택의 <積石山觀落照詩>에 積石山前暮靄迷 陽烏垂翅海天低.

5) 定惠院在湖北黃岡縣『辭源』. 한문본과 유일서관본에 '正弊院'으로 돼 있으나 이는
　미스다.

티후 상과 함게 어람ᄒ하시고 대희ᄒ사 닐으사디 녯적 영셜ᄒ던 사
녀6) 이에 밋지 못ᄒ리로다 (이가원본)

太后與帝同看喜曰 雖咏雪之蔡女 瞠乎下矣 (한문목각본)

춘추 ᄣᅥ에 조최7)의 쳐가 곳 진문공의 ᄯᅩᆯ이로디 위를 그 전취적실
의게 사양ᄒ얏거늘 ᄒ물며 져져는 소미의 형이니 ᄯᅩ 무슴 의심이 잇
스리잇가 (이가원본)

春秋時 趙襄之妻 卽晋文公之女也 讓位於先娶之正室 況姐姐小妹
之兄也 又何疑乎 (한문목각본)

상이 디희ᄒ야 곳 조셔를 흠텬감8)에 나리샤 길일을 틱ᄒ야 드리라
ᄒ시니 틱ᄉ 구월 십오일노써 아뢰미 다만 수십 일을 격ᄒ엿더라 (이
가원본)

上大悅 卽下詔於欽天舘 使擇吉日 太史以秋九月望日奏之 只隔數
十日矣 (한문목각본)

---

6) 謝道蘊 安從女 王凝之妻 總識有才辨 値天雪 安曰何所似也 安兄子朗曰 撒監空中差
可擬 道蘊曰 未若抑絮因風起 安大悅 初適凝之 還甚不樂曰 一門叔父則 有阿大中郞
羣從兄義則 有封胡羯末 不意天壤之中 乃有王郞凝之 弟獻之 嘗與賓客談議 詞理將
屈 道蘊遣婢 自獻之曰 欲爲小郞解圍 乃施靑綾步障自蔽 甲獻之前議 客不能屈 時同
郡張玄妹亦有才 質適於顧氏 有濟尼者 汀松二家 嘗曰王夫人神情散朗 故有林下風
顧家淸心玉映 自是周房之秀. 『中國人名大辭典』.

7) 趙衰 夙弟 字子餘 從文公出亡十九年 文公之立 多得從者之力 衰與狐偃尤稱首功
返國復爲原大夫 佐文公定霸 襄公時佐中軍 敗秦師於彭衙 卒諡成子 亦稱成季 子孫
世爲晋卿 其妻文公之女 號趙姬 衰從文公奔狄 妻狄女叔隗生盾 及返國文公以趙姬
妻之 生原同屛括樓嬰 趙姬請迎盾與其母 旣來 姬以盾賢 請立爲嫡子 使三子下之 以
叔隗爲內媛 姬親下之. 『中國人名大辭典』.

8) 欽天監 官署名 唐置司天臺 宋爲司天監 明爲欽天監 掌天文歷數占候推步之事 有監
正監副 其屬有春夏中秋 冬五官正等 淸因之 民國改爲中央觀象臺. 『辭源』.

승상이 화양건을 쓰고 관금포[9]를 입고 빅옥여의를 잡고 안셕에 의지ᄒᆞ야 안졋스니 (이가원본)

丞相戴華陽巾 着宮錦袍 執白玉如意 倚案席而坐 (한문목각본)

두 공쥬 관져와 규목[10]의 덕이 쳡ᄒᆞᆫ대 입히며 은덕이 상하에 밋친다 (이가원본)

兩公主有關雎喬木之德化 被疎賤 恩覃上下 (한문목각본)

춘추 ᄶᅴ에 가대부[11] 외모 심이 루추ᄒᆞ거늘 장가든 지 솜 년에 그 안히 한 번도 웃지 아니ᄒᆞ더니 (이가원본)

春秋之時 賈夫人貌甚醜陋 天下所共唾也 娶妻三年 其妻未曾一笑 (한문목각본)

세존의 안히와 등가[12]의 녀ᄌᆞ는 존비현수ᄒᆞ고 정졀과 음힝이 다르거늘 오히려 디ᄉᆞ의 뎨ᄌᆞ 되어 맛참니 바로 연분을 엇엇스니 쳐음 미천홈이 필경 셩취ᄒᆞ는디 관계되리요 (이가원본)

世尊之妻 本家之女 尊卑絶矣 貞淫別矣 同爲大釋之弟子 終得上乘

---

9) 官錦袍 白夜月乘舟采石 着官錦袍 觀瞻笑傲 旁若無人『唐書』「李白傳」

10) 樛木 南有樛木 葛藟纍之 樂只君子 福祿綏之『詩經・樛木』

11) 賈大夫 叔向王 昔賈大夫惡 娶妻而美 三年不言不笑 御以如皐 射雉獲之 其妻始笑而言『左傳』

12) 登伽 鉢吉帝 摩登伽種之婬女 見阿難而生婬心 請之於母 母誦神咒蠱阿難 阿難將行樂爲佛所救 婬女出家『불교대사전』

阿難乞食 路上有女 名吉鉢帝 請水 女曰 我是摩登伽種君爲貴種 我敢持水不與 阿難曰 我不問汝旃羅茶 但施我水 女於是掬水灌阿難手足 於是生婬意 母誦神咒 阿難恍惚牽心 至其家 女見阿難 踊躍抱之 阿難以道力得自寤 佛爲阿難誦佛語 爲婬女 廣說四聖諦法 婬女卽思惟佛道 得阿難漢果『毘奈耶』3

之正果 厥初微賤何關於畢境之成就 (한문목각본)

위의 예문 외에도 미스의 시정이 또 있을 줄 아나 대략 추려 본 것이다. 이로 보면 이가원본의 역자는 비교적 근대인으로서 구문의 재능과 한문학에 대하여 해박한 지식의 소유자라 추측된다.

끝으로 이가원본과 타 이본과의 관계에 대하여 고찰하기로 하겠다. 앞에서 서술한 바와 같이 이가원본은 善本으로서 이화대학본과 20세기 초엽에 활판되어 나온 유일서관본, 博文本, 匯東本, 世昌本 등의 직접적 대본이 되었다. 이상의 여러 활판본의 내용과 이가원본의 내용을 대비해 보면 약간의 예외를 제외하고는 내용, 문장의 서술방법이 혹사함이 아니라 꼭 같다는 것이다. 이와 같이 이가원본이 이화대학본과 활판본의 직접적 텍스트로 사용된 것은 별도로 논할 기회가 있겠으나, 하여간 활판본이 나올 그 당시에 이가원본이 여러 이본 중 가장 좋은 이본으로 인정된 이유가 아닌가 한다. 뿐만 아니라 이가원본은 영역본의 간접적 대본으로 사용된 것을 잊어서는 안 될 것이다. 이에 대해서는 영역본을 논하는 자리에서 살펴보기로 하겠지만, 영역본에 간간 나타나는 특수적인 묘사법이나 구성법은 이가원본의 영향에서 기인한 것이다.

이상과 같이 산략·오역 등의 미스를 지니고 있는 단점이 있으면서도, 능란하고 세련된 문체와 풍비한 내용을 갖추고 원본의 미스를 일일이 시정해 놓은 것은 타 한글본에서 볼 수 없는 이가원본의 독특한 장점이다. 이러한 이유 때문에 이가원본이 한글본 중 最善本의 위치를 차지한다는 것을 다시 첨언해 둔다.

4) 이재수본

본 이본은 경북대학교 이재수 교수의 소장본이다. 그 체재로 말하면 상하 2권 2책으로 分回는 전연 없이 연철된 한글 필사본이다. 이 이본이 이루어진 그 시기는 확적히 알 수는 없으나 古語가 더러 발견되고 그 문체가 비교적 古體에 속하고 있는 점을 미루어보면 아마 강윤호본과 同系에 속하지 않나 생각된다. 그리고 이 이본에 영남계의 방언이 산견되는 것으로 보아, 이재수본이 出來한 지역을 영남을 중심으로 국한시킬 수도 있을 것이다.

이재수본에 나오는 고어와 방언을 대략 적어보면 다음과 같다.

> 아지못거라 노구의 마음이 엇더ᄒ뇨
> 아이요 촌견 악악ᄒ며
> 도인이 우어왈 그디는 능히 음율을 아난다
> 모름이 일즉 고향의 도라가 근심을 위로ᄒ라
> 당상의 노모 겨시니 계량으로 더부러 희로코져 ᄒ면 노친이 심니예 불안이 아르실가 져어ᄒ고
> 니 양낭을 보아ᄒ니 총명 지혜 남과 다른지라 혹 학문ᄒ던 계르예 음율을 아난다
> 남의 긔리난 말을 니 엇지 쥰신ᄒ리요
> 엇지 비단 장막과 비단 병풍에서 못ᄒ리요
> 상서 제장을 모두고 요연으 ᄒ든 말을 셜화ᄒ니
> 져겨으 우외ᄒ든 정분을 싱각ᄒ오면 마음이 실갓타여
> 명일에 천자 양승상을 불너 보시고 ᄒ교왈 아리쎄 어미으 혼사를 위ᄒ야
> 아리날의 나는 슬인으 우환을 인ᄒ야

타일 곡강 못거치에 맛당이 오늘날 미진흔 정회 다홀가 바리노라

위의 고어는 한글본 중 서울대학본이나 강윤호본을 제외한 다른 이본에는 출현하지 않은 어휘이다. 出來한 연도가 정확한 정규복본(A.D. 1846)에도 이런 어휘가 전무한 것으로 보아 이재수본을 강윤호본과 同系本으로 추측하고, 그 이루어진 시기를 추산한다면 줄잡아도 19세기 초엽 혹은 그 직전까지 소급될 수 있을 것이다.

이재수본의 내용에 대하여 간략히 언급해 보도록 하겠다. 타 한글본과 마찬가지로 필사자의 오자가 많으며, 철자에 있어서는 통일되어 있지 않으며, 상권은 비교적 충실한 내용을 지니고 있으면서도 하권에 이르러서는 산략이 무질서하다. 더구나 다른 이본에서 볼 수 없는 大刪略된 부면이 허다히 발견되며, 이와 같은 무리한 산략으로 인해 문맥의 산란함 내지 오역 등의 미스가 산재하고 있다. 그리고 그 문체로 말하면 순연한 한역체로 한문본의 直晉譯이 산견되며, 시·상소문 등도 한문본의 직역문이다. 이로 미루어 보아 이재수본 역시 서포의 원작계열이 아니라 한문본을 텍스트로 하여 번역된 역본임은 물론이다.

다시 말하면 이재수본은 19세기 초엽 혹은 그 직전에 한문본을 대본으로 어떤 영남인에 의하여 번역된 역본이라는 것이다. 그러면 앞에서 서술한 내용을 중심으로 좀 더 상론코자 한다.

우선 이재수본의 문체를 살펴보면 한역체로 되어 있음은 사실이나 앞에서 언급한 바와 같이 그 중에는 直晉譯이 산견된다.

여아는 곳 선체으 이여요 금상으 총미라 (이재수본)
女兒先帝之愛女 今上之寵妹 (한문목각본)

기위모지 엇지 깁부지 아니리요 (이재수본)
其爲母者 豈無喜悅之心哉 (한문목각본)

공주 견필에 참연왈 (이재수본)
公主見畢慘然曰 (한문목각본)

신첩이 만득ᄒ여 이지여옥이옵더니 (이재수본)
臣妾晚得一女 愛之如玉 (한문목각본)

이소져를 다리고 침방의 도라가 춘운으로 더부려 졍족이좌ᄒ야
(이재수본)
仍請李小姐 歸其寢房 與春雲鼎足而坐 (한문목각본)

춘운이 소제를 모시고 한묵잡기로 강인ᄒ야 비견ᄒ되 (이재수본)
侍小姐 以翰墨雜技 强爲排遣之 (한문목각본)

위와 같이 역자는 한문본의 직음을 취하여 한국 어문으로서는 매우 어색하게 번역하였다. 그러므로 이재수본을 정독해 내려면 한문본과 대조하지 않고서는 불가할 것이다. 타 한글본 중 정규복본도 역시 직음을 많이 취하고 있으나 이재수본은 이에 비해 더 생경한 감을 준다. 이와 같은 직음 번역은 시문·상소문에도 보이나 번잡함을 피하여 예증은 생략하겠다.

다음으로 이재수본에 나타난 산략에 대하여 살펴보겠다. 앞에서 이미 지적한 바와 같이 허다한 산략이 엿보이고, 또 무리한 산략으로 인하여 문맥의 혼란을 가져온 점이 많다. 그러나 앞부분은 비교적 충실

히 번역되었다고도 볼 수 있지만 뒷부분부터 그 산략이 혹심함은 역시
역자의 권태감에서 비롯된다고 생각된다. 그 일례를 들면 다음과 같다.

　　용왕이 악공을 명ᄒ야 풍유를 알릴시 세상 사람 음율과 다른지라
　　장ᄉ 천 인이 좌우의 나열ᄒ야 손의 검극 잡고 북을 울이며 미여 육칠
　　인은 부용오슬 입고 명월픿를 차고 나삼을 나리려 쌍쌍 더무ᄒ니 일쩌
　　장관일네라 상셔문왈 이 풍악은 무삼 곡조라 ᄒ난잇가 용왕이 답왈 전
　　당파진악이라 ᄒ고 서로 질기더니 상셔 도라가기를 청ᄒ여 왈 후기를
　　일치 말게 ᄒ소서 왕이 답왈 맛당이 언약을 저바리지 아니ᄒ리라 (이
　　재수본)

　　龍王命奏衆樂 樂律融融 聞有條節 而與俗樂異矣 壯士千人 列立於
　　殿左右 手持劍戟 揖擊大鼓而進 美女六侑 着芙蓉之衣 振明月之珮
　　飄拂藕衫 雙雙對舞 眞壯觀也 尙書問曰 此舞未知何曲也 龍王答曰
　　水府舊無此曲 寡人長女 嫁爲徑河王太子之妻 因柳生傳書 知其遭牧羊
　　之困 寡人弟錢塘君 與徑河王大戰 大破其軍 率女子而來 宮中之人 爲
　　作此舞 號曰 錢塘破陣樂 或稱貴主行宮樂 有時奏之於宮中之宴矣 今
　　元帥破南海太子 使我父女相會 與錢塘故事 頗相似矣 故改其名曰 元
　　帥破軍樂也 尙書又問曰 柳先生今何在耶 未可相見耶 王曰 柳郎今爲
　　瀛洲仙官 方在職府 何可來耶 酒過九巡 尙書告辭曰 軍中多事 不可久
　　留 是可恨也 惟願使娘子 毋失後期也 龍王曰 當如約矣 (한문목각본)
　　　　　　　　　※ 한문목각본의 방점 부분 이재수본에 누결

위의 예문은 양원수가 남해태자와 對戰하여 이를 파하고 백능파를
구출한 것으로 인연해서 백능파의 아버지 용왕에게 引招되어 大宴을
받고 난 후, 서로 헤어지는 장면이다. 예문 중 한문목각본의 방점 부분
에 나타나 있는 바와 같이, 이재수본의 산략된 양으로 말하면 마치 축

역판인 경판본(한글본)을 연상케 한다. 이와 같은 大刪略은 이 부분뿐
만 아니라 다음 면에 이르러는 그 수를 헤아릴 수 없을 정도로 산재하
고 있다. 특히 越王과 양상서의 樂游原 獵鬪 놀이에 있어서는 그 시문
뿐만 아니라 一場이 커트되어 있어 그 스토리가 연결되지 않는다. 게다
가 한문목각본 3권 '賈春雲爲仙爲鬼~狄驚鴻乍陰乍陽'(14장), '金鸞眞
學士吹玉簫~蓬萊殿宮娥乞佳句'(23장), '宮女掩淚隨黃門~侍妾含悲辭
主人'(29장)이 이재수본에 모두 누결되어 있는데, 이는 역자의 고의적
인 산략이라고는 볼 수 없고 再筆者의 미스로 인한 누락이라고 생각된
다. 하여간 이재수본에 나타난 산략은 <구운몽> 이본 중 가장 심한
것만은 부인할 수 없는 사실이다.

　다음은 이재수본에 나타난 오역에 대하여 살펴보기로 하겠다. 오역
에 앞서서 우선 오자가 이 이본에 산견됨은 앞에서 말한 바와 같다.

　　　원수 여성디질왈 니 천병을 밧들고 도적을 치니(我奉行天命)
　　　상서 한 칼노 다 버히고 빅복편을 드러 한번 쏴리니(擧白玉鞭一
　　揮之)
　　　용왕왈 일시가 오히려 늣지 아니흔지라(日勢猶未脫矣)
　　　겨져난 후뵈셩문이고 디신으 여지라(侯伯盛門)
　　　졔군이 가로더 이 김싱은 쑈기 어려오니 히동창을 노으소셔(宣用
　　海東靑也)
　　　죠셔를 니리와 실봉오쳔호을 더 주시고 승상 인슈을 아직 거두라
　　흐시니(又加賞封五千戶)
　　　장녀의 명은 젼단이니 진씨의 소싱이라(長女各傅丹)

위에 든 오자는 대개 재필자의 미스에서 생긴 경우도 있겠으나 위의

예문 중 '賞封五千戶'를 '실봉오천호'라 音讀한 것은 '賞'을 '實'로 오독한 것이며, '傅丹'을 '전단'(傳丹)이라 음독한 것은 '傅'를 '傳'으로 錯讀한 데서 기인하는 미스라 본다. 그러므로 이와 같은 오독은 재필자의 미스라고는 볼 수 없고, 본시 역자의 오독에 그 원인이 있다고 보아야 할 것이다.

이재수본에 나타난 오역은 20여 군데가 넘으나 타 한글본에서와 같이 그 원인이 대략 무리한 산략에서 오는 문맥의 산란과 格의 혼돈이 다수를 차지하고 있고, 구절을 錯讀하여 원문의 내용을 왜곡하게 된 것도 있다. 그러면 몇 가지 예를 들어 살펴보기로 하겠다.

① 티후 올히 여겨 즉시 소황문으로 ᄒ야곰 각쳐 사관에 무러오라 ᄒ니 졍페원 니괴 가로디 졍사도 딕이 본디 불사를 우리 졀에 와 힝ᄒ거니와 그 소졔난 본디 왕닉ᄒ난 일이 업고 수일 젼에 소졔의 시비 가츈운이 양상셔 부실노 소졔의 명을 밧들고 츅원문만 가져다가 티후게 올이소셔 황문이 그 글을 올이니 티후왈 일노 보와도 졍여의 졀황은 가이 아려니와 그 면목은 보기 실노 어렵도다 (이재수본)

太后是之 卽使小黃門 問於近處寺觀 正弊院尼姑曰 鄭司徒家本行佛寺於吾寺 而小姐元不往來於寺觀 三日前小姐侍婢楊尚書小室賈孺人 奉小姐之命以發願之文 納於佛前而去 願黃門賚去此文 復命太后娘娘如何 黃門還來 以此奏進太后曰 苟如是則 見鄭女之面難矣 (한문목각본)

② 각셜 잇써예 졍소져 공쥬 되여 궁즁에 유한 지 일월이 오린지라 티후를 지셩으로 모시고 난양과 진씨를 형졔갓치 우익ᄒ니 티후 더욱 사랑ᄒ시더니 이러구러 혼긔 박두ᄒ거날 티후 죵용이 고왈 당초 난

양으로 좌차를 흐든 날에 상좌를 더럽힌 거시 실노 참월흐고 외람흐
온 줄 아오니 일힝 고집흐오면 낭낭으 권권흐시난 은혜를 져바릴가
져어흐와 강잉흐야 좃찻싸오나 실노 본심은 아닐 분더러 이졔 한가지
양가의 도라가온니 난양이 만일 졔일위를 사양흐온직 이난 불가흐니
다시 바리옵건딘 낭낭은 그 졍지를 살피사 위차를 발졔 졍흐야 분의
예 편케 흐옵고 법에 물난치 말졔 흐옵소셔 (이재수본)

時鄭小姐爲公主 在於宮中 日月多矣 事太后 以孝以至誠 與蘭陽
及秦氏 情若同氣 敬愛深至 太后益愛之 婚期旣迫 從容告於太后曰
當初以蘭陽定次之日 冒居上座 實涉僭越 而一向固辭以外 於娘娘之
恩眷 故黽勉從之 而卒非我意也 今歸楊家 蘭陽若辭第一位則 此大不
可 惟望娘娘及聖上 參其情禮 正其位次 使私分獲安 家法不紊 (한문
목각본)

③ 셤월이 왈 그런즉 월궁에 연지와 분으로 단장흔 지 무비팔공산
쵸목이라 염녀흘 거시 업시나 홍낭은 본리 담약흐야 이런 말을 듯
고 흔가지 뫼칙도 닉지 못흘가 흐나이다 경홍이 분열왈 셤낭아 이
거시 춤말이냐 우리 양인이 관동 칠십여 주를 횡힝흐야 쳔명흔 긔약
과 미식을 아니 본 비 업시나 흔순도 굴치 아니흐엿시니 엇지 일기 옥
연을 두러흐리요 (이가원본)

蟾月曰 越宮中粉其腮 而臙其頰者 無非八公山草木也 有走而已 吾
何敢當哉 願娘娘問策於狄娘 妾等膽弱 聞此言 便覺歌喉自廢 恐不能
唱曲也 驚鴻憤然曰 蟾娘子此果眞說話耶 吾兩人橫行於關東七十餘
州 擅名之妓樂 無不聽之 鳴世之美色 無不見之 此膝未曾屈也 何可
遽讓於玉燕乎 (한문목각본)

①은 난양공주(이소저)와 황태후가 정소저의 됨됨이를 탐지코자 黃

門을 보내어 正弊院으로부터 보고를 받아 태후께 고하는 장면이다. 그런데 이재수본에는 한문본의 '納於佛前而去'가 생략되어 '가춘운이 양상서 부실노 소제으 명을 밧들고 축원문만 가져다가 틱후게 올이소서'라 적절히 의역됐으나, 실은 한문목판본의 '楊尙書小室賈孺人 奉小姐之命以發願之文 納於佛前而去 願黃門賽去此文'이 略讀·混譯되어 그와 같은 미스가 기인한 것이다.

②는 정소저가 제1위의 공주의 보은을 얻어 궁궐에 머문 지 오래되어 그 지위를 난양에게 사양하는 장면이다. 그러나 한문목각본에는 그 스토리의 전개가 정소저와 황태후와의 대화로써 이루어져 있으나, 이재수본에는 원본의 '從容告於太后曰'이 '틱후 종용이 고왈'로 錯譯되어 있다. 이로 인하여 태후 이하의 문장의 주어는 결과적으로 태후로 귀착하게 된다. 그러나 한글본 중 善本인 이가원본에는 '조용히 태후끠 고ᄒ되'라 바로 번역됐음을 첨언해 둔다.

③은 樂遊原 鬪獵 爭妓 중 적경홍과 계섬월의 논쟁의 한 부분이다. 이재수본에 '홍낭은 본릭 담약ᄒ야 이런 말을 듯고 ᄒ가지 뢰측도 닉지 못홀가 ᄒ나이다'의 구절 중 홍랑이 그 주어로 되어 있으나, 실은 한문목각본을 보면 '妾等膽弱 聞此言 便覺歌喉自廢 恐不能唱曲也'에서와 같이 그 주어는 '妾等'으로 섬월과 경홍의 複數를 뜻하는 것이다. 그러나 그 미스의 원인은 '願娘娘問策於狄娘' 중 狄娘 외에는 모두 생략하고 다음 '妾等'도 생략하여 狄娘을 이하의 주어로 한 데 있다고 본다.

이상과 같은 오문 외에도 존대법과 해라법이 불일치된 부면이 있는 것은 타 한글본에서와 같으므로 이에 대한 설명은 생략하겠다.

상술한 것 외에도 몇 가지 덧붙여 둘 것은, 한문목각본의 어구가 이재수본에 더러 시정된 흔적은 있으나 이가원본에서와 같이 비판적이라고는 볼 수 없으며, 한문목각본에 누락된 성진의 '대각' 장면이 순한역체로 자상하게 기술되어 있다는 것이다. 그런데 그 내용은 이가원본에 나타난 '대각' 장면과 같으나 그 표현법은 좀 다른 바가 있다. 이것은 결국 이재수본의 텍스트로 된 한문목각본에 성진의 '대각' 장면이 본시 기재되어 있음을 확증해 주는 것이 될지도 모른다. 그리고 이재수본의 몇 군데에 의역·誤譯이 더러 나타나 있으나 이 이본의 특징이 될 만한 문제가 되지 못하므로 생략하기로 하겠다.

5) 강윤호본

본 이본은 이화여대 강윤호 교수의 소장본으로 3권 3책으로 된 한글 필사본이다. 그 체재는 세로 30.5cm, 가로 20.5cm, 每張 10행 내지 15행, 자수는 每行 25자부터 40자 내외로 되어 있다. 그리고 1권이 35장, 2권이 40장, 3권이 31장, 도합 106장이다. 그 필치는 약간 난필이나 해독하기에 그리 불편을 느낄 정도는 아니며, 간간 나타난 오기는 片紙로 정성껏 일일이 粘付해 놓은 것으로 보아 이 이본의 필사자는 매우 꼼꼼하였으리라 짐작된다.

강윤호본의 出來된 시기와 그 출처를 살펴보면, 1권 말미에 '을유중하 초팔일 종성읍 시문안 오비연 필셔'란 기록이 있어 이 이본이 재필본임을 알 수 있다. 그 재필된 간지가 을유년인데, 역시 2권 말미에 '光緖十二年乙酉五月十二日 鍾山翠園終書'란 기록이 있으므로 앞에서 말한 그 을유년은 고종 22년(A.D. 1885)에 해당됨을 확적히 알 수 있다. 그러므로 강윤호본은 필사본으로서 그리 오래된 古本은 아니며 이가원본과 同系에 속한다. 그러나 그 내용을 살펴보면 19세기 중엽에 재필된 정규복본보다 그 문체가 훨씬 古體이며, 뿐만 아니라 고어가 더러 屢見된다.

> 천진교우에 버들 고시 나니(天津橋上柳花飛)
> 겨슬이 지나고 신춘이 도라오는지라(舊花已盡新春)
> 곳가지 옥인의 단장을 붓그러ᄒᆞ니(花枝羞殺玉人粧)

이상의 고어는 타 한글본에서 별로 발견되지 않는다. 또한 타 한글본에는 거의 출현하고 있는 주격조사 '가'가 강윤호본에는 稀見된다. 이로 보면 강윤호본의 원본은 古本임에 틀림없으리라 보며, 억측을 내린다면 서울대학본에 버금가는 古本으로서 그 성립 시기는 19세기 초엽 이전까지 소급할 수 있을 것이다.

강윤호본의 출처는 물론 앞에서 인용한 말미 기록에 '종성읍'(鍾城邑)이란 지명이 있으므로 함경도임을 알겠거니와, 그 내용을 보면 다음과 같은 평남 방언이 보인다.

> 구아구아 ᄒᆞ는 소리 목구무역의 이서(救我救我而聲在喉間)
> 승상이 부복더왈 낭낭의 은덕은 텬디조와갓치 크오니 신이 비록 죽쏘와도 만분지일도 갑쎄 어렵쏘외다

이로 미루어 보면 강윤호본의 출처지가 평안 지방의 경계를 벗어나지 않으리라 추측된다. <구운몽>의 여러 이본(한글본)이 모두 영남 지방을 중심으로 出來한 남방계열임을 생각할 때, 강윤호본은 북방계로서 하나의 이색적인 이본이 될 줄 믿는다.

강윤호본의 내용을 살펴보면 역시 刪略이 산견되며 그 산략에서 기인하는 오문, 文意의 혼란 등이 엿보여서, 이 이본 또한 서포의 원작과는 거리가 멀고 한문본의 번역에서 유래된 譯本임이 틀림없다. 그렇지만 그 문체가 매우 능숙하고 산략도 비교적 부드럽다. 오히려 앞부분에 있어서는 산략이 구김새가 없이 자연스러우며 미스도 거의 없으나 뒷부분에 이르러서는 산략이 질서를 잃었고 미스도 산견됨이 유감이다. 그러나 그 원본인 한문본에도 없는 一場이 강윤호본에 장황하게 誇譯된 곳이 있고, 한문본의 16회장을 중심으로 分回되었다는 것이 강윤호본의 특색이라고도 볼 수 있다. 이상의 장단점을 종합하여 보면 강윤호본은 한글본 중 이가원본에 버금가는 善本임을 단언할 수 있다. 그러면 전술한 내용을 상론코자 한다.

강윤호본은 3권 3책으로 되어 있지만 한문본을 텍스트로 하여 分回되었다 함은 이미 말한 바와 같다. 이는 강윤호본이 한문본의 번역에서 유래되었다 함을 확증해 주는 좋은 자료다. 이를 한문본과 함께 열거하면 다음과 같다.

> 구운몽 제일이라 연화봉더긔법우ᄒ고 진샹인이 환생양가라
> 蓮花峯大開法宇 眞上人幻生楊家
>
> 제이회예는 화음현의 규녀통신ᄒ고 남젼산의 도인이 젼금ᄒ니라
> 華陰縣閨女通信 藍田山道人傳琴
>
> 뎨삼회라 양쳘니 쥬누의 탁계ᄒ고 계셤월이 원되여 쳔현이라
> 楊千里酒樓擢桂 桂蟾月駕被薦賢

졔사회라 쳥녀관이 졍부의 우지음ᄒ고 노사도 금방의 득쾌셔라
倩女冠鄭府遇知音 老司徒金榜得快壻 (한문목각본 5회분 누결)

졔뉵회라 가츈운이 위션위귀ᄒ고 뎍경홍이 ᄉ음ᄉ양이라
賈春雲爲仙爲鬼 狄驚鴻乍陰乍陽

졔칠회라 금난젼에 학시췌옥쇼ᄒ고 봉ᄂᆡ젼의 궁이걸가귀라
金鸞眞學士吹玉簫 蓬萊殿宮娥乞佳句

졔팔회라 궁녀난 엄누슈황문ᄒ고 시쳡은 함비ᄉ쥬인이라
宮女掩淚隨黃門 侍妾含悲辭主人

졔구회라 ᄇᆡ용담의 양낭이 파음병ᄒ고 동졍호 용궁연의 연괴용이라
白龍潭楊郎破陰兵 洞庭湖龍君宴嬌客

졔십회라 양원슈투한고션비ᄒ고 공쥬미북방귀슈라
楊元帥偸閑叩禪扉 公主微服訪閨秀

졔십일회라 양미인이 츄슈동거타고 댱신궁의 칠보셩시라
兩美人携手同車 長信宮七步成詩 (한문목각본 12회분 누결)

졔십이회라 합잉셕의 난양이 샹휘명ᄒ고 헌슈연의 홍워리 쌍쳔쟝이라
合巹席蘭陽相諱名 獻壽宴鴻月雙擅場

십이회라 낙유원의 회렵투츈식ᄒ고 유벽거의 죠요고풍악이라
樂遊園會獵鬪春色 油碧車詔搖古風光

십삼회라 부마 벌음금굴치흐고 셩쥬은 챠취미궁이라
駙馬罰飮金屈巵 聖主恩借翠微宮 (한문목각본 16회분 누결)

위에 열거한 장회 수를 보면 그 체재가 한문목각본 그대로 16회장으로 모방 구성된 흔적이 보이나, 5회·12회·16회 등 3회분이 강윤호본에 누결된 것은 재필자의 미스라 생각된다. 7회에 '金鸞眞'이 '금난젼'으로, '宴嬌客'이 '연괴용'으로 되어 있는 것은 재필자의 미스라기보다 번역자의 착각에서 기인된 것이라 본다. 이와 같은 改意는 詩의 번역에도 보인다. 더구나 맹랑한 것은 12회가 이중으로 나타나 있는데 그 오류는 재필자의 태만에서 비롯되었을 것이다. 이는 강윤호본의 3권 중 필사의 미스와 오류가 많이 산견된다는 사실을 통해 알 수 있다.

그리고 강윤호본 매 장회 첫머리에 '화셜' '차셜' '션셜' 등의 화두사가 쓰여 있고 5회 말미에는 '하회를 분셕흐오'라는 중국 장회체소설에 나타나는 매개어구가 쓰이고 있다. 이처럼 원본인 한문본에도 없는 화두사나 매개어구가 사용된 것은 다분히 고소설의 영향에서 비롯된 것이라 추측된다.

다음은 강윤호본의 번역에 대하여 고찰하기로 하겠다. 우선 그 詩文을 살펴보면 타 한글본에서와 같이 무질서하지 않고 서울대학본식으로 원문의 직음을 달아 놓은 후에 이를 친절히 번역해 놓았다.

양뉴쳥여직흐니 쟝죠불화누라
楊柳靑如織 長條拂畫樓
지군근죵의는 ᄎ슈최풍뉴라
願君勤種意 此樹最風流

이 글쓰슨 가로되 양뉴 푸르기 짠 것 갓흐니 긴 가지 그림누의 썰치
더라 알쾌라 그더 부즐언이 심궈쓰니 낭기 가장 풍뉴 잇더라 쏘 가로되
양뉴하쳥쳥코 쟝죠불긔영이라
楊柳何靑靑　長條拂綺楹
원군막반졀ㅎ라 차슈최다졍이라
願君莫攀折　此樹最多情
이 글쓰슨 양뉴 엇지 푸르고 푸르럿는고 긴 가지 비단창의 썰치더라
원컨더 그더는 썩지 말지어다 이 낭기 가장 졍이 만토다 ㅎ엿더라[13]

위의 예문에서와 같이 시문의 번역에 있어서 직음과 그 해석을 付하
는 따위의 譯法은 진작부터 있었던 수법이며 비교적 古型에 속한다고
본다. 강윤호본에는 한문본의 여러 시가 이와 같은 수법으로 충실히
번역되어 있으나, 단 유감스러운 것은 '樂游原會獵鬪春色'에 보이는
월왕과 양승상의 칠언시가 공히 생략되어 있다는 점이다.

앞에서 서술한 바와 같이 강윤호본에 나타난 산략은 어색함을 느끼
지 못할 만큼 자연스럽다. 일례를 들면 양소유가 과거를 보러 상경 도
중 天津橋 연회에 참관하는 장면을 보면 여실히 알 수 있다.

제인이 싱의 안뫼 쥰수ㅎ고 풍치 쇄략ㅎ물 보고 일어 마즈 각각 셩
명을 통ㅎ더니 샹좌의 노셩이란 션비 이셔 몸을 구펴 왈 양형의 모양
보니 츈과에 가는 션비라 금일 노름의 참예ㅎ미 가장 죠토다 싱이 답
왈 노형의 말슴을 듯스오니 이 잘이는 반다시 시스를 마자 문쟝을 비

---

13) 한시는 한문본의 것으로 필자 삽입. 예문의 제3구에 한문본의 '願'이 강윤호본에는
'지'(知)로 됐음은 역자의 미스가 아니라 고의적인 改意이며 이 정도의 片字의 改意는
이 이본의 楊柳詞를 비롯하여 張女娘의 慰魂詩, 정소저의 七步詩, 진소저의 喜鵲詩
등에도 나타나 있다.

교ᄒ고져 ᄒ미니 쇼뎨는 초국 쳔ᄒ 션비라 년치 얼이고 지식이 업ᄉ오
니 엇지 이 셩회예 참예ᄒ올잇가 (강윤호본)

諸生見楊生 容顏秀美 符彩灑落 齊起迎揖 分座列坐 各通姓名後
上座有盧生者 先問曰 吾見楊兄行色 所謂槐花賓擧子忙者也 生曰 誠
如兄言矣 又有杜生者曰 楊兄苟是赴擧之儒則 雖云不速之賓 參於今
日之會 亦不妨也 生曰 以兩兄之言觀之則 今日之會 非但以酒盃留連
而已 必結詩社而較文章也 若小弟者 以楚國寒賤之人 齒旣少 知識甚
狹 雖以薄劣 猥充鄉貫 參與於諸公盛會之末 不亦僭乎 (한문목각본)

위의 두 예문을 대비해 보면 한문목각본의 방점 부분이 강윤호본에
생략되었으나 杜生이 커트되어 그 대화가 盧生의 대화로 삽입되어 있
다. 이는 오역이 아니라 역자가 한문목각본의 번잡함을 덜기 위하여
고의로 축소시켜 놓은 것이라 보아야 할 것이다. 그러나 타 한글본에
도 이러한 축역이 허다하나 대개 무리한 축소로 인하여 문맥의 혼란을
가져오는 것이 보통이다. 그렇지만 강윤호본의 앞부분을 한문목각본
과 대조해 보면 그 산략이 부지기수로되 무리가 별로 없음은 역시 역
자의 그 치밀성에서 기인하는 것이라 보아야 할 것이다. 그렇지만 이
같은 장점을 지니고 있으면서도 뒷부분에 이르러는 타 한글본의 정도
는 아니라 할지라도 무리한 산략이 여러 차례 보인다. 일례를 들어 고
찰하기로 하겠다.

일일은 쳔ᄌ 봉ᄂᆡ젼의 좌ᄒ시고 양소유을 불으시니 샹셔 바야흐로
명십상으로 더부러 쥬류명긔 쥬옥노로 노리를 불으며 슐을 마이며 의
기 호탕ᄒ더니 ᄉᆞ지 말은 달려와 피초 ᄒ건을 명십상은 놀라 나가건을
샹셔난 취ᄒᆞ 눈이 몽롱ᄒ여 ᄉᆞ지 오믈 ᄭᆡ닷지 못ᄒ난지라 ᄉᆞ지 소리를

크게 ᄒᆞ여 입궐ᄒᆞ긔을 지촉ᄒᆞᆫ디 샹셔 놀나 일어서 됴복을 입고 궐닉의
들어가 스은슉비ᄒᆞ온디 쳔지 자리 쥬시며 고금ᄉᆞ을 의논ᄒᆞ시더니 샹
이 왈 짐이 미양 니퇴빅의 쳥평ᄉᆞ을 보며 그 스름 업슴을 한ᄒᆞ더니 경
의 직죄을 보니 리퇴빅의셔 지지 아니ᄒᆞᆫ지라 국됴고ᄉᆞ을 본바다 궁녀
십여 인을 녀즁셔라 일홈ᄒᆞ엿나니(하략) (강윤호본)

　一日天子燕坐於蓬萊殿 使小黃門 召楊少游 黃門往翰林院則 院吏
曰 翰林纔已出去矣 往問鄭司徒家則 曰翰林不還矣 黃門奔馳慌忙 莫
知去向矣 時楊尙書與鄭十三 大醉於長安酒樓 使名娼朱姬玉露唱歌
軒軒笑傲 意氣自若 黃門飛韁而來 以命牌召之 鄭十三大驚跳出 翰林
醉目矇朧 鬚髮髥鬖 不省黃門之已在樓上矣 黃門立促之 翰林使二娼
扶而起 着朝袍 隨中使入朝 天子賜座 仍論歷代帝王治亂興亡 尙書出
入古今 敷奏明愷 天顔動色 又問曰 組繪詩句 雖非帝王之要務 惟我祖
宗 亦嘗留心於此 詩文或傳播於天下 至今稱誦 卿誠爲我論聖帝明 王
之文章 評文人墨客之詩篇 勿憚勿諱 定其優劣 上而帝王之作誰爲雄
也 下而臣隣之詩 誰爲最也 尙書伏而對曰 君臣唱和 自大堯帝舜而始
不可尙已 無容議爲 漢高祖大風之歌 魏太祖月明星稀之句 爲帝王詩
詞之宗 西京之李陵 鄴都之曹子建 南朝之陶淵明謝靈運二人 最其表
著者也 自古文章之盛 毋如國朝者 國朝人才之蔚興 無過於開元天寶
之間 帝王文章 玄宗皇帝爲千古之首 詩人之才 李太白無敵於天下矣
上曰 卿言實合朕意矣 朕每見太白學士淸平詞行樂詞則 恨不與同時
也 朕今得卿 何羨太白乎 朕遵國制 使宮女十餘人 掌翰墨 所謂女中
書也(하략) (한문목각본)

　　　　　　　　　※ 한문목각본의 방점 부분 강윤호본에 누결.

위의 예문은 궁정에서 양생을 부마로 맞이하기 위하여 천자가 양생
을 불러 와서 그 인물됨을 시험하는 장면이다. 한문목각본의 방점 부

분에 나타나 있는 바와 같이 그 산략이 매우 심하여, 강윤호본의 내용은 경개본이라 볼 수 있는 경판본보다도 짧다. 한문목각본을 살펴보면 黃門이 천자의 명을 받고 양생을 찾고자 하는 그 다망 다급한 모습이 잘 묘사되어 있다. 하지만 강윤호본은 그 산략으로 인하여 추상적인 大意로 끝난 감이 있어 일종의 소설적 효과가 결여되어 있다. 이와 같은 大刪略은 이 부분뿐만 아니라 적설산 아래에서 양소유와 심요연이 상봉하는 장면에 있어서 한 장(한문목각본의 640자 이상)의 산략이 가장 심한 편이고, 뒷부분에 있는 상소문 등은 경개 정도로 축역되어 있으며, 결미에 이르러서는 성진의 각몽에 그치고 그 후의 스토리는 생략되어 있다. 이러한 무리한 대산략은, 강윤호본의 앞부분이 타 한글본의 추종을 불허하는 장점을 지니고 있으면서도, 이 이본으로 하여금 균형을 잃게 하는 매우 큰 결점임을 첨언해 둔다. 이처럼 균형을 잃게 하는 그 대산략의 원인은 역시 이재수본이나 정규복본과 마찬가지로 역자의 권태감에 있다고 본다.

다음으로는 강윤호본의 오역을 살펴보기로 한다. 그 오역은 이미 지적한 바 있지만, 타 한글본에서와 같이 허다하지는 않더라도 그 오역의 원인이 대체로 산략에서 오는 문맥의 不備, 즉 주어의 혼동에 있는 경우가 가장 많다. 구절의 착각에서 오는 미스 등이 있음은 타 한글본과 일치한다. 그러면 예문을 들어 고찰하기로 하겠다.

① 한님이 보미 분명 장녀랑이라 한님이 정신이 황홀ᄒᆞ여 곡절을 알지 못ᄒᆞ여 ᄉᆞ도을 치아다 보니 뎡셩이 크게 우서 왈 양형 아니 ᄉᆞ람을 모르느냐 귀신이냐 ᄉᆞ람이냐 귀신이면 엇지 빅쥬의 나왓ᄂᆞ냐 ᄉᆞ도와 부인이 미미이 웃고 뎡셩은 업더져 우서 니지 못ᄒᆞ여 좌

우시비더리 서로 붓들고 웃눈지라 (강윤호본)

翰林一擧目 已知其張女娘也 恍恍惚惚 莫知端倪 直視司徒及鄭生
而問曰 此人耶 鬼耶 鬼何以能出於白晝耶 司徒及夫人 啓齒而笑 鄭
生棒腹大噱 顚仆不能起 左右侍婢等 已折腰矣 (한문목각본)

② 마침 셔역 틴진국이 빅옥통쇼을 밧치니 그 졔되 졀묘흔지라 니
원악공을 볼나 ᄒ여도 소리 나지 아니ᄒ더니 일야난 공쥬 꿈의 션녀을
만나 옥소을 가르치더니 밋 ᄭᅵ여나 시험ᄒ여 옥소을 불러보니 그 소리
심이 쳥이ᄒ여 곡죠의 맛난지라 틴후와 황상이 다 이상이 아나 다른
말삼은 아지 못ᄒ더라 (강윤호본)

時西域太眞國 進白玉洞簫 其制度極妙 而使工人吹之 聲不出矣 公
主一夜夢遇仙女 敎此一曲 公主盡得其妙 及覺試之 太眞玉簫 聲韻甚
淸 律呂自叶 太后及皇上皆異之 而外人莫之知矣 (한문목각본)

③ 셩진이 가로더 이젼 드르니 달마존자는 쌀더닙흘 타고 대히을
건넛다 ᄒ니 화상이 뉵관더사의게 도을 비와 신통흔 슐법이 만흐리니
엇지 쟈근 물을 못것이 이녀ᄌ로 더부러 길을 닷토리요 셩진이 웃고
왈 졔낭ᄌ의 ᄯᅳ슬 짐작ᄒ오니 힝인의 길을 사는 돈을 찻고져 ᄒ시미오
니 빈승이 금젼도 업ᄉ오나 마춤 명쥬 팔 긔 잇습기예 드리오니 길을
빌니소셔 (강윤호본)

性眞曰 溪水旣深 且無他路 欲使貪僧 從何處而行乎 仙女等曰 昔
達摩尊者 乘蘆葉涉大海 和尙若學道於六觀大師則 必有神通之術 涉
此小川 何難之有 而爲兒女子爭道乎 性眞笑而答曰 試觀諸娘之意 必
欲索行人買路之錢也 貧寒之僧 本無金錢 適有八顆明珠 請奉獻於諸
娘 買一線之路 (한문목각본)

①은 양생이 張女娘(실은 가춘운)의 환상을 보고 황홀경에 몰닉하는 장면이다. 한문목각본의 '此人耶 鬼耶 鬼何以能出於白晝耶'의 양생의 歎句가 강윤호본에는 정생의 것으로 되어 있음은 '直視司徒及鄭生而問曰'을 '鄭生問曰'로 오독한 데서 기인하는 미스다. 그러나 이 같은 미스가 꼭 같은 방법으로 정규복본에도 일어난 것은 우연한 일치로서 기이한 일이 아닐 수 없다.

②에 있어서 한문목각본의 '公主一夜夢遇仙女 敎此一曲'이 강윤호본에 직역되었으므로 '敎此一曲'의 주어는 그 내용상 선녀가 될 것이나 강윤호본에는 결과적으로 공주가 되고 말았다. 이는 한문의 뉘앙스를 무시한 미스로 보인다. 물론 이가원본에는 '공주 하로밤 꿈에 선녀를 만나 곡조를 배와'라 되어 원본의 '敎'가 '배와(學)'로 의역되어 원문의 뜻을 충분히 살렸음은 주목된다. 그리고 그 말미 어구의 '外人'이 강윤호본에 '다른 말삼'으로 잘못 기록된 것은 재필자의 미스인지는 모르겠으나 일종의 난센스라 하지 않을 수 없다.

③은 石橋 위에서 성진이 팔선녀와 爭路하는 장면이다. 한문목각본의 방점 부분에 나타나 있는 바와 같이, 생략으로 인하여 문맥의 혼돈을 가져와 주어를 분간할 수 없는 미스가 되었다. 이는 재필자의 누락일지도 모르겠다.

이상의 예시에서 알 수 있는 바와 같이 오역의 대부분이 무리한 산략에 있다. 그리고 이러한 오역 외에 재필자의 오기가 많음은 물론이요, 태감과 진소저, 양소유와 정사도와의 대화에 있어서 존대법과 해라법이 혼용되어 그 불일치를 엿볼 수 있음은 타 한글본과 같다. 이들에 대한 예문을 제시하는 것이 원칙이겠으나 번잡을 덜기 위하여 생략하기로 하겠다.

끝으로 강윤호본의 특징이라고 볼 수 있는 誇譯을 고찰키로 하겠다. 본 이본에 나타난 특징은 첫째로, 一場의 내용이 誇譯 삽입되어 있다는 것, 둘째로 어느 一場은 그 원본의 미비점을 시정하여 적절하게 역자의 創意를 부여해 놓았다는 것, 셋째로 肉情的인 장면을 소설적으로 더욱 과장해 놓아 정규복본이나 영역본에 나타난 고의적인 산략과는 대조가 된다는 것이다. 이상의 특징을 종합하면 결국 역자의 소설적 창작의식을 통한 과역이라고 말할 수 있다.

첫째로 一場의 과역 삽입에 대해 살펴보겠다. 대체로 인물의 내력이나 그 탄생설화가, 일반 고소설에 상투적으로 묘사된 가계와 출생설화의 형태로 매우 장황하게 과역되어 있다. 일례를 정사도에서 들겠다.

각셜 국죠의 일위명환이 이스니 개국공신 정치현의 후손이요 승샹위국공 경님의 아달이니 일홈은 젼이요 ᄌᆞ는 요뷔니 일즉 봉샹졀도ᄉᆞ로 죽ᄌᆞ의 날니를 당ᄒᆞ야 평왕의 셩물위을 거ᄂᆞ려 도젹을 평ᄒᆞ고 초병을 물니 즁흥일등공신이 되여 디승샹위예 나아가 덕죵 삼십칠년의 셩덕을 도아 쳔희틱평ᄒᆞ니 쳔하 쏠롬이 그 공덕을 찬숑ᄒᆞ며 쳔지 녜로 디졉ᄒᆞ시더니 나이 ᄉᆞ십의 벼살을 ᄉᆞ양ᄒᆞ고 부뷔에 한거이 거ᄒᆞ여 츙녈부인 최시로 만경을 즐기더니 일일은 샹공이 부인더러 말ᄒᆞ되 우리 셰디 공후거족으로 니몸의 밋쳐 부귀 극진ᄒᆞ나 슬하의 ᄌᆞ식이 업셔 ᄉᆞ후의 죠션향화을 부탁홀 고지 업스니 엇지 슬프지 아니ᄒᆞ이요 부인왈 첩은 드르니 삼쳔지죄의 무휘 크다 ᄒᆞ오니 샹공이 공후거족으로 젼셰의 젹션에 경이 만ᄒᆞ오되 첩의 박명을 인ᄒᆞ야 죠션향화 부탁을 ᄂᆞᆫ게 되오니 그 죄을 의논ᄒᆞ오면 칠거의 ᄒᆞᆫ 죠목이 잇스오니 첩이 무슴 얼골노 샹공을 디ᄒᆞ오며 가묘의 아현지녜을 ᄒᆞ올잇가 첩의 싱각은 ᄌᆞ고로 경현이 ᄯᅩᄒᆞᆫ 거도ᄒᆞ야 싱ᄌᆞᄒᆞᄂᆞᆫ 법이 잇스오니 이젼 샹셜의 어막ᄂᆞᆫ 미신긔 빌엇고 노국 안씨는 의구산의 비럿스오니 츈명문의 ᄌᆞ쳥관은

티샹노군의 사당이라 노군이 도덕이 노프니 샹공 부ᄌ와 셕가셰존으로 삼교를 마타 옥샹졔을 도으시ᄂ 그 창셩을 광졔ᄒ시ᄂ 덕이 만고의 영홈ᄒ지라 첩이 ᄒ번 나아가 지셩으로 발원ᄒ올이다. 샹공이 웃고 허락ᄒ거늘 부인이 칠일지계ᄒ고 ᄌ졍관의 나가 금빅을 도즁을 샹급ᄒ고 삼쳑단을 뭇고 오방신위와 삼티칠셩과 이십팔슈을 각각 신위비셜ᄒ고 소의 노복으로 미일 쳥신의 노군샹젼에 나가 빅비 발원ᄒ더니 빅일 만의 일일은 지실의 도라와 침셕의 의지ᄒ엿더니 홀연 일위션녀 일기명쥬을 가지고 아퍼 나와 고ᄒ여 왈 이ᄂ 불가에 명쥬라 노군이 셕가시쥬의긔 비러 부인게 보뇌오니 부인은 팔십년 후의 다시 불가에 젼ᄒ소셔 밧고 은근이 치하ᄒ더니 홀연 ᄱᅵ달으니 남가일몽이라 부인이 심즁의 짐쟉ᄒ야 깃부믈 이긔지 못ᄒ고 도라왓더니 그날부터 잉티ᄒ야 일긔옥녀을 탄싱ᄒ니 얼골은 옥을 ᄶᅡᆨ그며 슈졍으로 달년ᄒᆫ 듯 모양은 요지여 한가지도티 삼쳔년에 ᄒ번 ᄶᅱ며 우ᄂ 소리ᄂ 죠묘의 홀연긔 ᄶᅡᆯ이 ᄂ듯 ᄒ지라 사도와 부인이 비록 남지 아니믈 셥셥ᄒ나 긔질이 비범ᄒᄆ믈 ᄉᆞ랑ᄒ야 일홈은 경픽라 ᄒ고 이즁ᄒ미 비홀 ᄃ 업더라 졈졈 졈졈 자라 년광이 십오 셰 니르미 뇨죠현슉ᄒᄆ문 밍광의 덕ᄒᆼ과 쟝강의 용뫼 일국의 쟈쟈ᄒ야 명문거족에 구혼ᄒ느 미쟉이 날노 문에 닐으되 샹공과 부인이 허락지 아녀 왈 ᄂ 아ᄒ는 쳔샹션이라 만일 셕가 도승이 환싱ᄒ거나 노군에 교졔 격강ᄒ지 아니하면 아ᄒ 비필은 업다 ᄒ더라 (강윤호본)

위에서 볼 수 있는 바와 같이 정사도의 가계와 그 내력, 그리고 정소저의 탄생설화가 매우 장황하게 묘사되었다. 즉, 정사도의 이름은 '전'(銓), 字는 '요부', 그의 조부는 '정치현', 그의 부친은 '정남'이라 되어 있으나, 『중화인명사전』을 들추어 봐도 그 이름이 신통하게 나타나지 않는다. 아마 역자의 작명 나열인 것 같다. 거기다가 정사도는 대승상의 지위에 있다가 40세에 下宦하여 부인 최씨와 晩樂을 누리나 슬하에 일점혈육이 없어 조상의 香火를 걱정하던 중, 부인 최씨가 春明門 紫淸觀에 나가 백일기도를 올린 후 석가세존의 점지로 무남독녀 정소저를 얻었다는 것이다. 이와 같은 스토리는 일반 고소설의 서두의 플롯과 일치한다. 좀 다른 점이 있다면 정소저의 출생설화에 있어서, 일반 고소설의 주인공이 옥황상제의 점지로 출생하는 데 반하여 여기에서는 세존의 점지로 顚倒되어 있다는 점이다. 그러나 이 顚倒는 <구운몽>이 불교소설임을 염두에 둔 역자의 창의력에 기인한다고 보아야 할 것이다. 그러므로 이 부분은 다분히 일반 고소설의 영향을 생각지 않을 수 없다.

위의 장황한 가계와 출생설화는 원본인 한문본을 비롯하여 타 이본에도 전무한 것으로 보아 과역이라기보다 일종의 창작 내용이라고 보아야 좋을 것이다. 이와 같은 창작 내용은 이 부분을 비롯하여 거의 모든 인물에 해당되고 있으니 이를 열거하면 다음과 같다.

양처사의 가계　中宗時 문장가 '양형'의 孫, 玄宗朝 양승상의 손자, 德宗朝 한림학사 '양거원'의 아들, 이와 같은 가계를 가진 공후거족으로 宦界에서 향리로 은퇴한 후, 부인 유씨와 즐거움을 누리다가 50세에 貴子 양소유를 얻었다는 것, 그러나 그 가계의 인명에 대해서는 양소유가 허구의 인물이니 실존적 인명이 아님은 물론이다. 그렇지만 唐代를 끄집어내어 그럴 듯하게 꾸며 놓은 역자의 창의력은 볼 만한 것이다.

계섬월의 인물묘사　계랑이 현숙한 기질과 미더운 모양을 가지고 있으며 두 뺨은 아침 이슬에 젖은 것 같고 앵두 입술과 아름다운 머리, 옥을 깎아 놓은 듯한 손을 가진 천상미인이라는 것이 상세하게 묘사되어 있지만, 한문본에는 다만 '淑美之容, 治艶之態, 眞國色也'라 표시되어 있을 뿐이다.

권시랑의 戚分 권시랑의 이름은 '덕예'로 양소유의 戚叔이다. 여러 해 만에 상봉하여, 소유가 자기의 부친 양처사의 舊友인 정사도의 무남독녀 정소저와의 가약을 권시랑에게 의뢰한다. 여기에 좀 기이한 것은 그 장황한 내용에도 있으려니와, 권시랑을 척숙으로 만들었고 정사도를 양처사의 옛친구로 만들어 놓았다는 것이다. 한문본을 보면 그와 같은 척숙이나 교우 관계에 대하여 한 마디도 없어 막연하기 짝이 없으며, 이로 인해 양소유가 권시랑을 찾아가 구혼을 부탁한다는 것이 매우 부자연스럽다. 그렇지만 역자가 그럴 듯하게 척숙이나 교우 관계를 만들어 놓은 솜씨는 일반 고소설의 인물의 연계법의 영향으로, 원본을 능가한다고 하지 않을 수 없다.

난양공주의 탄생설화 태후가 꿈에 上帝殿에 朝見하였을 때, 상제가 한 선녀를 명하여 明珠 한 개를 주고 말하기를, 이 구슬을 잘 보관하였다가 여래불을 만나거든 돌려보내라고 하였다. 과연 태후가 그 후에 여래불을 만났더니 여래불은 그 명주를 버드나무 가지에 매어 놓으라고 하였다. 이와 같은 꿈을 꾸고 태후는 잉태하여 난양공주를 탄생하였다는 것이다. 이와 같은 탄생설화는 고소설에 흔히 삽입되는 설화로서 이는 역자가 고소설의 체재를 모방하여 삽입시킨 것이라고 본다. 순연한 모방이라고 본다.

심요연과 백능파와의 인연 심요연은 그 스승의 명으로 영약을 가지고 양소유를 함께 모시고자 동정용궁의 백능파를 찾아갔다. 그때 마침 백능파는 鱗甲을 벗지 못해서 완전한 인간으로 幻形하지 못하고 있었다. 심요연은 스승의 명대로 동정용궁에서 백능파를 찾아 영약을 주어

인간으로 환형케 해 가지고 서로 연분을 맺었다. 그 후 심·백 양소저
는 樂游原을 찾아 양소유를 만나 천생연분으로 그를 섬겼다는 것이다.

鳳鶴樓에서의 인물평　이 부분은 강윤호본에 나타난 과역된 장면
중 가장 긴 장편에 속한 부분으로서 무려 5장이 넘는다. 그리고 그 장
면이 매우 유머러스하여, 양소유가 換着女裝하여 정소저와 문답하는
내용 이상으로 익살스럽다. 이는 마치 판소리를 연상케 한다. 그 경개
는 대략 이렇다. 낙유원에서 鬪獵春色을 마친 후 황상의 명에 따라 황
학루에서 양소유와 팔낭자를 비롯하여 월왕과 그의 美妓·崔柳氏·兩
夫人 등 <구운몽>에 등장하는 거의 모든 인물이 합석하여 월왕 측은
양소유 측을 평하고, 양소유 측은 월왕 측의 인물을 평하여 좌석을 웃
긴다는 것이다. 그 중 양소유 측에 대한 월왕의 인물평을 들면 다음과
같다.

　　부마(양소유, 필자 삽입)는 흉둥에 텬디조화를 픔으며 미간에 산천
　정긔를 곰초와 쟝상의 지조를 겸ᄒ여시니 일디 호걸이요 사직지신이
　로되 텬셩이 호탕ᄒ여 쥬식의 미혹하니 십오 셰 동ᄌ로 ᄉ부의 녀ᄌ를
　엿보와 언약ᄒ며 취후에 챵기의 집에 몸을 두고 식을 취하여 귀신과
　사름을 분간치 아니ᄒ며 쥬후에 현져을 쥬벌ᄒ여 그더 부인의 근심을
　기치니 이는 셩인에 역식ᄒ시는 경계를 모르고 효ᄌ냥지ᄒᄂ 이리 아
　니니 그 공과 죄 서로 ᄀᆞ튼지라 가히 온젼흔 사름이라 못홀 써시요 영
　양 져져는 그 덕이 임ᄉ 갓ᄒ여 그 얼고리 만고 왕모와 ᄀᆞ트며 그 문
　쟝과 지화는 반소와 치희라 한 일도 그르미 업쓰나 음뉴른 녀ᄌ의 알
　비 아니어늘 셩면 남ᄌ로 더부러 금곡을 의논ᄒ니 비록 사름에 속인
　비 되나 ᄯᅩ한 일셩의 슈치흔 이리요 난양 져져는 금지옥엽이요 난지혜
　질이라 동졍이 법되 이스며 언에녀을 승상ᄒ여 니른바 녀듕요순이로

되 혼인은 부모의 알 비오 쳐녀의 상관홀 비 아니어늘 부마의 풍치를 듯고 터홋게 강권ᄒ야 복식을 변ᄒ고 녀의 나가 영양을 스귀여 한 사름 셩기믈 즈원ᄒ니 비록 임스의 투기 아니ᄒᄂ 덕이 잇짜 ᄒ나 엇지 흰 옥의 티 아니되오며 진슉인은 쟝강의 식이 잇고 샹관소용의 문쟝이 이스나 양뉴스을 언약ᄒ며 환션시로 시 졍을 나타내니 엇지 녀ᄌ의 졍졍흔 힝싥리며 가유인은 셔씨의 얼골노 셜도의 지조를 가겨시나 무산신녀의 위운위우ᄂ 고인에 희롱ᄒᄂ 마리어늘 비록 졍실부인에 분부을 맛트나 엇지 위션위귀ᄒ며 쟝부를 소기며 계낭ᄌᄂ 모양은 녹슈 ᄀᆺ고 지조는 변변이 갓ᄒ여 쥭쉬 왕으로 졍신을 일으며 박향산이 문쟝을 항복ᄒ나 미식을 쳔거ᄒ여 쟝부에 마음을 고후ᄒ고 덕낭은 홍불기에 본을 바다 영웅을 알아보와 쳘니예 조츠니 그 지감이 무던ᄒ나 녀ᄌ로 남복을 기챡ᄒ여 남의 몸을 디신ᄒ여 침셕의 은통을 도적ᄒ니 ᄯᅩ한 흠이 아니요 심씨 빅씨는 신션의 모양이며 신션의 지죄라 부마궁의 온 지 오라지 아니와 그 니력을 아지 못ᄒ오라

둘째로 원본인 한문본의 미비점을 보충한 데 대하여 살펴보겠다. 물론 한문본이 <구운몽> 이본 중 가장 완비된 내용을 지니고 있음은 사실이나, 부분적으로 미비한 점이 없지 않아 있다. 그 첫 번째 예가 이가원본에 있어서의 어구의 시정이요, 그 두 번째가 구성 면에 있어서의 강윤호본의 시정에 나타나 있는 것이다. 이것을 엄밀히 따진다면 원본에 대한 맹종이 아니고 하나의 비판의식이라고 규정지을 수 있을 것이다.

그러면 강윤호본에 나타난 구성 면의 시정·改譯의 일례를 들어보기로 하겠다. <구운몽>의 구성상 承點(전개)이라고 할 만한, 楊柳詞로 인연하여 양소유와 진소저가 가연을 맺는 장면을 고찰하여 보겠다.

生(중략)乳娘亦大喜 自袖中 出一封書以贈生 生拆見卽楊柳詞一絶
也 (중략) 生艶其淸神承加歎服 稱之曰 雖古之王右丞李學士蔑以加矣
遂披彩牋寫一詩以授媼 (중략) 乳娘受置於懷中 出店門而去 楊生呼
而語之曰 小姐秦之人 小生楚之人 一散之後 萬里相阻 山川脩夐 消
息難通 況今日此事 旣無良媒 小生之心 無可憑信之處也 欲乘今夜之
月色 望見小姐之容光 未知老娘以爲如何 小姐詩中亦有此意 望老娘
更稟于小姐 乳娘去還來曰 小姐奉賢郎和詩 十分感激 且備待郎君之
意則 小姐曰 男女未及行禮 私與相見 極知其非禮 然方欲托身於其人
而何可與違於其言乎 且中夜相會 人言可畏 異日父親若知之則 必有
厚責 欲待明日 相會於中堂 相與約定云矣 楊生嗟歎曰 小姐明敏之見
正大之言 非小生所及也 對乳娘再三勤囑 毋令失期 乳娘唯唯而去
(한문목각본)

셍이 (중략) 노랑이 크게 깃거 일봉셔을 젼ᄒ거늘 급히 ᄲ여보니
곳 양뉴사라 (중략) 한번 보미 그 쳥신흔 의사와 필법을 탄복ᄒ여 가
로되 이는 진지 반소와 문희에 ᄶ이로다 ᄒ고 드디여 치련의 치운
ᄒ여 유모를 주니 (중략) 다시 가로되 쇼져는 진나라 사룸이오 셍은
초나라 사룸이라 한번 허여진 후의 만 니를 격ᄒ여신즉 쇼식을 통키
얼엽고 ᄯᅩ 오날날 이 언약이 양미 업스니 빈쥰홀 고지 업ᄂᆞᆫ지라 쇼셍
의 마음은 금야월석을 타 한번 쇼져와 더ᄒ와 신물노 표ᄒ미 엇더ᄒᆫ
지 노랑은 쥬션ᄒ라 유모왈 낭즈게 품ᄒ고 올이다 즉시 도라가 쇼
져을 보고 이 ᄯᅳᄉ을 고ᄒ니 쇼져 가로되 남녀 뉵녜을 힝ᄒ기 젼의
서로 보는 거슨 비녜라 쟝ᄎ 니 몸을 그 사룸긔 의탁ᄒ려 ᄒ미 엇지
그 말을 어긔오리요 그리ᄒ나 심야의 서로 더ᄒ문 인언이 무셔우니
맛당이 명일에 중당에 서로 보아 언약을 졀홀이니 유모는 다시 고ᄒ
라 잇써 셍이 유모을 보니고 셰겨 기달이더니 유모가 그 말을 셰
셰이 젼ᄒ거늘 셍이 ᄎ탄ᄒ여 왈 쇼져의 발근 소견과 졍디흔 말슴은

성에 밋칠 빈 아니로되 유모를 향ᄒᆞ여 은근이 치샤ᄒᆞ고 누누이 부탁ᄒᆞ야 기약을 일치 말나 ᄒᆞ니 유모 ᄃᆡ답ᄒᆞ고 도라가니라 (강윤호본)

위의 두 예문을 비교해 보면 그 스토리의 구성에 있어서 대동하면서도 약간 차이가 있음을 알 수 있다. 한문목각본에는 양생이 진소저의 양류사를 받아 보고 다시 답시를 지어 가약의 뜻을 乳娘에게 전하여 소저에게 稟議할 것을 부탁한다. 그 다음에 '乳娘去還來曰'에서와 같이 유랑이 양생의 부탁을 받고 진소저에게 갔다 돌아와서 진소저의 뜻을 양생에게 전하는 것으로 그 스토리가 구성되어 있다. 그 중 '乳娘還來曰'이라 표시되어 있음은 소설적인 전개라기보다 추상적 설명 어구에 불과하여 소설적인 감흥을 주지 못한다. 이는 확실히 그 구성상의 결점이라 지적치 않을 수 없는 것이다. 그러나 강윤호본에는 이를 맹종치 않고, 두 번째 예문의 방점 부분에서 볼 수 있는 바와 같이 스토리가 구성되어 있다. 즉 유랑이 양생의 부탁을 받고 진소저에게 가서 양생의 뜻을 전한다. 그간 양생은 회답을 초조하게 기다린다. 거기서 진소저는 양생의 뜻을 전해 듣고 유랑에게 자기의 뜻을 전한다. 유랑이 다시 진소저의 뜻을 받아 가지고 양생에게 이를 전하는 것으로 되어 있는 것이다. 환언하면, 한문본에는 그 대화법이 양생과 유랑과의 대화로 국한되어 있지만, 강윤호본에는 양생과 유랑, 유랑과 진소저, 양생과 유랑과의 3단계 대화로 구성되어 있다는 것이다.

이와 같은 구성의 改譯 외에도, 양소유가 진소저의 양류사를 전해 듣고 감탄하는 어구가 한문본에는 '雖古之王右丞李學士蔑以加矣'라 되어 있지만, 강윤호본에는 '반소와 문희에 짝이로다'에서와 같이 비유로 든 남자의 이름을 여자의 이름으로 고쳐 놓은 것을 볼 수 있다. 이는 진소저의 시가 여자의 작품임을 생각할 때, 확실히 격에 맞는 改譯이라고 하지 않을 수 없다. 이 외에 앞에서 든 권시랑의 묘사도 일종의 원본에 대한 비판이라고 볼 수 있을 것이다.

셋째로 肉情的인 제 장면의 誇譯에 대하여 고찰하기로 하겠는데, 그 일례를 양생과 백능파의 재회 장면에서 들어보겠다.

> 그날 밤에 빅능픠을 불너 압희 안치고 무러왈 낭ᄌᆞ의 신통흔 변화
> 눈 진실노 귀신과 갓ᄒᆞ니 흔번 꿈의 만난 후 어느날 니즈리요마는
> 슈부와 인간이 말 니를 격ᄒᆞ야 쇼식을 통치 못ᄒᆞ미 미양 모암의
> 경경ᄒᆞ여 낭ᄌᆞ와 농왕의 경권흔 졍을 니즐가 근심ᄒᆞ엿쩌니 이제
> 낭지 몸이 변ᄒᆞ여 젼언약을 ᄎᆞ자 불원쳘니ᄒᆞ고 빅년지낙을 일우
> 니 엇지 다힝치 아니ᄒᆞᆯ이요 그리ᄒᆞ나 낭ᄌᆞ의 젼신은 닌갑이나 그
> 변화ᄒᆞᆯ물 흔번 구경코져 ᄒᆞ노라 능픠 디왈 이는 쳔쳡 젼싱이리니
> 바양으로 젼 모양을 곳쳐 인형이 되야시니 참시 변ᄒᆞ여 죠긔 되미 죠
> 긔 엇지 참시 ᄲᅢ 일을 ᄒᆞ오릿가 승샹이 ᄯᅩ 뇨연을 불너 손을 잡고
> 왈 만일 낭ᄌᆞ 곳 아니면 엇지 말 니예 셩공ᄒᆞ고 금일 즐기믈 두리
> 요 낭ᄌᆞ를 흔번 니별ᄒᆞ미 쇼식이 묘연ᄒᆞ고 ᄎᆞ줄 고지 업써 녯 은
> 혜를 싱각ᄒᆞ여 하로 밤 연분을 닛지 못ᄒᆞ여 일일을 삼츄ᄀᆞ치 마
> 암의 답답ᄒᆞ더니 오눌날 다시 만나니 그 반가온 모암을 엇지 층
> 냥ᄒᆞ리요 냥낭지 니러 지비ᄒᆞ고 티샤ᄒᆞᆯ ᄲᅮᆫ이어늘 옥슈를 잇끄러
> 금니예 나가니 싀 졍과 녯 언약이 더욱 경권ᄒᆞ여 창에 날비시 놉
> ᄒᆞᆯ을 씨닷지 못ᄒᆞ더라 (강윤호본)

> 諸人從容謂凌波曰 娘子神通變化 可得一觀乎 凌波對曰 此賤妾前
> 身之事 妾乘天地之運 借造化之力 盡脫前身 幻受人形 所奮鱗甲 堆
> 積如山 雀變爲蛤之後 豈有兩翼以翶翔乎 諸夫人曰 理固然矣 裊烟

雖時時舞釖於大夫人及丞相兩公主之前 以供一時之玩 而亦不肯 頻
舞日 當時雖借釖術以逢丞相 而殺伐之戲 元非當時所可見也 (한문목
각본)　　　　　　　　※ 한글본의 방점 부분 한문목각본에 모두 누결

위의 두 예문을 대비해 보면 역자가 한문본의 내용을 고의로 改譯하
여 놓았음이 눈에 뜨인다. 즉 한문본에는 諸人(팔낭자)과 백능파의 대
화로 되어 있으나, 강윤호본에는 '諸人'을 '楊生'으로 고쳐 놓았고, 뿐
만 아니라 그 장면을 로맨틱하게 묘사해 놓았으니 한문본에 사소한 연
심을 일으킬 만한 구절이 없으나 고의로 구절구절마다 연심을 일으킬
만한 말을 삽입해 놓았다. 이 부분에 나타난 육정적인 구절이 한문본
에 흔히 묘사되어 있는 '携手而同寢'을 뛰어넘을 만한 구절은 되지 못
한다 할지라도, 앞서 언급했던 영역본이나 정규복본의 역자가 로맨틱
하고 육정적인 장면들을 고의로 깎아놓은 것과는 좋은 대조가 됨은 물
론이다.

이상과 같이 강윤호본에 나타난 능란한 문체, 생략의 자연스러움,
오역의 寡少, 원본에 대한 미비의 보충, 유머적 誇譯, 로맨틱한 장면의
과장 의역 내지 삽입 등은, 이 이본을 善本의 위치에 둘 수 있는 요소
라고 할 수 있다. 아울러 필자는 강윤호본의 역자가 구문에 대한 재능
과 고소설에 대한 소양이 많은 사람이라고 추측할 수가 있다.

6) 정규복본

본 이본은 필자가 1960년 삼월 초에 華山書林에서 購得한 것인데
그 서점 주인인 이성의 씨에 의하면 어떤 행상인(충북인)이 충북 진천

의 어느 古家에서 구해다가 매각한 것이라 한다. 본 이본의 그 내용 가운데 충북 방언이 더러 발견되는 것을 보아 이는 어느 정도 신빙해도 좋을 것이다.

본 이본은 한글 필사본으로 3권 3책에 장회의 나눔이 전연 없이 연철되어 있다. 장정이 화려하지는 않으나 冊干마다 약간의 비단으로 포장한 것으로 보면 비교적 이름 있는 가문에서 소장한 것이 아닌가 한다. 체재는 세로 28.5cm, 가로 18cm, 每頁 10행, 每行 18자 내지 20자 내외이며, 1권이 75장, 2권이 57장, 3권이 52장, 도합 174장으로 구성되었다. <구운몽> 이본으로서는 비교적 방대한 것이다.

이 이본의 필사 연도와 필사자에 대해서는, 2·3권 말에 발문 형식을 취하여 '뉵쉽뉵 오쉽팔의 어두운 눈으로 간신이 쓰다. 병오지월등셔'란 기록이 있어, 이 중 '병오지월(丙午至月)'이 본 이본의 필사 연도를 표시한다는 것을 알 수 있다. 병오년이 어느 간지에 해당하는지는 자세하게 알 수 없지만 서점 주인 이성의 씨의 지질 감정과 필자의 내용 검토를 통하여 보면, 이 병오년은 헌종 12년(A.D. 1846)에 해당된다고 생각한다. 더욱이 이를 확정케 하여 주는 것은, 3권 말에 '인싱스세가 일시녁유과긱이니 엇지 허탄치 아느리요 이 칙 등셔ᄒ신 글시가 션조고 친필이시니 스쉽여년만 뵈오니 감챵ᄒ다 계ᄉ음쉽이월쉽칠일'이라는 後文의 기록이다. 이 기록은 필사자의 후손이 家藏으로 秘藏된 것을 40여 년 만에 보고 감격스러운 마음에서 쓴 것이라 보는데, 그 중 '계사음십이월십칠일'(癸巳陰 12월 17일)(고종 30년, A.D. 1893)이라는 연월일이 밝혀져 있는 바와 같이 꼭 47년 만에 쓴 것이 된다. 이로 미루어 보면, 본 이본의 필사 연도가 헌종 12년임은 거의 확정적이다. 필사자에 대하여는 앞에서 제시한 발문에 씌어 있는 바와 같이 60대의 어느 노인이 어두운 시력을 가지고 필사한 것으로 추정할 수 있다. 이는 이 이본의 필치가 매우 난잡하여서 해독하기에 매우 불편하다는 것과 그 내용에 있어서도 부주의에서 오는 오자·오문·산략 등이 산견됨으로 보아 신빙할 만하다. 그러나 그 방대한 양을 至月間에 썼다는 데 대하여 노인의 기력과 인내에 감탄치 않을 수 없는 일이다.

정규복본의 내용에 대하여 살펴보면 타 한글본과 같이 이 이본 역시 한문본의 번역에서 유래한 譯本이라는 것과 그 번역에 있어서도 산략, 무리한 산략에서 오는 컨텍스트의 不備, 오역 등이 허다하다는 것을 알 수 있다. 그리고 문체가 매우 조잡하여 문맥상 모순됨이 더러 있고, 한문본에 나타난 誤句는 전연 시정되지 않고 번역된 것을 보면 이 이본의 역자는 이가원본의 역자와 같은 능란한 솜씨를 지니지 못함을 알 수 있다. 그러나 정규복본의 특징은, 번역하는 입지 조건에 있어서 약간의 감계사상에 입각하여 <구운몽>에 나타나는 육정적인 장면을 고의로 刪除하여 놓았다는 점이다. 이 때문에 본고도 결국 飜譯考의 테두리 안에서 논의될 것은 물론이다.

정규복본의 藍本에 대하여 고찰해 보도록 하겠다. 앞에서 말한 바와 같이 이 이본은 한문본의 번역에서 유래하였다. 우선 그 증거로 이 이본이 3권으로 분권됨이 한문본의 16회장을 중심으로 분권되어 있다는 점을 들 수 있다. 두 이본을 대비하여 분류법을 살펴보면 다음과 같다.

정규복본 一 卷		한문본
蓮花峯大開法宇	~眞上人幻生楊家	한문본 卷之一
華陰縣閨女通信	~藍田山道人傳琴	
楊千里酒樓擢桂	~桂蟾月駕被薦賢	한문본 卷之二
倩女冠鄭府遇知音	~老司徒金榜得快壻	
詠花鞋透露懷春心	~幻仙庄成就小星緣	한문본 卷之三
賈春雲爲仙爲鬼	~狄驚鴻乍陰乍陽	

정규복본 二 卷		한문본
金鸞眞學士吹玉簫	~蓬萊殿宮娥乞佳句	한문본 卷之三
宮女掩淚隨黃門	~侍妾含悲辭主人	
白龍潭楊郎破陰兵	~洞庭湖龍君宴嬌客	
楊元帥偸閑叩禪扉	~公主微服訪閨秀	한문본 卷之四
兩美人携手同車	~長信宮七步成詩	
楊少游夢游天門	~賈春雲巧傳玉語	한문본 卷之五

정규복본 三 卷		한문본
合巹席蘭陽相諱名	~獻壽宴鴻月雙擅場	한문본 卷之五
樂游園會獵鬪春色	~油碧車詔搖古風光	
駙馬罰飮金屈卮	~聖上恩借翠微宮	한문본 卷之六
楊丞相登高望遠	~眞上人返本還元	

위에서와 같이 정규복본의 분류법이 내용 중심도 아니요 형식 중심도 아니니 적중한 것이라 볼 수 없고, 다만 한문본을 중심으로 적당히 세 권으로 분류된 것을 알 수 있다.

이와 같이 정규복본의 분권이 한문본의 모방에서 기인했다고 할 수 있는데, 이 이본을 역본이라고 볼 수 있는 좋은 예는 더 찾아볼 수 있다. 이가원본에서와 같이 축역, 축역에서 오는 오역, 시문과 상소문이 한문본의 직역이며, 더욱이 문체에 있어서는 직음을 취하여 번역된 곳이 많을 뿐 아니라, 스토리의 구성이 타 한글본과는 상관없이 한문본과 완전히 합일되고 있는 것이다. 그러므로 정규복본의 대본은 시종일 관하게 한문본만이 사용된 것을 알 수 있다.

정규복본의 번역에 대하여 살펴보면, 그 산략된 빈도수가 앞부분은 비교적 적어서 충실히 번역된 감을 주나, 뒷부분에 이르러서는 산략이 무질서하게 허다할 뿐만 아니라, 한 장면이 크게 산략된 곳도 있다. 이는 역자의 권태감에서 기인한다고 볼 수도 있을 것이다.

그러면 일례를 들어 고찰하기로 하겠다.

> 싱이 다시 옷기슬 넘의고 거문고를 단기며 혼 곡죠를 시험ᄒ니 소져왈 미지라 이 곡죠의 기원천고간의 당명황이 양구비를 다리고 논일 시 예상우의곡이라 이 곡되는 음난흔지라 족히 드를 것 업스니 다른 곡죠를 타라 곡됴는 슬푸고 음ᄂᆞᆫᄒᆞ여 망국흔 곡조라 이른바 진후쥬 옥슈후졍화이로다 다른 곡됴를 듯고즈 ᄒᆞ노라 싱이 ᄯᅩ 혼 곡됴를 타니 쇼져왈 영웅이 불우시ᄒᆞ여 지음ᄒᆞᄂᆞᆫ 스람이 업스믈 탄식ᄒᆞ니 이른바 광능손곡이라 ᄒᆞ니 싱이 셕더왈 쇼져의 영혜홈은 세숭의 드문 비라 ᄒᆞ고 ᄯᅩ 혼 곡죠를 타니 쇼져 다시 옷기슬 염의고 왈 이 곡죠는 셩인이 셰숭을 탄식ᄒᆞ고 스희ᄀᆞ 요란홈을 근심ᄒᆞ여 지으니 이른바 공즈의 눈쵸라 ᄯᅩ 혼 곡죠를 타니 쇼져왈 이 곡죠는 디슌이 빅셩을 싱각ᄒᆞ여 지으니 니른바 남훈곡이라 진션진미ᄒᆞ기 이예셔 업스니 다른 곡죠가 잇스나 듯고즈 아니ᄒᆞ노라 싱왈 음율을 아홉 번 변ᄒᆞ면 쳔신이 하강ᄒᆞ온다 ᄒᆞ오니 쇼녀의 탄 곡죠 팔곡이라 ᄒᆞ고 다시 줄을 골나 희롱ᄒᆞ니 능히 스람을 황홀케 ᄒᆞ고 졍젼빅화 일시이 분분ᄒᆞ고 졔비가 쌍쌍 나라들고 쾨쏘리 환우ᄒᆞ여 졍신을 진졍치 못ᄒᆞ고 쇼져 아미를 슉이고 안치가 몽농ᄒᆞ여 ᄋᆞᆫᄌᆞ더니 봉혜에 귀고향이로다 오유스방혜에 구기황이로다 그 곡죠의 이르러 아미를 찡고 얼골이 불거 붓그럼을 먹음고 죠용이 이러나 너당으로 드러가니 (정규복본)

生乃改坐搖琴 先奏霓裳羽衣之曲 小姐曰 美哉 此曲宛然天寶太平
之氣像也 此曲人必解之 而曲盡其妙 未有如道人之手段者也 此非所
謂漁陽鼙 鼓動地來 驚罷霓裳羽衣曲者乎 階亂之淫樂 不足聽也 願聞
它曲 楊生更奏一曲 小姐曰 此曲樂而淫 哀而促 卽陳後主玉樹後庭花
也 此非所謂地下若逢陳後主 豈宜重問後庭花者乎 亡國之繁音 不足
尙也 更奏他曲 楊生又奏一関 小姐曰 此曲如悲如喜如感激者然 如思
念者然 昔蔡文姬 遭亂被拘 生二子於胡中矣 及曹操贖還 文姬將歸故
國 留別兩兒 作胡笳十八拍 以寓悲憐之意 所謂胡人落淚添邊草 漢使
斷腸對歸客者也 其聲雖可聽也 失節之人 曷足道哉 請新其曲 楊生又
奏一腔 小姐曰 王昭君出塞曲也 昭君眷係舊君瞻望故鄉 悲此身之失
所 怨畫師之不公 以無限不平之心 付之於一曲之中 所謂誰憐一曲傳
樂府 能使千秋傷綺羅者也 然胡姬之曲 邊方之聲 本非正音也 抑有他
曲乎 楊生又奏一轉 小姐改容而言曰 吾不聞此聲久矣 道人實非凡人
也 此則英雄不遇其時 托心於塵世之外 而忠義之氣 壹鬱於板蕩之中
得非嵇叔夜廣陵散乎 及其被戮於東市也 顧日影 彈一曲曰怨哉 人有
欲學廣陵散者乎 吾惜之而不傳矣 嗟呼 廣陵散從此絶矣 所謂獨鳥下
東南 廣陵何處在者也 後人無傳之者 道人必遇嵇康之精靈而學也 生
膝席而答曰 小姐之英慧 出人之上萬萬也 貧道嘗聞之於師 其言亦與
小姐一也 又奏一飜小姐曰 優優哉渢渢哉 靑山峨峨 綠水洋洋 神仙之
跡 超蛻塵臼之中 此非伯牙水仙操乎 所謂鍾期旣遇奏流水而何慚者也
道人乃千百歲後知音也 伯牙之靈如有所知 必不恨鍾子期之死也 楊生
又彈一聞 小姐輒正襟跪坐曰 至矣盡矣 聖人遭遇亂世 遑遑四海 有拯
濟萬姓之意 非孔宣父 誰能作此曲乎 必猗蘭操也 所謂逍遙九州 無有
定處者 非其意乎 楊生跪坐添香 復彈一聲 小姐曰 高哉美哉 猗蘭之操
雖出於大聖人 憂時救世之心 而猶有不遇時之歎也 此曲與天地萬物
凞凞同春 嵬嵬蕩蕩 無得以名也 是必大舜南薰曲也 所謂南風之薰兮

可以解吾民之慍者 非其詩乎 盡善盡美者 無過於此曲 雖有他曲 不願
聞也 楊生敬而對曰 貧道聞樂律九變 天神下降 貧道所奏者 只八曲也
尙有一曲 請玉振之矣 拂柱調絃 閃手而彈 其聲悠揚闓悅 能使人魂佚
而心蕩 庭前百花 一時齊綻 亂燕雙飛 流鶯互歌 小姐蛾眉暫低 眼波
不收 泯默而坐矣 至鳳兮鳳兮歸故鄕 遨遊四海求其凰之句 乃開眸再
望 俯視其帶 紅暈轉上於雙頰 黃氣忽消於八字 正若被惱於春酒者也
卽雍容起立 轉身入內 (한문목각본)

　　　　　　　　　　※ 한문목각본의 방점 부분 정규복본에 누결

　위의 장면은 양소유가 정소저와 더불어 以琴談論하는 로맨틱한 장
면이다. 두 예문을 비교하면, 한문목각본의 방점 부분에 나타난 바와
같이 상세하고 리얼한 내용이 고의로 커트되어 있어(재필자의 미스에
기인한 것인지도 모르나), 정규복본의 내용에 있어서 문맥이 不備되어
있을 뿐 아니라, 주어 없는 문장의 줄거리도 있고 해서 그 산략된 양에
있어서는 마치 축역본인 경판본을 연상케 하고 그 번역도 훨씬 졸렬하
다. 즉 '이 곡되는 음란혼지라 족히 드를 것 업스니 다른 곡죠를 타라
곡됴는 슬푸고 음는ㅎ여 망국혼 곡조라'의 구절에 있어서 '다른 곡죠를
타라'와 '곡됴는 슬푸고 음는하여'와의 사이에는 한문목각본의 '楊生更
奏一曲 小姐曰'이 생략되었기 때문에 구문상 문맥의 不備를 초래케
할 뿐 아니라, 결과적으로 주어 없는 誤文이 되고 말았다. 더구나 한문
목각본의 '至鳳兮鳳兮歸故鄕 遨遊四海求其凰之句'가 '봉혜에 귀고향
이로다 오유ㅅ방혜에 구기황이로다 그 곡죠의 이르러'라 되어 있음으
로 보아 정규복본의 많은 미스는 재필자의 미스도 있겠지만 그 원본이
서투른 번역자에 의하여 이루어졌다는 확증을 갖게 하는 것이다.

현존한 모든 한글본을 살펴보건대 예문의 장면은 이가원본에 비교적 詳密한 내용이 구비되어 있지만 한문본의 모든 난삽한 시구가 번역되지 않고 직음만 취한 것으로 되어 있고, 경판본에는 전연 생략되다시피 하고, 이재수본에는 서투르게나마 모든 내용이 번역되어 있다. 이로 미루어 보면 예문의 장면이 그 번역 과정에 있어서 역자에게 가장 고역을 주는 난해한 장면인 것 같다.

이와 같은 大刪略된 부분이 간간 나타나 있지만, 부분적인 짧은 구절의 산략의 빈도수는 상당수를 차지하고 있다. 그 산략도 다른 이본에서 볼 수 있는 면밀한 계획 하에서 이루어진 것이 아니라 일종의 권태감에서 기인하는 조잡성을 면치 못하고 있다. 그러나 이와 같이 산략된 부분을 지니고 있으면서도, 다음에 예로 들 한문목각본의 장면이 정규복본에 번역된 점은 기이하다.

> 丞相笑曰 少游追念其時之事 誠可歎也 下土窮儒 一驢一童 間閃遠路 爲飢火所迫 過飮村店之濁醪 行過天津橋上 適見洛陽才子數十人 大張娼樂於樓上 飮酒賦詩 少游以幣衣破巾 詣其座上 蟾月亦在其中 雖諸生奴僕 未有如少游之疲弊者 而醉興方濃 不知慚愧 拾掇荒蕪之詞 不知其詩意何如 句格何如 而桂娘拈出其詩於衆篇之中 歌而啄之 盖座中初約 諸人所作 若入於桂娘之歌者則 當讓與桂娘於其人 故不敢與少游相爭 此亦緣也 (한문목각본)

위는 양소유와 월왕이 樂游原에서 서로 만나 월왕이 美妓 桂朗月과의 인연의 연유를 양소유에게 물었을 때, 양소유가 계랑과의 인연을 구차스럽게 회상하며 답하는 장면이다. 그렇지만 위의 장면이 없이도 <구운몽>의 독자는 이미 그 스토리를 머릿속에 넣고 있으므로 실상은

필요 없는 장면인 것이다. 말하자면 구차스러운 이중적 표현이라는 것
이다. 그러므로 타 한글본에는 이 장면이 생략되어 다만 일반 고소설의
표현 형식을 취하여 '승상이 천진교 주루에서 섬월을 만날 쩌 글 짓던
수말을 낫낫치 고흐니'(이가원본, 유일서관본)라는 식으로 되어 있는 것
은 원본에 대한 비판적 태도 때문이라고 하겠다. 그러나 정규복본에는,

> 승상쇼왈 당쵸 스를 지여도다 하로 즁뉴로 천진교샹의셔 낙양지ᄌ
> 슈십인이 기약으로 뉴샹의 음쥬흐물 보고 폐위파관으로 참석흐엿더니
> 셤월이 그 즁의셔 글귀로 가연을 미젓도다

라 축역되어 있다. 이는 원본에 대한 비판적 태도가 아니라 맹종적인
데서 기인한다고 본다. 이와 같은 맹종적 태도 때문에 한문본에 나타
나 있는 어구가 이가원본에서와 같이 일일이 시정은커녕 모두가 직역
되어 그 미스가 재현되었다.

　다음으로 정규복본의 번역 문체를 살펴보면, 타 한글본과 같이 역어
체임에는 일치하나 정규복본을 이가원본과 비교해 보면 직음체로 되
어 있는 것이 현저히 나타나 있다. 열거하면,

> 비지 환고왈 (정규복본)
> 비자 도라와 고흐되 (이가원본·유일서관본)
> 婢子還告曰 (한문목각본)

> 승상이 일어나 소셰 뎡의관흐시고 (정규복본)
> 승상이 곳 일어나 소셰흐고 의관을 정졔흐시고 (이가원본·유일서
> 관본)
> 丞相卽起梳洗 整其衣冠 (한문목각본)

승상은 하시 득차호아 (정규복본)

승상이 어느쩌 다 어덧나잇가 (이가원본·유일서관본)

丞相 得此兩人 於何時乎 (한문목각본)

이상과 같은 직음체는 전체를 통하여 부지기수이며 더욱이 상소문
과 시문이 직음체로 되어 있음은 주목을 요한다.

예부상셔 신 양쇼유는 근돈슈빅빅 상언우황졔폐하ᄒ나니 (정규
복본)

禮部尙書 臣楊少游 謹頓首百拜 上言于皇帝陛下 (한문목각본)

신구즁ᄉ출교향ᄒ니	晨驅壯士出郊坰
검낙츄연시낙셩을	劍若秋蓮矢若星
장니군아쳔ᄒ빅이요	帳裏群娥天下白
마젼샹격히동쳥을	馬前雙隔海東靑
은분옥온징함감ᄒ니	恩分玉醞爭含感
취발금도ᄌ할셩을	醉拔金刀自割腥
인억거년셔시외ᄒ면	仍憶去年西塞外
디황풍셜엽왕뎡을	大荒風雪獵王庭
난졉비용○뎐니라	蝶躋飛龍閃電過
어안명고입평파	御鞍鳴鼓立平坡
뉴셩셰질셤춤녹이요	流星勢疾殲蒼鹿
명월형긔낙빅아를	明月形開落白鵝
살기는능교호흥발이라	殺氣能敎豪興發
셩은유티취안○를	聖恩留帶醉顔酡
녀양신ᄉ군휴셜ᄒ라	汝陽神射君休說

징스금죠득교다   爭似今朝得雋多

　　　　　　　　　　※ 한시는 한문본의 시로 필자 삽입

　위의 시는 樂游原會에서 獵鬪와 春色으로 豪興을 돋울 때에 양소유와 월왕이 지은 시인데, 이 시를 일독하려면 한문본과 대조함이 없이는 도저히 해독하기 불가할 것이다. 그리고 시가 譯詩로서도 어색하며 앞뒤가 맞지 않는 언토를 붙여 놓은 것은, 역시 역자의 한문 해독력의 결함에서 기인된다고 본다. 이 시 외에도 직음을 취하여 번역된 시도 있지만, 정규복본 처음에 등장하는 양류사처럼 직음을 달아 놓은 다음에 그 解意도 붙여 놓는 친절을 베풀어 놓은 예도 있다. 이와 같이 앞부분은 비교적 譯詩로서의 체재를 갖추어 놓았으면서도, 뒷부분부터는 전연 생략된 예도 있고, 또는 誤音을 취한 것도 있으며 직음을 취하여 어색한 번역을 초래케 한 것도 있다. 그 이유는 이미 말한 바와 같이 번역 도중에 느낀 심정의 태만과 권태, 그리고 번역에 대한 어구의 부족에 그 원인이 있다고 생각된다.

　다음으로 정규복본에 나타난 오역에 대하여 고찰해 보겠다. 전술한 바와 같이 산략에서 오는 오역이 대부분이고, 또한 역자의 서툰 구문력에 의하여 범하게 된 미스도 있음은 물론이다. 우선 오역을 살펴보기 전에 誤音에 대하여 언급해 보기로 하겠다. 그 誤音에 있어서도 재필자의 미스도 있겠지만 역자의 무식에서 기인된 것도 자주 발견된다.

　　니 비록 죽녀로 안히 숨고 필비로 첩을 ᄒᆞ더라도 츈낭은 이져바리지 아니ᄒᆞ리라 (정규복본)
　　　我雖以織女爲妻 以宓妃爲妾 誓不貞春娘也 (한문목각본)
　　　　　　※ 한문목각본의 '宓妃'는 '필비'가 아니고 '복비'임.

다음은 오역의 예를 고찰하겠다.

① 한님이 ᄌ셔이 보니 곳 장여랑이라 마음 황홀ᄒ여 무른더 명성 왈 이 귀신이냐 스람이냐 귀신이면 엇지 빅쥬의 오리요 ᄒ고 스도 부부와 명성이 우음을 춤지 못ᄒ고 좌우 비복도 허리를 시도록 우으니라 (정규복본)

翰林一擧目 已知其張女娘也 恍恍惚惚 莫知端倪 直視司徒及鄭生 而問日 此人耶鬼耶 鬼何能出於白晝耶 司徒及夫人啓齒而笑 鄭生捧 腹大噱 顚不能起 左右侍婢等已折腰矣 (한문목각본)

② 월왕이 승상을 동ᄒᆡᆼᄒ다가 문왈 승상 탄 말이 어듸 죵뉘고 승상 왈 디완국 디왕지마 완종이요 일홈은 철리부운춍이라 장부마 도화춍 니장군 오츄마가 다 이 죵뉘라 북벌남졍의 다 이 말노 셩공ᄒ여ᄂᆞ이다 승상왈 소유는 반스후예로 죽품이 놉고 직뮈 흔가ᄒ여 평교를 타고 디 로 완ᄒᆡᆼᄒ여 인마구곤ᄒ니 쳥ᄒ건디 칙쥭 날려 말을 달여 구일용밍을 시험ᄒᆞᄉᆞ이다 월왕이 디희왈 역 소원이라 (정규복본)

越王與丞相 幷鑣而行 問於丞相日 丞相所騎之馬 何國之種也 丞相 日 出於大宛國也 大王之馬 亦似宛種也 越王日然 此馬之名 千里浮 雲驄 去年秋陪天子 獵於上林 天廐萬馬 皆追風逸 足而無追及於此者 卽今張駙馬之桃花驄 李將軍之烏騅馬 皆稱龍種而比此馬 皆駑駘也 丞相日 去年討蕃國時 深險之水 嶄截之壁 人不能着足 而此馬如踏平 地 未嘗一蹶 少游之成功 賓賴此馬之力 杜子美所謂與人一心成大功 者非耶 少游班師之後 爵品驟崇 職務亦閑 穩乘平轎 緩行坦途 人與 馬俱 欲生病矣 請與大王 揮鞭一馳 較健馬之快步 試勇將之餘勇 越 王大喜日 亦王意也 (한문목각본)

※ 한문목각본의 방점 부분은 정규복본에 누결

①은 양생이 鄭十三의 弄略에 속아 張女娘(실은 가춘운)에 미혹되는 장면이다. '이 귀신이냐 스람이냐'의 歎句를 외친 주어가 정규복본에는 '정생'으로 되어 있어, 한문본의 '양생'의 주어가 전도되어 있다. 이 미스는 한문본의 '直視司徒及鄭生而問曰'을 '鄭生曰'로 축역 착각한 데서 기인한 것이다.

②는 樂游原爭妓의 서두 묘사다. 그 대화의 구성에 있어서 원본인 한문본의 a(월왕)+b(양승상)+a+b+a가 정규복본에는 a+b+b+a로 축역됨과 동시에 월왕의 대화구인 '此馬之名 千里浮雲驄 張駙馬之桃花驄 李將軍之烏騅馬 皆稱龍種而比此馬'가 양승상의 대화구로 삽입되어 있다. 더욱이 '디완국 디왕지마 완종이요'라는 구절은 한문본의 '大宛國也 大王之馬 亦似宛種也'의 音譯이나 그 번역에 있어서 축소 음역되고, 뿐만 아니라 한국어의 부착어적 성격인 조사가 생략되었기 때문에(정규복본에 조사의 생략이 허다함) 어감상 통하지 않거니와 결과적으로 뜻을 오해하게 하고 있다.

앞에서 제시한 예문에 나타난 바와 같이, 대략 그 오역의 원인은 무리한 생략에서 내용을 오인케 하고 주어를 혼동케 하는 데 있다. 이와 같은 오역 외에도 존대법의 불일치로 뜻을 흐리게 하고 있다.

쇼졔 디왈 쳡은 여항가 미말훈 여아라 일즉 지존의 뵈웃지 못ᄒ와 네도의 허물이 잇슬가 황겁ᄒ노라 공쥐왈 티후 낭낭쎄읍셔 낭ᄌ를 보고ᄌ ᄒ시던 마음 소미가 져져를 샤랑홈과 다름 읍ᄉ오니 져져는 의심치 말나 뎡소져 디왈 귀쥬 먼져 힝ᄒ시면 쳡이 이 뜻으로 고ᄒ고 드려가오리다 공쥐왈 티후 낭낭이 임의 죠셔 잇셔 쇼졔로 ᄒ야금 져져로 갓치 입시ᄒ라 ᄒ엿스니 져져는 구지 ᄉ양 말으소셔 (정규복본)

위의 예문은 '兩美人携手同車'에 정소저가 난양공주의 引招로 입궁하는 장면이다. 정소저는 난양공주의 위치로 보면 일개의 平女다. 그러나 공주에 대하여 대화 도중에 'ᄒᆞ와'라는 존대를 쓰고 일종의 '해라법'인 '…노라'로 끝을 맺고 있거니와, 공주의 정소저에 대한 대화에 있어서 앞부분은 해라법을 쓰고 뒷부분은 존대법으로 연결시켜 놓았다. 이와 같은 존대법의 불일치는 오역보다 사소한 미스로 간주될지는 모르나 한국어의 존대법의 특수적 기능을 염두에 두고 볼 때 오역 이상의 미스가 된다고도 볼 수 있다. 이와 같은 존대법의 불일치는 정규복본 곳곳에 나타나 있으며 타 한글본에도 산견됨은 물론이다. 이상의 미스 외에 한글본에서 볼 수 없는 二重譯이란 특수적인 미스가 산견됨을 부언해 둔다.

> 서왕모 뇨지연잔치(瑤池之宴)
> 한님이 니별홈을 슬허 흔슴ᄉᆞ미을 쩌러(汗衫)

끝으로 정규복본에 나타난 독특한 육정적인 장면의 산략에 대하여 언급하기로 하겠다. 즉 이 이본의 역자가 유교적 감계주의에 입각하여 의식적으로 <구운몽>에 나타나는 육정적인 에로 장면을 산략해 놓은 흔적이 엿보인다. 일례를 들어 살펴보기로 하겠다.

> 첩은 본더 셔왕모의 시녀옵고 낭군은 자부션관이라 옥황승졔 셔왕모로 더부러 잔치홀 시 첩이 반도로 낭군을 희롱흔 죄로 샹졔 노흐샤 낭군은 인간의 환싱ᄒᆞ게 ᄒᆞ고 첩은 이 ᄯᆞ의 젹거ᄒᆞ와 낭군을 싱각ᄒᆞ옵더니 오날날 보오니 원을 풀지라 ᄒᆞ니 한림이 그리 알고 낭ᄌᆞ로 더부려 질김을 비헐 듸 옵더라 담화헐시 샤창이 발고져 ᄒᆞ거날 낭

ᄌ왈 첩이 오날은 한을 다ᄒᆞᆫ지라 샹졔 죄을 샤ᄒᆞ시고 션녀을 불으시니 만일 낭군이 기실 쥴을 아라스면 다시 즁죄을 당ᄒᆞ실 거시니 낭군은 쇽히 힝ᄒᆞᆸ시고 구졍을 싱각ᄒᆞᆸ쇼셔 (정규복본)

> 妾是王母之侍女 郎是紫府之仙吏 玉帝賜宴於王母 衆仙皆會 卽偶見小妾 擲仙果而戲之 郎則誤被重譴 幻生於人世 妾則幸受薄罰 謫在於此 而郎已爲膏火所蔽 不能記前身之事也 妾之謫限已滿 將向瑤池而必欲一見郎君 乍展舊情 懇囑仙官 退却一日之期已至 郎君將到此 而方企待耳 郎今辱臨 宿緣可續 時桂影將斜 銀河已傾 翰林携美人同寢 若劉玩之入天台 與仙娥結緣 似夢而非夢 似眞而非眞也 纔盡繾綣之意 山鳥已喧於花梢 而牕紗已微明矣 美人先起 謂翰林曰 今日卽妾上天之期也 仙宮奉帝勅備幢節 來迎小妾之時 若知郎君在此則 彼此將俱被譴罰 郎君促行矣 郎君若不忘舊情 又有重逢之日矣 (한문목각본)

※ 한문목각본의 방점 부분 정규복본에 누결

이상은 양소유와 張女娘이 初面 가연을 통하여 견권지정을 누리는, 말하자면 독자를 황홀경에 이끄는 <구운몽> 중 가장 erotic한 장면이다. 두 예문을 비교하면 한문본의 방점 부분에 나타나 있는 바와 같이 산략되기도 하였지만, 육정적인 대목인 '翰林携美人同寢(중략)'에 이르러는 역자가 당황하여 '한림이 그리 알고 낭ᄌᆞ로 더부려 질김을 비혈 듸 읍더라'라고 하여 축소·산략·의역의 방법을 취하여 어색하기는 하지만 점잖은 구절로 代置했음을 알 수가 있다. 그러나 영역본에 나타난 바와 같이 적절한 대치에는 성공치 못하고 있는데, 정규복본의 역자가 미리 용의주도한 태도로 임한 것이 아니라 임시응변으로 생략한 데에서 이와 같은 부자연스러움이 야기된 것이라 본다. 이 육정적인 장면의 산략의 부자연스러움은 양소유와 팔낭자의 상봉하는 장면

마다 나타나 있다. 그러므로 정규복본의 역자는, 그 譯文이 졸렬한 것
으로 보나, 앞에서 서술한 육정적인 장면이 고의로 산략된 것으로 보
나, 정규복본의 재필자가 耆老에 처한 어떤 사람인 것과 같이 문장력
이 없는 무뚝뚝한 어떤 노옹인지도 모른다.

이와 같은 육정적인 장면은 이조 유교사상 하에 나온 고소설에 恒例
로 표현되는 구절임을 생각할 때, 당시의 골똘한 샌님들도 아무런 부
자연스러움을 느끼지 않았을 것이다. 오히려 없는 것이 부자연스럽다
고 본다. 아마 엄격한 '男女七歲不同席'의 철칙 하에 소위 '애기책'을
즐겨하는 대부분의 부녀자들도 그 장면에 이르러 은근한 스릴과 희열
을 느꼈을지도 모른다. Lawrence의 『채털레이 부인의 사랑』은 오늘날
에도 세계에 파문을 던지고 있지 않은가. 그 소설의 번역이나 출판이
순조롭게 이루어짐이 거의 없을 정도로 문제가 되어 있다 한다. 이 소
설이 한국에도 수년 전에 번역되었다. 그러나 全譯이 아니고 커트가
상당히 많다. 그렇지만 커트된 것이 커트되지 않는 이상의 호기심과
흥분을 독자에게 준다는 것을 우리는 잊어서는 안 될 것이다. 정규복
본에 나타난 육정적인 장면의 커트는 한국번역문학사상 그 포지션이
중요하다고 본다.

7) 서울대학본

이 이본은 서울대학교 중앙도서관의 소장본으로 4권 4책으로 된 한
글 필사본이다. 그 체재로 말하면 세로 32cm, 가로 21.5cm, 每頁 19행,
매행 17자 내지 23자이며, 필치는 달필인 官體이며, 장식은 靑緞을 사
용하고 있어 상당한 가문에서 나온 것이라 추측된다.

　서울대학본은 이미 이가원 교수와 이명구 교수가 고찰한 바 있다.
이가원 교수는 그의 「九雲夢評攷」에서 고유명사 및 자구의 訛謬된 부
분은 차치하고 산략 또는 탈락된 個所로 상하의 문리가 통하지 않고,
혹은 全篇의 문단이 결함된다고 하여 대수롭지 않게 보았다. 이에 반
하여 이명구 교수는 그의 「구운몽고」에서 서울대학본을 한문본과 비
교하여 한문본에서 볼 수 없는 특색을 인정하고, 그 결과 서울대학본
이 타 한글본보다 훨씬 이전에 나온 것일 뿐더러 한문본보다도 연대상
선행하고, 언어 문체 등도 우아하며 서포 시대와 연대가 그리 차이나
지 않으므로 서포 원작과 거의 유사할 것이라는 推見을 내리고 있다.
　이와 같이 두 교수의 견해에는 큰 차이가 있다. 이 두 교수의 견해를
중심으로 필자의 鄙見을 添述해보겠다. 서울대학본이 한글본 중 古本
임은 사실이나, 한문소설식으로 16회장으로 分回된 것이라든지, 산략
에서 오는 文理의 不通 등을 본다면, 무엇보다도 한문본을 대본으로
하여 번역된 역본이 아닌가 추측된다. 하지만 필자가 서울대학본을 考
讀코자 수차 노력했으나, 이 이본은 註解를 목적으로 정병욱 교수의
수중에 있으므로 이에 대한 상론은 후고로 미루겠다.

8) 이화대학본

　본 이본은 이화대학교 소장본인데, 10권 10책으로 된 한글 필사본이
다. 그러나 이 이본은 6·25 동란 중 보관이 여의치 않아 풍우에 시달
려 종이가 썩고 좀이 먹어, 필자도 일독할 기회를 가졌으나 全讀하
기란 불가능하였다. 그러므로 이 이본에 대한 전반적인 검토란 불가능
한 일이다.

그러나 불행 중 다행하게도 이화대학본의 일부 내용이 이희승 교수의 『歷代國文學精華』에 초록되어 있으므로, 필자는 이를 중심으로 片見이나마 구명코자 한다.

『역대국문학정화』에 초록된 대목은 '楊千里酒樓擢桂'로서, 양소유가 天津橋樓上의 시회에 참여하는 장면인데, 그 내용이 한글본 중 이가원본과 꼭 같은 것이다. 이가원 교수는 이에 대하여 그의 「九雲夢評攷」에서 이화대학본의 내용이 박문본(유일서관본)과 대동소이하다고 했는데, 필자가 이 세 이본을 대조해 보니 유일서관본보다는 이가원본과 국부적인 몇 구절을 제외하고는 꼭 같다는 것을 알 수 있었다. 예문을 들면 다음과 같다.

> 또 두생이란 자 있어 이르되 이 우에 별묘하고 또 기묘한 일이 있으니(하략) (이화대학본)
> 쏘 두싱이란 즈 잇서 니르되 이 우에 별묘ᄒ고 쏘 기이흔 것이 잇스니 (이가원본)
> 두싱이 쏘 닐ᄋ되 이 우에 별묘ᄒ고 쏘 긔묘흔 것이 잇스니 (유일서관본)

> 왕생이 웨쳐 이르되 양형의 용모 여자보다 아름다우니 장부의 뜻이 없으랴 그대 실로 글 재조 없나뇨 있나뇨 어찌 부즐없이 고집하여 겸손하나뇨 (이화대학본)
> 왕싱이 웨치되 양형의 용모 여ᄌ보다 아름다오니 쟝부의 뜻이 업느냐 그더 실노 글 지조가 업ᄂ뇨 잇ᄂ뇨 어찌 부즐업시 고집ᄒ여 겸손ᄒᄂ뇨 (이가원본)
> 왕싱이 웨치되 양형의 용모 녀ᄌ보다 아름다오니 장부의 뜻이 업고 실로 글 지조가 업도다 (유일서관본)

　위의 예문에 나타나 있는 바와 같이 그 내용이 세 이본이 꼭 같으나 그 표현법에 있어서는 이화대학본과 이가원본이 일치하고 있다. 물론 앞서 이가원본에서 언급한 바와 같이, 유일서관본이 이가원본을 대본으로 하여 성립되어 그 내용뿐만 아니라 표현법도 국부적인 면을 제외하고는 거의 꼭 같다고 했는데, 그 국부적인 면이 위와 같이 이화대학본과 이가원본이 일치하고 있는 것이다.

　이와 같이 이화대학본이 이가원본과 일치하면서도 국부적인 면에서는 이가원본에 비하여 한문구가 순 우리말로 풀이되어 있는 것도 있다.

　　순풍 만난 빈가 바다에서 다라나고 갈마음수ᄒᆞ는 듯ᄒᆞ니 (이가원본·유일서관본)
　　순풍 만난 배가 바다에서 달아나고 목마른 말이 냇물로 닫는 듯하니 (이화대학본)

　즉 위의 '갈마음수ᄒᆞ는 듯ᄒᆞ니'가 이화대학본에는 '목마른 말이 냇물로 닫는 듯하니'로 된 것은, 이화대학본이 이가원본에 비해 현대화된 것을 말해 주는 것이다. 그러므로 이화대학본이 이가원본을 대본으로 하여 성립된 것임은 거의 틀림없을 것으로 보인다. 이를 더욱 확증하여 주는 것은 이화대학본 10권 말미에 그 필사 연도가 丁未年(A.D. 1907)으로 되어 있다는 사실이다.

　그러므로 이화대학본은 이가원본을 대본으로 성립된 이상 서포의 원작이 될 수 없고 한문본의 역본임은 물론이나, <구운몽> 이본 중 古本系가 아니라 근대본인 이가원본보다는 후행하고 현대 활판본의 효시인 유일서관본보다는 선행하는, 말하자면 양자를 맺어 주는 교량적인 구실을 한다고 본다. <구운몽> 필사본으로선 최종본이 되는 셈이다. 그러나 국한된 자료로 全攷를 못함이 유감이다.

9) 舊왕실본

이 이본은 4권 4책으로 된 한글 필사본으로서 본시 舊왕실에 소장되어 있었으나 6·25 동란 중 佚書가 된 듯하다. 필자가 구왕실 文化課員의 후의로 일차 그 도서목록을 일견할 기회를 얻어 보았으나 창덕궁 奉謨堂 譜閣 等 장서목록에는 이 이본이 전연 보이지 않고, 다만 창경궁 장서각에 <구운몽>이 출현하나 한문목각본임에 적이 실망하였다.

구왕실본이 학계에 출현한 것은 이명구 교수의 「구운몽고」에서 비롯한 것인데, 이 교수는 구왕실본에 대하여 구체적인 언급은 하지 않고 다만 한문목각본을 충실히 한글로 번역한 것이라고 추정했을 뿐이다. 이 교수의 추견이 어느 정도 신빙성이 있는지 모르겠으나 이를 전제로 한다면 구왕실본도 타 한글본과 마찬가지로 한문본의 번역에서 유래한 역본임을 추측하여 알 수 있다. 요행히 구왕실본이 출현한다면 재고해 볼 수 있기를 바랄 뿐이다.

10) 경판본

이 이본은 1권 1책으로 된 한글 판각본으로 완판본과 자매본이다. 그 각판은 언제 이루어졌는지 알 수 없으나 다만 끝 장에 1920년 9월 30일에 편집 겸 발행자 白斗鏞의 명의로 翰南書林에서 이루어진 것으로 되어 있다. 경판본의 체재로 말하면 세로 28.5cm, 가로 19.5cm이고, 장수는 32장, 每張 13행, 每行 24자 내외로 分章도 없이 연철되었고 필체는 행서로 읽기에 좀 거북스럽다.

경판본은 <구운몽> 이본 중 그 내용에 있어서 간략화된 것이 그 특색이라 할 수 있으나 간략의 비중이 완판본에 비해 무질서하다. 더구나 시·상소문 따위는 전연 볼 수가 없다. 그저 생각나는 대로 늘렸다 줄였다 하였을 뿐이다. 말하자면 경개본에 불과한 것이다. 경판본의 유래에 대하여 자세한 것을 알 수 없고, 각판은 언제 이루어졌는지 알 수 없지만, 비교적 古語가 산견되며 그 문체도 <구운몽> 이본 중 비교적 古體로 되어 있는 것으로 보아 경판본 역시 완판본과 마찬가지로 19세기 초엽에 나오지 않았나 보는데 이는 일종의 억측이 될지도 모른다. 경판본의 문체는 순연한 역어체로 그 대본은 역시 한문본이다. 그러면 이상을 중심으로 자세히 살펴보기로 하자.

이미 언급한 바와 같이 경판본의 특색은 그 내용의 간략에 있으나 그 간략의 비중도 전연 고려되어 있지 않다. 그 量度를 유일서관본의 장회 양과 비교하여 보면 1회부터 22회까지가 비교적 상세하게 기술되어 있어 그 양은 경판본의 32장 중 1회부터 22회까지가 21여 장을 차지하고 있고, 23회부터 50회까지가 5장으로 축소되어 있으며, 51회부터 53회까지 4장으로 詳述되어 있다. 이를 정리하면 다음과 같다.

1~22회(유일서관본) — 21장(경판본)
23~50회(유일서관본) — 5장(경판본)
51~53회(유일서관본) — 4장(경판본)

위에 나타나 있는 바와 같이 축역의 비중에 있어서 전개 부분이 가장 축소되어 있고, 발단과 종결은 풍부한 양을 지니고 있다. 더욱이

시·상소문·발원문 등은 모두 생략되었고, 다만 적당히 '슝소ᄒ엿스
디', '시를 지으니'로 되어 있을 뿐이다. 그 일례를 양류사에서 들겠다.

> 멀니 바라보니 양뉴는 푸른 강으로 드리운 듯ᄒᆞ디 적은 뉘 그 사이
> 로 비치여 은은ᄒ거늘 나귀를 이끌어 나아가니 수양이 심이 아름다운
> 지라 즉시 양뉴ᄉᆞ를 두어귀 지여 읍프니 그 소리 쳥아ᄒᆞ여 누상에
> 사무치는지라 그 우에 한 미인이 춘슈를 씌여 창을 열고 보다가 두 눈
> 이 셔로 마조치니 화안 옥티는 이로 형언치 못ᄒᆞ너라

위의 예문은 양소유가 과거를 보러 상경하던 중 華陰縣에서 양류사
를 지어 읊는 장면이다. 위에 나타나 있는 바와 같이 '양뉴ᄉᆞ를 지여
읍프니'라 되어 있을 뿐, 양류사의 내용은 전연 등장하지 않는다. 그러
므로 경판본은 <구운몽> 이본 중 살 없는 뼈다귀와 같이 소설적 효능
이 희소하다.

그러면 경판본의 대본은 과연 무엇인가? 필자가 경판본을 일독한
결과, 타 한글본과는 전연 관련성이 없고 문체가 역어체인 데다가 간
혹 한문본의 譯句가 나타남으로 보아 이 이본의 대본이 한문본임은
확정적이라고 할 수 있다. 譯句의 예를 들면 다음과 같다.

> 싱왈 닐즉 이인을 만나 음뉼을 비와 능히 통ᄒ엿나이다 (경판본)
> 싱이 디답ᄒ되 소질이 닐즉 도ᄉᆞ를 만나 묘ᄒᆞᆫ 곡죠를 비와 음률을
> 다 ᄋᆞ나이다 (이가원본·유일서관본)
> 生曰 小子曾過異人 學得妙曲 五音六律 頗皆精通矣 (한문목각본)

> 싱이 디경ᄒᆞ야 급히 셔동을 다리고 남젼ᄉᆞᆫ을 바라고 기픈 골로

들어가니(경판본)

　양싱이 황망경겁ᄒ여 동ᄌ로 ᄒ여금 나귀를 치쳐 급히 남쳔산을 향ᄒ고 바위 틈에 숨으랴 ᄒ더니 (이가원본·유일서관본)

　生慌忙驚懼 遂率書童 鞭驢促行 望藍田山而去 欲伏於岩穴之間矣 (한문목각본)

　소졔 총명ᄒ여 천빅ᄉ롤 무불통지ᄒ니 지어음뉼ᄒ야ᄂ 흔 번 드르면 쳥탁고하롤 평논홈이 채문회에 지난지라 (경판본)

　소져 총명영민ᄒ여 빅쳔만사를 무불통지ᄒ고 음률에 니르러셔도 쳥탁고져를 흔 번 드르면 능히 분셕ᄒ여 비록 ᄉ관지총과 종ᄌ긔의 신통이라도 이에 지나지 못ᄒ니 (이가원본·유일서관본)

　小姐聰慧穎悟 千萬百事 無不明知 至於音律 淸濁節奏繁促 一聞輒解 毫分縷析 雖妙如師襄 神如子期 未必過此 而蔡文姬之能知斷絃 盖餘事耳 (한문목각본)

　뎌부인을 밧들어 북댱의 즐기ᄂ지라 (경판본)
　뎌부인을 밧들어 당샹에서 잔치ᄒ여(이가원본·유일서관본)
　奉大夫人 適樂於北堂 (한문목각본)

위의 예시와 같이 경판본에 한문본의 譯句가 산견되는데 이는 한문본의 대본임을 확증케 하여 주는 것이다. 여기에 하나 덧붙여 둘 것은 경판본에 성진의 '大覺' 장면이 순역어체로 간략하게나마 나타나 있다는 것이다. 이는 한문본 중에 성진의 '대각' 장면의 생략 여부를 재검케 하는 요인이 될 줄 믿는다.

이상의 고찰 외에도 경판본에 나타나 있는 오역에 대하여도 의당 살펴야 할 것이나, 이 이본이 순역본이라기보다 축역 경개본에 불과하므로 번잡함을 피하여 그 예거를 생략하겠다.

11) 완판본

이 이본은 2권 2책으로 된 한글 목각본이다. 그 각판 연대에 대하여
는 상권 말에 '壬戌孟秋'란 기록이 있으므로 여기에 해당되는 간지는
철종 13년(A.D. 1862) 임술년으로 봄이 타당할 것이다. 왜냐하면 여기
에서의 임술년을 순조 2년 임술년까지도 소급시킬 수 있을 것이나, 아
무래도 이 이본은 한문목각본(A.D. 1803)보다 후기에 판각되었다고
보는 것이 정상적인 추측이라 생각되므로 이 '壬戌' 간지를 철종 임술
년으로 국한시킨 것이다. 이 이본이 이루어진 시기에 대하여 推窺해
보면, 그 각판 연도가 임술년(철종)이니 이를 중심으로 거기에 나타나
있는 古語의 산견으로 미루어 보아 이 이본이 19세기 초엽에, 현존한
내용의 체재로 이루어졌다고 보는 것이 무방한 추측일 것이다.

완판본의 상권은 55장, 하권은 50장, 도합 105장으로 되어 있으며,
판각의 체재는 세로 21cm, 가로 17cm, 每頁 13행, 每行 17자 내지 21자
이며, 分章은 전연 없으나 분장될 만한 곳에다 '각설이라'는 접두사를
임의로 삽입해 놓았다. 그리고 그 내용상의 체재로 말하면 타 한글본에
비하여 간략 축약된 것이 그 특색일 것이나, 같은 자매본인 경판본보다
는 훨씬 풍부하게 갖추어져 있으며, 그 구성에 있어서도 경판본이 산만
하고 부조리함에 비해 비교적 잘 짜여 있어 꾸김새가 별로 없다.

이 판본은 6·25 동란 중 全佚된 듯하여 구하기가 매우 곤란하였으
나 모 고서점에서 요행히 낙질된 상권이나마 구해 볼 수 있었다. 그러
므로 완판본에 대한 필자의 고구는 양적 불충분의 한계성을 전제로 한

것이지만, 하권의 체재도 상권과 큰 차이가 없으리라 생각하여 완판본의 추론을 엮는 것이다. 필자가 상권을 타 이본과 비교하여 일독한 결과, 앞서 말한 바대로 간략의 짜임새와 그리고 그 문체가 역어체에서 벗어나 능란하게 純韓體에 접근한 데 대하여 경탄을 금치 못하였다. 즉 타 한글본에서 흔히 볼 수 있는 한문본의 직역에서 유래된 그 많은 생경한 중국 고사와 격언 따위가 이 이본에서는 크게 생략되었고, 그 대신에 한국 고유의 속언이 등장한다. 某氏가 '<구운몽>은 한글 소설로서는 너무나 중국미가 강하다'고 한 일이 있지만, 이 이본은 많은 속언의 등장과 능란한 純韓體로 인하여 중국미보다는 한국의 '맛'이 더욱 풍긴다는 것이다. 말하자면 한국화(Koreanization)라고나 할까 ─ 이것이 결국 완판본의 가장 큰 특징이 될 줄 믿는다.

그러나 이와 같은 한국미를 가진 純韓體에도 불구하고 완판본 가운데 간간 나타나 있는 한문본의 直音譯은 결과적으로 이 이본이 서포의 원본 계열을 떠나서 한문본을 대본으로 하여 이루어진 축역본임을 확증해 주는 것이다. 그러면 이상의 내용을 중심으로 좀 더 자세히 논하고자 한다.

우선 이 책의 開卷 劈頭를 보면 등장인물을 <구운몽> 목록이라 하여 나열해 놓았는데 이는 타 이본에서 볼 수 없는 형식이다.

> 九雲夢 目錄
> 구운몽 목록
> 楊少游 楚國楊處士之子 僧名性眞
> 양쇼유은 초짜 양쳐스의 아들이니 승명은 셩진이라
> 鄭瓊貝 鄭司徒之女 英陽公主
> 졍경픽은 졍스도의 쫄이니 영양공듀라

李簫和 皇帝之女 蘭陽公主
니쇼화은 황제의 쏠이니 난양공듀라
秦彩鳳 秦御史之女 淑人
딘치봉은 딘어스의 쏠이니 슉인이라
桂蟾月 洛陽人
계셤월은 낙양 사롬이라
賈春雲 孺人
가춘운은 유인이라
狄驚鴻 河北人
적경홍은 하북 사롬이라
沈裊烟 劍客楊州人
심요년은 검긱이니 양쥬 사롬이라
白凌波 洞庭龍王之女
빅능파은 동정룡왕의 쏠이라

　인물이 열거된 순위를 보면 주인공은 양소유를 필두로 좌우부인, 淑
人, 그 다음에 양소유와 인연을 맺은 순차로 나열되어 있는데 이는 매
우 조리 있는 방법이다.

　앞에서 언급한 바와 같이 완판본은 축역본인 만큼 그 산략은 예거할
필요도 없을 줄로 아나, 우선 상권에 나타나 있는 것을 살펴보도록 하
겠다. 시문에 있어서는 양류사는 전재되어 있으나 天津橋 樓上에서의
시는 3수 중 첫 수만이 번역되어 있고, 그 외 가춘운의 繡鞋詩, 張女娘
의 慰魂詩 등 모두가 생략되어 있다. 일례를 들면 다음과 같다.

　　낭군이 첩을 잇지 안이ㅎ실진디 다시 만ㄴ 뵈올 눌이 잇슬이다 ㅎ
　며 수건으다 이별싁을 쎠 할님을 주거늘 할님이 옷소미을 쎄여 그 글

을 화답하니라 션여 글을 보고 눈물을 흘여 왈 셔산의 달이 지고 두견
이 슬피 우니 한번 이별ᄒ면 구만종 천구름 박기 이 글귀뿐이로다. 글
얼 바다 품의 품고 지삼 지쵹하는 날 이쩌그 졈졈 느져지니 낭군 어셔
가옵쇼셔 (완판본)

郎君若不忘舊情 又有重逢之日矣 遂題別詩於羅巾 以贈翰林 其詩
曰 相逢花滿天 相別花在地 春色如夢中 弱水杳千里 楊生覽之 離懷斗
起 不勝悽黯 自裂汗衫 和題一首而贈之 其詩曰 天風吹玉珮 白雲何離
披 巫山他夜雨 願濕襄王衣 美人奉覽曰 瓊樹月隱 桂殿霜飛 作九萬
里外面目者 惟此一詩而已 遂藏於香囊 仍再三催促曰 時已至矣 郎可
行矣 (한문목각본)

위는 자각봉에서 양생과 장여랑이 서로 이별하는 장면이다. 위 한문
본 방점 부분에 나타나 있는 바와 같이 양생과 장여랑의 두 시가 모두
생략되어 완판본에는 다만 詩交에 대한 내용만이 씌어 있다. 이로 미
루어 보면 하권에 나타난 모든 시가 생략되었다고 보는 것이 틀림이
없는 견해라고 본다. 또 이명구 교수에 의하면 상소문, 발원문 류가 간
략화되어 있다고 했는데,[14] 이로 보면 경판본에서와 같은 큰 생략은
없을 것으로 생각된다. 경판본을 보면 생략의 비중이 산만하여 시·상
소문의 생략은 물론이요, 어느 한 장면은 구체적으로 全譯되었지만 어
느 한 장면은 전체가 생략된 곳도 있어 그 내용의 갈피를 잡을 수가
없다. 그러나 완판본에는 그와 같은 산만도 없이 생략이 혹심하지 않
고 자연스럽다.

완판본의 문체는 이미 말한 바와 같이 漢譯體에서 벗어나 純韓體에

---

14) 이명구, 「구운몽고」, 『성균학보』 제2집, 171쪽.

가까워 한국 고유의 속언이 많이 등장한다.

    노성이라 하는 선비 문왈 내 낭형의 힝식을 보니 일정 과거를 보러 가시느잇가 싱이 왈 과연 지죄 업스오나 구시나 보러 가거니와 오날 쟌치는 흔갓 술만 먹고 노는 일이 아니라

    네 조친과 니별흔 지 이십여 년이라 그 후의 나은 조식이 이러틋 흐니 세상 일월이 헛된 거시로다

    원컨대 수부는 모친 편지흔 뜻슬 싱각흐야 흔 번 보게 흐소셔 연시 왈 죽기는 쉬워도 졍소져 보기는 어렵도다

    나는 본디 음률의 귀먹으매 곡죠를 모르더니

    일즉에 간슨흔 사롬의게 평싱 싯지 못흘 욕을 먹으니

    싱이 쏘 흔 곡죠를 트니 쇼졔왈 이는 쵀문회 되놈의게 잡펴가 두 조식을 싱각흔 곡죠라

    양싱이 홀노 누하의셔 쇽졀업시 브라보니 지는날 븬누의 향내쑨 이로다.

    지쳑이 쳘 리 되고 약수 머러지니 양싱이 흘일업셔 셔동을 드리고 긱졈으로 도라와 간쟝만 셕기더라

위 예문의 방점 부분에서 볼 수 있는 전고, 속언은 인구에 회자되는 낯익은 말로서 대개 원문인 한문본에도 없을 뿐 아니라 타 한글본에도 드문 것으로 역자의 독창적인 어구이다. 이것은 결국 완판본의 역자가

한문본을 충분히 소화하여 그 딱딱하고 이해하기 어려운 난점을 대중화시키는 데 부심한 것을 말해 주는 것이라고 본다.

이 같은 純韓體에도 한문본의 直音譯이 노출되는 것은 완판본이 역본으로서 어찌할 수 없는 숙명인지도 모른다.

> 노승이 무슴 공덕이 잇관디 이러듯 샹션의 셩쿼를 밧는고 (완판본)
> 로승이 무슴 공덕이 잇셔 이러듯 주시는 보픠를 밧는고 (유일서관본)
> 노승이 무슨 덕이 잇관디 샹션의 기념ᄒ심을 입으리요 (이가원본)
> 老僧有何功德 荷此上仙之盛餽 (한문목각본)
>
> 소지 비록 불근흔 죄 잇스오나 (완판본)
> 소지 비록 조심 아니흔 죄 잇스오나 (이가원본·유일서관본)
> 弟子 雖有不謹之罪 (한문목각본)
>
> 하토쳔싱이 샹국문장을 구경ᄒ오니 (완판본)
> 쵸짜 사ᄅᆞᆷ이 샹국 글을 보지 못ᄒ엿더니 (이가원본·유일서관본)
> 下士賤生 未嘗見上國文章矣 (한문목각본)
>
> 지혜유여ᄒ고 긔위불범ᄒ니 명문귀족을 보는 집이 업슬지라 (완판본)
> 긔상이 비범ᄒ고 지식이 유예ᄒ여 명문거족에 출입치 아님이 업스니 (이가원본·유일서관본)
> 氣宇不凡 知慮有裕 名門貴族 無不出入 (한문목각본)

위와 같은 번역구는 완판본이 한문본을 대본으로 하여 번역된 역본임을 확증하게 해주는 좋은 예라고 본다. 이들 외에도 완판본이 유일서관본의 간접적 대본이 됨을 간과해서는 안 될 것이다. 이에 대해서는 별도로 유일서관본을 고찰한 란에서 언급할 것이므로 상술을 생략하겠다.

12) 유일서관본

　종래에 이가원 교수나 이명구 교수는 현대 활판본으로 박문서관본(약칭 박문본)을 그 효시로 삼아 고구한 일이 있다. 하지만 필자가 재고한 바로는 유일서관본과 박문본이 활판된 시간적 선후 관계에 있어서 양자 사이에는 수년의 시간적 차이가 있음은 사실이나 오히려 박문본보다 유일서관본이 선행한다고 할 수 있다. 즉 박문본의 출간연도가 1917년 2월이나, 유일서관본은 1913년 7월에 출간되었으니 양자 사이에는 4년이란 시간적 간격이 존재한다. 그러므로 필자는 현대 활판본 중 유일서관본을 그 효시로 보고 이를 고구하게 된 것이다.

　유일서관본은 1913년 7월 30일에 南宮濬의 저작 겸 발행자의 명의로 유일서관에서 현대 활자체로 출간되었다. 그 체재로 말하면 상하 2편으로 分編되었고, 상편이 118頁, 하편이 역시 118頁으로 도합 236頁으로 되어 있다. 그 표지에는 '古代小說 演訂 九雲夢'이란 표제가 있으나 소위 '이야기책'에서와 같이 울긋불긋한 그림은 없고, 비교적 현대적 체재에 가까운 국판으로 되어 있다. 그 내용에 있어서는, 앞에서 고구한 바 있는 박문본과 같으므로 여기에서는 다만 박문본이란 명칭을 유일서관본으로 대치하여 고구할 뿐이다.

　유일서관본이 한글본 중 가장 특징있는 이본이 될 수 있는 것은 현대소설의 장회식 체재를 본따서 53회로 分回되었다는 데 있다. 그 내용에 대해서는 이가원 교수가 그의 「구운몽평고」에서 살펴본 바 있으나, 다만 이 이본이 지니고 있는 오류를 지적했을 뿐 구체적인 언급이 없고, 이명구 교수가 그의 「구운몽고」에서 한문본과 매우 유사하다고 언급한 일은 있으나 그 유래에 대하여는 한 마디 언급이 없다. 그러나 필자가 유일서관본과 이가원본을 정밀히 대독해 본 결과, 그 내용이 서로 酷似하다기보다 부분적인 국면을 제외하고는 그 표현법 ─배열·순위·구사법─ 이 똑같다는 것이다. 그렇지만 이명구 교수는 이가원본의 주해본을 보지 못했으니 한문본과 유일서관본의 대비에 대해서만 언급했음은 무리가 아닌 줄 알겠으나, 이가원 교수가 자기의 소장본을 대비 못했다는 것은 좀 기이한 감이 든다.

　그러면 유일서관본의 대본은 과연 무엇인가? 유일서관본의 내용과 표현 방식이 이가원본과 동일하다 했으니 양자 중 과연 어느 것이 先行하는가가 그 대본 여하를 결정짓는 데 관건이 될 것이다. 이에 대해서는 이가원 교수가 그의 「구운몽평고」에서 김태준이 자신에게 한 謂言을 다음과 같이 언급하였다.

　　한글본 九雲夢으로서는 博文本이 가장 具備된 本이니 애초 博文書館에서 刊行할 때에 十餘 種의 善本에서 이걸 擇한 것이기 때문이다.

　즉 위의 인용문은 박문본이 출간될 때, 당시 새삼스레 한문본을 번역하여 이루어짐이 아니라 당시까지 散傳된 10여 종의 <구운몽> 이본 중 最善本을 택해서 출간했다는 뜻이다. 그런데 여기에서의 문제점은, 유일서관본 대신에 박문본이 언급되어 있으므로 박문본이 출간될 당시, 그보다 시간적으로 수년 앞선 유일서관본이 혹시 그 대본이 되지 않았는가에 있는 것이다. 그러나 필자의 추정으로는 김태준이 꼭 박문본을 지적한 것이 아니고 현 활판본을 지적해 말한 것을 이가원 교수가 박문본으로 착각했을지도 알 수 없다. 이러한 견해를 전제로 한다면 유일서관본이 출간될 당시, 한글본 중 最善本인 이가원본 계열이 그 대본이 되었다고 보는 것이 타당할 줄 믿는다. 이것은 결국 이가 원본이 유일서관본보다 시간적으로 선행한다는 것을 전제로 한 추단 인데, 실제로 두 이본을 비교해 보면 유일서관본이 이가원본보다 그 문체에 있어서 약간 근대화(modernification)된 흔적을 엿볼 수가 있는 것이다.

> 디사는 산 서편에 잇고 나는 산 동편에 잇셔 샹거가 머지 아니ᄒ되 (유일서관본)
> 디사는 메 서녁헤 쳐ᄒ고 나는 메 동녁헤 잇서 기거와 음식이 서로 졉ᄒ엿으되 (이가원본)
>
> 이 남악형산은 일수일산이라도 우리집 세계러니 (유일서관본)
> 이 남악형산은 한 물과 한 언덕도 우리 집 아닌 것이 업스되 (이가원본)
>
> 룡왕이 친히 잔을 들어 권ᄒ되 (유일서관본)
> 룡왕이 손소 잔 잡아 권ᄒ거늘 (이가원본)

이상의 예문을 통해서 보면 유일서관본이 이가원본에 비해 譯體에서 벗어나려는 흔적이 엿보이는 것 같으며, 어딘지 다듬어진 문장 같다. 그러므로 유일서관본이 출간될 때 이가원본 계열을 그 대본으로 하면서도 근대화하기 위하여 현대인에게 맞지 않는 생경한 부분은 약간의 수정이 가해지지 않았나 생각된다. 그러나 이 같은 수정은 소수의 국부적인 면이어서 전체적으로 보면 고려의 문제가 되지 않음은 물론이다.

그러면 유일서관본의 내용을 고찰해 보기로 하겠으나 자세한 논의는 이미 이가원본을 다룬 자리에서 언급되었으므로 생략하기로 하고, 여기에서는 다만 이가원본에서도 볼 수 없는 이질적인 내용에 국한하여 살펴보도록 하겠다.

앞에서 이미 지적한 바와 같이 유일서관본의 유일한 특징은 무엇보다도 53회라는 장황하면서도 그 내용과 잘 조화된 장회로 分回된 데있는 것이다. 그 장회를 한문본과 대비하여 적어 보면 다음과 같다.

1. 류관더사의 뎨ᄌ 셩진이가 수부에 드러가다 ｝蓮花峯大開法宇
2. 셕교상에 팔션녀 　　　　　　　　　　眞上人幻生楊家
　　(중략)
6. 양소유의 부친이 신션이 되다
7. 화음현의셔 규수를 만나다 　　　　｝華陰縣閨女通信
8. 진치봉의 통신 　　　　　　　　　　藍田山道人傳琴
　　(중략)
11. 양싱의 비회와 그 모친 유씨의 경계
12. 텬진교주루에서 계셤월을 만나다 　｝楊千里酒樓擢桂
13. 셤월이 벗기 우혜셔 절식을 천거ᄒ다 　桂蟾月鴛被薦賢
14. 거짓 녀관의 거문고 　　　　　　　｝倩女冠鄭府遇知音
15. 뎡부에셔 지음을 만나다 　　　　　老司徒金榜得快婿
　　(중략)

47. 심요연의 검무와 빅룽파의 비파 소리 ⎫ 駙馬罰飲金屈卮
48. 부마 금굴치로 벌주를 마시다 ⎭ 聖上恩借翠微宮
    (중략)
51. 양승상이 사직상소ᄒᆞ미 상이 취미궁을 빌니시다
52. 양틔스 놉흔 더 올나 먼 더를 바라보다 ⎫ 楊丞相登高望遠
53. 셩진과 팔션녀 꿈을 ᄭᅵ고 춤에 도라오다 ⎭ 眞上人返本還元

이상의 53회장은 그 어구가 매우 근대화되어 있는 것으로 보아 流轉
되어 내려온 것이라고는 볼 수 없고, 아마 출간 당시 창안하여 삽입한
것이라고 생각된다. 그러나 그 내용을 살펴보면 물론 독창적인 내용이
기는 하지만, 한문본의 16회 장회의 영향도 간과할 수는 없을 것이다.
　다음으로 유일서관본과 이가원본을 비교해 보면 그 내용과 표현법
이 동일한 것은 앞에서 말한 바와 같으나, 국부적인 면에선 한문본과
교묘히 부합되고 있음을 알 수 있다. 예를 들면 다음과 같다.

　　수월 사이에 일헛든 오십여 고을을 회복ᄒᆞ고 디군을 모라 젹셜산
아리에 니르니 (유일서관본)
　　수월 사이에 일헛든 오십여 고을을 회복ᄒᆞ고 디군을 모라 젹셕산
아리에 니르니 (이가원본)
　　數月之間 復所失五十餘城 駈大軍 至積雪山之下 (한문목각본)

　　졍폐원 니고 고ᄒᆞ되 (유일서관본)
　　졍혜원 니고 고ᄒᆞ되 (이가원본)
　　正弊院尼姑曰(한문목각본)

　　공쥬(중략) 동화문으로 드러가 겹겹 아홉문을 지ᄂᆞ 협문 밧게 니르

러 (유일서관본)

공쥬 (중략) 동화문으로 드러가 겹겹 아홉문을 지느 쟝신궁 밧게 니르러 (이가원본)

公主 (중략) 入東華門 歷重重九門 至挾門外 (한문목각본)

녯적 영셜ㅎ던 취녀 이에 밋지 못ㅎ리로다 (유일서관본)

녯적 영셜ㅎ던 샤녀 이에 밋지 못ㅎ리로다 (이가원본)

雖咏雪之蔡女 瞠乎下矣 (한문목각본)

ㅈ고로 녀즈 중에 능히 글짓는 쟈는 오작 반희와 취녀와 탁문군과 ㅅ통온 녯쑨이러니 (유일서관본)

ㅈ고로 녀즈 중에 능히 글짓는 쟈는 오작 반희와 취녀와 탁문군과 ㅅ도온 녯쑨이러니 (이가원본)

古來女子中 能詩者 惟班姬蔡女卓文君 謝通溫四人而已 (한문목각본)

샹이 디희ㅎ야 곳 조셔를 흠쳔관에 나리사 길일을 틱ㅎ야 드리라 ㅎ시니 (유일서관본)

샹이 디희ㅎ사 곳 조셔를 흠쳔감에 나리사 길일을 틱ㅎ야 드리라 ㅎ시니 (이가원본)

上大悅 卽詔於欽天館 擇吉日 (한문목각본)

위의 예시문을 보면 그 내용과 표현법이 동일하면서도 어구에 있어서는 유일서관본이 한문본과 일치하고 있음을 알 수 있다. 그러나 그 일치는 대체로 한문본에 나타난 오류의 어구와 일치한 것으로, 말하자면 是正이 파괴된 것이다. 즉 이가원본은 그 역자가 원본인 한문본을 충실히 번역하면서도 원본을 맹종하지 않고 거기에 나타난 어구의 미스를 일일이 시정해 놓았다는 것은 「이가원본」란에서 이미 서술한 바 있으므로 유일서관본에 나타난 시정의 파괴에 대해서는 예증을 생략하겠다. 그런데 유일서관본이 이가원본의 그 미스의 시정을 일일이 무시하고 다시 원본인 한문본으로 환원해 놓은 것은 원본을 무시한 嘉尙할 만한 일이라 보겠으나 결과적으로 중대한 미스를 再犯한 것이다. 더구나 이가원본의 성진의 '大覺' 장면이 유일서관본에서는 커트되어 한문본으로 되돌아 간 것은, 유일서관본을 善本의 위치에서 일보 후진시킨 畵蛇添足의 '긁어 부스럼'이라고 하지 않을 수 없다. 이와 같이 유일서관본의 편자는 이가원본을 대본으로 하면서도 한문본을 충실히 참조한 것이다. 그러나 이 같은 충실함에도 불구하고, 타 이본에서는 볼 수 없는 이가원본만의 불필요한 삽입 구절인 '六忌七禁彈'이 그대로 유일서관본에 전재된 것이 기이하다는 점을 첨언해 두는 바이다.

그런데 이러한 이가원본과 한문본의 대본 외에 완판본의 영향도 엿보인다. 그것은 유일서관본의 내용이 전반적으로 이가원본의 것과 꼭 같음은 앞에서 말한 바와 같으나 유일서관본의 앞부분의 경우 그 표현법이 이가원본과 격리된 감이 있는데, 완판본과는 일치되는 장면이 있다는 점에서 알 수 있다. 그 일례를 들어 보겠다.

이제 부인 명을 밧들어 여긔 왓스니 쳔지일시라 ᄯᅩ 츈ᄉᆡᆨ이 아름답고 산일이 져믈지 아니ᄒᆞ엿스니 이ᄣᅢ를 좃ᄎᆞ 뎌 놉흔 봉에 올나 시를 읇허 풍경을 구경ᄒᆞ고 도라가 궁즁에 ᄌᆞ랑홈이 엇더ᄒᆞ뇨 (유일서관본)

이제 우리 부인의 명을 바다 이ᄯᅢ의 와시니 쳔지일시라 ᄯᅩ 츈ᄉᆡᆨ이 아리답고 산일이 져무지 아니ᄒᆞ엿시니 이 됴흔 ᄶᅡᆨ을 밋쳐 져 노푼 ᄃᆡ

올나 흥을 타며 시을 읇퍼 다소 풍경을 구경ㅎ고 도라가 궁듕의 쟈랑
ㅎ미 엇더ㅎ뇨 (완판본)

이졔 다힝이 낭낭의 명으로 이따헤 왓스니 춘식이 아름답고 산 일
이 저믈지 아니ㅎ엿스니 이쩌를 좃ᄎ 저 놉흔 곳에 올나 연화봉 우에
옷을 썰치고 폭포쳔에 관ᄯᆫ을 썻고 시를 읇고 궁듕자미에게 자랑홈이
어찌 쾨치 아니ㅎ리오 (이가원본)

이지 우리 낭낭의 명으로 이짜의 니르고 춘식이 졍이 고으니 이지
연화봉의 올나 젼경을 구경ㅎ고 도라가 궁즁졔미의긔 쟈랑ㅎ미 올타
(강윤호본)

이졔 우리 무리 낭낭의 명을 밧자와 다힝이 이고더 이르러시나 직
금 춘식은 찰난ㅎ고 일긔 저므지 안이ㅎ니 이런 쩌를 당ㅎ야 져 연화
봉의 올나 산쳔경기을 두로 귀경흔 후의 폭포슈의 몸을 싯고 시을 지
어 음영ㅎ고 도라가 궁즁의 잇난 모든 자미의겨 자랑ㅎ미 ᄯ한 쾌흔이
리라 (이재수본)

우리가 낭낭 명으로 ㅎ여 이곳에 이르고 ᄯ 춘식이 졍연ㅎ고 손일이
미묘ㅎ니 놉흔 더 올나 옷슬 연화봉에 글고 발을 폭포에 씻고 글을 지
여 흥을 틱 셔로 도라ᄀ 모든 동요에게 ᄌ랑ㅎ미 읏더ㅎ뇨 (정규복본)

연화션계를 보지 못ㅎ엿더니 다힝이 낭낭의 명을 밧ᄌ와 이짜에 왓
스니 일식이 저므지 아녀서 연화봉 우에 가 폭포에 세수ㅎ고 글을 읇
흐며 도라가 궁즁ᄌ미다려 자랑홈이 어찌 쾌치 아니ㅎ리요 (경판본)

이상 여러 이본의 내용 중 유일서관본과 완판본이 흡사할 뿐더러
'천지일시라'의 어구는 유일서관본과 완판본 외에 다른 이본에서는 전
연 볼 수 없는 것이다. 이것은 우연의 일치가 아니라 유일서관본의 편
자가 반드시 완판본을 참고로 한 증좌라고 본다. 그러므로 유일서관본
의 대본은 이가원본·한문본·완판본 등이 되었음을 알 수 있다.

다음에는 유일서관본에 나타난 오역에 대하여 살펴보기로 하겠다. 앞에서 언급한 바와 같이 이가원본과 동질적인 미스는 중언을 피하기 위하여 생략하기로 하였으므로, 여기에서는 유일서관본에서만 보이는 오역을 살펴보겠다. 그런데 유일서관본이 직접적인 역본이 아니고, 역본인 이가원본이 그 대본이 되었던 까닭에 '오역'이란 명칭보다 '오류'가 더 적합할 것이다. 이 같은 오류를 살펴보기에 앞서, 철자의 불통일은 물론이요 오자도 많이 있으나 이는 활판 중의 부주의한 미스로 보고, 그 예거를 생략하겠다. 유일서관본에 나타난 오류(오역)는 그 수가 많지는 않고 불과 몇 군데 나타나 있을 따름이다.

가장 번잡한 그 일례를 들면 다음과 같다.

상이 닐으샤디 경의 공업이 족히 나라에 뎨일 될지라 그 공로를 갑흘 도리 업는 고로 두 누의로써 셤기게 흠이오 또 누의의 우이 다 텬성에 나셔 셔면 셔로 쓰르고 안즈면 셔로 의지ᄒᆞ야 미양 늙어 죽도록 셔로 쩌나지 안키를 원ᄒᆞᆫ는 고로 ᄒᆞᆫ 스룸의게 하가흠이 ᄯᅩᄒᆞᆫ 티후 낭낭의 의향이시니 경은 가히 스양치 말지어다. 또 궁녀 진씨는 루디 사환가 녀즈오 즈식이 잇고 글을 잘ᄒᆞ야 궁중에 잇슨 지 여러 달이라 티후 셤김을 충성을 다ᄒᆞ고 ᄯᅩ 공주와 졍의 동긔 갓거늘 이로써 티후 더욱 사랑ᄒᆞ시니 혼일이 림박ᄒᆞ미 종용히 티후씌 고ᄒᆞ되 당초에 란양으로 더부러 좌ᄎᆞ 뎡ᄒᆞ던 날이 임의 잉쳡으로 뎡ᄒᆞ엿는지라 경은 이디로 명을 좃칠지어다 ᄒᆞ시니 승상이 황공스은ᄒᆞ고 퇴조ᄒᆞ니라 션시에 두 공주의 좌ᄎᆞ를 뎡ᄒᆞ엿더니 하로는 영양공주 상주ᄒᆞ되 향쟈에 좌ᄎᆞ 뎡ᄒᆞᆫ 날 상좌에 거ᄒᆞ옴이 극히 참남ᄒᆞ오나 일향 고스ᄒᆞ오면 낭낭의 즈익ᄒᆞ시는 은졍을 거역흔가 ᄒᆞ와 강잉ᄒᆞ야 좃스옴이 본의 아니옵더니 이졔 양승상의게 도라가 뎨일좌를 스양ᄒᆞ오면 이 쏘흔 올치 안스오니 복망 낭낭과 황상은 그 정례를 짐작ㅎ시고 그 위츠롤 바르게 ㅎ샤 스분이 편안케 ㅎ시고 가법이 무란치 안케 ㅎ옵소셔 (유일서관본)

상이 닐으샤더 경의 공업이 족히 나라에 뎨일 될지라 그 공로를 갑홀 도리 업는 고로 두 누의로써 셤기게 홈이오 쏘 두 누의의 우이 다 텬셩에 나셔 셔면 셔로 쓰르고 안즈면 셔로 의지ㅎ야 미양 늙어 죽도록 셔로 쩌나지 안키를 원ㅎ는 고로 흔 스롬의게 하가홈이 쏘흔 태후 낭낭의 의향이시니 경은 가히 스양치 말지어다. 쏘 궁녀 진씨는 루더 사환가 녀즈오 즈식이 잇고 글을 잘ㅎ미 공쥬 수족갓치 사랑ㅎ여 하가홀 쩌에 잉쳡을 삼고져 ㅎ므로 먼져 경으로 알게 ㅎ노라 승상이 쏘 이러나 사은ㅎ고 퇴조ㅎ니라 이쩌 영양이 궁중에 잇슨 지 여러 달이라 티후 셤김을 츙셩을 다ㅎ고 쏘 공쥬와 정의 동긔 갓거늘 이로써 태후 더욱 사랑ㅎ시니 혼일이 림박ㅎ미 종용히 티후끠 고ㅎ되 당초에 란양으로 더부러 좌츠 뎡ㅎ던 날 상좌에 거ㅎ옴이 극히 참남ㅎ오나 일향 고스ㅎ오면 낭낭의 즈익ㅎ시는 졍을 거역홀가 ㅎ와 강잉ㅎ야 좃스옴이 본의 아니옵더니 이제 양승상의게 도라가 뎨일좌를 스양ㅎ오면 이 쏘흔 올치 안스오니 복망 낭낭과 황상은 그 정례를 짐작ㅎ시고 그 위츠롤 바르게 ㅎ샤 스분이 편안케 ㅎ시고 가법이 문란치 안케 ㅎ옵소셔 (이가원본)

위의 예문은 황상이 양승상을 궁중으로 불러 난양공주와 영양공주 (정소저)를 양승상과 맺어주는 장면이다. 두 이본을 비교해보면 이가원본은 한문본과 일치하여 바르게 번역되어 있으나, 유일서관본은 문맥이 혼란하여 문리가 통하지 않아서 이해하기가 쉽지 않다. 그러나 자상히 살펴보면 이가원본과 그 내용이 상치된 것은 아니고, 말하자면

文綴의 오식인 것 같다. 즉 유일서관본의 방점 부분(·표는 오식된 부분, ○표는 創意句)에 나타나 있는 바와 같이, 유일서관본의 '글을 잘ᄒ야 궁중에 잇슨 지 여러 달이라'에 있어서 '글을 잘ᄒ야'의 주어는 본시 궁녀 진씨이고, '궁중에 잇슨 지 여러 달이라'의 주어는 영양공주이다. 하지만 이 어구 사이에 있어야 할 '공쥬 수족갓치 사랑ᄒ야 하가 홀 씨 잉첩을 삼고져 ᄒ므로 먼져 경으로 알게 ᄒ노라 승상이 ᄯᅩ 이러나 사은ᄒ고 퇴조ᄒ니라 이쎠 영양이'의 구절이 산략되어, 몇 줄 건너서 '혼일이 림박ᄒ미 종용히 티후씌 고ᄒ되 당초에 란양으로 더부러 좌츠 뎡ᄒ던 날'의 구절 다음에 약간의 산략이 있고 어구가 변경되어 삽입되어 있으므로 그와 같은 중대한 미스가 범해진 것이다. 이는 착각에서 비롯한 오식으로 보이나 이 부분을 계속 읽어 내려가면 그 다음에 이 미스를 합리화하기 위하여 '선시에'라는 접두사를 삽입해 놓고 스토리를 억지로 얼버무려 놓았음을 알 수 있다.

이와 같은 미스는 유일서관본이 이가원본과 같은 계열의 善本의 위치에 있으면서도 유일서관본이 이가원본보다 열등하게 된 원인이 되는 것이다. 이러한 오류 외에도 小句의 산략이 보이나 극소수에 불과하여 살펴볼 만한 여지가 있지 않으므로 그 예증을 생략한다.

그러나 유일서관본의 가치는 무엇보다도 20세기 초엽에 활판되어 나온 고소설의 효시가 된다는 점과 <구운몽> 활판본인 박문본·회동본·영창본, 현판되어 나오는 세창본 등의 직접적인 텍스트가 되었다는 점에 있다. 그러므로 오늘날 아직도 소위 '이야기 책'의 독자를 상실치 않고 있는 僻谷鄕村에서 三冬長夜에 목청을 돋우어가며 읽는 <구운몽>이 바로 유일서관본에서 배태된 활판본임을 생각할 때, 유일서관본이야말로 이본 중 가장 많은 독자를 차지하고 있다고 볼 수 있고,

앞으로도 그럴 것임을 믿어 의심치 않는다.

13) 英譯本

영역본은 James. S. Gale 박사에 의하여 번역된 소위 "*The Cloud Dream of the Nine*"을 지칭한다. 이 책의 번역은 게일 박사가 선교사로 한국에 입국하여 30년간 체재하던 중에 얻은 경험을 통하여 <구운몽>을 원본으로 하여 이루어진 것이다. 필자의 소견으로는 이 영역본이 <구운몽> 이본 중 그 내용이 가장 완비된 것이라고 본다. 이 영역본은 1922년에 Daniel O'conner에 의하여 영국 런던에서 출간된 것이다.

영역본의 가치는 완역에 가까운 그 내용에도 있으려니와 무엇보다도 그 번역에 있어서 한문본·한글본의 兩本을 대본으로 하여 가장 내용이 완비되었다는 것과, 한국 고소설 중 백미로 인구에 회자되는 <춘향전>이 일찍 서구어로 번역되었다 하지만 완역이 아니요 의역·槪譯·축역에 그쳤으나, 이것은 완역이라는 데 큰 가치가 있다. 바로 이것이 종래의 고소설 번역물과 차별되는 지점이다. 그러면 이상의 내용을 중심으로 좀 더 상술하고자 한다.

역자 James. S. Gale 박사(한국 이름: 奇一, 1863~1934)는 기독교 선교사업상 그 공로가 클 뿐 아니라 한국에 체류하여 선교사업을 한 여러 외국인 중에 한국에 관한 지식이 가장 뛰어난 학자이며 인격의 소유자다. 한국 근대문화에 끼친 그의 공로로 말하면, 앞으로 열거할 한국문화에 대한 그의 저서가 여실하게 증명해 줄 것이다. 게일 박사는 1863년 캐나다 트런토(Tronto)에서 출생하여 그곳 트런토대학을 졸업한 즉시 1888년에 장로교 전도사로 내한하였다. 1892년에는 『한

국문법형태』(*Korean Grammartical Forms*)를 저술하였고, 1894년에는 『한국의 이야기』(*A Tale of Korea*)와 『뱅가아드』(*The Vanguard*)를, 1897년에는 그의 가장 방대한 저서라고 볼 수 있는 『한영사전』(*Korean English Dictionary*)을 편찬 발간하였으며, 계속하여 1898년에 『한국의 스케치』(*Korean Sketch*)를, 1913년에는 『한국민속집』(*Korean Folk Tales*)을 저술하였다.[15] 그리고 학원사 출간인 『대백과사전』에 의하면, 앞에서 열거한 저서 외에도 『한국근대사』, 『천로역정』, 『한국풍속지』, 『심청전』, 『흥부전』, 『辭課指南』, 『漢陽志』, 『중국문화가 한국에 끼친 공적』, 『결혼고』, 『파고다공원고』, 『金剛志』 등의 저작 및 번역물이 있다 한다. 그 중 고소설의 번역물은 필자가 아직 목견치 못하였으나, <춘향전>도 이해조의 <옥중화>를 텍스트로 하여 Korean Magazine에다 번역 연재했는데 이것이 다시 독일어로 중역되었음은 주목할 만한 일이다.

게일 박사와 한국의 관계에 대하여는, 게일 박사의 됨됨이를 설명해주는 다음과 같은 본인의 말을 통해 알 수 있다.

> The Korean lives apart in a world of wonder, something quite unlike our modern civilization, in a beautiful world of the mind. I have studied for thirty years to enter sympathetically into the world of the Korean mind and I am still an outsider. Yet the more I penetrate this ancient Korean civilization the more I respect it.[16]

위의 예문에서 보는 바와 같이 게일 박사에게 한국은 정신적으로

---

15) 영역본 Introduction, 10쪽.
16) 같은 책, 10쪽.

아름다운 나라요, 이에 대하여 30년간 연구를 계속해 왔어도 아직도 자신은 이방인이라고 겸손하게 평하였으며, 한국문화를 연구할수록 더욱 존경하게 된다고 한 것을 보면, 한국에 대한 그의 연구심은 일종의 유행적인 호기심에서가 아니라, 결국 정신적인 동경심과 존경심에서 비롯한 것임을 짐작할 수 있다. 그러므로 그는 한국근대문화상 공로자라는 위치에서 한 발 더 나아가, 마치 일본에 귀화한 영국인 Lafcadio Hearn(일본 이름: 小泉八雲, 1850~1904)이 일본을 동경하여 그 나라를 연구하고 대외 서구인에게 그 문화를 평생 전파한 것처럼, 외국인으로서 한국을 사랑하고 존경한 애국자의 위치를 차지할 수 있다고 본다. 그런 의미에서 Elspet K. Robertson이 일찍이 그를 평하여 "No man knows more of Korea or more deeply loves her people, and is loved by them than Dr. Gale."[17]이라 한 것은 정곡을 얻은 평이라 하겠다. 그가 <구운몽>을 번역한 의도도 "His first aim is to contribute towards some more correct knowledge of the Far East."[18] 라는 Robertson의 말과 같이 순연한 심미적 의도에서가 아니라, 극동의 존경자로서 그 지식을 구미에 전파하기 위하여 번역하였음을 알 수 있다. 여기서 우리는 한국인으로서 그의 공로를 생각할 때, 앞으로 그의 인간됨과 생활이 좀 더 구체적으로 구명되어야 할 것이나, 지금껏 그에 대한 구체적 논고가 없음을 아쉽게 여기는 바다.

영역본의 내용은 서론(Introduction, 36頁), 소설(The novel, 300頁), 부록(Appendix, 10頁) 그리고 16장의 도판으로 구성되어 있다. 서론은 다음의 7부로 분류되어 있다.

---

17) 같은 책, 10쪽.
18) 같은 책, 34쪽.

① The Book(서평)

② The Translator(번역자)

③ The Author(저자)

④ The Tale(경개)

⑤ Woman's Voice in Polygamy(일부다처주의)

⑥ Heaven on Earth(지상천국)

⑦ The Present Translation(현역본)

※ 괄호 내의 번역은 필자 삽입

영역본의 서론은 오늘날까지 게일 박사의 서론으로 널리 알려져 있으나 사실 이것은 Elspet K. Robertson이 작성한 서론이다. 이로 인해 종래에 영역본을 참고한 분들이 간혹 미스를 범한 일이 있다.[19] 그러면 순차에 따라 서론의 내용을 요약하겠다.

「서평」(The Book)은 <구운몽>에 대한 序評이라고도 볼 수 있다. 여기에서 주목할 것은, 서구인으로서 <구운몽>에 대한 최초의 논평을 가한 것을 볼 수 있는 동시에 소설의 가치 규준을 떠나 어디까지나 極

---

[19] 김태준의 『조선소설사』에서는 영역본의 서문을 번역 인용하여 "九雲夢은 眞面目한 極東知識의 啓示이니 그 文章과 語句가 奇巧하다는 것보다는 極東的 思想 및 趣味의 信仰的 解釋에 있어서 한층 더 文學的 價値를 發揮하고 있다"(119쪽)라고 했는데, 이것은 "His thoughts are on a faithful interpretation of the Far Eastern mind and Far Eastern manners rather than on those felicities of word and phrase with which literary reputations are sought."(영역본, 34쪽)라는 Robertson Scott의 게일 박사에 대한 논평을 오역한 것이다. 그리고 주왕산 씨는 『조선고대소설사』에서 "독자는 이 책을 끝까지 재미있게 보려면 서양의 도덕관념을 떠나야 한다"(168쪽)라는 서문을 인용하여 게일 박사의 말이라 하였고, 박성의 교수도 『한국고대소설사』(168쪽)에서 이와 같이 잘못 인용하였다. 김기동 교수의 『이조시대소설론』(287쪽)에도 김태준의 인용문이 잘못 인용되어 있다.

東思想과 <구운몽>을 연결시킨 찬평이 보인다는 점이다.

> The reader must lay aside all Western notions of morality if he
> would thoroughly enjoy this book. (중략) It is a record of
> emotions, aspirations, and ideas which enables us to look into the
> innermost Chambers of the Chinese soul. "*The Cloud Dream of
> the Nine*" is a revelations of what the Oriental thinks and feels not
> only about things of the earth but about the hidden things of the
> Universe. It helps us towards a comprehensible knowledge of the
> Far East.[20]

 즉 위의 내용을 약술하면 <구운몽>을 이해하려면 서양의 도덕관념
을 떠나야 한다는 것, <구운몽>은 중국의 내재적 사상이요, 지상 및
우주의 비결로 극동사상을 이해하게 한다는 것이다.

 「역자」(The Translator)는 게일 박사를 지칭한다. 여기에는 게일
박사의 위인에 대한 설명이 있는데 이는 한국과의 관련성을 이해하는
데 중요한 자료가 될 것이다. 다음의 구절은 지나친 평일지 모르나 역
시 극동 지식의 박학자로서 한국 근대문화의 처녀림에 대한 게일 박사
의 공로를 여실히 증명해 준다.

> For more than thirty years Dr. Gale has been clearing and
> hewing in a virgin forest, the literature of Korea. He is the
> foremost literary interpreter to the West of the Korean mind.[21]

---

20) 영역본 Introduction, 9쪽.
21) 같은 책, 10쪽.

실상 한국문화에 대한 과학적 방법의 검토는 수치스러운 일이나 동면 상태에 놓여 있던 침체성이 외국인을 통하여 개척된 것을 부인치 못할 것이다. 그들에 의하여 그 바통이 우리에게 이양되었던 것이다. 그러나 한국 고소설도 느지막하게 20세기 초엽이 지나 비로소 검토된 것을 생각할 때, 한국문학에 대한 게일 박사의 공로는 췌언을 요치 않는다.

「작자」(The Author)라 함은 <구운몽>의 저작자 서포 김만중을 가리킨다. 이것은 서포에 관한 槪評이 될 것이나, 서포가 유복자로서 유배지에서 母夫人 윤씨를 위로키 위하여 <구운몽>을 저술하였다는 과거의 정평을 뛰어넘을 만한 기록은 없고, 다만 『한국명인전』(제3권, 205쪽)을 인용했을 뿐인데 연대에 있어서 약간의 미스가 보인다.

「일부다처주의」(Woman's voice in Polygamy)에는 <구운몽>의 사상성에 대한 개평이 있다. "Confucian, Buddhist, and Taoist ideas are mingled throughout the story."[22]란 평이 있는데, 한국에서도 <구운몽>의 사상의 근저가 儒·佛·道의 혼합 사상이라고 논평한 것이 김태준이 최초라는 것을 생각할 때, 또 그것이 후인에게 그대로 정설이 되어 내려온 것을 생각할 때, <구운몽>의 삼교사상적 논평을 한 최초인은 의당 Robertson이 될 것이다.

「지상천국」(Heaven on earth)에는 <구운몽>의 내용에 대한 사상적 개평이 있는데 일부다처주의의 동양사상이 한·중 가족제도의 기축이 된다는 것과 <구운몽> 작품 중에 등장하는 팔선녀를 인용 설명했을 뿐이다.

---

22) 같은 책, 37쪽.

「현역본」(The Present Translation)에도 「역자」란에서와 같이 역자 게일 박사에 관한 개평이 있다. 게일 박사는 軟文學人으로서보다 극동지식의 해박자로서 그 지식을 서양인에게 보급할 의도로 순문학적인 형식(Literary form)을 떠나 한국과 한국어의 지식으로써 <구운몽>을 번역했다는 개평이 있다.

영역본은 전술한 바와 같이 <구운몽> 이본 중 가장 내용이 완비되어 있고 한문본이나 한글본(이가원본에 국한함)에 비하여 그 내용이 더욱 풍유하다. 이것은 결국 영역본의 藍本이 한문본과 한글본 중에 일방적인 저류보다는 복선적이라는 것을 증명해 주는 것이라 본다. 역자의 심리는 원본의 선택에 있어서 보통 善本을 택하는 것이 원칙인 바에야 藍本에 대한 문제는 이본이 산재하는 한 항상 복선적인 검토가 원칙이라고 본다. 더욱이 현존한 <구운몽>의 한문본과 한글본의 내용을 비교해 보면 각기 不備한 내용을 지니고 있다. 영역본의 藍本에 대하여 필자가 검토한 바로는, 어느 한 이본이 아니고 한문본과 한글본이 함께 그 저류가 되어 있다는 것이다. 그러므로 종래에 영역본의 대본을 한문본이라고 일방적으로 논증한 것은 중대한 미스다.23) 그러나 현존하는 제 한글본이 한문본의 번역에서 유래하였다는 것을 염두에 두고 볼 때, 영역본이 한글본을 대본으로 하였다는 것도 결국 한문본으로 환원하게 된다. 그러나 <구운몽>의 국부적인 표현 방식에 있어서 한문본과 한글본이 상호 차이가 나는 점이 있으므로 영역본의 한글본 대본의 고구도 가능하게 된다.

---

23) 영역본에 대한 구체적인 논구는 아직껏 시도된 것 같지 않으나 이가원 교수가 그의 「구운몽평고」(29쪽)에서 영역본의 대본을 한문본이라 하였고, 이명구 교수도 「구운몽고」(『성균학보』 제2집, 178쪽)에서 역시 한문본이라 일방적으로 단정하였다.

그러면 우선 한문본부터 고찰하기로 하겠다. 영역본의 장회의 형식
적인 분류에 있어서 그 저본이 된 것은 한문본이다. 영역본의 목차를
한문본과 비교 열거하면 다음과 같다.

<table>
<tr><td></td><td>卷之一</td></tr>
<tr><td>① The Transmigration of Song Jin(성진의 환생)</td><td>蓮花峯大開法宇</td></tr>
<tr><td></td><td>眞上人幻生楊家</td></tr>
<tr><td>② A Glimpse of Chin See(진채봉의 一瞥)</td><td>華陰縣閨女通信</td></tr>
<tr><td></td><td>藍田山道人傳琴</td></tr>
<tr><td></td><td>卷之二</td></tr>
<tr><td>③ The Meeting with Kay See(계섬월과의 상봉)</td><td>楊千里酒樓擢桂</td></tr>
<tr><td></td><td>桂蟾月鴛被薦賢</td></tr>
<tr><td>④ In the Guise of a Priestess(女冠의 假裝)</td><td>倩女冠鄭府遇知</td></tr>
<tr><td></td><td>音 老司徒金榜得</td></tr>
<tr><td></td><td>快婿</td></tr>
<tr><td>⑤ Among the Fairies(仙境에서)</td><td>詠花鞋透露懷春</td></tr>
<tr><td></td><td>心 幻仙庄成就小</td></tr>
<tr><td></td><td>星緣</td></tr>
<tr><td></td><td>卷之三</td></tr>
<tr><td>⑥ It is Cloudlet(가춘운)</td><td>賈春雲爲仙爲鬼</td></tr>
<tr><td></td><td>狄驚鴻乍陰乍陽</td></tr>
<tr><td>⑦ The Imperial Son-in-law(부마)</td><td>金鸞眞學士吹玉</td></tr>
<tr><td></td><td>簫 蓬萊殿宮娥乞</td></tr>
<tr><td></td><td>佳句</td></tr>
<tr><td>⑧ A Hopeless Dilemma(절망의 窮境)</td><td>宮女掩淚隨黃門</td></tr>
<tr><td></td><td>侍妾含悲辭主人</td></tr>
</table>

위의 목차에서와 같이 영역본의 16회의 형식적 목차의 분류는 한문
본의 16회의 장회 수와 일치하고 있는데, 이는 역자의 의식적인 한문

본 모방에서 결과된 것이라 본다.

그 다음으로 내용적 견지에서 볼지라도 그 방대한 한문본을 대본으로 하여 완역을 이루었다는 것을 알 수 있다. 우선 〈구운몽〉의 서두인 南岳衡山의 묘사를 살펴보기로 하자.

天下名山有五焉 東曰東岳卽泰山 西曰西岳卽華山 南曰南岳卽衡山 北曰北岳卽恒山 中央之山曰 中岳卽嵩山 北所謂五岳也 五岳之中 惟衡山距中土最遠 九疑之山在其南 洞庭之湖經其北 湘江之水環其三面 若祖宗儼然中處而子孫 羅立而拱揖焉 七十二峯或騰踔而轟天 或嶄嵃而截雲 如奇標俊彩之美丈夫 七竅百骸 皆秀麗淸爽 無非元氣所鍾也 其中最高之峰 曰祝融 曰紫盖 曰天柱 曰石廪 曰蓮花 五峰也 其形擢竦 其勢陟高 雲翳掩其直面 霞氣藏其半腹 非天氣廓掃 日色淸朗則 人不能得其彷彿焉 (한문목각본)

텬하에 명산 다섯이 잇스니 동에 퇴산 셔에 화산 남에 형산 북에 항산이오 그 가온더 슝산이니 이른바 오악이라 오악지중에 형산이 중토에 가장 머니 구의산이 그 남편에 잇고 동졍호가 그 북편에 지나고 소상강이 둘넛는더 형산에 츙융 자기 텬주 셕름 련화 다섯 봉오리가 놉흐니 구름이 그 낫흘 가리고 안기가 그 허리에 둘너 텬긔 쳥명치 못 ᄒ면 사ᄅ이 그 진상을 보지 못ᄒ너라 (이가원본 · 유일서관본)

※한문본의 방점 부분 이가원본에 누결.

위의 두 예문을 비교하면 한문본이 한글본(이가원본)에 비하여 그 내용이 훨씬 구체화되어 있다. 영역본의 역자는 한문본을 대본으로 하여 다음과 같이 충실히 번역하였다.

There are five noted mountains in East Asia. The peak near the

Yellow Sea is called Tai-san, Great Mountain; the peak to the west, Wha-san, Flowery Mountain; the peak to the south, Hyong-san, Mountain of the Scales; the peak to the north. Hang-san, Eternal Mountain; while the peak in the centre is called Soong-san, Exalted Mountain. The Mountain of the Scales, the loftiest of the five peaks, lies to the south of the Tong-jong River, and on the other three sides is circled by the Sang-gang, so that it stands high, uplifted as if receivint adoration from the surrounding summits. There are in all seventy-two peaks that shoot up and point their spear tops to the sky. Some are sheer cut and precipitous and block the Clouds in their course, startling the world with the wonder of their formation. Scores of good luck and fortune abide under their shadows.

The highest peaks among the seventy-two are called Spirit of the South, Red Canopy, Pillars of Heaven, Rock Treasure-house and Lotus Peak, five in all. They are sky-tipped and majestic in appearance, with divine influences. When the day is other than clear they are shrouded completely from human view. (영역본, 3쪽)

위에서 든 예문과 같이 자자구구가 한문본 그대로 충실히 완역되어 있을 뿐 아니라, 그 표음법의 일례를 들더라도 한문본의 '湘江'의 직음을 취하여 "The Sang-gang"(이가원본에는 '소상강')이라 표기한 것으로 보아, 결국 역자가 한문본을 충실히 번역하고자 한 의식적인 의도를 알 수 있다. 이 외에도 한문본에 나타나 있는 구차스러운 격언 따위는 한글본에 생략되어 있는 것이 보통이나, 영역본에는 생략됨 없이 충실히 번역되었고, 이가원본에서 생략이 가장 심한 가춘운의 '爲鬼

爲仙'의 장면도 영역본에서는 모두 번역되어 있음은 물론이다. 이와 같이 역자는 한문본을 일차적인 대본으로 하였다.

그러나 영역본의 역자는 한문본을 일차적인 대본으로 하면서도 부분적인 면에 있어선 한글본 중 이가원본계를 이차적인 대본으로 하였다. 「이가원본」란에서 이미 언급했듯이, 한문본과 이가원본을 대조 비교하여 보면, 그 내용의 산략에 있어서는 이가원본이 그 횟수가 훨씬 많지만 이가원본에는 그 원본인 한문본에서 볼 수 없는 특색이 있으며 또한 그럴 듯하게 과장 의역된 곳도 있다. 그런데 영역본의 역자는 같은 내용이라도 이가원본계에 한문본보다 구체적인 부분이 있으면 이를 서슴지 않고 添譯하여 놓았다. 이것이 영역본이 번역본이면서도 그 원본인 한문본과 이가원본을 능가하게 된 이유이다. 일례를 들면 양소유가 燕의 항복을 받고 귀국 중에 한단에서 미소년(실은 남자로 가장한 적경홍)을 만났는데, 그 인물 묘사가 한문본에는 '漸近則 其少年美如衛玠嬌似潘岳'이라 극히 추상적으로 묘사되어 있지만, 이가원본에는 이것이 다음과 같이 誇譯되어 있다.

점점 가까이 보민 소년이 피여나는 꽃과 돗아오는 달 갓고 미묘흔 티도와 청슈한 광치 사룸의 눈을 쏘아 가히 바라보지 못홀러라

그러나 역자는 이가원본을 취하여 다음과 같이 직역하였다.

As he advanced closer the young rider appeared strangely beautiful, as an opening flower, or the returning circle of the moon. His graceful form, with the light that seemed to emanate from him, dazzled the eyes of the on-looker. (115쪽)

위의 예시문 외에도 양소유가 진중에서 심요연을 만나는 장면에 있어서, 심요연을 그린 외관 묘사도 역자는 역시 이가원본을 취했다. 더구나 한문본에 누결된 성진의 '大覺' 장면도 이가원본을 따라서 충실히 번역되어 있다.

그렇지만 영역본의 가치는 번역문학의 견지에서 볼 때, 역자가 한문본과 한글본 중 어느 하나에 치중하지 않고 그 내용의 균형과 독자의 취미에 맞추기 위하여 둘을 교묘히 종합해 놓은 데 있다고 본다. 그 일례로는 진채봉의 乳娘이 양소유와 진채봉의 가연을 맺으려는 의도에서 그들의 楊柳詞를 가지고 상호 연결시키는 장면을 보면 여실히 드러난다. 그러면 한문본·이가원본·영역본의 그 내용을 전재하여 고찰하기로 하겠다.

乳娘亦大喜 自袖中出一封書以贈生 生拆見卽楊柳詞一絶也 其詩曰
樓頭種楊柳 擬繫郎馬住
如何折作鞭 催向章臺路
生艷其淸新 極加歎服 稱之曰 雖古之王右丞 李學士 蔑以加矣 遂披彩牋 寫一詩以授孀 其詩曰
楊柳千萬絲 絲絲結心曲
願作月下繩 好結春消息
乳娘受置於懷中 出店門而去 楊生呼而語之曰 小姐秦之人 小生楚之人 一散之後 萬里相阻 山川脩夐消息難通 況今日此事 旣無良媒 小生之心 無可憑信之處也 欲乘今夜之月色 望見小姐之容光 未知老娘以爲如何 小姐詩中 亦有此意 望老娘更槀于小姐 乳娘去卽還來曰 小姐奉賢郎和詩 十分感激 且備傳郎君之意則 小姐曰 男女未及行禮 私與相見 極知其非禮 然方欲托身於其人 而何可有違於其言乎 且中

夜相會 人言可畏 異日父親若知之則 必有厚責 欲待明日 相會於中堂
相與約定云 楊生嗟歎曰 小姐明敏之見 正大之言 非小生所及也 對乳
娘再三勤囑 毋令失期 乳娘唯唯而去 (한문목각본)

　유모 쏘흔 깃거ᄒ야 소ᄆᆡ 속에셔 ᄒᆞᆫ봉 글을 내여 양ᄉᆡᆼ을 주거ᄂᆞᆯ 써
혀 보니 곳 양류ᄉᆞ라 그 글에 ᄒᆞ엿스되
　다락머리에 양류를 심어
　비겨 랑군의 말을 ᄆᆡ여 머므르게 ᄒᆞᆷ이어ᄂᆞᆯ
　엇지ᄒᆞ여 ᄭᅥᆨ거 치ᄎᆡᆨ을 ᄆᆡᆫ드러
　장뎌길을 지쵹ᄒ야 향ᄒᆞᄂᆞᆫ고
　양ᄉᆡᆼ이 ᄒᆞᆫ 번 읇고 그 글에 쳥신ᄒᆞᆷ을 ᄉᆞ랑ᄒ여 극히 칭찬ᄒ되 왕우
승 리학ᄉᆞ라도 이에셔 더ᄒᆞᆯ 수 업다 ᄒᆞ고 인ᄒᆞ야 시젼지에 글 ᄒᆞᆫ 수를
써셔 유모를 주니 유모 밧아 품에 넛코 주막문을 나가랴 ᄒᆞ거ᄂᆞᆯ 양ᄉᆡᆼ
이 다시 불너 닐아되 소져ᄂᆞᆫ 진ᄯᅡ 사ᄅᆞᆷ이요 나ᄂᆞᆫ 초ᄯᅡ 사ᄅᆞᆷ이라 ᄒᆞᆫ번
헤여지면 산쳔이 멀고 소식을 통키 어려운지라 오날 이 일에 확실ᄒᆞᆫ
즁ᄆᆡ가 업셔 빙신ᄒᆞᆯ 곳이 업스니 오날밤 월식을 타셔 소져의 용모를
다시 바라보고져 ᄒᆞ노니 로랑은 소져의 품ᄒ여 보라 소져의 글속에도
ᄯᅳᆺ이 잇스니 즉시 회긔ᄒᆞ라 유모 응락ᄒᆞ고 도라와 소져의 고ᄒᆞ되 양랑
이 화산과 위슈로 ᄆᆡᆼ셔ᄒᆞ야 ᄭᅩᆺ다온 인연을 완뎡ᄒᆞ고 ᄯᅩ 소져의 글을
칭찬ᄒᆞ며 인ᄒᆞ야 글을 지여 화답ᄒᆞ더라 ᄒᆞ고 양랑의 글을 드리거ᄂᆞᆯ 소
져 밧아보니 ᄒᆞ엿스되
　양유쳔만실이
　실실이 심곡을 ᄆᆡ젓더라
　원컨더 달 아래 놋줄을 지여
　조히 봄소식을 ᄆᆡ켓더라
　소져 람필에 ᄭᅩᆺ다온 얼골에 깃분 빗이 가득ᄒᆞᆫ지라 유모 ᄯᅩ 고ᄒᆞ되
양랑이 오날 밤에 죵용이 만나 글을 셔로 화답ᄒᆞᆷ이 엇더ᄒᆞᆫ지 픔ᄒ여

달나 ᄒᆞ더이다 소져 미소ᄒᆞ고 닐아디 남녀가 아즉 힝례ᄒᆞ기 젼에 ᄉᆞᄉᆞ
로히 샹졉홈이 례졀에 어긘 ᄃᆞᆺᄒᆞ나 내 몸을 그 사ᄅᆞᆷ의게 의탁ᄒᆞ니 그
말을 엇지 어긔리요 그러나 밤즁에 셔로 모드이면 남의 말도 무셥고
ᄯᅩ 부친이 아르시면 필연 즁죄ᄒᆞ시리니 붉는 날을 기다려 디쳥에 모혀
셔로 언약홈이 가ᄒᆞ니 유모는 다시 가셔 이 말을 젼ᄒᆞ라 유모 즉시 긱
관에 가셔 양셩을 보고 소져의 말을 자셔히 고ᄒᆞ니 양셩이 탄복ᄒᆞ되
소져의 영민ᄒᆞ신 맘과 뎡디ᄒᆞ신 말슴은 내가 ᄯᆞ르지 못ᄒᆞ겟다 ᄒᆞ고 유
모의게 신신 부탁ᄒᆞ여 틀님업시 ᄒᆞ라 ᄒᆞ니 유모 응락하고 도라가더라
(이가원본)

The nurse, delighted at her success, took a letter from her
sleeve, gave it to So-yoo, who tore it open and found a poem
which read:

"Willow waving by the way,

Bade my lord his course to stay,

He, alas, has failed to ken.

Draws his whip and rides again."

When So-yoo had read the verse and noted its brightness, he
praised it, saying "No ancient sage ever wrote more sweetly"
Then he unrolled a sheet of watered paper and wrote his reply
thus:

"Willow catkins soft and dear,

Bid thy soul to never fear,

Even may they bind us true,

You to me, and me to you."

The nurse received it, placed it in her room, and went through
the main gate way of the guest-hall, but So-yoo called her again,

saying; "The young lady is a native of Chin, while belong to Cho. Once we separate, a thousand miles come between us. With hills and streams and the windings of the way, it will be difficult indeed to get messages back and forth. We have no go-between to make proof of our contract, so I would like to go by moon-light and see my beautiful face. What think you? In her letter there is such suggestion, is there not? Please ask her."

The nurse consented, and on her return gave the message to the maiden "Master Yang has sworn by the Lotus Hills and the long stretches of the river that he will be your companion. He praised your composition most highly, and wrote a reply which I have brought you." She then handed to the lady. The Maiden received the letter, read it, and her face brightened up with joy. Again the nurse went on to say: "Master Yang has asked if it would be agreeable to you to have him come quickly moon light and wrote another message which you could enjoy together."

Her answer was: "It is not good form for a young man and a young woman to meet before marriage. I am promised to him, it is true, and that makes a difference, if we meet at night, however, it might cause undeemly rumour, and also my father would reprimand me for it. Let us wait till noon to-morrow and meet in the great hall and there seal our happy contract. Go and tell him, will you?"

The nurse went once again to the inn and told the young master what had been said.

He expressed his regret and made reply.(하략) (영역본)

위에서 예로 든 세 이본의 내용을 상호 대조하여 보면, 한글본에 누락된 한문본의 '萬里相阻'란 어구가 영역본에는 "A thousand miles come between us"라고 번역되어 있고, 한문본에 누락된 한글본의 '양랑이 화산과 위수로 밍셔ᄒᆞ야 곳다온 인연을 완뎡ᄒᆞ고'란 구절이 영역본에 "Master Yang has sworn by the Lotus Hills and the long stretches of the river that he will be your companion"이라 번역되어 있으며, 그 외에 한문본에 누락된 구절이 상세하게 번역되어 있다.

그리고 위의 세 이본의 스토리 구성을 비교해 보면 다음과 같은 도표를 작성할 수 있다.

한문본

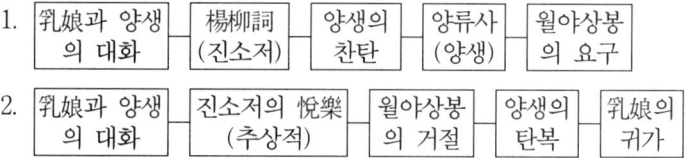

이가원본(한글본)

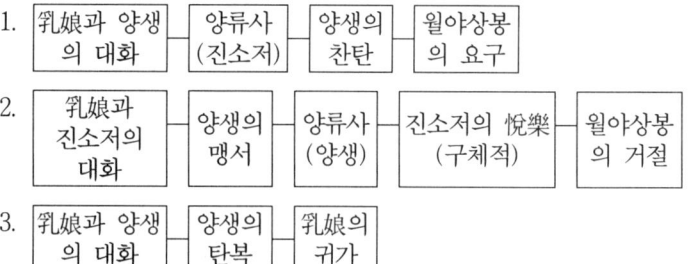

영역본

위의 도표를 보면 그 스토리의 전개가 대략 3단계로 분류되는데, 한문본에는 2단계로 전개되어 있고, 한글본과 영역본에는 3단계로 전개되어 있으나 한글본의 구성법이 한문본에 비하여 훨씬 구체적이어서 소설적 효과가 크다고 볼 수 있다. 그러나 영역본의 역자는 위의 도표에 표시되어 있는 바와 같이 제1단계는 한문본을, 제2·제3단계는 한글본을 대본으로 하여, 결국 하나에 치중치 않고 두 이본을 교묘히 결합해 놓은 역자의 의도를 짐작할 수 있다. 이와 같이 역자는 한문본과 한글본의 장점을 취하여 종합하는 데 성공했으며 藍本의 선택에 있어서 역자 게일 박사의 고충과 용의주도한 그 치밀성을 역력히 볼 수 있다.

다음으로 영역본에 나타난 번역의 특징을 살펴보도록 하겠다. 역자가 그 번역의 대본으로 한문본과 한글본을 취하면서도 맹목적으로 원본을 고수하지 않고 비판적인 태도로 임하여 원본의 내용을 약간 수정해 놓은 것도 있고, 원본 중의 미스를 일일이 시정하여 역자의 동양 지식에 대한 해박함을 보여 주는 부분도 있다.

우선 원전에 대해 약간의 수정이 이루어진 부분을 고찰해 보겠다. 대체로 동양 문학의 내용에 과장성이 많은 것은 서구 문학의 현실성과

대조가 될 것이다. 예를 들면 한국의 고소설의 내용을 보더라도 그 스
토리의 虛張은 말할 것도 없고, 주인공의 성격을 살펴보아도 모두가
天才鬼術의 소유자이며 더구나 그 연령에 대해선 무리가 많이 따른다.
주인공이 출장입상하는 나이가 너무나 이르다는 것이다. 이런 점에서
역자는 <구운몽>에 등장하는 주인공의 연령을 원문보다 2~3세 올려
놓았다. 일례를 들면 양소유가 과거에 응시하여 장원을 하는 나이가
원본에는 16세로 되어 있으나 18세로 높여 놓은 것은, 결국 그 스토리
를 리얼하게 표현하려는 역자의 의도에서 비롯한 것으로 보아야 할 것
이다. 그 외의 인물도 실재의 연령보다 증가되어 있고, 혹은 사물의 과
장된 다량의 숫자는 역으로 감소시켜 놓았다.

다음으로 원본의 是正에 대하여 살펴보겠다. <구운몽>의 내용에
본시 미스가 많은지는 모르나 한문본을 보면 한글본과 같이 誤文은
없다 할지라도 어구의 미스가 다분히 있음은 이미 여러 곳에서 밝힌
바 있다. 그러나 역자가 이를 일일이 시정해 놓은 데는 감탄치 않을
수 없다. 그러면 그 실례를 아래에 들어 고찰하기로 하겠다.

> In the time of the Spring and Autumn Classic, *the wife of
> Cho-chi*,[24] although the daughter of Prince Chive-moon, gave up
> the place to the first wife who was chosen. (영역본, 19쪽)

> *Sa do-on*[25] who wrote concerning the willow catkins would not

---

24) 위의 the wife of Cho-chi는 춘추시대의 趙衰의 처를 지칭하는데, 한문본에는 '趙襄之
妻'로 되어 있으니 이는 미스요, '趙衰'가 맞다. 이 이름 외에 다른 인명에 대한 시정
사항은 「이가원본」란에 添註되어 있으므로 새삼스레 주석을 덧붙이는 것은 생략한다.
「이가원본」 주석을 참고해 주기 바란다.
25) 위의 Sa do-on은 謝道蘊의 표기인데 한문본에는 '咏雪之蔡女'로 되어 있고, 한글본에

surpass this (영역본, 155쪽)

    In the days of the Spring and Autumn Classics, *Minister Ka*[26] had a very dirty unwashed face (중략) so that the people who passed by in contempt, spat upon him, He was for three years without his wife once having smiled. On a certain day he went with her into the fields where he chanced to shoot a pheasant that was flying by. His wife laughed for the first time. (영역본, 269쪽)

  이상과 같이 역자는 원본을 맹종하지 않고 비판적인 견지에서 그 내용을 역자의 자의에 따라 수정도 하고 시정도 해 놓았지만 간혹 오역을 범한 예가 발견되기도 한다. 여기서 오역이라 함은 원본의 미스를 떠나 그 내용과 상치됨을 이른다. 물론 영역본의 내용이 역자의 고의에 의하여 그 원본과 상치되는 예도 있지만, 오역이란 번역함에 있어서 역자의 착각을 전제로 한다.

  영역본에 나타난 오역의 현상은 역자가 외국인으로서 원본의 한자음을 誤音으로 잘못 표기한 예와 주어가 되는 인물을 혼동한 예가 대체로 그 다수를 차지하고 있고, 일부 구절의 산략으로 인한 내용의 시제(tense)상의 모순 등이 있다. 우선 誤音의 실례부터 적어보기로 하겠다.

는 '스녀'(謝女)(이가원본) 혹은 '스통온'(謝通蘊)(유일서관본)으로 되어 있으나 이는 미스요, 영역본의 '謝道蘊'이 맞다.
26) 위의 Minister Ka는 '賈大夫'를 지칭하는데 한문본에는 '賈夫人'으로 되어 있다. 그러나 이 역시 '賈大夫'가 맞다.

Koo Sa-*ryong*(仇士良) (30쪽)

Hoi-*ram*(淮南) (31쪽)

Cha bong(彩鳳) (49쪽)

Sam oh-Kyon(萬玉燕) (50쪽)

Cha Moon-heui(蔡文姬) (64쪽)

Yi Yung of *Sa* Kyong(西京之李陵) (129쪽)

Prince Choa-*Won*(左賢王) (148쪽)

Pak Neung-Pa(白凌波) (159쪽)

Chong-*Se* Temple(正弊院) (172쪽)

Chin Ho(狄胡) (225쪽)

Pal *Kang* Mountain(八公山) (248쪽)

Hai-tan(邯鄲) (249쪽)

The Neung-Yoo Davilion(凌烟閣) (250쪽)

Ha dong falcon(海東書) (254쪽)

Kwan *On*-Jang(關雲長) (281쪽)

다음으로는 오역문을 들어 보기로 한다.

The Justice[27] himself follows the Book of Rites and Poetry carefully and conforms his house-hold in every particular to their teachings, so that members of the former never come here to offer intense, nor do they seek sacrifice in the Buddhist temples. (57~58쪽)

Usually Justice Cheung's family do their sacrificing to the Buddha

---

27) 주어가 The Justise(鄭司徒)로 되어 있으나 한문본과 한글본에는 鄭小姐로 되어 있음.

at our temple, but the daughter does not come herself; *she sends her servant General Yang's secondary wife, Ka Choon-oon. She comes with orders for her mistress and with prayers written out that are placed before the Buddha. You may take this written prayers of her if you care to share it to her Majesty the Dowager.*[28] (172쪽)

역자가 원본을 능가할 정도로 치밀한 번역을 이루어 놓은 것은 전술한 바와 같으나, 역자 게일 박사의 번역하는 입지 조건에 대하여 첨언하여 둘 것이 있다. 즉 이조 오백 년에 걸쳐 무뚝뚝한 유학자들이 軟文學, 특히 염정류를 소위 '男女相悅之詞'란 구실 밑에 여지없이 헐고 깎은 바와 같이, 영역본의 역자도 일종의 감계적 도덕주의 하에 <구운몽>에 전개되는 남녀의 로맨틱한 육정적인 제 장면을 고의로 산략하여 적절히 의역해 놓았다는 점이다. <구운몽>의 육정적인 장면은 다른 한국 고소설에도 흔히 전개되는 장면인데 이것이 유교사상에 젖어 온 우리에게도 예사로운 장면이라 생각되나, 일찍부터 자유연애를 신봉하는 서구인인 역자가 다른 장면은 일일이 완역하면서도 恒例로 등장되는 육정적인 love scene을 산략해 놓았다는 것은 이해하기에 좀 기이한 일이 아닐 수 없다. 이 같은 감계적 산략은 이 영역본뿐만 아니라 게일 박사의 <춘향전> 영역본에도 나타나 있는 것이다. 그러나 역자 게일 박사가 자유주의적인 서구인이면서도 그 위인이 분방을 즐겨하는 軟文學人이 아니라, 신학을 공부한 완고한 선교사요, 스콜라 타입의 소유자임을 생각할 때, 그 의심은 적이 풀리리라 생각한다.

---

28) 이탤릭 부분에 있어서 그 원본인 한문본과 한글본의 '三日前'이란 어구가 영역본에 누락되어 원본의 과거사가 현재 및 관습으로 되어 있어 시제(tense)상의 오역을 범했다.

그러면 작품 중 실례를 들어 고찰하기로 하겠다. 우선 양소유가 天津橋上에서 계섬월과 만나 백년해로의 가연을 맺고 견권지정을 누리는 장면을 예로 들어 살펴보겠다.

　　遂相與扶携而入　兩人相對　其喜可知　蟾月滿酌之玉盃　以金縷衣一曲侑之　芳姿嫩聲　能割人之腸而迷人之魂　生情不能抑　相携就寢　雖巫山之夢　洛浦之遇　未足以踰其樂矣 (한문목각본)

They met with great delight as those destined for each other. She passed him the glass of welcome and bade him sing. His voice was sweet and such as to awaken and captivate the soul. (영역본, 47쪽)

　　　　　　　　　　　　　　※ 한문목각본의 방점 부분 영역본에 산략.

위의 두 예문을 비교하여 보면, 한문본의 육정적인 구절이라 볼 수 있는 '遂相與扶携而入 兩人相對 生情不能抑 相携就寢'이 영역본에는 산략되고 "They met with great delight as those destined for each other"라 적당히 의역되어 있으며, '金縷衣一曲'을 咏歎한 것은 한문본에 계섬월로 되어 있으나 영역본에서는 양소유로 번역해 놓은 것은 역자의 고의라 보겠으나 격에 맞지 않는 표현이며 오역이다.

　　다음으로 양소유가 鄭十三郎의 꾀에 속아 紫閣峰에서 선녀인 張娘(실은 가춘운)과 상봉하여 견권지정을 누리는 장면을 고찰하여 보자.

　　美人長吁短歎曰　欲說前事　徒增悲懷　妾是王母之侍女 (중략) 方坐侍耳　郎令辱臨　宿緣可續　時桂影將斜　銀河已傾　翰林携美人同寢　若劉玩之入天台　與仙娥結緣　似夢而非夢　似眞而非眞也　纔盡繾綣之意　山

鳥已於花梢 而牕紗已微明矣 美人先起謂翰林曰 今日卽妾上天之期也
(하략) (한문목각본)

The fairy gave a long sigh of regret, saying, "If I were to tell
you of the past only sorrow would result from it. I am one of the
waiting maids of the Western Queen Mother, (중략) I have waited
long, however. At last through much trouble, you have come to
me and we can unite again the love that was lost."

But scarcely had they had a chance to express their love or
recall the awakened secrets of the past, when the birds of the
mountains began to twitter in the branches of the trees, and the
silken binds to lighten. The fairy said to the Master: "I must not
detain you longer. Today is my appointed time of return to
heaven." (하략) (영역본, 187쪽)

위의 예문에서도 앞에서 든 예와 같이 역시 한문본의 육감적인 구절
인 '攜美人同寢' 등이 영역본에는 산략되어 의역되어 있다. 이 외에도
주인공인 양소유와 백능파와의 상봉, 진채봉과의 재회, 진중에서 심요
연과의 初情, 적경홍과의 상봉 등에 나타나는 love scene에 있어서 육
정적인 제 구절이 모두 산략되어 있음을 부언해 둔다. 또한 이 같은
육정적 장면의 산략은 정규복본에도 나타나 있음은 이미 언급한 바 있
으나, 영역본은 그에 비해 훨씬 조직적이요 의식적임을 첨언해 둔다.29)

---

29) <구운몽> 영역본에 대해서는 필자가 『국어국문학』 21호에 「구운몽 영역본고」란 주제
로 이미 따로 소상히 발표한 바 있다. 그러나 본고가 「구운몽 이본고」란 종합적인 연구
의 성격을 지니고 있다는 점을 생각하여 대략 이미 발표한 내용에다가 약간의 수정을
더하고 축소하여 다시 게재하였다.

14) 原文對譯本

이 이본은 1916년에 일본인 靑柳綱太郎의 統轄下에 조선연구회에서 한문목각본을 대본으로 하여 <사씨남정기>와의 합본으로 출간하였다. 그러므로 이 이본은 이본적 가치가 별로 없으나 원문대역이 일어로 되어 있다는 데에 그 의의가 있다고 보며, 우리나라의 소설이 일본인에게 읽혀진 유일한 책이라 생각된다.

그러나 이 책은 그 對譯에 있어서 원문이 부주의로 몇 장이 커트됨에 따라서 그 번역문도 오역이 된 곳도 있고, 게다가 원문 전반을 번역하지 않고 상소문 따위는 간간 중략된 곳이 있어 그 편집의 질서 없음을 엿볼 수 있다. 이 같은 편집상의 결점 외에도 원문의 구두점의 오독으로 미스를 범한 예도 있다.

> 上義臺禮文殊 得不生不滅之道 (한문목각본)
> 禮文을 上리 殊에 不生不滅의 道를 得 (56쪽)

그러나 이 구절이 한글본에는 '의디의 올나 문수를 만나 불사불멸ᄒ난 도를 엇어'(유일서관본)와 같이 正讀 正譯됨은 물론이다.

15) 日譯本

이 이본은 對譯어 아니고 순 일어로 번역되어 조선통속문고에서 발간된 것인데, 본시 서울대학교 중앙도서관에 소장되었다가 6·25 동란 중 분실되어 현존하지 않으므로 필자가 직접 보지는 못했다. 그러나 이명구 교수의 증언에 의하면, 이 이본은 한문본을 대본으로 한 抄譯

정도의 책이라 하니, <구운몽> 이본 중 볼 만한 특색은 없다고 보며, 다만 일역본으로서 원문대역본과 마찬가지로 일본에 소개되었다는 데 그 의의가 있을 뿐이다.

結

지금까지 열거한 15종의 이본 외에도 불란서 동양어학교에 2종의 이본이 소장되어 있다 하나, 그 체재가 1책 32장으로 되어 있다 하니, 한글 경판본임이 짐작된다. 그리고 이능우 교수의 『국문학개론』에 보면 대영박물관에 낙질된 상권과 일본 동양문고에 2책의 이본이 언급되어 있으나 구하지 못하였고, 그 외 아직도 발견되지 않은 이본이 散藏되어 있을 줄 아나 모두가 지금까지 살펴본 이본의 테두리를 벗어나지 못할 줄로 추측된다.

〈구운몽〉 이본 영향 분포도

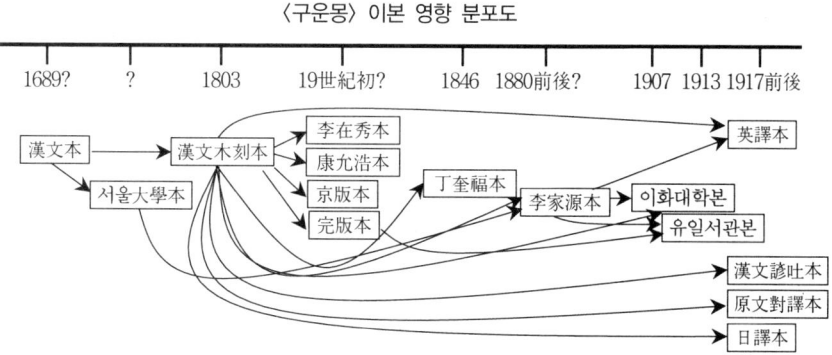

위에서 살펴본 바와 같이 <구운몽> 이본 중 한문본이 한글본을 위시하여 外譯本과 여타 현존한 제 이본의 텍스트가 되어, 서지적 · 문헌

적으로 볼 때 그 원본이 됨은 췌언을 요치 않는다. 지금까지 살펴본 제 이본의 상호영향 및 그 연대를 중심으로 도표를 작성하면 위와 같다.

그런데 이처럼 서지적으로 엄연한 사실이 있음에도 불구하고 <구운 몽>의 원작이 한글로 되었다는 주장이 나오게 된 이유는 어디에 있는 가? 이 正音說은 필자의 소견으로는 김태준의 『조선소설사』에서 비롯 하였다고 본다. 즉

> 西浦의 한글로 지은 <南征記>는 金春澤이가 일부러 手苦스럽게 漢字로 飜譯하였다. 이로 보면 西浦는 國文小說作家이었던 것이 分 明하고 <구운몽>과 <南征記>로 西浦의 原作인 正音本과 春澤의 漢 譯한 漢文本과의 두 種類가 일직부터 생겼다. (111쪽)

이상과 같은 김태준의 정음설이 후대에 아무런 비판도 별로 가해짐 이 없이 模承되어 오늘날에 定說로 고착하게 되었다고 생각된다.

이와 같이 김태준이 정음설을 내세우게 된 것과 이 주장이 후대에 그대로 모승된 이유는 엄밀한 문헌적 고증과 서지학적 검토를 통하여 이루어진 것이 아니라, 생각건대 서포의 작품 중 하나인 <사씨남정 기>가 한글로 저작되었다는 北軒의 정음설과 서포가 뛰어난 국민문학 자라는 데 있지 않나 추측된다. 그러면 우선 북헌의 주장부터 재검해 볼 필요가 있다.

> 西浦頗多以俗諺爲小說 其中所謂南征記者 有非等閑之比 余故翻 以文字 而其引辭曰 言語文字以教人自六經 然爾稗官小說非荒誕則 浮靡其可以敦民彝秘世教者 唯南征記乎 (『北軒集』)

위의 기록은 서포가 한글(俗諺)로 소설을 많이 저작했는데 그 중 <사씨남정기>를 북헌이 한문(文字)으로 번역했다는 것이다. 그러면 과연 <구운몽>도 『조선도서해제』 소설부에 기록되어 있는 바와 같이 북헌이 한역한 것일까? 그러나 북헌은 이에 대하여 한 마디 언급도 하지 않고 있다. 만일 북헌이 <구운몽>을 한역했다면 반드시 언급이 있었을 줄 믿는다. 이는 결과적으로 현존한 한문본이 북헌의 한역이 아님을 입증해 주는 것이 아닌가 한다.

다음으로 서포의 탁월한 국민문학론을 가지고 <구운몽> 원작이 국문으로 저작되었다고 하는 것도 재고할 필요가 있다고 본다.

> 松江關東別曲 前後思美人歌 乃我東之離騷 而惜其不可以文字寫之 惟樂人輩以口相授 或傳以國書而已 人有以七言詩 翻關東曲 而不能佳 或謂澤堂少時作非也 鳩摩羅什 有言曰 天竺俗最尙文 其讚佛之詞 極其華美 今譯以秦言 只得其意 不得其辭 理固然矣 人心之發於口者爲言 言之有節奏者 爲歌詩文賦 四方之言 雖不同 苟有能言者 各因其言而節奏 則皆足以動天地通鬼神 不獨中華也 今我國詩文 捨其言而學他國之言 假令十分相似 只是鸚鵡之人言 而閭巷間樵童汲婦 咿啞而相和者 雖曰鄙俚 若於眞贋 則固不可與學士大夫 所謂詩賦者 同日而論 況此三別曲者 有天機之自然 而無夷俗之鄙俚 自古左海眞文章 只此三篇 然又就三篇而論之 則後美人尤高 關東前美人 猶借文字語 以飾其色耳 (『西浦漫筆』)

위의 예문은 송강 정철의 가사를 논하는 稀見의 正音創作論으로 서포가 뛰어난 국민문학자임을 여실히 보여주는 名論이다. 하지만 위의 인용문 중 '惜其不可以文字寫之'라 하여 송강 가사를 한자로 표기하지 못하였음을 한한 것이라든지, 정음을 '夷俗' '鄙俚' 운운한 것은 그 정음창작론과 일면 모순되는, 말하자면 아직도 한자 숭상의 사대사상이 청산되지 않음을 암시해 주는 것이라 본다.

그러면 과연 이와 같은 정음창작론을 가지고 <구운몽> 원작의 정음설을 증명할 수 있을까? 만일 이를 시인한다면 한문으로 표기된 서포의 『서포만필』과 『서포집』에 들어있는 많은 詩文 등과는 어떻게 서로 부합되는지 알 수 없다. 이도 북헌의 한역이라고 굳이 주장할 수는 없을 것이다. 요는 서포의 국민문학론은 실천의 논리보다는 일종의 암시적 이론으로 볼 수도 있을 것이다.

더구나 <구운몽>의 저작 동기가 陶庵과 五洲의 언급대로 서포가 유복자로서 유배지에서 모부인 윤씨를 위로함에 있는 것이 사실이라면 윤씨는 희대의 현모로 일찍 서포에게 직접 『十八史路』, 唐詩 등을 가르칠 정도로 한문학에 유능한 분이며, 서포도 탁월한 한문학자임을 미루어 보아 두 사람 사이에는 正音보다도 한문의 표기가 더욱 자연스러웠을 것이다.

그리고 <사씨남정기>가 정음으로 저작되었으니 <구운몽>의 원작도 정음으로 되었다고 보는 견해는 서포가 '頗多以俗諺爲小說' 하였다는 것을 밑받침하여 일면 타당할 것 같다. 그런데 <사씨남정기>와 <구운몽>은 공히 소설이기는 하지만, 둘을 엄연히 구별하여 생각해야 할 점이 있다. 그것은 구성상의 문제로 <사씨남정기>는 임병양란을 계기로 족출한 한글로 된 일반 고소설의 구성법이 답습되어 있으나, <구운몽>은 그 내용의 다양성과 거기에 기재된 많은 漢詩文, 중국 고전에 나타나는 고사 등은 아무래도 정음의 표기로는 합당치 않다고 보며, 한문으로 표기하는 것이 서포에게는 훨씬 용이한 일이라 본다. 말

하자면 <구운몽>의 구성법은 종래의 정음소설 계열이 아니라 중국의
장회식 장편소설에 속한다는 것이다. 이는 <구운몽>의 모작인 <옥루
몽>이 한문소설이라는 데도 그 일리가 있다고 본다.

   위와 같은 논고를 통해서 보면 <구운몽> 원작의 표기문자가 정음
이라는 뚜렷한 문헌적 기록이 출현하지 않는 이상, <구운몽>의 원작
이 正音本이라는 추단은 하나의 무모한 억측에 불과할 것이다. 그렇다
해서 뚜렷한 문헌적 기록이 없는 이상, <구운몽>의 원작이 역으로 한
문본이라 확증을 내리기도 어려우나, 하여간 텍스트에 있어 한문본이
제 이본의 원본이라는 것과 앞에서 제시한 몇 가지의 추론으로 미루어
볼 때 <구운몽>의 원작은 정음본이라기보다는 오히려 한문본으로 보
는 것이 더욱 이치에 합한 타당한 견해라고 보며, 또한 한문본에 대한
근사치만은 완전히 성립된 줄로 안다. 다만 국문학계에서 한국의 한문
학이 국문학의 범주에 포함되느냐 제거되느냐 하는 논란이 전개되는
이때에, 鄙見으로 일면 국문학의 앙상한 자료를 축소시키는 愚論이 될
까 저어한다.

2. 을사본고

序

   <구운몽> 을사본은 상하 두 권으로 된 한문목각본을 말한다. 이 을
사본에 대하여는 아직 학계에 전연 알려져 있지 않았다. <구운몽>의
이본에 있어서 이 을사본이 지닌 이본적 가치에 대하여는 필자가 이미

『고대신문』(594호)에 그 개요를 소개한 바 있고, 또 지난 1971년 11월 초순에 대구 어문학회 주최로 열린 전국 어문학대회에서도 구술 발표한 바 있다. 말하자면 이 을사본이 발견됨으로써 <구운몽>의 문헌·서지학적인 면에 종래부터 풀리지 않았던 여러 가지 문제가 확연하게 풀릴 수 있게 된 것은 <구운몽> 연구에 있어서 획기적인 소득이다.

이 을사본의 체재는 세로 24cm, 가로 18cm로 되어 있으며, 행수는 각 장 10행, 자수는 20자로 되어 있고, 장수는 상권이 86장, 하권이 82장이다. 간행 연도는 이 책 말미에 '崇禎後再度乙巳'로 판각된 것으로 보면, 영조 1년(1725)에 해당하며, 서포가 沒한 지 불과 30여 년 만에 출간된 셈이며, 간행지는 '錦城午門新刊'으로 된 것으로 보아 지금 나주 南門에 해당한다는 것을 알 수 있다.

필자는 약 10년 전에 <구운몽>의 원작을 가름해 내고자 각처에 소장된 <구운몽>의 여러 이본을 수집하여 졸고 「구운몽 이본고」(『아세아연구』 8·9집)를 엮은 바 있다. 이 글에서는 국문목판본으로 경판·완판 2종, 국문필사본으로 서울대학본·이화대학본·구왕실본 및 이가원·이재수·강윤호·정규복 소장본 등 7종, 국문활판본으로 유일서관본, 영역본으로 게일 박사의 영역본, 일역본으로 原文對譯本 및 抄譯本, 한문본으로 한문목각본(1803년 癸亥版) 및 한문언토본 등 15종을 살펴보았다. 그 결과, 이들 모든 이본이 한문목각본의 번역에서 유래된 역본임을 밝히고, 이에서 한걸음 더 나아가 <구운몽>이 지닌 구성 문제를 중심으로 서포의 국문저작설에 의문을 던져 한문목각본의 위치를 높이 평가하고 이 한문목각본이 서포의 원작, 혹은 그 원작에 가장 가깝지 않은가 하고 추정한 일이 있다.

그러나 <구운몽> 국문본 가운데 最古本으로 알려진 서울대학본에

는, 한문목각본에 全缺된 성진이 꿈에서 현실세계로 되돌아오는 이른
바 '大覺' 장면이 다음과 같이 상세하게 나타나 있다.

　　승샹이 망연ᄒ야 굴오디 쇼위 십오뉵셰 전은 부모좌하롤 쩌나디 아
닛고 십뉵에 급졔ᄒ야 연ᄒ여 딕명이 이시니 동으로 연국의 봉ᄉᄒ고
셔으로 토번을 졍벌ᄒ 밧근 일족 경ᄉᆞ롤 쩌나디 아녀시니 언제 ᄉ부로
더브러 십년을 샹죵ᄒ엿시리오 호승이 쇼왈 샹공이 오히려 츈몽을 ᄭᅵ
디 못ᄒ엿도소이다 승샹왈 ᄉ뷔 엇디면 쇼유로 ᄒ야곰 츈몽을 ᄭᅵ게 ᄒ
리오 호승왈 이는 어렵디 아니ᄒ니이다 ᄒ고 손 가온디 셕쟝을 드러
셕난간을 두어 번 두드리니 홀연 네역 뫼골노셔 구롬이 니러나 대샹의
ᄭᅵ이여 디쳑을 분변티 못ᄒ니 승샹이 졍신이 아득ᄒ야 마치 취몽듕의
잇ᄂ 덧ᄒ더니 오래게야 소리질너 굴오디 ᄉ뷔 어이 뎡도로 쇼유롤 인
도티 아니ᄒ고 환술노 서로 희롱ᄒᄂ뇨 말을 뭇디 못ᄒ야셔 구롬이 거
두치니 호승이 간 곳 업고 좌우롤 도라보니 팔낭지 쏘ᄒ 간 곳이 업ᄂ
디라 졍이 경황ᄒ야 ᄒ더니 그런 놉흔 디와 만흔 집이 일시의 업셔지
고 제몸이 ᄒ 젹은 암ᄌ 듕의 ᄒ 포단 우히 안쟈시디 향노의 불이 임
의 사라지고 디난 돌이 창의 임의 빗쵀엿더라 스스로 제몸을 보니 일
빅여둛 낫 염쥬 손목의 걸녓고 머리롤 믄디니 갓 ᄭᆞᆨ근 마리털이 가ᄉᆞᆯ
가ᄉᆞᆯᄒ야시니 완연이 쇼화샹의 몸이오 다시 대승샹의 위의 아니니 졍
신이 황홀ᄒ야 오란 후의 비로소 제몸이 연화도댱 셩진 힝재인 줄 알
고 생각ᄒ니 처음의 스승의게 슈칙ᄒ야 풍도로 가고 인셰예 환도ᄒ야
양가의 아돌 되여 댱원급졔 한님혹ᄉᄒ고 츌댱입샹ᄒ야 공명신퇴ᄒ고
냥공쥬와 뉵낭ᄌ로 더브러 즐기던 거시 다 ᄒ로밤 꿈이라 ᄆᆞ음의 이
필연 ᄉ뷔 나의 념녀롤 그릇ᄒᆞᆯ 알고 날노 ᄒ야곰 이 꿈을 ᄭᅮ어 인간
부귀와 남녀 졍욕이 다 허신 줄 알게 ᄒᆞ미로다 급히 셰수ᄒ고 의관을
졍졔ᄒ며 방댱의 나아가니 다른 졔ᄌ들이 임의 다 모아더라 대시 소리
ᄒ야 무ᄅᆞ디 셩진아 인간부귀롤 디니니 과연 엇더ᄒ더뇨

위와 같은 '대각' 장면의 삽입으로 서울대학본을 한문본에서 異系로 잡으려는 경향30)이 진작부터 있었다.

서울대학본에 삽입된 이 '대각' 장면은 <구운몽>에 강력하게 반영된 불가의 空사상적인 주제와 밀접하여 <구운몽>의 내용에서 불가결한 장면이다. 그런데 여타 장면에 있어서는 한문목각본이 모든 국문본에 비해 완비되어 있으면서도 이 '대각' 장면이 全缺된 이유는 무엇인가. 이에 대하여 필자는 서울대학본에 삽입된 '대각' 장면이 그 문맥과 문체가 역어체라는 데 근거를 두어, 한문목각본이 판각될 당시 판각자의 부주의로 '대각' 장면이 누결되었을 것이라는 점을 밝히고, 이후 한문목각본의 대본이나 적당한 한문필사본이 출현한다면 거기에 '대각' 장면이 삽입되었을 것을 예견한 바 있다.31)

그러나 이번 을사본이 출현함으로써 이 숙제는 완전히 풀리게 되었다. 즉 이 한문목각본(이후 계해본이라 개칭함)은 상권 14章 및 9회장 '白龍潭楊郎破陰兵 洞庭湖龍君宴嬌客'에 있어서 을사본의 복각인 듯이 그 字字句句・行數・字形이 을사본과 꼭 같아, 계해본의 대본은 을사본임이 틀림없다. 거기서 <구운몽> 말미에 삽입된 '대각' 장면이 계해본에는 '胡僧拍掌大笑曰 是矣是矣 然只記夢中之一見 不記十年之同處 誰謂楊丞相聰明'32)으로 생략되었고 단도직입적으로 '高聲問曰 性眞人間滋味果如何耶 性眞叩頭流涕曰 性眞已大覺矣'로 애매하게 문맥만 간신히 연결되어 있는 것이다.

그러나 을사본에는 계해본에서와 같이 '胡僧拍掌大笑曰 是矣是矣

然只記夢中之一見 不記十年之同處 誰謂楊丞相聰明乎'로 시작되고
계해본에 누락된, 말하자면 서울대학본의 것과 꼭 같은 '대각' 장면이
다음과 같이 삽입되어 있다.

> 丞相憫然日 少游十六歲以前 不離父母之眼前 十六歲登第 連有職
> 名 不出京城 南使燕鎭 西擊吐蕃之外 足跡無所不及處 何時與師傅十
> 年相從乎 胡僧笑日 丞相尙未醒昏夢矣 少游日 師傅可能使少游大覺
> 乎 胡僧日 此不難矣 高擧手中錫杖 大叩欄干 至再 遽有白雲亂起於
> 四面山谷之間 陳陳飛來 環擁臺上 昏昏暗暗 尋丈不卞 丞相若在醉夢
> 中矣 良久乃大聲疾呼日 師傅不以正道指敎少游 乃以幻術相戲耶 言
> 未盡 雲氣盡捲 胡僧及兩夫人六娘子 皆無蹤跡矣 大驚大惑 定睛詳視
> 則 層樓複臺 疎簾密箔 都不可見 而自顧其身則 獨在小庵中蒲團上
> 火消香燭 月在西峰 自撫其頭則 頭髮新剃 餘根鬆鬆 百八顆念珠 已
> 垂項前 眞是小和尙形模 非復大丞相威儀 神情惚惚 胸腹憧憧矣 旣久
> 忽覺 其身是蓮花道場性眞小和尙也 回念初被師傅戒責 隨力士往豊
> 都 幻生人世爲楊家之子 早捷壯元爲翰苑之官 出將三軍 入摠百揆 上
> 疏乞退 謝事就閑 與兩公主六娘子 對歌舞聽琴瑟 盃酒團欒 晨昏行樂
> 皆一場春夢事耳 乃日 此必師傅知吾一念之差 俾着人間之夢 要令性
> 眞 知富貴繁華男女情慾 皆妄幻也 急向石泉 淨洗其面 着衲整弁 自
> 詣方丈衆闍梨 已齊會矣33)

이후, '大師高聲問日 性眞人間滋味果如何耶 性眞叩頭流涕日 性眞
已大覺矣'로 완결된 것이다.

즉 위와 같이 '대각' 장면이 계해본에 누결된 것은 필자가 예견한

---

33) 을사본 하권 81장. 이와 같은 '대각' 장면은 을사본뿐만 아니라 윤귀섭·김동욱·김광
순·정규복 소장본 등에도 나타나 있다.

대로 을사본의 80장이 판각자의 부주의로 그냥 넘겨졌거나, 혹은 80장
이 결여된 을사본을 대본으로 한 데서 기인된 것을 알 수 있다. 또한
서울대학본의 '대각' 장면은 위에 든 을사본과 대조해 보면, 그 내용뿐
만 아니라 자자구구가 을사본과 일치하는 것으로 보면, 서울대학본이
한문본의 번역 과정에서 유래되었다는 것도 또렷해진다. 이로써 서울
대학본이 국문본으로 연대상 상위에 속하는 것은 틀림없으나, 종래에
한문본 계열에서 異系로 잡으려는 독자성도 을사본이 출현함으로써
완전히 무너졌다.

　　그러면 을사본이 계해본의 대본이 된 것이 확적한 이상, 을사본이
출현하기 이전에 <구운몽> 이본 중 가장 완비된 것으로 알려진 계해
본과 그의 母本 을사본을 서로 대조하여, 계해본에 나타난 여러 현상
을 誤謬·相異·添補·漏缺·是正 등으로 나누어 두 이본의 차이점
을 밝혀볼까 한다. 그 이유는 을사본과 계해본의 차이점을 밝혀 놓는
것이 앞으로 있을 <구운몽> 재구 작업에 큰 도움이 되기 때문이다.
또한 두 이본의 비교 고찰의 방증 자료로는 <구운몽> 한문필사본인
김동욱·윤귀섭·김광순 소장본 및 필자의 家藏本을 사용하고자 한
다. 편의상 김동욱본은 '東', 윤귀섭본은 '尹', 김광순본은 '光', 그리고
필자의 것은 '丁'으로 약칭하고, 을사본은 '乙', 계해본은 '癸'로, 한문언
토본은 '吐'로 약칭하겠다. 그리고 張 前面·後面·行數 표시는 아라
비아 숫자로 표시하고자 하는데, 가령 2장 前面 3행인 경우에는 '2전
-3'으로 표시할까 한다.

계해본과의 대비

(1) 誤謬

계해본이 을사본을 母本으로 하여 거의 복각하다시피 하면서도 이를 잘못 옮겨 오류를 범한 것이 상당히 많다. 그러나 계해본에 나타난 字意가 을사본과 달라 비록 애매하게 독자적인 뜻을 갖는 경우에도 이것이 김동욱본을 비롯한 윤귀섭본·김광순본 및 필자 소장본에 없는 경우에는 이를 相異로 다루지 않고 오류로 취급하였다. 그러면 계해본에 나타난 오류를 모두 들어 보면 다음과 같다.

① 蓮華峯大開法宇 眞上人幻生楊家 〈1회〉

請奉獻於諸娘子 以買一線之路 (乙 5전-9, 尹, 東, 光, 丁)
請奉獻於諸娘子 以買一綿之路 (癸 5전-9, 吐)

瑞彩燭天 若出於海蚌之脱 (乙 5후-1, 尹, 東, 光, 丁)
瑞彩燭天 若出於海蚌之懷脱 (癸 5후-1, 吐)

父親升天之日 以門戶之責 付之於少子 (乙 11후-7, 尹, 東, 光, 丁)
父親升天之日 以門戶之貴 付之於少子 (癸 11후-7, 吐)

② 華陰縣閨女通信 藍田山道人傳琴 〈2회〉

楊生先送書童於村前客店 使備夕炊矣 (乙 13후-5, 尹, 東, 光, 丁)
楊生先送書童於材前客店 使備夕炊矣 (癸 13후-5, 吐)

彼秦御史家屬 今往何處耶 (乙 19후-2, 尹, 東, 光, 丁)
彼秦御史家屬 今在何處耶 (癸 19후-2, 吐)

③ **楊千里酒樓擢桂 桂蟾月駕被薦賢** 〈3회〉

其美人亦頻顧楊生 暗以秋波送情 (乙 22전-9, 尹, 東, 光, 丁)
其美人亦頗顧楊生 暗以秋波送情 (癸 2전-10, 吐)

酒盃之間 已作忘形之友 (乙 22후-9, 尹, 東, 光, 丁, 吐)
酒召之間 已作忘形之友 (癸 2후-10)

苟有才也 豈可徒執搆嫌乎 (乙 23전-3, 尹, 東, 光, 丁)
苟有才也 豈可徒執僞嫌乎 (癸 4전-3, 吐)

會於鄩都 設宴以娛 驚鴻以一曲霓裳 舞於席上 (乙 28후-5, 尹, 東,
光, 丁, 吐)
會於鄩都 設宴以誤 驚鴻以一曲霓裳 舞於席上 (癸 8후-6)

況昨日諸公子 想不無快快之心 (乙 29후-3, 尹, 東, 光, 丁)
況昨日諸公子 尙不無快快之心 (癸 9후-4, 吐)

生謝曰 娘言誠如金石 (乙 29후-5, 尹, 東, 光, 丁)
生問曰 娘言誠如金石 (癸 9후-6, 吐)

④ **倩女冠鄭府遇知音 老司徒金榜得快壻** 〈4회〉

鄭小姐卽天人 不可以口舌 形其美也 (乙 32전-1, 尹, 東, 光, 丁, 吐)
鄭少姐卽天人 不可以口舌 形其美也 (癸 11전-2)

第人之所見 各自不同 安保其師之眼 (乙 32전-7, 尹, 東, 光, 丁)
凡人之所見 各自不同 安保其師之眼 (癸 11전-8, 吐)

二月晦日 乃靈符道君延日 (乙 32후-2, 尹, 東, 光, 丁)

三月晦日 乃靈符道君延日 (癸 12전-2, 吐)

失節之人 曷足道哉 請新其曲 (乙 35후-10, 尹, 東, 光, 丁, 吐)
失節之人 曷足道哉 清新其曲 (癸 16전-1)

楊生又彈一調 小姐輒正襟 (乙 36후-7, 尹, 東, 光, 丁)
楊生又彈一闋 小姐輒正襟 (癸 16후-9, 吐)

惟瞪視小姐之背 魂飛神飄 (乙 36후-7, 尹, 東, 光, 丁, 吐)
惟瞪視小姐之背 魂飛神飄 (癸 17후-5)

伏想夫人必欲親自診視 貧道請退矣 (乙 37후-10, 尹, 東, 光, 丁)
伏想夫人必欲親自診視 貧道請退矣 (癸 18전-1, 吐)

⑤ **詠花鞋透露懷心 幻仙庄成就小星緣 〈5회〉**

親迎則 稍待秋間 陪事大夫人後 (乙 43전-5, 尹, 東, 光, 丁)
親迎則 稱侍秋間 陪事大夫人後 (癸 23전-5, 吐)

自楊翰林來住吾家 母親以其衣服飮食爲憂(乙 43후-10, 尹, 東, 光, 丁)
自楊翰林來住吾家 老親以其衣服飮食爲憂 (癸 24전-1, 吐)

此花應知崔護城南之恨矣 (乙 49후-4, 尹, 東, 光, 丁)
此花應識崔護城南之恨矣 (癸 29후-5, 吐)

月光窺簾 樹影滿窓 (乙 51전-10, 尹, 東, 光, 丁)
月光窺簾 樹影滿面 (癸 31후-1, 吐)

⑥ 賈春雲爲仙爲鬼 狄驚鴻乍陰乍陽 〈6회〉

賜以絹三千匹 馬五十匹 (乙 60전-4, 尹, 東, 丁)

賜以絹三千匹 馬五千匹 (癸 8후-1, 光, 吐)

揖揖栖栖 行色艱關 不啻如蘇秦十上之勞矣(乙 61후-3, 尹, 東, 光, 丁)

猾猾栖栖 行色艱關 不啻如蘇秦十上之勞矣 (癸 9후-9, 吐)

學術粗淺 書釰無成 尙有一片之心 (乙 63후-6, 尹, 東, 光, 丁)

學術粗識 書釰無成 尙有一片之心 (癸 12전-3, 吐)

小生之榮 實有光於大人先生 (乙 63후-10, 尹, 東, 光, 丁)

少生之榮 實有光於大人先生 (癸 12전-7, 吐)

見翰林下車 進拜於前 陪入岬幪 (乙 64후-5, 尹, 東, 光, 丁, 吐)

見翰林下車 進拜於前 倍入岬幪 (癸 13전-2)

賤妾始知女子之身 亦尊重也 (乙 65전-9, 尹, 東, 光, 丁, 吐)

賤妾如知女子之身 亦尊重也 (癸 13후-5)

⑦ 金鸞直學士吹玉簫 蓬萊殿宮娥乞佳句 〈7회〉

太后大喜曰 簫和婚事訖 無定處 (乙 70전-7, 尹, 東, 光, 丁)

太后大笑曰 簫和婚事訖 無定處 (癸 18후-4, 吐)

已定釐降之議 先使寡人諭之 (乙 72전-6, 尹, 東, 光, 丁)

已定釐降之儀 先使寡人諭之 (癸 21후-2, 吐)

此關係人倫之大事 不可忍也 (乙 73전-10, 尹, 東, 光, 丁, 吐)

此關係人倫之太事 不可忍也 (癸 21전-7)

⑧ 宮女掩淚隨黃門 侍妾含悲辭主人 〈8회〉

是日上陪太后而坐 越王自楊尙書家 回來入朝 (乙 76후-7, 尹, 東, 光, 丁, 吐)

是日上倍太后而坐 越王自楊尙書家 回來入朝 (癸 25전-5)

以楊尙書曾以納聘之意奏之 皇太后大悅曰(乙 76후-8, 尹, 東, 光, 丁)

以楊尙書曾已納聘之意奏之 皇太后大悅曰 (癸 25전-6, 吐)

春雲鳴鳴咽咽 淚痕汎瀾 乃奉納幣物曰 (乙 78후-8, 尹, 東, 光, 丁)

春雲鳴鳴咽咽 淚痕染瀾 乃奉納幣物曰 (癸 27전-5, 吐)

小姐東西南北 惟意擇路 春娘從小姐事它人 (乙 79전-10, 尹, 東, 光, 丁)

小姐東西南北 唯意擇路 春娘從小姐事它人 (癸 29전-10, 吐)

至數月 鄭司徒亦惶恐 杜門謝客 (乙 80전-10, 尹, 東, 光, 丁)

至數日 鄭司徒亦惶恐 杜門謝客 (癸 29후-7, 吐)

其女子椎結雲髮 高揷金簪 身着狹袖戰袍 (乙 84전-2, 尹, 東, 光, 丁)

其人椎結雲髮 高揷金簪 身着狹袖戰袍 (癸 32전-10, 吐)

⑨ 楊元帥偸閑叩禪扉 公主微服訪閨秀 〈10회〉

仙官方在職所 何可來耶 (乙 7전-10, 尹, 東, 光, 丁, 吐)

仙官方府職所 何可來耶 (癸 7전-10)

景物森羅 不暇應接 (乙 7후-9, 東, 尹, 光, 丁)

景物森羅 不可應接 (癸 7후-8, 吐)

求過於何處 質疑於何人乎 (乙 14전-10, 尹, 東, 光, 丁)
救過於何處 質疑於何人乎 (癸 14전-10, 吐)

⑩ **兩美人携手同車 長信宮七步成詩 〈11회〉**

歸意如矢 不可復沮 (乙 17후-3, 尹, 東, 光, 丁, 吐)
歸意如矢 不可復姐 (癸 17후-4)

⑪ **楊少游夢遊天門 賈春雲巧傳玉語 〈12회〉**

雖微聖教小女 亦有是心矣 (乙 23후-7, 尹, 東, 光, 丁)
雖微聖教小臣 亦有是心矣 (癸 2후-4, 吐)

惟班姬蔡文姬卓文君謝道溫三四人而已 (乙 26후-3, 尹, 東, 光, 丁)
惟班姬蔡文姬卓文君謝通溫三四人而已 (癸 3전-10, 吐)

還送老身 魂骨俱碎 (乙 27전-7, 尹, 東, 光, 丁)
還送老臣 魂骨俱碎 (癸 4전-5, 吐)

至再至三 不亦太藝乎 (乙 29후-4, 尹, 東, 光)
至再至三 不亦大藝乎 (癸 6후-1, 丁, 吐)

平百萬衆之賊 其功亦不爲少矣 (乙 30전-10, 尹, 東, 光, 丁)
平百萬衆之賊 其功亦不爲小矣 (癸 7전-7, 吐)

方倚曲欄 手弄瓊菜 (乙 30후-7, 尹, 東, 光, 丁, 吐)
方偎曲欄 手弄瓊菜 (癸 17후-5, 光)

上重違其懇 更下恩旨 (乙 31후-9, 尹, 東, 光, 丁)
上重違其懇 意下恩旨 (癸 8후-8, 吐)

汝其更歸於楊尙書 侍其左右 (乙 33전-4, 尹, 東, 光, 丁)

汝其更歸於楊尙書 何其左右 (癸 10전-3, 吐)

雖有他言 不可以春雲之口仰達矣 (乙 33후-7, 尹, 東, 光, 丁)

雖有自言 不可以春雲之口仰達矣 (癸 10후-6, 吐)

⑫ 合巹席蘭英相諱名 獻壽宴鴻月雙擅塲 〈13회〉

當初與蘭陽定次之日 (乙 35후-2, 尹, 東, 光, 丁)

當初以蘭陽定次之日 (癸 12후-1, 吐)

郎若娶室則 自願爲小室矣 (乙 37후-13, 尹, 東, 光, 丁)

郎若取室則 自願爲小室矣 (癸 14후-3, 吐)

自傷婚事之差池 身致凶盇之疾病 (乙 39전-4, 尹, 東, 光, 丁)

自傷婚事之蹉跎 身致凶盇之疾病 (癸 16전-5, 吐)

直欲開窓突入 而旋止曰 (乙 43전-5, 尹, 東, 光, 丁)

欲直開窓突入 而旋止曰 (癸 19전-7, 吐)

命在晷刻間矣 欲見英陽者 盖以此也 (乙 44후-2, 尹, 東, 丁)

命在照刻間矣 欲見英陽者 盖以此也 (癸 20후-3, 光, 吐)

春雲亦憂丞相之病 來候於外 卽入謁曰 (乙 44후-9, 東, 尹, 光, 丁)

春雲亦憂丞相之病 來候英陽自外 卽入謁曰 (癸 21후-10, 吐)[34]

---

34) 여기 을사본의 것에 비해 김동욱본·김광순본 및 정규복본에는 '春雲亦憂丞相之病
來候於戶外矣 卽入謁曰'과 같이 '矣'가 첨가되었을 뿐이나, 계해본에는 난데없는 '英
陽'이 삽입되어 문리가 전연 통하지 않는다. 언토본에는 '春雲亦憂丞相之病 春雲自外
卽入謁曰'과 같이 계해본을 충실히 옮겨 놓으면서도 '英陽' 대신에 '春雲'으로 대치하

精神如秋水之瀅徹 不似病起之人矣 (乙 45전-5, 尹, 東, 光, 丁)
精神如秋水之瀅徹 非似病起之人矣 (癸 22전-5, 吐)

祿仕太早則 躁競之刺興 (乙 46후-8, 尹, 東, 光, 丁)
祿仕太暴則 躁競之刺興 (癸 13후-8, 吐)

數年名位 俱赫金馬玉堂世稱華貫 (乙 47전-1, 尹, 東, 光, 丁)
數年名位 揚赫金馬玉堂世稱華貫 (癸 14전-1, 吐)

臣又添叨奉綸 南喩强藩屈膝 (乙 47전-3, 尹, 東, 光, 丁)
臣又添叨奉綸 南討强藩屈膝 (癸 14전-3, 吐)

臣母則不厭鹿黐 居處飲食母子絶異 (乙 47후-4, 尹, 東, 光, 丁)
臣母則不免鹿黐 居處飲食母子絶異 (癸 14후-3, 吐)

夫人手把一盃 別勸桂娘以酬薦進之恩 (乙 50후-1, 尹, 東, 光, 丁)
夫人手把一相 別勸桂娘以酬薦進之恩 (癸 27후-1, 吐)

⑬ 樂遊園會獵鬪春色 油壁車招搖古風光 〈14회〉

鋪張昇平盛事 丞相共有意忙 (乙 52전-5, 東, 尹, 光, 丁)
補張昇平盛事 丞相共有意忙 (癸 2전-10, 吐)

近聞新得寵姬 卽武昌名妓玉燕也 (乙 52전-10, 東, 尹, 光, 丁)
近聞所得寵姬 卽武昌名妓玉燕也 (癸 2후-5, 吐)

桂娘子昔當丞相之窮困 能知今日之富貴 (乙 59후-1, 東, 尹, 光, 丁)

였으나, 역시 문리는 통하면서도 전후 관계로 보아 사족에 불과하다.

桂娘子昔當相公之窮困 能知今日之富貴 (癸 9후-8, 吐)

近世之篩句餙章 抽黃媲白者 (乙 60후-1, 東, 尹, 光, 丁)
近世之篩句餙章 抽黃批白者 (癸 10후-8, 吐)

惜哉 不拉春娘而來也 (乙 61전-7, 東, 尹, 光, 丁)
恨哉 不拉春娘而來也 (癸 11후-5, 吐)

小妾塞外賤女也 未嘗聞綠竹之聲 (乙 62전-7, 東, 尹, 光, 丁)
小妾塞外賤妾也 未嘗聞綠竹之聲 (癸 12후-4, 吐)

玄宗朝公孫大娘釰舞 名於天下 (乙 62전-10, 東, 尹, 光, 丁)
玄宗朝公孫大娘釰舞 鳴於天下 (癸 12후-4, 吐)

凌波對曰 妾家舊在湘水之上 (乙 63전-4, 東, 尹, 丁)[35]
凌波對曰 妾家近在湘水之上 (癸 13후-1, 吐)

鴈號長天 四座忽悽然下淚而已 (乙 63후-1, 東, 光, 丁)
鴈號長天 四座忽悽然下淚已而 (癸 13후-4, 尹, 吐)

⑭ 駙馬罰飮金屈巵 聖主恩借翠微宮 〈15회〉

春秋之時 賈大夫[36]貌甚醜陋 天下所共唾也 (乙 65전-1, 東, 尹, 光, 丁)
春秋之時 賈夫人貌甚醜陋 天下所共唾也 (癸 17후-8, 吐)

駙馬府中 不宜有姬妾 (乙 68전-3, 東, 尹, 光)[37]

---

35) 김광순본에는 '凌波對曰 妾家在湘水之上'과 같이 '舊'가 누결되었음.
36) 賈大夫 叔向王 昔賈大夫惡 娶妻而美 三年不言不笑 御以如家射雉獲之 其妻始笑而
   言. 『左傳』.

駙馬府中 不亨有姬妾 (癸 20전-10, 吐)

少游十二出而大將 入爲丞相 (乙 27후-3, 東, 尹, 光, 丁)
小游十二出而大將 入爲丞相 (癸 26후-10, 吐)

⑮ **楊丞相登高望遠 眞上人返本還元 〈16회〉**

玉人滿座 是亦人生之樂事 (乙 78후-7, 東, 尹, 光, 丁)
玉人滿座 此亦人生之樂事 (癸 31전-2, 吐)

方令侍兒洗盞 更酌投節之聲 (乙 80전-10, 東, 尹, 光, 丁)
方令侍女洗盞 更酌投節之聲 (癸 32후-4, 吐)

弟子夢人間輪回之事 此以夢與人世而二分也 (乙 82전-6, 東, 尹, 光, 丁)
弟子夢人間輪回之事 且以夢與人世而二分也 (癸 33후-2, 吐)

八尼皆師事性眞 深得菩薩大道 (乙 83후-4, 東, 尹, 光, 丁)
八尼皆師事性眞 深得菩薩大得 (癸 34후-8, 吐)

(2) 相異

① **楊元帥偸閑叩禪扉 公主微服訪閨秀 〈10회〉**

山野之聾聘 不知大元帥之來 (乙 8전-6, 尹, 光)[38]
山野之聾愽 不知大元帥之來 (癸 8전-6, 丁, 吐)

---

37) 정규복본에는 '駙馬府中 不聚有姬妾'으로 되어 있음.
38) 김동욱본에는 '小僧年滿衰老 曾聞大元帥來'.

② **兩美人携手同車 長信宮七步成詩 〈11회〉**

安知其必與李小姐相符乎 (乙 17전-5, 東, 丁)

安知其必與李娘同符乎 (癸 17전-5, 尹, 光, 吐)

況娘子僑舍 距此密通 一霎往返 似非難事 (乙 18전-4, 東)[39]

況娘子僑居 距此密通 一霎來去 似非難事 (癸 18전-12, 尹, 光, 吐)

去乘夕還歸何如耶 鄭小姐答曰 (乙 18후-2, 東, 丁)

去乘夕而還亦如何耶 小姐答曰 (癸 18후-2, 尹, 光, 吐)

李小姐曰 當卽使姐姐奉玩矣 語罷 (乙 18후-9, 東, 丁)

李小姐曰 當卽使姐姐奉玩矣 語畢 (癸 18후-9, 尹, 光, 吐)

③ **楊少游夢遊天門 賈春雲巧傳玉語 〈12회〉**

春娘曰 娘子何爲此言耶 (乙 28후-10, 東, 尹, 光)[40]

春娘曰 娘子何爲此言也 (癸 5후-7, 吐)

娘子獨不知尙書之情 何也 (乙 29전-2, 東, 尹, 丁)

娘子獨不知尙書之情 何耶 (癸 5후-9, 光, 吐)

就寢而睡 一夢蘧蘧飛上天門 (乙 30후-3, 東, 丁)

就枕而睡 一夢蘧蘧飛上天門 (癸 7전-10, 尹, 光, 吐)

緬懷疇昔 如隔兩塵 (乙 30후-10, 東)

緬懷疇曩 如隔兩塵 (癸 7후-9, 尹, 光, 丁, 吐)

---

39) 정규복본에는 '況娘子僑居 距此不遠 一霎往來 似非難事'.

40) 정규복본에는 '春娘曰 娘子何爲此言乎'.

汝須以吾意傳之曰 (乙 33전-5, 尹, 光)41)
汝須以妾意傳之曰 (癸 10전-4, 吐)

吾聞公主關雎之盛德 合爲君子之配匹 (乙 33전-10, 東, 尹, 光)42)
吾聞公主關雎之威德 合爲君子之配匹 (癸 10전-9, 吐)

④ 合卺席蘭英相諱名 獻壽宴鴻月雙擅場 〈13회〉

丞相少頃乃悟 就執玉手而謂曰 (乙 36후-6, 尹, 丁)
丞相小頃乃悟 就執玉手而謂曰 (癸 13후-5, 東, 光, 吐)

丞相警訝曰 春雲何至於此也 (乙 42전-1, 東)
丞相警訝曰 春雲何至於此耶 (癸 18전-1, 尹, 光, 丁, 吐)

必公主欲見而呼來也 (乙 42전-2, 東, 丁)
必公主欲見而招來也 (癸 18전-4, 尹, 光, 吐)

勝則一器酒肉亦幸矣 (乙 42전-4, 東, 丁)
勝則一器酒肴亦幸矣 (癸 18전-6, 尹, 光, 吐)

然一夜之間 疾何病也 (乙 43후-5, 東, 尹, 光)43)
然一夜之間 疾何疾也 (癸 19후-6)

秦氏窈悶 使侍女告于兩公主曰 (乙 43후-6, 光)
秦氏切悶 使侍女告于兩公主曰 (癸 19전-8, 東, 尹, 丁, 吐)

---

41) 김동욱본과 정규복본에는 '汝須以我意傳之曰'.

42) 정규복본에는 '吾聞公主關雎之聖德 合爲君子之配匹'.

43) 정규복본에는 '然一夜之間 疾何劇也'.

蘭陽曰 相公不病而何爲因病將死者之言乎 (乙 44전-7, 東, 丁)
蘭陽曰 相公何爲此言乎 (癸 20전-9, 尹, 光, 吐)

深山窮谷 亦皆奔迸聳動 (乙 48전-10, 尹, 丁)
深山窮谷 亦皆奔走聳動 (癸 25전-10, 東, 光, 吐)

汝輩惟謝於蟾月 而忘我從妹乎 (乙 27후-2, 東, 尹)
汝輩進謝於蟾月 而忘我從妹乎 (癸 27후-2, 光, 丁)

⑤ **樂遊園會獵鬪春色 油壁車招搖古風光 〈14회〉**

西曰望月樓 桂蟾月狄驚鴻各占一樓 (乙 52전-8, 東)
西曰望月樓 桂狄兩姬各占其一樓 (癸 1후-2, 尹, 光, 吐)

左部四百人桂蟾月主之 右部四百人狄驚鴻主之 (乙 52전-8, 東, 丁)
左部四百人桂蟾月主之 右部四百人狄驚鴻掌之 (癸 1후-4, 尹, 光, 吐)

課管鉉每月會清和樓上 較兩部之才 (乙 51전-9)
課以管鉉每月會清和閣 較兩部之才 (癸 1후-3, 尹, 光, 丁, 吐)[44]

一日兩公主與諸娘子 侍大夫人 (乙 51후-4, 東)
一日兩公主與諸娘子 陪大夫人 (癸 1후-10, 尹, 光, 丁, 吐)

今賴皇上聖德 丞相偉功 四海寧謐 (乙 52전-1, 東, 丁)
今賴皇上盛聖 丞相偉功 四海寧謐 (癸 2전-6, 尹, 光, 吐)

公主先獲越王之心矣 (乙 52후-3, 東)
公主先獲越王之心也 (癸 2전-9, 尹, 光, 丁, 吐)

---

44) 김동욱본에는 '課以管鉉 每月會清和樓上 較兩部之才'.

蟾月對日 賤妾恐不可敵矣 (乙 52후-7, 丁)
蟾月對日 賤妾恐不可敵也 (癸 3전-2, 東, 尹, 光, 吐)

越宮風樂 擅於一國 (乙 52후-7, 東,)
越國風樂 擅於一國 (癸 3전-3, 尹, 光, 丁, 吐)

武昌玉燕 名於九州 (乙 52후-7, 東)
武昌玉燕 鳴於九州 (癸 3전-3, 尹, 光, 丁, 吐)

恐未久交鋒 使出倒丈之心也 (乙 52후-10, 東)
恐未久交鋒 使生倒丈之心也 (癸 3전-6, 尹, 光, 丁, 吐)

丞相笑曰 汝姑勿放 卽抽出金鞞箭於腰間 翻身仰射中天鴉 (乙 57
전-6)[45]
丞相笑曰 汝姑勿放 卽抽箭 翻身仰射中鴉 (癸 7후-1, 尹, 光, 吐)

拔所佩寶劍 割肉煮啗互勸 (乙 57후-1)
拔所佩寶刀 割肉煮啗互勸 (癸 7후-6, 東, 尹, 光, 丁, 吐)

丞相與越王 往候幕中兩大監 (乙 57후-2, 東)
越王往候幕中兩大監 (癸 7후-9, 尹, 光, 丁, 吐)

⑥ 駙馬罰飮金屈巵 聖主恩借翠微宮 〈15회〉

報丘山之德 其勢末由矣 (乙 75후-10, 尹, 光, 丁)
報山岳之德 其勢末由矣 (癸 28전-5, 東, 吐)

---

45) 정규복본에는 '丞相笑曰 汝姑勿放 卽抽箭 翻矢中鴉'로, 김동욱본에는 '丞相笑曰 汝
姑勿放應 卽抽出金箭於腰間 翻身仰射中天鴉'로 되어 있다.

(3) 添補

① **蓮花峯大開法宇 眞上人幻生楊家** 〈1회〉

忽然○童子立窓外呼之曰 師兄着寢否 (乙 27후-3, 尹, 光, 丁)

忽然一童子立窓外呼之曰 師兄着寢否 (癸 6후-3, 吐)

② **楊元帥偸閑叩禪扉 公主微服訪閨秀** 〈10회〉

此槳荊山之玉 ○埋光而恥衒 (乙 14후-7, 東, 尹, 光, 丁)

此槳荊山之玉 一埋光而恥衒 (癸 14후-8, 吐)

③ **兩美人携手同車 長信宮七步成詩** 〈11회〉

雖○至親之家 本不往來 (乙 18전-2)

雖於至親之家 本不往來 (癸 18전-2, 東, 尹, 光, 丁, 吐)

④ **楊少游夢遊天門 賈春雲巧傳玉語** 〈12회〉

兩公主復○侍坐 太后謂崔夫人曰 (乙 29전-5)

兩公主復入侍坐 太后謂崔夫人曰 (癸 6전-2, 東, 尹, 光, 丁, 吐)

崔氏承命辭歸 小姐○送於殿門之外 (乙 29후-2)

崔氏承命辭歸 小姐拜送於殿門之外 (癸 6전-10, 尹, 光, 丁, 吐)[46]

心下自想曰 一別幸○ 三閱春秋 (乙 30전-4)

心下自想曰 一別幸楡 三閱春秋 (癸 7전-1, 東, 尹, 光, 丁, 吐)

將向京師至眞州 正○仲秋也 (乙 30전-1, 東, 尹, 光, 丁)

將向京師至眞州 正當仲秋也 (癸 6후-8, 吐)[47]

---

46) 김동욱본에는 '崔氏承命辭歸 小姐出送於殿門之外'.

47) 을사본의 '正仲秋也'나 계해본의 '正當仲秋也'가 문맥상 모두 합당하나, '正仲秋也'는
 을사본뿐만 아니라 김동욱본·윤귀섭본·김광순본·정규복본 등에 모두 '正仲秋也'로

所謂不如意者 十常八九○○也 (乙 30전-9)

所謂不如意者 十常八九者此也 (癸 7전-6, 東, 尹, 光, 丁, 吐)

○吾復五千里之地 平百萬衆之賊 (乙 30전-10)

今我復五千里之地 平百萬衆之賊 (癸 7후-8, 東, 尹, 光, 丁, 吐)

仙女曰 今日則我○別人間來遊天上 (乙 30후-10)

仙女曰 今日則我已別人間來遊天上 (癸 7후-8, 東, 尹, 光, 丁, 吐)

⑤ 合巹席蘭英相諱名 獻壽宴鴻月雙擅場 〈13회〉

英陽曰 相公之被於欺春娘○多矣 (乙 42후-10, 東, 丁)

英陽曰 相公之被於欺春娘者多矣 (癸 19전-2, 尹, 光, 吐)

丞相曰 去夜似夢○○間 鄭氏來我而言曰 (乙 44전-8)

丞相曰 去夜似夢非夢間 鄭氏來我而言曰 (癸 20전-10, 東, 尹, 光, 丁, 吐)

此鄭女怨我之無信 而奪我之修期○ (乙 44후-1)

此鄭女怨我之無信 而奪我之修期也 (癸 20후-3, 東, 尹, 光, 丁, 吐)

⑥ 樂遊園會獵鬪春色 油壁車招搖古風光 〈14회〉

長安父老 ○說祖宗朝繁華古事 (乙 51후-10)

長安父老 每說祖宗朝繁華古事 (癸 2전-8, 東, 尹, 光, 丁, 吐)

願與丞相 會於○○原上 或觀獵或聽樂 (乙 52전-4, 東)

願與丞相 會於樂遊原上 或觀獵或聽樂 (癸 2전-8, 尹, 光, 丁, 吐)

되어 있으므로 계해본의 '當'자 삽입은 사족에 불과하다.

(4) 漏缺

① 楊千里酒樓擢桂　桂蟾月駕被薦賢 〈3회〉

蟾月曰 以妾目見 無如秦娘子者 (乙 29전-7, 尹, 光, 丁, 吐)

蟾月○ 以妾目見 無如秦娘子者 (癸 9전-7)

② 倩女冠鄭府遇知音　老司徒金榜得快壻 〈4회〉

司徒曰 是亦不難矣 (乙 40전-10, 尹, 光, 丁)

司徒曰 是亦不難○ (癸 21후-1, 吐)

③ 詠花鞋透露懷春心　幻仙庄成就小星緣 〈5회〉

翰林之詩曰 美色曾傾國 (乙 50후-1, 尹, 光, 丁)

翰林之詩○ 美色曾傾國 (癸 30후-2, 吐)

鄭生之詩曰 問昔繁華地 (乙 50후-5, 尹, 光, 丁)

鄭生之詩○ 問昔繁華地 (癸 30후-6, 吐)

④ 賈春雲爲仙爲鬼　狄驚鴻乍陰乍陽 〈6회〉

眞人之言 雖有所據 女娘與我永好之盟固矣 (乙 54전-4, 尹, 光, 丁)

眞人之言 雖有所據 女娘○○永好之盟固矣 (癸 2전-10, 吐)

遂使賢郎 無端苦惱 不亦可笑乎 (乙 57후-7, 尹, 光, 丁)

遂使賢郎 無端苦惱 不亦○笑乎 (癸 5후-7, 吐)

翰林曰 吾嘗周行於兩京之間 (乙 63전-9, 尹, 光, 丁)

翰林曰 吾嘗周行○兩京之間 (癸 11-5, 吐)

⑤ **楊元帥偸閑叩禪扉 公主微服訪閨秀** 〈10회〉

携竹杖訪石徑 經一丘而度一塈山 (乙 7후-8, 東, 尹, 光, 丁)

携竹杖訪石徑 經一丘○度一塈山 (癸 7후-8, 吐)

安得功成身退 超然作物外之人也 (乙 8전-2, 東, 尹, 光, 丁)

安得功成身退 超然○物外之人也 (癸 8전-2, 吐)

仍送伶俐一婢子 閭家狹窄本無內外 (乙 13전-4, 東, 尹, 光, 丁)

仍送伶俐○婢子 閭家狹窄本無內外 (癸 13전-4, 吐)

⑥ **兩美人携手同車 長信宮七步成詩** 〈11회〉

李小姐行色甚忙 春雲不可以送矣 (乙 18전-6, 東, 光, 丁)

李小姐行色甚忙 春雲不可○送矣 (癸 18전-6, 尹, 吐)

姐姐若有以有煩於道路 爲嫌小妹所乘之轎 (乙 18전-10, 東, 丁)

姐姐若有以有煩○道路 爲嫌小妹所乘之轎 (癸 10전-10, 尹, 光, 吐)

李小姐拜辭於夫人 退與春娘執手而別 (乙 18후-3, 東, 丁)

李小姐拜辭○夫人 退與春娘執手而別 (癸 18후-3, 尹, 吐)48)

⑦ **楊少游夢遊天門 賈春雲巧傳玉語** 〈12회〉

小姐又謂妾曰 我與春雲卽一身也 (乙 33후-8, 東, 尹, 光, 丁)

小姐又謂妾曰 我與春雲卽一身○ (癸 10후-8, 吐)

---

48) 김광순본에는 '李小姐拜夫人 退與春娘執手而別'.

⑧ 合巹席蘭英相諱名 獻壽宴鴻月雙擅場 〈13회〉

妾若怨恨則 天必厭之厭之 (乙 37후-5, 尹)49)
妾若怨恨則 天必厭之○○ (癸 14후-4, 吐)

與之娘子 不勝從我所請之言也 (乙 42전-7, 丁)50)
與之娘子 不勝從我所請○○也 (癸 18전-9, 光, 尹, 吐)

春娘子爲仙爲鬼 以欺丞相云 (乙 42전-10, 東, 尹, 光, 丁)
春娘○爲仙爲鬼 以欺丞相云 (癸 18후-1, 吐)

丞相之病 似非出於憂疑 (乙 44후-4)51)
丞相之病 似○出於憂疑 (癸 20후-6, 東, 尹, 光, 丁, 吐)

仍言丞相病狀 英陽且信且疑 (乙 44후-5, 東, 丁)
仍言○○病狀 英陽且信且疑 (癸 20후-7, 尹, 光, 吐)

視之仁皇上陛下幷育之恩 蘭陽公主之德也 (乙 44후-5, 尹, 光, 丁)
視之仁皇上陛下幷育之恩 蘭陽公主之德○ (癸 22후-5, 東, 吐)

蘭陽及秦氏惟微笑 而不敢答鄭夫人曰 (乙 45전-10, 東, 尹, 光, 丁)52)
蘭陽及秦氏惟微笑 而不○答鄭夫人曰 (癸 22전-10, 吐)

---

49) 김동욱본과 정규복본에는 '妾若有怨恨之心則 天必厭之厭之'로 되어 있고, 김광순본
에는 '妾若怨恨則 天必厭之天必厭之'로 되어 있다.

50) 김동욱본에는 '與之娘子 不勝從我所聽之言也'.

51) 을사본의 '丞相之病 似非出於憂疑' 중 '非'자의 첨언은 전후 문맥으로 보아 오류이며,
계해본이 맞다.

52) 정규복본에는 '蘭陽及秦氏兩人自覺見責 惟微笑而不敢答曰'.

歌詠聖德 得以盡瀜洩之樂 效反哺之誠 (乙 48전-1, 東, 尹, 光, 丁)
歌詠聖德 得以盡瀜洩之樂 ○反哺之誠 (癸 25전-1, 吐)

⑨ **樂遊園會獵鬪春色 油碧車招搖古風光 〈14회〉**

燕喜堂以東 別堂迎春閣卽孺人賈春雲之室也 (乙 52전-3, 東)
燕喜堂以東 ○○迎春閣卽孺人賈春雲之房也 (癸 1전-6, 尹, 光, 丁, 吐)

親自等第以勝負賞罰兩部敎師 勝者以三盃賞之 (乙 51전-10, 東)
親自等第以○○賞罰○○○○ 勝者以三盃賞之 (癸 1후-6, 尹, 光,
丁, 吐)

兩公主與諸娘 侍大夫人而坐 (乙 51후-4, 東)[53]
兩公主與諸娘 侍大夫人而○ (癸 1후-10, 吐)

越王兄必聞吾宮中 多有美人 (乙 52후-2, 東)[54]
越王兄○聞吾宮中 多○美人 (癸 2후-8, 尹, 光, 丁, 吐)

蟾月曰 然則越宮中 粉其腮而臙其頰 (乙 53전-5, 東, 尹, 光, 丁)
蟾月曰 ○○越宮中 粉其腮而臙其頰 (癸 3후-1, 吐)

便覺歌喉自瘝 恐不能唱一曲也 (乙 53전-8, 東,[55] 尹, 光, 丁)
便覺歌喉自瘝 恐不能唱○曲也 (癸 3후-3, 吐)

或歌或舞 獻壽於丞相如何 (乙 58후-2, 東, 尹, 光, 丁)
或歌或舞 獻壽○丞相何如 (癸 8후-9, 吐)

---

53) 정규복본과 김광순본에는 '兩公主與諸娘子 陪大夫人而坐'.

54) 김동욱본에는 '越王兄必聞吾宮中多美色'.

55) 김동욱본에는 '便覺歌喉自癢 恐不能一曲也'.

蟾月亦在其中矣 雖諸生奴僕未有 (乙 59후-7, 東, 尹, 光, 丁)
蟾月亦在其中○ 雖諸生奴僕未有 (癸 10전-4, 吐)

諸美人皆稱賀曰 吾輩虛做十年工夫矣 此時所獲翎毛 土委山積 兩家射女 所殪雉兔亦多矣 各獻於座前 丞相與越王等第其功 各賞百金 更成坐次 俾停衆樂 只使五六美人 各奏清絃 洗酌更酬矣 蟾月內念曰 (乙 61전-7, 東, 尹, 光, 丁)
諸美人皆稱賀曰 吾輩虛做十年工夫矣(을사본의 방점 부분 62자 생략) 蟾月內念曰 (癸 17후-3, 吐)

蟾月內念曰 吾兩人雖不讓於越宮美女 (乙 61전-7, 東)[56]
蟾月內念曰 吾兩人雖不讓於越宮○女 (癸 11후-4, 尹, 光, 丁, 吐)

⑩ 駙馬罰飮金屈卮 聖主恩借翠微宮 〈15회〉

太后大笑 使越王代草問目有曰 (乙 66후-4, 東, 尹, 光, 丁)
太后大笑 ○越王代草問目有曰 (癸 20전-7, 吐)

宣無可論之罪 而聖教至此惶恐遲晚 (乙 67후-9, 東, 尹, 光, 丁)
宣無可論之罪 ○聖教至此惶恐遲晚 (癸 20전-7, 吐)

丞相出則 陪聖天子遊獵於上苑 (乙 72후-6, 東, 尹, 光, 丁)
丞相出則 陪○天子遊獵於上苑 (癸 26전-2, 吐)

卽退守丘園 以畢餘生矣 (乙 75후-7, 東, 尹, 光, 丁)
卽退守丘園 以畢餘生○ (癸 28전-3, 吐)

---

56) 김동욱본에는 '蟾月內念曰 吾兩人雖不讓於越宮美人'.

⑪ **楊丞相登高望遠 眞上人返本還元 〈16회〉**

少游曾伐吐蕃時 夢參於洞庭龍王之宴 (乙 80후-7, 東, 尹, 光, 丁)

少游曾伐吐蕃時 夢參○洞庭龍王之宴 (癸 33전-1, 吐)

胡僧拍掌大笑曰 是矣是矣 然只記夢中之一見 不記十年之同處 誰
謂楊丞相聰明乎 丞相憫然曰(415자 생략[57]) 已齊會矣 大師高聲問曰
性眞人間滋味果如何耶 (乙 80전후-東, 尹, 光, 丁)

胡僧拍掌大笑曰 是矣是矣 然只記夢中之一見 不記十年之同處 誰
謂楊丞相聰明 高聲問曰 性眞人間滋味果如何耶 (癸 33전-4~6, 吐)

(5) 是正

① **倩女冠鄭府遇知音 老司徒金榜得快壻 〈4회〉**

吾嘗不得已 爲君小留 楊生風彩 明秀如仙 (乙 30전-6)

吾嘗不得已 爲君少留 楊生風彩 明秀如仙 (癸 10전-7, 東, 尹, 光,
丁, 吐)

② **賈春雲爲仙爲鬼 狄驚鴻乍陰乍陽 〈6회〉**

以兵臨之 則必若摧拈拉扲 (乙 60후-3)

以兵臨之 則必若摧枯拉朽 (癸 8후-9, 東, 尹, 光, 丁, 吐)

③ **金鑾直學士吹玉簫 蓬萊殿宮娥乞佳句 〈7회〉**

卽使宮女 以御前琉璃現甲 白玉筆床 (乙 71후-8)

卽使宮女 以御前琉璃硯甲 白玉筆床 (癸 20전-5)

---

57) 성진의 '대각' 장면에 대하여는 을사본의 것을 본고 「序」에서 이미 예거하였으므로
이를 다시 거론하지 않는다.

④ 楊元帥倫閑叩禪扉　公主微服訪閨秀 〈10회〉

救少女欲報之德 天高地厚 (乙 6후-9)
救小女欲報之德 天高地厚 (癸 6전-7, 東, 尹, 光, 丁, 吐)

尙書又聞曰 柳先生今何在耶 (乙 7후-9)
尙書又問曰 柳先生今何在耶 (癸 7후-9, 東, 尹, 光, 丁, 吐)

鄭小姐邀見於窓房 賓主分東西而坐 (乙 14전-2)
鄭小姐邀見於寢房 賓主分東西而坐 (癸 14전-2, 東, 尹, 光, 丁, 吐)

廢絶人事 聞候之禮 尙此闕如矣 (乙 14전-5)
廢絶人事 問候之禮 尙此闕如矣 (癸 14전-5, 東, 尹, 光, 丁, 吐)

⑤ 兩美人携手同車　長信宮七步成詩 〈11회〉

李小姐起而再拜敬告曰 小姐別母離兄 (乙 17후-2)
李小姐起而再拜敬告曰 小侄別母離兄 (癸 17후-4, 尹, 光, 丁, 吐)[58]

小姐玆有一言 欲懇於姐姐 (乙 17후-4, 尹)
小侄玆有一言 欲懇於姐姐 (癸 17후-4, 東, 光, 丁, 吐)

⑥ 楊少游夢遊天門　賈春雲巧傳玉語 〈12회〉

宮人忽來報曰 鄭司徒夫人將還去矣 (乙 29전-5)
宮人忽來報曰 鄭司徒夫人將還歸矣 (癸 6전-2, 東, 尹, 光, 丁, 吐)

此古人所以悲風樹之不傍 望大行而感興者也 (乙 30전-7)
此古人所以悲風樹之不傍 望尤行而感興者也 (癸 7전-4, 東, 尹,

_____

58) 김동욱본에는 '李小姐起而再拜敬告曰 小妹別母離兄'.

光, 丁, 吐)

見尙書而至 離座而迎 分席而坐席上 (乙 30후-8)
見尙書而至 離座而迎 分席而坐上席 (癸 7후-6, 東, 尹, 光, 丁, 吐)

⑦ **合卺席蘭英相諱名 獻壽宴鴻月雙擅場 〈13회〉**

朕恭承大后之詔 欲以兩妹下嫁於卿矣 (乙 34후-8)
朕恭承太后之詔 欲以兩妹下嫁於卿矣 (癸 11후-7, 東, 尹, 光, 丁, 吐)

從容告於大后日 當初與蘭陽定次之日 (乙 35후-2)
從容告於太后日 當初與蘭陽定次之日 (癸 12후-1, 東, 尹, 光, 丁, 吐)

蘭陽日 姐姐大后娘娘所寵愛也 (乙 38후-2)
蘭陽日 姐姐太后娘娘所寵愛也 (癸 15후-2, 東, 尹, 光, 丁, 吐)

相公如欲醫疾 仰稟于大后娘娘 (乙 45후-1)
相公如欲醫疾 仰稟于太后娘娘 (癸 22후-2, 東, 尹, 光, 丁, 吐)

不待陟坦望雲 而肝腸已寸斷無餘矣 (乙 47후-8)
不待陟屺望雲 而肝腸已寸斷無餘矣 (癸 34후-7, 東, 尹, 光, 丁, 吐)

⑧ **樂遊園會獵鬪春色 油碧車招搖古風光 〈14회〉**

於是衆天齊發皆不能中 王大怒躍馬而出 (乙 57전-1)
於是衆矢齊發皆不能中 王大怒躍馬而出 (癸 7전-6, 東, 尹, 光, 丁, 吐)

爭妬毛楊之枝 百隊嬌客欲奪烟花之色 (乙 58전-8)
爭妬垂楊之枝 百隊嬌客欲奪烟花之色 (癸 8후-5, 東, 尹, 光, 丁, 吐)

丞相對曰 桂氏小游赴擧之日 (乙 59전-6)

丞相對曰 桂氏少游赴擧之日 (癸 9전-3, 東, 尹, 光, 丁, 吐)

兩美人自野外 驅油壁車轉行於綠陰芳草之上 (乙 61전-10)

兩美人自野外 驅油壁車轉行於綠陰芳草之上 (癸 11후-7, 東, 尹, 丁, 吐)[59]

運旨之法 清高流動殊可聽也 (乙 63후-8)

運指之法 清高流動殊可聽也 (癸 13전-4, 東, 尹, 光, 丁, 吐)

⑨ 駙馬罰飮金屈巵 聖主恩借翠微宮 〈15회〉

仍欲起而仆之 大后大笑命宮女 (乙 68후-3)

仍欲起而仆之 太后大笑命宮女 (癸 20후-10, 東, 尹, 光, 丁, 吐)

越宿齊沐 謹告于南海大師之前 (乙 72전-5)

越宿齋沐 謹告于南海大師之前 (癸 25전-2, 東, 尹, 光, 丁, 吐)

天休滋至年谷累登 庶幾致三代大同凞皥之治矣 (乙 76전-2)

天休滋至年穀累登 庶幾致三代大同凞皥之治矣 (癸 28전-7, 東, 尹, 光, 丁, 吐)

結

지금까지 을사본과 계해본과의 대비를 통하여 계해본에 나타난 誤謬・相異・添補・漏缺・是正 등 5개 항목으로 나누어 고찰한 결과,

---

59) 김광순본에는 '兩美人自野外 騷油磻車拜行於綠陰芳草之上'.

계해본이 을사본을 잘못 옮겨 오류를 초래한 것이 78개나 되며, 대신 을사본의 오류를 시정해 놓은 것이 25개로 역시 계해본이 을사본을 잘못 옮겨 놓은 것이 월등하게 많으며, 을사본과 계해본이 상이한 것이 34개며, 또한 계해본이 을사본을 添補해 놓은 것이 15개나 되나, 그 중 3개가 잘못 첨보되어 있다. 그리고 누결에 있어서 을사본의 내용이 계해본에 빠진 것이 37개나 되나, 그 중 옳게 누결된 것이 1개, 기타가60) 11개로 역시 첨보된 부분에 비해 누결된 부분이 월등하게 많음을 알 수 있다. 이들을 도표로 제시하면 다음과 같다.

	을 사 본			계 해 본	
誤 謬	22			78	
相 異	34			34	
添 補	正			12	15
	誤			3	
漏 缺	正	2	13	1	38
	誤	11		26	
	其他			11	
是 正				25	

이로 본다면 을사본이 계해본의 대본이 된 것은 틀림없으나, 전체적으로 보면 위 도표에 나타난 바와 같이 계해본에 을사본이 잘못 판각된 것이 대부분이다. 그럼에도 불구하고, 계해본이 을사본에 나타난 소수의 오류를 시정해 놓은 것은 계해본의 큰 공이 아닐 수 없다. 이것은 결국 계해본이 을사본이 그 대본으로 되면서도 맹목적으로 이를 따른

---

60) 을사본의 것이 계해본에 빠져 있더라도 누결된 채로 문맥상 합당하며, 또한 누결된 대로 그 내용이 김동욱본·윤귀섭본·김광순본·정규복본 등 현존한 <구운몽> 필사본에 전하는 것을 말한다.

것이 아니라 비판적으로 받아들인 것임을 알 수 있다. 그러나 을사본의 것과 상이한 내용이나 첨보 및 시정된 계해본의 내용이 위에 든 김동욱본·윤귀섭본·김광순본·정규복본 등에 산재해 있는 것으로 보면, 계해본에 나타난 위와 같은 특색은 창의적인 것이 아니라, 결국 계해본이 을사본을 그 대본으로 하면서도 부분적으로 계해본이 판각될 당시 전했을 듯한 필사본도 참고했을 것으로 생각한다.

이제 본 논의를 마무리하도록 하자. 을사본이 그 판각된 연도가 영조 1년이 확적한 이상, 현존하는 <구운몽> 이본 가운데 最古本에 속할 뿐 아니라, <구운몽> 한문본의 異系에 속했던 서울대학본에 삽입된 '大覺' 장면이 을사본에 출현한 것을 보면, 을사본이 현존한 <구운몽> 이본 가운데 가장 완비된 내용을 지니고 있는 것이 된다.

앞에서 예시한 을사본과 계해본의 차이를 통해 <구운몽> 한문본의 재구하는 문제에 대한 실마리를 마련할 수 있었다. 첫째, '誤謬'에 있어서는 계해본이 을사본을 잘못 옮긴 것이 뚜렷한 이상 을사본을 좇을 것은 물론이요, 둘째, '相異'에 있어서는 계해본의 특색도 인정되나 을사본이 계해본의 母本이 된 것이 뚜렷한 이상 역시 을사본을 좇을 것임은 두말할 나위가 없다. 셋째, '添補'에 있어서는 계해본에 3개가 잘못 첨보된 것을 제외하고는 여타 12개가 계해본에 올바로 첨보되었으므로 을사본을 좇을 것이 아니라 계해본을 좇아야 될 것이다. 넷째, '漏缺'에 있어서는 계해본에 옳게 누결된 1개는 을사본의 오류가 시정된 것으로 보아 이는 계해본을 따라야 될 것이고, 계해본에 잘못 누결된 26개는 을사본을 잘못 옮긴 것으로 보아 을사본을 좇아야 되며, 기타 11개는 계해본의 내용이 여타 이본에 보여 그 특색이 인정되나, 을사본의 내용이 오류가 없는 한 이는 을사본을 좇는 것이 타당하다고 본

다. 다섯째, '是正'에 있어서는 계해본에 시정된 25개는 을사본의 내용
이 오류인 이상, 이는 계해본을 좇을 것이다.

지금 <구운몽> 한문본으로는 위에 든 을사본과 계해본 2종의 목각
본 외에도 필자가 소장한 것이 4종, 김동욱·이가원·윤귀섭·김근
수·김광순·권영철 家藏 필사본 등 모두 10여 종이 현존하고 있다.
이들의 내용에는 <춘향전>만큼 번거롭게 차이는 없으나 자구 및 小內
容에 다소 출입이 있다. 지금 <구운몽> 연구가 텍스트의 誤選으로 인
해 간간 徒勞로 진행되고 있다. 더구나 국문본을 가지고 <구운몽> 작
품 분석을 꾀하는 따위는 무모한 짓이다. 오히려 모처럼의 연구가 방
향감각을 상실할 우려조차 없지 않다. 앞으로 을사본을 중심으로 <구
운몽> 제 이본을 참조하여 완결된 <구운몽>을 재구하는 작업이 <구
운몽> 연구에 있어서 무엇보다도 시급한 과제라고 본다.

3. 노존본고

序

필자는 10여 년 전에 「구운몽 이본고」[61]를 작성하여 약 15종이나
되는 제 이본을 여러모로 對考하여 한문본을 이들의 宗主本으로 추정
한 바 있다. 그러다가 다시 2년 전에 계해본의 母本인 을사본(영조 1년
1725년 刊)을 필자가 발견하여 졸고 「구운몽 을사본에 대하여」[62]를

---

61) 정규복, 『아세아연구』 8·9호, 고려대 아세아문제연구소.
62) 정규복, 『인문논집』 17집, 고려대 문과대학, 1972.

엮은 바 있다. 말하자면 이 을사본이 출현함으로써 <구운몽> 한문본
의 원작설이 더욱 굳혀질 뿐 아니라, 또한 <구운몽> 한문본이 서포
사후에 이미 영조 1년(1725)에 이루어졌다는 뚜렷한 年紀가 밝혀져 학
계에 주목을 끌었다.

그러면 을사본이 영조 1년에 목각될 당시, 과연 그 母本이 무엇이었
던가? 이를 구명하기 위하여 각처에 散藏한 <구운몽> 한문본을 수집
하여 이들을 정밀히 대교해 본 결과, 필자는 한문본이 세 가지 계열로
분류될 수 있음을 알게 되었다. 첫째는 계해본 계열, 둘째는 을사본 계
열, 셋째는 노존본63) 계열이 그것이다. 그러면 필자가 수집한 <구운
몽> 한문본을 노존본, 을사본, 계해본 등의 순서로 적어보면 다음과
같다.

(1) 노존본

① <구운몽>(상하 1책, 105장, 乙丑年 正月寫始 庚寅十一月畢, 김
   동욱 교수 소장)

② <구운몽>(상하 2책, 상 35장・하 47장, 癸亥流月小念新陵高樓
   以消遣 潦熱恬噫落騰畢, 필사본, 정규복 소장)

③ <구운몽>(상하 1책, 68장, 필사본, 김광순 교수 소장)

④ <구운몽>(상중하 3책, 상 47장・중 65장・하 52장, 필사본, 미국
   하버드대학 燕京學會 소장)

⑤ <구운몽>(낙질, 상권 69장, 필사본, 정규복 소장)

---

63) 여기에서 노존본이라고 지칭한 것은 <구운몽>의 계해본이나 을사본에서와 같이 그
   첫 장회 명칭이 '蓮花峰大開法宇 眞上人幻生楊家'로 되어 있지 않고, 대신 '老尊師南
   嶽講妙法 小沙彌石橋逢仙女'라고 되어 있으므로 이 '老尊'을 따서 편의상 노존본으로
   명명한 것이다.

⑥ <구운몽>(낙질, 상권 70장, 辛酉臘月, 필사본, 정규복 소장)

⑦ <구운몽>(낙질, 하권 47장, 필사본, 김동욱 교수 소장)

(2) 을사본

⑧ <구운몽>(상권 34장 목각본 강전섭 교수 소장, 하권 84장, 목각본, 崇禎後再度乙巳錦城午門新刊, 정규복 · 안춘근 · 강전섭 · Richard Rutt 소장)

⑨ <구운몽>(상하 1책, 90장, 필사본, 윤귀섭 교수 소장)

⑩ <구운몽>(상하 2책, 상 84장 · 하 67장, 필사본, 이가원 교수 소장)

⑪ <구운몽>(상하 1책, 상 32장 · 하 30장, 大正七年陰臘月念三日, 필사본, 김근수 교수 소장)

⑫ <구운몽>(상하 1책, 106장, 필사본, 권영철 교수 소장)

⑬ <구운몽>(낙질, 상권 71장, 필사본, 정규복 소장)

⑭ <구운몽>(낙질, 坤 68장, 檀君誕降約四千三百一年, 필사본, 인권환 교수 소장)

(3) 계해본

⑮ <구운몽>(6권 3책, 崇禎後三度癸亥 1803년, 목각본)

⑯ <구운몽>(언토활판본, 115쪽, 京城唯一書館 간행)

⑰ <구운몽>(1책, 1914년, 조선연구회 간행, <사씨남정기> 합본)

⑱ <구운몽>(상하 2책, 필사본, 정규복 소장)

⑲ <구운몽>(상중하 3책, 필사본, 서울대학교 중앙도서관 소장)

⑳ <구운몽>(상중하 3책, 필사본, 미국 하버드대학 燕京學會 소장)

위에서와 같이 노존본, 을사본, 계해본으로 분류해 놓았는데, 편의상
<구운몽>의 첫 章回句가 '老尊師' 운운한 것은 모두 노존본에 분류해
놓았고, '老尊師' 운운 대신 '蓮花峰大開法宇 眞上人幻生楊家' 운운한
것은 모두 을사본에 분류해 놓았으며, 계해본은 계해본 목각본에서와
같이 하권 부분에 성진의 '大覺' 장면이 결여된 것은 모두 계해본에다
분류해 놓았다.

그러나 위에 든 노존본 7종 중, 김광순본은 상권 부분이 노존본과
을사본이 엇갈렸으며, 이후 하권 부분은 완전히 을사본으로 돌아갔고,
정규복본도 하권 중 14·15·16회 등 3회분은 을사본으로 돌아갔다.
상하 모두 純 노존본의 내용을 지니고 있는 것은 김동욱본과 하버드본
뿐이나, 그 중 김동욱본의 8회장은 거의 을사본과 같으며, 하버드본도
간혹 을사본과 궤를 같이 하는 것이 있어 현재로는 純 노존본은 전무
하다. 또 을사본 계열 중에도 이가원본의 하권은 완전히 노존본으로
돌아갔으며, 김근수본도 역시 8회장부터는 노존본으로 돌아갔고, 인권
환본도 14·15·16회의 3회장분은 노존본의 내용과 같아 순수한 을사
본의 내용을 지니고 있는 것은 윤귀섭본뿐이다. 그러므로 현존한 노존
본도 모두가 을사본의 내용이 개입되어 있기 때문에 노존본을 재구할
때에도 직접적인 자료로는 김동욱본·정규복본·하버드본이 해당되
며 간접적으로 을사본 가운데 이가원본과 김근수본·권영철본·인권
환본을 사용해야 하며, 이 외에 낙질본인 정규복본 2종과 김동욱본도
좋은 자료가 된다.

앞으로 논의를 전개하는 데 있어서 번잡함을 덜기 위하여 위에 든
노존본 7종과 을사본 7종 및 계해본 6종을 다음과 같이 약어로 표시할
까 한다. 즉 노존본 ①을 '東a', ②는 '丁a', ③은 '光', ④는 '하', ⑤는

'丁b', ⑥은 '丁c', ⑦은 '東b'로 표시하고, 을사본 계열에 있어서 ⑧은 '乙', ⑨는 '尹', ⑩은 '李', ⑪은 '根', ⑫는 '權', ⑬은 '丁d', ⑭는 '印'으로 표시하며, 계해본 계열에 있어서 ⑮는 '癸', ⑯은 '吐', ⑰은 '活', ⑱은 '丁癸', ⑲는 '서癸', ⑳은 '하癸'로 표시한다. 이외에 노존본의 국역본인 서울대학본(4권 4책, 서울대학교 중앙도서관 소장)과 필자 소장본(3권 3책)이 있는데 이들도 참고자료로 약어로 표시할까 하는데, 서울대학본은 '서'로, 정규복본은 '丁국'으로 표시하겠다. 또한 판각본인 경우에는 張序와 전·후면을 표시하겠는데 가령 을사본 하권 5장 前面인 경우, '乙 5-전' 식으로 표시하겠다.

그러면 노존본을 을사본과 비교하여 그 특색을 살피고 노존본의 성립 연대를 추정하는 한편, 노존본을 통하여 오늘날까지 <구운몽> 한문본의 중요한 구실을 해 온 계해본과 을사본 두 판본의 오류를 찾아내고, 이어 노존본과 을사본의 차이점을 밝혀보기로 한다.

1) 노존본의 특색

노존본과 을사본을 대비해 보면, 양자 사이에 출입되는 점은 작게는 조사로부터 크게는 小內容에까지 이르고 있다. 우선 노존본이나 을사본은 꼭 같이 그 장회가 16회장으로 분류되어 있으나, 양자 사이에 다소 출입이 있다.

	노존본	을사본
1회	老尊師南嶽講妙法	蓮花峯大開法宇
	小沙彌石橋逢仙女	眞上人幻生楊家

12회	楊尙書夢遊上界	楊少遊夢遊天門
	賈春雲巧傳玉語	賈春雲巧傳玉語
13회	合巹席蘭英相諱名	合巹席蘭英相諱名
	獻壽筵鴻月雙擅場	獻壽宴鴻月雙擅場
14회	樂遊原會獵鬪春色	樂遊園會獵鬪春色
	油壁車招搖占風光	油磻車招搖古風光
15회	駙馬罰飮金巵酒	駙馬罰飮金屈巵
	聖主恩借翠微宮	聖主恩借翠微宮

이와 같이 양자 사이에 출입이 있음은 물론, 그 출입되는 내용이 대개 노존본이 을사본에 비하여 부연된 것이, 을사본은 노존본에 비해 간결하게 표현되어 있으나 거의가 노존본이 대화체로 부연된 것이 을사본에는 서술체로 간결하게 되어 있는 경우가 많다. 우선 노존본이 을사본에 비해 크게 부연된 장면을 들어보겠다. 영양공주와 난양공주의 喜鵲詩를 가지고 태후가 기리는 장면을 양자 비교해 보면 다음과 같다.

> 太后曰 然女兒之詩 穎銳 殊可愛也 (乙下 24전 癸·尹·光·印)
> 太后曰 然女兒之詩 穎銳 殊可愛也 時先朝老宮人 皆有左右矣 見太后及兩人 俱有忻悅之顔 進奏曰 婢子等自少時 粗學文字 而天性質鈍 不能解詩中之意 伏乞娘娘以兩詩之意 解釋下敎則 婢子等亦與有今日之樂矣 太后微笑 卽把兩詩說盡其意 老尙宮等 亦大喜 皆呼萬歲
> (東a, 丁a, 하, 李, 根, 東b, 서, 丁국)

즉 을사본은 두 공주와 태후의 대화로 끝났으나, 노존본은 위의 방점 부분에서와 같이 태후에게 두 공주의 喜鵲詩를 풀이해달라는 老尙宮의 요청을 태후가 응낙하는 장면이 덧붙여져 있다.

그러면 노존본이 을사본에 대하여 부연된 예를 들어보자.

① 性眞收拾驚魂 擧目而見之 則蒼山鬱鬱而四圍 淸溪曲曲而分流 竹籬茅屋 隱映草間者 纔十餘家 數人相對而立 私相語曰 楊處士夫人 五十後有胎候 誠人間稀罕之事矣 (乙上 10후 尹, 光, 李)

性眞收拾驚魂 擧目而見之 則蒼山鬱鬱而四圍 淸溪曲曲而分流 竹籬茅屋 隱映草間者 纔十餘家矣 使者携性眞立於數間精舍門外 自入於內 性眞獨立彷徨聽得人語 數三女人 相對而立 私相語曰 楊處士夫人 五十後有胎候 誠人間稀罕之事矣 (丁a, 丁b, 丁c, 東a, 하, 서)

② 生拜敬登程 及到洛陽 猝値驟雨 避入於南門外酒店 沽酒而飮 生謂店主曰 此酒雖美 亦非上品也 主人曰 小店之酒 無勝於此者 相公若求上品 天津橋頭酒肆所賣之酒 名曰洛陽春 一斗之酒 千錢其價 味雖好 而價則高矣 (乙上 20전 尹, 李, 丁d, 吐)

生拜敬登程 及到洛陽 猝値驟雨 避入於南門外酒店 主人問曰 相公欲飮酒乎 生曰 取美酒而來 主人携一大樽而至 生連倒七八觥 謂主人曰 此酒雖美 亦非上品也 主人曰 小店之酒 無勝於此者 相公若求上品之酒 天津橋頭 酒樓所賣之酒 名曰洛陽春 一斗之酒 千錢其價 味雖好 而價則高矣 (丁a, 丁b, 丁c, 東a, 하, 光, 서)

③ 楊元帥與龍女同坐 捽入南海太子 厲聲責之曰 我奉行天討 征伐四夷 百鬼千神 莫不從命 (乙下 5후 尹, 光, 印, 李)

楊元帥與龍女同坐 捽致南海太子於前 太子俛首蹙尾 不敢仰視 楊元帥厲聲大叱曰 我奉行天討 征伐四夷 百鬼千神 莫不從命 (丁a, 東a,

東b, 하, 서, 丁국)

④ 丞相着急 乃叩頭謝罪 太后又笑曰 楊郞眞社稷臣也 (乙下 68전
尹, 光, 癸)

丞相着急 乃叩頭奏曰 臣罪萬死無惜 而自古有罪者 有援用功議之
規 臣猥伏皇上威德 南服三鎭 西平吐蕃 其功亦不輕矣 伏願娘娘以功
贖罪 太后大笑曰 楊郞眞社稷臣也 (東a, 東b, 하, 根, 李, 印, 서)

위에 열거한 4항 중에서 1항은 성진이 사자를 따라 秀州로 환생하
러 가는 장면이다. 을사본은 방점 부분에서와 같이 몇 사람이 상대하
여 서서 양처사 부인이 오십 세 후에 태기가 있는 것을 신기하게 여기
는 대화를 성진이 듣는 것으로 되어 있다. 이에 비해 노존본은 그 방점
부분에서와 같이 사자가 성진을 데리고 數間 精舍 문밖에 세워 놓고
楊家에 들어가니 성진이 홀로 서서 방황하다가 數三 여인이 상대하여
서서 양처사 부인이 오십 세 후에 태기가 있음을 신기하게 여기는 대
화를 듣는 것으로 되어 있다.

2항은 양소유가 과거를 보러 황경으로 가는 길에 낙양에 이르러 술
을 사먹는 장면이다. 을사본은 그 방점 부분에서와 같이 성진이 南門
주점에서 술을 사 마시고 나서 주점 주인에게 上品酒가 아니라고 말을
한다. 이에 비해 노존본은 그 방점 부분에서와 같이 성진이 남문 주점
에 이르러 상공은 술을 마시려느냐는 주점 주인의 말을 듣고 비로소
美酒를 가져오라 하여, 주인이 大樽을 가져오니 연거푸 7·8觥의 술을
마시고 나서 그 주인에게 上品酒가 아니라는 말을 하는 것으로 되어
있다. 말하자면 이 부분은 노존본에 '主人問曰 相公欲飮酒乎 生曰 取

美酒而來 主人携一大樽而至 生連倒七八觥'으로 대화체로 부연된 것이, 을사본에는 '沽酒而飮'으로 서술체로 간결하게 되어 있는 것이다.

3항은 양원수가 백룡담에서 남해태자로부터 백능파를 구해낸 후 남해태자를 잡아 질책하는 장면이다. 을사본에서는 그 방점 부분에서와 같이 양원수가 남해태자를 잡아 들여 질책하는데, 노존본에서는 그 방점 부분에서와 같이 양원수가 남해태자를 앞으로 잡아들이니 태자가 머리를 숙이고 꼬리를 움츠려 감히 쳐다보지 못할 때, 양원수가 이를 꾸짖는 것으로 되어 있다.

4항은 양승상이 월왕과 樂遊原 遊臘을 하고 나서 귀가하여 월왕이 태후에게 양승상의 축첩을 유머로 힐책하는 장면이다. 을사본은 위의 방점 부분에서와 같이 다만 양승상이 고두사죄하는 것으로 되어 있는데, 노존본에는 그 방점 부분에서와 같이 고두하여 아뢰어 가로되 신의 죄는 萬死無惜이나 南服三鎭하고 西平吐蕃하여 그 공이 크니 속죄하여 달라는 양승상의 구체적인 말이 덧붙여져 있다. 즉 노존본에 '乃叩頭奏曰 臣罪萬死無惜 而自古有罪者 有援用功議之規 臣猥仗皇上威德 南服三鎭 西平吐蕃 其功亦不輕矣 伏願娘娘以功贖罪'로 길게 대화체로 부연된 것이 을사본에는 다만 '乃叩頭謝罪'로 간결하게 서술되어 있는 것이다. 말하자면, 위에 든 4개 항의 예문에서 우리는 노존본과 을사본 사이에 小句의 출입이 있음은 물론, 노존본의 경우 을사본과 같은 내용을 갖고 있으면서도 후자에 비하여 보다 부연된 것을 엿볼 수 있다. 환언하면 을사본이 간결체로 이루어졌다고 한다면, 노존본은 보다 부연된 만연체로 이루어진 것이 특색이다. 위에 든 4개 항은 편의상 예문으로 들었을 뿐, 이와 같이 노존본이 을사본보다 부연된 장면은 곳곳에 산견된다.

2) 노존본의 성립 연대에 대하여

그러면 노존본은 언제 성립되었을까. 현재 기록상으로 最古本에 속하는 것은 영조 1년(1725)에 판각된 을사본이다. 을사본과 노존본은 앞에서 언급한 바와 같이 양자 사이에 출입이 많고, 또한 노존본이 을사본에 비하여 부연된 것이 많다는 특징이 있다. 그러면 노존본은 을사본에 후행하는 것일까, 그렇지 않으면 선행하는 것일까. 문체상으로 보면 만연에서 간결로 下行하는 경우도 있고, 간결에서 만연으로 上行하는 경우가 있어 문체만 가지고는 만연체로 이루어진 노존본이 간결체의 을사본보다 선행한다고 단언하기 어렵고, 또 후행한다고도 하기 어렵다.

현재 필자가 수집한 노존본 가운데, 필사 연도가 뚜렷하게 밝혀져 있는 것을 살펴보면, 정규복본의 하나가 '歲在癸卯'(1903?, 1843?)를 중심으로 연도를 살핀다면 늦어도 1903년으로 잡을 수 있고, 정규복본의 紙質로 보아 1843년보다 더 소급할 수 없을 것이다. 또 김동욱 교수 소장본은 그 필사 연도가 '己丑年'(1889?, 1829?)으로 되어 있으니 이것을 이르게 잡는다 하더라도 1829년 이상을 소급할 수 없고, 김동욱본도 그 지질로 보아 그 필사 연도를 1889년으로 보는 것이 좋을 것이다. 이 외에 김근수본도 그 필사 연도가 '大正七年'으로 되어 있으니 노존본의 성립 연대를 살피는 데 아무런 도움을 주지 못한다. 그러나 정규복본 가운데 하나인 丁b는 낙질이지만 그 지질이나 필체로 보아 필자가 수집한 필사본 가운데 最古本임에는 틀림없다. 이 이본은 몇 년 전에 古書賈人에서 求得한 것인데, 古書賈人이 서포의 手稿本이라고까지 장담하는 것을 들었고 또한 필치로 감정해 봐도 서포 필적과 유사점이 많아, 많은 호기심을 일으키나 이는 믿을 수 없으므로 일단 보류해 두기로 한다. 하지만 이 이본이 <구운몽> 필사본 가운데 最古本임에는 틀림이 없다.

그러면 노존본의 성립 연대를 측정하는 길은 무엇일까. 현재 <구운몽> 한문본의 계열은 이미 앞에서 언급한 바와 같이 노존본계·을사본계·계해본계로 분류되나 계해본계는 계해본이 을사본의 복각이므로 노존본계의 성립 연대 측정에 아무런 참고가 되지 못한다. 그러면 을사본은 어떻게 이루어졌을까. 을사본의 대본은 무엇이었을까. 이에 대하여 필자는 을사본과 노존본의 정밀한 대교를 통해, 을사본이 판각될 당시 노존본이 을사본의 대본이 되었으리라는 추정을 하게 되었다.

그 이유는 첫째 판각의 문제로, 을사본 하권 73장 후면에 팔선녀의 결의형제를 맺는 誓文 뒷부분에

> 降福消灾以佑妾等使百年之後同歸於極樂世界幸甚　兩夫人以妹子呼之　此後六娘子雖自守名分　不敢以兄弟稱號……

로 판각되어 있는데, 이 부분의 방점 부분 '兩夫人以妹子呼之　此後六娘子　雖自守名分　不敢以兄弟稱號'가 노존본에는

> 此後六娘子　雖自守名分　不敢以兄弟稱號　而兩夫人以妹子呼之

로 되어 있다. 말하자면 이 부분은 노존본처럼 '此後六娘子　雖自守名分　不敢以兄弟稱號' 다음에 '而兩夫人以妹子呼之'로 이어져 있는 것이, 을사본의 '兩夫人以妹子呼之' 다음에 '此後六娘子　雖自守名分　不敢以兄弟稱號'로 이어지는 것보다 훨씬 합리적이다. 그런데 왜 이 부

분에 대한 노존본의 합리적인 서술이 을사본에는 불합리한 서술로 연결되었을까. 이는 위의 판각에 나타나 있는 바와 같이, 판각자가 '此後六娘子 雖自守名分 不敢以兄弟稱號' 운운으로 판각해 놓았다가 이후에 '而兩夫人以妹子呼之'가 누락된 것을 알고, '此後六娘子' 운운 이하에는 판각할 곳이 없어 위 板刻圖에서 볼 수 있는 바와 같이 그 前行여백에다가 부랴부랴 補刻한 것이 분명해진다. 그것도 판각할 공간이적으므로 적은 글자로 판각되어 있는 것이다. 그러므로 을사본의 이부분은 분명히 誤刻된 것이다.

둘째는 字型의 혼동으로 을사본에 오각된 곳이 곳곳에 산견된다. 그일례로 양승상이 삼진과 토번을 정복하고 돌아와 新婚에서 정소저와해후하는 장면을 들어 보기로 하자.

明日丞相與蘭陽公主 會英陽公主房中 閑坐傳杯 英陽低聲招侍女
請秦氏 丞相聞其聲音 中心自動悽黯之色 忽上於面 蓋曾入鄭府對小
姐彈琴 聞其評曲之聲音 此容貞尤慣矣[64]

위의 방점 부분 '此容貞尤慣矣'는 이 용모 더욱 익숙하다는 뜻인데,계해본의 역본인 <新飜九雲夢>[65]에도 그와 같은 뜻으로 번역되었으나, 이 구절이 노존본에는 '此容貞尤慣矣'로, 말하자면 을사본의 '此'자대신에 '比'자로 되어 있다. 그러면 '此'가 옳으냐 '比'가 옳으냐에 대해서는, 위 인용문의 앞뒤 문맥으로 보아 굳이 풀이할 것도 없이 '比'가옳음은 두말할 나위도 없다. 그런데 왜 을사본에는 '比'자가 '此'자로

---

64) 을사본 37후.
65) '이 용묘 더욱 익엇더니' <新飜九雲夢> 下, 65쪽.

판각되었는가? 이는 두말할 것 없이 '比'와 '此'의 字型이 유사한 데에서 비롯한 오각이다.

이처럼 字型이 유사한 데에서 비롯한 오각은 앞에서 말한 대로 곳곳에 산견된다. 몇 가지 예를 들어 보자.

① 比之則 求升於楚崖 採玉於藍田 (乙上 29전, 吐)
　 比之則 求竹於楚崖 採玉於藍田 (丁a, 丁b, 丁c, 根, 하, 東a, 光, 尹)
② 日未明 一聲疾雷 鈞鈞鑣鑣 籤却水晶宮殿 (乙下 4후, 尹, 印, 癸)
　 日未明 一聲疾雷 鈞鈞鑣鑣 簸却水晶宮殿 (丁a, 東a, 하, 光)
③ 秦氏卽秉燭 導丞相歸寢房 燒龍香於金爐 屛錦衾於象床 (乙下 40
　 전, 尹)
　 秦氏卽秉燭 導丞相歸寢房 燒龍香於金爐 展錦衾於象床 (丁a, 東a,
　 東b, 하, 李, 根, 光, 印, 癸)
④ 太后覽畢 大笑曰 多畜姬妾 不害於大夫風度 (乙下 68전, 丁a, 癸)
　 太后覽畢 大笑曰 多畜姬妾 不害於丈夫風度 (東a, 東b, 하, 李, 光,
　 根, 尹)

위의 4개 항 중, 1항은 노존본의 '竹'이 을사본에 '升'으로 착각되어 오각되었고, 2항은 '簸'가 '籤'으로, 3항은 '展'이 '屛'으로, 4항은 '丈'이 '大'로 착각되어 오각된 것이다. 이 글자들은 모두 자형이 유사한 데에서 비롯한 오각이다.

셋째, 을사본에는 노존본의 내용이 판각자의 부주의로 脫字된 곳이 엿보인다. 즉 노존본의 '曹孟德所謂 繞枝三匝 無枝可栖者 本非吉語 取用甚難矣'(丁a, 東a, 東b, 하, 李, 根, 光) 가운데 방점 부분 '繞枝三匝 無枝可栖'가 을사본에는 '繞三匝 無枝可栖'(乙 26전, 尹, 印, 癸)로 되

어 있는데, 조조의 <月明星稀>의 '月明星稀 烏鵲南飛 繞樹三匝 無枝 可栖'로 보아 을사본은 결국 노존본의 문장 중 '枝'자가 탈자된 것임을 알 수 있다.

이 외에도 을사본이 노존본의 만연체에 비해 간결체로 이루어졌다 함은 앞에서 서술한 바 있거니와, 그 중 을사본의 간결체가 노존본의 만연체에 비해 불합리한 장면을 들어보겠다. 앞에서 예로 든 바 있는, 양소유가 낙양에서 술을 사서 마시는 장면이 을사본에는 다음과 같이 되어 있다.

生拜敬登程 及到洛陽 猝値驟雨 避入於南門外酒店 沽酒而飲 生謂 店主曰 此酒雖美 亦非上品也 主人曰 小店之酒 無勝於此者 相公若 求上品 天津橋頭酒肆所賣之酒 名曰洛陽春 一斗之酒 千錢其價

예문의 방점 부분 '沽酒而飲'에서와 같이 양소유가 남문 주점에 이 르러 단도직입적으로 술을 사마시고 나서 '酒雖美 亦非上品也'로 연결 되는 것은 스토리의 전개상 너무나 무리가 많다. 그러나 노존본에는,

生拜敬登程 及到洛陽 猝値驟雨 避入於南門外酒店 主人問曰 相公 欲飲酒乎 生曰 取美酒而來 主人携一大樽而至 生連倒七八觥 謂主人 曰 此酒雖美 亦非上品也 主人曰 小店之酒 無勝於此者 相公若求上 品之酒 天津橋頭酒樓所賣之酒 名曰洛陽春 一斗之酒 千錢其價

방점 부분에서와 같이 주인이 먼저 양소유에게 '술을 마시겠느냐'라 고 묻자 양소유가 '좋은 술을 가져오라' 하여 주인이 가져온 술을 연거 푸 7·8觥의 술을 마시고 나서, 문맥이 '此酒雖美 亦非上品也'로 연결

되어 있다. 이는 을사본에 비해 훨씬 부연되어 있는 것이지만 매우 논리적이며 합리적이다.

또 한 예로 양소유가 그의 만년에 팔부인과 함께 翠微宮 高臺에 올라 遊玩하는 장면을 들 수 있다.

是日與兩夫人六娘子 登其上 頭揷一枝黃菊 以賞秋景 相對暢飮而已 返照倒射於昆明 雲影低垂於廣野 秋色燦爛 如展活畵 丞相手把玉簫 自吹一曲 其聲嗚嗚咽咽 如怨如訴 如泣如思 若荊鄕渡易水 與高漸離 擊筑相和 伯王在帳中與虞美人 唱歌怨別 諸美人悲思盈襟 慘怛不樂 兩夫人問曰 丞相早成功名 久享富貴 一世所美 近古所罕 當此佳辰 風景正美 菊英泛觴 玉人滿座 之亦人生之樂事 而簫聲甚哀 使人堪涕 今日之簫聲 非舊日之聞 何也 (乙下 78후)

양승상의 玉簫 소리가 처량함에 대해 두 부인이 질문하는 대목에서 방점 부분처럼 '菊英泛觴'이라는 구절이 나온다. 그런데 실은 '菊英泛觴'의 앞부분에는 방점 부분에서와 같이 '頭揷一枝黃菊 以賞秋景 相對暢飮'으로 되어 있을 뿐, 그 뒤에 '菊英泛觴'을 引出할 만한 구절은 없다.

그러나 노존본에 보면,

是日與兩夫人六娘子 登其上 頭揷一枝黃菊 以賞秋景 乃斥珍羞屛管絃 使春雲挈果榼 使蟾月携玉壺 滿酌泛菊 與妻妾以次暢飮而已 返照倒射於昆明 雲影低垂於廣野 秋色燦爛 如展活畵 丞相手把玉簫 自吹數曲 其聲嗚嗚咽咽 如怨如思 如泣如訴 若荊鄕渡易水 與高漸離 擊筑相和 伯王在帳中 與虞美人 唱歌怨別 諸美人悲思盈襟 慘怛不樂 兩夫人問曰 丞相早成功名 久享富貴一世所美 近古所罕 當此佳辰 風

景正美 菊英泛觴 玉人滿座 是亦人生之樂事 而簫聲甚哀 使人堪涕
今日之簫聲 非舊日之聞 何也 (하, 東a, 東b, 李, 根, 印, 丁국, 서)

라고 하여, 인용문 앞부분에 방점 부분과 같이 '滿酌泛菊'이 삽입된 후
에, 그 뒷부분에 방점 부분 '菊英泛觴'이 나와 문맥상 앞뒤가 잘 연결
된다. 다시 말해서 을사본은 노존본의 '乃斥珍羞屛管絃 使春雲挈果榼
使蟾月携玉壺 滿酌泛菊 與妻妾以次暢飮而已'가 '相對暢飮'으로 간결
체로 압축된 탓에 컨텍스트가 연결되지 않는다. 그러므로 이 부분은
노존본의 만연체가 을사본의 간결체로 다듬어졌지만 너무나 앞뒤가
맞지 않는다. 말하자면, 이 부분은 노존본의 부연된 장면이 을사본에서
무리하게 깎여 줄여졌다고 보아야 할 것이다.

위에서와 같이 을사본에서 팔선녀가 결의형제하는 誓文에 판각의
모순 내지 유사한 字型에서 비롯한 誤刻·脫字, 또한 무리한 간결체에
서 오는 컨텍스트의 不備 등의 현상이 나타난 것은, 결국 을사본이 판
각될 당시, 노존본이 그 텍스트가 되었을 것이라는 추정을 하게 한다.
또한 앞에서 제시한 바 있는 노존본의 第一回章 '老尊師南岳講妙法
小沙彌石橋逢仙女'가 을사본의 '蓮花峯大開法宇 眞上人幻生楊家'와
판이하게 상이한 것도 '老尊師南岳講妙法' 운운이 을사본이 판각될 당
시, '蓮花峯大開法宇' 운운으로 改稱된 데서 연유되는 듯 싶다. 말하자
면, 노존본의 '老尊師南岳講妙法' 운운보다는 을사본의 '蓮花峯大開法
宇' 운운이 훨씬 합리적인 것이다. 그것은 장회의 명칭이 보통 前節은
스토리의 앞부분 내용을 중심으로 이루어지고, 後節은 뒷부분 내용을
중심으로 이루어지는 것이 통례이기 때문이다. 그런데 노존본의 '老尊
師南岳講妙法 小沙彌石橋逢仙女'에서 그 前節인 '老尊師南岳講妙法'

은 아무런 모순이 없으나 後節인 '小沙彌石橋逢仙女'의 경우 <구운
몽>의 첫 장의 내용이 성진이 楊家에 환생하는 것으로 끝을 맺는 것
을 중심으로 보면, 이는 앞부분의 石橋說話를 지칭하는 것으로 불합리
하다. 노존본의 後節이 이와 같은 모순이 있으므로 을사본에 '眞上人
幻生楊家'로 개칭된 듯 싶다.

이상과 같은 점으로 보아 노존본은 결국 1725년 이전에 성립되었다
는 것을 추정할 수 있으리라고 본다. 그러므로 <구운몽>의 계열은 노
존본에서 을사본으로, 을사본에서 다시 계해본으로 전했으리라고 보
는데, 노존본에 대한 연대적 확증은 좀 더 후일을 기다려야 할 것이다.

3) 을사본의 오류

여기에서 을사본의 오류는 노존본과의 대교를 통해 찾아낸 문맥상
의 誤文·誤字를 말한다. 이것을 그 순서에 따라 적으면 다음과 같다.

〈1회〉 蓮花峯大開法宇 眞上人幻生楊家

遂自爇梅檀 趺坐浦團 振勵精神 (乙上 7후3, 癸, 吐)

遂自爇栴檀 趺坐浦團 振勵精神 (丁a, 丁b, 丁c, 東a, 하, 尹, 李, 根)

〈2회〉 華陰縣閨女通信 藍田山道人傳琴

白別嚴父 只依慈母 氣質甚魯 寸學俱蔑 (乙 11전, 癸, 吐)

白別嚴父 只依慈母 氣質甚魯 才學俱蔑 (丁a, 丁b, 丁c, 東a, 하,
尹, 光, 李, 根, 吐)

〈3회〉 楊千里酒樓擢桂 桂蟾月駕被薦賢

望之如南海觀音 婷婷獨立於會素之中矣 (乙 22전, 癸, 吐)

望之如南海觀音 婷婷獨立於繪素之中矣 (丁a, 丁b, 丁c, 東a, 하, 尹, 光, 李, 根)

比之則 求升於楚崖 採玉於藍田 (乙 28후, 癸, 吐)

比之則 求竹於楚崖 採玉於藍田 (丁a, 丁b, 丁c, 東a, 하, 尹, 光, 李, 根, 吐)

〈4회〉 倩女冠鄭府遇知音 老司徒金榜得快壻

太陽初湧於彤霞 芳蓮政映於綠水矣 (乙 35전, 癸, 吐, 尹, 李, 東a)

太陽初湧於彤霞 芳蓮正映於綠水矣 (丁a, 丁b, 丁c, 하, 光, 根)

生乍對曰 貧道傳得於師 而不知其曲名 (乙 37전, 癸, 吐, 尹, 李)

生詐對曰 貧道雖傳得於師66) 而不知其曲名 (丁a, 丁b, 丁c, 東a, 하, 光, 根, 吐)

〈5회〉 詠花鞋透露懷春心 幻仙庄成就小星緣

山鳥已啅於花梢 而窓紗已微明矣 (乙 48후, 尹, 吐)

山鳥已啅於花梢 而紗窓已微明矣 (丁a, 丁b, 丁c, 東a, 하, 光, 李, 根, 吐)

---

66) '雖傳得於師'는 노존본에 나타난 구절이고 예문 괄호 안에 든 김광순본·김근수본·언토본 등에는 을사본의 방점 부분과 같이 '傳得於師'로 되어 있다. 그러므로 앞으로 「을사본의 오류」란에 예시된 예문에서는 오류 구절 외에는 괄호 안에 표시된 텍스트와 서로 어긋나는 점이 있더라도 노존본을 위주로 하였기 때문에 따로 주석을 달아 서로 어긋난 구절을 밝히지 않기로 하겠다.

敢欲以幽陰之質 復近君子之身乎 (乙 51후, 癸, 尹, 光, 李, 根, 吐)

豈敢欲以幽陰之質 復近君子之身乎 (丁a, 丁b, 丁c, 東a, 하)

〈6회〉 賈春雲爲仙爲鬼 狄驚鴻乍陰乍陽

兵家勝敗 不專在於士卒之多小 (乙 50후, 癸, 根, 尹, 吐)

兵家勝敗 不專在於士卒之多少 (丁a, 丁b, 丁c, 東a, 하, 光, 李)

仍前導僻易 下立於路傍 (乙 63후, 癸, 根, 丁c, 吐)

仍前導辟易 下立於路傍 (丁a, 丁b, 東a, 하, 李, 尹, 光)

其貞如此 其才可知 謂從者 汝請其少年 (乙 63후, 癸, 吐)

其貞如此 其才可知 謂從者曰 汝請其少年 (丁a, 丁b, 丁c, 東a, 하, 尹, 光, 李, 根, 丁d)

少年答曰 少生北方之人也 (乙 64전, 癸, 吐)

少年答曰 小生北方之人也 (丁a, 丁b, 丁c, 東a, 하, 尹, 光, 李, 根)

人事乖張 佳期婉晚 烏得無惻愴之心乎 (乙 64후, 癸, 尹, 吐)

人事乖張 佳期腕晚 烏得無惻愴之心乎 (丁a, 丁b, 丁c, 東a, 하, 李, 光, 根)

〈7회〉 金鸞直學士吹玉簫 蓬萊殿宮娥乞佳句

仍命晋酒 連飲數觥 仍出所藏玉簫 (乙 69후, 癸, 吐)

仍命進酒 連飲數觥 仍出所藏玉簫 (丁a, 丁b, 丁c, 東a, 하, 尹, 光, 李, 根)

卽使宮女 以御前琉璃硯甲 (乙 72전, 癸, 尹, 光, 根, 吐)

卽使宮女 以御前琉璃硯匣 (丁a, 丁b, 丁c, 東a, 하, 李)

吾當歸奏於天陛 而惜乎皇上愛才之意 (乙 73후, 癸, 尹, 光, 東a, 吐)
吾當歸奏於天陛 而惜乎皇上愛才之意 (丁a, 丁b, 丁c, 하, 丁d)

雄州大城 皆思峙蒭粮 則我無半菽之患 (乙 83전, 癸, 尹, 丁d, 東a, 吐)
雄州大城 皆峙蒭粮 則我無半菽之患 (丁a, 丁b, 丁c, 하, 光, 李)

〈9회〉 白龍潭楊郎破陰兵 洞庭湖龍君宴嬌客

日未明 一聲疾雷 鏗鏗鑱鑱 簸却水晶宮殿 (乙 4전, 東a, 尹, 癸, 吐)
日未明 一聲疾雷 鏗鏗鑱鑱 簸却水晶宮殿 (丁a, 하, 光, 서)

敢抗大軍 是自促鱗鯢之誅也 (乙下 5후, 印, 癸, 吐)
敢抗大軍 是自促鯨鯢之誅也 (丁a, 東a, 하, 尹, 光, 根)

汝鎭定南海 博施兩澤 有功於萬民 (乙下 5후, 尹, 印, 癸, 吐)
汝父鎭定南海 博施兩澤 有功於萬民 (丁a, 東a, 하, 光, 李, 根, 서, 丁국)

〈10회〉 楊元帥偸閑叩禪扉 公主微服訪閨秀

蘭若必不遠 及涉絶巘上 高頂有一寺 (乙下 8전, 尹, 光, 印, 癸, 吐)
蘭若必不遠 乃陟絶巘上 高頂有一寺 (丁a, 東a, 하, 李, 根, 丁국)

楊尙書每言華州秦御使女子 見面於樓上 (乙 15후, 尹, 李, 印, 癸, 吐)
楊尙書每言 與華州秦御史女子 見面於樓上 (丁a, 東a, 하, 根)

〈11회〉 兩美人携手同車 長信宮七步成詩

小侄別母離兄 已周一期 歸意如矢 不可復姐 (乙 17후, 癸, 吐)

小侄別母離兄 已周一期 歸意如矢 不可復沮 (丁a, 東a, 하, 尹, 光, 李, 根, 印)

何可不從乎 但欲得日昏而去矣 (乙 18전, 尹, 光, 癸, 吐)

何可不從乎 但欲待日昏而去矣 (丁a, 東a, 하, 根, 印, 丁국)

小妹所送之轎 雖甚朴陋 足容兩人之身也 (乙 18전, 吐)

小妹所乘之轎 雖甚朴陋 足容兩人之身也 (丁a, 東a, 하, 尹, 李, 光, 根, 印, 癸)

情又綢膠 且知楊尙書之終不肯踈棄 (乙 20후, 癸, 吐)

情又綢繆 且知楊尙書之終不肯踈棄 (丁a, 東a, 東b, 하, 尹, 李, 光, 根, 印)

但臣妾是人臣之女 距敢與貴主 同其列而齊其位乎 (乙 21후, 癸, 吐)

但臣妾是人臣之女 詎敢與貴主 同其列而齊其位乎 (丁a, 東a, 하, 尹, 光, 李, 根, 東b, 印)

又敢違忤天命 而楊少游亦何安於心乎 (乙 21후, 印, 癸, 吐)

不敢違忤天命 而楊少游亦何安於心乎 (丁a, 東a, 하, 尹, 光, 李, 根, 東b)

〈12회〉 楊少游夢遊天門 賈春雲巧傳玉語

欲曲收其情 以爲御妹從嫁之勝 (乙 25후, 癸, 吐)

欲曲收其情 以爲御妹從嫁之媵 (丁a, 東a, 하, 尹, 光, 李, 根, 東b, 印)

曺孟德所謂繞三匝 無枝可栖者 本非吉語 (乙 26전, 尹, 印, 癸, 吐)

曺孟德所謂繞枝三匝 無枝可栖者 本非吉語 (丁a, 東a, 하, 李, 光, 根, 東b)

知唐兵已過盤蛇谷大懼 方議指壘而降 (乙 29후)

知唐兵已過盤蛇谷大懼 方議詣壘而降 (丁a, 東a, 하, 尹, 光, 李, 根, 印, 東b)

令人有羈旅之悲矣 元師夜入客舘 (乙 30전)

令人有羈旅之悲矣 元帥夜入客舘 (丁a, 東b, 하, 尹, 李, 光, 根, 東b, 印, 癸)

穿黃金瑣子甲 乘千里大宛馬 (乙 31후, 光, 印, 癸, 吐)

穿黃金鎖67)子甲 乘千里大宛馬 (丁a, 東a, 하, 尹, 李, 東b)

汝其更歸於楊尙書 何68)其左右 (乙 33전, 癸, 印)

汝其更歸於楊尙書 侍其左右 (丁a, 東a, 하, 尹, 光, 李, 根, 東b)

---

67) 鎖 鎖子甲 五環相互一環受鏃 諸環拱護 故籠不能入 曹植表 琰鎖鎧領 郎鎖甲也. 『正字通』.

68) 현재 을사본(판각본) 하권은 2종이 있다. 하나는 안춘근 씨 소장본이요, 또 하나는 정규복본이다. 물론 안춘근 씨 소장본과 정규복본은 판의 체재가 꼭 같고, 내용도 꼭 같다. 판이 다른 것이 아니라, 다만 차이가 있다면 안춘근 씨 소장본에 나타난 오자가 정규복본에는 더러 시정되어 있다는 것이다. 즉 '何其左右'가 정규복본에는 '侍其左右'로 시정되어 있다. 그러므로 필자의 관견으로는 안춘근 씨 소장본이 初刊되어 나오자 그 후 재판될 때, 오자가 더러 시정되어 나온 것이 정규복본이라 생각된다. 그러나 계해본에 정규복본에 시정된 오자가 그냥 찍혀진 것으로 보면 계해본의 대본은 再刻本(정규복본)이 아니라 초각본(안춘근본)임을 짐작할 수 있다.

〈13회〉合巹席蘭英相諱名 獻壽宴鴻月雙擅場

聞其評曲之聲音 此容貌尤慣矣 (乙 37후, 印, 癸, 吐)

聞其評曲之聲音 比容貌尤慣矣 (丁a, 東a, 하, 李, 根, 尹, 光, 東b, 丁국)

燒龍香於金爐 屛錦衾於象床 (乙 40전, 尹, 吐)

燒龍香於金爐 展錦衾於象床 (丁a, 東a, 하, 李, 光, 根, 東b, 癸)

淑人曰 長在貴主之側 視彩錦 如鹿織 (乙 41전)

淑人長在貴主之側 視彩錦 如鹿織 (丁a, 東a, 하, 李, 根, 尹, 光, 東b, 印, 서, 丁국, 癸)

吾命將盡矣 要與英陽相決 (乙 43전, 印, 癸)

吾命將盡矣 要與英陽相訣 (丁a, 東a, 하, 李, 東b, 尹, 光)

春雲亦憂丞相之疾 來候英戶外 (乙 44후)

春雲亦憂丞相之病 來候於戶外矣 (丁a, 東a, 하, 李, 根, 光, 東b, 尹)

氣像如春風之浩蕩 精神如秋水之澄徹 (乙 45전, 癸)

氣像如春風之浩蕩 精神如寒 水之澄澈 (丁a, 東a, 하, 李, 根, 東b, 尹, 光)

大后娘娘子視之仁 皇上佳下幷育之恩 (乙 45후)

太后娘娘子視之仁 皇上陛下幷育之恩 (丁a, 東a, 하, 李, 根, 東b, 尹, 光, 癸)

大臣雖摩頂旋踵 瀝瞻露肝 (乙 46전, 印, 癸)

大臣雖摩頂放踵 瀝瞻露肝 (東a, 하, 李, 根, 東b, 尹, 光)

欲營升斗之祿 以備甘羙之供 不搗寸分 (乙 46후, 癸)

欲營升斗之祿 以備甘羙之供 不搗才分 (丁a, 東a, 하, 李, 根, 東b, 尹, 光, 印)

祿任太暴 則躁競之刺興 (乙 46후, 印, 癸)

祿任太早 則躁競之刺興 (丁a, 東a, 하, 李, 根, 東b, 尹, 光)

立朝數年 名位傷[69]赫 金馬玉堂 世稱華貫 (乙 47전)

立朝數年 名位俱赫 金馬玉堂 世稱華貫 (丁a, 東a, 하, 李, 根, 東b, 尹, 光)

臣又添叨奉綸 南討[70]强藩 屈膝受命 (乙 47전, 印, 癸)

臣又添叨奉綸 南諭强藩 屈膝受命 (丁a, 東a, 하, 李, 根, 東b, 尹, 光)

臣心之愧惕[71]惶感 有不可論 (乙 47전, 印, 癸)

臣心之愧惧惶感 有不可論 (丁a, 東a, 하, 李, 根, 東b, 尹, 光)

不待陟岵望雲 而肝腸已寸斷無餘矣 (乙 47후)

不待陟屺[72]望雲 而肝腸已寸斷無餘矣 (丁a, 東a, 하, 李, 根, 東b, 尹, 光, 印, 癸, 吐)

丞相曰 少子今日之樂 皆鍊師之德也 (乙 50후, 尹, 癸, 吐)

丞相曰 小子今日之樂 皆鍊師之德也 (丁a, 東a, 하, 李, 根, 東b, 光, 印)

---

69) 再刻本에는 '名位俱赫'.

70) 재각본에는 '南諭强藩'.

71) 재각본에는 '愧惧惶感'.

72) 陟彼屺兮 瞻望母兮. 『詩傳・魏風・陟岵』.

〈14회〉樂遊園會獵鬪春色 油碧車招搖古風光

樂遊園會獵鬪春色 油碧車招搖古風光 (乙 50후, 丁a, 尹, 印, 癸, 吐)

樂遊原[73]會獵鬪春色 油壁[74]車招搖占風光 (東a, 하, 李, 東b, 根, 丁국)

或觀獵或聽樂 補張昇平盛事 (乙 52전, 癸)

或觀獵或聽樂 鋪張昇平盛事 (丁a, 東a, 하, 李, 根, 東b, 尹, 光, 印, 吐)

越王大贊曰 丞相妙手 今之養由己也 (乙 59전, 癸)

越王大贊曰 丞相妙手 今之養由基[75]也 (東a, 하, 李, 根, 東b, 尹, 光, 印, 吐)

庖人進饌 釘鋧生香 駝駱之峰 猩猩之唇 (乙 58전, 丁a, 印, 癸, 吐)

庖人進饌 飣餖生香 駝駱之峰 猩猩之唇 (東a, 하, 李, 根, 東b, 尹, 光)

爭妬毛楊之枝 百隊嬌客 欲奪烟花之色 (乙 58전)

爭妬垂楊之枝 百隊嬌客 欲奪烟花之色 (丁a, 東a, 하, 李, 根, 東b, 尹, 光, 印, 癸)

越王亦聞知蟾月兩人姓名 (乙 59전, 丁a, 光, 癸)

越王亦聞知鴻月兩人姓名 (東a, 하, 李, 根, 東b, 尹, 光, 印, 서, 丁국, 吐)

---

73) 樂游原居京城之最高 四望寬敞 京城之內 俯視指掌 每正月晦日 三月三日 九月九日 京城士女 咸就此登賞 稧祓. 『長安志』.

74) 油壁車輕金犢肥 流蘇帳曉春鷄早. (溫庭筠, 詩).

75) 養由基 大夫 善射 去柳葉百步射之 百發百中 晋楚戰於鄢陵 由基蹲甲而射. 『中國人名大辭典』.

〈15회〉 駙馬罰飲金屈卮 聖主恩借翠微宮

惟恐兩夫人 不慮一席之地 (乙 64후, 丁a, 光, 癸, 吐)
惟恐兩貴主夫人 不許一席之地 (東a, 하, 李, 根, 東b, 印, 丁국)

皆稱兩公主 有關雎喬木之德化 被疎賤 (乙 64후, 丁a, 尹, 光, 吐)
皆稱兩公主 有關雎樛[76]木之德化 被疎賤 (東a, 하, 李, 根, 東b, 印, 서)

妾志大 故言亦大 之言未必無實也 (乙 65전, 丁a, 尹, 光, 癸, 吐)
妾志大 故言亦大 大言未必無實也 (東a, 하, 李, 根, 東b, 印)

秦賈兩娘子 問於蟾月兩人曰 (乙 64후, 光, 癸)
秦賈兩娘子 問於鴻月兩人曰 (丁a, 東a, 하, 李, 根, 東b, 尹, 印, 吐)

丞相聽訖 納拱其辭曰 (乙 67전, 丁a, 光, 癸)
丞相聽訖 納供其辭曰 (東a, 하, 李, 根, 東b, 印)

或未及釋葛時所卜 或奉命外國時所從 (乙 67후, 丁a, 癸, 吐)
或未及釋褐時所卜 或奉命外國時所從 (東a, 하, 李, 根, 東b, 尹, 光, 印)

太后覽畢 大笑曰 多畜姬妾 不害爲大夫風度 (乙 68전, 丁a, 癸, 吐)
太后覽畢 大笑曰 多畜姬妾 不害爲丈夫風度 (東a, 하, 李, 根, 東b, 尹, 光, 印)

而且不參樂園之會 獨免此罰 (乙 70전)
而且不參樂原之會 獨免此罰 (丁a, 東a, 하, 李, 根, 東b, 尹, 光, 印, 癸, 吐)

---

76) 南有樛木 葛藟纍之 樂只君子 福祿綏之.『詩經·樛木』.

厥初微賊 何關於畢境之成就 (乙 72전, 癸, 吐, 光, 東a, 丁a)
厥初微賊 何關於畢竟之成就乎 (하, 東b, 李, 印, 根, 尹)

一枝之花 爲風雨所憾 或落於宮殿 (乙 72후, 丁a, 癸, 吐)
一枝之花 爲風雨所撼 或落於宮殿 (東a, 하, 李, 根, 東b, 尹, 光, 印)

天休滋至 年谷累登 庶幾致三代大同熙皞之治矣 (乙 76전, 丁a)
天休滋至 年穀頻登 庶幾致三代大同熙皞之治矣 (東a, 하, 李, 根, 東b, 印)

又加賞封五千戶 姑牧丞相印侵 (乙 77후)
又加賞封五千戶 姑牧丞相印綬 (丁a, 東a, 하, 李, 根, 東b, 尹, 東, 光, 印, 癸, 吐)

〈16회〉 楊丞相登高望遠 眞上人返本還元

菊英泛觴 玉人滿座 之77)亦人生之樂事 (乙 78후)
菊英泛觴 玉人滿座 是亦人生之樂事 (丁a, 東a, 하, 李, 根, 東b, 尹, 光, 印)

東望則粉墻僚繞於靑山 朱甍隱暎於碧空 (乙 79전, 癸)
東望則粉墻繚繞於靑山 朱甍隱暎於碧空 (丁a, 東a, 하, 李, 根, 東b, 尹, 光, 印, 吐)

雄豪意氣 軒輊宇宙 直欲挽三光 (乙 79전, 癸, 吐)
雄豪意氣 軒輊78)宇宙 直欲挽三光 (東a, 하, 李, 根, 東b, 尹, 光, 印)

---

77) 재각본에는 '是亦人生之樂事'.

78) 戎車旣安 如輊如軒. 『詩經·小雅·六月』.

4) 을사본과의 相異

노존본을 을사본과 비교하여 相異되는 점은 작게는 조사로부터 크게는 구절의 차이 등 출입이 곳곳에 산견된다.

卜今夜之緣 將何以處之耶 (을사본 上 癸 25전)
卜今夜之緣 將何以處之乎 (노존본)

大師曰 汝欲去之 吾令去之 (을사본 上 癸 7후)
大師曰 汝自欲去之 吾令去之 (노존본)

洞庭龍王知楊元帥破南兵之兵 救公主之急 (을사본 下 6전)
洞庭龍王知楊元帥破南海太子 救貴主之急 (노존본)

李小姐與春雲 吐心談話 款曲之情 與鄭小姐一也 (을사본 下 15전)
李小姐與春雲 吐心瀉肝 款曲之情 與鄭小姐一也 (노존본)

越王與丞相 帶月色而歸 入城門 鍾聲聞矣 (을사본 下 64전)
越王與丞相 上馬帶月色而歸 才入城門 鍾欲動矣 (노존본)

이와 같이 작게는 조사의 출입으로부터 구절의 차이, 크게는 내용의 相異에 이르기까지 노존본과 을사본과의 차이점은 무려 900여 場에 이른다. 그러면 여기에서는 그 번잡함을 덜기 위해 을사본·노존본의 양자 사이에 비교적 크게 차이나는 장면만을 스토리의 순서에 따라 적어보기로 한다.

生名師服其姓劉 自少軒輊非常儔. (韓愈, 劉生詩).

〈1회〉 蓮花峰大開法宇 眞上人幻生楊家

性眞收拾驚魂 舉目而見之 則蒼山鬱鬱而四圍 淸溪曲曲而分流 竹籬茅屋 隱映草間者 纔十餘家 數人相對而立 私相語曰 楊處士夫人五十後有胎候 誠人間稀罕之事矣 (을사본 上 9후 癸, 吐)

性眞收拾驚魂 舉目而見之 則蒼山鬱鬱而四圍 淸溪曲曲而分流 竹籬茅屋 隱映草間者 纔十餘家矣 使者携性眞立於數間精舍門外 自入於內 性眞獨立彷徨 聽得人語 數三女人 相對而立 私相語曰 楊處士夫人 五十後有胎候 誠人間稀罕之事矣 (노존본)

〈2회〉 華陰縣閨女通信 藍田山道人傳琴

生拜敬登程 及到洛陽 猝値驟雨 避入於南門外酒店 沽酒而飮 生謂店主曰 此酒雖美 亦非上品也 主人曰 小店之酒 無勝於此者 相公若求上品 天津橋頭 酒肆所賣之酒 名曰洛陽春 一斗之酒 千錢其價 味雖好 而價則高矣 (을사본 上 20전 癸, 吐)

生拜敬登程 及到洛陽 猝値驟雨 避入於南門外酒店 主人問曰 相公欲飮酒乎 生曰 取美酒而來 主人携一大樽而至 生連倒七八觥 謂主人曰 此酒雖美 亦非上品也 主人曰 小店之酒 無勝於此者 相公若求上品之酒 天津橋頭 酒樓所賣之酒 名曰洛陽春 一斗之酒 千錢其價 味雖好 而價則高矣 (노존본)

〈5회〉 詠花鞋透露懷春心 幻仙庄成就小星緣

司徒送楊壯元 忙入內寢 喜色已津津矣 謂小姐曰 瓊貝汝今日有乘龍之慶 甚是快活事也 夫人以小姐之言傳之 司徒更問於小姐 知楊生彈求鳳曲之顚末 大笑曰 楊壯元眞風流才子也 (을사본 上 42후 癸, 吐)

司徒送楊壯元 忙入內寢 喜色已津津矣 謂小姐曰 吾女瓊貝 汝今日有乘龍之慶 甚是快活事也 夫人曰 女兒之意 與吾夫妻大異 仍以小姐

之意傳之 司徒更問於小姐 知楊生彈求鳳曲之顚末 大笑曰 楊壯元眞
風流才子也 (노존본)

〈9회〉 白龍潭楊郎破陰兵 洞庭湖龍君宴嬌客

龍女曰 妾之陋質 雖已許之 徑侍郎君 不可者三 一則不告父母也
二則幻形變質 而後方可以侍貴人也 今不可以鱗甲之腥 鬐鬣之陋 以
累貴人之床席也 (을사본 下 4전)

龍女曰 妾之陋質 雖已許之 徑侍郎君 不可者三 一則不告於父母
女子從人 非禮不可 二則妾幻形變質 而後方可以侍貴人也 今不可以
鱗甲之腥 鬐鬣之陋 以累貴人之床席也 (노존본)

少游雖不才 奉天子之明命 將百萬之雄兵 飛廉爲之導先 海若爲之
殿後 其視南海小兒 如蚊虻螻蟻而已 渠若不自量 妄欲相逼 則不過汚
我寶釖而已 今夜何幸邂逅相逢 則良辰豈可虛度 佳期何忍孤負 遂携
龍女而就枕 (을사본 下 4후)

少游雖不才 奉天子之明命 掌百萬之雄兵 飛廉爲之導先 海若爲之
殿後 其視南海小兒 如蟣蠓 渠若不自量 妄欲相逼 則不過汚我寶釖而
已 今夜明月淸風 亦助我豪情 良辰豈可虛度 佳期何忍孤負 遂携龍女
穩度一宵 (노존본)

南海太子驅無數軍兵 來陣山下 請與楊元帥 決雌雄矣 尙書大怒曰
狂童何敢乃爾 拂袂而起 跳出水邊 南海已圍白龍潭 喊聲大震 陣雲四
起 所謂太子者 躍馬出陣 而大叱曰 爾爲何人而掠人之妻乎 誓不與共
立天地間也 (을사본 下 5전)

南海太子驅無數軍兵 已陣於山下 欲與楊元帥 決雌雄矣 龍女喚尙書

而言曰 妾之初勸相公之歸 盖慮此也 尙書大怒曰 狂童何敢無忌彈耶
拂袂而起 跳出水邊 南海軍兵已圍白龍潭矣 尙書發號麾兵 與南海太子
對陣 南海陣中 喊聲大震 陣雲四起 太子披掛上馬 躍出大叱曰 楊少游
何狀物也 乃敢戲人之事 掠人之妻乎 誓不共立於天地間也 (노존본)

太子身被數瘡 不能變化 終爲唐軍所獲 縛致麾下 尙書大悅 擊金收
軍 門卒報曰 白龍潭娘子 親詣軍前 進賀元帥 仍鎬軍卒矣 尙書使人
邀入 龍女進賀尙書之全勝 以千石酒萬頭牛 大饗三軍 士卒鼓腹而歌
翹足而舞 輕銳之氣百倍矣 (을사본 下 5후)

太子身被數箭 不能變化 終爲唐軍所獲 尙書擊金收軍 縛太子還營
門卒報曰 白龍潭娘子 親詣軍前 欲進賀於元帥 仍以大鎬士卒矣 尙書
大悅 使人邀入 龍女進賀尙書之全勝 以千石酒萬頭牛 大饗三軍 士卒
鼓腹而歌 翹足而舞 勇銳之氣百倍矣 (노존본)

楊元帥與龍女同坐 捽入南海太子 厲聲責之曰 我奉行天討 征伐四
夷 百鬼千神 莫不從命 汝小兒不知天命 敢抗大軍 是自促鱗鯢之誅也
(을사본 下 5후)

楊元帥與龍女同坐 捽致南海太子於前 太子俛首蹙尾 不敢仰視 楊
元帥厲聲大叱曰 我奉行天討 征伐四夷 百鬼千神 莫不從命 汝小兒不
知天命 敢抗大軍 是自促鯨鯢之誅也 (노존본)

汝鎭定南海 博施雨澤 有功於萬民 是以赦之 自今勉悛舊惡 幸勿得
罪於娘子也 仍命曳出 太子屛息戢身 鼠竄而走 (을사본 下 6전)

汝父鎭定南海 博施雨澤 有功於萬民 以此赦汝之罪 貸汝之死 汝自
今勉自懲損 永悛舊惡 幸勿得罪於娘子也 因出金瘡藥 付瘡處而送之
太子屛息戢身 鼠竄而逃 (노존본)

〈11회〉 兩美人携手同車 長信宮七步成詩

公主告於太后曰 小女雖幸成篇 其詩意執不能思之 姐姐之詩 曲盡精妙 非小女所及也 太后曰 然女兒之詩穎銳 殊可愛也 (을사본 下 24전)

公主告於太后曰 小女雖幸成篇 其詩意執不能思之 姐姐之詩 曲盡精妙 非小女所及也 太后曰 然女兒之詩穎銳 殊可愛也 時先朝老宮人 皆左左右矣 見太后及兩人 俱有忻悅之顔 進奏曰 婢子等自少時 粗學文字 而天性質鈍 不能解詩中之意 伏乞娘娘以兩詩之意 解釋下敎 則婢子等亦與有今日之樂矣 太后微笑 卽把兩詩說盡其意 老尙宮等 亦大喜 皆呼萬歲 (노존본)

〈12회〉 楊少游夢遊天門 賈春雲巧傳玉語

太后曰 古來女子中能詩者 惟班姬蔡女卓文君謝道蘊三四人而已 今才女三人 同會一席 可謂盛矣 蘭陽曰 英陽姐姐侍婢賈春雲詩才亦奇矣 時日將暮 上歸外殿 兩公主同退 宿於寢房 (을사본 下 26후)

太后曰 古來女子中能詩者 惟班婕妤卓文君蔡文姬謝道蘊蘇惹蘭四五人而已 今才女三人 同會一席 可謂盛矣 蘭陽曰 英陽姐姐侍婢賈春雲詩才亦奇矣 時日將暮 上歸寢殿 兩公主亦退 同宿於一房 (노존본)

上重違其懇 更下恩旨 以楊少游爲大丞相 封魏國公 食邑三萬戶 其餘賞賜 不可勝記 楊丞相隨法駕入闕 (을사본 下 31후)

上重違其懇 更下恩旨 以楊少游爲大丞相 封魏國公 食邑三千戶 賞賜黃金一萬斤 白金十萬斤 蜀錦一萬疋 駿馬一千匹 其餘珍寶 不可勝記 楊丞相隨法駕入闕 (노존본)

今我已棄塵界 汝其更歸於楊尙書 何其左右 尙書早晚還歸 如念妾而悲懷 汝須以我意 傳之曰 禮幣已置 則便是行路人也 況有前日聽琴

之嫌乎 思念過度 悲哀逾制 則是慢君命 (을사본 下 33전)

今我已棄塵界 汝其更歸於楊尙書 侍其左右 尙書早晩還歸 如念妾
而悲懷 汝以我意 傳之曰 吾家旣還尙書禮幣 則便是行路人也 況有前
日聽琴之嫌 尙書若思念過度 悲哀踰禮 則是慢君命 (노존본)

〈13회〉 合巹席蘭英相諱名 獻壽宴鴻月雙擅場

太后招宮人 問病狀 乃知托病之由 大笑曰 我固疑之矣 乃召見丞相
兩公主亦在坐矣 (을사본 下 45후)

太后招宮人 問丞相之病 淑人與宮人 偕入告丞相托病之由 太后大
笑曰 我固已疑之矣 乃召見丞相 兩公主亦在坐矣 (노존본)

太后曰 吾直戱耳 豈曰恩也 是日上受群臣朝賀於正殿 (을사본 下
46전)

太后曰 吾直戱耳 豈曰恩也 丞相若不棄小女 則此所以報老身也 丞
相叩頭聽命 是日上受群臣朝賀於正殿 (노존본)

〈14회〉 樂遊園會獵鬪春色 油碧車招搖古風光

丞相笑曰 汝姑勿放 卽抽箭翻身 仰射中鵝左目 而墜於馬前 越王大
贊曰 丞相妙手 今之養由己也 (을사본 下 57전)

丞相笑曰 姑勿放鷹 卽抽出金鞞箭於腰間 翻身仰射 中不鵝左目 而
墜於馬前 越王大贊曰 丞相妙手 今之養由基也 (노존본)

〈15회〉 駙馬罰飮金屈卮 聖主恩借翠微宮

丞相着急 乃叩頭謝罪 太后又笑曰 楊郞眞社稷臣也 我豈以女婿待
之 (을사본 下 68전)

丞相着急 乃叩頭奏曰 臣罪萬死無惜 而自古有罪者 有援用功議之

規 臣猥伏皇上盛德 南服三鎭 西平吐蕃 其功亦不輕矣 伏願娘娘以功
贖罪 太后大笑曰 楊郞眞社稷臣也 我豈以女婿待之 (노존본)

太后大笑 命宮女扶送於殿門之外 謂兩公主曰 丞相爲酒所困 氣必
不平 汝等卽隨去 公主承命 卽隨丞相而去 (을사본 下 68후)

太后大笑 命宮女扶送於殿門之外 謂兩公主曰 楊郞必爲酒所困 有
不平之氣 汝等卽隨去 解衣而安其身 進茶而解其渴 兩公主笑曰 雖無
小女等 兩人解衣進茶之人 不患不足矣 太后曰 雖然媛女之道 不可廢
矣 兩公主承命 卽隨丞相而去 (노존본)

臣某 謹頓首百拜 上言于皇帝陛下 (을사본 下 74전)

丞相魏國公駙馬都尉 臣楊少游 謹頓首百拜 上言于皇帝陛下 (노
존본)

功名富貴之樂 豈非人心之所艶慕 時俗之所傾尊者乎 人所同艶 而
不知盛滿之戒 時所共爭 而未免滅頂之禍 此廣受所以決勇退之志也
(을사본 下 75전)

功名富貴之樂 豈非人心之所艶慕 時俗之所爭奪者乎 人所同艶 而
不知履盛之戒泉所共爭 而未免滅頂之禍 此廣受所以決勇之討也 (노
존본)

〈16회〉 楊丞相登高望遠 眞上人返本還元

是日與兩夫人六娘子 登其上 頭揷一枝黃菊 以賞秋景 相對暢飮而
已 (을사본 下 78후)

是日與兩夫人六娘子 登其上 頭揷一枝黃菊 以賞秋景 乃斥珍羞屛
管絃 使春雲挈果榼 使蟾月携玉壺 滿酌泛菊 與妻妾以次暢飮而已 (노
존본)

結

지금까지 노존본을 을사본과 비교하여 네 항목으로 나누어 살폈다. 그 결과를 정리하면 다음과 같다.

첫째, 노존본의 특색에서는 을사본이 간결체로 이루어진 데 대해 노존본은 만연체로 이루어졌다는 것이다.

둘째, 노존본의 성립 연대에서는, 판각 연기가 뚜렷한 을사본(1725년)과 비교하여 유사 오자·탈자 및 지나친 간결로 인한 앞뒤 문맥의 不備 등을 중심으로 노존본이 을사본의 대본이 되었을 것이라는 점을 밝히고, 그 성립 연대를 1725년에 을사본이 이루어지기 이전으로 추정하였다.

셋째, 을사본의 오류에 있어서는, 오늘날까지 <구운몽>의 最古本의 역할을 하던 을사본의 오류를 지적하여, 앞으로 있을 <구운몽> 원작의 재구 작업에서 그 오류를 시정하는 데 이바지하고자 모든 오류를 일일이 들었다. 이것으로 을사본은 자연 수정되어야 한다.

넷째, 을사본과의 相異에서는 노존본과 을사본 양자 사이에 비교적 출입이 심한 것을 그 스토리의 순서로 열거하였는데, 이는 노존본이 을사본에 비해 얼마나 부연되어 있는가를 더욱 입증해 줄 것이며, 또한 을사본의 간결 未備된 결함도 예증되었을 것이다.

말하자면, 노존본은 을사본에 비해 만연체로 이루어진 것이 특징이지만, 그 대부분은 대화형이 서술형으로 바뀐 것으로 보아 이는 을사본이 판각될 당시, 어떤 美文家가 노존본을 군데군데 손질하여 그 만연체를 간결체로 이루어 놓은 것이라고 생각된다. 이것이 확적하게 밝혀진다면 오늘날까지 <구운몽>의 最古本으로 알려진 을사본보다 그

성립 연도가 더욱 先行되는 것으로, <구운몽>의 작자 서포와의 시간
적 간격은 30여 년 안쪽으로 좁혀진다. 좀 더 억측을 내린다면, 노존본
은 서포의 원작 그대로일지 모른다. 말하자면 현 <구운몽> 이본 중
가장 宗主本이 되는 셈이다. 앞으로 남은 과제는 을사본과 정밀히 대
교하여 노존본을 연대상 그 위에 확적하게 올려놓고 이를 재구해 놓는
일이다.

4. 서울대학본고

序

여기에서 서울대학본이라 함은 현재 서울대학교 중앙도서관에 소장
되어 있는 국문 필사본(4권 4책)을 지칭한다. 이 책의 서지사항은 세로
22cm, 가로 25.5cm, 每張 19행, 每行 17자에서 23자 내외로 되어 있고,
1책이 61장, 2책이 64장, 3책이 53장, 4책이 68장, 도합 246장으로 된
궁체 필사본이다.

이 이본에 대해선 이미 10여 년 전에 고찰한 바 있는 이가원 교수와
이명구 교수의 언급이 있으나, 두 논자 사이에는 현격한 의견 차이가
있다. 즉 서울대학본의 성립 연대에 대하여는 이가원 교수는 숙종조
尹游의 현손녀 海平尹 氏의 필적으로 추단한 바 있고,[79] 이명구 교수
는 延慶閤 舊藏本으로 추정하고 있어[80] 두 교수가 古本으로 보려는
데는 일치하고 있다. 그러나 서울대학본의 善本 여하에 대하여는 이견

---

79) 이가원, 「구운몽평고」, 『구운몽』, 덕기출판사, 1955, 29쪽.
80) 이명구, 「구운몽고」, 『성균학보』 2집, 1955, 168쪽.

을 보이고 있다. 이가원 교수는 고유명사 및 자구의 訛謬된 부분은 말할 것도 없고, 산략 또는 탈락된 個所로 상하의 문리가 통하지 않고, 혹은 全篇의 문단이 결함된다고 하여 <구운몽> 이본 중 대수롭지 않게 보고 있는 반면, 이명구 교수는 서울대학본을 한문본과 비교하여 한문본에서 볼 수 없는 특색이 있음을 인정하고, 이 이본이 여타 국문본보다 훨씬 이전에 나온 것일 뿐더러, 오히려 한문본보다도 선행하며 언어·문체 등으로 보아 우아하여 작자 서포 연대와 그리 큰 차이가 없고, 따라서 서포의 원작과 거의 유사할 것이라고까지 추측하고 있다.

  필자는 10여 년 전에 「구운몽 이본고」(『아세아연구』 8·9집)를 엮을 때, 당시 서울대학본이 주해를 목적으로 정병욱 교수의 수중에 있었으므로, 부득이 이가원·이명구 두 교수의 견해를 종합하여 서울대학본이 국문본 중 最古本임을 인정할 수 있으나, 한문본처럼 16회장으로 엮어진 것이라든지 산략에서 오는 문리의 不備 등을 들어 아무래도 한문본을 대본으로 하여 번역된 역본일 것이라고 추단을 내린 바 있다.81) 그러다가 근자에 서울대학본이 정병욱 교수에 의해 주해되어 출간되었다. 정 교수는 그 해설에서 이 이본을 비교적 부정적인 면에서 본 이가원 교수의 견해는 참고에 넣지 않고, 다만 긍정적인 면에서 본 이명구 교수에 동조하여 서울대학본이 다른 국문필사본에 비해 古語가 많이 나오고, 한문목판본에 없는 부분이 이 이본에는 있으며, 장회의 명칭이나 한시 구절이 한문목판본과 다르다는 것을 들어 서울대학본이 한문 번역본 이전에 통행되던 국문 원본일 가능성이 있다고 추단하고 있다.82)

---

81) 정규복, 「구운몽 이본고」, 『아세아연구』 8집, 고려대 아세아문제연구소, 1961, 41쪽.
82) 정병욱, 「구운몽」, 『한국고전문학대계』 9, 민중서관, 25쪽.

그러나 필자는 요사이 서울대학본을 정독하고 난 후, 이 이본이 국
문본 중 最古本임은 인정되나 일찍이 이 이본이 한문본을 대본으로
하여 번역된 역본일 것이라고 추측했던 것에서 한걸음 더 나아가, 서
울대학본이야말로 한문본을 대본으로 하여 번역된 역본이라는 斷案을
내리게 되었다. 그 이유는 서울대학본도 여타 국문본과 같이 어색한
직역구가 산견되고, 또한 逐字譯體·산략·무리한 산략에서 오는 컨
텍스트의 不備·오역·국문으로서의 尊卑體의 불일치 등이 나타나 이
이본 역시 한문본의 역본이나 大刪略이 너무나 많아 한문본의 全譯本
이라기보다는 일종의 축역본임을 면치 못한다는 것이다.

그렇지만 위와 같은 결함을 지니고 있음에도 불구하고, 서울대학본
이 국문본 가운데 最古本이란 것은 충분히 인정된다. 그것은 아래에
열거될 古語가 산견되며, 또한 문체도 매우 고아하다는 점에서 근거를
찾을 수 있다.

> 춘낭이 쏘흔 어리디 아니믈 알과라 (118쪽)[83]
> 텬하의 굴히여 이도곤 나으리 업스리이다 (172쪽)
> 텬디의 정녕흔 긔운이 하마 진흐여실가 흐노라 (68쪽)
> 내뜻의 셤낭을 의심흐미 업스니 모르미 측흐여 말나 (164쪽)
> 찰하리 내 손으로 죽으려 흐느니 신후 못감기는다 (188쪽)
> 발의는 봉의 머리텨로 슈질흔 휘룰 신고 허리의는 농텬겁 가플을
> 차시더 (208쪽)
> 이제 비눌과 진의 도든 몸으로 팀셕을 뫼시미 가치 아니흐고 (223쪽)

---

83) 서울대학본의 예문은 편의상 민중서관에서 간행한 『구운몽』을 사용하고 페이지도
민중서관의 것으로 표시하겠다.

노흐야 칙흐며 진쥬롤 우희여 쥬거늘 바다 먹어보니 (330쪽)
일천 나모 버들과 솟치 고은 거술 아이고 (362쪽)

위 예시문의 방점 부분인 '알과라'(알 것이다), '굴히여'(擇), '도곤'
(보다), '하마'(이미), '모르미'(須), '뭇감기는다'(營葬), '텨로'(처럼), '휘'
(木靴), '가플'(꺼풀), '진의'(지느러미), '우희여'(우비어), '아이고'(奪)
등은 여타 국문본에서는 볼 수 없는 고어이다. 위에 든 것은 편의상
예로 들었을 뿐, 이와 같은 고어는 곳곳에 산재해 있다. 이로 보면 서
울대학본이 국문본 중 最古本임은 틀림없는 일이나, 현재 우리의 어휘
사가 명확하게 정립되어 있지 않는 한, 서울대학본에 나타나 있는 고
어나 문체를 통해 이 이본의 성립 연대를 측정한다는 것은 어려운 일
이다.

그러면 서울대학본에 나타난 直譯句·譯語體·刪略·컨텍스트의
不備·誤譯 등을 살펴, 이 이본이 한문본의 번역에서 유래한 역본임을
밝혀보기로 한다. 서울대학본의 텍스트는 편의상 현재 민중서관에서
출간된 주해본을 사용하기로 한다.

1) 直譯句·譯語體

서울대학본에 나타난 직역구와 역어체에 대하여 살펴보기로 하자.
우선, 직역구를 들어 보면,

소제 졔형의 스랑흐믈 입어 비쥬간의 망형흐는 벗이 되여시니 (서
울대학본, 56쪽)

小弟過蒙諸兄眷愛 盃酒之間 已作忘形之友 (한문목각본)

소제가 졔형의 권이ᄒ심을 입어 슌빈 시이에 임이 졀친ᄒᆞᆫ 벗이 되엿스니 (新飜九雲夢[84] 上, 30쪽)

소졔 졔형의 애권ᄒ심을 입어 의심업ᄂᆞᆫ 벗이 되얏ᄂᆞᆫ지라 (유일서관본)

춘운의 뜻의ᄂᆞᆫ 쇼졔 쳥쇄 안ᄒᆡ셔 스스로 여어보아야 홀가 ᄒᆞᄂᆞ이다 (서울대학본, 104쪽)

春雲之意則 不如小姐靑鎖之內 親自窺見矣 (한문목각본)

쳡의 마음에ᄂᆞᆫ 소졔 친이 문틈으로 엿보시ᄂᆞᆫ 것만 갓지 못ᄒᆞ도소이다 (신번구운몽 上, 54쪽·유일서관본)

소졔 쥬렴 ᄊ이로 잠깐 보시면 엇더ᄒ리잇가 (완판본)

춘운 ᄯ즌 쳥쇄 안으로좃ᄎ 친이 시스로 엿봄만 갓지 못ᄒ다 (국문노존본)[85]

어이 감히 유음의 더러온 지딜노 군ᄌᆞ롤 ᄌᆞ가이 ᄒ리오 (서울대학본, 132쪽)

豈敢以幽陰之質 復近君子之身乎 (한문목각본)

엇지 감히 썩은 몸으로 다시 군ᄌᆞ의 몸에 갓가히 ᄒᆞ오리잇가 (신번구운몽 上, 70쪽·유일서관본)

더러온 몸으로 다시 상공을 못ᄒ리로쇼이다 (완판본)

---

84) <新飜九雲夢>은 상하 2책으로 1913년 3월 5일에 서울 東文館에서 출간된 활판본이다. 종래에 <구운몽> 활판본의 효시로 유일서관본을 주목하였으나, 유일서관본의 출간 연도는 1913년 7월이므로 결국 <신번구운몽>이 유일서관본보다 4개월이나 앞선다. 그러므로 활판본의 효시는 <신번구운몽>이 해당되며, 그 가치는 이후 활판돼 나온 유일서관본 등의 母本이 된 것으로 주목된다. 그러나 <신번구운몽>도 그 명칭이 말해 주듯 한문목각본 계해본의 충실한 번역본이다.

85) 여기에서 국문노존본이라 함은 한문본 중 노존본이 번역된 국문본을 뜻한다. 이 책은 필자가 소장하고 있으며, 3권 3책으로 된 필사본이다.

감히 유음의 밧탕으로 다시 군즈의 몸을 가지리 흐리요 (국문노존본)

이 다 거즛거슬 쑤며 싱인을 샹졉흐미라 (서울대학본, 132쪽)
不過詐巧餙 欲與生人相接也 (한문목각본)
이는 다 요스흔 쇠롤 공교히 쑴여 산 스룸으로 더부러 샹졉흐랴
흐미라 (신번구운몽 上, 70쪽・유일서관본)
불과 쇠을 지여 굉교이 쑴여 산 스룸으로 더부러 샹졉코자 흐미라
(국문노존본)

그 졍원을 일워 어미의 죵다('가'의 오자)흐는 잉쳡을 삼고져 흐느
니 (서울대학본, 284쪽)
欲曲遂其情 以爲御妹從嫁之滕 (한문목각본)
그 졍경을 진렴흐야 공쥬롤 좃차 시집가 잉쳡을 삼고자 흐오니
(신번구운몽 上, 44쪽・유일서관본)
그 졍을 곡진이 흐야 어미의 죵가잉쳡을 삼고져 흐오니 (국문노
존본)

위의 예시문의 방점 부분에서와 같이 '망형흐는 벗'(忘形之友), '쳥
쇄 안희셔'(靑鎖之內), '유음의 더러온 직딜'(幽陰之質), '싱인을 샹졉
흐미라'(生人相接), '어미의 죵다흐는 잉쳡'(御妹從嫁之滕) 등은 국문
으로서는 지나치게 생경한 한문구의 직역구이며, 이들이 위에 예거된
여타 국문본인 <신번구운몽>・유일서관본・완판본에 비해 얼마나 직
역에 가까운가를 알 수 있다. 이와 같은 직역구는 곳곳에 산견되며 '발
죵지시'(發蹤指示, 148쪽), '암미흔 일'(晻昧之事, 164쪽), '한님학스롤
겸딕흐게 흐시고'(兼帶翰林學士, 170쪽), '됴뎡스톄'(朝廷事體, 192쪽),
'닙담간의'(立談之間, 206쪽) 등 그 수는 무려 50여 개나 된다. 그 외

위 예문에서 열거된, 서울대학본과 동류인 국문노존본도 서울대학본과 같이 직역으로 이루어졌다.

다음은 서울대학본에 나타난 역어체를 살펴보기로 하자.

① 졔인이 밋쳐 답디 못ᄒᆞ여서 그 미인이 몸을 니ᄅᆞ혀 화젼을 가져 싱의 알픠 노커놀 싱이 나리 뒤젹여 보니 십여 댱 글이 그 듕의 우렬과 싱슉이 업디 아니ᄒᆞ디 대되 평평ᄒᆞ여 됴흔 글귀 업거놀 싱이 가만이 싱각ᄒᆞ디 낙양의 지ᄉᆡ 만타 ᄒᆞ더니 일노 볼쟉시면 허언이로다 (서울대학본, 54쪽)

諸人未及對 美人輒起身 攝其華箋 置之於楊生座前 生一一披閱則 大都十餘張詩 而其中雖不無優劣生熟 盖平平無驚人語佳句也 生心語曰 我曾聞洛陽多才子矣 以此見之則 虛言也 (한문목각본)

졔싱이 밋쳐 디답ᄒᆞ기 젼에 미인이 문득 일어나 시젼을 가져 양싱압혜 놋커날 싱이 낫낫치 본즉 모도 십여 장 글이로되 그 즁에 비록 우열은 잇스나 디기 평평ᄒᆞ야 놀나온 말과 아름다운 귀졀이 업는지라 싱이 속으로 말ᄒᆞ야 ᄀᆞᆯ오디 ᄂᆡ 일즉 드르니 낙양에 지ᄉᆞ가 만타 ᄒᆞ더니 일노 본즉 허언이로다 (신번구운몽 上, 30쪽)

② 딘인이 오래 보다가 니로디 양션싱이 눈섭이 빠혀나고 봉의 눈이 귀미츨 향ᄒᆞ야시니 벅벅이 벼슬이 삼ᄐᆡ에 오룰 거시오 귀쌀이 진쥬 ᄀᆞᆺ고 희기 분칠흔 듯ᄒᆞ니 일홈이 텬하의 딘동ᄒᆞᆯ 거시오 권골이 놋치 가득ᄒᆞ야시니 병권을 잡아 위엄이 스이롤 딘졍ᄒᆞ고 만 니의 봉후룰 ᄒᆞᆯ 거시니 빅ᄉᆡ 흔 일도 흠이 업스디 비록 그러나 목젼의 횡ᄉᆞᄒᆞᆯ 익이 이시니 날을 만나디 아니턴들 위ᄐᆡᄒᆞ리로다 (서울대학본, 136쪽)

眞人熟視而言曰 楊先生兩眉皆秀 風眼向髮 位可躋於三台 耳根向
如抹粉 圖如垂珠 名必聞於天下 權骨滿面 必手執兵權 威振四海 封
侯於萬里之外 可謂百無一缺 而但卽今有目前之橫厄 若不遇我 殆哉
殆哉 (한문목각본)

두씨가 흐춤 익키 본 뒤에 굴오디 양한림의 두 눈섭이 모다 다른
인물보다 다르고 봉의 눈이 살젹을 향호얏스니 벼술이 숨졍승에 일을
것이오 얼골 빗이 분을 바른 것과 ᄀᆞ타시고 둥그심이 구슬을 단 것과
갓타시니 일홈이 필연 텬하의 들날릴 것이오 벼술홀 빗이 면상에 가
득호얏스니 손에 병권을 잡아 써 위엄이 스히에 썰치시고 공후를 만
리 밧게 봉홀 것이니 가히 써 빅가지에 한 가지 험도 업다고 홀 만호
되 한갓 오날이 압헤 횡익이 잇스니 만일 나롤 맛ᄂᆞ지 못호얏셧드면
위퇴홀 번호얏도다 (신번구운몽 上, 72쪽)

③ 샹셰 츌ᄉᆞ흔 후로 쳡셰 서로 니어시니 샹이 태후긔 됴회ᄒᆞ고
양샹셔의 공을 층찬ᄒᆞ야 굴오샤디 양쇼유의 공은 분양후 일인이라 도
라오기롤 기드려 맛당이 승샹을 ᄒᆞ니려니와 오딕 어미의 혼ᄉᆞ 오히려
뎡치 못ᄒᆞ여시니 ᄆᆞ음을 두로혀 순죵ᄒᆞ면 대션이어니와 만일 다시 집
쳬ᄒᆞ면 공신을 마양 죄쥬기도 어렵고 달이는 쳐치홀 일이 업ᄉᆞ니 일노
념녀ᄒᆞᄂᆞ이다 티휘 굴오샤디 내 드르니 뎡시 녀지 ᄀᆞ쟝 곱다 ᄒᆞ고 양
샹셔롤 서르 보다 ᄒᆞ니 샹셰 어이 즐겨 ᄇᆞ리리오 (서울대학본, 236쪽)

尙書出師之後 捷書相續 上嘉之 一日朝太后 稱楊少游之功曰 楊少
游 郭汾陽後一人 待其還朝 卽拜丞相 以酬不世之勳 而但御妹婚事
尙未牢定 彼若回心從命 則大善 若又堅執 則功臣不可罪矣 其志不可
奪矣 處置之道 實難得當 是可憫也 太后曰 我聞鄭家女子誠美矣 且
與少游曾已相見 少游豈肯棄之 (한문목각본)

원쉬 츌젼흔 후로 쳡셔롤 련속ᄒᆞ야 올니니 텬지 크게 깃버ᄒᆞ시고

하로는 태후게 조회ᄒ실ᄉᆡ 양쇼유의 공을 칭찬ᄒ야 갈오사ᄃᆡ 소유는
옛적 곽분양 이후의 한 사ᄅᆞᆷ이오니 그 도라오믈 기다려 곳 승상을
비ᄒᆞ야 세상에 듬은 공을 갑홀 터이오나 다만 공쥬의 혼사ᄅᆞᆯ 뇌졍치
못ᄒᆞ얏사오니 양소위 만일 마ᄋᆞᆷ을 돌녀 명을 좃치면 다ᄒᆡᆼᄒᆞᆸ거니와
만일 ᄯᅩ 고집ᄒᆞ면 공신을 가히 죄ᄅᆞᆯ 주지 못홀 것이오 그 ᄯᅳᆺ을 가히
ᄲᅢ앗지 못홀지니 조쳐홀 도리 실노 뎍당케 ᄒᆞ기 어렵사오니 극히 민
망ᄒᆞ도소이다 태후 갈오사ᄃᆡ 졍사도 집 녀지 진실노 아름답고 ᄯᅩ 소
유로 더부러 이왕 셔로 보앗다 ᄒᆞ니 소위 엇지 질겨 셔로 바리리오
(신번구운몽 下, 14~15쪽)

위에 든 세 가지 예문에서 서울대학본과 한문본을 비교해 보면 전자
가 얼마나 후자에 대하여 축자 번역되어 있는가를 알 수 있다. 위의
예문 하단에 예로 든 <신번구운몽>과 서울대학본을 다시 비교하면,
양자가 다 한문본의 테두리 안에서 이야기가 전개되어 있으나, <신번
구운몽>은 비교적 근대 문체로 보다 더 譯體로 번역된 것에 비해 서
울대학본은 古文體로 비교적 구어체로 번역되어 있다. 그러나 축자 번
역은 <신번구운몽>이 서울대학본에 비해 보다 더 원문에 충실하였으
나, 예문 1에서 서울대학본의 '졔인'(諸人), '화젼'(華箋), '우렬과 ᄉᆡᆼ슉
이 업디 아니ᄒᆞᄃᆡ'(雖不無優劣生熟) 등은 <신번구운몽>의 '졔ᄉᆡᆼ', '시
젼', '비록 우렬은 잇스나' 등보다 원문의 직역에 더욱 가깝게 되어 있
음을 알 수 있다. 다음으로 예문 2에서 서울대학본의 '딘인'(眞人), '양
션싱'(楊先生), '삼ᄐᆡ'(三台), '권골이 ᄂᆚ치 가득 ᄒᆞ야시니'(權骨滿面),
'만 니의 봉후ᄅᆞᆯ 홀 거시니'(封侯於萬里之外), '목젼의 횡ᄉᆞ홀 ᄋᆡᆨ'(目前
之橫厄) 등은 <신번구운몽>의 '두씨', '양한림', '슴졍승', '벼슬홀 빗이
면상에 가득ᄒᆞ얏스니', '공후ᄅᆞᆯ 만리 밧긔 봉홀 것이니', '압헤 횡익이

잇스니' 등보다 원문의 직역에 가깝다. 마지막으로 예문 3에서 '상세 출수흔 후로'(尙書出師之後), '분양후 일인'(郭汾陽後一人), '어미의 혼 시'(御妹婚事), '대션'(大善) 등은 <신번구운몽>의 '원쉬 츌전흔 후로', '곽분양 이후의 한사름', '공쥬의 혼사', '다힝' 등보다 훨씬 원문의 직음 에 가까움을 볼 수 있다. 위에 든 세 가지 예문은 편의상 들었을 뿐, 이와 같은 축자역체도 곳곳에서 찾아볼 수 있다.

위에서 언급된 서울대학본의 직역구·축자역체 등을 통하여 우리는 서울대학본이 한문본의 번역에서 연유된 일면을 엿볼 수가 있었다. 가 령 서울대학본을 속설대로 국문 원본 계열이라고 가정한다면, 앞에서 제시한 예문에 나타난 직역구인 서울대학본의 '망형흐는 벗'이 '忘形之 友'로 漢譯되고, 다시 이것이 <신번구운몽>에 '졀친흔 벗'으로 重譯되 었다고 보아야 한다. 그리고 앞에서 제시한 축자역체에 있어서, 서울대 학본의 '권골이 늣치 가득흐야시니'가 '權骨滿面'으로 漢譯되고, 다시 이것이 <신번구운몽>의 '벼슬홀 빗이 면상에 가득흐얏스니'로 重譯되 었다고 보아야 하나, 앞의 예문으로 보아 이는 도저히 불가능한 일이 다. 이 같은 궤변이 성립할 수 없는 것과 같이 서울대학본을 국문 원본 계열로 잡을 논리가 도저히 성립되지 않는다.

2) 컨텍스트의 不備·誤譯

다음으로는 서울대학본에 나타난 컨텍스트의 不備와 오역에 대해 살펴보기로 한다. 컨텍스트의 不備와 오역은 거의가 무리한 산략에서 기인된다.

우선 컨텍스트의 不備를 살펴보면, 첫째 양소유가 정소저 앞에서 換

着彈琴하는 장면에서, 정소저는 양소유가 남자인 줄 알고 그를 피해
온 이유를 가춘운에게 다음과 같이 고백한다.

> 이 녀관이 처음은 예상곡을 주ᄒ고 ᄎᄎ 올녀 뎨슌의 남풍가를 타
> 거늘 내 일일히 평논ᄒ고 계찰의 말을 인ᄒ여 그만 드러디라 ᄒ니 졔
> 닐오디 ᄯᅩ ᄒ 곡되 잇다 ᄒ고 새 소리를 주ᄒ니 이는 ᄉ마샹여의 탁
> 문군을 됴희ᄒ던 봉구황이라 내 ᄇ야흐로 유의ᄒ여 보니 용모거지
> 녀ᄌ와 다르니 벅벅이 간샤ᄒ 사람이 츈쉭을 엿보려 ᄒ여 변복ᄒ여시
> 니 츈낭이 만일 병이 업더면 벅벅이 처음의 아라시리라 규듕쳐ᄌ의
> 몸으로 텬하 남ᄌ를 디ᄒ여 반일을 언어로 슈쟉ᄒ여시니 어이 이런
> 일이 이시리오 ᄎᆷ아 모친긔도 이 말을 못ᄒ여시니 츈낭 곳 아니면 이
> 괴로온 회포를 뉘게 베프리오 (서울대학본, 98쪽)

위의 고백문에는 한문본과 같이 방점 부분 'ᄉ마샹여의 탁문군을 됴
희ᄒ던 봉구황이라'(乃司馬相如挑卓文君之鳳求凰)가 삽입되어 있다.
다시 말하면, 정소저가 女冠으로 변장한 양소유를 남자로 알게 된 것
은 鳳求凰曲에서 비롯되어 결국 자리를 피해 온 것이다.

그러나 위 인용문 앞부분에 양소유가 정소저 앞에서 第九曲을 연주
하는 장면에

> 다시 거문고를 썰쳐 시울을 됴화ᄒ니 곡되 유향ᄒ고 긔운이 퇴탕ᄒ
> 여 졍뎐의 일빅 곳치 봉오리 벙을고 져비와 ᄭᅬᄭᅩ리 ᄡᅡᆼ으로 춤추더니
> 쇼졔 취미를 ᄂ주기 ᄒ고 츄파를 거두지 아니ᄒ더니 믄득 양성을 두어
> 번 거듧쩌보고 옥 ᄀᆺ툰 보죠개에 불근 긔운이 올나 봄술이 취ᄒ 듯ᄒ
> 더니 몸을 니르혀 안으로 드러가거늘 (서울대학본, 94쪽)

에서와 같이 정소저는 양소유의 第九奏曲에 막연히 翠眉를 나직이 숙이고 추파를 거두어 내실로 피해 왔을 뿐, 정소저가 피해 온 절대적 요인인 鳳求凰曲에 대해선 일언반구도 없다. 그렇지만 앞에서 제시한 예문에서는 정소저가 양소유를 피해온 이유로 鳳求凰曲을 삽입시켜 놓았다. 말하자면 앞뒤 문맥이 전연 연결되지 않는다.

그러나 한문본에는 양소유가 정소저 앞에서 第九曲을 연주하는 장면에,

拂柱調絃 閃手而彈 其聲悠揚鬪悅 能使人魂佚而心蕩 庭前百花 一時齊綻 乳燕雙飛 流鶯互歌 小姐蛾眉暫低 眼波不收 泯默而坐矣 至鳳兮鳳兮歸故鄕 遨遊四海求其凰之句 乃開眸再望 俯視其帶 紅暈轉上於雙頰 黃氣忽消於八字 正若被惱於春酒者也 卽雍容起立 轉身入內 (한문목각본)

위의 방점 부분 '至鳳兮鳳兮歸故鄕 遨遊四海求其凰之句'에서 볼 수 있듯, 한문본에는 분명히 鳳求凰曲이 삽입되었다. 이후 정소저가 양소유를 피해 온 이유를 가춘운에게 다음과 같이 고백한다.

其女冠始奏霓裳羽衣 次奏諸曲 其終也奏帝舜南薰曲 我一一評論 遵季札之言 仍請止之 其女冠言有一曲矣 更奏新聲 乃司馬相如挑卓文君之鳳求凰也 我始有疑而見之 其容貌擧止 與女子大異 是必詐僞之人 欲賞春色而變服而來矣 所恨者 春娘若不病 一見可卜其詐也 我以閨中處女之身 與所不知男子 半日對坐 露面接語 天下寧有是事耶 雖母子之間 我不忍以此言告之矣 非春娘 誰與此懷也 (한문목각본)

위 인용문 중 방점 부분에서 볼 수 있듯, 서울대학본에서와 같이 '司

馬相如挑卓文君之鳳求凰也'가 삽입되어 앞뒤 문맥이 잘 연결된다. 말하자면, 앞에서 제시한 서울대학본에서 鳳求凰曲으로 문맥이 연결되지 않는 것은, 한문본의 '至鳳兮鳳兮歸故鄉 遨遊四海求其凰之句'가 까다로워 그 번역에서 일단 제외되었다가, 이후 정소저의 고백에서 한문본의 '司馬相如挑卓文君之鳳求凰也'를 한문본 그대로 옮겨 놓은 데서 연유한다.

또 이소화(난양공주)가 정소저의 재덕을 시험하기 위해 궁궐을 벗어나 정소저를 찾아 南海大師 畫像의 贊文을 부탁하는 장면에서도 문맥이 연결되지 않는다. 예문을 제시해 보자.

> 니쇼졔 부인긔 술오디 쇼딜이 어미와 형을 써는 디 긔년이 되여시니 갈 ᄆᆞ음이 살ᄌᆞᄒᆞ디 오디 부인의 은덕과 져져 졍분으로 ᄆᆞ음의 미친 거시 이셔이다 쇼딜이 져져긔 쳥홀 일이 이셔도 져졔 허티 아닐가 두리는 고로 부인긔 알외ᄂᆞ이다 부인왈 므슴 일이니잇고 쇼졔왈 쇼딜이 션친을 위ᄒᆞ야 남히대ᄉᆞ상을 슈ᄒᆞ야 임의 ᄆᆞᄎᆞ시더 오디 문인의 찬을('이'의 오자) 업시니 이제 져져긔 두어귀 글시ᄅᆞᆯ 밧고져 ᄒᆞ디 져졔 어이 녀기실가 몰나 자져ᄒᆞᄂᆞ이다 부인이 쇼져ᄅᆞᆯ 보며 왈 네 비록 지친의 집의도 가디 아니ᄒᆞ나 이 낭ᄌᆞ의 쳥은 다른 일과 다ᄅᆞ고 ᄒᆞ믈며 집이 ᄀᆞᆺ가오니 해롭디 아닐가 ᄒᆞ노라 쇼졔 처엄은 어려워ᄒᆞ는 빗치 잇더니 니쇼져의 종젹을 의심ᄒᆞ야 알고져 ᄒᆞ더니 이 긔회을 타 잠간 보디 아니리오 ᄒᆞ고 대답ᄒᆞ디 다른 일노는 실노 힝키 어렵거니와 사롬이 다 부뫼 이시니 이 쳥을 어이 좃디 아니ᄒᆞ리잇가 눌이 져믈기을 기ᄃᆞ려 가고져 ᄒᆞᄂᆞ이다 (서울대학본, 258~260쪽)

위에서 이소화가 남해대사 畫像의 贊文을 부탁하러 정소저를 찾았으면, 응당 남해대사 화상을 가지고 가서 부탁하는 것이 앞뒤 문맥으로 보아 순조롭다. 그러나 위 인용문은 '쇼뎔이 션친을 위ᄒ야 남희대ᄉ샹을 슈ᄒ야 임의 ᄆᆞᄎᆞ시더 오딕 문인의 찬을 업ᄉ니 이제 져겨긔 두어귀 글시ᄅᆞᆯ 밧고져 ᄒᆞ더 져졔 어이 녀기실가 몰나 자져ᄒᆞᄂᆞ이다'와 같이 이소화가 남해대사 화상을 가져왔는지 그 여부가 전연 밝혀지지 않고 있다. 그러나 최부인은 이소화의 찬문 부탁에 대해 '네 비록 지친의 집의도 가디 아니ᄒ나 이 낭ᄌᆞ의 청은 다른 일과 다ᄅᆞ고 ᄒᆞ믈며 집이 ᄀᆞᆺ가오니 해롭디 아닐가 ᄒᆞ노라'와 같이 이소화에게 남해대사 화상의 지참 여부에 대해 아무런 문의도 없이 단도직입적으로 찬문에 응하고자 정소저의 외출을 명령하는 것이다. 이로 인해 앞뒤 문맥이 모호하여 잘 연결되지 않는다.

그러나 한문본을 보면, 이 부분의 문맥이 잘 연결되고 있다.

李小姐起而再拜 乃敬告曰 小侄別母離兄 已周一期 歸意如矢 不可復沮 而但以夫人之恩德 姐姐之情分 心如素絲 欲解復結矣 小侄玆有一言 欲懇於姐姐 而恐姐姐不許先告於夫人矣 不發仍趑趄 夫人曰 娘子所欲請者何事 李小姐曰 小姪爲先親 方繡南海大師畵像 才已訖工 而家兄方在任所 小侄身是女子 尙未求文人之贊 將使前工 歸虛甚可惜也 欲得姐姐數句語數行筆 而繡幅頗廣 卷舒有妨 且恐藝慢 不敢取來 不得已暫邀姐姐 乞得筆製 一以寃小女爲親之孝 一以慰遠路相別之情 而未知姐姐之意 不敢直請 敢以私懇 冒瀆於夫人矣 夫人顧小姐曰 汝雖於至親之家 本不往來 而顧念此娘子所請 盖出於爲親之至誠 況娘子僑居 距此密邇 一霎往來 似非難事 小姐初則 似有持難之色 翻然內悟曰 李小姐行色甚忙 春雲不可送矣 吾乘此機會 往探其迹 則不亦妙乎 乃告於夫人曰 李小姐所請 若係等閑之事 則實難奉副 而孝

親之誠 人皆有之 小姐之言 何可不從乎 但欲待日昏而去矣 (한문목
각본)

대체로 한문본의 위 인용문은 서울대학본에 비해 △점 부분이 부연
되어 훨씬 부드러운 역할을 한다. 또한 위 인용용의 ○점 부분에서와
같이 繡幅이 심히 넓어 卷舒가 부자유스럽고, 또 褻慢할까 두려워 가
져오지 못하여 부득이 정소저를 맞아 가게 되었다는 내용이 삽입되었
고, 그 후 정소저가 최부인의 권유로 이소화를 따라가는 장면이 서술
되어 文理가 순조롭다. 그러나 서울대학본에서 이 장면의 文理가 연결
되지 않는 것은, 말할 것도 없이 한문본의 '繡幅頗廣 卷舒有妨 且恐褻
慢 不敢取來 不得已暫邀姐姐 乞得筆製 一以冤小女爲親之孝 一以慰
遠路相別之情'이 누결된 데서 기인한다. 이 부분에 있어서 여타 국문
본인 <신번구운몽>이나 국문노존본에는 서울대학본의 누결된 부분이
모두 번역되어 文理가 如意롭다.[86]

---

86) 리쇼졔 홀연 이러느 지비흐고 흐흐야 굴오디 …… 져져의 두어 줄 글시룰 바드랴
    흐오나 수폭이 심히 넓어 접기가 어렵숩고 또 셜만흘가 두려와 굼히 가져오지
    못흐고 부득이 흐와 잠간 져져를 마져 짓고 쓰기룰 웃어 써 소녀의 위친흐는
    효셩을 완젼케 흐고 써 원로의 셔로 리별흐는 회포룰 위로흐 흠심을 바라오나
    져져의 의향을 아지 못흐와 굼히 바로 쳥흐지 못흐고 굼히 ᄉᄉ졍셩으로 부인게 우러
    고흐나이다 …… 쇼졔 처음에는 어려운 긔식이 잇더니 …… 그러나 다만 날이
    나 어둡기룰 기다려 가고자 흐나이다. <신번구운몽> 下, 30~31쪽.
    니쇼져 일어나 지비흐고 고흐야 ᄀ로디……져져의 두어 귀 글과 두어 줄 글시을 엇고
    ᄌ 흐되 수폭이 널너 권셔 방희로움이 잇고 또 포만흠을 져허 감이 가지고 오지
    못흐야시니 잠간 져져을 마즈 글과 글시을 비러 어드면 쇼녀의 위친흐는 효셩을
    위흐고 먼길의 셔로 이별흐는 졍을 위흘지라 져져 쓰즐 아지 못흐야 감히 바로
    쳥흐지 못흐고 부인게 고흐느니다……니쇼져 처음의는 어려운 빗치 잇더니 번연이 안
    으로 ᄭ달나 ᄀ로디……다못 날이 져믈기을 지다려 가고져 흐닉이다 (국문노존본 下)

위와 같이 서울대학본의 앞뒤 문맥이 연결되지 않는 것은 거의가 한문본의 일부 구절이 누결된 데서 기인한다. 그러나 위에서 든 예는 편의상 든 데 불과하고, 이들 외에 앞에서 제시한 바 있는, 정소저가 鳳求凰曲으로 내실로 피하여 가춘운과 나누는 대화에 계속되는 하단에, 역시 사마상여를 둘러싸고 전개되는 대화[87]에도 앞뒤 문맥이 연결되지 않는다. 또 정소저에 대하여 탁문군의 일로 전개되는 정사도와 최부인과의 대화,[88] 양한림이 張女娘(가춘운)과 종남산에서 遊玩하는 장면,[89] 그리고 양소유가 龍女를 구출하여 용왕의 환대를 받을 때 양소유가 용왕에게 柳生의 거처를 묻는 장면,[90] 정소저가 양소유와의 혼사 일로 입궐하였다가 황태후와 대화를 나누는 장면[91] 등은 모두 문맥

---

[87] 츈운왈 이 사룸이 남질쟉시면 얼골이 임의 아룸답고 긔샹이 호샹ᄒ고 음뉼을 졍통ᄒ믈 가히 그 지죄 업디 아닌 줄을 알니로소이다 쇼졔왈 진짓 진상에나 나는 결단ᄒ여 문군이 되디 아니ᄒ리라 (100쪽)

[88] 낭낭은 진셜노 풍뉴지지로다 네 왕유학시 악공의 복식으로 태평공쥬 집의 가 피파롤 타고 쟝원급졔롤 구ᄒ더 이졔 니르히 아룸다온 일노 뎐ᄒᄂ니 양낭은 슉녀롤 위ᄒ여 잠간 녀복을 ᄒ니 이는 지죠 잇고 졍 만혼 사룸의 유의ᄒ미라 무슴 해로오미 이시리오 ᄒ물며 녀ᄋᄂ는 져롤 녀ᄌ로 알고 보아시니 탁문군의 쳥쇄 안희셔 엿보므로 더브러 닉도ᄒ다라 더욱 무슴 혐의 이시리오 (110쪽)

[89] 싱이 황망이 답녜ᄒ고 굴오더 쇼싱은 진간속지라 본더 월하의 긔약이 업더니 션지 늣게야 오믈 칙ᄒ믄 엇디니잇가 미인왈 쳥컨더 졍ᄌ 우히가 말솜을 베퍼지이다 싱을 인ᄒ여 뎡ᄌ 우히가 쥬긱으로 난화 안고 녀동이 쥬찬을 드러더니 미인이 탄식ᄒ고 갈오더 녜일을 니르려 ᄒ미 사룸의 슬푼 ᄆ음을 돕ᄂ도다 (124쪽)

[90] 양소유는 용왕의 款待宴에서 '이졔 뉴션싱이 어더 잇ᄂ니잇고'(231쪽)라고 묻고 있다. 그런데 실은 그 앞부분에, 한문본에는 있는 楊生(柳毅)의 傳書와 涇河婦의 牧羊하던 이야기가 서울대학본에는 탈락되었다. 이 때문에 양소유가 유생의 거처를 묻는 것이 무슨 뜻인지 독자는 전연 알 길이 없다.

[91] 쇼졔 굴오더 신지 님군 셤기미 만물이 천명을 순죵ᄒ ᄀᆺ트여 쳡이 되며 죵이 되기롤 오딕 명ᄒ시는 더로 홀 거시니 신쳡이 어이 일회나 ᄒᄒ리잇고 녀염녀지 시러곰 왕희롤 셤기미 쏘ᄒ 영홰 아니리잇가 다만 ᄉ셰 ᄂ쳐ᄒ미 이시니 쳐로써 쳡 삼으미 츈츄의 경계혼 배나 양쇼위 즐겨 아니홀가 ᄒᄂ이다 휘왈 이 말이 ᄀ쟝 됴커이와 부인도 ᄀ치 아니ᄒ고 쏘 오딕 녀ᄋ의 혼ᄉ롤 다른 집이 의혼홀 듯ᄒ더 녀이 양샹셔로 더부러 텬명

이 심하게 연결되지 않는 장면인데, 이들은 한문본과 對讀하지 않고서
는 그 문맥을 바로잡을 수 없다. 이들 외에도 小句가 컨텍스트에 있어
서 오류인 것은 곳곳에 보인다.

다음은 誤譯에 대해 살펴보자. 위에 든 컨텍스트의 不備도 원칙상
오역이지만, 여기서 오역이라 함은 앞뒤 문맥이 모호하다거나 연결이
안 되든가 하는 것보다는, 뜻이 전연 다른 방향으로 간 것을 말한다.
몇 가지 예를 들어보자.

첫째, 양소유와 鄭十三郎이 張女娘의 무덤을 찾아 慰魂詩를 지어
위로하는 장면에,

> 양싱은 본디 다졍혼 사롬이라 뎡셩을 드리고 무덤의 나아가 술을
> 쑤리고 녜일을 됴문ᄒᆞ여 각각 시를 지어 몱게 읇더니 홀연 무덤 문허
> 진 굼그로셔 흰깁의 글쁜 거슬 어더 닑으며 닐오디 엇던 브졀업
> 손 문인이 시를 디어 녀랑의 무덤의 너헛ᄂᆞ뇨 양싱이 보니 져의
> 한삼 스매 ᄭᅥ혀 뻐준 글이어늘 ᄆᆞ음의 ᄀᆞ장 놀나 싱각ᄒᆞ디 원간 댱녀
> 랑의 녕혼이 션녜로라 (서울대학본, 130쪽)

위의 인용문 중, 방점 부분 '무덤 문허진 굼그로셔 흰깁의 글쁜 거슬
어더 닑으며……' 이하의 주어는 문맥상 鄭十三郎이 아니라 양소유다.
그리고 이후 '양싱이 보니'가 계속되어 양소유란 주어는 이중 삼중으로
겹쳐 문맥을 잡을 수가 없다. 그러나 이 부분이 한문본에서는,

> 翰林自是多情之人也 乃曰 兄言可也 遂與鄭生 至其墳前 擧酒澆之

이 이시니 어이 텬명을 거스리리오 쏘흔 통쇼 곡됴로 인연졉복ᄒᆞ던 말을 니른시고
쇼졔왈 쳡이 어이 다른 넘녜 이시리잇고 (270쪽)

各製四韻一首　以吊孤魂……兩人傳看浪吟　更進一盃　鄭生繞墓徊徨
至崩頹之處　得白羅所書　絶句一首　而詠之日　何處多事之人　作此詩納
於女娘之墓乎　翰林索見之則　卽自家裂衫製詩　以贈仙娘子者也　乃大
驚於心日　向日所逢美人　果是張女娘之靈也　(한문목각본)

로 되어 문맥이 잘 연결되고 있다. 이로 보면 서울대학본의 '홀연 무덤
문허진 굼그로셔 흰깁의 글쓴 거슬 어더 닑으며 닐오디 엇던 브절업슨
문인이 시롤 디어 녀랑의 무덤의 너헛ᄂᆞ뇨'의 주어는 양소유가 아니라
응당 鄭十三郎이어야 하는데, 그 주어가 양소유로 연결된 것은 결국
한문본의 방점 부분 '更進一盃　鄭生繞墓徊徨'이 누결된 데서 기인함
을 알 수 있다. 그러나 국역본인 <신번구운몽>과 국문노존본에는 바
르게 번역되어 문맥이 잘 연결된다.92)

　둘째, 정소저가 혼사로 입궐하였다가 황태후에게 귀가를 요청하는
장면에,

---

92) 한림은 본디 다정흔 사롬이라 이에 갈오디 형의 말이 극히 올타 ᄒᆞ고 정성으로 더브러
　무덤 압헤 이르러 술을 드러 붓고 각각 글을 지어 외로온 혼을 조상ᄒᆞ니…… 두 사롬이
　들어 보며 랑연히 읇고 다시 한 잔을 붓고 정성이 무덤가으로 들어 비회ᄒᆞᆨ다가
　한 곳에 이르러 사초 써러진 틈에서 흰깁에 쓴 글을 으더 읇흐며 갈오디 엇던 다스흔
　사롬이 이 글을 지어 쟝녀랑 무덤 속에 너헛ᄂᆞ고 ᄒᆞ거날 한림이 달나 ᄒᆞ야 본즉 곳
　즈긔 한삼을 찌저 글을 써 선랑을 주엇든 것이라 <신번구운몽> 上, 67~68쪽.
　할임은 이 다정흔 지라 ᄀᆞ로디 형의 마리 가ᄒᆞ도다 정성으로 흠기 그 무덤 압히 가
　수를 들어 부시며 각각 시 ᄒᆞ수식 지여 외오며 외노온 혼을 죠상ᄒᆞ니…… 두 사롬이
　셔로 보고 낭쟈히 을프며 다시 ᄒᆞᆫ 잔을 나소더니 정성이 무덤을 둘너 비회ᄒᆞ다가
　젼퇴흔 곳디 일을어 흰 비단에 씬 바 졀귀 일수를 어더 을퍼 ᄀᆞ로디 엇더흔 고디 다샤
　흔 사롬이 이 글을 지여 녀낭의 무덤에 너허는고 할임이 ᄎᆞᄌᆞ보니 곳 ᄌᆞ긔가 지여
　션낭ᄌᆞ 듀던 글이라 (국문노존본 上).

　　두 공쥬 흔디셔 즈고 명일의 니러 후긔 문안ᄒ고 도라가믈 쳥ᄒ야
ᄀᆞᆯ오디 쳡이 드러올졔 집의셔 응당 놀나실 거시오니 나가 보고 낭낭
은덕과 쳡의 영화ᄅᆞᆯ 니ᄅᆞ고져 ᄒᆞᄂᆞ이다 휘왈 녀이 이졔 궁듕을 간 디
로 ᄯᅥ나리오 내 ᄯᅩᄒᆞᆫ 쵀부인을 보고 의논홀 말이 이셰라 (서울대학본,
288쪽)

　　兩公主亦退 同宿於一房 翌曉鷄初鳴 鄭氏入朝於太后 請歸曰 小女
入宮之時 父母必驚懼矣 今日欲歸 見父母 以娘娘恩澤 小女榮寵 誇
詡於門闌家族 伏願娘娘許之 太后曰 女兒何輕離大內 予與司徒夫人
亦有相議事矣 (한문목각본)

　　위의 두 예문을 비교하면, 서울대학본은 태후에게 문안하고 귀가를
요청하는 說話者가 문맥상 '두 공쥬'(兩公主)로 되어 있다. 그러나 설
화 내용에 있어서는 '쳡이 드러올졔'와 같이 단수로 되었다. 그 원인은
한문본의 방점 부분 '鄭氏入朝於太后' 중 '鄭氏'가 누결되었기 때문이
다. 이 부분 역시 <신번구운몽>과 국문노존본에는 바르게 번역되어
있다.93)

---

93) 두 공쥬 ᄯᅩ한 물너가 침방에셔 자고 잇흔날 사벽에 닭이 쳐음 울미 졍씨 티후게 드러
　　가 뵈옵고 도라가믈 쳥ᄒ야 갈오디 쇼녜 궁듕에 드러올 ᄯᅢ에 부모 필연 놀나고 황겁ᄒ
　　얏실지라 오날 도라가 부모ᄅᆞᆯ 보고 랑랑의 은퇵과 쇼녀의 영광으로써 일문친쳑에게
　　자랑코자 ᄒ오니 업디여 원컨디 랑랑은 허락ᄒ옵쇼셔 티휘 갈오ᄉᆞ디 너애 엇지 가히
　　가벼히 ᄃᆡ니ᄅᆞᆯ ᄯᅥ나리오 니 ᄉᆞ도의 부인으로 더부러 ᄯᅩ한 상의홀 일 잇다 <신번구운
　　몽> 下, 46~47쪽.
　　　두 공쥬도 ᄯᅩ한 물너가 ᄒᆞᆫ 방의 ᄒᆞᆷ긔 즈고 계쵸명에 졍씨 티후게 죠회ᄒ고 도라가기
　　을 쳥ᄒ야 ᄀᆞ로디 쇼녀 궁에 들어올 ᄯᅢ예 부모 반다시 놀랄지라 오날 도라가 부모을
　　보고 낭낭의 은퇵으로 쇼녀 영춍을 문난 가족에 자랑ᄒ고져 ᄒ니다 복원 낭낭은 허락
　　ᄒ쇼셔 티후왈 녀아가 엇지 ᄃᆡ니을 가부야히 ᄯᅥ나리요 내 샤도 부인으로 더부러 ᄯᅩ
　　의논할 이리 잇도다 (국문노존본 下).

셋째, 양소유의 혼례의 일로 태후가 최부인과 대화하는 장면에,

> 냥공쥬 태후롤 뫼셔 안잣더니 부인ᄃ려 니ᄅ샤ᄃ 양샹셰 불구의 환
> 됴홀 거시니 젼일 녜폐ᄂ 도로 보내려이와 내 싱각ᄒ니 도로 보내엿던
> 녜폐롤 도로 바드미 ᄌ못 구간ᄒ고 ᄒᄆ며 영양이 공쥬 되여시니 두
> 혼녜롤 ᄒ놀 힝코져 ᄒᄂ니 부인 소견은 엇더타 ᄒᄂ뇨 부인왈 오딕
> 명교디로 ᄒ리이다 (서울대학본, 296쪽)

> 兩公主復入侍坐 太后謂崔夫人曰 楊少游未幾當還 前日禮幣 自當
> 復入於夫人之門 而復受旣退之幣 頗涉苟簡 況英陽是吾女子 兩女婚
> 禮 欲幷行於一日 夫人許否 崔氏伏地曰 臣妾何敢自專 惟娘娘命矣
> (한문목각본)

위의 두 예문을 비교하면, 서울대학본은 최부인에게 '양샹셰 불구의
환됴홀 거시니' 운운하는 說話者의 주어가 문맥상 兩公主로 되어 있
고, 이후 최부인이 응하는 상대자는 낭낭 태후로 되어 있어 문맥이 전
연 통하지 않는다. 그러나 이 오역은 한문본의 방점 부분 '太后謂崔夫
人曰'에서 태후가 누결되었기 때문에 설화자가 원문의 태후와는 달리
엉뚱하게 양공주로 연결된 것이다. 이 부분 역시 <신번구운몽>과 국
문노존본에는 바르게 번역되어 있다.[94]

이와 같이 한문본의 구절의 누결에서 오는 오역은 이 밖에도 무려

---

94) 두 공쥬 다시 드러가 뫼셔 안지니 퇴휘 최부인다려 일너 갈ᄋᄉ디 양쇼위 미구에
도라오리니……부인이 허락ᄒ깃나뇨 최씨 싸에 업더여 갈ᄋ디 신쳡이 엇지 감히 쳔편
ᄒ오리잇가 오작 랑랑의 쳐분이로소이다 <신번구운몽> 下, 51쪽.
두 공쥬 다시 들어가 모시고 안ᄌ더니 퇴후 최부인다려 일너 ᄀ로디 쇼유 오리지
안여셔 도라올 거시니…… 부인은 허락홀가 최씨 복지ᄒ야 ᄀ로디 신쳡이 엇지 감히
ᄌ젼ᄒ리요 오즉 낭낭명인이다 (국문노존본 下).

30여 군데나 된다. 또한 脫字가 있거나 원문과는 전연 다른 구절이 삽입되어 앞뒤 문맥이 연결되지 않는 오역도 보이고,[95] 尊卑體의 불일치도 나타나 있다. 즉 황태후가 황상에게 '나의 쳐티 엇더ᄒᆞ뇨'[96]로 약간 卑稱으로 일관해 오다가 그 뒷부분에서는 황태후가 '뎨긔 고치 못ᄒᆞ얏고 명이 업슨 고로 댱복을 ᄉᆞ양ᄒᆞᄂᆞ이다'[97]로 극존대를 한다. 또 황태후와 최부인의 대화에서 尊卑待의 불일치는 더욱 확연하게 나타나 있다. 즉 황태후가 최부인에게 '영양이 이졔는 딤의 녀이니 춋디 마ᄅᆞ쇼셔'[98]에서와 같이 극존대를 한다. 그러나 그 후 황태후는 '부인 집의 가츈운이라 ᄒᆞ리 잇다 ᄒᆞ니 보고져 ᄒᆞ노라'[99]와 같이 신하의 예로 하대를 한다. 이들은 다 尊卑體의 불일치로 결국 오역이요 拙譯이다.

또 시문 중에서 紈扇詩의 一節인 '가인옥슈졍상슈'(佳人玉手正相隨)[100]를 '가인의 옥 갓흔 손을 서로 잇그럿도다'로 풀고 있으나, 유일 서관본에는 '가인의 옥슈가 졍히 셔로 짜르더라'로 바르게 번역되어 훨씬 부드럽고 격에 맞다. 말하자면 서울대학본의 시문은 졸역이 많은 것이다. 더구나 天津樓詩의 一節인 '酒樓來醉洛陽春'을 '술다락의 와 낙양봄을 취ᄒᆞ여도다'[101]와 같이 洛陽春을 '낙양 봄'으로 번역한 것은

---

95) 뎡부인이 츈운으로 ᄒᆞ야곰 붓드러 가라 ᄒᆞ니 운왈 쳔쳡은 못갈소이다 (서울대학본, 398쪽)

　　大夫人使春雲 扶而往之 春雲曰 賤妾不敢陪往矣 (한문목각본).

96) 서울대학본, 280쪽.

97) 서울대학본, 282쪽.

98) 서울대학본, 290쪽.

99) 상동.

100) 서울대학본, 186쪽.

101) 서울대학본, 62쪽.

오역이다. 洛陽春은 술 이름으로서, 여타 국문본에는 모두 '락양춘'[102]
으로 바르게 번역되어 있음은 물론이다.

3) 刪略

다음은 서울대학본에 나타난 산략에 대해 살펴보기로 하자. 서울대
학본은 한문본에 비하여 까다로운 시문이 거의 번역에서 제외되어 있
는 점이 눈에 띈다. 특히 양소유가 換着彈琴하는 장면에 삽입된 시문
은 모두 제외되었다.

> 싱이 거문고롤 인ᄒ여 예샹우의롤 주ᄒ니 쇼졔 기려 골오디 아름답
> 다 이 곡됴여 완연이 텬보젹 태평긔샹을 보리라. 이 곡됴롤 비록 사룸
> 마다 타나 이톄로 진션진미ᄒ믈 보디 못ᄒ여ᄂ이다 비록 그러나 이는
> 셰쇽 소리니 다른 곡됴롤 듯고져 ᄒᄂ이다 양싱이 ᄒ 곡됴롤 타니 쇼
> 졔 골오디 이 곡뵈 비록 아름다오나 즐거오디 음난ᄒ고 슬프미 과ᄒ니
> 진후쥬의 옥슈후졍화라 이는 망국ᄒ는 소리니 다ᄅ니롤 듯고져 ᄒᄂ
> 이다 (서울대학본, 88쪽)
>
> 生乃改坐搖琴 先奏霓裳羽衣之曲 小姐曰 美哉此曲 宛然天寶太平
> 氣像也 此曲人必解之 而曲臻其妙 未有如道人之手段者也 此非所謂
> 漁陽鼙鼓動地來 驚罷霓裳羽衣曲者乎 階亂之淫樂 不足聽之 願聞它
> 曲 楊生更奏一曲 小姐曰 此曲樂而淫 哀而促 卽陳後主玉樹後庭花也
> 此非所謂地下若逢陳後主 豈宜重問後庭花者乎 亡國之弊音 不足尙也
> 更奏它曲 (한문목각본)

위의 두 예문 중 서울대학본에는 한문본의 방점 부분 '此非所謂漁陽
鼙鼓動地來 驚罷霓裳羽衣曲者乎'와 '此非所謂地下若逢陳後主 豈宜
重問後庭花者乎' 등의 시구가 누결되어 있다. 이 외에도 양생과 정생
의 慰魂詩, 양상서와 월왕의 樂遊原詩는 그 번역에서 완전 제외되었다.

서울대학본에서 가장 두드러지게 산략된 것은 양승상이 귀향하여
모부인 유씨를 데려오겠다는 상소문과, 다시 귀향 중 鴻月과의 해후
및 귀향하여 유부인과 나눈 기나긴 대화가 모두 번역에서 제외되었다.

　　승샹이 됴당의 나아가 국亽를 다스리더니 샹소ᄒ야 말미를 어더 어
미 드려오믈 쳥ᄒ여거늘 샹이 허ᄒ시고 수히 오믈 당부ᄒ시다 양쇼위
십뉵의 집을 쩌나 삼亽년 간의 승샹위의와 위국공 인슈로 고향의 도라
가 모친긔 뵈오니 뉴부인이 깃브미 극ᄒ야 눈믈을 흘니더라 승샹이 부
인을 뫼셔 길을 나니 졔도방빅과 亽亽현녕이 분쥬ᄒ야 비힝ᄒ니 영화
광치 비길 듸 업더라 (서울대학본, 340쪽)

　　明日楊丞相就朝堂 理國政 遂上疏請暇 欲將母而來 其疏曰 丞相魏
國公駙馬都尉 臣楊少游 頓首百拜 上言于皇帝陛下 伏以臣卽楚地編
戶之民也 生事不過數頃 學業止於一經 而老母在堂 菽水不繼 欲營升
平之祿 以備甘毳之供…(500자 중략)…今幸國家無事 官府多閑 伏乞
陛下諒臣危迫之情 察臣終養之願 特許數月之暇 使之歸省先墓 將歸
老母 母子同居 歌詠聖德 待以盡灩洩之樂 効反哺之誠 則臣謹當殫移
孝之忠 誓報體下之恩矣 伏乞陛下矜悶焉 上賢之 歎曰 孝哉 楊少游也
特賜黃金千斤 綵帛八百疋 歸爲老母壽 且分輦母遄返 丞相入闕祇肅
拜辭於太后 太后賜賚金帛 倍簁於皇上恩典矣 退與兩公主 及秦賈兩
娘相別 行到天津 鴻月兩妓 因府尹走通 已來待於客館 丞相相笑謂兩
妓曰 吾之此行 乃私行 非王命也 兩娘何以知之 鴻月曰 大丞相魏國公

駙馬都尉之行 深山窮谷 亦皆奔迸聳動 妾等雖蟄於山林寂廖之地 豈
無耳目乎 況府尹老爺 敬待妾等 亞於相公 相公之來 不敢不報 昨年相
公奉使過此 妾等尙有萬丈之光輝 今相公位益崇 而名益著 臣妾之榮
亦轉加百層矣 聞相公娶兩公主爲女君 未知兩位公主 能容妾等否 丞
相曰 兩公主 一則乃聖天子御妹 一則乃鄭司徒女子 太后取鄭氏爲養
女 而卽桂娘所薦也 鄭氏與桂娘 有汲引之恩 且與公主 俱有反人之仁
容物之德 豈非兩娘之福乎 鴻月相顧而賀 丞相與兩人經夜 行到故鄕
初以十六歲書生 離親遠遊 及其來覲 擁大丞相之軒車 彊魏國公之印
綬 重之以駙馬之豪貴 四年間所成就者何如耶 入謁於母夫人 柳氏執
其手 而撫其背曰 汝眞吾兒楊少游耶 吾不能信也 當昔誦六甲賦五言
之時 豈知有今日榮華也 喜極而淚下也 丞相把立名成功之終始 娶室
卜妾之顚末 悉告無餘 柳夫人曰 汝父親每以汝爲大吾門者 惜不令汝
父親見之也 丞相省祖先丘墓 以賞賜金帛 爲大夫人設大宴獻壽 請宗
族故舊隣里 讌飮十日 陪大夫人登程 諸路方伯 列邑守宰 輻輳護行
光彩輝暎於一方矣 (한문목각본)

　위의 두 예문을 비교하면 서울대학본에는 한문본의 繁長한 '歸鄕將
母'의 상소문이 모두 누결되고 다만 '상소ᄒ야 말미를 어더 어미 드려
오믈 청ᄒ여거늘'로 되어 있을 뿐이다. 그리고 한문본의 양소유가 황상
과 태후로부터 예물을 받고 두 공주와 이별하고, 귀향 중 天津橋에 이
르러 桂娘과 狄娘과 해후하는 장면이 모두 누결되었고, 다만 '상이 허
ᄒ시고 수히 오믈 당부ᄒ시다'로 삽입되었을 뿐이며, 한문본의 양소유
가 귀향하여 모부인을 배알하여 유부인이 양소유의 손을 잡고 등을 어
루만져 즐거워하며 대화가 전개되는 장면과, 양소유가 성묘하고 유부
인을 위해 인근 가족을 모아 잔치를 배설하는 내용이 다만 '뉴부인이

깃브미 극ᄒ야 눈믈을 흘니더라'로 추상화되었을 뿐이다. 말하자면, 이 부분에 있어서 <구운몽>의 경개본인 경판본과 같이 한문본의 긴 장면이 생략되고 다만 그 大意만 서술되었을 뿐이다. 한편 <신번구운몽>에는 이 부분의 내용이 모두 번역되었으나 국문노존본에는 그 번역이 번잡했던 모양인지 상소문이 누락되었다.

이와 같이 서울대학본에 산략된 것으로는 이밖에도 앞에서 제시한 시문, 양소유의 陣中 상소 및 은퇴 상소 등이 있으며, 小句·小場의 산략은 곳곳에 산재해 있다. 환언하면, 이와 같은 산략을 통하여 서울대학본의 분량은 한문본과 비교하면 길어야 그 절반, 줄여 말하면 그 1/3밖에 안 되는 축역본에 불과하다는 것이다.

4) 서울대학본과 한문본

위에 열거한 직역구·역어체·산략 내지 무리한 산략에서 오는 컨텍스트의 不備·오역 등은 서울대학본이 지니고 있는 결함으로, 서울대학본이 한문본의 번역에서 유래한 축역본임을 말해준다. 그러면 서울대학본이 이와 같은 결함을 갖고 있음에도 불구하고, <구운몽>의 한문본이 나오기 이전에 이루어진 서포의 원작 계열로까지 추정한 이유는 무엇인가. 그 이유는 서울대학본이 한문본에 비해 곳곳에 상이한 부분이 있을 뿐 아니라, 그 문체가 古體라는 데 있다.[103]

첫째, 서울대학본이 갖고 있는 특징은 장회의 상이함에 있다. 이 이본의 장회 명칭을 종래 비교되었던 한문본 계해본의 것과 비교해 보면 다음과 같다.

---

103) 이명구, 「구운몽고」, 『성균학보』 2집, 156쪽.

	서울대학본	한문본 계해본
1회	노존스남악강묘법	蓮花峯大開法宇
	쇼사미셕교봉션녀	眞上人幻生楊家
8회	시쳡슈의스쥬인	宮女掩淚隨黃門
	쳡여슈검부화쵹	侍妾含悲辭主人

　<구운몽> 16회장 중 章回句가 완전히 상이한 것은 위의 2회뿐이요, 이외에는 자구의 출입이 보일 뿐이다. 그러나 필자는 근자에 <구운 몽>의 원전비평(Textual Criticism)을 할 목적으로 각처에 소장된 한 문본을 수집하는 가운데 노존본104)을 찾아냈다.

　위와 같은 서울대학본의 장회 명칭의 특색으로 인해, 종래 이명구 교수가 이 이본을 한문본의 異系로 잡으려는 것은 무리가 아니다. 그 러나 필자에 의해 발견된 노존본의 첫 장회 명칭은 서울대학본과 같이 '老尊師南嶽講妙法 小沙彌石橋逢仙女'로 되어 있으나 8회장 명칭 '시 쳡슈의스쥬인 쳡여슈검부화쵹'은 노존본의 8회장 명칭 '宮女掩淚隨黃 門 侍妾含悲辭主人'과 다르다. 그러면 서울대학본의 8회장 명칭은 어 디에서 유래하였을까. 이는 서울대학본의 역자가 고의로 삽입시킨 것 같다. 서울대학본의 '시쳡슈의스쥬인'은 노존본의 '侍妾含悲辭主人' 중 '含悲'를 '슈의'(隨意)로 改意해 놓은 것 같으나 격에 맞지 않고,105) 그

---

104) 여기에서 노존본이라 명명한 것은 을사본이나 계해본과 같이 첫 장회의 명칭이 '蓮花 峯大開法宇 眞上人幻生楊家'로 되어 있지 않고, 대신 '老尊師南嶽講妙法 小沙彌石橋 逢仙女'로 되어 있기 때문이다. 뿐만 아니라 그 내용에 있어서도 을사본이나 계해본에 비해 많은 출입이 있다. 이미 앞에서 예문으로 든 필자 소장의 국문노존본은 이 노존본 의 역본임을 언급한 바 있고, 노존본에 대한 연구는 따로 앞에 「노존본고」가 작성되어 있다. 그러나 서울대학본이 한문본 계해본에 없는 장면을 갖고 있는 것은, 실은 거의 노존본에 있는 장면이다. 결국 서울대학본도 노존본의 번역에서 이루어진 역본임을 우선 주석에서 밝혀둔다.

아래 구절 '첩여슈검부화쵹'(婕妤手劍付華燭)은 노존본에 전연 없는 구절이다. 실은 노존본의 '侍妾含悲辭主人'이 <구운몽>의 8회장 내용으로 보아 합당하며, 서울대학본의 '첩여슈검부화쵹'은 <구운몽> 9회장에서 양소유가 陣中에서 심요연과 만나 화촉을 밝히는 장면106)을 지칭한 것으로 보면 9회장의 것이 8회장으로 옮겨진 것으로, 격에 맞지 않는 誤揷이라고 할 수 있다.

이 밖에도 서울대학본과 노존본의 章回句가 일치하는 것은 12회장의 '양상셔몽유샹계'(楊尙書夢遊上界)107) 및 15회장의 '부마벌음금티쥬'(駙馬罰飮金巵酒)108) 등이다. 말하자면, 서울대학본의 장회구는 노존본에서 유래한 것이며, 이 외에 자구의 출입이 있는 것은 서울대학본의 12회장이 노존본에 비해 격에 맞지 않는 誤揷임을 미루어 보아 역자의 改意가 작용한 것으로 보아야 할 것이다.

둘째, 이명구 교수가 서울대학본을 한문본의 異系로 잡으려는 또 다른 이유는 다음과 같다. 위에 든 장회 명칭의 상이함 외에도 내용의 출입을 인정하여, 그 예로 주로 七步詩에 대한 태후의 評釋을 先朝 궁인들이 요청하는 장면과 성진의 '大覺' 장면의 삽입 및 시문의 상이점을 든 것이다.

---

105) 노존본의 '侍妾含悲辭主人'은 진채봉이 궁중에서 양소유를 만나는 장면을 지칭하는 것인데, 그 내용에서 진채봉이 紈扇詩를 읊고 눈물을 흘리며 양소유를 피한 것을 보면, 서울대학본의 '슈의'(隨意)보다는 노존본의 '含悲'가 격에 맞다.

106) 이 밤의 원쉬 뇨연으로 더브러 댱듕의셔 침석을 혼가지로 흐니 창검비츳로 화촉을 대후고 도두소리로 금슬을 삼아 복파영 가온디 돌빗치 두렷후고 옥문관 밧긔 츈광이 ㄱ독흐여시니 혼조각 각별혼 졍흥이 깁흔 방과 비단츔당의셔 디늘듯 흐더라 (서울대학본, 210~212쪽).

107) 을사본과 계해본의 12회장 명칭은 '楊少游夢遊天門'

108) 을사본과 계해본의 15회장 명칭은 '駙馬罰飮金屈巵'

이 중 성진의 '대각' 장면의 삽입에 대하여는, 그 '대각' 장면이 계해
본에는 판각자의 부주의로 누결되었으나 계해본의 母本인 을사본에는
서울대학본에 삽입된 '대각' 장면이 고스란히 삽입되어 있다는 것이 필
자에 의해 구체적으로 언급된 바 있으므로,109) 여기에서는 그 예증을
생략하기로 하겠다. 아울러 을사본에 삽입된 '대각' 장면이 또한 노존
본에도 그대로 삽입되어 있음을 말해둔다.110)

다음 칠보시에 대하여 상궁이 태후의 평석을 요청하는 장면은 종래
에 고찰된 계해본에는 누결되어 있으나, 노존본에는 역시 서울대학본
에서와 같이 삽입되어 있다.

> 이쩌 션묘 늙은 궁인이 태후롤 뫼섯더니 후긔 술오더 비지 텬셩이
> 둔탁ᄒ야 쇼년제 글을 비화시더 시듕의 깁흔 뜻을 아디 못ᄒ느니 낭
> 낭이 두 글 뜻을 삭여 하교ᄒ시믈 ᄇ라ᄂ이다 좌위시위도 듯고져 ᄒ
> ᄂ이다 휘 웃고 굴오샤더 이 두 글이 다 아릭귀 의시 이시니 뎡가 녀
> ᄋ의 글은 도화로 난양을 비기고 모시 쇼람의 왕희 하가ᄒᄂ 글

---

109) 정규복, 「구운몽 을사본에 대하여」, 『인문논집』 17집, 고대 문과대학, 1972.

110) 丞相憫然曰 少游十六歲以前 不離父母之眼前 十六歲登第 連有職名 不出京城 南
使燕鎭 西擊吐蕃之外 足跡無所及處 何時與師傅 十年相從乎 胡僧笑曰 丞相尙未醒
昏夢矣 少游曰 師傅可能使少游大覺乎 胡僧曰 此不難矣 高擧手中錫杖 大叩欄干至
再 遽有白雲 亂起於四面山谷之間 陣陣飛來 環擁臺上 昏昏暗暗 尋丈不卞 丞相若在
醉夢中矣 良久乃大聲疾呼曰 師傅不以正道 指敎少游 乃以幻術相戱耶 言未盡 雲氣
盡捲 胡僧及兩夫人六娘子 皆無蹤跡矣 大驚大惑 定睛詳視 則層樓複臺 疎簾密箔 都
不可見 而自顧其身 則獨在小庵中蒲團上 火消香爐 月在西峰 自撫其頭 則頭髮新剃
餘根鬆鬆 百八顆念珠 已垂項前 眞是小和尙形模 非復大丞相威儀 神情惚惚 胸膜憧
憧矣 旣久忽覺 其身是蓮花道場眞小和尙也 回念初被師傅戒責 隨力士往豊都 幻生
人世 爲楊家之子 早捷壯元 爲翰林之官 出將三軍 入摠百揆 上疏乞退 誰事就閒 與兩
公主六娘子 對歌舞聽琴瑟 盂酒團欒 晨昏行樂 皆一場春夢中事 乃曰 此必師傅知吾
一念之差 俾着人間之夢 要令性眞 知富貴繁榮 男女情慾 皆妄幻也 急向石泉 淨洗其
面 着衲整弁 自詣方丈 衆闍梨已齊會矣. (하버드본・김동욱본・정규복본).

의 ᄒᆞ야시ᄃᆡ 빗나기 복셩화 의앗 ᄀᆞᆺ다 ᄒᆞ얏고 졔후의 녀직 셔방
맛는 글의 ᄒᆞ야시ᄃᆡ 가치집이 잇다 ᄒᆞ야시니 이 두 글을 풍뉴곡
됴로 뎡홀 제는 냥인의 혼시 ᄌᆞ연 가온ᄃᆡ 잇고 녯사ᄅᆞᆷ의 글의 대
궐 겨집이 곡됴롤 기쟉누의 뎐흔다 ᄒᆞ야시니 이러므로 이 글을
인ᄒᆞ야쓰ᄃᆡ 잔딧 갓치 쟉ᄌᆞ롤 곰초아시ᄃᆡ 졍운ᄒᆞ고 완곡ᄒᆞ야 그
덕셩을 보는 듯ᄒᆞ니 녀으의 탄복ᄒᆞ미 맛당ᄒᆞ고 난양의 글은 가치
ᄃᆞ려 말는 말이 은하슈 ᄃᆞ리롤 힘뼈 민ᄃᆞ라네는 흔 딕네 건너더
니 이졔는 두 딕네 건너리라 ᄒᆞ니 공쥬의 혼인의 쟉교롤 인ᄉᆞᄒᆞ
믄 예ᄉᆞ말이어니와 내 뎡녀롤 양녀 삼으니 감히 당치 못ᄒᆞᆯ와ᄒᆞ야
모시롤 인증ᄒᆞ야 졔후의 녀ᄌᆞ ᄂᆞ쳐ᄒᆞ야거놀 난양의 시의는 져과
ᄀᆞᆺ티 흔가디로 뎐손이라 ᄒᆞ야시니 진실노 내 ᄯᅳᆺ을 아는디라 이
아니 영매ᄒᆞ랴 소상궁이 크게 깃거 졔인으로 더브러 만셰롤 브ᄅᆞ더
라 (서울대학본, 278~280쪽)

時先朝老尙宮人 皆在左右矣 見太后及兩人 俱有忻悅之顔 進奏曰
婢子等自少時粗學文字 而天性質鈍 不能解詩中之意 伏乞娘娘以兩
詩之意 解釋下敎則婢子等亦與有今日之樂矣 太后微笑 卽把兩詩 說
盡其意 老尙宮等亦大喜 皆呼萬歲 (노존본)

위의 두 예문을 비교하면, 비록 계해본이나 을사본에 누결된 상궁의
평석 요청 장면이 노존본에 삽입되었다 할지라도, 서울대학본의 방점
부분인 태후의 상세한 평석이 다만 '說盡其意'로 서술되었을 뿐이다.
그러면 노존본에 서울대학본의 '評釋'이 누결되었을까. 아니면 노존본
의 '說盡其意'를 확대하여 평석을 가필하여 삽입해 놓았을까. 이에 대
해서는 서울대학본의 역자가 가필하여 삽입한 것으로 보인다.111)

---

111) 앞에서 언급한 대로 서울대학본의 분량은 한문본 노존본에 비해 절반 내지 1/3밖에

다음으로 詩文의 출입을 살펴보자. 시문에 있어서 서울대학본과 한
문본의 사이에 字意의 출입은 곳곳에 보이기는 하지만, 가장 출입이
심한 것은 양소유가 상경하는 도중, 天津橋에서 지었다는 三章詩다.
서울대학본의 것과 한문본의 것을 들어보자.

서울대학본

향디욕긔모운다 공디요희일곡가
십이가두츈완만 양화여셜내수하

화지슈새옥인장 미발셤가구이향
하채양셩혼블관 지수난득쳘위댱

긔정모셜안양쥐 최시왕낭득의츄
쳔고스문원일믹 막교젼비텬풍뉴

초긬셔유노입진 쥬루니취낙양츈
월듕단계슈단졀 금디문쟝ᄌ유인이라112)

안 된다. 그것은 한문본의 내용이 곳곳에 누결·산략되어 있기 때문이다. 그러나 여타
장면은 서울대학본에 비해 노존본이 모든 면이 갖추어져 있으면서 이 장면만은 서울대
학본이 添補되어 있다. 현재 노존본은 수 종이 필사본으로 전한다. 즉, 정규복본을 비롯
하여 김동욱 교수가 소장한 2종, 하버드대학본·이가원·김근수·인권환 소장본이 있
으나 모두 '評釋'의 장면은 없고 다만 '說盡其意'로 되어 있을 뿐이다. 그러므로 앞으로
또 노존본이 출현한다 할지라도 서울대학본의 '評釋' 장면은 출현할 가망이 없다. 이로
보면 서울대학본의 '評釋'은 역자에 의해 가필된 것으로 보아야 한다. 그것은 서울대학
본에도 노존본에 비해 곳곳에 小句가 가필된 흔적이 산재하기 때문이다.
112) 서울대학본, 60~62쪽.

한문본

楚客西遊路入秦　酒樓來醉洛陽春
月中丹桂誰先折　今代文章自有人

天津橋上柳花飛　珠箔重重映夕暉
側耳要聽歌一曲　錦筵休復舞羅衣

花枝羞拂玉人妝　未吐纖歌口已香
待得樑塵飛盡後　洞房花燭賀新郎

위의 두 예시를 비교하면, 서울대학본의 4장은 한문본의 1장과 꼭
같고, 2장은 한문본의 3장과 유사하며, 1장과 3장은 한문본에 전연 없
다. 그러면 양자 중 어떤 것이 원형인가. 한문본은 三章詩로 되어 있는
데 서울대학본은 四章詩로 되어 있다는 데에 양자의 차이가 있다. 그
러면 三章詩가 원형인가 아니면 四章詩가 원형인가. 三章詩가 원형이
라고 보아야 하는 이유는, 서울대학본이 비록 四章詩로 되어 있지만
위의 四章詩가 출현하기 전에 양소유가 諸生의 권유에 의해 한문본에
서와 같이 三章詩를 쓴 것으로 되어 있기 때문이다.

양성이 원간 외모로 ᄉᆞ양ᄒᆞᄂᆞᆫ 체ᄒᆞ나 셤낭의 얼골을 본 후ᄂᆞᆫ 시흥을
이긔디 못ᄒᆞᄂᆞᆫ디라 눈을 드러보니 졔성이 안즌 겻ᄒᆡ 빈 화젼이 만히
잇거눌 ᄒᆞᆫ 봉을 ᄲᅡ혀내여 쥬필ᄒᆞ여 삼쟝시ᄅᆞᆯ ᄡᅳ니 졔인이 그 의ᄉᆞ 민쳡
ᄒᆞ고 필셰 비동ᄒᆞ믈 보고 십분 경아ᄒᆞ더라[113] (서울대학본, 58쪽)

---

[113] 楊生雖外飾虛讓　一見桂娘　豪情已不制矣　見諸生座傍　尚有空箋　生抽其一幅　縱橫
走筆題三章詩　比如風檣之走海　渴馬之奔川　諸生見其詩　思之敏捷　筆勢之飛動　莫不

이후에 四章詩가 삽입된 것은 앞뒤가 맞지 않는다. 그러면 앞에 제시한 예문 중 '삼장시롤 쓰니'는 四章詩의 誤筆일까. <구운몽> 하권에 양소유가 將相의 지위에 올라 계섬월과 재회하였을 때, 계랑이 역시 天津樓詩 三章詩를 외고 있는 것으로 보면,[114] 天津樓詩는 분명 三章詩이다. 여기에서 우리는 서울대학본의 四章詩는 한문본의 三章詩를 부연 改意해 놓은 것을 추측할 수 있다.

이 밖에 이명구 교수가 한문본과 비교하여 서울대학본의 특징으로 든 것은, 양소유가 진채봉의 백년해로의 提言을 전하는 老娘의 말을 듣고 즐거워하는 장면이다.[115]

　　生聞之 喜色溢面謝曰 小生楊少游 家本在楚 年幼未娶矣 自老母在堂 華燭之禮 當告於兩家父母 而後行之 結親之約 今以一言而定之矣 華山長靑 渭水不絶 (한문목각본)

　　양싱이 츠언을 듯고 깃븐 빗치 낫치 ᄀ득ᄒ여 샤례왈 양쇼위 쇼져의 쳥안으로 도라보믈 어드니 몸이 맛도록 은덕을 어이 이ᄌ리오 쇼싱은 초 스롭이라 집의 노뫼 겨시니 화촉의 녜는 냥가 부모긔 알외고 힝ᄒ려니와 혼인언약은 이졔 ᄒᆞᆫ 말노 졍ᄒᄂ니 화산이 기리 프ᄅ럿고 위쉬 ᄯᆫ허디디 아녀ᄂ니라 (서울대학본, 36쪽)

위 두 예문의 비교에서, 서울대학본의 방점 부분은 한문본에 비해 具述되어 있어 이명구 교수는 양소유의 소박한 기쁨이 잘 묘사되었다

驚訝失色矣. (한문목각본).

114) 셤월이 옥을 ᄆᆞᆼ는 ᄃᆞᆺᄒᆞᆫ 소리로 삼댱시롤 ᄎᆞ례로 외우니 만좨 동식ᄒ더라 (서울대학본, 468쪽).

115) 이명구, 「구운몽고」, 『성균학보』 2집, 160쪽.

고 언급하고 있다. 그러나 이 정도의 출입이 서울대학본에 산재해 있는 것이 아니라 불과 10여 군데 나타나 있을 뿐이며, 이들의 출입도 한문본과 엄격히 대독해 보면 앞뒤 문맥으로 보아 부연한 것에 불과하다. 그것은 서울대학본의 위 예문의 한문본에서와 같이 老娘이 양소유의 혼인 여부와 貫鄕을 묻는 장면을 보면 알 수 있다.

> 낭군이 임의 이 짜을 쩌날 거시니 대해의 부평을 어듸 가 츳즈리요 이러므로 붓그러오믈 무릅쓰고 종신대스룰 위호여 노신을 보내여 낭군의 셩시와 향관을 알고 겸호여 혼취여부룰 아라오라 호시더이다 (서울대학본, 36쪽)

위와 같은 老娘의 물음에 양소유의 회답하는 대목이, 한문본에서는 앞서 제시한 예문 중 '小生 楊少游 家本在楚 年幼未娶矣'에서와 같이 셩씨·향관·혼인 여부가 나타나 있으나, 서울대학본에는 한문본에 비해 具述되어 있으면서도 향관만 나타나 있을 뿐, 셩명은 불분명하며 혼인 여부는 전연 나타나 있지 않다. 이 부분 역시 한문본이 서울대학본에 비하여 훨씬 논리적이라고 할 수 있다.

다시 말한다면, 위와 같은 내용의 출입은 서울대학본뿐만 아니라 여타 국역본인 <신번구운몽>이나 국문노존본에도 흔히 삽입되어 있는 것으로 보아, 이 정도의 출입은 번역 과정에 흔히 가필될 수 있는 것이다. 이 때문에 한문본의 異系로 잡는 데는 많은 무리가 있다고 한 것이다. 오히려 앞에서 예증된 서울대학본이 가지고 있는 한문본의 直譯句·譯體·刪略·무리한 刪略에서 오는 컨텍스트의 不備 내지 오역 등은 위에 들은 小句의 출입으로, 서울대학본이 한문본의 번역에서 유래한 역본이라는 것을 부정할 수는 없을 것이다.

그러나 서울대학본이 한문본의 역본이라는 것을 한층 확고하게 입증해 주는 것은, 한문본 노존본 14회장 '樂遊原會獵鬪春色 油壁車招搖占風光'이 서울대학본에는

낙유원회엽투춘식 유벽거쵸요고풍광

으로 音讀되어 있다는 것이다. 위의 방점 부분 '고풍광'(古風光)은 한문본의 '占風光'의 오독이다. 즉 '占'을 '古'로 착각한 것이다. 이와 같은 오독은 을사본과 계해본에도 나타나 있다.[116] 또 서울대학본 말미에

댱녀의 명은 뎡난[117]이니 진슉인 쇼싱이라 월왕의 아돌 낭야왕부 부인이 되고 ᄎ녀의 명은 영낙이니 동뎡용왕의 외손이라 (서울대학본, 404쪽)

는 대목은 한문본의 '長女名傅丹 秦氏出也 爲越王子 瑯琊王妃 次女名永樂 白氏出也'를 번역한 것인데, 한문본의 '傅丹'이 서울대학본에 '뎡난'으로 誤讀된 것은 결국 '傅'을 '傳'으로 착각했기 때문이다. 그러나 여타 한문본에는 정확하게 '傅丹'으로 되어 있고, 모든 국문본도 '부단'으로 되어 있다. 즉 이와 같이 '占風光'이 '고풍광'(古風光)으로, '傅丹'이 '傳丹'으로 오독된 것은, 서울대학본이 한문본의 번역에서 유

---

116) 樂遊原會獵鬪春色 油碧車招謠古風光. 그러나 국문노존본에는 '락유원에 회엽투춘식ᄒᆞ고 유벽거에 쵸요졈풍광이라'로 역시 '占風光'으로 正讀되어 있다.

117) 서울대학본의 '뎡난'은 '뎐단'의 訛音으로 본다. 왜냐하면 서울대학본의 인명이 모두 한문본의 인명과 일치하는데, 유독 한문본의 '傅丹'이 서울대학본에 '뎡난'으로 될 까닭이 없다. '뎡난'은 최초의 역자가 '傅丹'을 '뎐단'으로 오독한 것이 '뎐단'이 여자 이름이므로 재필사하는 과정에서 '뎡난'(貞蘭)으로 改名했을 것이다.

래한 역본이라는 것을 더욱 밑받침해준다.

5) 서울대학본과 노존본

그러면 서울대학본은 한문본 중 어떤 것을 대본으로 하여 번역되었는가를 살펴보기로 하자. 현재 한문본은 계해본(1803) 계열·을사본(1725) 계열·노존본(1725 이전) 계열 등으로 분류된다. 이들에 대한 특징은 앞의 「노존본고」에서 밝혔으므로 자세한 논의는 피하고, 대략적인 특징만을 언급하기로 하겠다. 계해본은 을사본을 복각한 것으로 후자와 같으나, 다만 '大覺' 장면이 누결된 결함을 가지고 있다. 그리고 을사본은 이에 비해 '大覺' 장면이 삽입되어 있는 것이 특색이며, 노존본은 을사본에 비해 출입이 많아 助詞나 小句·小內容 등의 출입이 있는 것이 무려 900여 군데에 이른다. 그러나 노존본의 특색은 을사본과 출입되는 장면이 거의가 부연된 장면이 많아 필자는 여러 고증을 통하여 을사본이 판각될 당시 그 대본이 된 것으로 추정한 바 있다.[118]

거기서 현존하는 국문본도 계해본계·을사본계·노존본계로 나누어진다. 활판본인 <신번구운몽>·유일서관본 등은 계해본계의 번역에서 유래되었고, 경판본·완판본 등은 을사본계의 번역에서 유래되었으며, 여기에서 논의할 서울대학본과 국문노존본은 노존본계의 번역에서 유래된 것이다.

우선 서울대학본이 노존본계의 역본임을 전제로 이를 구명하기 위해, 노존본이 을사본이나 계해본에 비하여 부연된 장면을 몇 개 예로

---

118) 앞의 「노존본고」 참조.

들어 살펴보자.

첫째, 양소유가 天津橋에 이르러 술을 사먹는 장면에서 노존본은 을사본 계해본과 많은 출입이 있다.

生拜敬登程 及到洛陽 猝値驟雨 避入於南門外酒店 沽酒而飮 生謂店主曰 此酒雖美 亦非上品也 主人曰 小店之酒 無勝於此者 相公若求上品 天津橋頭酒肆 所賣之酒 名曰洛陽春 一斗之酒 千錢其價 味雖好 而價則高矣 (을사본·계해본)

生拜敬登程 及到洛陽 猝値驟雨 避入於南門外酒店 主人問曰 相公欲飮酒乎 生曰 取美酒而來 主人携一大樽而至 生連倒七八觥 謂主人曰 此酒雖美 亦非上品也 主人曰 小店之酒 無勝於此者 相公若求上品之酒 天津橋頭酒樓所賣之酒 名曰洛陽春 一斗之酒 千錢其價 味雖好 而價則高矣 (노존본)

위의 을사본과 노존본 사이에는 양자의 방점 부분에서와 같이 상당한 출입이 있다. 즉, 을사본은 양소유가 남문 밖 주점에 이르러 술을 사먹었다고 하는 막연한 서술로 끝났는데, 노존본은 양소유가 남문 밖 주점에 이르러 술을 마시겠느냐는 주인의 물음에, 좋은 술을 가져오라 하여 연거푸 7·8觥을 마신 것으로 자세히 서술되어 있다. 또한 을사본의 '酒肆'는 노존본에 '酒樓'로 되어 있고, 을사본의 '上品'은 노존본에는 '上品之酒'로 되어 있다.

이와 같은 을사본과 노존본의 출입에 비해 서울대학본은 노존본과 같다.

싱이 졀ᄒᆞ여 명을 밧고 길을 나 여러 날 힝ᄒᆞ여 낙양의 니ᄅᆞ러 급ᄒᆞᆫ
비ᄅᆞᆯ 만나 남문 밧 쥬졈의 드니 쥬인이 무ᄅᆞᄃᆡ 샹공이 술을 쟈시려
ᄒᆞᄂᆞ냐 싱왈 됴ᄒᆞᆫ 술을 가져오라 쥬인이 술을 가져오거늘 싱이
년ᄒᆞ여 여나문 잔을 거후ᄅᆞ고 닐오ᄃᆡ 네 술이 비록 됴ᄒᆞ나 상품은
아니로다 쥬인왈 쇼졈 술은 이도곤 나으니 업스니 샹공이 만일 샹품
쥬ᄅᆞᆯ 구ᄒᆞᆯ진ᄃᆡ 셩듕 텬진교 머리예 쥬루의 포는 낙양츈이란 술은 ᄒᆞᆫ
말 갑시 십쳔젼이니이다 (서울대학본, 50쪽)

위의 방점 부분, '쥬인이 무ᄅᆞᄃᆡ 샹공이 술을 쟈시려 ᄒᆞᄂᆞ냐 싱왈
됴ᄒᆞᆫ 술을 가져오라 쥬인이 술을 가져오거늘 싱이 년ᄒᆞ여 여나문 잔을
거후ᄅᆞ고 닐오ᄃᆡ'는 노존본의 방점 부분 '主人曰 相公欲飮酒乎 生曰
取美酒而來 主人携一大樽而至 生連倒七八觥 謂主人曰'과 꼭 같고,
'상품쥬'는 노존본의 '上品之酒'와 같으며, '쥬루'는 노존본의 '酒樓'와
같다. 그러나 계해본의 역본인 <신번구운몽>은 을사본과 같다.119)

둘째, 양소유가 남해태자와 對戰하는 장면을 들어보자.

宮女報急曰 大禍出矣 南海太子驅無數軍兵 來隅山下 請與楊元帥
決雌雄矣 尙書大怒曰 狂童何敢乃爾 拂袂而起 跳出水邊 南海兵已圍
白龍潭 喊聲大震 陣雲四起 所謂太子者 躍馬出陣 而大叱曰 爾爲何

---

119) 싱이 하직ᄒᆞ고 길을 ᄠᅥ나더니 낙양의 일으러 졸디 소낙비를 만나 남문 밧 술집으로
피ᄒᆞ여 드러가 술을 사먹을ᄉᆡ 싱이 쥬인다려 일너 갈오ᄃᆡ 이 술이 비록 아름다오나
ᄯᅩ한 상품이 아니로다 쥬인이 ᄃᆡ답ᄒᆞ야 갈오ᄃᆡ 이집 술은 이에셔 더 나흔 것이 업스니
샹공이 만일 상품을 구ᄒᆞ실진ᄃᆡ 텬진교 머리 술집에셔 파는 술이 상품인ᄃᆡ 일흠은
낙양츈이라 ᄒᆞ니 한말 술에 갑시 쳔젼이라 그 맛시 비록 조ᄒᆞ나 갑인즉 만터이다 <신
번구운몽> 上, 27쪽.
   즉 위의 방점 부분 '술을 사먹을싀'는 을사본의 '沽酒而飮'과 같고, '상품'은 을사본의
'上品'과 같다.

人而掠人之妻乎 誓不與共立天地間也 (을사본·계해본)

宮女報急曰 大禍出矣 南海太子驅無數軍兵 已陣於山下 欲與楊元帥 決雌雄矣 龍女喚尙書而言曰 妾之初勸相公之歸 盖慮此也 尙書大怒曰 狂童何敢無忌憚耶 拂袂而起 跳出水邊 南海軍兵已圍白龍潭矣 尙書發號麾兵 與南海太子對陣 南海陣中 喊聲大震 陣雲四起 太子披掛上馬 躍出大叱曰 楊少游何狀物也 乃敢戱人之事 掠人之妻乎 誓不共立於天地間也 (노존본)

시녜 급히 알외더 큰 홰 낫ᄂᆞ이다 남히태지 무슈ᄒᆞᆫ 군병을 거ᄂᆞ려 마존 편 뫼히 진치고 양원슈로 더브러 ᄌᆞ웅을 결ᄒᆞ랴 ᄒᆞᄂᆞ이다 뇽녜 상셔ᄅᆞᆯ 씨와 닐오더 니 처엄의 낭군을 머므ᄅᆞ디 아니믄 이 일을 넘녀ᄒᆞ미라 상셰 디로ᄒᆞ여 ᄀᆞᆯ오더 미친 아히 어이 이러ᄐᆞ시 무례ᄒᆞ리오 ᄉᆞ미ᄅᆞᆯ 썰티고 말긔 올나 믈 밧긔 소샤나니 남히군병이 빅뇽담을 에워ᄡᅡ거ᄂᆞᆯ 상셰 삼군을 지휘ᄒᆞ여 태ᄌᆞ로 더브러 디진ᄒᆞ니 남히태지 진듕의 말 타고 소리 진동ᄒᆞ며 태지 믈돌녀 내ᄃᆞ라 ᄭᅮ지져디 양쇼유 사롬의 인연을 희지어 남의 혼ᄉᆞᄅᆞᆯ 파ᄒᆞ고 남의 쳐ᄌᆞᄅᆞᆯ 겁냑ᄒᆞ니 밍셰ᄒᆞ여 널노 더브러 텬디간의 셔디 아니ᄒᆞ리라 (서울대학본, 224쪽)

위의 을사본과 노존본은 매우 출입이 심하다. 즉, 노존본의 방점 부분 '龍女喚尙書而言曰 妾之初勸相公之歸 盖慮此也'와 '尙書發號麾兵 與南海太子對陣 南海陣中' 및 '楊少游'는 을사본에 누결되었지만, 이 문장들이 서울대학본의 방점 부분 '뇽녜 상셔ᄅᆞᆯ 씨와 닐오더 니 처엄의 낭군을 머므ᄅᆞ디 아니믄 이 일을 넘녀ᄒᆞ미라'와 '상셰 삼군을 지휘ᄒᆞ여 태ᄌᆞ로 더브러 디진ᄒᆞ니 남히티지 진듕의' 및 '양쇼유'의 순위로 그대로 삽입되어 있다. 뿐만 아니라 위의 인용문 중 △표가 된 부분을 보면 을사본의 '南海兵'이 노존본에는 '南海軍兵'으로 되어 있는데 서울대학본에는 역시 '남히군병'으로 되어 있어, 서울대학본은 노존본과 궤를 같이 하고 있음을 알 수 있다. 국문노존본도 서울대학본과 같이 노존본과 궤를 같이하고 있으나 직역체에 더욱 가깝다.[120]

셋째, 양승상이 생일을 맞아 두 부인, 여섯 낭자와 함께 翠微宮 西畔 高臺에 올라가 玩遊하는 장면을 들어보자.

> 是日與兩夫人六娘子 登其上 頭揷一枝黃菊 以賞秋景 相對暢飮 而已返照倒 射於昆明 雲影低垂於廣野 秋色燦爛 如展活畵 (을사본・계해본)

> 是日與兩夫人六娘子 登其上 頭揷一枝黃菊 以賞秋景 乃斥珍羞屛管絃 使春雲挈果榼 使蟾月携玉壺 滿酌泛菊 與妻妾以次暢飮 而已返照倒射於昆明 雲影低垂於廣野 秋色燦爛 如展活畵 (노존본)

> 이날 냥부인과 뉵낭즈롤 드리고 고딕의 올나 머리의 국화롤 꽂고 츄경을 희롱홀시 입의 팔진이 염어ᄒ고 귀의 관현이 슬믠디라 다만 츈운으로 ᄒ야곰 과합을 붓들고 셤월노 옥호롤 잇글며 국화쥬

룰 ㄱ득 부어 쳐쳡이 ᄎ례로 헌슈ᄒ더니 이윽고 빗긴 날이 곤명의
도라지고 구롬 그림재 진천의 ᄡᅥ러지니 눈을 드러 ᄒᆞᆫ번 보니 ㄱ올빗
치 창망ᄒ더라 (서울대학본, 408쪽)

위의 을사본과 노존본의 방점 부분은 서로 출입되는 장면이다. 즉
을사본은 '相對暢飮'으로 막연히 서술한 것으로 끝났으나, 노존본은
'乃斥珍羞屛管絃 使春雲挈果榼 使蟾月携玉壺 滿酌泛菊 與妻妾以次
暢飮'으로 具述되어 있다. 서울대학본에도 방점 부분에서와 같이 '입
의 팔진이 엄어ᄒ고 귀의 관현이 슬믠디라 다만 츈운으로 ᄒ야곰 과합
을 붓들고 셤월노 옥호롤 잇글며 국화쥬롤 ㄱ득 부어 쳐쳡이 ᄎ례로
헌슈ᄒ더니'가 삽입되어 역시 노존본과 궤를 같이 하고 있다.

위에 든 세 가지 예는 편의상 예증하기 위해 <구운몽>의 앞부분·
중간 부분·뒷부분을 들었을 뿐이다. 이 외에도 노존본이 을사본에 비
하여 크게 부연된 장면이 20여 군데나 되는데,[121] 거의가 서울대학본
에 삽입되어 있다. 또한 노존본과 을사본 사이에 小句의 출입은 곳곳
에 산재해 있는데, 이들도 거의 서울대학본이 노존본과 궤를 같이 하
고 있다. 이를 통해 보건대 서울대학본은 결국 노존본의 번역에서 유
래한 것이 분명하다.

結

이제 마무리로 들어가자. 지금까지 서울대학본이 가지고 있는 한문
본의 直譯句·逐字譯體·刪略·무리한 刪略에서 오는 컨텍스트의 不

---

121) 앞의 「노존본고」 참조.

備·誤譯·尊卑體의 불일치 등을 비교적 장황하게 들고, 이를 통하여 서울대학본이 서포의 국문 원작 계열일 것이라는 종래의 주장과는 달리, 여타 국문본과 같이 한문본의 번역에서 유래한 역본임을 밝혔다.

종래에 이명구 교수가 한문본에 없는 특색을 들어, 서울대학본이 <구운몽>의 국문 원작 계열일 것이라는 추정을 하게 된 것도 무리는 아닐 것이다. 10여 년 전에 한문본으로 계해본밖에 없었기 때문이다. 그러나 그 후 한문본으로서 불충분했던 계해본의 母本인 을사본이 출현하였고, 근자에 다시 을사본에 비해 여러 장면이 부연된 특색을 지닌 노존본이 출현함으로써 결국 서울대학본은 한문본 중 노존본의 역본임이 밝혀졌다.

현재 노존본의 역본으로는 두 종류가 있는 셈이다. 하나는 여기에서 논의한 서울대학본이고, 또 하나는 앞에서 간간 예시된 필자 소장의 국문노존본이다. 서울대학본의 특색은 국문노존본에 비해 古體로 산략이 심한 데 비하여, 국문노존본은 비록 古體로 이루어져 있지는 않지만, 산략이 비교적 적고 원본에 충실히 되어 있는 것이 특색이다. 또한 서울대학본의 필자는, 간간 誤文이 출현하기는 하지만, 앞에서 제시한 바 있는 황태후의 시 평석이나 한문본에는 없는 『금강경』의 구절 '一切有爲法 如夢如泡影 如露亦如電 應作如是觀'[122)]이 말미에 삽입된 것을 보면 중국 고전뿐만 아니라 불경에도 꽤 소양이 있는 분으로 보인다. 그러나 서울대학본에 많은 오자 및 탈자가 있는 것을 보면, 현재의 서울대학본은 여러 번 傳寫 과정을 겪어온 재필사본이 아닌가

---

122) 대시 굴오디 션지션지라…… 셜법ᄒᆞ믈 당ᄎᆞ매 네귀 진어을 숑ᄒᆞ야 굴오디 일졀 유의법 염모환됴영 여디역여젼 응쟉여시관 이리 니르니 (서울대학본, 422쪽)

한다.

다시 말하거니와 서울대학본은 여러 국문본 중 最古本으로 문체도 매우 고아하며, 여타 국문본이 거의가 계해본·을사본 계열의 역본인 것과 달리, 노존본의 역본이라는 점에서 그 특색이 인정된다. 그러나 서울대학본 역시 直譯句·逐字譯體·刪略·무리한 刪略에서 오는 컨텍스트의 不備·誤譯·尊卑體의 불일치 등 역본으로서의 결함을 가지고 있으며, 그 분량은 한문본(노존본)에 비하여 길어야 절반, 짧게는 1/3밖에 안 되는 일종의 축역본이라고 할 수 있다.

5. 新飜九雲夢攷

<신번구운몽>은 1913년 3월(大正 2년)에 경성 東文館에서 발행자 玄檍의 이름으로 나온 활판본이다. 그 체재는 상하권 2책으로 상권(정규복 소장)이 120페이지, 하권(김근수 소장)이 117페이지로 되어 있다. 종래에 <구운몽>의 활판본의 효시로 유일서관본(1913년 7월)을 주목하였으나, <신번구운몽>이 유일서관본보다 그 간행 연도가 불과 4개월 앞서기 때문에 활판본의 효시본을 유일서관본에서 다시 <신번구운몽>으로 옮기게 되었다. 뿐만 아니라 <신번구운몽>이 유일서관본의 대본이 되었다는 것이 무엇보다도 주목을 끈다.

<신번구운몽>은 그 명칭이 말해주듯 새로 번역된 <구운몽>이다. 그 텍스트는 한문본 중 계해본(1803)이며, 자자구구 모두 逐字하여 이루어진 全譯本으로, 여타 국문본보다 원본을 충실하게 옮겨 놓은 완역본이라는 데 더욱 뜻이 있다. 종래에 국문본으로 이가원본이 전역본으

로 손꼽혔으나, 이가원본에는 구차스러운 상소문 및 시문이 더러 산략된 곳이 있는 것과 달리, <신번구운몽>은 산략된 곳이 거의 없을 정도로 전역본이라는 것이다.

그러면 <신번구운몽>이 한문본 중 계해본이 그 텍스트가 되었다는 것과 그 번역된 입지를 살펴보고 나서, 유일서관본과의 관계를 살펴보기로 한다.

1)

<신번구운몽>은 을사본이나 계해본의 목차에 따라 16회장으로 나누어졌다.

신번구운몽 목록

뎨일회 련화봉에 법당을 크게 열고 진상인이 양가에 환싱ᄒ다

뎨이회 화음현에셔 규녀가 소식을 보니이고 남젼산에셔 도인이 거문고롤 젼ᄒ다

뎨숨회 양쳔리가 주루에셔 계셤월을 빼이고 계셤월이 침상에셔 현인을 쳔거ᄒ다

뎨ᄉ회 거짓 녀관이 졍부에셔 지음을 만나보고 늙은 ᄉ되 금방에셔 쾌흔 ᄉ위롤 엇다

뎨오회 곳신을 읇흐미 회츈ᄒᄂ 마암을 아라니고 신션집을 쮜밈이 쇼셩의 인연을 셩취ᄒ다

뎨륙회 가츈운이 신션도 되고 귀신도 되고 젹경홍이 잠간 녀ᄌ 잠간 남ᄌ되다

뎨칠회 금란의 버든 학ᄉ가 옥통소롤 불고 봉리젼 궁녀가 아름다온 글을 빌다

뎨팔회 궁녀가 눈물을 흘니며 너관을 짜라가고 시첩이 슯흐믈 먹음고 쥬인을 하직ᄒ다

뎨구회 빅룡담에서 양랑이 음병을 쳐 파ᄒ고 동정호에서 룡왕이 교긱을 잔치ᄒ다

뎨십회 원쉬 한극에 졀에문을 두다리고 공쥐 미복으로 규수롤 차자오다

뎨십일회 두미인이 손을 ᄭᅳ러 차롤 갓치 타고 장신궁에서 칠보의 시롤 이뤄다

뎨십이회 양쇼위 꿈 가온디 텬문에 놀고 가츈운이 공교히 옥어를 젼ᄒ다

뎨십슴회 쵸례ᄒᄂᆞᆫ 자리에 영양이 셔로 일홈을 휘ᄒ고 헌수잔치에 홍월이 쌍으로 쳔명ᄒ다

뎨십ᄉ회 락유원에셔 회렵ᄒ야 봄빗을 싸오고 유벽거에서 나리미 옛 풍광을 부르다

뎨십오회 부매 벌노 금굴치롤 마시고 셩쥐 은혜로 취미궁 빌니시다

뎨십륙회 양승상이 놉흔 디 올나셔 먼 디롤 바라보고 진샹이 근본에 도라가고 근원을 돌니다

그러나 위의 16회장 구절은 을사본이나 계해본이 꼭 같으므로 위에 든 장회 구절만으로는 을사본을 대본으로 하였는지 아니면 계해본을 대본으로 하였는지 확적하게 밝혀낼 수 없다. 그렇지만 계해본은 을사본을 母本으로 하여 내용이 꼭 같으나, 계해본은 판각될 당시 판각자의 부주의로 樂遊原會臘의 一節과 '大覺' 장면이 누결되었으므로, 바로 이것이 을사본과 계해본을 가름하는 가장 두드러진 점이다. <신번 구운몽>은 말할 것도 없이 계해본과 일치한다. 즉,

① 諸美人皆稱賀曰 吾輩虛做十年工夫矣 此時所獲翎毛土委山積
兩處射如所殪雉兔亦多矣 各獻於座前 丞相與越王等第其功 各賞百金
更成坐次 俾停衆樂 只使五六美人 各奏淸絃 洗酌更斟矣 蟾月內念曰
吾兩人雖不讓於越宮女 彼乃四人 吾則一雙 孤單甚矣 (을사본)

諸美人皆稱賀曰 吾輩虛做十年工夫矣 蟾月內念曰 吾兩人雖不讓
於越宮女 彼乃四人 吾則一雙 孤單甚矣 (계해본)

모든 미인이 다 하례ᄒᆞ야 ᄀᆞᆯᄋᆞ디 우리들은 십년 공부를 헛ᄒᆞ얏다
ᄒᆞ거날 셤월이 속으로 ᄉᆡᆼ각ᄒᆞ야 ᄀᆞᆯ오디 우리 두 ᄉᆞ룸이 비록 월궁 기
셩에게 양두 아니ᄒᆞ나 저는 네 ᄉᆞ룸이오 우리인즉 한 쌍이라 심히 고
단ᄒᆞ니 (신번구운몽 下, 104쪽)

② 胡僧拍掌大笑曰 是矣是矣 然只記夢中之一見 不記十年之同處
誰謂楊丞相聰明乎 丞相憫然曰 少游十六歲以前 不離父母之眼前 十
六歲登第 連有職名 不出京城 南使燕鎭 西擊吐蕃之外 足跡無所及處
何時與師傅十年相縱乎 胡僧笑曰 丞相尙未醒昏夢矣 少游曰 師傅可
能使少游大眞乎……大師高聲問曰 性眞人間滋味果如何耶 性眞叩頭
流涕曰 性眞已大覺矣 (을사본 下)

胡僧拍掌大笑曰 是矣是矣 然只記夢中之一見 不記十年之同處 誰
謂楊丞相聰明 高聲問曰 性眞人間滋味果如何耶 性眞叩頭流涕曰 性
眞已大覺矣 (계해본)

즁이 박장ᄃᆡ소ᄒᆞ며 갈ᄋᆞ디 올타 올타 그러나 다만 꿈속의 한번 본
것만 긔억ᄒᆞ고 십년 동거ᄒᆞᆫ 것은 긔억지 못ᄒᆞ나뇨 뉘 양승상이 총명
ᄒᆞ다 ᄒᆞ더뇨 ᄒᆞ고 고셩ᄒᆞ야 갈오디 셩진아 인간 자미가 과연 엇더ᄒᆞ뇨
셩진이 머리ᄅᆞᆯ 두다리고 눈물을 흘니며 갈ᄋᆞ디 셩진이 임의 크게 ᄭᆡ다
랏나이다 (신번구운몽 135~136쪽)

위에 든 예 ①은 樂遊原 會贐의 한 장면이고, 예 ②는 '大覺' 장면이다. 을사본의 방점 부분은 계해본에 누결되었으나 이것이 <신번구운몽>에도 누결되어 있음을 볼 수 있다. 이로써 우리는 <신번구운몽>이 계해본을 母本으로 번역되었음을 확적하게 알 수 있다.

2)

다음은 <신번구운몽>이 번역의 입지에서 逐字 全譯되었다는 것을 전술한 바 있다. 일종의 拙譯이라고 볼 수 있는 直音句·誤譯 등도 군데군데 보이며, 한국어문의 특색인 尊卑體에도 불일치가 보인다. 우선 직음구를 살펴보자.

유양임약홈은 가히 형용치 못홀지라 스스로 말ᄒ야 갈오디 (新飜 上, 5쪽)

悠揚荏弱 不可形喻 乃自語曰 (계해본)

하방천종이 존젼에 나아가 뵈옵기 불가ᄒ오나 (新飜 上, 45쪽)
遐方賤蹤 不合進謁於尊前 (계해본)

잇튼날 리소졔 그 비ᄌ를 보니여 장ᄎᆺ 간다는 말을 션통ᄒ고 (新飜 下, 24쪽)
翌日李小姐送婢子 先通踵門之意 (계해본)
명일 니쇼졔 비ᄌ로 쇼져의긔 오려는 뜻을 통ᄒ고 (서울대학본)

례에 이르디 쳡어 감히 져녁을 당치 못ᄒ다 ᄒ니 (新飜 下, 70쪽)
禮云 妾御不敢當夕 (계해본)

례에 첩을 어거홈이 감히 저녁을 당치 못혼다 호니 (유일서관본)

네문을 드르니 안해 잇디 아니호거든 첩이 뫼시미 밤을 당치 아니

호다 호니 (서울대학본)

위와 같은 '유양임약', '하방천종', '션통', '첩어' 등은 어색한 직음구

로, <신번구운몽>만이 지니고 있는 것은 아니며 모든 국문본에 공통

된다.

다음은 오역을 살펴보자.

① 쏘 말호되 그더 용뫼 미인 갓고 쏘 수염이 나지 아니호엿고 쏘

ᄉ도가 혹 터럭을 쓰지 아니호고 귀를 가리지 아니호니 변복호기 더

욱 어렵지 아니호도다 (新飜 上, 44쪽)

況君貌如美人 且不生鬚 出家之人 或有不褁髮不掩耳者 變服亦不

難矣 (계해본)

② 한 자루 보검이 잇스니 이는 공셩상이 경희룡왕을 버히든 리혼

칼이라 내 뭇당히 네 머리를 버혀 써 군사의 위엄을 쟝케 홀 것이로디

(新飜 下, 9쪽)

我有一介寶劍 卽魏徵丞相 斬涇河龍王之利器也 當斬汝頭以壯軍

威 (계해본)

③ 츈운이 펴보니 하나는 곳 사이의 공작시요 하나는 디수풀의 자

는 시니 수노은 솜씨 졀묘혼지라 (新飜 下, 21쪽)

春雲取而見之 一則花間孔雀 一則竹林鷦鴣 手品絶妙 工如七襄

(계해본)

④ 루두어기전신곡호니 남국텬화여작소롤 (新飜 下, 41쪽)

樓頭御妓傳新曲 南國天華與鵲巢 (계해본)

위에 든 예 ①은 한문본의 '出家之人'이 '스도'로 오역됐고, 예 ②에서는 '魏徵丞相'이 '공셩상'으로, 예 ③에서는 '鷦鷯'가 '자는 싀'로, 예 ④에서는 '天華'가 '텬화'로 오역되어 있다. 그런데 이것이 <신번구운몽>을 텍스트로 하여 출간된 유일서관본에는 그대로 再傳됐고,123) 서울대학본에는 바르게 번역되어 있다.124)

위에 든 네 가지 예는 편의상 든 데 불과하고, 이 밖에도 '尹夫人'을 '유부인'(26쪽)으로, '養由己'를 '츈우기'(97쪽)로, '少翁'을 '송옥'(77쪽)으로 오역해 놓고 있다. 이 같은 오역은 여타 국문본에도 나타나 있는 공통적인 현상이며, 오히려 여타 국문본에서 범하고 있는, 문맥을 혼동시키는 큰 오역이 <신번구운몽>에는 나타나 있지 않다.

이와 같은 오역이 있음에도 불구하고, 계해본에 誤刻으로 나타나 있는 誤文은 그대로 따르지 않고 시정해 놓은 예도 있다.

> 첩이 마암이 큰 고로 말이 쏘한 크니 큰 말이 반다시 실상이 없지 아닐지라 (新飜 下, 110쪽)
> 妾志大 故言亦大之 言未必無實也125) (계해본)

---

123) ① 缺
　② 공셩상이 경희룡왕을 버히든 리흔 칼이라
　③ 대슷풀에 자는 싀라
　④ 남국의 텬화가 ꏯ치로 더브러 깃드리더라

124) ① 출가흔 사름은 귀룰 쓸디 아니흔 사름도 이시니
　② 위딩승샹의 경하농왕 버히던 잠기라.
　③ 흐나흔 대슈풀의 쟈고로뎌
　④ 남국뇨화여작소

125) 노존본에는 '妾志大 故言亦大 大言未必無實也'로 된 것이 을사본과 계해본에는 예문에서와 같이 誤刻되었다.

희첩을 만이 기름은 장부된 풍도에 히로미 업시니 (新飜 下, 115쪽)
多畜姬妾 不害於大夫風度[126] (계해본)

위에 든 오역 외에도 <신번구운몽>에 尊卑體의 불일치가 보인다.
그것은 난양공주가 정소저의 淑德을 시험하기 위해 평민의 신분으로
출궁하였다가 정소저와 함께 입궁하기 직전에 전개되는 난양공주와
정소저와의 대화에 나타나 있다.

공쥬 정소져다려 일러 갈ㅇ디 져져는 여긔 잠간 머므르라 (新飜
下, 33쪽)
公主謂鄭小姐曰 姐姐少留於此 (계해본)

공쥬 글ㅇ디 틱후 랑랑이 임의 하교ㅎ사 쇼민로 ㅎ야곰 연을 갓치
타라 ㅎ시민 스의 극히 정즁ㅎ시니 져져는 구지 스양 말으쇼셔 (新飜
下, 34쪽)
公主曰 太后娘娘 已有詔命 使小妹與姐姐同車 而辭意極其懇至 姐
姐勿固讓也 (계해본)

위 예문의 방점 부분 '머므르라', '스양 말으쇼셔'에서와 같이 尊卑體
가 엇갈려 있다. 그러나 한문본을 보면, '姐姐'와 '小妹'로 된 것으로
보아 역자는 응당 尊體로 처리했어야 할 것이다. 이와 같은 尊卑體의
불일치는 여타 국문본에서도 흔히 볼 수 있다.

---

126) 노존본에는 '多畜姬妾 不害於丈夫風度'로 된 것이 을사본과 계해본에는 예문에서와
같이 誤刻되었다.

3)

다음은 <신번구운몽>에 나타나 있는 산략·누결에 대해 살펴보자. 이 이본은 逐字 역본으로, 여타 국문본에 비해 산략·누결이 거의 없 다시피 완역을 이루어 놓았지만 몇 군데 산략·누결된 장면이 보인다.

    텬지 명ᄒ야 안지라 ᄒ시고 력디제왕의 치란흥망을 의론ᄒ시니 샹 셰 무르시ᄂ 말ᄉᆞᆷ을 ᄯᆞ라 낫낫히 아뢰미 조리 명빅ᄒ고 언시 유수 갓 거날 샹이 깃거온 빗을 쯰시고 갈오시디 경을 시험ᄒ야 고금문장을 의 론ᄒ야 우ᄒ로 뎨왕의 뉘 뎨일이며 아리로 신하의 뉘 뎨일임을 평론ᄒ 라 ᄒ신디 샹셰 고금문장을 론란ᄒ다가 리티빅의 글은 텬하에 디젹이 업더이다 ᄒ거날 샹이 갈오ᄉ디 경의 말이 실노 짐의 뜻에 맛ᄂ도다 (新飜 上, 98쪽)

    天子賜座 仍論歷代帝王治亂興亡 尙書出入古今敷奏明愷 天顔動 色 又問曰 組繪詩句 雖非帝王之要務 惟我祖宗等 嘗留心於此 詩文 或傳播於天下 至今稱誦 卿試爲我論聖帝明王之文章 評文人墨客之 詩篇 勿憚勿諱 定其優劣 上而帝王之作 誰爲雄也 下而臣隣之詩 誰 爲最也 尙書伏而對曰 君臣唱和 自大堯帝舜而始 不可尙已無容議爲 漢高祖大風之歌 魏太祖月明星稀之句 爲帝王詩詞之宗 西京之李陵鄴 都之曹子建 南朝之陶淵明謝靈運二人 最其表著者也 自古文章之盛 毋如國朝者 國朝人才之蔚興 無過於開元天寶之間 帝王文章玄宗皇帝 爲千古之首 詩人之李太白 無敵於天下矣 上曰 卿言實合於朕意矣 (계해본)

    디새 갈ᄋ디 좃타 좃타 너의 등 팔인이여 지셩이 이에 이르니 엇지 감동치 아니리오 ᄒ고 드듸여 자리에 잇그러 올니고 경문을 외이며 진 언 네 귀롤 외이니 셩진과 여덟 승이 다 본셩을 ᄭᆡ다라 불가의 도롤

엇거날 (新飜 下 137쪽)

　大師曰 善哉善哉 汝等八人也 至誠如此 寧不感動 遂引上法座 講

說經文 其經有白毫光射世界 天花下如亂兩等語 說法將畢 及誦四句

之偈 性眞及八尼姑 皆頓悟本性 大得寂寞之道 (계해본)

위의 한문본 방점 부분이 <신번구운몽>에는 번잡을 덜기 위해 산
략되었지만 문맥의 앞뒤 관계는 잘 연결되며, 여타 국문본에서와 같이
무리한 산략에서 오는 컨텍스트의 不備는 엿보이지 않는다.

반면에 원문에다 덧붙여서 번역한 예도 곳곳에서 산견된다.

　이쩌 유씨 부인이 셔울 란니 소문을 듯고 아달이 병화의 죽을가 염
녀ᄒ야 주야로 하날을 부르고 졍셩을 드려 츅슈ᄒ야 안식이 초최ᄒ
고 신쳬가 파리ᄒ야 능히 오리 부지치 못홀 듯ᄒ더니 그 아달이 오
ᄂ 것을 보고 셔로 붓들고 통곡ᄒ야 죽엇든 스ᄅᆷ을 다시 만나봄과 갓
치 깃거ᄒ더라 (新飜 上, 26쪽)

　此時柳氏聞京都禍亂之報 恐兒子死於兵火 日夜呼天 幾不得自保
矣 及見少游相持痛哭 若遇泉下之人 (계해본)

　텬지 크게 깃거ᄒᄉ 그 근로를 위로ᄒ시고 그 공젹을 포장ᄒᄉ 장
ᄎᆺ 후를 봉ᄒ야 그 공을 갑고자 ᄒ시니 한림이 크게 놀나 셤돌 아리
에 머리를 조ᄒ며 힘써 ᄉ양ᄒᄆᆡ 샹이 더욱 그 ᄯ을 가샹이 넉이
ᄉ…… (新飜 上, 95쪽)

　上大悅 慰其勤勞 褒其勳庸 將議封侯 以答其功 因翰林力辭 寢其
議 (계해본)

위 예문 중 <신번구운몽>의 방점 부분은 역자의 加算이다.

4)

다음으로는 <신번구운몽>과 한문본을 비교하여, 내용상의 차이점을 살펴보기로 하자. 물론 이 이본이 가장 원문에 가까운 번역본이기는 하지만, 원문과의 출입이 있는 것이 두 곳에 나타나 있다. 첫째, 華陰縣에서 양소유와 진채봉을 위해 乳娘이 연락하는 장면에

> 유모 응락ᄒᆞ고 도라와 소져의게 고ᄒᆞ여 갈오디 양랑이 화산과 위슈로 밍셔ᄒᆞ야 쏫다온 인연을 원졍ᄒᆞ고 쏘 소져의 글을 극히 칭찬ᄒᆞ며 인ᄒᆞ여 글을 지어 화답ᄒᆞ더라고 양싱의 글을 드리거날 소졔 그 말을 듯고 글을 보더니 쏫 갓흔 얼골에 깃분 빗치 가득ᄒᆞᄂᆞᆫ지라 유뫼 쏘 고ᄒᆞ야 갈오디 양랑이 오날 밤에 조용이 맛나 글을 셔로 화답홈이 엇더ᄒᆞᆫ지 품ᄒᆞ야 달나 ᄒᆞ더이다 소졔 우셔 갈오디 남녀가 아즉 ᄒᆡᆼ례ᄒᆞ기 젼에 ᄉᆞᄉᆞ로이 상졉홈이 례졀에 어긜 듯ᄒᆞ나 니 몸을 그 사롭에게 밋겨 의탁ᄒᆞ랴 ᄒᆞ니 그 말을 엇지 어긔리오 그러나 밤중에 셔로 모도이면 남의 말도 무셥고 쏘 부친이 아르시면 필연 즁칙ᄒᆞ시리니 밝는 날을 기다려 디쳥에 모혀 셔로 언약홈이 가ᄒᆞ니 유모는 다시 가셔 이 말을 젼ᄒᆞ라 유뫼 즉시 긱관에 가셔 양싱을 보고 소져의 말을 ᄌᆞ셔히 고ᄒᆞ니 양싱이 탄식ᄒᆞ여 갈오디 소져의 명민ᄒᆞ신 마음과 졍더ᄒᆞ신 말숨은 너가 ᄯᆞ르지 못ᄒᆞ깃다 ᄒᆞ고 유모의게 신신 부탁ᄒᆞ여 틀님업시 ᄒᆞ라 ᄒᆞᆫ디 유모 응락ᄒᆞ고 가더라 (新飜 上, 20~21쪽)
>
> 乳娘去卽還來曰 小姐奉賢郎和詩 十分感激 且備傳郎君之意 則小姐曰 男女未及行禮 私與相見 極知其非禮 然方欲托身於其人 而何可有違於其言乎 且中夜相會 人言可畏 異日父親知之 則必有厚責 欲待明日 相會於中堂 相與約定云矣 楊生嗟歎曰 小姐明敏之見 正大之言 非小生所及也 對乳娘再三勤囑 毋令失期 乳娘唯唯而去 (계해본)

위 예문에서 <신번구운몽>은 한문본의 내용을 훨씬 확대하여 부연
해 놓고 있다. 한문본은 乳娘과 양생과의 대화로 되어 있을 뿐인데,
<신번구운몽>은 乳娘과 진채봉, 다시 乳娘과 양생의 대화 등 이중으
로 풀이되고 있고, <신번구운몽>의 방점 부분은 원문에도 없는 내용
이다. 다시 말하면 한문본의 '乳娘去卽還來曰'로 시작되는 그 기나긴
대화를 진채봉의 말로 만들어 간접적으로 전달하는 것에 대해 역자는
지루한 감을 느낄 것이다. 따라서 역자가 이를 乳娘과 진소저, 그리고
乳娘과 양생의 이중 다이얼로그로 푼 것은, 확실히 소설적 효과를 노
리기 위해 역자에 의해 균형 있게 이루어진 것이라고 할 수 있다.

또 양생이 天津樓 詩會에 참석하는 장면 역시 <신번구운몽>과 한
문본 사이에 출입이 있다.

성이 드르미 취흥이 도도ᄒ고 호긔가 등등ᄒ야 이에 루를 당ᄒ야
나귀를 나려 곳 루 안으로 드러가니 소년 셔싱 십여 인이 미인 슈십
명을 다리고 비단포진우에 셕겨 안져 빈반이 낭ᄌ고 고담쥰론으로
셔로 ᄌ랑을 ᄒ는디 의관이 션명ᄒ고 의긔가 양양ᄒ더라 양싱이 좌즁
에 말ᄒ야 갈오디 싱은 하향 션비로 과거 보라 가는 길에 이곳을
지나다가 풍류소리 귀에 들니거날 졈은 마음에 그져 지니기 어렵
기로 슈괴홈을 헤아리지 아니ᄒ고 쳥치 아닌 손이 스스로 왓ᄉ오
니 바라건디 졔공은 용셔ᄒ소셔 졔싱이 양싱의 용뫼 수려ᄒ고 신치
쇄락ᄒ며 언어가 온화홈을 보고 일체히 일어나 마ᄌ 읍ᄒ고 ᄌ리를
난화 버러 안져 각각 셩명을 통ᄒ 후에 좌즁에 두싱이라 ᄒ는 ᄌ 잇셔
갈오디 양형이 진실노 과거 보러 가는 션비이면 비록 쳥치 안인 손이
라도 오날 노리의 춤예홈이 무방ᄒ고 또 이러ᄒ 귀긱이 우연이 모도
엿스니 홍치 비승ᄒ지라 무슴 붓그림이 잇스리오 (新飜 上, 28~29쪽)

生聞之 已覺醉興翩翩 豪氣騰騰 於是當樓下驢 直入樓中 年少書生
十餘人 與美人數十 雜坐於錦筵之上 騁高談浮大白 衣冠鮮明 意氣軒
輕 諸生見楊生容顔秀美 符彩酒落 齊起迎揖 分席列坐 各通姓名後
上座有盧生者 先問曰 吾見楊兄行色 所謂槐花黃舉子忙者也 生曰誠
如兄言矣 又有杜生者曰 楊兄苟是赴擧之儒 則雖云不速之賓 參於今
日之會 亦不妨也 (계해본)

위 두 예문의 방점 부분은 서로 누결된 부분이다. 즉, <신번구운몽>
의 방점 부분인 '양싱이 좌중에 말ᄒᆞ야 갈오디…' 이하는 순전히 역자
가 삽입한 것이고, 그 대신 한문본의 방점 부분인 양생과 盧生과의 대
화는 그 번역에서 제거된 것이지만, 아무런 무리 없이 스토리가 연결
된다.

5)

다음은 <신번구운몽>과 유일서관본의 관계를 살펴보자. 앞에서도
언급한 바 있지만, 아직까지 <구운몽> 활판본의 효시 역할을 하던 유
일서관본은 <신번구운몽>을 母本으로 하여 출간된 것이다. 그것은
유일서관본의 자자구구가 거의 <신번구운몽>과 같을 뿐 아니라, 한문
본이 텍스트가 되어 <신번구운몽>에 添譯된 듯한 부분이 유일서관본
에도 출현하고, 또한 誤字·誤句까지도 再寫된 예가 있다는 점에서 알
수 있다.

① 진나라 ᄶᅥ에 션녀 위부인이 션도를 엇고 상뎨의 명을 바다 션동
옥녀를 거나리고 이 산에 와 잇스니 이 이른바 남악위부인이라 예로

붓터 령이흔 ᄌ최와 긔이흔 일은 가히 다 긔록지 못ᄒ깃더라 (新飜 上, 2쪽)

진나라 ᄢ에 션녀 위부인이 션도를 엇고 상뎨의 명을 밧아 션동옥 녀를 거나리고 이 산에 와 직히니 이른바 남악부인이라 녜로브터 그 령험흠은 이로 다 긔록지 못ᄒ나라 (유일서관본)

② 이ᄶ 류부인이 셔울 란니 소문을 듯고 아달이 병화의 죽을가 염 녀ᄒ야 주야로 하날을 부르고 졍셩을 드려 츅슈ᄒ야 안식이 초최ᄒ 고 신쳬가 파리ᄒ야 능히 오리 부지치 못ᄒ 듯ᄒ더니 그 아달이 오 는 것을 보고 셔로 붓들고 통곡ᄒ야 죽엇든 스룸을 다시 만나봄과 갓 치 깃거ᄒ더라 (新飜 上, 26쪽)

이때 유씨 부인이 셔울 란리 소문을 듯고 아자가 병화에 죽을가 넘 녀ᄒ야 쥬야로 ᄒ날을 부르고 졍셩을 드려 츅슈ᄒ야 안식이 초최ᄒ 고 신톄가 파리ᄒ야 능히 오리 부지치 못ᄒᆯ 뜻ᄒ더니 그 아달이 오 는 것을 보고 셔로 붓들고 통곡ᄒ야 죽엇던 스람이 다시 술아 만는 듯 이 깃버ᄒ더라 (유일서관본)

此時柳氏聞京都禍亂之報 恐兒子死於兵火 日夜呼天 幾不得自保 矣 及見少游 相持痛哭 若遇泉下之人 (계해본)

③ 이졔 텬ᄌ게오셔 진무ᄒ시고 죠뎡이 쳥졍ᄒ야 (新飜 下, 83쪽) 텬ᄌ끠셔 진무ᄒ시고 조뎡이 쳥졍ᄒ야 (유일서관본) 今天子神武 朝政淸明 (계해본)

위에 든 예 ①에서 우리는 <신번구운몽>과 유일서관본이 자자구구 가 서로 일치하고 있음을 볼 수 있다. 다만 <신번구운몽>의 ○표는 유일서관본에 누결되어 있는 부분으로서, 유일서관본이 전체적으로

<신번구운몽>에 비해 스토리가 축소되어 있다. △표는 양자 서로 출입되는 어구인데, <신번구운몽>의 '이 이른바'는 유일서관본에 '이른바'로, '남악위부인'은 '남악부인'으로, '가히 다'는 '이로 다'로 되어 있다. 말하자면 <신번구운몽>의 古文體가 유일서관본에는 현대문체로 다듬어진 것을 엿볼 수 있다. 이것은 유일서관본이 <신번구운몽>의 후기본으로, 시대에 부합하기 위해서일 것이다. 예 ②에서 <신번구운몽>의 방점 부분은 한문본에 비해 潤添된 부분인데, 이것이 유일서관본에 그대로 再寫되어 있다. 예 ③에서 <신번구운몽>의 '진무'와 '청정'은 한문본의 '神武'와 '淸明'의 誤音인데, 이것도 그대로 유일서관본에 再寫되어 있다. 이로써 우리는 유일서관본이 <신번구운몽>을 母本으로 하여 이루어진 것임을 확적하게 알 수 있다.

6)

지금까지 살펴본 바와 같이 <신번구운몽>은 계해본의 역본으로, 여타 국문본에 비해 가장 원본에 충실하여 옮겨졌으므로 가장 많은 분량을 갖고 있는 유일한 국문본이다. 그러나 너무 원문에 충실했던 나머지, 直音・逐字譯으로 인해 문체상 韓國文의 묘미가 결여되었다. 그렇지만 이 이본이 여타 국문본에 비해 더러 산략과 誤句가 산견된다 하더라도 20세기 초엽에 가장 많은 독자를 가졌던 최초의 국문 활판본으로서, 이후 출판계에 유행한 박문본・영창본・회동본・덕흥본 등의 一字一句도 다르지 않게 재판된 유일서관본의 母本이 된 것은, <구운몽> 이본 중 <신번구운몽>이 가지고 있는 가장 큰 의의가 아닌가 한다.

6. 원작에 대하여

1)

　<구운몽>의 원작에 대해서는 오늘날 모든 韓國文學史·論 및 韓國 小說史·論에도 한결같이 국문본설을 추종하고 있다. 그러나 <구운 몽>의 원작이 국문으로 저작되었다는 定說은 뚜렷한 문헌상의 考據 를 통해 이루어진 것은 아니다. 이에 필자는 약 10여 년 전에 「구운몽 이본고」(『아세아연구』 8·9집)를 엮고 나서, 그 결론에서 <구운몽>의 원작은 국문으로 씌어졌다기보다는 한문으로 저작되었으리라는 추정 을 한 바 있다.127)

　이와 같은 추론을 내리게 된 그 중요한 이유는 첫째, <구운몽>의 약 15종의 이본 가운데 국문본이 10종이나 되는데, 이들이 모두 각기 지니고 있는 특색은 있지만 내용과 문체 비교를 자세히 해보면, 이 모 든 것이 한문본의 번역에서 유래하였다는 공통성을 갖고 있다는 점 때 문이다. 또한 서포가 썼으리라는 원작 국문본 <구운몽>이 현존치 않 고 있다는 것도 하나의 이유이다. 둘째, 서포가 쓴 소설 가운데 <남정 기>와 <구운몽>이 현존하는데, 그 중 <남정기>는 국문으로 썼다는 뚜렷한 기록이 있으나, <구운몽>에 대하여는 국문으로 썼다는 확증할 만한 기록이 없다는 것, 뿐만 아니라 그들이 엮어진 구성 면에서 보아 도 <남정기>는 한국 국문소설의 전통을 이어받았지만, <구운몽>은 그 체재가 중국소설의 장회체로 이루어진 것을 알 수 있다.

　필자의 이 견해에 대해 국내에서는 별반 반응이 없었으나 일본인

---

127) 정규복, 『아세아연구』 9호, 고대 아세아연구소, 159쪽.

大谷森繁 씨는「운영전 연구」[128])에서 이에 동의해 왔고, 성공회 신부 Richard Rutt 씨는「등한시되는 漢文韓文學」(*Old Korean Literature in Chinese Neglected*)[129])이란 논제로 <구운몽>이 본래 한문으로 쓰였으리라는 필자의 견해를 따르는 의견을 피력하였다.

　그러면, <구운몽>의 원작이 한문으로 창작되었으리라는 필자의 지난날의 추정에서 한걸음 더 나아가, <구운몽>의 원작이야말로 한문으로 쓰어진 한문소설이라는 명제를 내세워, 이를 논증하고자 한다. 그 방법으로 문헌학적 및 서지학적인 고증을 하는 한편, <구운몽>의 구조적인 면과 <구운몽>의 저작 동기 및 이를 둘러싼 서포 문중 설화를 중심으로 고찰하고자 한다.

2)

　우선 문헌학적인 면에서 살펴보기로 하자. <구운몽>의 원작이 국문소설이라는 데 대해서는 앞에서 말한 바와 같이 뚜렷한 전거가 없다. 그러나 <구운몽>이 국문소설이라는 것을 최초로 주장한 이는 김태준으로, 지극히 최근의 일이다. 김태준은 그의『조선소설사』에서,

　　西浦의 한글로 지은 南征記는 金春澤이가 일부러 手苦스럽게 漢字로 飜譯하였다. 이로 보면 西浦는 國文小說家이었던 것이 分明하고 九雲夢과 南征記는 西浦의 原作인 正音本과 春澤의 漢譯한 漢文本과의 두 種類가 이적부터 생겼다.[130])

---

128)　大谷森繁,『조선학보』37 · 38집, 일본 천리대 조선학회, 390쪽.

129)　"Ku-unmong was almost certainly originally written in Chinese." *Korea Journal* Vol.10, No.1., January 1970, 8쪽.

라고 언급한 바와 같이, <남정기>의 국문 원본설을 이야기하는 가운데 <구운몽>의 원작도 국문본임을 내세우고, 한문본은 김춘택의 漢譯인 것으로 못을 박아 놓았다. 이후 <구운몽>은 국문소설이라는 주장이 아무런 비판 없이 답습되었을 뿐 아니라, 서포의 탁월한 국문창작론과 더불어 더욱 굳혀져 오늘날에는 定說로 깊이 뿌리박혀 있다.

그러면 김태준은 왜 <구운몽>의 국문 원작설과 김춘택의 한역설을 제창하였을까. 이는 <구운몽>에 대한 문헌에 근거한 것이 아니라, 서포의 한 작품인 <남정기>의 국문 원본설과 김춘택의 한역설이 뚜렷한 기록으로 남아있다는 사실과 서포의 탁월한 국문창작론이 함께 작용하여, 김태준이 <구운몽>의 국문 원본설과 김춘택의 한역설을 제창하게 된 것이 아닌가 한다.

그러나 <남정기>의 국문본 원작설에 대하여는 김춘택이 그의 『北軒集』에

> 西浦頗多以俗言爲小說 其中所謂南征記者 有非等閑之比 余故飜以文字 而其引辭曰 言語文字以敎人自六經 然而聖人旣遠 作者間出 小醇多疵 至稗官小說 非荒誕則浮靡 其可以敦民彝世敎者 唯南征記乎.[131]

라고 언급된 바와 같이, 서포가 俗言(국문)으로 소설을 파다하게 지었는데 그 가운데 <남정기>는 등한시할 바가 아니기 때문에 윤리의식에서 일부러 한문으로 번역하였다고 한 것으로 봐서, <남정기>의 국문 원작설과 김춘택의 한역설은 부정할 수가 없는 사실이다.

---

130) 김태준, 『증보 조선소설사』, 학예사, 111쪽.
131) 『北軒集』 권16, 「囚海錄」.

그렇지만 <구운몽>의 경우에는, 앞에서 말한 바와 같이, 원작이 국문으로 되었다고 확증을 내릴 만한 기록이 아직껏 나타나지 않고 있다. 김춘택은 서포의 종손으로 서포에게서 직접 글을 배웠고, 그 인격에도 많은 영향을 받았다. 때문에 김춘택은 서포를 기리기 위하여 따로『西浦遺事別錄』을 제작하기까지 하였다. 김춘택은『서포유사별록』에서 <남정기>에 대하여 많은 언급을 하였다. 위에 제시한 바와 같이 <남정기>가 등한시할 바가 못 되어 한문으로 구차스럽게 번역했다고 하였으며, 사씨의 현덕을 미쁘게 여겨 謫居無事를 틈타 국문본 <남정기>의 增刪을 자유로이 하여 한역해 놓은 경위에 대해서도 김춘택 자신이 직접 언급하고 있는 것이다.132) 이와 같이 김춘택이 <남정기>에 대하여 자상하게 언급하면서도 대작 <구운몽>에 대하여는 일언반구도 언급하지 않고 있는 것은, 결국 <구운몽>의 한문본이 김춘택의 한역이 아님을 雄辨으로 입증해 주는 것이 아닐까 한다. 그러므로 <구운몽>의 한문본이 김춘택의 한역 운운한 김태준의 말은 아무런 전거가 없다.

김태준이 <구운몽> 원작의 국문본설을 내세운 또 다른 이유는, 앞에서 말한 바와 같이 서포가 위대한 국민문학 제창론자였다는 데 있다. 서포는 송강의 가사를 논평하는 가운데 이를 동방의 離騷라고까지 극찬하고 나서, 당시 사대부들이 제 나라 말을 버리고 타국의 말을 배워 시문을 제작하여 비록 십분 유사하지만 이는 다만 앵무새의 지껄임과

---

132) 會謫居無事 以文字飜出一通 又不自揆整刪而釐之 然先生特以其性 情思致之妙 而有是書 故於諺之中 猶見詞采 今愚所飜 反有不及焉 昔太史公 作屈原詩 歐陽子叙王氏婦事 其文與兩人節義爭高 愚誠美之 而自無以稱 謝氏之賢然 庶幾仰述先生所爲 作書教人 其意非偶然者 是愚之志也 賢者恕焉.『북헌집』권16,「囚海錄」.

같아서, 오히려 여항의 나무꾼이나 물 긷는 부인들이 서로 주고받는
말이 비록 鄙俚하다 하지만 그 참값에 있어서는 사대부의 詩賦와 함
께 논할 수 없다는 탁견을 내세운 바 있다. 즉,

> 松江關東別曲 前後思美人歌 乃我東之離騷 而惜其不可以文字寫
> 之 惟樂人輩以口相授 或傳以國書而已 人有以七言詩飜關東曲 而不
> 能佳 或謂澤堂少時作非也 鳩摩羅什有言曰 天竺俗最尙文 其讚佛之
> 詞 極其華美 今譯以秦言 只得其意 不得其辭 理固然矣 人心之發於
> 口者爲言 言之有節奏者爲歌詩文賦 四方之言 雖不同 苟有能言者 各
> 因其言而節奏 則皆足以動天地通鬼神 不獨中華也 今我國詩人 捨其
> 言 而學他國之言 假令十分相似 只是鸚鵡之人言 而閭巷間樵童汲婦
> 咿啞而相和者 雖曰鄙俚 若於眞贋 則固不可與學士大夫 所謂詩賦者
> 同日而論 況此三別曲者 有天機之自然 而無夷俗之鄙俚 自古左海眞
> 文章 只此三篇 然又就三篇而論之 則後美人尤高 關東前美人 猶借文
> 字語 以飾其色耳[133]

이것은 당시 사대부들이 문학 활동에 있어서 한문학의 굴레에 꽁꽁
묶여 있는 것을 생각할 때, 확실히 한 획을 그어놓은 혁명적인 발언이
아닐 수 없다. 그러나 위 인용문을 잘 읽어 보면, 송강의 가사를 '東邦
의 離騷', 혹은 '左海의 眞文章'이라고까지 극찬하면서도 때로는 '惜其
不可以文字寫之' 혹은 '無夷俗之鄙俚'란 말을 간간 쓴 것을 보면, 서포
도 위와 같은 탁월한 국민문학 창작론을 제창하면서도 당대 한문학의
사대적 굴레를 완전히 벗어나지 못한 것을 알 수 있다.

그러면 위와 같은 국민문학 창작론을 가지고 <구운몽>의 국문창작

---

133) 『西浦漫筆』 下, 문림사, 81쪽.

설을 단정할 수 있을까. 만일 이를 그대로 받아들인다면, 순한문으로 씌어진 현존하는 서포의 『西浦漫筆』이나 『西浦文集』에 있는 수많은 漢詩文과는 어떻게 부합될 수 있을까. 이것도 김춘택 혹은 후인의 한역이라고 굳이 고집할 수는 없다고 본다. 또한 서포가 그의 모부인 윤씨를 기리기 위하여 쓴 「先妣貞敬夫人行狀」도 한문본과 국문본이 현존하여 항간에는 서포가 직접 한문본·국문본 두 가지를 썼다는 말이 돌아다니나, 필자가 조사한 바로는 국문본 「先妣貞敬夫人行狀」 역시 한문본에서 국역된 것이 틀림없다. 말하자면, 서포의 국민문학 창작론은 실천을 전제로 한 현실론이라기보다 일종의 암시적인 이상론으로 받아들여야 할 것이다. 이는 서포 당대에 시조와 가사가 성행하던 때에, 漢詩文 외에는 서포가 지은 시조나 가사 한 수도 전하지 않은 데서도 알 수 있다.

<구운몽> 원작의 국문본설을 내세우게 된 또 다른 이유는 서포가 국문으로 소설을 많이 썼다는 것이다. 즉, 『북헌집』을 보면, '西浦頗多以俗言爲小說'(하략)134)이란 기록이 있어 서포가 파다하게 국문으로 소설을 지었다는 말이 되겠는데, <구운몽> 원작 국문본설을 내세우는 결정적인 증거는 되지 못한다고 본다. 위 인용문대로 서포가 파다하게 국문으로 지었다는 것은, 한편으로 한문으로 소설을 쓴 것도 있다는 逆理가 성립될 수 있기 때문이다.

이와 같이 서포가 <구운몽>을 국문으로 썼다는 국문 원작설은 뚜렷한 전거에 의해 이루어진 것은 아니다.

그런데 이재수 교수는 필자의 <구운몽> 원작의 한문본 추정설에

---

134) 『북헌집』 권16, 「囚海錄」.

대하여 최근 이를 부정하여 다시 국문본설을 내세우고 있다.135) 필자가
<구운몽> 원작 국문본설을 부정하려 든 것은 현존하는 <구운몽> 이본
을 가지고 문헌적으로 고찰한 것에 불과하다고 하고 나서, 필자의 <구
운몽> 원작 한문본 추정설을 전적으로 부정하고 있다. 논증의 편의를
위해 이교수의 논지를 다음 4개 항목으로 나누어 비판할까 한다.

첫째, 서포는 일찍이 탁월한 국민문학 창작론을 제창하였을 뿐 아니
라, 북헌 김춘택에 의하면 서포는 많은 국문소설을 지었다는 것이다.
서포의 탁월한 국민문학 창작론에 대하여는 그것이 <구운몽> 원작
국문본설을 내세우는 결정적 증거가 못 된다는 것은, 필자가 이미 김
태준의 <구운몽> 원작 국문본설을 반론하는 데서 언급했으므로 그
논박을 생략하겠다. 서포의 많은 국문소설 창작설 '西浦頗多以俗言爲
小說'에 대하여도 앞에서 이미 逆理로 논증하였기 때문에 이에 대하여
도 사족을 피하겠다.

둘째, 소설의 대중적 가치를 인정한 서포는 부녀자들을 위하여 국문
으로 <남정기>를 지었다는 것이다. <남정기>가 여항 부녀자들을 위
해 저작되었다는 것136)은 김춘택의 언급으로 보아 뚜렷한 사실이지만,
<구운몽>에 대하여는 부녀자들을 위해 저작되었다는 기록이 없는 이
상, 이는 별반 문제가 되지 않으리라고 본다. 오히려 <구운몽>은 佛家
的 空思想이 짙게 반영된 소설로, 그 독자는 부녀자들보다도 사대부들
이 더 많았을 가능성이 짙다.

셋째, 서포가 古談稗說을 좋아하는 모부인을 위해 <구운몽>을 지

---

135) 이재수, 「구운몽고」, 『한국소설연구』, 선명문화사, 1970, 244쪽.
136) 先生之作文以諺 盖欲使閭巷婦女 皆得以諷誦感觀 固亦非偶然者. 『북헌집』 권16,
「囚海錄」

은 것이라면, 모부인이 비록 한문에 능하였다 하더라도 소설을 읽을 때 한문보다도 국문이 더욱 자연스럽다는 것이다. 그러나 필자의 생각으로는 서포의 모부인 윤씨가 만기·만중 형제에게 직접 小學·史略·唐詩 類를 가르친 것이 뚜렷한 이상,137) 윤씨는 보통 배운 한문이 아니라 고등 한문의 실력자이며, <구운몽>의 구조를 보아 <구운몽>이 모부인 윤씨에게 바치기 위해 저작된 것이 사실이라면, <구운몽>은 역으로 국문보다도 한문으로 표기하는 것이 더욱 자연스럽다는 것이다. 이에 대한 구체적인 언급은 뒤로 미루겠다.

넷째, 陶庵 李縡(1680~1746)에 의하면,

> 稗史有九雲夢者……其書盛行閨閤間 余兒時慣聞其說 『三官記』

이라 하여 <구운몽>이 그 당시에 부녀들 사이에서 성행한 것은 원래 <구운몽>이 국문으로 되었다는 것과, 도암이 어렸을 때에 <구운몽> 이야기를 익히 들었다는 것 등을 가지고 볼 때, <구운몽>의 원작은 국문본임이 틀림없다는 것이다. 이에 대하여 우선 <구운몽>이 閨閤間에 유행된 것으로 <구운몽>의 원작을 국문본으로 보는 것은 매우 일리가 있는 듯하다. 그러나 도암의 활동 연대가 주로 영조조임을 감안할 때, '盛行閨閤間'은 <구운몽>이 저작된 지 약 반세기 전후이며, 이를 보나 당시 번역 사정으로 보나 또한 근자에 발견된 한문목각본 을사본(영조 1년판)을 보나, 이미 <구운몽>의 국역본이 충분히 나올 가능성이 짙은 것으로 본다면, '盛行閨閤間'을 가지고 <구운몽>의

---

137) 不肖兄弟 幼學無外傅 如小學史略唐詩之屬 大夫人自教之. 『서포집』, 통문관, 1971, 360쪽.

원작을 국문본으로 단정하는 데는 무리가 있다. 그리고 도암이 어렸을 때 <구운몽> 이야기를 익히 들었다는 소위 '余兒時慣聞其說'을 가지고 <구운몽>의 원작을 국문본으로 단정하는 것도 허점이 있다. 즉 도암이 어렸을 때에 <구운몽>을 읽었다면, 이로 <구운몽> 원작을 국문본으로 볼 만한 가능성이 있지만 '慣聞其說'에서와 같이 <구운몽> 이야기를 듣는 것은 한문본도 가능한 것이다. 그러므로 이 부분에 대한 기록을 가지고 <구운몽> 원작을 국문본으로 확정하는 것은 역시 허점과 무리가 개재되어 있는 것이다.

이상과 같이, 필자의 <구운몽> 원작 한문본 추정설에 대한 이재수 교수의 반론도 허점과 무리가 있는 이상, 이는 별반 문제가 되지 않으리라고 본다. <구운몽>의 원작이 국문본이라는 오늘날의 통설은 문헌학적인 견지에서 볼 때, 뚜렷한 전거가 아직껏 전무하다. 그렇다고 해서 <구운몽>의 원작이 역으로 한문본이라는 설도 성립될 수 없음은 물론이다. 다만 필자는 이상의 문헌학적인 논증을 통하여 김태준이 <구운몽> 원작을 국문본으로 단정한 이래, 그것이 오늘날 통설로 귀착된 것은 뚜렷한 고거나 전거가 없다는 것을 논했을 뿐이다.

3)

다음은 <구운몽>의 서지학적인 면에서 살펴보기로 한다. 필자가 위 「이본고」에서 밝힌 <구운몽>의 이본 수는 모두 15종이다. 즉, 한문목각본(1803, 계해년, 6권 3책)을 비롯하여 한문언토본(1916년 10월 20일, 6권 3책) 등 한문본 2종과 국문목판본으로는 경판본(單冊)·완판본(2권 2책, 1862) 등 2종, 국문활판본으로는 유일서관본(1913년 7월,

유일서관), 국문필사본으로는 서울대학본(4권 4책), 이화대학본(10권 10책, 1907년 필사), 구왕실본(4권 4책), 이가원본(單冊), 이재수본(2권 2책), 강윤호본(3권 3책, 1885년 필사), 정규복본(3권 3책, 1846년 필사) 등 7종, 그리고 外譯本으로는 영역본(1922년 刊 London by James S. Gale), 原文對譯本(1916년 조선연구회), 日譯本(조선통속문고) 등 도합 15종이 있다. 위에 든 국문목판본·활판본·필사본 및 外譯本 등을 한문목각본과 그 문체를 자세히 비교해 보면, 한문목각본의 번역에서 이루어졌다는 공통점을 찾을 수 있다. 특히 국문목판본·활판본·필사본 등 10종을 한문목각본과 문체 비교를 해 본 결과, 이들이 한문목각본의 내용의 테두리 안에서 산략·축역·오역으로 빚어지는 문맥의 不備함이 여실하게 드러나 있다. 이로 보면 제 국문본의 藍本이 한문목각본임은 틀림없는 사실이다. 만일 <구운몽> 원작이 국문본이었다면, 그 원작은 인멸되었다 하더라도 그 원작 계열의 국문본이 전해 내려올 터인데, <구운몽> 한문본의 異系에 속할 만한 원작 계열의 국문본이 아직껏 출현치 않고 있으려니와 출현할 가능성도 없다. 이런 점에서, 필자는 위의 「이본고」에서 <구운몽>이 지니고 있는 중국소설적 구조로 보아 이후 <구운몽>의 국문본이 출현한다 하더라도 한문목각본의 테두리를 벗어날 수 없는, 말하자면 그것은 국역본 혹은 국역본의 계열이 될 것을 예측한 바 있다.

이후, 필자는 4종의 <구운몽> 국문본을 구할 수 있었고, 또 이재수 교수 소장 국문본 2종, 그리고 이가원 교수 소장 국문본 2종을 구해 이들을 모두 한문목각본과 비교해 보았으나 모두가 국역본 계열인 데에 적이 실망하였다. 또한 필자는 활판본으로는 위의 「이본고」에서 논급된 유일서관본(1913년 7월)보다 그 출간 연도가 4개월이나 앞서는

東文舘本(1913년 3월, 상권 필자 소장, 하권 김근수 소장)을 구할 수 있었으나, 거기에는 떳떳이 '新飜九雲夢'으로 되어 있어 더욱 실망하였다.

이와 같이 한문목각본 계해본이 <구운몽>의 국문본을 비롯한 外譯本 등 모든 이본의 藍本이 되면서도 단 하나의 결함을 갖고 있다면, 바로 서울대학본에 있는 성진의 '大覺' 장면이 누결된 데 있다. 그러나 성진의 '대각' 장면은 <구운몽> 작품의 불가적 空사상을 기조로 하는 환몽적 구조에 있어서 필요 불가결의 요소임은 말할 나위가 없다. 그런 점에서 종래에 국문본 가운데 유독 서울대학본을 한문본의 異系로 잡는 경향이 있었다.138) 그러나 필자는 앞에서 언급한 바와 같이 성진의 '대각' 장면이 <구운몽>의 구조에 있어서 필요 불가결하다는 것과 서울대학본의 '대각' 장면이 순연한 국역체임을 감안하여, 한문목각본 계해본의 적당한 대본이나 한문 필사본이 앞으로 출현한다면 거기에는 틀림없이 '대각' 장면이 있으리라는 것을 예측한 바 있다. 다행하게도 몇 해 전에 한문목각본 계해본의 대본이 된 을사본이 출현하였는데, 거기에는 필자의 예측대로 '대각' 장면이 고스란히 보존되어 있음을 보고 새삼 놀랐다.139) 더구나 <구운몽> 을사본은 영조 원년(1725)에 판각된 목각본으로, <구운몽> 목각본 계해본의 母板이 된 것이며, 현존한 <구운몽> 이본 가운데 기록상으로 最古本이라는 데 무엇보다도 의의가 있다. 또한 을사본이 출현함으로써 종래에 한문목각본 계해본의 異系로 잡아온 서울대학본의 독자성도 완전히 무효화되었다. 그리고 위에 언급된 「노존본고」에서 노존본은 연대가 뚜렷한 을사본의 母

138) 이명구, 「구운몽고」, 『성균학보』 2집, 성균관대, 1957, 162쪽.
139) 정규복, 「구운몽 을사본에 대하여」, 고대신문 594호.

本이 되었을 것이라는 필자의 추정에 의해 한문본은 영조 1년보다 더욱 소급될 가능성이 있다. 위의 「텍스트 연구」에서 언급된 주요 이본의 流播 과정을 도표로 제시하면 다음과 같다.

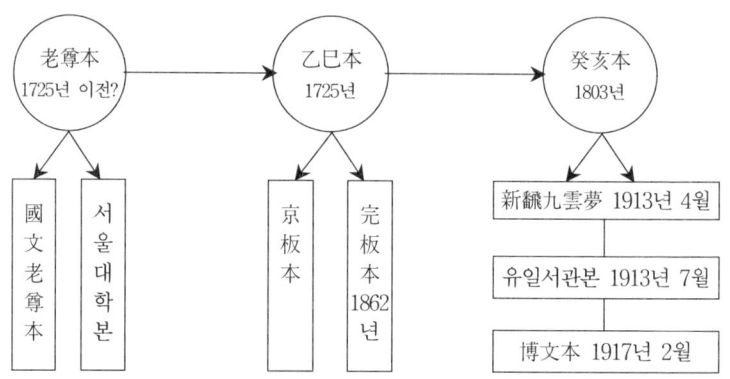

위 도표에 나타나 있는 바와 같이, 국문본 가운데 중요한 서울대학본과 국문노존본이 한문본인 노존본에서 번역되어 나왔고, 완판본과 경판본이 을사본의 번역에서 유래되었으며, 또한 새로 활판되어 나온 <신번구운몽>·유일서관본·박문본 등이 모두 계해본의 번역에서 이루어졌다. 그러나 한문본 가운데 가장 古本으로 추정되는 노존본이 1725년 이전에 나온 것으로 추정되는 바, <구운몽> 이본 가운데 한문본의 위치는 매우 무거운 바 있다. 말하자면, <구운몽> 이본 가운데 간기가 뚜렷한 한문본 을사본은 서포 사후, 30여 년 만에 출간된 最古本이 될 뿐 아니라, 그 후 이루어진 현존한 모든 국문본이 한문본을 母本으로 하여 국역되어 나온 역본이라는 것이다. 또한 통설대로 <구운몽>의 원작이어야 할 국문본이 전무하다는 점에서 노존본과 을사본의 위치는 <구운몽> 연구에 있어서 매우 중요하다는 것이다. 다시 말하면, 노존본과 을사본이 <구운몽> 이본 가운데서 위와 같은 무거운 비중을 차지하고 있는 이상, <구운몽> 원작은 국문본으로 보는 것보다는 한문본으로 보는 것이 더욱 이치에 타당한 것이다.

4)

다음은 <구운몽> 작품의 구조면과 <구운몽>의 저작 동기에 대하여 살펴보기로 하자. 우선 그 구조면에서 본다면 <구운몽>은 배경이 중국으로 되어 있고, 성진 및 팔선녀인 진채봉·계섬월·가춘운·정경패·이소화·적경홍·백능파·심요연 등 주요인물을 비롯하여 그 외에 육관대사, 위부인, 용왕, 황건역사, 염라대왕, 양처사, 남전산 도인, 유씨, 두련사, 萬玉燕, 정사도, 최부인, 권시랑, 鄭十三, 杜眞人 등 무려 50여 명의 부수적인 인물이 등장하고 있다. 또한 작품 가운데는 오언, 칠언, 상소문 등이 곳곳에 삽입되어 있어 이들을 국문으로 표기하기란 거의 불가능한 일이다. 이는 오늘날 <구운몽>의 국문본을 읽으려면 많은 주석의 도움을 필요로 할 뿐 아니라, <구운몽>의 한문본 없이는 그 국문본의 주석도 불가능하다는 데서 더욱 알 수 있다. 또한 <구운몽>은 작자 서포가 많은 중국소설을 읽은 경험을 통하여 저작되었으며, 중국의 <三國誌衍義>, <西遊記> 및 『太平廣記』 등이 강력하게 반영된 소설인 만큼,140) 작자 서포에게는 이를 국문보다는 한문으로 표기하는 것이 더욱 자연스럽고 용이했을 것이다.

그리고 서포의 한 작품인 국문소설 <남정기>의 구조를 보면, 이는

---

140) 정규복, 「구운몽의 비교문학적 고찰」, 『고려대학교 논문집(인문사회과학 편)』, 1970, 참조.

국문으로 씌어진 한국 전래의 군담류 소설을 흔히 답습한 일대기적인 傳記體로 이루어진 데에 비하여, <구운몽>은 철두철미 중국의 장회체로 이루어진 장회소설이라는 것이다. 이는 <구운몽>의 유사작이며 장회소설인 <옥루몽>이 한문소설이라는 데도 그 一理가 있다고 본다.

<구운몽>의 제작 동기에 대하여는 일찍이 李圭景이

> 閭巷間流行者 只有九雲夢 西浦金萬重所撰 稍有意義……世傳西浦竄荒時 爲大夫人鎖愁一夜製之[141]

라 한 바와 같이, 서포가 모부인 윤씨의 破閑을 위해 저작하였다는 것은, 숙종 때 사람인 李縡도 '要以慰釋大夫人憂思'[142]라고 언급한 데서도 알 수 있다. 이는 <구운몽>이 지닌 佛家的인 空思想을 바탕으로 이루어졌다는 데서 더욱 수긍이 가는 것이다. 즉 <구운몽>이 모부인의 고단을 풀어주기 위해 저작되었다는 것은 문헌적으로는 이미 영조 때부터 있어 온 설화이다.

이와 같이, <구운몽>의 저작 동기는 서포와 모부인의 환경 조건하에서 이루어진 것이 사실이다. 서포의 모부인 윤씨는 드물게 보는 현부인으로, 앞에서 이미 언급한 바와 같이 서포에게 직접 小學·十八史略·唐律 등 高等 한문을 가르친 것으로 보아 윤씨는 고도의 한문 지식을 갖춘 분으로, 서포와 모부인 윤씨에게는 국문보다는 한문이 더 자유로웠을 것이다. 뿐만 아니라, 李縡에 의하면 윤씨가 古史 異書 내지 稗官雜記를 퍽 좋아하여, 서포가 그 노모와 더불어 밤낮으로 담소

---

141) 『五洲衍義長箋散藁』上, 古典刊行合刊, 231쪽.
142) 『三官記』耳部, 고대도서관 소장본.

하였다는 것이다.143) 이로 본다면 윤씨는 일찍부터 중국 古史・異書・稗說類에 충분한 경험이 있었던 것을 알 수 있다. 이런 점에서 서포와 모부인 윤씨 사이에는 패설에 있어서 국문보다는 한문이 더욱 자유로웠다는 것이 뚜렷해진다.

더구나 서포 문중에는 <구운몽>의 저작 동기에 대하여 다음과 같은 일화가 전해 오고 있다. 즉

> 서포가 중국으로 사신으로 가게 되었다. 稗書를 좋아한 윤씨는 서포에게 중국에 가면 소설을 사다 줄 것을 부탁하였다. 서포는 이를 깜빡 잊어 버렸다가 귀로에 생각이 나, 돌아오는 길에 부랴부랴 써서 중국소설이라고 윤씨에게 바쳤다. 그랬더니 윤씨는 이를 다 읽고 나서 중국소설이 아니라고 했다는 것이다.144)

위의 逸聞을 통해 보면, 대개 서포 문중에는 일찍부터 다음과 같은 네 가지 사항이 신봉되어 왔다는 것을 알 수 있다.

① 서포의 모부인 윤씨는 소설을 퍽 좋아하였다는 것
② <구운몽>은 윤씨를 위해 저작되었다는 것
③ <구운몽>은 속성으로 이루어졌다는 것
④ <구운몽>은 한문소설이라는 것

---

143) 西浦金公至孝 自以遺腹者 生不識父面 爲終身痛 事母夫人甚愛 其所以娛悅親意者 殆類古之弄雛兒啼 以夫人好書 聚古史異書 以至稗官雜記 日夜談說左右 以資一笑『三官記』耳部, 고대도서관 소장본.
144) 서포 십대손 金熙中・金大中 씨 증언.

위의 네 가지 사항 중 ①·②·③은『三官記』,『松泉筆談』,『五洲衍文』 등에 나타난 기록으로 보아 사실과 부합된다. 그러나 <구운몽>이 한문소설이라는 것은 아직껏 문헌상으로는 나타나 있지 않고 있다. 그렇다고 <구운몽>이 국문으로 되었다는 것에 뚜렷한 전거가 없다는 것은 이미 앞에서 논술하였다. 그러면 서포 문중에 전래할 뿐 아니라, 항간에도 돌아다니는 서포 문중 설화, 즉 서포가 중국소설이라고 모부인 윤씨에게 바쳤다는 <구운몽>의 한문소설설은 뚜렷한 문헌이 없는 이상, 이를 긍정할 도리도 없고, 또한 부정할 근거도 없는 것이다. 그러나 필자는 지난 여름에 대전에서 사는 서포 10대 종손을 만나 <구운몽>이 한문소설이라는 확증을 갖게 되었다. 즉 서포 10대 종손 金熙中·金麒中 씨에 의하면 서포 종손이 서포의 묘가 있는 경기도 長湍郡 長道面 上里에 대대로 살아왔는데, 또한 그 종가는 서포의 유물도 보존해 왔다고 한다. 그 중 서포 친필인 <구운몽>의 手稿本도 역시 대대로 보존해 왔는데, 8·15 해방이 되자 공산군의 학정에 못 이겨 金熙中 翁이 서포의 모든 유물을 내버려두고 간신히 서포의 영정만을 갖고 나와 대전에 살고 있다는 것이다.145) 서포의 <구운몽>의 手稿本이 한문본이라는 데에 필자는 놀랐다.

5)

이상에서와 같이, <구운몽> 원작이 국문본이라는 단정적 명제는 문헌학적으로 볼 때, 뚜렷한 전거가 없다. 오히려 현존하는 <구운몽>의

---

145) 「서포 종손 탐방기」, 고대신문 602호.

제 이본을 서지학적인 면에서 다루어 볼 때, <구운몽>의 원작이 국문본이라는 것은 전연 허황한 일이요, 을사본이 <구운몽> 이본 중 기록상 最古本이 될 뿐만 아니라, 을사본의 母本이 된 듯한 노존본의 존재로 인해 한문본과 서포와의 연대적 간격은 더욱 축소된다. 또한 이것들이 그 후 이루어진 모든 국문본의 母本이 된 이상, <구운몽> 원작은 한문본일 것이라는 거의 확정에 가까운 견해가 성립된다. 이와 같은 <구운몽>의 원작 한문본 推見說은 <구운몽>이 모부인 윤씨를 위해 저작되었다는 모티브와, 또한 <구운몽>이 지닌 중국소설 양식의 구조로써 더욱 밑받침이 되고 한층 굳어지는 것이다.

그러나 이와 같은 필자의 <구운몽> 원작이 한문본일 것이라는 조심성 있는 견해도, 서포가 모부인 윤씨에게 중국소설이라고 바친 것이 <구운몽>이었다는 서포 문중 설화보다는, <구운몽>의 手稿本이 한문본이었다는 서포 10대 종손의 거짓 없는 증언을 통하여, <구운몽> 원작의 한문본 추정설에서 한걸음 더 나아가 <구운몽>의 원작이야말로 통설대로 국문으로 저작된 것이 아니라, 한문본이라는 단정을 내릴 수 있게 된다.

Ⅱ 사상적 연구

1. 근원사상고

序

<구운몽>은 고소설 중 심오한 사상이 내포된 유일한 사상소설이다. 한국 고소설의 대부분이 모험 · 기담이 아니면 영웅 · 연애담을 중심으로 천편일률적인 내용과 형식으로 이루어진 데 반하여, <구운몽>은 심오한 사상성을 지닌 데다 그 형식마저도 여느 고소설과 같이 천편일률적인 구조에 떨어지지 않는 희귀한 고소설의 하나이다. 말하자면, 현대소설론에서 논의되는 내용과 형식이 완전하게 조화 일치된 소설이라는 것이다. 그러나 <구운몽>이 여타 고소설과 구별되는 가장 큰 특징은 무엇보다도 그 심오한 사상성에 있다고 보아야 할 것이다. 그러므로 지금까지 많은 학자들이 <구운몽>의 작품 해석에 참여하는 가운데 <구운몽>이 지닌 사상성에 대해서 많은 이견을 제시해 왔다. 그 시초는 숙종대 사람인 李縡 · 沈錥에서 비롯되어 근래에 『고대소설론』을 출간한 바 있는 정주동 교수에까지 이르고 있다. 그러나 그 많은

학자들의 견해를 대별해보면 대체로 儒·佛·道 三教사상설 및 불교
사상설의 두 가지로 나눌 수 있다.

이에 필자는 본론에서 유·불·도 삼교사상론에 참여한 학자들의
견해를 일일이 들어 삼교사상설을 비판 부정하고, 불교사상설에 대하
여 동의를 표하고자 한다. 아울러 여기에서 더 나아가 <구운몽>에는
불교의 여러 사상 중 과연 어떤 사상이 주류를 이루고 있는가를 천착
하여, 이 작품이 불교사상의 주류라고 볼 수 있는 空사상으로 엮어진
것이라는 점을 밝히려 한다. 즉 <구운몽>은 空사상을 표현한 『金剛般
若波羅密經』의 풀이라고 해도 무방할 만큼 『금강경』과 밀접한 연관성
을 가지고 있는 것이다.

그러면 <구운몽>의 사상을 세 가지로 크게 나누어 삼교사상설, 불
교사상설, 空사상론의 순서로 논술하겠다.

1) 삼교사상설

<구운몽>의 사상성에 대해서 삼교사상 交合論을 최초로 발언한 사
람은 Elspet K. Robertson Scott이다. 그는 Gale 박사의 <구운몽> 영
역본(*The Cloud Dream of the Nine*)의 서문에서 다음과 같이 언급
하였다.

> Confucian, Buddhist, and Taoist ideas are mingled throughout
> the story.[1]

---

1) *The Cloud Dream of the Nine* 구운몽 영역본, 13쪽.

즉 <구운몽>의 사상성을 유·불·도 삼교사상에다 두었다.

그리고 김태준은 그의 『조선소설사』에서 <구운몽>의 사상성에 대하여 더욱 구체적으로 언급하기를,

> (前略) 그러나 所詮 人間의 享樂은 假現이요, 幻夢이라는 것이다. (중략) 그러나 衡山 蓮花峯에서 性眞과 八仙女가 結緣한 것이든지 吐蕃征伐을 向하다가 龍王의 饗宴에 參與한 것 같은 地球上에 存在한 天國을 그린 것이다. 이것은 儒·佛·仙 三敎가 混合한 狀態로 民間信仰이 되어 있는 證據이다[2] (방점은 필자)

라고 했는데, 인용문의 방점 부분에서와 같이 인간의 향락은 假現이요 환몽이라는 것은, 李緯의 『三官記』에 언급된 바 있는, 작품의 주제에 대한 언급일 것이다. 그리고 유·불·선 삼교가 혼합한 상태로 민간신앙이 되어 있다고 언급한 것은, <구운몽>에 대한 Elspet K. Robertson Scott의 평과 같은 일종의 삼교사상 교합론이다.

그러나 김태준의 <구운몽>에 대한 작품평에 대하여 사족을 덧붙인다면, 김태준은 <구운몽>을 일부다처주의의 합리화란 것을 전제로 하여,

> 楊少游는 貴族이다. 楊少游 一人의 豪華스러운 八仙女 生活을 계속하기 위하여 몇千 몇萬의 農奴들이 飢寒에 苦悶하지 않으면 안된다는 것을 忘却할 수 없다. 楊少游는 前生에서 善業을 했으니 貴族이 된 것이요, 農奴는 前生에 惡業을 했으니 現實에 農奴가 된 것이라고 그러니까 이것은 八字나 人力으로 어찌할 수 없는 것이라고, 암만 努

---

2) 김태준, 『조선소설사』(증보판), 117~118쪽.

力을 할지라도 農奴는 農奴밖에 못된다고 그럴 理가 있는가? 假令 八
仙女로 말하더라도 벌써 一個의 貴公子 楊少游에게 모든 人權을 짓
밟히고 있지 않는가? 그들은 때때로 女性的인 悲哀를 宿命으로 보긴
커녕 到處에 楊少游에 대한 또는 一夫多妻에 대한 懷疑와 不平을 품
고 있다.3)

라고 한 바와 같이 <구운몽> 작자의 저작 의도와는 전연 동떨어진 유
물사관에서 본 사회주의적 평을 내린 것은 일종의 난센스가 아닐 수
없다. 더구나 김태준이 그의 『조선소설사』4)에서 <구운몽> 경개 해설
에도 많은 미스를 범하고 있으며, <구운몽> 작품평 가운데 언급된 일
부다처론이나 삼교사상론이 Elspet K. Robertson Scott와 일치하는
것은 우연이라 생각되지 않는다. 즉 김태준이 Elspet K. Robertson
Scott의 <구운몽> 영역본의 서문을 읽고 쓴 것이라고 생각된다.

　다음으로 주왕산 씨는 그의 『조선고대소설사』에서 <구운몽>의 사
상성에 대하여, 沈鋅의 『松泉筆譚』에 언급된, 인간의 부귀영화 공명이
일장춘몽으로 돌아간다는 주제설을 전제로 하여 다음과 같이 언급하
였다.

　　東洋의 代表的인 宗敎—儒敎, 佛敎, 道敎의 思想이 巧妙히 配合되
　어 儒敎의 中心을 내세운 現實主義와 佛敎의 世俗的인 富貴榮華를
　否定하는 隱遁思想과 道敎의 享樂主義가 渾然히 一致된 小說이다.5)

　위의 인용문 역시 <구운몽>을 유·불·도 삼교사상의 교합으로 보

---

3) 상동, 117쪽.
4) 상동, 115~116쪽.
5) 주왕산, 『조선고대소설사』, 168쪽.

고 있는데, 주왕산 씨는 다시 덧붙여 말하기를

> 要컨대 <九雲夢>은 東洋的인 中世紀 生活樣相을 如實히 表現한
> 作品이다. 一夫多妻主義의 巧妙한 合理化 — 儒·佛·仙 三敎의 渾
> 然한 一致境, 그리고 그들의 樂天的인 人生 享樂思想 — 이런 것들이
> 조금도 구김살 하나 없이 描寫되어 있다.6) (방점은 필자)

라고 하여 삼교사상의 巧合을 전제로 <구운몽>을 극찬하고 있다.

그러나 주씨 역시 <구운몽>에 대하여 사족을 덧붙여 이를 평하여
말하기를,

> 過去의 階級社會의 全面을 환하게 들여다 볼 수 있도록 그리었고,
> 過去의 封建主義의 矛盾을 들추어냈으니, 그들 八仙女의 女權은 餘
> 地없이 짓밟혀 楊少游 앞에서 家畜과 같은 待遇를 받으면서도 도리어
> 그를 滿足하게 여긴 것이다.7)

라고 하고, 또한 양소유는 풍류라는 구실 밑에서 방탕한 생활을 하여
도학자로 하여금 눈살을 찌푸리게 할 만한 작품이라고 혹평한 것은 주
씨의 창의적인 작품평이라기보다 김태준의 유물사관에 입각한 사회주
의적인 평을 답습한 것이라고 할 수 있다. 그러므로 앞에서 말한 바와
같이 <구운몽>의 근원사상이나 주제와는 하등 관련성이 없는 사족이
라고 보겠다.

다음으로 박성의 교수는 그의 『한국고대소설사』에서 또한 <구운몽>
이 일부다처주의를 교묘히 합리화한다는 것을 전제하여 언급하기를,

---

6) 상동, 169쪽.
7) 상동, 168~169쪽.

要컨대 九雲夢은 東洋的인 中世紀 生活樣相을 如實히 表現한 作品이다. 一夫多妻主義의 巧妙한 合理化, 儒・佛・仙 三敎의 渾然한 一致境, 그리고 그들의 樂天的인 人生 享樂思想 이런 것들이 조금도 구김없이 描寫되어 있다.[8] (방점은 필자)

라고 하여 <구운몽>의 사상성을 삼교사상의 교합에다 두었다.

그러나 박 교수 역시 <구운몽>에 대하여 그들 팔선녀의 여권은 여지없이 짓밟혀 양소유 앞에서 가축과 같은 대우를 받으면서도 도리어 그를 만족하게 여겼던 것이라고 언급한 것이라든지, 봉건사회에 있어서 여권이란 당초부터 문제시되지 않고 여자는 부녀자 된 수치를 감내함으로써 전생의 죄악을 속죄하는 줄 믿었기 때문에 주인에게 무조건 驅使된 玩弄物이라고 언급한 것이라든지, 양소유의 방탕한 풍류 생활은 도학자로 하여금 눈살을 찌푸리게 했다는 주왕산 씨의 설을 인용한 것 등은 김태준의 혹독한 사회주의적인 사족의 평에서 윤리주의적인 사족으로 변모된 감을 준다.

다음 신기형 씨는 그의 『한국소설발달사』에서 <구운몽>의 작자 서포가 불교를 동경하고 믿어 왔던 종교비평가라고 하고 나서, <구운몽>에 대하여 언급하기를, '따라서 <구운몽>은 불교소설이요 가정소설이라고 볼 수 있다'[9]라고 하였다. 종래의 소설사에서 <구운몽>이 동양의 삼교사상, 즉 유・불・도 사상이 교묘하게 융합된 작품으로 본 것에 대하여, 신기형 씨는 <구운몽>을 불교소설로 보려고 한 점에서 그의 견해가 독특하다고 생각된다.

---

8) 박성의, 『한국고대소설사』, 279쪽.
9) 신기형, 『한국소설발달사』, 185쪽.

그러나 신기형 씨는 그 후면에서 다시 사족을 붙여, 淸朝의 悟元道 人이 <西遊記>의 사상을 평하여 '西遊記貫三敎一家之理'라고 말한 것을 인용하고 나서, <구운몽>의 사상성에 대하여 '九雲夢貫通三敎 一家之理'라고 결론짓고 있다. 그러므로 신씨가 <구운몽>을 끝내 불 교소설로 보아 왔다면 모르되, 결론에 이르러 '九雲夢貫通三敎一家之 理'라고 한 바와 같이 종래의 소설사에서 <구운몽>을 삼교사상의 교 합론으로 본 데서 일보도 전진하지 못하고 있는 것이다.

이상에서 예거한 Elspet K. Robertson Scott, 김태준, 주왕산 씨, 박 성의 교수, 그리고 신기형 씨 등은 모두 <구운몽>을 삼교사상 교합론 으로 본 분들이다. <구운몽>의 사상성을 삼교사상 교합론으로 본 것 에 대한 비판은 다음으로 미루고, 먼저 불교사상설에 대하여 언급하기 로 하겠다.

2) 불교사상설

<구운몽>에 대하여 불교성을 부여한 최초인은 숙종대 사람인 陶庵 李縡이다. 그는 <구운몽>에 대하여 구체적인 언급은 하지 않았으나 그의 『三官記』에 다음과 같이 언급하였다.

西浦金公 性至孝 自以遺腹子 生不識父面爲終身痛 事母尹夫人有 深愛 其所以娛悅親意者 殆類古之弄雛兒啼 以夫人好書 聚古史異書 以至稗官雜記 日夜談說左右 以資一笑 (중략) 稗史有九雲夢者 卽西 浦所作 大旨以功名富貴歸之於一場春夢 要以慰釋大夫人憂思 其書盛 行閨閤間 余兒時慣聞其說 蓋以釋迦寓言 而中多楚騷遺意云[10] (방점 은 필자)

인용문의 방점 부분에서 볼 수 있는 바와 같이 '大旨以功名富貴歸之於一場春夢'이라 한 것은 <구운몽>의 주제성을 말한 것이라 볼 수 있겠고, '蓋以釋迦寓言 而中多楚騒遺意云'은 적으나마 <구운몽>의 불교사상 면에 대한 언급이라고 볼 수 있겠다. 그리고 沈鋅의 『松泉筆譚』에서도 위의 인용문의 내용이 꼭 같이 보이는데, 이는 沈鋅의 독특한 언급이 아니고 李緈의 『三官記』의 표절에서 기인하는 것이다.11)

다음으로 이가원 교수는 그의 「구운몽평고」에서 <구운몽>의 사상적인 면에 대해 구체적인 언급을 한 것은 없으나, <구운몽>의 주제 면에서 <구운몽>이 당시 동양 각국의 봉건사회가 삼교로 병행하는 동시에, 특히 불교적인 숙명론에 의해 현실적인 영화는 전생의 수행에서, 고뇌는 전생의 죄악에서 받는 것이라 하여 다음과 같이 결론을 짓고 있다.

> 그러나 結論的으로 보아서 人間 萬種의 苦樂은 모두가 一場幻夢에 지나지 않는다는 것, 그리하여 西浦는 自己 一家의 苦樂盛衰도 모두가 宿命的이어서 何等의 슬퍼할 것도 없으려니와 또는 何等의 기뻐할 것도 없음을 말하여 自己가 스스로 自己 마음을 慰安하며 母夫人의 人間 逆境을 慰安한 一種의 宿命論을 主題로 한 小說이 곧 <구운몽>이다. ……(하략)12)

---

10) 『三官記』 耳上.

11) 李緈의 『三官記』(고대도서관 소장, 필사본)와 沈鋅의 『松泉筆譚』(고대도서관 소장, 필사본)을 세밀히 對讀해 보면 그 내용이 양자 거의 같을 뿐 아니라, 어느 장면은 字字句句가 같은데, 이는 沈鋅가 李緈의 『三官記』를 표절한 데서 기인하는 것이다. 그러나 오늘날 <구운몽> 연구가들은 李緈의 『三官記』보다는 沈鋅의 『松泉筆譚』을 많이 인용하고 있는데, 이는 원본을 살리는 뜻에서도 시정되어야 할 것이다.

12) 이가원, 「구운몽평고」, 『구운몽』 교주본, 16~17쪽.

이상의 인용문을 보면, <구운몽>의 사상성에 대한 적극적인 언급은 없으나, 옳건 그르건 간에 <구운몽>을 하나의 불교적인 숙명론으로 귀착시키고 있다. 이를 통해서 <구운몽>의 사상성을 불교 면에 치중하여 보고 있음을 알 수 있다.

다음으로 이명구 교수는 일찍이 그의 「구운몽고」에서 <구운몽> 작품을 유·불의 대립으로 보고 결론에서 언급하기를,

> 西浦는 苦悶하였다. 傳統을 無視못한 그는 그의 東洋的 傳統에 基盤을 두며, 그리고 飛躍은 하여야만 했다. 그는 斷然코 儒敎社會의 理念과는 訣別을 告하였다. 그것은 그에게 飛躍에의 힘을 주었다. 그는 自由로이 그의 視野를 돌려 모든 것을 살펴보았다. 앞에는 光明이 있었다. 그것은 釋迦의 던지는 빛이요 그것은 小說이라는 背光에서 있었던 것이다. 西浦는 나아갔다. 그리하여 그가 感激에 넘쳐 가슴에 안아드린 頓悟의 榮光된 姿態는 바로 <구운몽>이었던 것이다.[13]

라고 하여 <구운몽>이 작자 서포의 불교관에서 이루어진 것임을 암시하고 있다.

다음으로 김기동 교수는 그의 『이조시대소설론』에서 서포가 유교적인 가문에 태어나서 유학으로써 입신출세하였으므로 유교사상의 소유자임은 물론이나, 그의 작품인 <구운몽>을 보면 불교사상도 가지고 있다 하여 다음과 같이 구체적으로 언급하였다.

> (上略) 이와 같이 西浦가 佛敎에 대한 關心을 가지게 된 原因으로서는 그의 博學主義에도 있었겠지마는, 그가 遺腹子로 태어나서 父面

---

13) 이명구, 「구운몽고」, 『논문집』 제3집, 성균관대, 121쪽.

을 보지 못하였음을 一生의 遺恨으로 여겼을 뿐만 아니라, 無常과 虛無를 느꼈을는지도 모르며, 激化되어 가는 黨爭 속에서 不安한 生活을 營爲하여 政治의 腐敗와 國民의 悲慘한 生活을 目睹하였을 때, 多情多感한 感傷的인 西浦는 隱然中 人生에 대한 悲哀와 現實生活에 대한 虛無를 느끼게 되었을 것이다. 現實生活에서 理想을 펴 보지 못하고 幸福을 찾아보지 못한 西浦는 佛敎的인 來世에 대한 未練을 가지게 되었을 것이며, 佛敎的인 人生觀으로 기울어지게 되었을 것이므로, 이러한 動機에서 佛敎를 硏究하게 된 것이 아닌가 생각된다. 따라서 그의 佛敎的인 人生觀은 自然 文學作品으로 나타나게 되었을 것이니 九雲夢은 그의 佛敎的인 人生觀을 表現한 作品이라 하겠다.14) (방점은 필자)

위의 인용문 중에 서포가 불교를 연구했다는 서술이 있는데, 실제로 오늘날 전하는 『西浦集』, 『西浦漫筆』이나 기타 문헌에서 서포가 불교에 대하여 많은 관심을 가졌으리라는 방계 자료는 구할 수 있으나 불교를 천착했다는 문헌은 아직껏 출현하지 않고 있는 것으로 봐서, 인용문의 불교연구 운운은 考據가 없다고 본다. 다만 인용문 중 방점 부분에서와 같이 김기동 교수가 <구운몽>을 서포의 불교적인 인생관을 표현한 작품이라고 매듭을 지어 놓은 것은 <구운몽>을 노골적으로 불교소설로 본 견해라고 보지 않을 수 없다.

그러나 김 교수가 최근에 발표한 「국문학상의 불교사상연구(其三)」15)에서 <구운몽>을 불교소설이라는 범위에서 한층 폭을 좁혀 불교의

---

14) 김기동, 『이조시대소설론』, 정연사, 279~280쪽.
15) 김기동, 「국문학상의 불교사상 연구(其三)」, 『불교학보』 제2집, 동국대 불교문화연구소, 1964, 249~250쪽.

윤회사상에다 국한시킨 바 있는데, <구운몽>의 주류가 과연 불교의 윤회사상인가에 대해서 필자는 이견을 가지고 있다. 이에 대한 구체적인 논의는 후술하겠거니와, 필자도 최근에 발표한 졸고 「환몽설화고」16)에서 <구운몽>이 인생의 무상관을 주제로 한 순수한 불교소설이라고 밝힌 바 있다.

그리고 조윤제 박사는 그의 『한국문학사』에서 <구운몽>에 대하여 더욱 구체적으로 언급하기를,

> (上略) 요컨대 人間世上의 富貴功名을 一場春夢에 돌리고 만 것인데, 말하자면 그 慈堂이 靑春에 寡婦가 되어 가난한 家庭에서 오직 두 子息에 마음을 붙여 精誠껏 길러 餘生을 즐기려 하였던 것이 늦게 그 長子 萬基를 잃어버리고, 또 萬重조차 謫所에 보내어 虛無한 人生을 咀呪하고 있는 그 마음을 慰勞하고자 한 것이다. 그러나 이것은 그 어머니를 慰勞하려는 것뿐이 아니라 確實히 無常한 人生의 一面을 如實히 그린 點도 있을 것이다. 여기에 그는 儒家이면서도 佛家의 說을 끌어 이야기를 일으키고 또 글로 끝막았으나, 이것은 西浦가 凡儒와 같이 無條件하고 佛敎를 異端이라 하여 無慈悲하게 排斥하는 것과는 달리 人生의 一面으로서 그를 承認하고 理解하였던 것이다. 이 點은 往往 一部에서 그를 雜學에 가까워 學問이 純粹치 못하다는 理由가 될 것이나, 事實上 佛敎는 우리의 靈魂을 救濟하는 宗敎로서 또는 民間信仰으로서 우리의 社會 裏面에 적지 않은 힘을 가지고 흐르고 있었으니 그것을 現實로서 描寫하는 것은 小說의 當然한 任務라 할 것이나, 또 人生의 참된 一面일 것이다. 따라서 그러한 方法은 결코 <구운몽>을 害함이 아니고, 도리어 <九雲夢>으로 하여금 더 偉大케 하는 點이 될 것이다.17)

---

16) 정규복, 「환몽설화고」, 『아세아연구』 제18호, 고대 아세아문제연구소, 224쪽.

라고 하여 <구운몽>이 그의 모부인과의 고단한 환경에서 지어진 것
일 뿐만 아니라, 무상한 인생의 일면을 묘사한 불교소설임을 암시하고
있다. 또한 불교는 우리의 영혼을 구제하는 종교로서, 하나의 민간신앙
으로 우리 사회에 적지 않은 힘을 가지고 흐르고 있으니 그 현실을 묘
사하는 것은 소설의 당연한 임무라고 하여, 이 점으로 인해 <구운몽>
이 더욱 위대하게 된 것이라고 극찬하고 있는 것이다.

끝으로 정주동 교수는 최근에 출간한 그의 『고대소설론』에서 <구운
몽>을 夢幻小說의 장르에다 국한시켜 『楞嚴經』의 ‘夢裏明明有六趣
覺後空空無大千’이란 구절을 들고, 성진이나 팔선녀가 인간 사욕의 꿈
에서 깨어나 본성으로 돌아가는 모든 인간의 영화를 일장춘몽으로 보
고 다음과 같이 언급하였다.

> 우리 古代小說의 構成이나 思想을 보면, 넓은 의미에 있어서는 다
> 夢幻小說에 집어넣을 수 있는 것이다. 곧 主人公들은 天上人으로 謫
> 降한 사람들이요 風塵 世上에서 立身揚名한 主人公들이 晚年에 이
> 르면 人生의 無常을 느끼고 다시 昇天한다는 것이다. 그러나 主人公
> 이 謫降하기 이전, 또는 主人公이 죽기 전 本性을 頓悟하는 過程의
> 묘사가 되어 있지 않을 뿐더러 오히려 主人公들의 人生에서의 立身
> 揚名에 力點을 둠이 대부분으로 <九雲夢>처럼 佛敎的無常觀의 바
> 탕에서 人生을 幻覺의 세계로 直感하는 것은 드문 것이다. 이러므
> 로 특히 <九雲夢>을 夢幻小說에 넣어 본 것이다.[18] (방점은 필자)

위의 인용문을 보면, 한국 고소설은 그 주인공들이 천상인으로서 적

강하여 풍진을 겪고 다시 만년에 인생의 무상을 느껴 승천하므로 모두 夢幻小說의 성격을 갖고 있으며, 몽환소설의 장르에다 집어넣을 수 있다고 보고 있다. 이는 너무나 우리 고소설을 불교면에 치우쳐, 그 한면을 전면으로 보려는 것과 같으므로 필자는 이에 대해서 이견을 가지고 있다. 그러나 위의 인용문 중 방점 부분에서와 같이 <구운몽>이 불교적 무상관의 바탕에서 이루어진 몽환소설이라는 것은 필자와 은연중 그 의견을 같이하고 있다.

이상 불교사상설에서 언급된 李縡를 위시하여 沈鐸, 이가원 교수, 이명구 교수, 김기동 교수, 조윤제 박사, 정주동 교수, 그리고 필자는 모두 <구운몽>을 삼교사상의 교합으로 보는 것이 아니라 —각기 세밀한 면에 대하여는 이견을 가지고 있을지 몰라도— 불교사상에 입각한 불교소설이라고 보는 데는 의견을 같이하고 있는 것이다.

그러면 과연 <구운몽>은 그 사상성이 삼교사상의 교합이냐 아니면 불교사상에 입각한 불교소설이냐에 대해 논해 보기로 하자.

3) 삼교사상설 비판

우선 삼교사상설에 대하여 필자의 비판을 가하기 위하여 실제로 <구운몽> 작품을 분석해 보면, 유교적인 요소, 불교적인 요소, 도교적인 요소 등 모두가 <구운몽> 작품의 소재로 되어 있다. 첫째로 유교적인 요소를 살펴보겠다. 성진이 육관대사의 명을 받아 용왕에게 回拜하러 용궁에 갔다가 술에 취하여 돌아오는 길에 石橋에서 아리따운 팔선녀를 만나 수작한 후, 歸禪하면서까지도 팔선녀의 미모를 잊지 못하여 불가의 적막을 느끼고 유가의 부귀공명을 생각한다.

性眞來到禪房 日已曛黑 自見仙女之後 嫩語嬌聲 尙留耳邊 艶態姸
姿 猶在眼前 欲忘而難忘 不思而自思 神魂恍惚 悠悠蕩蕩 兀然端坐
默念於心曰 男兒在世 幼而讀孔孟之書 壯而逢堯舜之君 出則作三軍
之帥 入則爲百揆之長 着錦袍於身 結紫綬於腰 揖讓人主 澤利百姓 目
見嬌艶之色 耳聽幻妙之音 榮輝極於當代 功名垂於後世 此固大丈夫
之事 哀我佛家之道 不過一盃一飯一瓶 數三卷之經文 百八顆之念珠
而已 其德雖高 其道雖玄 寂寞太甚矣 枯淡而止矣 假令悟上乘之法
傳祖師之統 直坐於蓮花臺上 三魂九魄 一散於烟焰之中則 夫孰知一
介性眞於天地間乎19) (방점은 필자)

위의 인용문 중 방점 부분에 나타나 있는 바와 같이, 남아가 세상에
태어나서 어려서 孔孟의 글을 읽고 자라서 聖主를 섬기고, 나가면 삼
군의 장수가 되고 들어오면 백관의 어른이 되어, 몸에 비단 옷을 입고
허리에 金印을 차며 눈으로 고운 빛을 보고 귀로는 幻妙한 소리를 들
어 미색의 愛戀과 공명의 자취로 후세에 전하는 것이 대장부의 일이라
하여 유교의 부귀공명을 마음껏 공상한다.

그러고 나서 성진은 뜻대로 양소유로 환생한다. 그 후 장원급제를
하고 三鎭과 土蕃을 이겨 벼슬이 大丞相 겸 燕王에까지 이르고, 더욱
이 팔선녀의 환생인 秦彩鳳, 桂蟾月, 狄驚鴻, 鄭瓊貝(英陽公主), 賈春
雲, 蘭陽公主(李小姐), 沈裊烟, 白凌波 등을 차례로 만나 염정을 마음
껏 누린다.

鴻月入楊府之後 丞相侍人 日益多矣 各定其居處 正堂曰慶福堂 大
夫人居之 慶福之前曰燕喜堂 左夫人英陽公主處之 慶福之西曰鳳簫

---

19) 한문목각본 卷之一, 蓮花峰大開法宇 眞上人幻生楊家.

宮 右夫人蘭陽公主處之 燕喜之前 凝香閣淸和樓 丞相處之 時時設宴
於此 其前太史堂 禮賢堂 丞相接賓客 聽公事之處也 鳳簫宮以南 尋
興院卽淑人秦彩鳳之室也 燕喜堂以東迎春閣 卽孺人春雲之房也 淸
和樓東西 皆有小樓 綠窓朱欄 蔽虧掩映 固回作行閣 以接淸和樓凝香
閣 東曰賞花樓 西曰望月樓 桂狄兩姬 各占其一樓 宮中樂妓八百人
皆天下有色有才者也[20]

위의 인용문에서와 같이 양소유가 두 부인, 여섯 낭자를 거느려 각
처에 그들의 거처를 정하고, 환생하기 이전에 성진이 생각하던 目見媚
艶之色에다 耳聽幻妙之音으로 향락을 마음껏 누린다.

<구운몽> 말미에 다시 양소유의 부귀공명의 절정이 나타난다.

兩夫人 以妹呼之 此後六娘子雖自守名分 不敢以兄弟稱號而恩愛
愈密 八人皆各有子女 兩夫人及春雲蟾月裊烟驚鴻生男子 彩鳳凌波
皆生女 而未嘗見産育之慘 此亦與凡人殊 時天下昇平 居安物阜 廟堂
之上 無一事可規畫者 丞相出則陪天子 遊獵於上苑 入則奉大夫人 讌
樂於北堂 傲傲舞袖 任它陰之流邁 嘈嘈急絃 催却春秋之代謝 丞相蹴
沙堤而執勻衡者 已累十年 享萬鍾之富 盡三牲之養 泰極否至 天道之
恒 興盡悲來 人事之常 柳夫人以天年 終壽九十九矣 丞相哀毁逾禮
幾乎滅性 兩殿憂之 遣中使 勉諭節哀 以王禮葬之 鄭司徒夫妻亦得上
壽而終 丞相悲悼之情 不下於柳夫人 丞相六男二女 皆有父母標致 玉
樹芝蘭 並輝於門闌 第一者名大卿 鄭夫人出也 爲吏部尙書 其次曰次
卿 狄氏出也 爲京兆尹 次曰舜卿 賈氏出也 爲御史中丞 次曰季卿 蘭
陽公主出也 爲兵部侍郞 次曰五卿 桂氏出也 爲翰林學士 次曰致卿
沈氏出也 年十五 勇力絶倫 智略如神 上大愛 爲金吾上將軍 將京營

---

20) 한문목각본 卷之六, 樂遊園會獵鬪春色 油碧車詔搖古風光.

軍十萬 宿衛宮禁 長女名傅丹 秦氏出也 爲越王子相 瑯琊王妃 次女
名永樂 白氏出也 爲皇太子妾 後封婕妤 楊丞相以一介書生 遇知己之
主 値有爲之時 武定禍亂 文致太平 功名富貴 與郭汾陽齊名 而汾陽
六十方爲上將 少游二十出爲大將 入爲丞相 久居鼎位 協贊國政 過於
汾陽[21]

위와 같이 양소유는 당대에뿐만 아니라 上代에까지 모두 각자 높은
지위에 처한다. 양소유의 부귀공명이야말로 문자 그대로 東洋史上 선
망의 인물인 郭汾陽보다 더한 것으로, 유가의 부귀공명의 절정에 달한
것이다. 다시 말해 위의 인용문의 내용은 유가적 공명주의의 골수를
이룬 것이다.

다음으로 도교적인 요소를 살펴보겠다. 첫째로 작품 서두의 주요인
물인 육관대사가 <구운몽>에 있어서 불가를 대표한다면, 그와 쌍벽을
이루는 위부인은 도가를 대표하고 있다고 보겠다. 즉

昔大禹氏治洪水 登其上 立石記功德 天書雲篆 歷千萬古而尙存 秦
時 仙女衛夫人 修鍊得道 受上帝之職 率仙童玉女 永鎭此山 卽所謂
南岳衛夫人 盖自古昔以來 靈異之蹟 瓊奇之事 不可殫記[22]

위의 인용문은 <구운몽>의 서두 묘사로 육관대사의 것과 조화를
이루고 있다.

둘째로 <구운몽>에 있어서 불가를 대표하는 성진과 스토리의 조화
를 이루는 도가를 대표하는 팔선녀에 대해서는 다음에 서술할 것이기

---

21) 한문목각본 卷之六, 駙馬罰飮金屈卮 聖主恩借翠微宮.
22) 한문목각본 卷之一, 蓮花峰大開法宇 眞上人幻生楊家.

때문에 여기에서는 생략하기로 하겠다. 양소유의 부친 양처사는 도교적인 인물로 등장하고 있다. 즉 <구운몽>의 주인공인 성진이 양처사의 아들 양소유로 환생한 후에 양처사는 옥황상제의 명을 받고 歸仙한다.

> 處士謂柳氏曰 我本非世俗之人 而以與君 有下界因緣 故久留於烟火之中 蓬萊仙侶 寄書招邀者已久 而念君孤子 不能決去 今皇天默佑英子斯得 聰達超倫 穎睿拔萃 眞吾家千里駒也 君旣得依倚之所 晚年必將觀榮華而享富貴也 此身去留 須不介念也 一日衆道人 來集於堂上 與處士 或騎白鹿 或驂靑鶴 向深山而去 此得惟往往自空中 寄書札而已 蹤跡未嘗到家矣23)

위에서 열거한 양처사의 登仙도 도교적인 요소이거니와, 양소유가 과거를 보러 상경하던 중 화음현에서 진채봉과 만나 楊柳詞로 해로의 연을 맺고 난 후, 뜻밖에 仇士良의 내란으로 상경을 못하고 藍田山에서 양소유의 부친 양처사의 친구인 남전산 도사를 만나 그에게서 음률을 배우게 된다. 이 남전산 도사도 도교적 인물이거니와 양소유가 과거에 응시하고자 재차 상경하여 과거 시험 전에 정소저를 만나게 해준 紫淸觀 杜鍊師도 도교적 인물이다.

즉 위의 유교적인 요소와 도교적인 요소에서 논한 바 있는 성진이 양소유로 환생하여 覺夢하기까지의 과정은 주로 유교적으로 엮어졌고, 위부인과 팔선녀, 양처사, 남전산 도사 및 자청관의 두련사는 모두 도교적인 요소의 삽입으로 <구운몽> 작품의 주요 소재가 되어 있는

---

23) 상동.

것이다.

그리고 불교적인 요소에 대해서는 이 논문의 주제가 <구운몽> 작품이 불교소설이라는 데 그 전제를 두고 있기 때문에 그 상세한 예증은 번잡함을 피해 생략하기로 하겠다.

그러면 이상의 유교적인 요소와 도교적인 요소를 가지고 <구운몽>을 삼교사상의 교합으로 이루어진 작품이라 간주할 수 있는가? 물론 필자도 앞에서 거론한 유교적인 요소와 도교적인 요소가 있는 한, <구운몽>이 순연히 불교적인 요소로만 이루어져 있다고 보지는 않겠다. 다만 유·불·도 삼교사상 중 어떤 사상이 더욱 강조되고 작품의 주류를 이루었느냐가 작품의 주제사상을 판가름하는 데 문제가 될 것이다.

우리는 작품 분석에 있어서 요소(소재)와 主流를 엄격히 구분해 다루어야 할 것이다. 필자의 관견을 피력해 본다면, 앞에서 거론한 유교적인 요소와 도교적인 요소가 <구운몽> 작품의 주류와는 아무런 상관없이 하나의 소재로 삽입되었을 뿐, 그 이상 고려의 여지에 넣을 수 없을 뿐만 아니라, <구운몽>이 불교사상으로 주류를 이룬 데다 앞에서 언급한 유교적인 요소와 도교적인 요소는 모두 <구운몽> 작품의 주류인 불교사상으로 용해되어 있다는 것을 잊어서는 안 될 것이다.

<구운몽>이 불교사상으로 주류를 이루었다는 데 대해서 좀 더 살펴보자. <구운몽> 작품을 삼단으로 나눌 수 있다면, <구운몽>의 주인공인 수도하는 성진과 성진의 환생인 양소유의 생활, 그리고 환생한 양소유가 覺한 성진으로 돌아가는 부분으로 나눌 수 있는데, 이 세 단계 중 제일 중요한 위치를 차지할 수 있는 것이 바로 覺한 성진의 이야기에 있는 것이다. 그러므로 비록 <구운몽>의 분량이 주로 성진의 환생인 양소유의 향락생활로 엮어져 있지만, <구운몽>의 주제는 짤막한

성진의 覺에 있는 것이다. 이에 <구운몽>의 전 스토리를 약술하면, 수
도하는 승려 성진이 팔선녀를 보고 '迷'하였다가 환생하여 향락생활을
통하여 '覺'하는 성진으로 돌아가는 과정으로 엮어져 있다는 것이다.

앞에서도 말한 바와 같이 <구운몽>의 주류가 불교의 이야기일 뿐
아니라 <구운몽>은 불교의 幻夢說話로 엮어져 있다.24) 또한 <구운
몽>의 주인공인 '性眞'이라는 명칭이 불교적인 어구일 뿐만 아니라,
성진의 환생인 양소유의 '少游'도 속세에서 잠시 향락한다는 뜻을 가
진 불교적인 어구이다. 그리고 작자 김만중도 <구운몽> 작품에다 삼
교사상 중 유가 및 도가에 대하여 비판을 가하고 불교의 도가 가장 높
다고 노골적으로 언급하고 있는 것이다. 즉

　　天下有三道 曰儒道 曰仙道 曰佛道 三道之中 惟佛最高 儒道成全
倫紀 貴事業留名於身而已 仙道近誕 自古求之者甚多 而終無所驗 秦
皇漢武及玄宗皇帝可鑑也 吾自致任來此 每夜着睡 則夢中必參禪於
蒲團之上 此必與佛家有緣25) (방점은 필자)

위의 인용문 중 방점 부분에서와 같이 '天下有三道 曰儒道 曰仙道
曰佛道 三道之中 惟佛最高'라고 한 것은 작품 중 양소유의 말이지만,
실제로는 양소유를 빌려서 한 서포 자신의 말이다.

그러면 앞에서 언급한 바 있는 유교와 도교적 요소가 결말에 가서는
불교사상으로 용해된다는 데 대하여 언급하기로 하겠다. 첫째, 유교적
인 요소를 들어볼 것 같으면, 양소유의 기나긴 부귀공명도 절정에 이

24) <구운몽>이 불교의 환몽설화로 엮어져 있다는 데 대하여는 필자가 이미 「환몽설화고
」(『아세아연구』 제18호, 고대 아세아문제연구소)에서 소상히 밝힌 바 있다.
25) 한문목각본 卷之六, 楊丞相登高望遠 眞上人返還元.

르렀을 때 인생의 무상을 느끼고 양소유가 꿈에서 깨어나 성진의 본
위치로 되돌아갈 때, 기나긴 양소유의 향락은 단지 얼음 녹듯 幻夢으
로서 일장춘몽이 되어 버린다. 둘째, 도교적인 요소의 주류를 이룬 팔
선녀도 <구운몽> 말미에 이르러 그들의 향락도 모두 일장춘몽으로
허무를 느끼고 위부인 슬하를 떠나 육관대사 앞에서 삭발하여 여승이
되고 만다. 즉

> 八仙女詣大師之前 合掌叩頭曰 弟子等雖侍衛夫人左右 而實無所
> 學 未制妄念 情慾乍動 重譴隨至塵土 一夢無人喚醒幸蒙師傅慈悲 親
> 往契來 而昨往衛夫人宮中 摧謝前日之罪 旋謝夫人 永歸佛門 伏乞師
> 傅 快赦舊愆 特垂明教 大師曰 仙女之意 雖美 佛法深遠 不可猝學
> 非大德量大發願 則道不能成矣 惟仙女自量而處之 八仙女卽退 滌滿
> 面之臙粉 脫遍身之綺羅 取金剪刀 自剃綠雲之髮 復入告曰 弟子等旣
> 已變形 誓不慢師傅之教訓矣26) (방점은 필자)

위의 육관대사와 팔선녀의 대화에 있어서 우리는 <구운몽> 작품의
불교적인 결론을 얻을 수 있거니와, 실제로 서포는 앞에서도 예거한
바와 같이 도교에 대하여 '仙道近誕 自古求之者甚多而終無所驗'이라
하여 신랄하게 비판하고 있는 것이다.

그 외에 도교적인 요소로 위부인, 양처사, 남전산 도사, 자청관 두련
사 등은 하나의 삽입으로서 이후 재등장하지 않으니 문제가 되지 않으
며 <구운몽>의 주류와는 아무런 연속점을 갖고 있지 못한 것이다. 그
러므로 <구운몽>은 불교를 떠나 생각할 수가 없는 것이다.

---

26) 상동.

이명구 교수도 일찍이 그의 「구운몽고」27)에서 <구운몽>이 불교에서 시작되어 유교로 옮아가고 다시 불교로써 끝을 맺는데, 이는 한 인간에 있어서의 이념의 변천을 볼 수 있거니와, 엄격한 명문의 출생인 유가로서 성장하여 유가로서 입신양명한 서포가 유가로서의 인생의 결말을 얻지 못하고 불교의 이념으로써 인생의 결말을 그렸다는 것은 확실히 하나의 모순된 사실이라고 하였다. 더욱이 당시 가혹하게 배척된 불교임에 있어서는 더욱 그러한 느낌이 있다는 것이다. 하지만 불교가 아직도 사회에 존재해 있었고, 서포 또한 불가에 대해서는 의식적으로 탐구해 들어갔다는 점을 밝혀 서포와 불교의 밀접한 관계를 논하고 있다.

실제적으로 서포의 생애를 조감해 보면, 당시 黨論으로 세태는 極酷에 달했을 뿐 아니라, 서포 자신도 불우에 처해 있었음은 물론이다. 서포는 이조라는 유교사회에서 자라났고, 가문도 대대로 儒統을 이어 받았지만, 불우한 환경 조건에 처해 있던 서포에게는 어딘지 불교가 그의 불우한 심금에 위로를 주었을 것이다. 그의 『서포문집』을 보면 불가에 대한 문헌을 찾아볼 수 없으나 詩文에 있어서는 어딘지 불교적 무상관이 잠재해 있다. 또한 그의 『서포만필』을 보면 하권은 거의 태반이 불교에 대한 술회이며, 이 때문에 『서포만필』이 일찍부터 이조라는 유교사회에 받아들여지지 못하여 印本으로 전하지 못하고, 겨우 寫本으로 전해 내려 온 것이 아닌가 한다.

북헌 김춘택이 쓴 『서포만필』의 서문을 보면, 당시 인사들이 『서포만필』을 비난한 말이라 하여,

---

27) 이명구, 「구운몽고」, 『논문집』 제3집, 성균관대, 108쪽.

　　或有難小子曰 漫筆誠高矣 但有可疑者 其講論之說 時與先儒有異
同 又似汎濫釋氏何也[28]

라 하고 있는 바와 같이 서포의 釋氏에 대한 언급이 너무도 많음에
빈축을 보이고 있다. 그러나 이에 대하여 북헌은 스스로 답변하여,

　　或有異同卽先儒之所己不免於先生 又何疑焉 今世之人 自其學語
使能排釋氏而志師宿儒 未必知釋氏之爲何物[29]

이라 하여 先儒들이 도리어 불가에 몽매함을 논박하고 있다.
　이러한 북헌의 제론과 『서포만필』의 하권을 보아서도 서포가 일찍
부터 불가에 대단한 관심을 가지고 있었음을 알 수가 있다. 그러므로
우리는 앞에서도 언급한 바와 같이 불교를 떠나 <구운몽>을 생각할
수 없으며, <구운몽>이야말로 서포의 진지한 불교관에서 씌어진 작품
이라고 할 수 있다. 종래에 <구운몽> 연구가들 몇몇 분이 <구운몽>
을 불교의 주류로 생각하지 않고 하나의 삼교사상 융합론으로 귀착시
킨 것은 시정되어야 하며, <구운몽>에 대한 최초의 발언자인 陶庵 李
縡 선생의 <구운몽>의 주제 해설인 '大旨以功名富貴 歸之於一場春
夢'에다 '蓋以釋伽寓言'이라고 덧붙인 미숙한 불교관으로 되돌아가 이
를 더욱 발전시켜야 할 것이다.

---

28) 이명구, 「구운몽고」, 『성균학보』, 성균관대, 138쪽에서 재인용.
29) 상동.

4) 空사상론

<구운몽>의 근원사상은 유·불·도 삼교사상의 융합에 있는 것이
아니요, 순수한 불교사상으로 이루어진 불교소설이라 함은 앞에서 서
술한 바와 같다. 그러면 <구운몽>은 불교사상 중 도대체 어떤 사상이
그 주류를 이루고 있는가? 한 마디로 말하자면, <구운몽>은 『金剛般
若波羅密經』을 중심으로 한 空사상으로 이루어진 것이다.

『금강경』은 空사상이 중심으로 된 般若經 중 中心經이거니와, <구
운몽>이 『금강경』을 중심으로 이루어졌다 함은 <구운몽> 전체 스토
리의 전개가 『금강경』의 풀이라고 할 만큼 『금강경』과 부합할 뿐만 아
니라, <구운몽> 가운데 『금강경』에 대한 언급이 누누이 출현하고 있
다는 것이다. 예를 들면 <구운몽> 초두에 육관대사가 전도차 서역으
로부터 중국에 들어와 南岳衡山 蓮花峰 위에 암자를 짓고 전교할 때
에 오직 『금강경』을 가지고 있다는 것이다. 즉

> 自西域天竺入中國 愛衡岳秀色 就蓮花峯上 結草庵以居 講大乘之
> 法 以敎衆生 以制鬼神 於是 西敎大行 皆敬信 以爲生佛 復出於世
> 富人薦其財 貧者出其力 鑪疊嶂架絶壑 鳩材傊工 大開法宇 幽嶨寥閑
> 勝槪萬千 杜工部詩 所謂寺門高開洞庭野 殿脚挿入赤沙湖 五月寒風
> 冷佛骨 六時天樂朝香爐 四句已盡之矣 山勢之傑 道場之雄 稱爲南方
> 之最 其和尙 惟手持金剛經一卷 或稱六如和尙 或稱六觀大師30) (방
> 점은 필자)

그리고 성진이 꿈에서 大覺한 후에도 꿈과 현실의 한계성을 지으려

---

30) 한문목각본 卷之一, 蓮花峰大開法宇 眞上人幻生楊家.

할 때, 육관대사는 성진에게 『금강경』을 강설함으로써 꿈과 현실을 일
직선으로 연결한다.

　　大師曰 汝乘興而去 興盡而來 我有何干與之事乎 且汝曰 弟子夢人
間輪廻之事 且汝以夢與人世 二分爲也 汝夢猶未覺也 莊周夢爲蝴蝶
蝴蝶又變爲莊周 莊周之夢爲蝴蝶耶　蝴蝶之夢爲莊周耶　終不能辨之
孰知何事之爲眞耶　今汝以性眞爲汝身　以夢爲汝身之夢　則汝亦以身
與夢 謂非一物也 性眞少游 孰是夢也 孰非夢也 性眞曰 弟子蒙暗 不
能辨夢非眞也 眞非夢也 望師傅說法 使弟子覺之 大師曰 我當說金剛
經大法 以悟汝心[31]

이와 같이 육관대사는 꿈과 현실의 한계에 어두운 성진으로 하여금
『금강경』大法으로 大覺하게 한 후, 성진이 비로소 正果를 얻은 것을
보고 다시 그에게 『금강경』을 전수하고 서역으로 가 버리는 것이다.

　　大師見性眞戒行純熟 乃會衆弟子而言曰 我本爲傳道 遠入中國 今
旣得傳法之人 我今行矣 以袈裟及一鉢淨瓶錫杖金剛經一卷 給性眞
遂向西天而去[32] (방점은 필자)

위의 인용문 중 육관대사가 성진에게 준 袈裟나 一鉢淨瓶 및 錫杖
은 스승이 도통을 제자에게 전하는 상징이다. 그 중에 많은 불경 중
『금강경』을 주었다는 것은, 그만큼 『금강경』이 <구운몽> 작품에 그
차지하는 비중이 얼마나 무거운 것인가를 말해 주는 것이다.
　그러면 空사상이란 도대체 무엇인가. 원래 불교의 모든 분야에 있어

---

31) 한문목각본 卷之六, 楊丞相登高望遠 眞上人返本還元.
32) 한문목각본 卷之六, 楊丞相登高望遠 眞上人返本還元.

서 空사상은 불교의 정통적인 사상이다. 왜 그러냐 하면, 無師獨悟하였다는 소위 법이라는 것이 즉 緣起요, 이 연기의 법이 불타의 근본사상인 이상 이것이 즉 불교의 정통사상인 바, 이 연기의 바탕이 즉 空인 것이다. 그러므로 불교인 이상, 部派의 小乘을 가릴 것 없이 그 모든 학설은 반드시 이 空사상의 기초 위에 세워진 것이요, 또한 그렇게 되어 있는 것이다. 그럼에도 불구하고 소승불교 시대에 이르러 有部가 法體恒存說을 주장한 것이 계기가 되어서 여러 가지 異論이 발생하여 언뜻 보면 空사상은 마치 다른 사상을 차용한 것같이 보인다. 그러나 有部宗에서 法體恒存說을 주장하게 된 이유는 안으로 여러 가지 이유가 있겠지만, 또한 외부적으로도 당시 인도 일반 학계에 그러한 실재적인 사상 경향이 있었음에 영향 받은 것이다. 그러나 기실 空사상은 불교 교리의 기조가 되는 것으로 원시불교로부터 力說되었고, 龍樹에 이르러 이론화되어 불교 각 종파를 막론하고 적든 크든 모든 불교가 空사상을 떠나 생각할 수 없게 되는 것이다.[33] 이른바 諸法無我 諸行無常 一切皆苦의 三法印이 있는 한, 불교는 앞으로도 空사상을 主低로 하여 나아갈 것이다.

空사상은 迷에서 幻을 통하여 覺에 도달하는 과정을 말한다. 覺의 세계가 말하자면 眞空妙有인 것이다. 그런데 본시 모든 중생은 불성을 가진 覺體이며 만물은 실상을 나타내고 있는 如如다. 이것은 見思惑에서 생기는 偏執 때문에 미처 깨닫지 못하고 있는 것이다. 이 覺과 迷의 차이는 0°는 360°라는 이론과 같다. 즉 부처와 범부의 차이는 가장 멀면서도 가장 가까운 거리에 있는 것이다. 결국 인간은 모두 부처이다.

---

33) 김동화, 『불교학개론』, 백영사, 1962 참고.

다만 一念의 迷로 覺의 자리를 발견하지 못하고 있을 따름이다. 覺은 먼 데 있는 것이 아니라 바로 자신의 심성의 본자리에 있는 것이다.

자타분별이 없던 如如의 세계에서 갑자기 대립의 세계로, 무한에서 유한으로, 覺 자리에서 迷로, 급변한 境我의 分, 이보다 더 큰 전환은 없는 것이다. 그래서 생명은 경악의 소리를 치게 되는 것이다. 생명이 자기를 중심으로 해서 보는 세계는 모두가 有이다. 그것은 자기의 존재가 무엇인가에 의해서 구별되기 때문이다. 그래서 有도 假有요 無도 假無다. 그러므로 非有非無이며 또는 有는 無가 있기 때문에 이름지어지고 無도 有가 있는 것을 전제해서 불리는 것이므로 有를 부정하면 無自身이 긍정되는 게 아니라 역시 부정되는 것이므로 또한 非眞有 非眞無다. 즉 절대의 有나 無는 아닌 것이다. 그렇다고 無가 有를 긍정하게 되면 無 자체가 따라서 긍정되는 것도 또한 아니고, 역시 無 자신이 無라야 하므로 有亦無 無亦有가 되는 것이다.

이렇게 有無는 자신의 불완전성을 깨닫고 各己의 半邊的 존재를 합하여 중도로 나가지 않을 수 없게 되는 것이다. 各己는 자기의 존재조건을 상대에서 구하여, 일체가 화해와 會通을 가져와야 함을 깨닫게 되는 것이다. 이것은 만물의 차별지어지는 특징을 지양, 극복해서 무분별로 되는 것이니, 차별을 拙出해 내면 남는 것이 空이다. 그러나 이 空은 전체의 總相이어서 다시 분별되지 않을 뿐이지 허무의 空은 아니다. 말하자면 虛, 空은 가장 충실한 實相인 것이다. 여기에 중요한 것은 일체가 有의 諸法相이 실재가 아니라는 것을 깨닫고 실재하는 相을 구하는 進行인데, 이것은 자기 부정에서부터 시작해서 他의 일체까지 부정하여 더 부정할 수 없는 데까지 도달해야 하는 것이다. 이 최후의 부정 뒤에 오는 것이 바로 최대의 긍정인 實相의 현현인 것이다. 그런데 이때까지도 境의 實相과 我의 般若는 대립 교섭되고 있는 것이 되는데, 이 境我의 분별마저 멸절해야만 如如한 實相體로 귀일되는 것이다. 그래서 佛學의 최고 경지에서는 三空을 주장하는 것이다. 즉 我空, 法空, 空亦空인 것이다. '나'라는 一念이 아직 있게 되면 이는 곧 住요, 著이요, 得이요, 相이므로『금강경』에서는 최후의 一念까지도 부정해야 한다고 보고 있다.

그러면 이것은 일체를 一로 統攝한 것이요, 時空을 永恒과 無窮 면에서 洞察한 것이 되어 완전히 空도 아닌 空이 되는데 이것이 바로 實相이요 眞空이 되는 것이다. 그렇다고 세상의 허무나 정지의 상태로 민멸되는 것이 아니다. 왜냐하면 '實相' 그것이 결코 有와 대립되는 無의 空이 아니고, 이것은 有相無相을 왕래하는 '妙', 즉 無有無相이기 때문에 緣生 그 자체는 영원불변하게 행해지고 있으므로 역시 妙有의 實相인 것이다. 그러므로 眞, 空은 실상을 형용한 것이고, 妙有는 작용을 지칭한 것으로, 우주의 如如함은 실상 그것이 작용하고 있다는 것이 된다. 이것이 體用의 합일인 것인데, 본체의 현상을 어디까지나 같은 一로 본 것은 자기의 원인을 자기 안에서 구하려고 한 동양적 사유 방식의 특징이라 하겠다. 그러므로 자기부정은 자기 원인을 밖에서 긍정하려는 것이 아니라, 바로 그것이 자기 안의 實我를 얻는 것에 있다는 것이니, 역시 가장 먼 데서 가장 가까운 것을 구하고 또 가장 가까운 데서 가장 먼 것을 얻게 되는 것이다.

이상의 과정은 곧 사유의 진행이요, 實地上에 있어서 수행의 단계이다. 앞에서도 말한 바와 같이 인간은 無分別한 원에서 有分別한 직선으로 온 것이다. 이 직선을 다시 원으로 돌려보내는 데 목적을 둔 것이요, 원으로 되어도 그것이 해탈이며 그 경지가 바로 열반인 것이다. 직선은 이러한 수행상에서 볼 때 마치 세워진 낚싯대와 같다. 여기에 기어 올라가 절정에 도달하여, 그 끝점을 먼저 출발하던 곳으로 가져가 연결시켜 원으로 만든 것이다. 여기서 그 직선의 장대(竿)를 오르는 데는 자연히 계단이 있어야 하고, 적어도 사다리(梯) 같은 발판이 있어야 한다. 이것이 불가에서 말하는 方便善巧다. 매 단계는 긍정 부정의 양면성을 갖는다. 내가 그 계단을 디디기 전에 디디려고 할 때는 이를 긍정하는 게 되고, 그를 밟고 올라설 때도 역시 긍정한 것이 된다. 만일 이미 밟고 서 있는 계단을 내내 긍정만 하고 부정하지 않으면, 진행은 거기서 머무르게 된다. 그러므로 가장 중요한 것은 긍정은 다시 부정에 의해 진술되어야 하고, 더 나아가서 새로운 긍정을 찾아야 한다. 이러한 일련의 부정과 긍정으로 되어 마지막 정상에 도달했을 때는 최대의 부정을 직면하게 되는데, 여기에는 다시 더 올라갈 계단도 없거니와 위로 더 긍정될 것이 있지도 않다. 다만 直下의 원래 출발지가 있어 정상과 가장 먼 거리를 유지하고 있을 뿐이다.

이것이 바로 백척간두에서 진일보하는 최후의 찰나이다. 여기에서 大勇이 필요한 것이다. 大勇은 지혜의 소산이다. 智는 결단이요, 慧는 簡擇이다. 俗諦를 아는 것이 智요, 眞諦를 아는 것이 慧이다. 여기에 我法一切를 부정하고 진일보하게 되면, 그 도달한 곳은 바로 본위치요, 도달 후에 발견한 것은 實我 그것이다. 말하자면, 불성은 일체중생의 生俱的인 것이다. 그러나 그는 바로 自我心識에 대한 迷悟의 차이가 가장 가까우면서도 가장 먼 것이다. 迷하면 일체가 虛요 空이요, 覺하면 일체가 眞實이다. 일체는 如如한 實相이요, 妙用이다. 이를 가장 가까운 名相으로 표현한 것이 眞空妙有이다.[34]

그러면 실제적으로 『금강경』의 空사상을 중심으로 〈구운몽〉 작품을 분석하기로 하겠다. 전술한 바도 있지만, 성진은 육관대사의 수제자로 육관대사의 명에 의하여 용왕에게 回謝하고 돌아오는 길에, 마침 위부인의 명으로 육관대사에게 선물을 전수하고 돌아가는 팔선녀와 石橋에서 마주친다. 성진은 石橋에서 잠시 수작한 팔선녀의 미모에 반하여 歸禪한 후에도 팔선녀의 미모를 잊을 수가 없다. 성진은 수도하는 중이라 속세의 부귀영화와 불가의 교차로에서 헤매다가 禪房에서 그만 비몽사몽간에 꿈의 세계로 들어가게 된다.

> 哀我佛家之道 不過一盂一飯一瓶 數三卷之經文 百八顆之念珠而已 其德雖高 其道雖玄 寂寥太甚矣 枯渴而止矣 假令悟上乘之法 傳祖師之統 直坐於蓮花臺上 三魂九魄 一散於烟熖之中則 夫孰知一介性眞生於天地間乎 思之如此 念之如彼 欲眠不眠 夜已深矣 霎然合眼則 八仙女忽羅列於前矣 驚悟開睫 已不可見矣 遂大悔曰 釋敎工夫 正心志 斯爲上行矣 我出家十年 曾無半點苟且之心 邪心忽發 今乃如此 豈不有妨於我之前程乎 遂自爇梅檀 跌坐蒲團 振勵精神 輪盡項珠 方靜千佛矣 忽然一童子 立窓外呼之曰 師兄着寢否 師父命召之矣[35] (방점은 필자)

위와 같이 성진은 마음을 온통 팔선녀에게 빼앗겨 이로 인하여 현실의 세계에서 환몽의 세계로 돌입하는데, 그 속에서 육관대사에 의하여 酆都로 내침을 당했다가 양처사의 아들 양소유로 환생하게 된다.

> 性眞默然曰 今者我當輪生於人世 而顧此形身 只箇精神而已 骨肉正在蓮花峯上 已火燒矣 我以年少之故 未畜弟子 更有何人 收我舍利

---

34) 김충렬, 「중국적 사유형식과 佛學」, 『경북대학보』 421호, 경북대학교 참고.

35) 한문목각본 卷之一, 蓮花峰大開法宇 眞上人幻生楊家.

思量反覆 心切悽愴 俄而使者出 揮手招之言曰 此地卽大唐國淮南道
秀州縣也 此家卽楊處士家也 處士乃汝父親 其妻柳氏 乃汝慈母也 汝
以前生之緣 爲此家之子 汝須速入 毋失吉時 性眞卽入見則 處士戴葛
巾穿野服 坐於中堂 對爐煎藥 香臭靄靄然襲衣 房內隱隱 有婦人呻吟
之聲矣 使者促性眞入房中 性眞疑慮逡巡 使者自後推擠 性眞蹶然仆
地 神昏氣窒 若在天地飜覆之中者然 性眞大呼曰 救我救我 而聲在喉
間 不能成語 只小兒啼哭之作聲矣 侍婢走告曰 夫人誕生小郞君矣[36]

성진이 이와 같이 양소유로 환생하여 그가 생시에 그리던 팔선녀의
환생인 진채봉, 계섬월, 정소저, 가춘운, 난양공주, 적경홍, 심요연, 백
능파 등 팔미인을 모두 손아귀에 넣는다.

그 중에 계섬월과의 사랑은 염정문학의 극치이다. 양소유가 과거를
보러 두 번째로 상경하던 중 天津橋에서 계섬월과 해후하는데, 그녀와
의 염정 내지 육정 장면은 고소설 중 드물게 볼 수 있는 love scene이
다. 아래의 인용문은 양소유가 계섬월과 사랑을 속삭이며 백년해로의
가연을 맺고 견권지정을 마음껏 누리는 장면이다.

此時 楊生往酒店 搬移行李 趂黃昏 往尋蟾月之家 蟾月先已還家
掃中堂 燃華燭 悄然而待之 楊生繫驢櫻桃樹下 往叩重門 蟾月聞剝啄
之聲 趿屐出迎曰 下樓之時 卽先而妾後 妾已先到而郞何後也 楊生曰
以主人而待客可乎 以客而待主人可乎 眞所謂非敢後也 馬不前也 遂
相與扶携而入 兩入相對 其喜可知 蟾月滿酌玉盃 以金縷衣一曲 侑之
芳姿嫩聲 能割人之腸而迷人之魂 生情不能抑 相携就寢 雖巫山之夢
洛浦之遇 未足以踰其樂矣[37] (방점은 필자)

---

36) 상동.

양소유는 팔미인을 모두 손아귀에 넣고 마음껏 욕정을 누릴 뿐만 아니라 입신양명하여 벼슬이 大丞相 겸 魏國公에 이르니, 양소유가 환생하기 전에 그리던 부귀영화가 문자 그대로 실현되는 것이다. 그 예문은 삼교사상설 비판에서 들었기 때문에 여기에서는 생략하기로 하겠다.

그러나 양소유의 이러한 부귀영화가 생시에 그리던 그대로 실현되어 절정에 이르렀음에도 불구하고, 그는 만년에 생일을 맞아 황상이 하사한 翠微宮 終南山에서 팔미인을 데리고 遊玩하는 중에 인생에 대한 무상을 느낀다.

> 仲秋旣望 卽丞相晬日 諸子女設宴獻壽 至十餘日 繁華景色 不可言也 宴罷諸子女各歸其家 俄而菊秋佳節已迫矣 菊花綻萼 茱萸垂實 正當登高臺之時也 翠微宮西畔有高臺 登臨則八百里山川如掌樣見也 丞相最愛其臺 是日與兩夫人六娘子 登其上頭 揷一枝黃菊 以賞秋景 相對暢飲 而已返照倒射於昆明 雲影低垂於廣野 秋色燦爛 如展活畵 丞相手把玉簫 自吹一曲 其聲嗚嗚咽咽 如怨如訴 如泣如思 若荊卿渡易水 與高漸離擊筑相和 伯王在帳中 與虞美人 唱歌怨別 諸美人 悲思盈襟 慘怛不樂 兩夫人問曰 丞相早成功名 久享富貴 一世所美 近古所罕 當此佳辰 風景正美 菊英泛觴 玉人滿座 此亦人生之樂事 而簫聲甚哀 使人堪涕 今日之簫聲 非舊日之聞 何也 丞相乃投玉簫 徒倚欄頭 擧手指明月 而言曰 北望則平郊四廣 頹嶺獨立 夕照殘影 明滅於荒草之間者 卽秦始皇阿房宮也 西望則悲風悄林暮雲冪山者 漢武帝茂陵也 東望則 粉墻繚繞於靑山 朱甍隱映於碧空 且有明月 自來自去 玉欄干頭 更無人倚者 卽玄宗皇與太眞 同遊之華淸宮也 噫此三

---

37) 한문목각본 卷之一, 楊千里酒樓擢桂 桂蟾月鴛被薦賢.

君 皆千古英雄 以四海爲戶庭 以億兆爲臣妾 雄豪意氣 軒輊宇宙 直
欲挽三光而閱千歲矣 而今安在哉 少游以河東一布衣 恩承聖主 位致
將相 且與諸娘子相遇 厚意深情 至老益密 非前生未了之緣 必不及於
是也 男女以緣而會 緣盡而散 乃天理之常 吾輩一歸之後 高臺自頹 曲
池且堙 今日歌殿舞榭 便作衰草寒煙 必有樵童牧兒 悲歌暗歎 往來而
相謂曰 此乃楊丞相與諸娘子 所遊之處 大丞相富貴風流 諸娘子玉容
花態 已寂寞矣 人生到此則 豈不如一瞬之頃乎38) (방점은 필자)

위의 장황한 인용문을 요약하면, 양승상이 그의 생일을 맞아 자녀가
모두 돌아간 후에 두 공주, 여섯 낭자와 高臺에 모인 자리에서 양소유
가 부는 玉簫가 전일과는 달리 하도 구슬퍼 그 연유를 묻는다. 이에
양승상이 옥소를 던지고 달을 가리키며 북녘을 바라보니 석양에 쇠잔
한 그림자와 누른 풀 사이의 명멸한 것은 진시황의 아방궁이요, 서쪽
으로 바라보니 悲風이 소슬하고 霧雲이 참담한 것은 한무제의 茂陵이
요, 동쪽으로 보이는 朱欄畫閣과 碧川에 비치어 밝은 달이 自去自來
하는 것은 당현종의 화청궁이라, 이 세 임금은 역대의 영웅이건만 모
두 순간으로 사라졌으니 이것으로 인하여 자연 옥소 소리가 구슬퍼진
것이라고 답한다.

우리는 앞의 인용문에서 소동파의 <赤壁賦>의 시상의 일부를 느낄
수 있거니와, '男女以緣而會 緣盡而散'에서 과거에 화려했고 현재도
화려한 양소유의 부귀공명에도 불구하고 인생에 대한 무상을 느껴, 이
幻에서 양소유는 마침내 胡僧과 대화하는 가운데 각몽하여 성진으로
환원하는 것이다.

---

38) 한문목각본 卷之六, 楊丞相登高望遠 眞上人返本還元.

方命侍女 洗盞更酌 投笻之大聲 忽出於欄外石逕 諸人皆曰 何許人
敢來於是處乎 而已有一衲胡僧 至前尨眉尺長 碧眼波明 形貌動靜 甚
異矣 上高臺與丞相 相對坐曰 山野之人謁於大丞相矣 丞相已知非俗
僧 忙起答禮曰 師傅來從何處乎 胡僧笑曰 丞相不解平生故人乎 曾聞
貴人 善忘果是也 丞相熟視之 似是舊面而猶不分明矣 忽大悟 顧諸夫
人而言曰 少游曾伐吐蕃時 夢參洞庭龍王之宴 歸路暫上於南岳 見老
和尙 跏趺於法座 與衆弟子等 講佛經矣 師傅無乃夢中所見之和尙乎
胡僧拍掌大笑曰 是矣是矣 然只記夢中之一見 不記十年之同處 誰謂
楊丞相聰明乎…大師高聲問曰 性眞人間滋味果如何耶 性眞叩頭流涕
曰 性眞已大覺矣 弟子無狀 操心不正 自作之孼 誰怨誰咎 宜處缺陷
之世界 永輪回之咎殃而師傅喚起一夜之夢 能悟性眞之心 師傅大恩
雖閱千萬塵劫 而不可報也[39]

이리하여 성진은 팔선녀와 함께 인생의 환몽을 통하여 覺한 후에
육관대사에게서 의발을 이어받고 연화도량을 주관하여 교화를 크게
베풀어 팔선녀와 더불어 극락세계로 갔다는 것이다.

性眞及八尼姑 皆頓悟本性 大得寂滅之道 大師見性眞戒行純熟 乃
衆弟子而言曰 我本爲傳道 遠入中國 今旣得傳法之人 我今行矣 以袈
裟及一鉢淨甁錫杖金剛經一卷 給性眞 遂向西天而去 此後性眞率蓮
花道場大衆 大宣敎化 仙與龍神 人與鬼物 尊重性眞 如六觀大師 八
尼皆師事性眞 深得菩薩大道 畢竟皆歸於極樂世界 嗚乎異哉[40]

이상의 <구운몽> 작품의 분석을 통하여 본 결과, 주인공 성진이 팔

---

39) 상동.
40) 상동.

선녀로 인하여 '迷'하여 유교적인 부귀공명의 '幻'을 통하여 '覺'한 성진으로 되돌아가는 것이다. 이것이 <구운몽>의 줄거리이다.

<구운몽>이 空사상을 토대로 하여『금강경』을 중심으로 이루어진 작품이라 함은 앞에서 누누이 언급한 바 있거니와, 그러면 <구운몽>을『금강경』과 대조하여 이를 실증해 보기로 하겠다.

앞에서 언급한 바 있는 <구운몽>의 줄거리에서 주인공 성진이 양소유로 환생하여 인간의 부귀공명을 마음껏 누렸으나 만년에 그의 생일을 맞이하여 취미궁 高臺에서 인생의 무상을 느낀 것은,『금강경』에 이른바 모두가 幻인 것이다. 즉『금강경』에,

> 須菩提 若有人 滿無量阿僧祇世界 七寶持用布施 若有善男子善女人 發菩提心者 持於此經乃至 四句偈等 受持讀誦 爲人演說 其福勝彼 云何爲人演說 不敢於相 如如不動 何以故 一切有爲法 如夢如幻泡影 如露亦如電 應作如是觀[41] (방점은 필자)

이라고 한 바와 같이 一切有爲法이 幻夢인 것이다.

그리고 양소유가 인생의 무상을 느껴,『금강경』에 이른바 幻夢을 통하여, 앞에서 언급한 바대로 覺한 후, 양소유는 없어지고 다시 성진으로 되돌아가는데, 이것은『금강경』에서 '佛告須菩提 凡所有相 皆是虛妄 若見諸相非相 卽見如來'[42](방점은 필자)라고 한 바와 같이 무릇 相 있는 바 모두 허망한 것이니, 諸相을 相 아닌 것으로 본다면 如來를 본 것과 같다고 한 것과 통한다. 즉 성진이 과거에 양소유로 환생하여

---

41)『金剛般若波羅密經』應他非眞分 第三十二.
42)『金剛般若波羅密經』如理實見分 第五.

인간의 부귀공명을 마음껏 누린 것은 실상이 아니요 일체를 환몽으로
보고 覺한 후에는 相 아닌 것으로 본 것이다. 즉 성진은 팔선녀의 미모
와 부귀공명을 실상으로 받아들이려 했다. 여기서 성진은 혼미한 현상
가운데 헤매는 것이다. 그의 스승 육관대사는 꿈을 통하여 성진을 양
소유로 환생시켜 인간의 부귀공명을 마음껏 누리게 하고 나서 각몽하
여 인간의 모든 부귀영화가 일장의 환몽임을 깨닫게 한다. 이로 인하
여 성진은 양소유 이전의 성진으로 환원하되 그것은 제자리에서의 성
진이 아니라 360°로 변한 성진인 것이다. 즉 迷한 성진과 覺한 성진은
가장 가까이 있으면서도 가장 먼 거리에 있는 것이다. 환언하면 迷한
성진과 覺한 성진 사이에는 0°와 360°의 차이가 있는 것이다.

즉 馬鳴菩薩의 『大乘起信論』에 이른바 '有 非有 非非有 無 非無 非
非無'를 인용한다면, 迷의 성진은 有요 無요, 양소유는 非有요 非無요,
覺한 성진은 非非有요 非非無인 것이다. 이를 다시 도표로 제시해 보
면 다음과 같다.

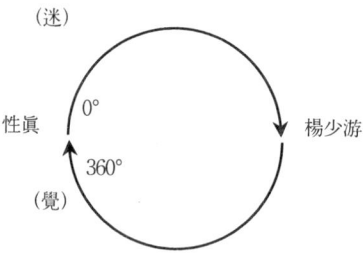

<구운몽>이 迷에서 환몽을 통하여 覺하기까지의 과정을 그렸다는
것은 전술한 바와 같다. 이것은 『금강경』의 주제일 뿐만 아니라, <구
운몽>의 주제인 것이다. <구운몽>나 『금강경』은 모두 迷에서 幻을

통하여 覺하기까지의 과정을 그린 것이다. 覺한 이후의 세계는 <구운몽>에도 언급되어 있지 않으려니와, 『금강경』에도 언급이 없다. 이것이 <구운몽>과 『금강경』이 공통하는 空사상인 것이다.

覺한 이후의 세계는 眞空妙有인 것이다. 覺하면 眞空妙有이다. 즉 <구운몽>은 眞空妙有에서 스토리는 끝나는 것이다. 眞空妙有에 대해서는 서포도 일찍이 그의 『서포만필』에서 다음과 같이 언급한 일이 있다.

佛者雖繁 其要不出於眞空妙有四字 圭峰宗密 謂眞空者 不違有之空也 妙有者 不違空之有也 此語頗與濂溪周子 無極而大極相似[43] (방점은 필자)

위는 空사상의 극치인 眞空妙有를 논한 것으로, 불가의 요지가 眞空妙有에 있다는 것을 말하고 또한 불가의 근원을 유가의 濂溪 周子의 無極과 비교하여 불가의 진리도 반드시 황당무계한 바에만 있지 않다고 보고 있는데, 이는 당시 유가들에게 일침을 가한 말로 해석할 수 있다. 실제로 송대 성리학의 성립이 불가의 이론을 많이 원용하여 이루어진 것을 생각할 때, 서포의 이러한 견해는 전문가적인 일견이라고 보지 않을 수 없다.

이와 같이 <구운몽>이 空사상의 중심인 『금강경』을 중심으로 하여 엮어진 작품임에도 불구하고, 김기동 교수는 <구운몽>의 사상을 윤회사상에 두어 다음과 같이 언급한 일이 있다.

---

43) 『서포만필』 下, 문림사, 12쪽.

……前略……이와 같이 前生에서 現世로 轉生한 男主人公 楊少游
는 같이 現世에 轉生한 八仙女를 차례차례로 만나 三妻五妾을 삼고
一家和樂한 가운데 富貴와 功名을 一世에 누리며 살다가 晩年에 이
르러 九人이 會同하고 人世의 無常과 虛無를 論하여 將次 佛道를 닦
아 永生을 求코자 하는데 道僧의 來訪을 맞아 問答하는 가운데 楊少
游는 人間輪廻의 꿈을 깨닫고는 그 옛날의 性眞으로 돌아가서 前生
을 悔改하고 師父의 敎示를 받아 師父를 代身하며 說法하게 되었다
는 것을 보면, 九雲夢은 佛敎의 輪廻思想을 表現해 보고자 한 作品
임을 알 수 있겠다. 따라서 九雲夢이야말로 佛敎의 輪廻思想을 表
現한 代表的 小說이라 하지 않을 수 없다[44] (방점은 필자)

우리가 <구운몽>을 읽어 보면 윤회하는 장면이 없지 않은 것도 사
실이다. 즉 성진이 용궁에 가 음주하고 돌아오는 길에 石橋에서 팔선
녀와 수작하고 歸禪한 후에까지도 그 팔선녀의 미색을 잊지 못하고,
속세의 부귀영화를 흠모하고 불가의 적막함을 厭惡하였다는 죄로 육
관대사에 의하여 염왕에게 회부되었다가 大唐國 淮南 秀州縣의 양처
사의 아들로 환생하고, 팔선녀도 이와 같이 각기 두 공주와 여섯 낭자
로 환생하는 것이다. 즉 윤회에 대한 대목을 들어보면,

汝罪如此 一番輪廻之苦 烏得免乎 性眞惟涕泣而已 頓無行意 大師
復慰之曰 心苟不潔 雖處山中 道不可成矣 不忘其根本 雖落於十丈狂
塵之間 畢竟自有稅賀之處 汝必復歸於此 則當躬自率來 汝其勿疑而
行[45] (방점은 필자)

---

44) 김기동, 「국문학상의 불교사상 연구」, 『불교학보』 2집, 동대 불교문화연구소, 250쪽.
45) 한문목각본 卷之一, 蓮花峰大開法宇 眞上人幻生楊家.

이라고 한 바와 같이 윤회에 대한 내용이 보이나, 작품 전체를 읽어 볼 때 과연 <구운몽>의 근원사상으로 윤회사상이 그 중심을 이루고 있다고 할 수 있는가? <구운몽>에 삽입된 '윤회'는 사상으로서가 아니라 하나의 스토리 전개의 수단에 불과하다. 사람이 죽어서 다시 사람으로 환생한다는 사실 자체는 윤회이다. 그러나 <구운몽> 속의 주요인물이 환생하였다고 해서 <구운몽>의 주제 또는 근본사상이 윤회사상이라 할 수는 없다. 성진이 양소유로 환생하여 양소유로 끝나고, 팔선녀가 두 공주와 여섯 낭자인 채로 끝을 맺었다면 모르지만, 앞에서 인용된 김기동 교수의 논의에서와 같이 성진이 양소유로 환생했다가 다시 성진으로 환원하고, 팔선녀 역시 다시 팔선녀로 환원되는 것이다. 그러므로 <구운몽>에 출현하는 윤회는 어디까지나 空사상을 나타내기 위한 방편으로 삽입된 불교적 서술이었을 따름이다.

실제로 서포도 <구운몽>에서 성진이 육관대사와 문답하는 가운데 육관대사에게 윤회의 苦를 면하게 하고 하룻밤의 大夢을 깨워준 데 대하여 감사를 표하는 장면을 설정해 놓고 있거니와, 大覺은 곧 見性이요 成佛이니 본성의 진실을 보는 큰 깨달음의 성불만이 윤회를 면하는 길이기 때문이다. 다시 말해서 성진이 양소유로 환생한 것은 迷妄의 윤회지만, 양소유가 성진으로 환원한 것은 悟達의 해탈이기 때문에 숙명의 윤회를 벗는 自在의 생명이 되는 것이다.

性眞叩頭流涕曰 性眞已大覺矣 弟子無狀操心不正 自作之孽 誰怨誰咎 宜處缺陷之世界 永受輪廻之咎殃 而師傅喚起一夜之夢 能悟性眞之心 師傅大恩 雖閱千萬塵劫 而不可報也[46] (방점은 필자)

___

46) 한문목각본 卷之六, 楊丞相登高望遠 眞上人返本還元.

여기에 제언해 둘 말이 있다. 우리가 종래에 작품 분석을 통하여 유교적인 어구가 나타나면 유교사상, 도교적인 어구가 나타나면 도교사상, 불교적인 어구면 불교사상이라고 단언해 온 피상적인 비교문학적 방법은 수정되어야 할 것이다. 우리는 유교적인 요소 가운데서도 도·불교사상을 엿볼 수 있고, 도교적인 요소 가운데서도 유·불교사상을 엿볼 수 있고, 역으로 불교적인 요소 가운데서도 유·도교사상을 색출해내는 이면적인 분석 방법으로 止揚해야 할 것이다. 요는 작품 분석에 있어서 소재가 무엇인지가 문제되는 것이 아니라, 작품의 주제가 어디에 있는가를 살피는 이면적인 고찰이 요청되는 바이다.

<구운몽>이 空사상의 中心經인『금강경』을 사상적인 藍本으로 하여 엮어져 있다는 것은, 고소설로서는 드물게 볼 수 있는 작품의 짜임새로 보나, 앞에서 제시한 眞空妙有를 논한 서포의 전문가적인 견해로 보나, 그 당시 黨禍에서 헤어나지 못한 환경 조건과 서포와 그의 모부인과의 가정환경으로 보나, 이는 우연한 亂筆이 아니다. 五洲 李圭景이,

> 閭巷間流行者 只有九雲夢 西浦金萬重所撰 稍有意義 世傳西浦竄荒時 爲大夫人破閑 一夜制之云[47]

이라고 한 바와 같이 단순히 대부인의 破閑을 위하여 하룻밤에 지었다고 속단할 것이 아니라,『파우스트』가 괴테의 全人生의 표현인 것처럼 <구운몽>이야말로 서포의 전인생의 표현이며, 그의 인생관의 결론이라고 보아야 할 것이다.

---

47)『五洲衍文長箋散稿』,「小說辨證說」.

結

지금까지 종래의 <구운몽>의 사상설을 삼교사상설·불교사상설 두 가지로 나누어 고찰했다. 두 가지 설 중, 불교사상설에 대해서는 필자도 전부터 동의하여 주장해 온 바이니 불교사상설은 차치하고, 삼교사상설에 대해서만 필자대로의 견해에 의하여 비판을 가하여 부정했다. 그러나 불교사상설에 대해서, 적극적으로 <구운몽>을 불교소설이라고 한 분들은 김기동 교수, 정주동 교수 및 필자이고, 그 외 이명구 교수, 이가원 교수, 조윤제 박사 등은 불교사상을 암시했을 뿐이라고 본다. 그러나 그 분들은 모두 종래의 삼교사상설에 대해서 비판도 동의도 안하고, 모두 자기대로의 불교사상성을 암시하고 있는 것이다. 그리하여 그 분들의 해설을 불교사상설에서 논급하게 된 것이다.

그리고 본고에서는 종래의 불교사상설에서 한 걸음 더 나아가 <구운몽>이 空사상의 중심인 『금강경』을 사상적인 藍本으로 하여 이루어진 한국의 심오한 불교소설일 뿐만 아니라, <구운몽>이야말로 항간의 주장대로 서포의 漫筆이 아니라, 그의 전인생의 결론임을 주장하였다. 이를 다시 한 번 더 강조함으로써 이 소론을 마무리하고자 한다. 그러나 불교, 특히 空사상에 대해서는 필자가 문외한이라서 더욱 깊이 천착하지 못한 것이 유감이며, 소략하나마 본고에서 空사상에 대해서 파헤쳐 볼 수 있었던 것은 김동화, 김충렬 두 교수의 논문에 힘입은 바가 많았다.

본고를 통하여 <구운몽>에 대한 사상적 연구의 계보가 어느 정도 뚜렷해졌음을 자인한다. 즉 삼교사상설이 불교사상설로 발전하고, 불교사상설을 다시 불교사상 중 空사상으로 축소시켜 이를 지적함으로써 하나의 새로운 학설이 제기된 셈이다. 즉 <구운몽>의 근원사상은 空사상의 중심인 『금강경』을 사상적인 대본으로 하여 이루어졌다는 새로운 학설을 내어 놓은 것이 본고의 결론이다. 글을 쓰고 나니 내용이 조잡한 감이 없지 않다. 先學諸彦의 많은 질정을 바란다.

끝으로 <구운몽>의 텍스트는 많은 이본 중 한문목각본을 택했다는 점을 부언해 둔다. 그것은 필자가 일찍부터 현존하는 <구운몽> 이본 가운데 한문목각본이 最善本으로, 서포의 원작이 아니면 이에 가장 가까운 것이라고 믿어 왔기 때문이다.

2. 幻夢構造論

1)

<구운몽>은 그 파란만장한 스토리만으로도 유명한 소설이지만, 이제는 이 작품에 대한 구구한 학설과 연구의 논쟁으로도 드물게 보는 유명한 소설이 되고 말았다. <구운몽>이 워낙 다양한 면모와 까다로운 구성, 그리고 풍부한 깊이와 내용을 지닌 것이 바로 이러한 사태를 유발시킨 것인지도 모른다. 확실히 <구운몽>을 처음 읽는 독자들은 그 뛰어난 사상과 구성에 경탄하게 된다. 더욱이 근래에 리차드 러트(한국 이름 盧大榮) 신부가 <구운몽>과 <춘향전>을 여러모로 비교하고 나서 <구운몽>의 우수성을 강조한 것[48]은 귀담아 둘 만한 일이다.

---

48) Korean Novels in Chinese : *Kuunmong* case, *Korea Journal* Vol. 10, No. 1, Jan. 1970.

그러나 지금까지의 연구를 살펴볼 때, 여러 학설과 견해가 구구하여 자못 어지러운 양상을 빚어내고 있는 것은 연구하는 방법론이 정곡을 찌르지 못한 경우가 많았기 때문이 아닌가 한다. 다시 말하면, <구운몽>에 대한 문학 작품으로서의 연구・감상・비평・평가가 필요 적절한 이론 및 방법론에 의해 이루어진 경우가 매우 적다고 생각된다. 물론 방대한 미처리 자료의 부담 속에서 문학 연구의 기초 작업인 서지학적 연구나마 필자에 의해 대체로 마무리되었다는 것을 다행하게 생각한다.49)

<구운몽>의 경우는 문헌학적・주석학적 연구 이외에도 상당히 많은 연구가 시도되었다. 그러나 필자가 보기에는 이들 연구 중의 몇몇은 <구운몽>을 바로 이해하고 평가하기 위한 것이라기보다 오히려 그 작업을 방해하고 혼란에 빠뜨려, 학문의 중요한 방향감각을 상실할 우려조차 없지 않다. 이들 연구의 공통점은 문학 작품 연구의 가장 주요하고 기본적인 과제가 무엇인가를 거의 도외시한 듯한 접근 방법을 취하고 있다는 점이다. 그리하여 초점이 어긋난 방법론으로써 작품을 다룬 결과, 부차적인 문제가 커다란 중요성을 가지고 등장하고, 지엽적인 문제가 본격적인 논의에 편승하여 확대되며, 마땅히 나중에 제기되어야 할 사항이 먼저 등장하는 등 선후관계가 엇갈린 혼란이 계속되는 것이다.

필자의 생각으로는 삼교사상 화합설이나 일부다처합리화설, 또는 작자 서포의 Oedipus Complex설 등등이 모두 정도의 차는 있을지언정 위의 비난을 완전히 벗어날 수는 없다고 본다. 그들의 끈기 있고

---

49) 정규복, 「구운몽 이본고」, 『아세아연구』 8・9집.
　　정규복, 「구운몽 을사본에 대하여」, 『인문논집』 17집, 고려대.

치밀한 조사·연구와 다방면에 걸친 노력에 대하여는 경의를 표하는 바이나, 역시 그 속에 방법론적인 차원에 있어서 타당하다고 할 만한 안목이 희박했지 않은가 한다.

<구운몽>은 그 내용은 물론하고 그 구조(structure)에 있어서도 불교사상을 제외하고는 분석되지 않는다. <구운몽> 연구에 있어서 불교사상, 즉 <구운몽> 말미에 표현된

> 처음에 스승께 受責하여 酆都로 가고 인세에 환생하여 楊家의 아들 되어 장원급제로 한림학사를 하고 출장입상하여 功成身退하고 두 공주와 여섯 낭자로 더불어 즐기던 것이 다 하룻밤 꿈이라. 마음에 이 필연 스승이 나의 생각을 그릇함을 알고 나로 하여금 이 꿈을 꾸어 인간의 부귀와 남녀 정욕이 다 일장춘몽인 줄 알게 함이로다.[50]

에서와 같이, 『금강경』을 바탕으로 하는 空사상 아래 인간의 모든 부귀와 영화를 일장춘몽으로 돌리는 그 불가적 주제를 전제로 하여 그 연구가 선행되어야 한다. 다시 말하면 불교사상은 <구운몽> 연구의 대전제가 된다는 것이다.

그러나 <구운몽>이 어떠한 구조와 특징·기법·상징성 등을 지니고 불가적 주제를 구현하고 있는지에 대한 종합적 검토는 아직 시도되지 않았다. 그러므로 필자가 이 글에서 목표하는 바는 <구운몽>의 구조적 특징과 작품에서 발견되는 여러 가지 불가적 상징을 구명하고, 그 특성과 소설적 효과를 밝히며, 더 나아가 그것이 작품의 주제 형성

---

50) 回念初師傅戒責 隨力士往豊都 幻生人世爲楊家之子 早捷壯元爲翰苑之官 出將三軍 入摠百揆 上疏乞退 謝事就閑 與兩公主六娘子 對歌舞 聽琴瑟 盃酒團欒 晨昏行樂 皆一場春夢耳 (楊丞相登高望遠 眞上人返本還元 을사본 하권)

에 어떻게 작용하고 있는가를 구명하는 일이다.

2)

주지하는 바와 같이 한국 고소설의 일반적인 구조 특성은 기계적인 傳記식의 스토리 전개에 있다. 이것은 너무나도 우리에게 낯익은 방법이며 너무나 흔히 쓰인다는 바로 그 이유에 따라 진부한 스토리 전개 방식이고 그 효과도 단순하고 평면적이다. 그래서 대개의 경우 고소설의 소설적 다양성과 심도 및 스케일은 사건의 장황한 연결과 파란만장한 기복에 의하여 결정된다.

그러나 <구운몽>은 그 구조에 있어서 이와는 매우 다른 기본 구성을 취하고 있다. 즉 '꿈 이전→꿈→꿈 이후'로 이루어진 구성이며 이것은 특이한 구성법이 아닐 수 없다. 이 작품을 이해하는 키포인트가 바로 이 구조적 특성에 있다는 것은 이미 학계에 널리 인정되었고, 여러모로 논의된 바 있다.[51] 그렇지만 이 구조 자체의 의미가 무엇인지, 또는 여타 환몽소설류의 비슷한 구조와 구별되는 근본 의의가 무엇인지는 아직 언급되지 않고 있다.

이재수 교수가 논한 바와 같이 '꿈 이전→꿈→꿈 이후'의 구조는 대부분 환몽소설에 공통되는 것이다. <구운몽>의 기본적인 발상도 이러한 것을 토대로 하여 이루어졌으리라는 것도 또한 쉽게 수긍할 수 있다. 그러나 '꿈 이전→꿈→꿈 이후'의 3단계 구성을 공유하고 있다고 해서 모든 환몽소설이 같은 의미의 구조를 가지고 있다고 본다면 그것

---

51) 이재수, 「구운몽의 작품분석」, 『한국소설연구』, 선명문화사, 245쪽.

은 피상적인 이해이다. 왜냐하면 위에 언급된 3단계 구성이 매우 단순한 것처럼 보이는 패턴 속에서도 각 단계의 성격이나 단계 간의 상호관계에 의해 얼마든지 많은 변형(transformation)이 일어날 수 있기때문이다. 필자의 소견으로는 오늘날 우리가 접할 수 있는 환몽소설들에 이 변형이 매우 다양하게 나타나 있다는 것이다. 따라서 이 환몽적구성의 의미를 밝혀내기 위해서는 그 기본구조 속에 숨어 있는 수많은변형과 다양한 흔적을 살펴야 할 것이다. <구운몽>의 구조적 특성과의의는 일차적으로 이 작업을 통해서 대체적인 윤곽을 드러내게 된다.

'꿈 이전→꿈→꿈 이후'의 구조, 즉 이른바 환몽적 구조는 보편적으로 두 개의 세계를 상정하고 있다. 현실의 세계와 꿈의 세계가 바로그것이다. 현실의 세계 중간에 꿈의 세계가 삽입되어 있는 것이 일반적인 특징이며, 또 이야기의 분량을 따져볼 때 환몽 부분이 대부분을차지한다는 점도 환몽적 구조의 공통점이다.

내용면으로 보면, 꿈에 들기 전의 현세적 욕망 때문에 꿈을 꾸게 되고, 꿈속에서 그 욕망을 마음껏 충족시키나 결국 다시 꿈을 깨게 되고, 현세적 욕망과 영화의 허무감을 느끼게 된다는 것이 대체로 공통되는발상법이다. 이것은 환몽소설의 원류인 인도의 <娑羅那比丘>가 그렇고, <枕中記>·<南柯太守傳>·<櫻桃靑衣> 등 일련의 중국의 환몽소설이 그렇고, 환몽소설의 대작인 <구운몽>도 예외일 수 없다. 이상에 언급된 바 환몽적 구조의 특징은 대략 다음과 같이 요약할 수 있다.

첫째, '현세 이외의 세계'가 상정되어 있다는 점이다. 물론 이 '현세이외의 세계'가 어떤 성격을 가지고 있는지, 또 현세와 어떤 관계를 맺고 있는지 등의 까다롭고도 중대한 문제가 있지만, 여기서는 이를 우선 보류해 두기로 하고, 이 공통점만을 주의해 두자.

둘째, 현세와 '현세 아닌 세계' 간의 교통이 가능한 것으로 나와 있다는 점이다. 여기에도 그 '교통'의 필연성이나 의미 등의 문제가 있지만 역시 보류해 두기로 한다.

셋째, 꿈속에서의 욕구 충족 뒤에 꿈을 깨고 나서 인간의 욕망과 부귀영화의 허무함을 깨닫는다는 것이다.

이상 세 가지의 특징을 보면 우리는 환몽적 구조의 기본태도가 어떤 사상에 근거하고 있는지 알 수 있을 것이다. 그것은 두말할 것도 없이 불교사상과 도교사상이다. 장자의 호접몽이나 불가의 기본사상을 생각해 보면 이것은 쉽게 이해가 된다. 그러므로 환몽적 구조는 사상적인 근거에서 볼 때, 불교적 구조 혹은 도교적 구조라고 할 수 있다. 그러나 모든 환몽적 구조가 불교적이기도 하면서 도교적이기도 하다는 것은 무모한 결론이다. 위에서 논한 세 가지 특징은 불교적·도교적 구조에 모두 공통되는 것이지만, 위에서 보류하였던 문제를 더 캐어 들어가고 기타의 디테일을 분석해 보면, 두 구조의 상이점이 드러나게 된다.

사상사면에서 살펴볼 때, 불교사상과 도교사상이 서로 영향을 끼쳤고, 또 상당한 유사점을 가지고 있으면서도 근본적으로 확연히 구별되는 사상체계를 가지고 있듯이, 불교적 환몽 구조와 도교적 환몽 구조는 발생·전개 단계에서 서로 구별되는 근본 특성이 있으리라고 본다. <구운몽>은 이 과제를 풀기 위한 좋은 본보기가 되며, 역으로 이 문제를 해결함으로써 근본적인 이해가 촉진될 수 있는 작품이 아닌가 한다.

3)

그러면 <구운몽>은 위의 두 가지 구조 중, 어느 것에 속하는 작품인
가. 결론부터 말한다면, 이미 앞에서도 암시했듯이 <구운몽>은 불교
적 환몽 구조의 작품이다. 그 이유를 구명하기 위해서 우리는 앞서 환
몽적 구조의 특징을 논할 때 보류하였던 문제들을 여기에 논의할 필요
가 있다. 그 중 첫 번째 문제는 '현세 이외의 세계'가 어떤 성격을 가지
고 있는가, 또 현세와 어떤 관계를 맺고 있는가 하는 문제이다. 이제
<구운몽>을 이 문제와 관련해서 검토해 보기로 하자.

첫째, 성진이 양소유로 환생함으로부터 팔미인과의 奇緣을 거쳐 위
국공·대승상에 이르는, 이른바 부귀영화의 극에 달하는 때까지의 성
진의 긴 꿈은 어떤 의미를 지닌 것인가 하는 점이다. 이에 대하여 우리
는 '욕망의 완전한 달성'이라고 결론지을 수 있다. 물론 여기의 욕망이
란 大覺 이전의 성진이 가졌던 욕망이다.

둘째, '욕망의 완전한 달성'으로서의 꿈의 세계가 현실의 세계와 어
떤 관계를 맺고 있는가 하는 점이다. <구운몽>은 여기서 지극히 밀접
한 대응관계를 보여 주는데, 이것이 바로 이 작품의 불교적 구조를 이
루는 중요한 포인트 중의 하나이다.

그 대응관계란 다음과 같은 것들이다. 성진과 양소유, 팔선녀와 진
채봉·계섬월·적경홍·가춘운·정경패·이소화·심요연·백능파 등
팔미인과의 인물적 대응, 성진이 세속의 영화에 미혹한 순간과 양소유
의 기나긴 70 평생과의 시간적 대응, 성진의 좁은 禪房에서의 환상과
광대무변한 중국 전역과의 지역적 대응 등등 얼마든지 지적해 낼 수가
있다. 이와 같은 대응관계는 불교적 환몽 구조에 특히 중요한 속성이

아닌가 한다.

다음, 앞에 보류해 두었던 두 번째 문제로서 현세와 '현세 아닌 세계' 간의 교통의 필연성과 의미가 무엇인가를 생각해 보기로 하자.

이미 앞에서 언급한 바와 같이 양소유의 일생인 기나긴 꿈은 성진이 가졌던 세속적인 욕망의 소산이다. 파란만장한 사건의 기복과 중첩을 겪으며 진행되는 양소유의 행로는 욕망의 달성이며 奇緣의 성취이다. 여기에서 우리는 두 세계 간의 因緣行起를 찾아볼 수가 있다. 성진이 동정용왕에게 回謝하고 돌아오다가 石橋 위에서 팔선녀와 더불어 수작하고, 선방에 돌아와 유가적인 부귀공명을 꿈꾸는 것은 곧 이 因緣行起의 시초이다. 그리고 성진이 양소유로 환생하여 팔선녀와 더불어 온갖 부귀와 영화를 누리다가 마침내는 그 허무감을 느끼고 비탄에 잠기게 되는 것도 곧 이 因緣行起의 결말이다. <구운몽>의 환몽 구조가 지니고 있는 이 因緣行起的 필연성은 그것을 불교적 구조로 판단케 하는 결정적 특징이다.

그러면 因緣行起란 무엇이며, <구운몽>의 환몽 구조는 이와 어떻게 연관되어 있는 것인가. 이것을 캐기 위해서 우선 불교에 있어서의 연기설을 논해야 할 것 같다.

연기설은 불타의 사상 전개에 있어 그 기저를 이루고 있는 것이어서, 불가에 있어서의 인식론의 자리를 차지하고 있다. 연기설에 의하면 현상적인 모든 변화는 우연히 혹은 단독적으로 이루어지는 것이 아니며, 반드시 因果相依 관계를 통하여 이루어진다고 한다. 이 연기설은 因緣緣起·因緣行起라고도 하는 바, 흔히 十二支緣起說이 그 전체인 것으로 알려져 있다. 십이지란 無明·行·識·名色·六根·觸·受·愛·取·有·生·老死의 열두 항을 말하는데 앞 항목에 의해 다음 항목이 주장되고 이론화되는 것으로서, 앞 항목이 멸하면 다음 항목도 멸한다는 것이다. 즉 각 단계의 연기는 시간적 계기의 관계뿐 아니라 논리적 조건의 관계도 가지고 있는 것이다.

그런데 이 십이지연기설은 너무나 복잡하여 <구운몽>의 해명에 별로 도움이 되지 않는다. 그보다는 단순한 五支緣起說이 오히려 그 해명에 매우 유익하다고 본다.

오지연기설은 愛에서 시작되어 取・有・生・老死로 되는 연기이며, 십이지연기가 無明緣起라 불리는 데 비해 이것은 貪愛緣起라고 불리는 것이다. 愛를 근본 고뇌의 기초라고 보고 愛로부터 인간 현실의 실상이 이루어진다고 보는 것이 그 입장이다. 그러면 그 五支의 의미는 무엇인가.

愛는 渴愛이며, 자기의 욕망을 만족시키려 하는 근본적이고도 능동적인 욕심으로서 항상 충동적・본능적으로 나타나는 凡夫性의 특질이다. 이것이 取를 있게 하는 것이니, 이는 情意的 번뇌의 기초이다. 이것을 이겨냄으로써 우리는 범부를 초탈할 수 있다고 불가에서는 말한다. 取는 取着・執着・我執으로서 이것으로 말미암아 우리의 생존(有)이 있게 된다. 取에는 네 가지가 있으니 欲取・見取・戒禁取・我語取가 그것이다. 有는 인간의 생활 일반을 의미하는데 有가 있음으로써 生(出生)이 있게 된다. 生은 출생이니 이 탄생이야말로 無常苦의 개시라고 불타는 보고 있다. 우리가 태어날 때에 이미 老死가 운명적으로 생의 조건으로서 그 속에 포함된다는 것이다. 老死는 그러므로 일반인들에게 있어서의 모든 고통을 대표하는 것이다. 病・愁・悲・苦・憂・惱 등의 갖가지 고통이 老死에 포함된다.

<구운몽>의 경우 성진이 동정 용왕의 권하는 것을 이기지 못하여

仙酒 세 잔을 마시는 데서 그의 파란 많은 業苦는 시작된다. <구운몽> 서두에 나오는 바와 같이 '一師의 문하에 제자 수백인 중에 佛法에 신통한 자 삼십여 인이라 그 중에 특히 젊은 제자의 일흠은 性眞이니 얼굴이 白雪 같고 精神이 秋水 같고 나이 겨우 이십 세에 三藏經文을 無不通知하고 총명과 智慧 빼어난'52) 그이건만 아직 悟道 지경에 이르지 못한 성진은 팔선녀를 대하면서부터 그의 마음속에 숨어 있던 凡夫性의 특질인 愛가 나타나게 된다. 취기를 틈타 충동적으로 일어난 이 渴愛는 끝내 取(取着·執着)로 옮아가지 않을 수 없는 것이다. 선방에 돌아와 홀로 앉아 성진이 번뇌·망상으로 잠 못 이루는 것은 이것을 잘 말해준다. 그리고 여기서 성진은 四取 가운데 세 가지 取에 해당하는 생각을 하게 된다. 즉

세상에 남아로 태어나서 어려서 孔孟의 글을 읽고, 자라서 聖主를 섬겨 나가면 三軍의 장수 되고, 들어오면 百官의 어른이 되어 몸에 錦衣를 입고 腰下에 金印을 차고 눈으로 고운 빛을 보고 귀로 妙한 소리를 들어 미색의 애련과 공명의 자취로 후세에 전하는 것이 대장부의 떳떳한 일이거늘, 슬프다 우리 불가의 도는 한 그릇 밥과 한 잔 정화수며 수삼 권 경문에 백팔염주를 목에 걸고 설법하는 일뿐이라. 그 도가 비록 높고 길다 할지라도 적막함이 太甚하고 가령 上乘의 法을 깨달아 대사의 도를 전하여 蓮花臺 우에 앉을지라도 三魂七魄이 한번 불꽃 속에 흩어지면 뉘라서 성진이 세상에 났던 줄 알리오53)

52) 惑稱六如和尙 惑稱六觀大師 弟子五六百人中 修戒行得神通者 三十餘人 有小闍利名性眞者 貌瑩永雪 神凝秋水 年纔二十歲 三藏經文無不通解 聰明知慧 卓出諸釁 (卷一, 蓮花峯大開法宇 眞上人幻生楊家)
53) 男兒在世 幼而讀孔孟之書 壯而逢堯舜之君 出則作三軍之帥 入則爲百揆之長 着錦袍於身 結紫綬於腰 揖讓人主 澤利百姓 目見嬌艶之色 耳聽幻妙之音 榮輝極於當代

여기서 세 가지 取란 欲取(정욕에 대한 집착), 見取(그릇된 의견이나 학설에 대한 집착), 戒禁取(그릇된 外道의 戒行에 대한 집착)이니, 성진이 이 取로 말미암아 인간으로 환생하게 되는 것은 이미 필연적인 길이다. 성진이 酆都城을 거쳐서 어쩔 수 없이 인간의 세계로 가야만 한다는 것은 곧 오지연기설의 取→有 단계와 일치한다.

이렇게 해서 성진은 양소유로 환생하는데, 이후 양소유가 겪는 파란 많고 기구한 행로는 그가 일찍이 선방에서 가졌던 欲取·見取·戒禁取를 실현해 나가는 소망 달성의 길이다. 그러나 마침내는 인간의 부귀와 공명이 다할 수 있는 데까지 이르고, 더 이상 바랄 것이 없을 만큼 모든 것이 충족되었을 때 근본 고뇌인 老死가 등장한다. 즉

> 우리 무리 한번 돌아간 후에 높은 대는 스스로 넘어지고 깊은 연못은 스스로 매여 오늘 가무하던 집이 변하여 쇠락한 풀과 찬 연기를 이루면 必然 나무하는 아희와 소 먹이는 다방머리 슬픈 노래를 서로 이르되 곧 楊太師의 모든 낭자로 더불어 노던 곳이라 대승상의 부귀 풍류와 모든 낭자의 玉顔花態 이미 적막하였다 하리니 인생이 이에 이른즉 어찌 순간이 아니리오.54)

양소유의 이 말은 앞에 인용된 바 있는 성진의 선방 상념과 좋은 대조를 이룬다. 그리고 石橋에서 수작을 주고받음으로써 渴愛로 비롯

功名垂於後世 此固大丈夫之事也 哀我佛家之道 不過一盂飯一瓶水 數卷之經文 而百八顆之念珠而已 其德雖高 其道雖玄 寂寥太甚矣 枯淡而止矣 假令悟上乘之法 傳祖師之統 直坐於蓮花臺上 三魂七魄 一散於烟焰之中 則夫孰知一介性眞於天地間乎 (卷一, 蓮花峰大開法宇 眞上人幻生楊家)

54) 吾輩一歸之後 高臺自頹 曲池且堙 今日歌舞榭 便作衰草寒烟 必有樵童牧兒 悲歌暗嘆 往來而相謂曰 此乃楊丞相與諸娘子 所遊之處 大丞相富貴風流 諸娘子玉容花態 已寂寞矣 人生到此 則豈不如一瞬之頃乎 (卷六, 楊丞相登高望遠 眞上人返本還元)

되는 因緣行起의 과정에 얽혀들게 되었던 아홉 사람이 이 마지막 과
정에 다시 모여 그들이 지녔던 愛와 取의 결말을 남김없이 드러내 보
여 주는 것을 우리는 알게 된다.

성진이 가졌던 허망한 愛가 取 · 有 · 生 · 老死의 필연적인 因緣行
起를 거쳐 더 이상 나아갈 수 없는 단계에까지 맞닥뜨리게 하는 데서
<구운몽>의 환몽 구조는 압권을 이룬다. 그러나 이것뿐이라면 <구운
몽>의 환몽 구조는 별로 탁월한 것이라고 할 수 없다. <구운몽>이 지
닌 환몽 구조의 우수성과 종교적 효과는, 양태사와 여덟 부인이 마주
친 이 절체절명의 번뇌가 覺夢이라는 변전을 통해서 극적으로 구원된
다는 데 있다. 이 구원의 심미성이 없다면 <구운몽>은 평범한 환몽소
설 이상의 무엇이 될 수가 없다.

각몽에 의해서 양소유와 여덟 부인은 그들의 愛와 取에 의해 이루어
진 老死에서 구제받는 동시에 愛 · 取의 무상성을 통하여 大覺에 이르
는 것이다. 이러한 <구운몽>의 환몽 구조가 因緣行起的인 필연성에
근거한 불교적 구조라는 것은 움직일 수 없는 사실이다. 이에 비해
<침중기> · <남가태수전> · <앵도청의> 등 중국의 환몽소설이나 그
외 『삼국유사』 소재 <調信> 설화 등등 수많은 환몽설화는 이와 같은
치밀하고도 교묘한 환몽 구조의 필연적 구성을 가지고 있지 않다는 점
에서, 우리는 <구운몽>을 지은 서포의 뛰어난 창작력을 인정해야 할
것이다.

위에 든 <구운몽>을 제외한 <침중기> · <남가태수전> · <앵도청
의> 등 중국의 환몽소설이나 환몽설화의 원천인 『雜寶藏經』 소재
<娑羅那比丘>, 혹은 <조신>설화는 '꿈 이전→꿈→꿈 이후'의 환몽
구조에 있어서 각 단계 간의 논리적인 필연성과 대조 관계가 희박하다.

이에 비해 <구운몽>은 환몽 구조에 있어서, 강력하게 반영된 『금강경』을 바탕으로 하는 空사상, 즉 空사상의 구체적 표현인 五支緣起說 밑에 이 연기의 각 단계가 논리적인 필연성과 대응 관계가 매우 강하게 나타나 있다는 것이다. 그러므로 <구운몽>이야말로 그 환몽 구조 자체에 있어서 강력한 불교적 특성을 내포하고 있는 대표작이라고 할 수 있다.

혼히 어떤 작품의 사상성이나 주류를 논하는 데 있어서 통계적 내지 도식적 방법으로 처리하여 이를 가장 과학적 방법으로 처리한 듯이 하는 경향이 요새 유행하고 있지만, 그것은 과학에 대한 미신일 따름이다. 어떤 작품이 유교적 요소가 A만큼 있고, 불교적 요소가 B, 도교적 요소가 C만큼 있으니 그 작품의 사상이나 주류가 유교 혹은 불교라는 것도 통계에 대한 미신일 뿐이다. 가령 <구운몽>의 경우, 비록 불교적 요소가 가장 적게 나타나 있다 할지라도 위에서 논한 바와 같이 구운몽의 근본 구조가 불교적 구조로 이루어졌고, 그 주류가 불교사상으로 밑받침되어 있는 한, <구운몽>이 불교소설이라는 것은 말할 나위가 없다.

4)

위와 같이 논의한 바, <구운몽>의 구조적인 특성은 이 작품의 여러 가지 디테일로 이해·감상하고 해석하는 데 있어 기본적인 배경이 된다. <구운몽>에 나타나는 어떠한 사항도 일단 그 문학적 가치나 의의를 논하기 위해서는 이 환몽 구조와의 관련성을 근거로 하여 논의되어야만 할 것이다. 문학 작품 연구의 기본적 태도를 무시하거나 왜곡하고 <구운몽>의 디테일을 해석하려 한다면, 이미 서술한 바와 같은 수 많은 오해나 착오가 나타날 것이 너무나 명백한 사실이기 때문이다. 이와 같은 기본성에 유의하면서 필자는 이 항목에서 <구운몽>에 나 타나는 상징의 몇 가지 중요한 예를 논해 볼까 한다.

먼저 꿈의 문제가 지대한 문제로 등장한다. 주지하는 바와 같이 꿈 은 한국 고소설에 흔히 나오는 요소이다. 꿈에 의하여 어떤 영웅적 주 인공의 탄생이 예견되기도 하고, 그 주인공이 어떤 위기에 부닥쳤을 때 奇夢에 의해서 구원받기도 한다. 또 꿈은 장원급제를 예시하기도 하며 천 리 밖의 凶事를 알려주기도 한다. 이러한 예는 동서양이 마찬 가지다.

이들 꿈의 특성은 대체로 공통적인 것이다. 이 꿈에 의해서 작품은 매우 위태로운 국면에서 반전되고, 스토리는 신비적인 힘을 가지고 전 개된다. 대체로 말한다면 이 꿈들은 주인공을 영웅화 내지 신격화하고, 그들에 대한 운명의 도움을 표시하며, 작품론적으로 볼 때에는 스토리 전개의 촉진제 내지 강화제의 역할을 맡고 있다. <구운몽>의 전체적 인 스토리가 꿈이지만, 꿈속의 양소유의 출생부터 말년에 이르기까지 의 스토리 속에도 이러한 꿈은 여러 차례 등장한다.

그러나 우리의 문제는 이것이 아니라, 이 작품의 환몽 구조 가운데 중심부분인 꿈, 즉 양소유의 일생이라는 꿈이 무슨 의미를 지닌 것인 가 하는 것이다.

양소유의 탄생에서 시작되어 팔미인과 차례로 가연을 맺고 출장입 상하여 유교적 공명주의의 극에까지 도달하는 이 기나긴 꿈은, <구운 몽> 환몽 구조의 불교적 성격과 관계를 지어 생각해 볼 때 매우 강력 한 상징성과 설득력을 지니고 있다. 작자는 처음부터 두 개의 세계, 즉 성진의 세계(불교적 세계)와 양소유의 세계(유교적 세계)를 대립시키고 있다. 그리고 그 사이에 이미 서술한 바의 대응 관계가 긴밀하게 이루어지고 있는데, 이 대립은 지극히 교묘한 긴장 관계를 가지고 있다. 이재수 교수가 논한 바와 같이

현실적 배경은 비현실적으로 설정하여 신비경에 감싸 놓고 몽중배경을 오히려 진실미가 있도록 묘사한 작자의 수법은 결과적으로 독자들에게 꿈과 현실의 구별을 곤란하게 하여 꿈을 현실의 한 연장인 듯이 인지시켜 동일시하도록 하는 효과를 나타내고 있다.55)

이러한 현실감을 기나긴 꿈에 부여하고 마지막 단계에 가서 각몽을 통해서 그 현실 같던 이야기의 현실성을 뒤집고, 그 속에 펼쳐 왔던 기연과 출세의 파란만장한 사건이 지닌 궁극적 의미를 공으로 돌리는 데서 이 꿈의 상징성은 나타난다. 현실에서 일어나는 번민과 영욕을 다 헛것이라고 보는 불교적 세계관이 이 꿈의 상징을 통해 표현되는 것이다. 꿈이 마지막 단계에서 일으키는 이 극적 반전을 깨달음으로써 지금까지 양소유의 기연행로와 출세와 여러 모험에 가슴 졸이며 스토리의 전개를 추적하던 독자들은 그 모든 것이 꿈으로 귀결되고 마는 상징성을 알게 된다. 여기서 비로소 군담류 소설이나 염정소설류는 흉내도 못 낼 심오한 사상성과 작자의 뛰어난 창작력을 엿보게 되는 것이다.

물론 한 주인공의 일생이나, 혹은 긴 사건을 커다란 하나의 꿈으로 묶는 수법은 여타의 환몽소설에도 흔히 발견된다. 또 그것들 대부분이

---

55) 이재수, 『한국소설연구』, 선명문화사, 1970, 255쪽.

불교적 傳敎 설화의 성격을 가지고 있다.[56] 그러나 <구운몽>은 그러한 일반적 수법을 구조의 긴밀성과 결합시켰고, 두 세계 즉 현실의 세계와 꿈의 세계와의 대립 관계를 교묘하게 긴장 상태로 유도하였으며, 더욱이 환몽의 비밀을 클라이맥스까지 복선 속에 숨겨 오다가 폭발시켰다는 점에서 우리는 작자 서포의 뛰어난 수법을 볼 수 있다. 마지막까지 축적되고 숨겨진 환몽의 비밀이 밝혀졌을 때 그 상징성이 보다 강력하게 발휘되었다는 것은 이미 재론할 필요조차 없다.

나머지 중요 문제는 팔미인의 문제이다. 필자는 이 팔미인이 애초에 성진으로 하여금 渴愛와 取에 빠지게 했고, 또 현세의 奇緣을 통해 양소유의 품에 모두 돌아간 만큼, 그들은 결국 현세적 부귀영화의 가장 주요한 상징이라고 본다. 양소유의 팔미인과의 奇緣·결합이 이조 사회에 있어서의 축첩제도 혹은 일부다처제를 교묘히 합리화한 것이라는 설[57]은 <구운몽>의 문학적 연구에서 전혀 맹목으로 곁길을 빠져나간 잘못된 견해이다. 사상적 혹은 사회사적인 면에서 본다 하더라도 이 설은 작품의 구조와 성격을 도외시한 아전인수라고밖에 받아들일 수 없다.

또 김병국 씨는 양소유의 여성 편력을 작자 서포가 지녔던 Oedipus Complex의 Don-Juanism적인 표현으로 보아 최근 학계의 관심을 모았는데, 인간의 성격·개성·윤리·감수성 등이 각기 그 시대와 사회의 문화양식에 따라 변모·발전되는 것이라고 한다면, 현대 Freudian의 이론을 그렇게 간단히 이조시대의 한국인에도 적용할 수 있을지 의문이다. 더구나 프로이드의 오이디푸스 콤플렉스의 이론은 서구인에

---

56) 정규복, 「환몽설화고」, 『아세아연구』 18호 참조.
57) 김태준, 『증보 조선소설사』, 116쪽.

게조차 그 지역적 특수성으로 비판을 받은 지 이미 오래다.

5)

　지금까지 <구운몽>의 환몽 구조, 특히 근본사상을 부분과 부분, 부분과 전체의 유기적 통일체로서 살펴보았다. 산만한 지엽적인 검토야말로 한국 고전문학 연구에 있어서 극복되어야 할 최대의 문제라고 생각하였기 때문이다. <구운몽>은 엄밀히 『금강경』의 空사상을 바탕하고 있으며, 그 세부에 있어서 愛・取・有・生・老死의 五支緣起說과 긴밀하게 부합되어 있다. 뿐만 아니라 이러한 환몽 구조적 고찰은 곧바로 꿈과 팔선녀의 상징성을 밝혀주는 열쇠가 되어, 꿈만의 유교적 세계와 꿈 이전의 불교적 세계가 긴밀하게 대치됨으로써 유불선 화합설이 무모하다는 것과 불교사상이 근본적임을 해명해 준다. 또 팔선녀가 부귀영화의 상징이라는 사실은, 작자 자신에 의하여 소극적・부정적으로 다루어진 내용을 중시하여 전면에 내세우는 일부다처합리설과 오이디푸스 콤플렉스의 Don Juanism설의 부당함을 증명해 준다.

　다시 말하면, <구운몽>은 동류의 환몽소설보다 월등하게 소설적으로 잘 구성되었고, 사상적으로 면밀 투철한 효과를 나타내고 있는 것이다. 그리고 似而非 이야기의 현실성을 뒤엎고, 그 속에서 펼쳐졌던 파란만장한 奇緣과 인간의 모든 부귀와 영화 등의 궁극적인 의미를 헛것(空)으로 돌리는 데 이 꿈의 상징성이 있다는 것이다.

III
비교문학적 연구

序

　<구운몽>은 <춘향전>과 함께 우리나라의 2대 걸작이라 해도 좋을 것이다. <구운몽>은 한국인에게보다도 외국인에게 널리 알려져 호평을 받고 있다. 얼마 전 Richard Rutt(한국 이름 盧大榮)는 <구운몽>을 <춘향전>과 견주어 여러모로 면밀히 비교하고 나서 <구운몽>이 <춘향전>보다 우수하다는 것을 들고, <춘향전>은 홍미로운 것에 지나지 않지만 <구운몽>은 보다 음미해볼 만한 것이라 하고, <춘향전>은 민속의 분야나 <구운몽>은 '문학 작품'이라는 결론을 내린 것은 매우 홍미 있는 일이다.1) 이와 같이 <구운몽>이 한국 땅을 넘어서 점차로 외국에까지 소개되어 호평을 받고 있음은 또한 우리의 자랑이 아닐 수 없다.

---

1) I would go on further, but I can not find a point in which *Chunhyang* is superior to *Ku-unmong*. *Chunhyang* is interesting, but *Ku-unmong* is absorbing. *Chunhyang* is a tale to tell at parties, *Ku-unmong* is a book to read and savor. The former is folklore, the latter is literature. *Korea Journal* Vol. 10, No. 1 January, 1970.

우리에게 '春學'으로 승화되고 있는 <춘향전>은 연구가 8·15 해방
후 매우 활발하게 이루어져, 그 연구 논문은 무려 百數에 달하고 있고,
그 연구의 일단락은 몇 년 전에 매듭을 본 김동욱 교수의 『춘향전 연
구』로써 지은 셈이다. 이에 비해 <구운몽>에 대한 연구는 한산한 감
이 없지 않았으나, 근자에 이르러 박성의 교수의 巨論 「구운몽의 사상
적 배경연구」(『아세아연구』 No.36), 김병국 씨의 「구운몽 연구」(『국문
학 연구』 제6집) 및 졸고 「구운몽의 근원사상고」(『아세아연구』 No.28)
등이 출간됨으로써 자못 활기를 띠고 있다. <구운몽>은 敍情과 심오
한 사상이 잘 교착되어 이루어진 작품이며, 작자와 시대가 분명한 작
품인 만큼 그 연구의 범위는 <춘향전>보다 훨씬 폭넓게 다루어질 가
능성이 많은 것이다.

<구운몽>은 외방 문학과 밀접한 교섭에서 이루어진 작품인 만큼
그 비교문학적인 연구 범위는 훨씬 방대하다. 필자가 조사한 바로는
<구운몽>에 적게 크게 襲用된 외방의 유·불·도 관계 문헌 및 소
설·시문집은 무려 230여 권에 달하고 있다. 그러나 <구운몽>이 소설
작품인 만큼, 여기서 필자는 가장 넓고 무겁게 영향을 받은 외방 소설
에 국한하여 고찰하고자 한다.

<구운몽>의 작자 서포 김만중이 외방 소설에 대해 박람다식하였음
은 三淵 金昌翕이 서포에 대해 언급한 데에서 알 수 있다.

　　至九流方技 算數律呂 象緯之屬 覽而洞解其窺節 而精而竺聘同異
　之際 出有入無 粗而稗官小說之叢 談天彫龍 靡不歷貫穿[2]

---

2) 『서포문집』 序.

위의 인용문을 보면, 九流의 諸 方技·산술·음률·천문·지리, 더 나아가서는 불교와 도교에 대한 同異의 辨이 있음은 물론, 하늘을 이야기하고 용을 조각하는 기담 패설에까지 貫穿한 것을 알 수 있다. 서포의 이와 같은 패설의 博覽을 더욱 뒷받침해 주는 것은, 서포의 종손 김춘택도 이에 대하여 언급하고 있다는 점이다.[3]

그러나 서포 자신은 외방 소설에 대한 별다른 언급이 없어 그 교섭의 경로를 엿볼 수 없으나, <삼국지연의>에 대하여는 누누이 언급한 바 있다. 또한 그의 『서포만필』에,

> 李義山 哀師詩曰 或笑張飛鬍 或效鄧艾吃 翼德之鬍 不見於陳志及
> 裵注 歷代君臣圖像 翼德亦見逸 未知義山詩 或有史傳外可據之書否
> 今所謂三國志衍義者 出於元人羅貫中 壬辰後盛行於我東 婦孺皆能
> 誦說 而我國士子 多不肯讀史 東坡志林曰 塗巷中小兒薄劣 其家厭苦
> 輒與錢 令聚坐 聽說古話 至說三國事 聞劉玄德敗 顰蹙有出涕者 聞
> 曹操敗 卽喜唱快 此其羅氏衍義之權輿乎 今以陳壽史傳 溫公通鑑 衆
> 聚講說 人未必有出涕者 此通俗小說之作也[4]

라고 한 것을 보면, 주지하는 바와 같이 서포가 소동파의 『志林』을 인용하여 陳壽의 正史 『三國志』와 나관중의 <통속 삼국지>를 대비하여 통속소설의 진가를 인정했을 뿐 아니라, 만당 시인 李義山의 시구 '張飛鬍'는 진수의 『삼국지』와 裵注와 역대 君臣圖像 등을 참조해 보아도 翼德의 鬍가 보이지 않으니, 어느 문헌에 근거한 것인지 알 수 없다

---

3) 至於論文說詩 繼以諧談稗說 無不備具 而率多發前人未發者 其文又淋漓馳騁 或瑰奇幽妙 自蒙陋者讀之 殆茫然不省驚怪疾走之不暇. 『북헌집』 권 16 「西浦遺事別錄」.
4) 『서포만필』 卷上.

는 것을 밝힌 것을 보면, 서포가 <삼국지연의>에 대하여 독서의 경지
를 넘어서서 한층 깊게 관심을 기울인 일면을 엿볼 수 있는 것이다.

이와 같이 서포가 외방 소설과 긴밀하게 접촉된 일면을 엿보았거니
와 그의 거작 <구운몽>에 외방 소설의 영향이 많이 반영되어 있는 이
상, 앞에서 말한 바와 같이 <구운몽>을 비교문학적인 면에서 다채롭
게 살펴볼 가능성을 많이 가지고 있는 것이다. 그러나 <구운몽>을 비
교문학적인 방법으로 고구하는 데에 문제성이 없는 것은 아니다. 근래
에 오면서 우리 국문학계에도 비교문학에 대한 관심도가 높았다가 현
재에는 주춤한 감이 있다. 우리 국문학은 문학사적으로 정리·개편되
어야 할 여러 과제가 있는 이상, 비교문학의 분야도 방법론으로 논의
되어야 할 시기가 왔다고 본다.

필자의 아는 바로는 비교문학(Comparative Literature)에 있어서
지금 두 주류가 있다고 한다. 그 하나는 불란서의 이른바 비교문학
(Littérature Comparée)으로, 문학사의 한 분야로 인정해 놓고 그 영
향·수수관계가 뚜렷한 것을 전제로 하여 두 개 이상의 상호 문학 간
의 교류를 구명하는 방법이다. 또 하나는 미국의 일반문학(General
Literature)이나 독일의 세계문학(Weltliteratur)에서 볼 수 있는, 소위
문학의 본질론을 구명하는 방법이다.

그러나 한국에는 아직도 국문학사가 과학적으로 정립되어 있지 않
은 바에야 국문학사의 정립에 많은 공헌을 하리라고 보는 불란서의 비
교문학 방법론이 우리에게 많은 도움이 될 것이라고 생각한다. 말하자
면, 우리 문학사가 정립된 후라면 미국이나 독일의 비교문학의 본질론
적인 방법도 시도되어야 할 것이다. 그런데 불란서의 비교문학 방법론
도 우리의 현대문학에는 몰라도 문헌이 앙상한 고전문학에 있어서는

그 실증적인 방법을 그대로 적용하는 데에는 많은 문제가 있다고 본다. 그러므로 불란서의 비교문학 방법론이 우리 고전문학의 확립을 위하여 변용·개편되는 데 방법론적인 문제가 제기되어야 할 것이다.

본고에서는 그 논제를 「구운몽의 비교문학적인 고찰」이라고 하였지만, 비교문학에 대하여 전문가적인 지식을 갖추지 못한 필자로서는 이 논의가 우리 고전문학의 해석을 위한 하나의 試攷에 그칠 것이다. 그 방법론은 불란서의 비교문학 방법론을 빌어 영향 관계가 뚜렷한 것에 한정하였다. 또한 그 비교의 범위도 <구운몽>에 가장 많은 영향을 준 외방 소설에 한정했다. 여기에서는 중국소설 <서유기>·<삼국지연의>, 그리고 『太平廣記』를 제기하였다.

그러면 논의 구성의 편의를 위하여, <구운몽>의 주제에 영향을 준 외방 소설과의 비교연구인 「주제고」, <구운몽>에 많은 영향을 준 <서유기>와의 비교연구인 「서유기와 구운몽」, <구운몽>에 영향을 준 <삼국지연의>와의 비교연구인 「삼국지연의와 구운몽」, 그리고 <구운몽>에 영향을 준 『태평광기』 소재 여러 소설과의 비교연구인 「태평광기와 구운몽」 등의 항으로 나누어 가능한 한 그 적응·변용까지도 살필까 한다.

1. 주제고

<구운몽>은 『금강경』을 바탕으로 空사상을 중심으로 한, 말하자면 인생의 부귀영화를 일장춘몽으로 보는 그 주지에 바탕된 작품이다. 즉, 육관대사의 제자 성진이 용왕에게 回謝하러 갔다가 돌아오는 길에 石橋에서 팔선녀와 수작하였다. 성진은 歸禪한 후에도 팔선녀의 미모를

잊을 수 없어 마침내 불가의 적막을 느끼고 유가적인 부귀공명을 꿈꾸게 된다. 이로 인해 酆都에 내쳐졌다가 인생으로 환생하여 팔선녀의 환생인 진채봉·계섬월·정경패·가춘운·적경홍·이소화·심요연·백능파 등의 미녀와 인연을 맺고, 또한 대승상 위국공에까지 올라 인간의 부귀영화를 마음껏 누렸으나 깨어보니 일장춘몽이었다. 그 후 성진은 더욱 大道에 힘써 팔선녀와 함께 극락세계로 갔다는 것이다.

이와 같이 <구운몽>이 인생의 부귀영화를 일장춘몽으로 보는 주제를 삼았다는 데 대해서는 이미 서포 당대 사람인 陶庵 李縡가 '稗史有九雲夢者 卽西浦所作 大旨以功名富貴 歸之於一場春夢 要以釋大夫人憂思'[5]라고 언급한 바 있고, 그 주제를 강력하게 뒷받침하기 위하여 『금강경』을 바탕으로 空사상을 펴고 있다는 데 대해서는 필자가 따로 소론[6]을 가지고 있으므로 여기에서는 사족을 피하기로 한다.

하여간 <구운몽>과 『금강경』이 서로 밀접하다는 것은, <구운몽>의 전체 스토리의 전개가 『금강경』의 풀이라고 할 만큼 그와 부합될 뿐 아니라, 또한 <구운몽> 가운데 『금강경』에 대한 언급이 누누이 출현하는 데서도 알 수 있다.

그러면 이와 같이 인생의 부귀공명을 일장의 춘몽으로 보는 소위 환몽설화[7]는 어디에서 연유하였을까. 필자는 『태평광기』 소재 <枕中記>, <櫻桃靑衣>, <南柯太守傳>과 <西遊記>에서 <구운몽>에서와 같은 환몽설화를 찾아볼 수 있었다. 그러면 <침중기>, <앵도청의>, <남가태수전> 및 <서유기>의 순서로 살펴볼까 한다.

---

5) 『三官記』耳上.

6) 정규복, 「구운몽의 근원사상고」, 『아세아연구』 28호, 고대 아세아문제연구소.

7) 정규복, 「환몽설화고」, 『아세아연구』 18호, 고대 아세아문제연구소 참조.

1) 〈枕中記〉

<침중기>는 『태평광기』 82권에 보이며, 찬자는 당나라 蘇州吳人 沈旣濟(A.D. 750~820)이다. 그는 代宗 大歷 연간에 楊炎의 천거로 左拾遺史館 修撰이 되었다가 德宗 때에 양염의 죄로 심기제 역시 處 州 司戶參軍으로 貶謫되었다가 졸하였다.

<침중기>의 경개는 다음과 같다. 당나라 開元 7년에 盧生이란 서 생이 邯鄲으로 가는 도중 邸舍에서 도사 呂翁을 만났다. 노생은 여옹 에게 자기의 빈곤을 하소연하고 입신양명하기를 바라니 여옹이 주머 니에서 베개를 내어주었다. 노생이 그것을 베고 잠이 들었더니 꿈속에 서 부호인 淸河 최씨에게 장가들고, 진사의 시험에 장원함으로써 문무 의 공을 세워 정승에까지 오르고 슬하에는 많은 자손을 두게 되었다. 이와 같이 부귀영화를 오래도록 누리다가 나이 80이 되어 죽었다. 그 러다가 잠을 깨니 먼저 잠이 들 때 邸舍 주인이 찌고 있던 黃粱은 아 직 익지 않았고 여옹은 그냥 옆에 앉아 있었다. 노생은 비로소 꿈인 줄 알았다. 여옹은 노생에게 '人生之適, 亦如是矣'라 하니 노생은 여옹 에게 감사하며 말하기를 '夫寵辱之道 窮達之運 得喪之理 死生之情 盡知之矣'라 하고 稽首再拜하고 사라졌다는 것이다.

이와 같이 <침중기>의 주제는 50년의 부귀영화가 실로 黃粱一炊의 꿈에 불과하다는 것이며, 인생의 허무가 순간적임을 우의하였는데, 이 는 <구운몽>의 주제와 완전 일치하고 있다. 스토리에 있어서도 그 배 경은 <구운몽>에서와 같이 精舍가 아니고 邸舍로 되어 있으나, 주인 공의 부귀공명의 대상이 <침중기>에서는 科擧를 통한 淸河 崔氏女로 되어 있는데 이는 <구운몽>에서 科擧를 통한 팔선녀에 있는 것과 일

치하고 있다. 또한 <침중기>의 여옹과 노생의 관계는 <구운몽>의 육관대사와 성진의 관계와 일치하고 있다. 그러나 <침중기>는 도사 여옹이 출현하고 있는 것과 같이 도교적 설화에 가깝다. 이는 <침중기>에 傳授된 명나라 湯顯祖의 <邯鄲記>에서 노생이 꿈에서 깬 뒤에 드디어 여옹(洞濱)을 따라 선경에 들어가서 팔선녀를 拜하였다는 점에서 더욱 명확해진다. 하지만 전반적으로 볼 때 <침중기>는 인생의 허무를 깨닫고 은둔적으로 귀결되었으나, <구운몽>은 인생의 허무를 大悟하고 영겁불멸의 불계로 귀의하고 있다는 점에서 우리는 <구운몽>이 보다 더 불교의 심오한 사상으로 재구되었다는 데 큰 의의를 엿볼 수 있을 것이다.

이와 같은 <침중기>에 대하여 周樹人은 그 근원설화를 『搜神記』 소재 玉枕說話[8]에다 두어 그 독창성을 인정하지 않고 있다.

> 如是意想 在欽慕功名之唐代 雖詭幻動人 而亦非出于獨創 干寶搜神記 有焦湖廟 祝以玉枕使楊林入夢事(見第五篇) 大旨悉同 當卽此篇所本[9]

2) 〈櫻桃靑衣〉

<앵도청의>는 『태평광기』 권 281에 실려 있다. 그러나 출처가 밝혀

---

8) 宗世焦湖廟有一柏枕 或云玉枕 枕有小坼 時單父縣人楊林爲賈客 至廟祈求 廟巫謂曰 君欲好婚否 林曰幸甚 巫卽遣林近枕邊 因入坼中 遂見朱樓瓊室 有趙太尉在其中 卽嫁女與林 生六子 皆爲秘書郎 歷數十年並無思歸之志 忽如夢覺在旁 林愴然久之. 『태평광기』 권 283.

9) 魯迅, 『中國小說史略』, 香港 三聯書店, 1958, 54쪽.

있지 않아 어느 시대의 것인지, 또 누가 찬한 것인지 전연 알 수가 없다. 다만 중국소설 연구가들은 대략 唐代 傳奇類로 다루고 있다.

<앵도청의>의 경개는 다음과 같다. 盧子란 서생이 과거에 누차 응시했으나 실격하여 군색한 생활을 하였다. 그러다가 우연히 精舍에 갔다가 강연에 참여하여 피곤해진 가운데 잠이 들어 꿈을 꾸게 되었다. 그 꿈속에서 노자는 精舍門에서 櫻桃靑衣를 만나 그녀의 안내로 자신의 再從姑를 만나게 되었다. 그의 再從姑는 당대의 명문 출신으로 노자를 극진히 대우할 뿐만 아니라 부귀와 美淑을 겸비한 정소저를 소개하여 성혼하게 하였다. 노자는 정소저와 성혼한 후 다시 과거에 응하여 再從姑의 소개로 갑과에 무난히 올라 秘書郎이 된다. 다시 再從姑의 알선으로 吏部員 外郎에서 禮部侍郎·兵部侍郎, 다시 京兆尹이 되었다가 東都留守 河南尹 겸 御史大夫의 지위에까지 오른다. 노생은 성혼한 후로 20년 세상의 부귀영화를 마음껏 누리고 슬하에 7남 3녀의 자녀를 거느리는데 모두 婚宦의 俱畢로 자손이 번성한다. 노생은 옛일을 생각하여 앵도청의를 만나 精舍에 들러 강연에 참여하였다. 청강 중 승려가 노자의 귀에다 왜 일어나지 않느냐고 말할 때 깜짝 놀라 깨니 일장의 꿈이었다. 노생은 결국 인생의 영화 궁달이 모두 꿈과 같음을 깨닫고 이후로 官達을 구하지 않을 것을 결심하고 불도에 들어갔다는 것이다.

이와 같이 <앵도청의>에서 노생의 과거급제, 정소저와의 결혼, 예부·병부시랑, 京兆尹 등 20여 년의 모든 부귀영화를 일장춘몽으로 돌리는 것은, <구운몽>에서 과거급제, 팔미인과의 성혼 및 출장입상 등 인간의 부귀공명을 일장의 꿈으로 돌리는 것과 완전 일치한다. 그 스토리의 전개에 있어서도 <앵도청의>의 노자와 승려의 관계는 <구운

몽>의 성진과 육관대사의 관계와 일치하고 있다. 더구나 앞에서 제시된 <침중기>의 도사 여옹이 <앵도청의>에서는 승려로 대치된 것은 <구운몽>과 더욱 흡사하다. 그러나 노생이 인생의 영화 궁달이 모두 꿈임을 깨닫고 '尋仙訪道'에서와 같이 仙道를 尋訪하였다는 것을 보면, <앵도청의>는 불교와 도교가 혼합된 설화임을 알겠다.

3) 〈南柯太守傳〉

<남가태수전>은 『태평광기』 권475에 실려 있는데, 그곳에는 제목이 <淳于棼>으로 되어 있고, 下註에 출처를 『異聞集』이라고 밝혔다. 撰人은 李公佐(약 770~850)인데, 그의 생평은 자세하지 않으나 本傳 및 <謝小娥傳>·<馮媼傳>·<古嶽瀆經> 등 그의 일련의 작품을 근거로 하면, 대략 貞元·元利 사이의 사람 같다.

<남가태수전>의 경개는 다음과 같다. 淳于棼이 살고 있는 동쪽에 槐木 한 그루가 있었다. 하루는 순우분이 술에 취하여 친구의 부축을 받고 집에 돌아와 잠시 잠이 들어 꿈을 꾸게 되었다. 그 꿈에 紫衣를 입은 사자 2인이 왕명을 받고 와서 그를 데리고 문을 나서 수레를 타고 늙은 槐木으로 들어가니 홀연 산천이 보이고 큰 성이 보였다. 성루에는 '大槐安國'이라는 현판이 걸려 있었다. 그는 거기서 얼마 후에 부마가 되고, 南柯의 태수가 되어 군을 지킨 지 30년 만에 선정으로 공덕비와 사당까지 세우게 되었고, 슬하에는 5남 2녀를 두었다. 후에 군대를 이끌어 檀蘿國과 싸워 대패하여 그의 처는 죽고 태수직에서 파면되었으나 그의 威福은 날로 성하여만 갔다. 왕이 그를 의심하여 가두었다가 집으로 돌려보냈다. 눈을 뜨고 보니 하인들은 비를 들고 있고, 그

의 친구는 봉당에서 발을 씻고 있었는데 꿈은 훌쩍 一世를 지났다. 그는 환몽에서 깨어나자 槐木의 구멍을 파보니, 거기에는 개미집이 있어 개미들이 모여 사니 곧 '槐安國'이었고, 남쪽 가지에 한 구멍이 있으니 이는 순우분이 꿈에 다스리던 南柯郡이었다. 그는 모든 것이 꿈과 부합됨을 알고 南柯의 浮虛를 깨닫고 道門에 마음을 돌려 주색을 끊었다는 것이다.

이와 같이 <남가태수전>은 인생의 모든 부귀영화를 일장의 환몽으로 돌리고 있는데, 다만 앞에서 다룬 <침중기>나 <앵도청의>에서와 같이 인생의 행복한 면만을 다루지 않고,

> 是歲 有檀蘿國者 來伐是郡 王命將訓師以征之 乃表周弁將兵三萬
> 以拒賊之 衆於瑤臺城 弁剛勇輕敵 師徒敗績 弁單騎裸身潛遁 夜歸城
> 賊亦收輜重鎧甲而還 生因囚弁以請罪 王並捨之 是月 司憲周弁疽發
> 背 卒 生妻公主薨疾 旬日又薨 生因請罷那 護喪赴國[10]

에서와 같이 단라국과 싸워 대패하고, 그의 처도 죽고 태수직에서 파면되는 등 불운한 면도 삽입시켜 놓았다는 점에서, 그 묘사가 <침중기>나 <앵도청의>에 비해 더욱 치밀한 것을 알 수 있다. <구운몽>에도 양소유의 부귀영화 가운데에 이소화와의 強婚으로 이미 약혼한 정경패와 파혼하고, 양소유가 일시 투옥되는 등의 불운한 면이 삽입되어 있는데, 이는 <남가태수전>의 이 부분과 관계있으며, <調信> 설화에 이 부분이 더욱 강력하게 나타나 있는 것도 이와 반드시 유관하다고 생각된다.

---

10) 『唐人傳奇小說集』, 대만 世界書局, 88쪽.

4) 〈西遊記〉

〈서유기〉[11]를 보면, 三藏 일행이 流沙河를 건너 西方으로 가다가 어느 松林에 머물러 쉬게 되었다. 삼장은 그들을 위하여 동냥을 하러 어느 집을 찾았더니 바로 寡居하고 있는 賈氏의 집으로, 그녀는 돈이 많을 뿐 아니라, 3녀를 데리고 있었는데 장녀는 眞眞, 차녀는 愛愛, 삼녀는 憐憐이었다. 그 3녀는 모두 시서에 능통하였고 才美兼全하였다. 가씨는 동냥을 하러 온 삼장을 보고 그들 일행에게 구차스럽게 승려 노릇을 하지 말고 자기의 사위들이 되어 부귀영화를 함께 누리기를 제언하였다. 그러나 삼장은 이를 거절하였다. 이에 가씨는 삼장에게 동냥을 거절하였다. 그러나 저팔계만은 세 딸의 미모에 반하여 삼장 몰래 그들과 내통하여 가씨에게 사위가 되기를 제언하였다. 그러자 가씨는 마침내 세 딸을 대면시켜 주었다. 그녀들은 듣던 바대로 아름답기 그지없었다. 저팔계는 拜堂·拜觀의 예를 치른 후 가씨의 사위가 되었다. 그러나 세 딸 가운데 어느 딸을 저팔계가 차지할 것인지 문제였다. 마침내 撞天婚의 방법을 써서 결정하기로 하였으나 세 딸이 서로 사양하였다. 다음으로는 세 딸의 옷을 입어봐서 맞는 옷 임자를 저팔계가 차지하게 되었다. 팔계는 승복을 벗고 그녀들의 속옷을 입기 시작했으나 허리띠를 매기도 전에 그대로 땅에 쓰러지고 말았다. 한잠을 자고 난 삼장이 눈을 뜨고 보니 가씨 집이었던 高樓, 巨室도 없고, 가씨를 비롯한 세 미인도 없고 松林 속이었다. 깨어 보니 모두 일장춘몽이었다는 것이다.

이상에서 열거한 〈침중기〉·〈앵도청의〉·〈남가태수전〉 및 〈서

---

11) 『서유기』 上 23회, 臺灣 世界書局, 153~156쪽.

유기> 소재 삼장의 일장춘몽 설화 등은 모두 인생의 부귀영화를 환몽적인 일장춘몽으로 귀착시키는 것으로 그 주제를 삼았거니와, <구운몽>의 작자 김만중이 『태평광기』와 <서유기>를 읽고, 환몽설화를 <구운몽>에 직접 간접으로 襲用하여 그 환몽설화의 경지를 훨씬 뛰어넘어 폭넓게 소설적으로 재구해 놓았다는 데 큰 의의가 있을 것이다.

그러면 위에 언급한 <침중기>・<앵도청의>・<남가태수전>・<서유기> 소재 일장춘몽 설화 등 <구운몽>에 영향을 준 소위 중국의 환몽설화는 어떻게 유래되었을까. 중국의 환몽설화가 모두 시대적 배경이 唐代로 되어 있는 만큼 그 환몽설화의 발생 동기가 唐代의 시대적 배경과 매우 밀접해 있음은 劉大杰이 그의 『中國文學發達史』에서 언급한 바 있다.

唐代以詩賦取士 造成那些詞人才子熱烈地追求富貴功名之欲望 我們試看王維的歌唱鬱輪袍 李白的上韓荊洲書 杜甫的進鵰賦獻三大禮賦 便知道功名利祿的觀念 是唐代讀書人的人生哲學 李杜輩尙且如此 其他的人也就可想可知[12]

라고 한 바와 같이 唐代에 계급의 상하를 물론하고 모든 사람들이 부귀공명을 추구한 시대적 욕구에 비판을 가하기 위해 당시 작가들이 환몽설화를 작성한 것이라고 보아야 좋을 것이다.

이와 같이 환몽설화가 발생한 이유가 그 시대적 배경과 밀접함을 감안할 때, <구운몽>의 시대적 배경 또한 唐代로 되어 환몽소설로 엮인 것은 우연이 아니다. 서포가 <구운몽>을 저작할 때, 중국의 환몽설

---

12) 劉大杰, 『中國文學發達史』, 臺灣書局, 270쪽.

화를 襲用하면서도 그 시대적 배경과 충분히 밀착시킨 의도도 엿볼
수 있다. 그런데 위에 열거한 중국의 환몽설화가 唐代라는 시대와 밀
접하다는 것은 앞에서 언급한 바 있거니와, 중국의 일련의 환몽설화가
자연발생적으로 야기된 것이 아니라 그 원천이 중국에 있다고 보는 학
자도 있고 인도에 있다고 보는 학자들도 있다.

宋洪邁는 그의 『容齋隨筆』(卷一)에서 『列子』에 수록된 <西極化
人> 설화13)를 들고 '唐人所著南柯太守 黃粱夢(指枕中記) 櫻桃靑衣
之類皆本弁此'라 하여 <침중기> 등 일련의 환몽설화의 원류를 『열
자』에다 두고 있다. 그러나 西極化人 설화는 꿈을 소재로 하여 周穆
王이 西極化人의 인솔을 받아 化人宮에서 遨遊하는 장면이 극히 추
상적이어서 후대의 환몽설화를 『열자』에다 두는 것은 너무나 무리가
많다.

이와 반면에 蔣祖怡는 霍世林에 동의하여 중국의 환몽설화의 기원
을 인도 불전에다 귀착시켜 다음과 같이 언급하고 있다.

> 南柯太守傳 枕中記 係本鳩摩羅什 所譯的大莊嚴論經卷十二第六
> 十五故事 並引雜寶藏經卷二 娑羅那比丘 爲惡生王所苦惱中 尊者迦
> 旃延 爲娑羅那現夢一段14)

그리고 근자에 祝秀俠도 그의 『唐代傳奇硏究』에서 蔣祖怡의 의견

---

13) 周穆王時 西極之國有化人來 王敬之若神 化人謁王同遊 王執化人之袪 騰而上者
中天乃止曁及化人之宮 自以居數十年 不思其國 復謁王同遊 意迷精喪 請化人求還
旣寤 所坐猶嚮者之處 侍御猶嚮者之人 視其前 則酒未淸 肴未晞 王問所從來 左右
日 王默存耳 穆王自矢者三月 復問化人 化人日 吾與王神遊也 形奚動哉. 『列子』,
「周穆王篇」.
14) 蔣祖怡, 『小說纂要』, 臺灣 正中書局, 91쪽.

을 따라 중국의 환몽설화의 원류를 역시 불전『雜寶藏經』중 '娑羅那
比丘 爲惡生王所苦惱中 尊者迦旃延 爲娑羅那現夢'의 一段에다 두고
있다.15)

　그러나 여기에서 주목하여야 할 일은 중국소설 연구가로 저명한 霍
世林이 그의『唐代傳奇文與印度故事』에서 <침중기>의 원천을 <楊
林>에다 둔 周樹人說, 앞에서 제시된 洪邁의 중국의 환몽설화의 來源
이 되었다는『열자』(西極化人 설화)설을 반신반의하다가 이를 모두
부정하고, 한걸음 더 나아가『열자』및『搜神記』소재 <楊林> 등의
중국의 모든 환몽설화의 원류를 불전『雜寶藏經』에 두어 다음과 같이
언급해 놓았다는 것이다.

　　(上略) 然而洪氏和魯迅的說法也 祇有半是對的 爲列子 和搜神記的
　　故事與上述唐人的傳奇 實出自一個共同的來源 那就是印度的故事16)

　이와 같이 霍世林이 중국의 모든 환몽설화를 불전『雜寶藏經』에다
그 원천을 두는 것은 오늘날 중국소설 연구가의 공통적인 견해이며,
또한 아래에서『雜寶藏經』을 들어 예증하는 데서 알 수 있겠지만, 중국
의 환몽설화의 원천을『雜寶藏經』에다 두는 것은 정곡을 얻은 것이다.
　그러면 실제로『雜寶藏經』(娑羅那比丘爲惡生王所苦惱緣)을 들어
예증해 보기로 하자.

---

15) 佛經思想的諸行無常 諸法無我及因果輪廻之說 深入當時社會人心 唐代傳奇作者自
　　不能脫離這種思想的激盪 內容情節就常常採取爲題材 如枕中記 南柯太守傳 人虎傳
　　薛偉傳等 都與佛經大莊嚴論經及雜寶藏經(卷二 娑羅那比丘爲惡生王所苦惱中尊者
　　迦旃延爲娑羅那現夢 一段)中的故事 極相近似.『唐代傳奇硏究』, 中華文化出版事業
　　委員會, 32쪽.
16) 傅東華・鄭振鐸 編,『中國文學硏究』, 龍門書店, 1053쪽.

昔優塡王子 名曰娑羅那 心樂佛法 出家學道 頭陀苦行 山林樹下
坐禪繫念時 惡生王 將諸婇女 巡行逸觀 至於此林 頓駕憩息 即使睡
眠 諸婇女等 以王眠故 即共遊戲於一樹下 見有比丘坐禪念定 往至其
所 禮敬問訊 爾時比丘爲其說法 王後尋覺 求覓婇女 遙見樹下 有一
比丘 顏貌端正 其年壯美 諸婇女等 在前聽法 即往問言 汝得阿羅漢
答言 不得 得阿那含不 答言 不得 得順陀洹不 答言 不得 得不淨觀不
答言 不得 王使大瞋 作是言曰 汝都無所得云 何以此生死凡夫 與諸
婇女 共一處坐 即捉撾打 遍身傷壞 諸婇女言 此比丘無過 王轉增瞋
恚 又見被打 皆啼哭懊惱 王倍瞋劇 是時比丘 心自念言 過去諸佛 能
忍辱故 獲無上道 又復過去忍辱仙人 被他刖耳鼻手足 猶尚能忍 況我
今日 身形固完而當不忍 如此思推 默然忍受 受打已竟 擧體疼痛 轉
轉增劇 不堪其苦 復作是念 我若在俗 是國王子 當紹王位 兵衆勢力
不減彼王 今日以我出家單獨 便見欺打 深生懊惱 即欲罷道 還歸於家
即向和上迦旃延所 辭欲還俗 和上答言 汝今身體新打疼痛 且待明日
小往止息 然後乃去 時娑羅那 受教即宿 於其夜半 尊者迦旃延 便爲
現夢 使娑羅那自見己身 罷道歸家 父王已崩 即紹王位 大集四兵 伐
惡生王 即至彼國 列陣共戰 爲彼所敗 兵衆破喪 身被囚執 時惡生王
得娑羅那 已遣人持刀 將欲殺去 時娑羅那極大怖畏 即生心念 願見和
上 雖爲他殺 不以爲恨 其時和上 應念知心 執錫持針 欲行乞食 於其
前現 而語之言 子我常種種爲汝說法 鬪諍求勝 終不可得 不用我教
知可如何 答和上言 今若救濟弟子之命 更不敢 爾時迦旃延 爲娑羅那
語王人言 願小停住 聽我啓王救其生命 作是語已 便向王所 其待王人
不肯待住 遂將殺去 臨欲下刀 心中驚怖失聲而覺 覺即具以所夢見事
往白和上 上答言 生死鬪戰 都無有勝 所以者何夫鬪戰法 以殘他爲勝
殘害之道 現在愚情 用快其意 將來之世 墮於三塗 受苦無量 若其不
如爲他所害 喪失己身 殃延家庶 增他重罪 令陷地獄 更相殘殺 冤家
不息 輪轉五道 無有終意 反覆尋之 何補身瘡拷楚之痛 汝今欲離生死

怖懼打痛者 當自觀身以息怨謗 所以者何 是身者衆苦之本 飢渴寒熱
生老病死 蛟虻毒獸之所侵害 如是諸怨 衆多無量 汝不能報 何獨報惡
生王也 欲滅怨者 當滅煩惱 煩惱之怨害無量身 世怨雖重 正害一身
煩惱之害善法身 世怨雖酷 正害有漏臭穢之身 由是觀之 怨害之起 煩
惱爲根 汝今伐煩惱之賊 云何乃欲伐惡生王也 如是種爲其說法 時娑
羅那聞此語 已心開意解 獲須陀洹深樂大法 倍加精進 未久行道 阿羅
漢得[17]

위의 장황한 내용을 간추려 보면 다음과 같다. 옛날 優塡王子 娑羅
那가 불교에 귀의하여 비구가 되어 설법하고 있었다. 이때 惡生王이
婇女를 거느리고 놀다가 松林에서 잠이 들었는데, 이 틈을 타 婇女들
이 비구의 설법을 듣고 있었다. 질투를 느낀 惡生王은 비구가 阿羅
漢・阿那含・須陀洹・不淨觀의 지위를 얻지도 못하고 설법한다 하여
비구에게 모진 구타를 가했다. 비구는 수차 참았으나 모진 매에 견딜
수 없어 자기가 옛날 왕자였음을 생각하고 환속하면 惡生王에 비해
더욱 권세가 있음을 생각한다. 그에게 보복하고자 和上을 찾아가 환속
키를 원했다. 화상은 娑羅那 비구에게 오늘은 그대의 몸에 상처가 많
으니 쉬었다가 내일 환속할 것을 일렀다. 이때 娑羅那 비구가 잠이 들
어 꿈을 꾸는데, 소원대로 환속하여 귀가하니 마침 부왕이 사망하여
왕위에 오르게 된다. 그래서 옛날의 怨人 惡生王에게 보복하고자 진을
치고 싸웠으나 패하여 惡生王의 포로가 되었다. 惡生王이 포로로 잡힌
娑羅那를 죽이고자 할 때 마침 걸식하고 다니는 화상을 만나 그에게
살려줄 것을 애원했다. 화상은 娑羅那에게 자기의 교훈을 듣지 않았음

---

17) 『雜寶藏經・大正大藏經』 제4권 本緣部 下, 459쪽.

을 나무라고 惡生王에게 娑羅那를 살려주기를 제언했으나, 惡生王이
화상의 말을 듣지 않고 칼을 들어 娑羅那를 죽이려 했다. 이때 娑羅那
가 놀라 깨니 꿈이었다. 娑羅那는 환몽에서 깨어 꿈꾼 내용을 화상에
게 아뢰고 生死鬪戰은 都無有勝임을 깨닫고 불도에 힘써 阿羅漢이 되
었다는 것이다.

　위의 <娑羅那比丘> 설화는 중국의 환몽설화에 비해 한층 교훈적이
다. 환몽의 내용에 있어서도 <娑羅那比丘> 설화는 여타 환몽설화에
서와 같이 과거급제·美女成婚·부귀공명 따위의 행복한 꿈을 꾸는
것이 아니라, 娑羅那比丘가 자기의 원수인 惡生王에게 쓰라린 고뇌를
겪는 것이다. 이것이 중국의 환몽설화, 즉 <침중기>를 비롯한 <앵도
청의>·<남가태수전>·<서유기> 등에 일종의 향락성으로 변모되었
음을 알 수 있다. 이는 앞에서 언급한 바와 같이 부귀공명을 추구하는
唐代의 시대성과 밀접한 관련이 있을 것이라고 본다. 그러나 <남가태
수전>에는 <娑羅那比丘> 설화에서와 같은 쓰라린 고뇌 과정의 일부
가 삽입된 것이 앞에서 말한 바와 같으며, 『삼국유사』 소재 <조신>
설화에는 더욱 강력하게 나타나 있음은 물론이다. 또한 설화의 견지에
서 보아도 <娑羅那比丘>는 중국의 환몽설화에 비해 설화 그대로의
모습을 가지고 있다. 그렇지만 중국의 환몽설화인 <침중기>·<앵도
청의>·<남가태수전> 등은 설화의 경지를 넘어서서 소설에 접근하
고 있는 것이다. 이같이 쓰라린 환몽을 통해서거나 달콤한 향락을 통
해서거나, 불가적인 空사상을 바탕으로 인생의 무상을 깨닫게 하는 주
제 면에서는 <娑羅那比丘> 설화를 비롯해서 중국의 <침중기>·<앵
도청의>·<남가태수전>·<서유기> 그리고 <구운몽> 등에 똑같이
적용되는 것이다. 이것이 소위 환몽설화가 공통적으로 지닌 특징이다.

이와 같이 <구운몽>이 불가적인 空사상을 바탕으로 하여 인생의 부귀영화를 일장춘몽으로 귀착시키는 주제는, 비교문학적인 견지에서 볼 때, 그 원천(sources)이 불전『雜寶藏經』(娑羅那比丘)에 있고, 다시 <침중기>·<앵도청의>·<남가태수전>·<서유기> 등 중국의 환몽설화를 매개(mediators)로 하여 이루어진 것이다. 또한 환몽설화의 변형에 있어서도 <娑羅那比丘> 설화의 경지가 <침중기> 등 일련의 중국 환몽설화에서는 소설에 접근하였고, 이것이 <구운몽>에 이르러 완전한 소설로서 정착되었으며, 그 후 <구운몽>은 다시 일본으로 건너가 <夢幻>(玄昌廈, 「구운몽 연구」 참조)이란 작품으로 번안되었다는 점에서, 비교문학적인 견지에서 볼 때 큰 의의가 있다고 할 수 있다.

2. 〈서유기〉와 〈구운몽〉

<서유기>는 소위 백화체로 씌어진 100회본을 말한다. 唐僧 玄奘이 신출귀몰한 손오공을 비롯하여 저팔계·사오정을 데리고 百八難의 갖은 辛苦를 겪고 百魔千鬼와 싸워 이를 정복하여 서역에 가서 불경을 얻어 온, 일종의 여행기의 성격을 띠고 있다. 위로 도솔천으로부터 아래로 나락에 이르는 넓은 공간을 자유자재로 逍遙하는 내용은, 세계문학 어느 작품에서도 그 유례를 볼 수 없는 宏大無比한 대작임은 말할 나위도 없다.

그 작자에 대해선 邱機處, 또는 吳承恩으로 보는 두 학설이 있으나, 지금은 오승은의 설로 굳어져 있다. 작자 오승은설을 제일 먼저 이야

기한 이는 淸朝 때 사람 莊瑞藻이다. 그는 그의 <小說考>에서

> 西遊記 推衍五行之旨……准安府 康熙初篤志 其文書目謂是其仰
> 嘉靖歲 負生官長興縣 吳承恩所作 (『冷虛雜識』)

이라 하면서, <서유기>에 나타난 官制가 元代가 아니라 明代의 것
이며, 오승은의 고향인 准安 지방의 방언이 많다는 점을 들어 논증하
고 있다. 거기서 작자를 오승은임을 전제로 하여 魯迅의 『中國小說史
略』[18]을 통해서 보면 <서유기>의 저작 연대가 16세기 중엽임을 추
정할 수 있다.

그러면 <서유기>는 언제 한국에 전래하였는가. 지금 <서유기>에
대한 한국의 최초 기록은 『朴通事諺解』에 <서유기>의 '車遲國鬪聖'
이 나타나 있으므로, 고려 시대에 이미 <서유기>가 전래하였음은 알
수 있다. 그러나 이것은 <古本 西遊記>로[19] 본고와 무관하므로 차치
하기로 한다. 이조에 와서 許筠의 『惺所覆瓿藁』에 보면 다음과 같이
언급되어 있다.

> 余得戲家說數十種 除三國隋唐外 而兩漢齟齬齊魏拙五代殘唐率北宋
> 略許則 姦騙機巧 皆不足訓 而著於一人手宜羅氏之三世也 有西遊記
> 云 出於宗藩卽玄奘取經記而衍之者 其書盖略見於釋譜及神僧傳 在
> 疑信之間 而今其書特假修煉之旨 如猴王坐禪 卽煉己也 老祖宮偸丹
> 卽秦珠也 大鬧大宮 卽煉念也 侍師西行 卽搬運河車也 火炎山紅孩

---

18) 吳承恩. 字汝忠. 號射陽山人 性敏多慧 博極群書 復善諧謔 著雜記數種 名震一時 嘉
靖甲辰後貢生 後官長興縣丞 隆慶初山陽 萬歷初年(約 1510~1580)人.『中國小說史
略』, 香港 三聯書店, 125~126쪽.
19) 정규복, 「서유기와 한국 고소설」, 『아세아연구』 48호, 115쪽 참조.

卽火候也 黑水通天河 卽退符候也 至西而東還 卽西虎交東龍也 一日
而回西天十萬路 卽攢簇周天數於一時也 雖支離漫衍 其辭不爲莊語
種種 皆假丹訣而立言也 固不可癈哉 余特存之修眞之暇卷 則以攻睡
魔焉[20]

즉 손오공이 坐禪한 것, 老祖(太上老君)宮에서 단약을 훔쳐 먹은
것, 老祖의 天宮을 크게 소요시킨 것 등 8개조를 들어 煉己 呑棗珠練
念 등 道數의 수련법에도 비유하였거니와 <서유기>의 文辭에도 언급
하여 여가가 있는 대로 본다고 언급한 것을 보면, 허균이 <서유기>를
퍽 애독한 것도 짐작할 수 있다. 그러므로 <서유기>는 저작된 지 반세
기도 채 못 되어 광해군조 초엽까지 우리나라에 충분히 전래된 것을
알 수 있다.

그 후 <서유기>는 계속해서 석학들의 평을 받았으니, 인조 때 사람
洪萬宗은 그의 『旬五志』에 『獨異志』를 인용하여 唐僧 玄奬이 서역에
불경을 구하러 갔을 때 도중에 맹수 및 마귀와 싸워 辛難을 겪다가
異僧으로부터 『多心經』을 받고 이것을 誦하여 마귀를 퇴치하고 무사
히 불경을 가져왔다는 佛況을 부연하고, 또 여기다가 修鍊을 加入하여
만든 것이 <서유기>라 하면서, 허균의 「西遊記跋」을 실어 놓고 있다.

按獨異志 沙門玄藏 俗姓陳 偃師縣人也 幼聰慧有操行 廣武初 往
西域取經行至罽賓國 道險多虎豹 不可通藏 不可爲計 乃鑽房門而坐
至夕開門 見一異僧 頭面瘡瘦 身體膿血 床上獨坐 莫知來由 藏乃禮
拜勤求 僧口授多心經一卷 令藏誦之 遂得山川平易 道路開關 虎豹藏
形 魔鬼潛跡 至佛國 取經六百餘部而歸 其多心經 至今誦之云 世之

20) 허균, 『惺所覆瓿藁』 권 13, 「西遊錄跋」, 성대 대동문화연구원, 137쪽.

所傳西遊記云　出於宗藩　卽玄藏取經記衍之而特假修煉之旨　古人以
爲如猴王坐禪　卽煉己也　老祖宮偸丹　卽呑黍珠也　大鬧天宮卽煉念也
侍師西行　卽搬運河車也　火炎山紅孩兒　卽火侯也　黑水河通天河　卽退
符侯也　至西而東還　卽西虎交東龍也　一日而回天四十萬路　卽攢簇固
天數於一時也　雖支離漫延　其辭不爲莊語　種種皆假丹訣而立言也21)

그리고 숙종대 사람인 沈鋅는 그의 『松泉筆譚』에서 <西遊記>를
『搜神記』 등과 비교하여 그 辭釆를 높이 평가하고, 또한 <서유기>와
<수호지>를 稗書의 대가라 하였다. 그리고 '人離鄕則賤 物離鄕則貴
綠酒紅人面 黃金黑人心' 등 <서유기>의 6구를 인용하여 이 작품 속
에 인정물태가 여실하게 표현되었음을 인정하여 다음과 같이 언급하
고 있다.

　　稗官小說　自漢唐以來　代有之　如搜神記等書　語多誕怪而文頗雅馴
　　其他諸種間亦實事可以補史家之闕遺　備詞場之採掇者　至於水滸傳西
　　遊記之屬　雖用意新巧　令辭壞奇　別是一種文字　非上所稱諸書之例
　　也……按西遊記水滸文章機軸　稗書中大家數也　先輩或有發跡於是書
　　而成章者云　西遊記　如人離鄕則賤　物離鄕則貴　綠酒紅人面　黃金黑人
　　心　行善之人　如春草之草　不見其長　雖有所增　行惡之人　如磨刀之石
　　不見其損　日有所虧　此眞名從格言　亦足以警發人也22)

끝으로 李圭景은 그의 『五洲衍文』에서 <서유기>에 대하여 金丹을
수련하는 법을 우언하고 있어 가히 채택할 만하다 하고, 청나라 사람

---

21) 『旬五志』, 문림사, 1959, 84~85쪽.
22) 『松泉筆譚』 卷元, 고대도서관 소장본.

인 陳士斌의 「西遊記銓」을 인용하고 있다. 그 내용은 다음과 같다.

> 西遊記……曼衍虛誕 而其縱橫變化 以猿爲心之神 以猪爲意之馳
> 其始之放縱 上天下地 莫能禁制 而歸於緊箍一呪 能使心猿馴伏 至死
> 靡他 蓋亦求放心之喩 非浪作也[23]

이와 같이 蛟山·萬宗·松泉·五洲가 <서유기>를 평한 것을 보면,
<삼국지연의>나 <수호지>가 악평을 받은 것[24]과 달리 모두가 호평
이라는 것을 알 수 있다. 이처럼 <서유기>는 <삼국지연의> 못지않게
한국 고소설에 영향을 주었으니, 특히 군담류 소설을 비롯하여 <홍길
동전>·<전우치전>·<당태종전>·<향랑전>·<숙향전>·<옹고
집전>·<옥루몽> 및 <구운몽> 등에 적지 않게 영향을 끼치고 있다.

그러면 <서유기>와 <구운몽>의 관계는 어떠한가. 이가원 교수는
그의 「구운몽 평고」에서 <구운몽>에 준 <서유기>의 영향을 크게 본
바 있거니와,[25] 필자도 <구운몽> 연구를 위해 <서유기>를 살펴본 바
로는 그 영향이 범상치 않음을 알았다. 또한 서포가 <서유기>에 대하
여 宏博하였다는 문헌을 찾아볼 수 있고,[26] 실제로 그의 작품 <구운
몽>을 보면 그러한 양상을 찾아볼 수 있다. 양소유가 남해태자를 사로
잡은 후 그를 질책하는 장면에

> 我奉行天命 征伐四夷 百鬼天神 莫不從命 汝小兒不知天命 敢抗大

---

23) 『五洲衍文長箋散藁』 권 7, 「小說辨證法」, 고전간행회, 230쪽.

24) 김태준, 『조선소설사』, 1939, 18쪽 참조.

25) 이가원, 『주해본 구운몽』, 연세대출판부, 1970, 37쪽.

26) 小說無論廣記之雅麗 西遊水滸之奇變宏博 『북헌집』 권 16, 「西浦遺事別錄」.

軍 是自促鱗鯢之誅 我有一介寶劍 卽魏徵丞相 斬涇河龍王之利器也 當斬汝頭 以壯軍威而汝鎭定南海 博施雨澤 有功於萬民 是以赦之 自今勉悛舊惡幸勿得罪於娘子也[27]

라 하였는데, 인용문의 방점 부분 '我有一介寶劍 卽魏徵丞相 斬涇河龍王之利器也'는 <서유기> 제10회에 魏徵이 天條를 범한 涇河龍王을 몽중에 참수한 장면[28]을 습용한 것을 보면, 서포가 <서유기>를 읽은 것은 뚜렷한 사실이다.

그러면 <구운몽>을 <서유기>와 비교하여 그 유사성을 추출하여 영향의 밀도를 살펴보기로 하자. 논술의 편의를 위해 '이중구조', '삼교혼합 · 불교주류사상', '환생설화', '乘風騰空說話', '龍王聽經說話', '擇婿說話' 등으로 나누어 살펴보기로 한다.

1) 이중구조

여기에서 '이중구조'란, 작품에 현실성과 비현실이 서로 엇갈려 반영된 것을 뜻한다. 오늘날의 소설은 현실성에 의거하여 인물이 설정되고 사건이 전개되지만, 옛날 소설은 황당한 비현실성을 바탕으로 하여 인물이 설정되고 사건이 전개되는 경우가 많다. 이것을 흔히 '황당무계' 하다고 한다. 군담류 소설에 비현실적인 도사 · 靑衣童子가 출현하여

27) <구운몽> 卷之三, 宮女掩淚隨黃門 侍妾含悲辭主人.

28) 魏徵奏道 主公臣的 身君前 夢離陛下 身在君前對殘局 合眼朦朧 夢離陛下乘瑞雲出神抖搜 那條龍 在剮龍臺上 被天兵將綁縛其中 是臣道 你犯天條 合當死罪 我奉天命 斬汝殘生 龍王哀苦 臣抖精神 龍王哀苦 伏爪收鱗甘受死 臣抖精神 撩衣進步擧霜鋒 扢扠一聲刀過處 龍頭因此落虛空 <서유기> 上, 世界書局, 64쪽.

주인공의 곤경을 모면하게 한다든가 혹은 선녀 등이 출현하여 주인공의 탄생을 돌봐준다든가 하는 따위가 바로 그 예이다. 그러나 오늘날의 소설에는 이와 같은 비현실성이 제거되어 있다.

그런데 <구운몽>은 현실과 비현실이 엇갈려 인물이 설정되고 사건이 전개되는 장면의 대표작이다. <구운몽> 서두를 보면 현실성에 의거한 육관대사·성진이 그 주인물로 설정된 동시에, 이와 대응하여 위부인·팔선녀와 같은 비현실적인 인물이 설정되었으며, 이 밖에 용왕·龍女가 등장한다. 성진은 팔선녀와 희롱할 뿐만 아니라, 용왕·용녀와도 交通한다. 이와 같이 지상인(현실성)과 천상·지하인(비현실성) 및 현실과 비현실이 서로 대화를 나누고 교통하는 예는 <구운몽> 곳곳에 나타나 있다. 그 두드러진 예를 두 군데 들 수 있다.

하나는 성진이 육관대사의 명으로 수궁에 가 용왕의 환대를 받고 술을 마시고 나서 바람을 타고 수궁을 나오는 장면이다.

> 是日性眞至洞庭劈琉璃之波 入水晶之宮 龍王大悅 出迎於宮門之外 延入殿上 分席而坐 性眞俯伏奏大師遙謝之言 龍王恭已而聽之 遂命設大宴而接之 珍果仙菜 豊潔可口 龍王親自執酌 以歡性眞 性眞固讓曰 酒者伐性之狂藥 卽佛家大戒 賤僧不敢飲也 龍王曰 釋氏五戒中禁酒 予豈不知 寡人之酒 與人間狂藥大異 只能制人之氣 未嘗蕩人之心 上人獨不念寡人勸懇之意耶 性眞感其厚眷 不敢强拒 乃連倒三巵拜謝龍王 出水府御冷風 向蓮花而來[29]

또 하나는 용녀 백능파가 월왕과 양승상 앞에서 음악을 연주하여

---

29) <구운몽> 卷之一, 蓮花峰大開法宇 眞上人幻生楊家.

그들을 즐겁게 하는 장면이다.

　　凌波自袖中二十五絃 輒彈一曲 哀怨淸切 水落三峽 鴈號長天 四座
忍悽然下淚 已而千林自振 秋聲乍動 枝上病葉粉粉交墜 越王大異之
曰 吾不信人間曲律 能囚天地造化之柵娘若人間之人則 何能使發育
之春爲秋 敷榮之葉自零也 俗人亦可學此曲歟30)

　이런 것들이 말하자면 현실과 비현실이 엇갈려 반영된 좋은 예다.
　그러면 <구운몽>에 담겨진 현실과 비현실이 병행된 소위 이중구조
는 어디에서 연유되었을까. 중국의 사대기서 중 <삼국지연의>·<금
병매>·<수호지> 등은 한결같이 현실을 바탕으로 하여 인물이 설정
되고 사건이 전개되지만, <서유기>는 실제 인물인 玄奘이 등장하는가
하면, 손오공·저팔계·사오정 등 비현실적인 인물이 설정되어 있으
며 이 밖에 황당한 요괴가 나오기도 한다. 그러나 이들은 아무런 무리
없이 대화를 나누고 交通한다. <서유기>에는 현장과 손오공을 비롯
한 요괴와 병행되어 사건이 전개되는 것이다. 즉 <서유기>는 중국소
설 중, 이중구조로 이루어진 대표작이다. <구운몽>뿐만 아니라 군담
류 소설에 이중구조로 되어 있는 것은 <서유기>의 영향에서 온 것이
라고 보아야 할 것이다.

　2) 삼교혼합·불교주류사상

　<구운몽>은 유·불·도 삼교사상이 혼합된 소설임은 주지하는 사
실이다. 그렇지만 순연히 삼교사상으로 혼합되어 일관성 있게 스토리

─────────
30) <구운몽> 卷之三, 樂遊園會獵鬪春色 油壁車招搖古風光.

가 끝난 것은 아니다. 불교사상을 주축으로 하고 삼교사상이 襲用되었을 뿐이다. 앞에서 제시된 <구운몽>의 「주제고」에서 언급한 일이 있지만, 필자는 근래에 <구운몽>이 삼교사상으로 일관된 것이 아니라 삼교사상이 배경이 되면서도 『금강경』을 근간으로 하여 空사상으로 이루어진 작품이라고 결론을 내린 바 있다.[31]

그런데 <서유기>도 삼교사상이 배경이 되면서도, 『般若心經』을 중심으로 한 空사상이 작품의 근간을 이루고 있는 것은, <구운몽>과 공통되는 면이다. <서유기>가 삼교사상이 그 배경이 되었다는 데 대하여는 노신이 다음과 같이 명백히 밝혀 놓았다.

　　或云勸學 或云談禪 或云講道 皆闡明理法 文詞甚繁 然作者雖儒 此書則實出手游戲 亦非悟道 故全書僅偶見五行相克之常談 尤未學佛故末回至有荒唐無稽之經目 特緣混同之敎 流行來久 故其著作乃亦釋迦與老君同流 眞性與元神染出 使三敎之徒 皆得隨宜附會而已[32]

그리고 郭箴一도 『中國小說史』에서 <서유기>에 대한 悟元道人의三敎一家之理나, <서유기> 속의 여러 괴담은 결국 유·불·도 3자를 이루는 理想이라는 槐翁의 설을 더욱 부연하여 삼교 혼합설을 강조하고 있다.

　　悟元道人評道 : 西遊貫通三敎一家之理 槐翁也說在西遊記中的種種的怪談籠著把儒道佛三者打成一圍的理想無論怎樣的變幻出沒　荒誕不稽 但在寓意的譬喩談方面其結構底雄大 世界多不見其比[33]

---

31) 정규복, 「구운몽의 근원사상고」, 『아세아연구』 28호 참조.
32) 魯迅, 『中國小說史略』, 香港 三聯書店, 131쪽.

실제로 <서유기>를 분석해 보면 유가의 오행상극설이 나올 뿐 아니라, 옥황상제·태상노군이 곳곳에 등장하고 있으며, 유·불·도 삼교 조화론을 꾀한 장면이 여러 곳에 나타나 있다. 이를 예증하면, 손오공이 車遲國에서 요괴(도사)를 배척하고 떠날 때, 車遲國王에게 도교에 편중하지 말고 삼교를 歸一하게 하여 화상·도사 등을 두루 존중할 것을 부탁하는 장면을 들 수 있다.

> 行者(중략)說道 這些和尙 實是老孫放了 車輛是老孫運轉雙關 穿夾背 挫碎了 那兩個妖道也 是老孫打死了 今日滅了妖邪 方知是禪門有道 向後來 再不可胡爲亂信 望你把三道歸一也 敬僧也 敬道也 養育人才 我保你江山永固[34]

또한 도·불 습합을 꾀한 장면으로는, 삼장 일행이 剌建 智淵寺에 이르렀을 때 그 절의 승려가 行者에게 토로하기를, 太白金星이 꿈속에서 그들 화상을 요괴에게서 구출해 줄 것이라고 말했다고 하는 장면이 있다. 즉

> 齊天大星孫爺爺 我們夜夜夢中見你 太白金星常常來託夢 說道 只等你來 我們纔得性命 今日果見尊顔與夢中無異 爺爺呀 喜得早來 再遲一兩日 我等俱做鬼矣[35]

여기서 물론 태백금성은 도교의 인물이다. 태백금성이 불가 승려의

---

33) 郭箴一, 『中國小說史』, 대만 商務印書館, 1964, 277쪽.

34) <서유기> 下 47회, 대만 世界書局, 318쪽.

35) <서유기> 下 40회, 대만 世界書局, 301쪽.

구출을 예견한 것은 확실히 도·불의 습합을 보여주는 것이다. 그리고 삼장이 鎭海 禪林寺에서 요괴에서 납치된 후 손오공이 그를 구출하고자 천상에 올라가 天王에게 호소하니, 그 천왕이 자기는 3자 1녀가 있는데 장자 金吒는 여래를 받드는 前部護法 노릇을 하고, 차자 木吒는 남해 관음보살의 제자가 되고, 삼자 那吒는 자신의 護駕 노릇을 하며, 장녀 貞英은 아직 혼인을 하지 않아서 妖精이 될 수 없다는 내용36)을 토로한 것도 천왕과 여래, 관음보살의 相互扶助로 일종의 도·불의 조화를 뜻하는 것이라고 보아야 할 것이다. 이 외에도 삼장 일행이 靈山 지경의 玉眞觀에 이르렀을 때 그곳 金頂大仙이 그들을 영접하여 옥진관에서 편히 쉬게 한다든가, 또는 삼장이 그곳에서 가사를 갈아입고 다시 영산으로 떠날 때, 金頂大仙이 그들을 안내한 것37)도 도·불의 습합을 보여주는 것이다.

하여간 <서유기>에 등장하는 많은 인물 중 공자가 등장하는가 하면 옥황상제·태상노군·諸天星·남해관음보살·여래 등이 종횡함은, 마치 <구운몽>에 육관대사·성진·위부인·팔선녀·양처사·남전산 도인·두련사 등 도·불의 인물이 함께 등장하여도 아무런 어긋남 없이 스토리가 전개되는 것과 마찬가지로, 삼교의 혼합 내지 조화를 단적으로 말해주는 것이다.

그러면 이와 같이 <서유기>가 순연히 삼교의 혼합 내지 화합으로 이루어진 작품인가. 이에 대하여 중국소설 연구가들은 悟元道人이 '西

---

36) 天王道 我止有三個兒子 一個女兒 大小兒名金吒 侍奉如來 做前部護法 二小兒名木吒 在南海隨觀世音做待弟 三小兒名哪吒 在我身邊 早晚隨朝護賀 一女年方七歲 名 貞英 人事尙未省得 如何會做妖精. <서유기> 下 83회, 대만 世界書局, 565쪽.
37) <서유기> 下 98회, 대만 世界書局, 660~662쪽 참조.

遊記貫三敎一家之理'라고 언급한 이래, 한결같이 삼교의 혼합 내지 화합을 주장하고 있는데, 이는 피상적인 관찰을 한 것이다. <서유기>를 정밀히 살펴보면, 앞에서도 언급한 바 있지만, <구운몽>이 삼교가 혼합되면서도 그 주류는 『금강경』을 중심으로 한 空사상으로 이루어진 것처럼, <서유기> 역시 삼교가 혼합되면서도 그 주류는 역시 불교에 있고, 산만하게 곳곳에 『반야심경』을 중심으로 한 空의 풀이가 점철되어 있다.

<서유기>는 그 스토리가 千端萬態로 복잡하지만, 그 주지는 唐僧 현장이 당태종의 어명을 받고, 손오공의 신출귀몰한 꾀로 온갖 간난신고를 헤쳐 나가서 靈山에 가 대장경을 가져오는 것이다. 그런데 이는 <구운몽>의 주지가 육관대사가 성진에게 인생의 부귀공명이 일장춘몽임을 幻覺하게 한 것처럼 그 종지는 불교에 있다. 이를 꾸미기 위해 <서유기>에는 태상노군·옥황상제·諸天星 등이 등장하고, <구운몽>에는 양처사·위부인·남전산 도인·두련사 등이 등장하는 것이다.

<서유기>의 내용을 분석해 보면, 손오공은 옥황상제에게는 반항하나 관음보살에게는 꼭 얽매여 그의 명에 따라 행동하고, 강한 요괴로 인해 봉착하게 된 위기는 관음보살에 의해 풀린다. 예를 들면, 삼장 일행이 枯松 사이에 당도했을 때, 요괴 紅孩兒를 만나 저팔계가 납치되어 위기가 조성되니, 행자가 홍해아의 아버지로 가장하여 요괴를 잡으려 했으나 실패하고 관음보살을 찾아가 그의 힘으로 홍해아에게 항복받는다. 그리고 홍해아는 마침내 남해태자의 관용으로 正果를 얻어 그 善財童子가 된다.[38] 또 삼장 일행이 車遲國에 당도했을 때 국왕이 불교를 배척하고 도교를 숭상하니 이에 화가 난 손오공이 三淸觀의 음식

을 모두 훔쳐 먹고 나서 삼청관에 拜奉되어 있는 天始天尊·靈寶道
君·太上老君의 道像을 모두 파괴하고, 그 三仙에게 오줌을 먹이는
장면,[39] 또한 車遲國王 앞에서 손오공과 三仙人이 降雨賽를 했을 때
손오공은 비를 내리게 했으나 三仙人은 그 능력 밖으로 처리한 장면[40]
등은 모두 불교 우위 내지 斥道崇佛의 시각이 아닐 수 없다. 그리고
삼장 일행이 滅法國에 이르렀을 때, 그 국왕이 자기를 비방한다는 핑
계로 승려들을 학살하는 것을 보고 손오공은 신묘한 계책을 써서 그
국왕 이하 모든 신하로 하여금 불교를 능멸치 못하게 할 뿐 아니라,
삭발 歸佛하게 하고 滅法國이라는 국호를 고쳐 欽法國으로 한 것을
두고 작자는

> 法王滅法法無窮　法貫乾坤大道通
> 萬法原因歸一體　三乘妙相本來同
> 鑽開玉櫃明消息　佈散金豪破弊蒙
> 管取法王成正果　不生不滅去來空[41]

이라고 시를 지은 것은, <서유기>의 불교 주류의 일단을 보여주는 것
이다.
　<서유기>가 空사상으로 일관되었느냐에 대하여는 의문이 있다. 다
만, 부분적으로는 앞에서 말한 바와 같이 空에 대한 풀이가 점철되어
있다고 할 수 있다. 삼장 일행이 弱水를 건너 어느 松林 밑에서 꿈꾸는

---

38) <서유기> 上 42회, 대만 世界書局.
39) <서유기> 下 44회, 대만 世界書局.
40) <서유기> 下 45회, 대만 世界書局.
41) <서유기> 下 85회, 대만 世界書局, 575쪽.

일장춘몽 설화(앞의 「주제고」에서 이미 서술) 자체가 환몽적인 空을 대변해 주고 있다. 뿐만 아니라 <구운몽>의 육관대사가 늘『금강경』을 소지하고 있는 것[42]과 같이 삼장이 항시『반야심경』을 가지고 읽지 않는 날이 없으며, 삼장이 깊은 산속에서 진리와 불성을 大悟코자『반야심경』을 왼 적이 있었다.[43] 또한 <서유기>에는『반야심경』의 全文이 삽입되어 있기도 하다.

『반야심경』은 주지하는 바와 같이 空을 지칭하는 本經이다. 그런데『반야심경』은 위에서 언급한 바대로 <서유기>의 주인공인 삼장과 밀접하게 관련되어 있을 뿐 아니라, 空의 풀이가 작품 곳곳에 점철되어 있다. 일례를 들면, 삼장이 比邱國에 당도하였을 때 그 국왕이 삼장에게 享壽道를 물으니 삼장은 국왕에게 塵埃 같은 인연을 모조리 끊으면 만물의 色은 空이 된다는 것을 다음과 같이 피력하고 있다.

　　爲僧者 萬緣都罷 了性者 諸法皆空 大智閑閑 澹薄在不生之內 眞機默默 逍遙於寂滅之中 三界空而百端治 六根淨而千種窮 若乃堅誠知覺 須當識心 心淨則孤明獨朗 心存則萬境皆淸 眞容無欠亦無餘 生前可見 幻相有形終有壞 分外何求 行功打坐 乃爲入定之原 佈惠施恩 誠道修行之本 大巧若拙 還知事事無爲 善計非籌 必須頭頭放下 但使一心不動 萬行自全 若云採陰補陽 誠爲謬語 只要塵塵緣總棄 物物色皆空 素素純純寡愛慾 自然享壽永無窮[44]

---

42) 정규복, 「구운몽의 근원사상고」, 『아세아연구』 28호 참조

43) 行者道 師父 你好是又把烏巢禪師心經忘記了 三藏道 般若心經是我隨身衣鉢 自那烏巢禪師敎後 那一日不念 那一時得忘顚倒也 念得來 怎念忘得. <서유기> 下 94회, 대만 世界書局, 628쪽.
　　三藏坐在林中 明心明性 諷念那摩訶般若波羅密多心經, <서유기> 下 80회, 대만 世界書局, 543~544쪽.

　이상과 같이 <서유기>는 삼교사상이 혼합 내지 화합되면서도 그 주
류는 불교에 있고, 그 중에서도 특히 『반야심경』을 기축으로 하는 空에
있음은, <구운몽>이 삼교사상이 혼합 내지 화합되면서도 그 주류는
불교에 있고 그 중에서도 특히 『금강경』을 중심으로 한 空사상에 있음
과 같다. 그러나 <구운몽>의 경우 空사상이 그 환몽적인 주제 밑에
강력하게 일관되어 주제와 사상이 잘 조화되어 있으나, <서유기>는
取經說話를 중심으로 주제와 사상이 모호한 가운데 空사상이 부분적
으로 점철되어 있을 뿐이다. 즉 <구운몽>이 삼교사상이 혼합되면서도
인생의 환몽적인 주제 밑에 空사상으로 엮어진 것은, 그 주제가 『태평
광기』 소재 <침중기>·<앵도청의>·<남가태수전>·<서유기>의
일장춘몽 설화 등 일련의 환몽설화의 영향도 있겠지만, 삼교혼합, 불교
주류사상의 사상적 구도는 서포가 <서유기>를 읽은 것이 확적한 이상,
혹은 여타 외방 소설에 '삼교혼합·불교주류사상'이 발견되지 않는 이
상, 불가불 <서유기>에 그 來源을 두지 않을 수 없다. 여기에 서포의
작가로서 뛰어난 역량을 엿볼 수 있다. 곧 서포는 <구운몽>의 '삼교혼
합·불교주류사상'을 <서유기>에 그 모티브를 두면서도 여타 한국 고
소설에서와 같이 <서유기>를 모방·번안하지 않고 오히려 그 원전의
주제와 사상의 모호한 점을 불식하여 이를 잘 조화시켜 표리를 일치시
켜 놓았다는 것이다.

---

44) <서유기> 下 78회, 대만 世界書局, 534쪽.

3) 환생설화

<구운몽>에는 성진이 용왕에게 回謝하고 돌아오다가 石橋에서 팔선녀와 수작하여 歸禪한 후에도 팔선녀를 흠모할 뿐 아니라, 불가의 적막을 느끼고 인간의 부귀영화를 마음에 그린 나머지, 이로 인해 육관대사에 의해 酆都獄으로 내쳐졌으나, 염라대왕의 동정을 받고 다시 양처사의 아들로 환생하는 장면이 있다. 여기에서는 이를 편의상 '환생설화'로 명명한다.

<서유기>에는 당태종의 回生 설화가 있고, 李翠蓮의 幻生 설화가 있다. 天條를 범한 涇河龍王이 魏徵에 의해 죽게 되자, 용왕이 당태종의 꿈에 나타나 재상 위징이 자기를 죽이지 않게 해달라고 하소연하였다. 당태종이 용왕을 측은히 여겨 이를 승낙하고, 위징이 용왕을 죽일 시간(午時)이 되자 위징을 불러 바둑을 두었다. 그런데 위징이 바둑을 두던 중, 午時가 되자 별안간 졸다가 하늘로 올라가 天條를 범한 용왕의 목을 자르고 돌아왔다. 당태종이 졸다가 깨어난 위징을 보고 그 사이에 있었던 일을 물으니 위징이 꿈에서 용왕의 목을 자른 것을 실토하였다. 당태종이 용왕의 부탁을 깜빡 잊은 것을 후회하고 있을 때, 용왕이 당태종의 꿈에 다시 나타나 그의 무성의함을 원망하고 자기와 함께 陰府로 가 염라대왕에게 시비를 가릴 것을 하소연하였다.

이로 말미암아 당태종은 병에 걸려 죽게 되었다. 그러자 위징이 저승에 있는 친구 崔珏에게 편지를 전하여 당태종을 다시 회생시켜 주기를 부탁하였다. 이후 당태종이 죽어 저승으로 가서 최각을 만나 위징의 편지를 전하고, 그의 안내로 염라대왕에게 갔다. 염왕이 최각을 시켜 당태종의 수명을 조사하게 하였더니, '貞觀 一十三年'으로 되어 있

어 다시 회생시킬 가능성이 없었다. 이에 최각이 묘계를 써서 '貞觀
一十三年'에다 '二'字를 더하여 '三十三年'으로 만들어 가지고 염왕에
게 보고하였다. 그러자 염왕이 당태종에게 이십 년의 수명을 더하여
다시 인간계로 보내기로 한다. 당태종이 이후 地府에서 인간계로 돌아
올 때, 朱太尉의 안내로 지부를 두루 구경하고, 지부와 인간계의 경계
인 渭水에 이르러 아름다운 金魚를 완상하던 중, 사자에게 떠밀려서
위수에 빠진다. 물에 빠져 깜짝 놀라는 순간, 회생한 것이다.45)

위에 든 <서유기>의 당태종의 회생설화는, <서유기>가 소설인 만
큼 여타의 회생설화와는 달리 당태종의 회생 과정에 우연성이 없고 실
감 있게 서술되어 있다. 당태종이 저승에서 이승으로 나올 때, 위수에
이르러 金魚를 완상하는 동안, 사자가 인간계로 나가는 시각이 급하니
속히 城內로 갈 것을 권유하는 데도, 당태종이 구경에 열중한 나머지
이를 알아듣지 못하자 사자가 직접 그를 물속에 밀어 넣는 순간, 당태
종은 비로소 陰府를 벗어나 인간으로 회생한다.

　　那太尉見門裏有一匹海騮馬　鞍韂齊備　急請唐王上馬　太尉左右扶
持　馬行如箭　早到了渭水河邊　只見那水面上有一對金色鯉魚在河裏
翻波跳鬪　唐王見了心喜　兜馬貪看不舍　太尉道　陛下　趲動些　趁早趕
時辰進城去也　那唐王只管貪看　不肯前行　被太尉撮着脚　高呼道　還不
走等甚　撲的一聲　望那渭河推下馬去　却就脫了陰司　竟回陽世46)

바로 이때 조정에서는 백관이 모여서 당태종의 죽음을 애도하고, 壁
廂에서는 哀詔를 천하에 알리는 한편 태자를 등극시키려고 회의가 열

---

45) <서유기> 上 11회, 대만 世界書局, 참조.
46) <서유기> 上 11회, 대만 世界書局, 70쪽.

리고 있었다. 위징이 당태종의 회생을 예견하여 태자의 등극을 반대하고, 許敬宗은 회생이 불가하다고 옥신각신하는 가운데, 당태종이 죽은 지 사흘 만에 관 속에서 "짐을 물에 빠뜨려 죽이려느냐?" 하는 외침과 함께 회생한 것이다.

却說 那唐朝駕下有徐茂功 秦叔寶……等兩班文武 俱保着那東宮 太子 與皇后嬪妃 宮我侍長 都在那白虎殿上擧哀 一壁廂議傳哀詔 要 曉諭天下 欲扶太子登基 時有魏徵在旁道 列位且住 不可不可 假若驚 動州縣 恐生不測 且按候一日 我主必還魂也 下邊閃上許敬宗道 魏丞 相言之甚謬……正講處 只聽得棺中連聲大叫道 淴殺我耶 淴殺我耶 諕得個文官武將心慌 皇后嬪妃胆戰47)

이와 같이 당태종이 저승에서 이승으로 나오는 과정과 당나라 조정의 상황을 교묘히 결합하여, 그 회생 순간을 극적으로 폭발시키고 있다. 여타 회생설화와 달리 우연성과 서술성을 제거하고 현대소설 못지 않게 실감나게 엮어놓은 데에 이 장면의 묘미가 있다.

그런데 <구운몽>의 경우 성진이 육관대사에 의해 地府로 회부되었다가 염라대왕의 동정을 받고 楊家에 환생하는 부분에서, 지부에서의 장면이 <서유기>에서와 같이 다양하게 구체화되어 있지는 않다. 하지만 성진이 염왕의 동정을 받고 사자를 따라 지부를 벗어나 공중을 타고 人世로 내려와 양처사의 집에 이르러 사자가 성진을 방 속으로 밀어 넣는 순간과, 양처사 집에서 그의 부인 유씨가 늦도록 후사가 없다가 잉태하여 열 달 만에 바야흐로 아이를 낳으려는 찰나를 교묘히 결합·일치시켜 놓았다. 다시 말해서 성진이 사자에 의해 떠밀리는 순간

---

47) <서유기> 上 11회, 대만 世界書局, 70~71쪽.

"나를 살려라" 하는 "救我救我"의 訓과, 양처사의 부인 유씨가 해산하여 신생아가 세상에 나오면서 "응아응아 → 구아구아(救我救我)" 하는 울음소리의 음을 교묘히 결합하여 성진의 양소유로서의 환생을 폭발시킨 것이다.

> 俄而使者出揮手招之言曰 此地卽大唐國淮南道秀州縣 此家卽楊處士家也 處士乃汝父親 其妻柳氏乃汝慈母也 汝以前生之緣 爲此家之子 汝須速入 母失吉時 性眞卽入見則 處士戴葛巾野服 坐於中堂 對爐煎藥 香臭靄靄然襲衣 房內隱隱有婦人呻吟之聲矣 使者促性眞入房中 性眞疑慮逡巡 使者自後推擠 性眞蹶然仆地 神昏氣窒 若在天地翻覆之中者然 性眞大呼曰 救我救我 而聲在喉間 不能成語 只小兒啼哭之作聲矣[48]

앞에서 언급된 <서유기>의 李翠蓮 환생설화의 내용은 다음과 같다. 劉全의 처 이취련은 동냥 온 승려에게 금비녀를 뽑아 준 일로 인해 유전의 질책을 받고 자살하여 저승으로 갔다. 저승에서 염라대왕이 이취련을 동정하여 회생시키려 했으나 이미 시체가 썩어 버려서 회생시킬 만한 物體가 없었다. 그 대상을 찾은 것이 수명이 다 된 당태종의 御妹 玉英宮主의 육신이었다. 그래서 이취련은 옥영궁주의 몸을 빌려 회생되는데, 그 회생 과정이 또한 당태종이나 성진의 회생 과정처럼 실감이 있다. 즉 鬼使가 이취련을 데리고 陰司를 나와 그녀의 혼을 황궁의 內院으로 데리고 간다. 마침 옥영궁주가 화원에서 푸른 이끼를 밟으며 거닐고 있을 때, 鬼使가 옥영궁주의 가슴을 들이받아 쓰러뜨리고 옥영궁주의 혼을 빼앗는 순간과 대신 이취련의 혼을 불어넣는 순간

---

48) <구운몽> 卷之一, 蓮花峰大開法宇 眞上人幻生楊家.

이 동시 폭발되면서 이취련이 옥영궁주의 몸을 빌려 비로소 회생된다.

> 却說 鬼使同劉全夫妻二人出了陰司……將翠蓮的靈魂 帶進皇宮內
> 院 只見那玉英宮主 正在花陰下 徐步綠苔而行 被鬼使撲個滿懷 推倒
> 在地 活捉了他魂却將翠蓮的魂靈 推入玉英身內 鬼使回轉陰司不題49)

<구운몽>의 성진이 酆都로 회부되었다가 염왕의 동정을 받고 다시 양소유로 환생하는 과정과 그 폭발되는 장면은, <서유기>에서 당태종이 地府로 회부되었다가 염왕의 동정을 받고 회생하는 과정 및 그 폭발되는 장면, 이취련이 자살하여 지부로 갔다가 염왕의 동정을 받고 옥영궁주의 몸을 빌려 회생하는 과정 및 그 폭발되는 장면과 우연의 일치라고 돌리기에는 너무나 흡사하다. 김만중이 <서유기>를 읽고 자신의 <구운몽>에 다양하게 이를 차용한 한, <구운몽>의 환생설화는 그 來源을 <서유기>에다 두어야 할 것이다. 다만, <서유기>에서 당태종의 회생 과정을 거쳐 폭발되는 '澆殺我耶 澆殺我耶'나 이취련의 회생 과정을 '徐步綠苔而行 被鬼使撲個滿懷 推倒在地 活捉了他魂 却將翠蓮的魂靈 推入玉英身內'로 폭발시키는 것보다는 <구운몽>에서 성진이 환생 과정을 거쳐 '救我救我'로 환생, 폭발되는 것이 한국적이며 훨씬 우리에게 실감을 준다.

4) 乘風騰空 설화

<구운몽>을 보면 인간이 바람을 탄다든가, 혹은 구름을 타고 공간

---

49) <서유기> 上 12회, 대만 世界書局, 73쪽.

을 비상한다든가 하는 장면이 출현한다. 즉 성진이 팔선녀와 더불어
石橋에서 수작하다가 桃花 한 가지를 꺾어 明珠를 만들어서 팔선녀로
하여금 바람을 타고 공중으로 올라가게 한다든가,[50] 성진을 비롯한 팔
선녀가 각기 육관대사에 의해 酆都獄으로 내쳐졌다가 다시 인간계로
환생할 때 바람을 타고 공중으로 비상하여 환생하는 것이다.

> 大風倏起於殿前 吹上九人於空中 散之於四面八方 性眞隨使者 爲
> 風力所驅 飄飄搖搖無所終薄 至于一處 風聲始息 兩足已在地上矣[51]

또 양소유가 태어난 후, 양처사가 그의 부인 유씨에게 의지할 바가
있음을 보고 봉래산으로 백학을 타고 歸仙하는 것이다.

> 一日家道人 來集於學上 與處士 或騎白鹿 或驂靑鶴 向深山而去
> 此後惟往往自空中寄書札而已[52]

또 성진이 육관대사의 명을 받고 용왕에게 回謝하고 돌아오는 길에
水府를 떠나 바람을 타고 연화봉으로 향하는 것이다.

> 拜謝龍王 出水府 御冷風 向蓮花峯而來[53]

이와 같이 <구운몽>에서 구름을 타거나 바람을 타고 공중을 비상

---

50) 手持桃花一枝 以擲於仙女之前 四雙絳蕚 卽化爲明珠 祥光滿地 瑞彩燭天 若出於海
　　蚌之懷胎 八仙女 各拾取一介 顧向性眞 嘌然一笑 竦身乘風騰空而去 <구운몽> 한문
　　목각본 卷一, 蓮花峰大開法宇 眞上人幻生楊家.
51) <구운몽> 한문목각본 卷一, 蓮花峰大開法宇 眞上人幻生楊家.
52) 상동.
53) 상동.

하는 것은 오늘날 보기에는 황당무계하기 그지없으나, 입체적 공간을
소재로 할 때는 그 단축성을 가져오기 위해서 乘風騰空 설화로 이를
꾸민 것이며, 또한 옛날 독자의 낭만이었을 것이다. 이 乘風騰空 설화
는 <구운몽>에는 별로 많이 나타나 있지 않지만, <서유기>를 보면
곳곳에 산견된다. <서유기>에는 신출귀몰한 손오공이 바람을 타고 구
름을 탈 뿐 아니라, 그와 대적하는 요정들과 行者의 守護인 남해보살,
여래 등도 모두 이를 자행하는 것이다.

> 好大聖 捻着訣 念聲呪語 往巽地上吸一口氣 吹將去 就是一陣狂風
> 把八戒撮出皇宮內院 躱離了城池 息了風頭 二人落地……54)
> 好大聖 急縱祥光 躱離河口 徑赴南海 那裏消半個時辰 早望見落伽
> 山不遠依下雲頭 徑至普陀巖上……55)
> 那菩薩撇下諸天 縱祥雲騰空而法56)
> 大聖觔斗一縱 跳上半空 三個怪卽駕雲來趕57)

중국소설 중 <삼국지연의>나 <수호지>에는 이 乘風騰空 설화가
있을 까닭이 없다. 한국의 황당한 군담류에 乘風騰空 설화가 간혹 보
이나, 이도 물론 <서유기>에 그 원천을 두어야 한다. 그런데 <서유
기>에 등장하는 손오공이나 요괴 등은 모두가 황당한 인물이므로 乘
風騰空 설화를 삽입시킨 것은 당연한 일이다. 그러나 한국 군담류를
비롯한 <구운몽>이 乘風騰空으로 장식된 것은 그 인물이 실존적이라

---

54) <서유기> 上 38회, 대만 世界書局, 259쪽.
55) <서유기> 下 49회, 대만 世界書局, 335쪽.
56) <서유기> 下 49회, 대만 世界書局, 336쪽.
57) <서유기> 下 77회, 대만 世界書局, 529쪽.

격에 어울리지 않는다. 또한 그 스케일도 <서유기>에 비할 바 아니다.

5) 龍王聽經 설화

<구운몽> 초두에 보면 육관대사는 귀신을 제어하는 생불로, 그 법석에 洞庭龍王이 白衣老人이 되어 參講하니 성진을 시켜 용왕에게 回謝하는 장면이 등장한다. 즉

> 大師每與衆弟子 講論大法 洞庭龍王 化爲白衣老人 來參法席 味聽經文 (중략) 誰能爲我入水府 拜龍王 替行而謝之禮乎 性眞請行 大師喜而達之[58]

용왕이 육관대사의 법석에 參講하였다는 황당한 설화는 결국 육관대사의 법력을 과장하기 위해 삽입된 효과를 갖는다. 작자 서포는 황당함을 제거하기 위해선지 용왕을 白衣老人으로 변화시켜 법석에 參經시켜 놓았다. 그런데 <서유기>를 보면, 涇河 주변을 산책하는 두 친구 張稍와 李定이 있었는데 장초는 樂水, 이정은 樂山하여 서로 山水談을 나누던 중, 장초가 장안의 점쟁이에게 낚은 고기를 주어 그의 지시를 받으면 백발백중 고기를 낚을 수 있다고 호언하였다. 이 말을 들은 涇河夜叉가 곧 涇河龍王을 찾아 장초의 호언을 전했더니, 용왕이 白衣秀士가 되어 水府에서 지상으로 나와 점쟁이 袁守誠을 찾아내는 장면이 있다.

---

58) <구운몽> 한문목각본 卷一, 蓮花峰大開法宇 眞上人幻生楊家.

龍王依奏 遂棄寶劍也 不興雲雨 出岸上 搖身一變 變作一個白衣秀
士 眞個丰姿英偉 聳壑昂霄 步履端莊 循規蹈矩 語言遵孔孟禮貌體周
文 身穿綠色羅襯服 頭戴逍遙一字巾[59]

즉 <구운몽>에 洞庭龍王이 白衣老人이 된다는 것은 <서유기>의
이 장면에서 유래한 것이다.

앞서 언급한 바와 같이 <구운몽>에 용왕이 법석에 參經하였다는
것은 황당하기 짝이 없으나, <서유기>에 보면 네 군데에 인간 아닌
요괴와 용왕 등이 관음보살에게 參經한 장면이 등장한다. 첫째, 삼장
일행이 黑四洞에 이르렀을 때 흑사동 요괴 黑能怪가 가사를 빼앗아
그들 일행을 괴롭히는데, 이 흑능괴는 지난날 승려에게 參經한 일이
있는 요괴이다.[60] 둘째, 손오공이 落伽山 普陀巖에 당도했을 때 諸天
大神·木吒·龍女 등이 紫竹林에서 관음보살의 법석에 參經하는 장
면이[61] 등장한다. 셋째, 삼장 일행이 通天河를 건너 손오공이 관음보
살의 힘으로 요괴 靈感大王을 잡았는데, 그 요괴는 과거에 관음보살에
게 聽經한 적이 있는 金魚였다.[62] 넷째, 삼장 일행이 毒敵山 琵琶洞에
이르러 女怪가 나타나 삼장을 색정으로 유혹하는데, 그 여괴는 본시
倒馬毒이란 요괴로 靈音寺에서 부처의 講經에 聽經한 적이 있다는
것[63]이다.

59) <서유기> 上 10회, 대만 世界書局, 61쪽.
60) 老爺 我師父是人 兄因那黑大王修成人道 常來寺裏 與我師父講經 <서유기> 上 17
회, 대만 世界書局, 113쪽.
61) ……早望見落伽山不遠 遂落下雲頭 直到普陀巖上 見觀音菩薩在紫竹林中與諸天大
神木吒龍女講經說法 <서유기> 上 26회, 대만 世界書局, 174쪽.
62) 他本是我蓮花池裏養大的金魚 每日浮頭聽經 修成手段 那一柄九瓣銅鎚(하략) <서
유기> 上 49회, 대만 世界書局, 336쪽.

이상에서와 같이 <구운몽>에 洞庭龍王이 白衣老人으로 변하여 육관대사의 법석에 參經했다는 소위 龍王聽經 설화는, <서유기>의 涇河龍王이 白衣秀士가 되어 장안을 누비는 장면과 妖精·諸天大神·木叱·龍女 등이 관음보살에 聽經했다는 황당한 스토리가 그대로 반영되어 이루어진 것이다. 다만, 이 龍王聽經 설화가 <서유기>에서는 골계소설로 이끄는 데에 황당하게 작용할 뿐이나, <구운몽>에서는 육관대사의 법력을 강조하는 대로 변용되어 있다.

6) 擇婿 설화

<구운몽>에는 부친 양처사가 歸仙한 후 양소유가 모친 유씨의 승낙을 받고 상경하여 과거에 장원급제함으로써 재상가 정사도의 사위로 뽑히는 장면이 있다.[64] 또 <서유기>에 보면 당태종이 승상 위징의 권유로 과거를 베푸니, 陳蕚(玄藏의 아버지)이 그의 모친 장씨의 승낙을 받고 상경하여 과거에 장원급제함으로써 재상가 殷開山[65]의 사위로 뽑히는 장면이 등장한다.[66]

그러나 <구운몽>의 擇婿 설화는 <서유기>의 것에 비해 더 확대되어 있다. 즉 양소유가 과거에 급제하기까지 華陰縣에서의 진채봉과의

---

63) 這妖精十分利害 他那三股又星生成的兩隻鉗腳 扎人痛者 是尾上一個鉤子 喚做倒馬毒本身 是個蝎子精 他前者在雷音寺聽佛說經. <서유기> 下 55회, 대만 世界書局, 337쪽.

64) <구운몽> 한문목각본 卷之二, 倩女冠鄭府遇知音 老司徒金榜得快婿.

65) 이재수 교수는 그의 『한국소설연구』(281쪽)에서 이미 이 擇婿 설화에 대해 언급한 바 있다. 그런데 陳蕚이 魏徵의 사위로 뽑혔다고 언급하고 있는데, 이는 '殷開山'을 '魏徵'으로 오독한 것이다.

66) <서유기> 上 9회, 대만 世界書局.

해후, 남전산 도사로부터의 敎琴, 고향으로 돌아갔다가 다시 상경하는 길에 계섬월과의 奇緣, 상경하여 두련사를 찾아가는 장면, 女冠으로 假裝하여 정소저를 만나는 과정 등 많은 설화가 소설적으로 삽입되어 있다. 하지만 <구운몽>과 <서유기>와의 공통점이 많이 발견된다. 즉 양소유나 진악이나 모두 편모슬하로 되어 있으며 가난한 서생이라는 것, 양소유나 진악이나 그 聘父가 다 재상이라는 것, <구운몽>의 정소저나 <서유기>의 은소저나 다 무남독녀라는 것, 또한 擇婿되는 동기가 양소유나 진악이나 급제 후 각각 정사도와 殷開山의 자청에 의해 이루어지는 것 등이 바로 그것이다. 이런 것을 볼 때 <구운몽>의 擇婿 설화는, 서포가 <서유기>의 擇婿 설화에서 암시를 받아 이루어졌음이 틀림없을 것이다.

하지만 그렇다고 해서 <구운몽>의 擇婿 설화가 <서유기>의 영향에서만 이루어졌다고 보는 것은 문제가 있다.[67] <구운몽>의 擇婿 설화가 <서유기>에는 없는 夢中에 삽입된 것이나, 양소유가 정소저를 만나기까지 그의 이모 두련사의 중개가 삽입된 것은, 『태평광기』 소재 <앵도청의>의 몽중담이나 노생이 그의 再從姑의 중개를 통해 정소저를 만나게 된다는 擇婿 설화에서 일면 영향을 입어 이루어진 것이라 짐작된다. 그리고 그 문학적 변용을 논하자면, <서유기>의 擇婿 설화는 다만 현장의 가계를 형성하는 데 조그만 구실을 할 뿐이나, <구운몽>에 있어서는 환몽소설로서 주인공의 부귀공명의 중요한 구실을 하고 있다고 할 수 있다.

---

67) 이재수 교수의 『한국소설연구』(281쪽)에 보면, 이 擇婿 설화가 <서유기>에서 왔다고 언급되어 있다.

3. 〈삼국지연의〉와 〈구운몽〉

나관중의 소위 120회본 〈삼국지연의〉가 우리나라에 들어온 것은 문헌상의 기록으로 이조 선조 초기로 잡는다.[68] 그러나 〈삼국지연의〉가 操觚界에 본격적으로 유행을 하게 된 것은 史上 미증유의 임병양란을 겪고 나서, 시대사조에 호응하여 이루어진 것으로 보인다. 즉, 김만중의 『서포만필』에 보면

今所謂三國誌演義者 出於元人羅貫中 壬辰後盛行於我東 婦孺皆
能誦之[69]

또한 李瀷의 『星湖僿說』에서도 다음과 같이 언급하고 있다.

今所謂三國誌衍義……在今印出廣布 家戶誦讀 試場之中 擧而爲
題 前後相續[70]

이를 통해 서포 당대에는 〈삼국지연의〉가 '家家誦讀'하고 '婦孺皆誦'할 만큼 유행의 극에 달했음을 짐작할 수 있다. 서포도 이에 비상한 관심을 가졌다는 것은 이미 서론에서 언급한 바 있거니와, 晚唐 시인 李義山의 시 구절 '或笑張飛鬍 或效鄧艾吃'[71]을 裵松之의 注와 역대

---

68) 上御夕講于文政殿 進講近思錄第二卷 奇大升進啓曰 頃日張弼武引見時 傳教內 張
飛一聲走萬軍之語 未見正史 聞在三國誌衍義云 此書出來未久 小臣未見之 而或因朋
輩聞之 則甚多妄誕(하략) 『李朝實錄』宣祖 권3 二年己巳六月條
　　宣廟之世 上教有張飛一聲走萬軍之語 奇大升進曰 三國誌衍義出來未久 臣未之見
後因朋輩聞之 甚多誕妄之云『星湖僿說類選』九上,「經書篇」七.

69)『서포만필』卷上.

70)『星湖僿說類選』,「經書篇」七.

君臣圖像 등과 견주어 살펴본 것이나,『서포만필』에 '我東方 人士들은 正史 三國誌를 읽지 않고 衍義만 읽는 故로 연의의 내용을 史實이라 알고 있고 연의의 桃園結義 등이 先輩의 科文 중에 引見되고 이를 서로 承襲하여 眞假를 혼동하고 혹은 呂布射戟 등 正史에 있는 고사를 史實이 아닌가 하고 의심하고 있는 것은 가소롭다'고 언급한 것을 보면, <삼국지연의>에 대한 그의 전문가적 식견을 엿볼 수 있다. 즉, 다음과 같이 언급하고 있는 것이다.

> 今所謂三國誌演義者……而我東士子 多不肯讀史 故建安以後 數十百年之事 擧於此而取信焉 始桃園結義五關斬將 六出祈山 星壇祭風之類 往往引見於先輩科文中 轉相承襲 眞贗雜糅 如呂布射戟 先主史匙的盧檀溪張飛據水斷橋之類 反或疑其不經 甚可笑也[72]

그러면 <삼국지연의>가 <구운몽>에 어떻게 영향을 주었는가. <구운몽>에 <삼국지연의>가 반영된 곳이 두 군데 나타나 있는데, 논의의 편의를 위해 盤蛇谷 설화와 八夫人結爲兄弟 설화로 나누어 서술하도록 하겠다.

1) 盤蛇谷 설화

<구운몽>을 보면 다음과 같은 장면이 나온다. 즉, 양소유가 토번을 정벌하기 위해 출정하여 盤蛇谷에 당도하였을 때 그 휘하 군졸이 갈증이 심하던 차에 산 아래의 큰 못을 발견하여 그 물을 마셨다. 그 물을

마시고 난 군졸은 모두 온 몸이 파랗게 되고 언어가 통하지 않게 되었다. 군졸들은 수백 개의 우물을 파 보았으나 물이 나오지 않아 죽을 지경에 이르렀다. 이때 용녀 백능파가 나타나 그 위기를 모면하게 되었다는 것이다.

> 軍士 勞頓渴甚 求水不得 見山下有大澤 爭飮其水 飮畢 遍身皆靑
> 語言不通戰掉欲死 奄奄就盡 尙書自往見 其水色 沈碧 深不可測 寒
> 氣凜慄 似挾秒霜[73]

위의 예문과 같이 양소유의 군졸이 큰 못에서 물을 마셔 언어가 통하지 않게 되었으나, 양소유의 몽중에 나타난 용녀 백능파가 毒水의 來源을 말해주고, 이후 다시 물을 마시면 그 군졸이 쾌차해질 것을 예언한다. 다음의 예문은 백능파의 말이다.

> 此水本名淸水潭 水性甚美 自妾來居 其味苦惡 飮之者生病 故改稱
> 曰白龍潭也 今貴人來此 賤妾得所 何羨乎銀甁之上井 陰谷之生春乎
> 妾旣托命於貴人 許身於貴人則 貴人之憂 卽妾之憂也 豈不效愚智而
> 助軍功乎 自此之後 水味之甘 當如舊日 士卒皆牛飮 自無害矣 病水
> 之卒 亦當自瘳矣[74]

이에 따라 양소유의 군졸은 백능파의 예언대로 白龍潭의 물을 마시고 모두 쾌차해졌다는 것이다.

> 尙書備說夢中之事 與諸將 往見白龍潭 碎鱗鋪地 流血成川 尙書持

---

73) <구운몽> 한문목각본 卷之四, 白龍潭楊郎破陰兵 洞庭湖龍君宴嬌客.
74) 상동.

孟酌水先嘗 因飮病卒 卽快愈矣[75]

이처럼 양소유가 盤蛇谷에 당도하여 군졸들이 그 물을 마시고 벙어리가 되었다가 용녀 백능파의 도움으로 백룡담 물을 마시고 나서 쾌차했다는 盤蛇谷 설화는, <삼국지연의>에서 제갈량이 濾水戰에서 孟獲·孟優 형제와 싸운 고사가 습용된 것이다.

이를 좀 더 구체적으로 서술하면, <구운몽>에 출현하는 盤蛇谷이란 지명도 <삼국지연의>[76)]에서 차용된 것이다. 제갈량이 4차로 맹획을 잡았다가 다시 풀어주는데, 이 맹획은 禿龍洞 朶思大王의 그늘을 입어 은거하고 있던 시절에 타사대왕에게 4型 毒水에 대해 배우면서, 이것을 가지고 蜀兵을 멸망시킬 것을 종용받은 적이 있다. 이 4型 毒水인 啞泉·滅泉·黑泉·柔泉이 바로 <구운몽>의 '白龍潭水'를 지칭하는 것이다. 즉,

此處更有四個毒泉 一名啞泉 其水頗恬 人若飮之 則不能言 不過旬日必死 二曰滅泉 此水與湯無異 人若沐浴 則皮肉皆爛 見骨必死 三曰黑泉 其水微淸 人若濺之在身 則手足皆黑而死 四曰柔泉 其水如冰 人若飮之 咽喉煖氣 身軀軟弱如綿而死 此處蟲鳥皆無 惟有漢伏波將軍曾到 自此以後 更無一人到此 今壘斷東北大路 令大王隱居敝洞 若蜀兵見東路截斷 必從西路而入 於路無水 若見此四泉 定然飮水 雖百萬之衆 皆無歸矣 何有刀兵耶[77)]

---

75) 상동.

76) 忽到一山 望見一谷 形如長蛇 孔明問土人曰 此谷何名 土人答曰 此處名爲盤蛇谷 <三國誌衍義> 下 90회, 대만 世界書局, 539쪽.

77) <삼국지연의> 下 89회, 대만 世界書局, 530쪽.

위 인용문 중 특히 啞水의 '其水頗聒 人若飮之 則不能言'과 黑水의 '其水微淸 人若濺之在身 則手足皆黑而死'는 <구운몽>에 그대로 반영된 것이다. 제갈량의 촉군은 啞泉에 이르러 갈증 끝에 그 물을 마시고 모두가 벙어리가 된 것이다.

> 遂令王平 領數百軍爲前部 却敎新降蠻兵引路 尋西北小路而入 前到一泉 人馬皆渴 爭飮此水 王平探有此路 回報孔明 比及到大寨之時 皆不能言 但指口而已[78]

이에 당황한 제갈량은 老叟를 만나 그의 지시를 받고 萬安隱者를 찾아 그의 도움으로 安樂泉의 물을 마시게 하니 촉병은 다시 언어를 통할 수 있게 되었다는 것이다. 즉,

> 遂邀孔明入草堂 禮畢 分賓主坐定……隱者曰 量老夫山野廢人 何勞丞相枉駕……此泉就在庵後 敎取來飮 於是童子引王平第一起啞軍 來到溪邊 汲水飮之 隨卽吐出惡涎 便能言語[79]

앞에서 <구운몽>과 <삼국지연의>의 盤蛇谷 설화를 비교한 바와 같이, <구운몽>에서 양소유의 군졸이 토번을 치다가 盤蛇谷 백룡담의 물을 마시고 벙어리가 되었으나 용녀 백능파의 도움으로 다시 물을 마셔 쾌차해졌다는 것은, <삼국지연의>에서 제갈량의 군졸이 남만을 치다가 盤蛇谷 毒水에 이르러 그 물을 마시고 벙어리가 되었으나 萬安隱者를 만나 그의 지시로 물을 마셔 쾌차했다는 것과 꼭 일치하고

---

78) 상동, 531쪽.
79) 상동, 532쪽.

있다. 그런데 <삼국지연의>는 대하소설인 만큼 제갈량의 瀘水戰을 중심으로 그 스토리나 사건이 다양하게 구성되어 있지만, <구운몽>에는 이것이 그대로 번안되어 있지 않다. <구운몽>에서는 적장 替普[80)를 唐書에서 인용하여 唐代 배경으로 일치시켰고, <삼국지연의>의 남성인 萬安隱者의 仙風만을 차용하고 여성인 백능파로 변형시켜 연애담으로 포함시킨 것에서 우리는 작자 서포의 탁월한 창작력을 엿볼 수 있다.

2) 八夫人結爲兄弟 설화

<구운몽>을 보면 여덟 미인인 이소화, 정경패, 가춘운, 진채봉, 계섬월, 적경홍, 백능파, 심요연 등이 양소유의 곁에 모여 그의 여덟 부인이 되어 극진한 和樂을 누린다. 이때, 이소화, 정경패 등 두 부인의 제안으로 관음화상 앞에서 焚香展拜하여 형제를 결의하는 장면이 있다. 다음의 인용문이 바로 그 장면이다.

> 一日 兩公主相議曰 古之人 娣妹諸人 婚嫁於一國之內 或有爲人妻者 或有爲人妾者 而今吾二妻六妾 義逾骨肉 情同娣妹 其中或有從外國而來者 豈非天之所命乎 身姓之不同 位次不齊 有不足拘也 當結爲兄弟 以娣妹稱之可也 以此意 言於六娘子 六娘子皆力辭 而春雲鴻月尤落落不應 鄭夫人曰 劉關張三人君臣 終不廢兄弟之義 我與春娘 自是閨中管鮑之交也 爲兄爲弟 何不可之 有世尊之妻 本家之女 尊卑絶矣 貞淫別矣 同爲大釋之弟子 終得上乘之正果 厥初 微賤何關於畢境之成就 兩公主遂與六娘子 詣宮中所藏 觀音畫像之前 焚香展拜 作誓

文而告之 其文曰……兩夫人 以妹子呼之[81]

위의 예문 중 '劉關張三人 君臣 終不廢兄弟之義'라는 구절에서 분명히 드러나듯이, <삼국지연의>에서 장비의 제언으로 유비, 관운장, 장비 세 사람이 張飛莊에 가 천지신명 앞에서 도원결의하는 장면을 <구운몽>에서 습용한 것이다. <삼국지연의>의 도원결의 장면은 다음과 같다.

飛曰 吾莊後有一桃園 花開正盛 明日當於園中祭告天地 我三人結爲兄弟 協力同心 然後可圖大事 玄德雲長齊聲應曰 如此甚好 次日於桃園中 備下烏牛白馬祭禮等項 三人焚香 再拜而說誓曰 念劉備關羽張飛 雖然異姓 旣結爲兄弟 則同心協力 救困扶危 上報國家 下安黎庶 不求同年同月同日生 但願同年同月同日死 皇天后土 實鑒此心 背義忘恩 天人共戮 誓畢 拜玄德爲兄 關羽次之 張飛爲弟[82]

더욱이 다음과 같은 <구운몽>의 祭文은,

維年月日弟子 鄭氏瓊貝 蕭和李氏 彩鳳秦氏 春雲賈氏 蟾月桂氏 驚鴻狄氏 裊烟沈氏 凌波白氏 越宿齋沐 謹告于南海大師之前 世之人 或有以四海之人 而爲兄弟者 何則 以其氣味之合也 或有以天倫之親 而爲路人者 何則 以其志之乘也 弟子八人等 始雖各生於南北 散處於東西 而及長 同事一人 同居一室 氣相合也 義相孚也 比之於物 一枝之花 爲風雨所撼 或落於宮殿 或飄於閨閤 或墜於陌上 於或飛山中 或隨溪流而達於江湖 然言其本 則同一根也 惟其同根也 故花木無心

---

81) <구운몽> 한문목각본 卷之六, 駙馬罰飮金屈巵 聖主恩借翠微宮.
82) <삼국지연의> 上 1회, 대만 世界書局, 3쪽.

之物 而其始也 同開於枝 其終也 同歸於地 人之所同受者 亦一氣而
已 則氣之散也 豈不同歸於一處乎 古今遼濶而拜一時 四海廣大而居
同一室 此實前生之宿緣 人生之幸會 是以弟子等八人 同約同盟 結爲
兄弟 一吉一凶 一生一死 必欲之相隨而不相離也 八人中苟有懷異心
而背矢言者 則天必殛之 神必忌之 伏望大師 降福消災 以佑妾等 使
百年之後 同歸於極樂世界幸甚[83]

<삼국지연의>의 제문을 활용 부연한 것이다. <구운몽>의 '其始也 同
開於枝 其終也 同歸於地'는 <삼국지연의>의 '不求同年同月同日生
但願同年同月同日死'를 축약한 것이고, 전자의 '八人中 苟有懷異心
而背矢言者 則天必殛之 神必忌之'는 후자의 '背義忘恩 天人共戮'의
相을 그대로 딴 것이다. 그러나 <삼국지연의>에서 祭拜의 대상이 '皇
天后土'였던 것이 <구운몽>에서는 '南海 觀音菩薩'로 변용된 것은,
<구운몽>이 불교소설임을 감안한 작자의 고의에서 이루어진 것이라
보아야 할 것이다.

4. 『태평광기』와 〈구운몽〉

『태평광기』는 太平興國 2년(A.D. 977)에 李昉 등이 宋太宗의 칙령
을 받들어 撰輯한 것으로, 모두 55부로 나뉘며 옛부터 전해오는 軼聞
瑣事 · 僻笈遺文이 기재된 것으로 중국 소설의 연원이 되는 것이다.[84]

---

83) <구운몽> 한문목각본 卷之六, 駙馬罰飮金屈巵 聖主恩借翠微宮.
84) 宋 太平二年 李昉等奉勅撰 凡分五十五部 所採書三百四十五種 古來奇文祕笈咸在
   焉 小說家之淵海也.『四庫全書』,「簡明目錄」, 卷十四.

『태평광기』가 우리나라에 전래한 시기는 확적하게 알 수 없으나, 다만
고려 고종(1214~1259) 때 諸儒가 지은 <翰林別曲>에 그 제목이 보
인다는 사실을 통해 추정해볼 수는 있다.

翰林別曲……唐漢書 莊老子 韓柳文集 李杜集 蘭臺集 白樂天集
毛詩 尙書 周易 春秋 周戴禮記……太平廣記四百餘卷 偉 歷覽景何
如……85)

이로 보면 대개 송나라 상인으로부터 『태평광기』와 동시대의 찬집
인 『太平御覽』을 매입한 때인 1192년86)과 『태평광기』 보급 연대와의
거리가 수십 년의 차이에 불과하니 저간의 일은 쉽게 짐작할 수 있다.

『태평광기』에 대한 고려조의 기록은 더 발견되지 않으나 이조에 들
어와서 군신 간의 화제로 오르내렸던 일이 있다. 즉, 세조 8년에 세조와
梁誠之의 대화에서 『태평광기』가 등장하고 있으나 별반 언급은 없다.

上與中宮御仁政殿 王世子與宗親宰樞進豊呈 上謂梁誠之曰 卿知
太平廣記 其語廣記中之言 誠之啓 昔唐宰相蘇瓖李嶠二兒皆童年 中
宗召置於前 賜與甚厚 因語曰 爾讀書何事最好 瓖子逌曰 惟木從繩則
正後 從諫則聖 嶠子曰 斯朝涉之脛部 賢人之心 中宗曰 蘇瓖有子 李
嶠無兒 上笑曰 卿何謂因事勸戒者也87)

---

85) 『高麗史』 志 樂二.

86) (明宗 二十二年 八月) 癸亥 宋商來獻太平御覽 賜白金六十斤 仍命崔詵校讎訛謬.
　　『高麗史 列傳』, 「崔惟淸」. 이능우, 「중국소설류의 韓來記事」, 『숙대 기념논문집』 7
　　참조.

87) 『조선왕조실록』 世祖 권 27.

그러나 선조 때 사람인 奇大升은 『태평광기』가 족히 인심을 그르칠 수 있다는 것을 전제로 하여, 선조에게 학문의 공을 위해 이를 戒責하기를 제언한 일이 있다.[88]

이와 같이 『태평광기』는 餘書와 같이 유학자에 의해 혹평을 받기도 했지만, 이조 초엽에 成和仲이 『태평광기』 500권을 50권으로 抄錄하여 간행한 일이 있다.[89] 또한 6·25 동란 중 김일근 교수가 발견한 『태평광기』 언해본이 대략 임란 후 숙·경종조 사이에 이루어졌다는 것이 사실이라면,[90] 『태평광기』는 적어도 서포 당대 숙종조에 유행되었음은 물론이다.

서포가 『태평광기』를 어떻게 도입하여 어떻게 읽었는지 대하여는 구체적으로 알 수 없으나, 서포가 『태평광기』에 대해 宏博하였다는 북헌의 언급이 있다는 점,[91] 앞에서 논한 바와 같이 <구운몽>의 주제에 『태평광기』 소재 <침중기>·<앵도청의>·<남가태수전> 등이 강력하게 반영되었다는 점, 그리고 다음의 예문처럼 백능파가 양소유에게 자기 내력을 고백하는 장면에,

> 妾之伯兄 初爲涇水龍宮之婦 夫妻反目 兩家失和 再適於柳眞君 九族尊之 一家敬之[92]

88) 詩文詞筆 尙且不關 況剪燈新話 太平廣記等書 皆足以誤人心志者乎 自上知其誣而 戒之則 可以切實於學問之功也. 『조선왕조실록』 宣祖 권 3.

89) 伯氏文安公 好學忘倦 嘗在集賢殿 抄錄太平廣記五百卷 約爲詳節五十卷. 『慵齋叢話』, 이능우, 「중국소설류의 韓來記事」, 『숙대 기념논문집』 7, 56쪽 참조.

90) 김일근, 『太平廣記』 언해본, 7쪽.

91) 小說無論 廣記之雅麗 西遊水滸之奇變宏博. 『북헌집』 권 16, 「西浦遺事別錄」

92) <구운몽> 한문목각본 卷之四, 白龍潭楊郎破陰兵 洞庭湖龍君宴嬌客.

<柳毅傳>의 一場이[93] 인용되었다는 점 등을 보건대, 서포가『태평광기』를 독파한 것은 틀림없는 사실이다.

그러면『태평광기』가 <구운몽>에 어떻게 반영되었는가를 살펴보겠다. 우선『태평광기』소재 <침중기> · <앵도청의> · <남가태수전> 등이 <구운몽>의 환몽적 주제에 짙게 영향을 준 것은 이미 서술한 바 있거니와, 여기에서는 논의의 편의를 위해 白凌波 설화 · 換着彈琴 설화로 나누어 서술하기로 한다.

1) 白凌波 설화

<구운몽>에는[94] 꿈에 양소유가 백능파를 만나는 장면이 있는데, 그 경개는 다음과 같다. 양소유가 토번을 치다 盤蛇谷에 이르러 적에 의해 곤경에 빠졌을 때, 피곤하여 책상을 의지하고 깜빡 졸게 된다. 그 꿈속에서 백능파의 시녀의 안내로, 마침 南海龍王의 아들 五賢의 구혼을 피하기 위해 水宮에 와 있는 洞庭龍王의 小女 백능파와 가연을 맺는다. 양소유는 다시 침입해 온 五賢을 쳐서 항복을 받고 백능파를 데리고 동정용궁으로 가니, 동정용왕이 여러 가지 음악과 무용으로 양소유를 환영하여 주었다. 양소유가 동정용왕의 환대를 받고 후일을 기약하며 상경하던 중, 衡山에 이르러 사찰에 가 예불하고 전각을 내려오다가 실족하면서 꿈에서 깬다.

위의 백능파 설화는 동정용녀의 출현이라든가 스토리의 구성이『태

---

93) 柳毅傳……儀鳳中 有儒生柳毅……以其春秋積序 容狀不衰 南海之人 靡不驚異 云云.『태평광기』권 419, 대만 新興書局, 1164~1167쪽.

94) <구운몽> 한문목각본 卷之四, 白龍潭楊郎破陰兵 洞庭湖龍君宴嬌客.

평광기』 소재 <柳毅傳>[95]과 매우 흡사하다. <유의전>의 경개를 들어보면 다음과 같다. 柳毅란 유생이 과거에 낙방하여 귀향하는 길에 涇河에 이르러 수심에 잠겨 양을 치는 미인을 만난다. 그녀는 바로 洞庭龍王의 小女로서 涇川王의 차남과 强婚하였으나, 방탕한 남편의 학대를 받을 뿐 아니라 시모와의 사이도 좋지 않았다. 그러나 이를 그녀의 친가에 연락할 길이 없다가 마침 유의를 만나게 되니, 편지를 주어 유의를 시켜 전하게 하였다. 유의는 의로운 사람으로서 이를 승낙하여 그 서신을 동정용왕에게 전하니, 동정용왕이 눈물을 흘리며 슬퍼하였다. 이 소식을 들은 동정용왕의 아우 錢塘王이 별안간 검은 구름을 일으키고 赤龍으로 변하여 하늘을 뚫고 용녀를 구출하러 나간다. 涇川王과의 일대 접전 끝에 전당왕이 경천왕을 죽이고 용녀를 구출하였다. 이에 동정용왕이 성대한 잔치를 베풀어 유의를 마음껏 환영해 주었다. 이에 전당왕이 그 용녀를 유의에게 下嫁하기를 요청했으나 그는 이를 거절하였다. 유의는 그 후 廣陵으로 가 큰 부호가 되고, 장씨에게 장가들었으나 곧 喪妻하였다. 다시 유의는 金陵으로 가 노씨에게 장가들었는데 그녀가 곧 동정용녀였다. 그들은 그 후 행복한 일생을 보냈다는 것이다.

위에 든 <구운몽>의 백능파 설화와 『태평광기』 소재 <유의전>을 비교할 것 같으면, 그 인물 배열에 있어서 <구운몽>의 백능파는 <유의전>의 동정용녀에 해당하고, 능파를 구출하는 양소유는 바로 <유의전>의 유의에 해당하며, <구운몽>의 동정용왕은 <유의전>의 동정용왕으로 직결된다. 다만 <유의전>에서 동정용녀를 구출하는 전당왕의

---

95) 『태평광기』 권 419, 대만 新興書局, 1164~1167쪽.

역할이 백능파 설화에는 따로 설정되지 않았고, 양소유가 유의와 전당왕의 이원적 역할을 담당하고 있다는 점이 다르다.

이와 같이 인물 배열에 있어 백능파 설화가 <유의전>에 일치할 뿐 아니라, 부분적인 어구나 장면이 <유의전>에서 온 것도 있다. 즉 백능파 설화의 '吾娘子 卽洞庭龍君小女也 近日暫離宮中 來寓於此矣'[96]는 <유의전>의 '妾 洞庭龍君小女也 父母配嫁涇川次子'[97]의 相을 차용한 것이고, 백능파가 양소유를 만나 그녀의 내력을 고백하는 장면에서 '妾之伯兄 初爲涇水龍宮之婦 夫妻反目 兩家失和 再適於柳眞君'[98]이라고 한 것은 <유의전>의 스토리를 일부 습용한 것이다. 또한 백능파 설화에 양소유가 남해용왕의 항복을 받고 백능파를 구출하여 洞庭龍王에게 이르자, 동정용왕이 양소유를 음악과 무용으로 환대해주었다. 이때 그 음악에 대해 양소유가 묻자 동정용왕이 대답하기를,

> 龍王答曰 水府舊無此曲 寡人長女嫁爲涇河王太子之妻 因柳生傳書 知其遭牧羊之困 寡人弟錢塘君 與涇河王大戰 大破其軍 率女子而來 宮中之人 爲作此舞 號曰 錢塘破陣樂 或稱貴主行宮樂[99]

이라 한 것은 <유의전>의

> 明日 又宴毅於凝碧宮 會友戚 張廣樂具以醹醴 羅以甘潔 初 笳角鼙鼓 旌旗劍戟 舞萬夫子其石 中有一夫前曰 此錢塘破陣樂 旌鎧傑氣 顧驟悍慓 坐客視之 毛髮皆豎 復有金石絲竹 羅綺珠翠 舞千女於其

---

96) <구운몽> 한문목각본 卷之四, 白龍潭楊郞破陰兵 洞庭湖龍君宴嬌客.
97) 『태평광기』 권 419, 대만 新興書局, 1164~1166쪽.
98) <구운몽> 한문목각본 卷之四, 白龍潭楊郞破陰兵 洞庭湖龍君宴嬌客.
99) 상동.

　　左 中有一女前進曰 此貴主還宮樂 淸音宛轉 如訴如慕 坐客聽之 不
覺淚下[100)]

의 내용을 차용한 것이다.

　위의 인용문을 통해 보면, 백능파 설화는 결국 <유의전>을 차용하
여 유의·동정용녀·錢塘王을, 백능파 설화의 양소유·백능파·동정
용왕 등의 스토리의 주축에다 삽입시켜 놓았다. 특히 <유의전>의 동
정용녀를 백능파의 伯兄으로 교묘히 만들어 놓음으로써 <유의전>의
단일 구성이 백능파 설화에서는 이중구조로 되어 있음을 알 수 있다.
이를 도표로 정리하면 다음과 같다.

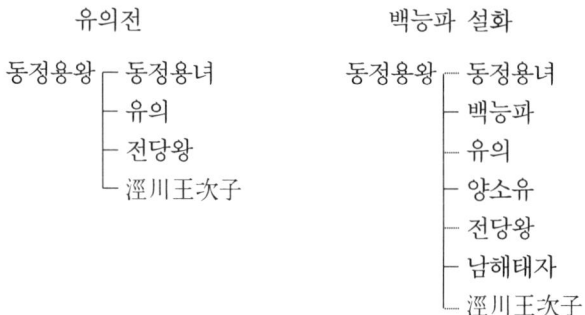

　백능파 설화의 변형에 대하여는 대략 두 가지 면에서 살펴볼 수 있
다. 첫째, <유의전>의 황당한 지괴설화의 경지가 백능파 설화에는 어
느 정도 사실성에 가깝게 소설의 경지로 부각되어 있다. <유의전>은
작자 李朝威의 後文

---

100)『태평광기』권 419, 대만 新興書局, 1164~1166쪽.

隴西李朝威而歎曰 五蟲之長 必以靈者 別斯見矣 人裸也 移信鱗蟲
洞庭含納大直 錢塘邊疾磊落 宜有承焉 戢詠而不載 獨可鄰其境 愚義
之 爲斯文101)

에서와 같이, 작자 李朝威가 유의의 신기한 사적을 듣고 그의 神仙을
그리워한 나머지 <유의전>을 엮은 것이다. 그런 점에서 <유의전>은
스토리의 중점이 없고 다만 어느 지괴 인물의 傳記를 읽는 것과 같이
육조시대의 지괴설화를 크게 넘지를 못했다. 그러나 백능파 설화는
<유의전>의 지괴설화의 경지를 넘어 양소유와 백능파의 로맨스를 중
심으로 짙게 소설화되어 있다. 양소유가 백능파에게 구혼하니 백능파
는 不告父母와 환골탈태 등의 이유를 들어 주저할 때, 양소유는 백능
파와의 해후를 생각하여 사람과 귀신을 가리지 않고 그녀와 인연을 맺
는 것이다.

尙書曰 娘子之言 雖美 我思之 娘之來 此不但守志 而亦父王欲使
留待少游之來 而卽從之也 今日之相會 豈父王之命乎 且娘子神明之
後 靈異之性也 出入人神之間 無所往而不可則 豈以鱗鬣爲嫌乎 少游
雖不才 奉天子之明命 將百萬之雄兵 飛廉爲之導先 海若爲之殿後 其
視南海小兒 如蛟虬螻蟻而已 渠若不自量 妄欲相逼 則不過汚我寶劍
而已 今夜何達邂逅相逢 則良長豈可虛度 佳期何忍孤負 遂携龍女而
就枕 交會之歡 非夢則眞102)

그러나 <유의전>에서는 유의와 동정용녀의 로맨스는 찾아볼 수 없

<hr>

101) 상동.
102) <구운몽> 한문목각본 卷之四, 白龍潭楊郎破陰兵 洞庭湖龍君宴嬌客.

고 주제도 찾을 수 없다. 또한 <유의전>에서는 동정용녀가 끝내 용녀로 등장한다.103) 이것이 <유의전>이 지괴설화로 머물게 된 중요한 요소이며, 또한 唐代 문사의 唾氣를 받은 중요한 원인이다.104) 그러나 백능파 설화에 있어서는 양소유가 구혼할 때 백능파가 환골탈태 후 인간이 되어 그와 인연을 맺을 것을 주장하고,105) 이후 그녀는 인간으로 등장하는 것이다.

둘째, <유의전>은 그 사상적 배경이 도가류로 점철되어 있다. <유의전>은 용녀와 錢塘王을 중심으로 한 기담으로 엮어져 있으나, 그 사상적 배경은 <유의전> 말미에 서술되어 있듯이, 유의의 表弟 薛嘏가 京畿令으로 가던 도중 유의가 동정호에서 歸仙한 것을 흠모한 나머지 이를 동경하면서도 뜻을 이루지 못한 데 대하여 작자 李朝威가 '嘏詠而不載 獨可鄰其境 愚義之 爲斯文'이라 한 데서 우리는 작자의 도가적 사상을 엿볼 수 있다. 그러나 백능파 설화는 <유의전>의 도가적인 동정용궁 설화를 차용하면서도 이를 불가 사상으로 회귀시키고 있는데, 이는 <구운몽>이 불가소설임을 전제로 하여 작자의 고의적인 의도가 개입된 것이다. 즉, 백능파가 양소유를 만나 자기의 내력을 토로하는 장면을 보면, 백능파의 前身은 선녀로서 천상에서 죄를 얻어 지상에서 사람이 되어 귀인의 첩이 되어 부귀영화를 누리다가 불가에

---

103) 勿以他物 遂爲無心 固富知報耳 夫龍壽萬歲 今與君同之 水陸無往不適 君不以爲妾也『太平廣記』권 459, 대만 新興書局, 1165쪽. 이 구절은 유의와 동정용녀가 인연을 맺은 후, 그녀가 용녀임을 고백하는 구절이다.

104) 唐代小說 如柳毅傳書洞庭事 極妄誕不根 文士函當唾去 而詩人往往好用之. 胡應麟,『二酉拾遺』卷中.

105) 龍女曰 幻形變質而後 方可以侍貴人也 今不可以鱗甲之腥 髯鬣之陋 以累貴人之床席也. <구운몽> 한문목각본 卷之四.

돌아가 큰 중이 된다는 내용이 나오고 있다.

> 妾之始生也 父王朝於上界 逢張眞人 卜妾之命 眞人撰著曰 此娘子
> 前身 卽仙女也 因罪謫降 爲王之女 而畢竟復得人形 爲人間貴人之姬
> 妾 享富貴榮華之樂 悉耳目心志之娛 終歸佛家 永爲大禪矣[106]

뿐만 아니라 양소유가 동정용왕의 환대를 받고 그를 하직하여 南岳
衡山에서 예불하는 가운데 꿈을 깨게 함으로써 백능파 설화를 종결지
은 것은, 작가가 그 원형인 도가적인 <유의전>을 의식적으로 불가로
변형시킨 것이라고 보아야 할 것이다.

셋째, <유의전>의 이름 없는 동정용녀가 <구운몽>에 백능파로 명
명된 것은, 용녀로서보다도 <구운몽>의 여타 여덟 부인과 마찬가지로
살아있는 인간으로 부각하기 위한 것이다. 그러나 <구운몽>에서 백능
파를 등장시켜 <유의전>의 현실담을 꿈의 세계로 형상화한 것은 서
포의 創意에 의해 이루어진 것이 아니라, 『태평광기』의 凌波女 고사가
典據가 된 것이 뚜렷하다. 즉,

> 玄宗在東都 畫寢於殿 夢一女子 容色穠艶 梳交心髻 大披廣裳 拜
> 於牀下 上曰 汝是何人 曰妾是陛下凌波池中龍女 衛宮護駕 妾實有功
> 令陛下洞曉鈞天之音 乞賜一曲 以光族類 上於夢中爲鼓胡琴 拾新舊
> 之聲 爲凌波曲 龍女再拜而去及覺 盡記之 因命禁樂 與琵琶習而翻之
> 遂宴從官於凌波宮 臨池奏新曲 池中波濤湧起 復定 有神女出於波心
> 乃昨夜之女子也 良久方沒 因遣置廟於池上 每歲祀之[107]

106) <구운몽> 한문목각본 卷之四, 白龍潭楊郎破陰兵 洞庭湖龍君宴嬌客.
107) 『태평광기』 권 420, 대만 新興書局, 1167쪽. 또한 같은 내용이 <楊太眞外傳>에도
보인다.

양소유가 꿈에 백능파를 만났다는 것은, 위 인용문 중 '玄宗在東都
晝寢於殿 夢一女子 容色穠艶 梳交心髻 大披廣裳 拜於牀下 上日 汝
是何人 曰妾是陛下凌波池中龍女'를 차용하여 설정한 것이다. 그러나
이를

> 尙書方在營中 思退敵之計 而終無善策 悶惱之久 神氣頗困 倚卓而
> 少眠 忽有異香 遍滿營中 女童兩人進於尙書之前 容狀奇異 非仙則鬼
> 告於尙書日 吾娘子欲告一言於貴人 願貴人無惜一枉於陋穢之地 尙
> 書日 娘子是何人 在何處 答日 吾娘子 卽洞庭龍君小女也[108]

에서와 같이, 盤蛇谷 설화와 결합해 놓고, 또한 용녀를 등장시켜 소설
화해 놓은 데서 우리는 서포의 탁월한 창작력을 엿볼 수 있다. 하지만
백능파의 인물을 꿈의 세계로 변형한 것은 좋았으나 끝내 이를 實人物
인 여타인물과 함께 자리하게 해서 實人物로 부각시킨 것은, <구운
몽>의 내용이 몽중담이라 할지라도 우리에게 실감을 주지 않는다.

이상과 같이 <유의전>은 <구운몽>의 백능파 설화에 中軸의 영향
을 끼쳤고, 『태평광기』 소재 凌波女 고사도 부분적으로 그 영향을 주
었다. 그런데 주목할 점은, 이와 같은 일련의 용녀 설화가 본시 중국의
것이 아니고 인도의 불경을 통해 묻어 온 것이라는 점이다. 霍世林은
그의 「唐代傳奇文與印度故事」에서 <유의전>의 용녀설화에 대하여

> 龍女的故事在唐代很流行 如柳宗元的謫龍說(柳河東集 十六) 沈亞
> 之的湘中怨(沈下賢集 二) 以及震澤龍女傳(太平廣記 四一八 震澤洞
> 出梁四公說)等不一而足 而最爲人所稱道的要算李朝威的柳毅傳……

---

108) <구운몽> 한문목각본 卷之四, 白龍潭楊郎破陰兵 洞庭湖龍君宴嬌客.

這種不見經傳的題材 一龍女 不消說並不是中國道地的土產 而是外
國(印度)輸入的洋貨109)

라 하여 唐代에 유행을 한 <유의전>을 비롯하여 柳宗元의 <謫龍說>,
沈亞之의 <湘中怨> 및 震澤의 <龍女傳> 등 일련의 용녀설화가 중국
경전에는 보이지 않고 모두가 인도에서 수입된 것이라고 언급하고 있
다. 또한 鄭振鐸도 그의 『中國文學史』에서 <유의전>을 비롯한 尙仲
賢의 <柳毅傳書>劇, 李好古의 <張生煮海> 등 일련의 용녀설화가 인
도에서 들어온 것임을 밝혀 놓았다.110)

그런데 중국의 용녀설화가 중국의 것이 아니라 인도 불경에서 유래
하였다는 것은 전술한 바와 같거니와 霍世林은 다시 그 범위를 좁혀
불경 『僧祇律』에다 두어 다음과 같이 언급하고 있다.

佛經裏關於這類的故事 便不知該有多少 我們稍一檢閱 便可以得
例證 記得僧祇律有這樣一段故事111)

『僧祇律』의 원문을 제시하면,

南方有邑大林 時有商人驅八牛到北方俱多國 有一商人在澤中牧牛
時有離車捕龍食之 捕得一龍 離車穿鼻牽行……商人以一牛易之……

109) 傅東華·鄭振鐸 編,『中國文學硏究』, 香港 龍門書店, 1061쪽.
110) 柳毅傳爲李朝威作 朝威 隴西人 生平不知 當也是這時代的人物 柳毅傳叙柳毅下第
　　爲龍女傳書 後乃結爲姻眷事 元人戲曲叙此事者不少 尙仲賢有柳毅傳書 李好古有張
　　生煮 海也叙龍女事 與並有關 所謂龍女 在中國古代並無此物 無疑的乃是由印度所
　　給予 我們的許多故事裏傳達進來的『中國文學史』권 2, 501쪽.
111) 傅東華·鄭振鐸 編,『中國文學硏究』, 香港 龍門書店, 1061쪽.

放別池中 龍忽變爲人 謂商人曰 君施我命 今欲報恩 可共入宮 當報
大德……龍女俄出呼商人 入宮坐寶牀上 龍女言 龍中有食能盡壽而消
者 有二十年消者 有七年消者 有閻浮提人食者 未知君欲何食 答言須
閻浮提人食 卽時種種飮食俱備……龍女卽與八餠言此足汝父母眷屬
終身用之不盡 復言汝合眼 卽以神變持着本國[112]

위와 같은데, 여기에 용녀의 落難遇救나 용궁에서 은인을 관대하고
나아가 많은 진귀한 보물을 선물한다는 것이 모두 <유의전>과 은연
중 부합하고 있는 것으로 보아, 霍世林이 <유의전>의 원천을 불경
『僧祇律』에다 둔 것은 십분 타당하다고 본다. 그러므로 <구운몽>에
들어있는 백능파 설화는 <유의전>을 매개로 하였지만, 그 원천은 따
지고 보면 『僧祇律』로 귀착된다는 것은 말할 나위도 없다.

2) 換着彈琴 설화

<구운몽>에 보면 양소유가 노모의 서신을 가지고 경사에 이르러 杜
鍊師를 찾아 서신을 전하고, 다시 두련사의 계략에 따라 양소유가 女服
으로 換着한 후 女冠으로 가장하여 정사도의 집에 이르러 彈琴함으로
써 규수 정소저를 만나는 데 성공하고, 이후 양소유는 과거에 응하여
장원급제함으로써 정소저와 가연을 맺는 장면이 있다.[113] 이와 같이 남
자가 여자로 가장하여 彈琴함으로써 규수 여자와 가연을 맺는다는 換
着彈琴 설화는 <구운몽> 외에도 <김진옥전>·<장국진전>·<옥선

---

112) 唐 釋道世의 『法苑珠林』109, 인용.
113) <구운몽> 한문목각본 卷之二, 倩女冠鄭府遇知音 老司徒金榜得快壻.

몽> 등에도 있으나, 이는 모두 <구운몽>의 영향이라고 생각된다.

그런데『태평광기』소재 <王維傳>을 볼 것 같으면 다음과 같은 내용이 있다. 왕유가 약관에 문장으로 이름이 높고 또한 음률도 잘하여 당시 岐王의 후대를 받았다. 그때 張九皐가 또한 명성이 높았는지라 당시 베푸는 解試에 공주와 내통하여 장원이 결정되려던 때였다. 이때 왕유가 岐王을 찾아가 그의 비호를 받고 貴主를 찾아가 거문고와 詩律로써 貴主의 고임을 받아 장원으로 결정되었던 張九皐를 물리치고 대신 왕유가 장원으로 급제하였다는 것이다.[114]

이 두 스토리에 많은 출입이 있음은 물론이다. 즉 <구운몽>에서는 양소유가 정소저를 낚을 목적으로 女冠으로 換着하고 있으나, <왕유전>에서는 왕유가 공주를 낚기 위해 女冠으로 가장하지 않고 다만 과거에 장원하기 위한 목적으로 '岐王則出錦繡衣服 鮮華奇異 遣維衣之'에서와 같이 좋은 비단옷으로 換着하였을 뿐이다. 그러나 換着彈琴 설화에 있어서 A(주인공)가 B(대상)를 낚기 위해 C(매개)를 통하여 그 계략에 따라 換着彈琴함으로써 B의 마음을 사 목적을 이룬다는 큰 줄기에서는 서로 일치하고 있다. 즉 <구운몽>에 양소유가 정소저를 낚을 목적으로 두련사의 계략 하에 換着彈琴함으로써 정소저를 낚는 데

---

114) 王維右丞 年未弱冠 文章得名 性嫻音律 妙能琵琶 遊歷諸貴之間 尤爲岐王之所重 時進士張九皐 聲稱籍甚 客有出入于公主之門者 爲其致公主邑司牒京兆試官 令以九 皐爲解頭 維方將應擧 具其事言於岐王 仍求庇借 岐王曰 貴主之强 不可力爭 吾爲子 畫焉 子之舊詩淸越者 可錄十篇 琵琶之新聲怨切者 可度一曲 後五日當詣此 維卽依 命 如期而至 岐王謂曰 子以文士 請謁貴主 何門可見哉 子能如吾之敎乎 維曰 謹奉命 岐王則出錦衣服 鮮華奇異 遣維衣之 仍令齎琵琶 同至公主之第 岐王入曰 承貴主出 內 故攜酒樂奉讌 卽令張筵 諸伶旅進 維妙年潔白 風姿都美 立於前行 公主顧之 謂岐 王曰 斯何人哉 答曰 知音者也 卽命獨奏新曲 聲調哀切 滿座動容 公主自詢曰 此曲何 名 維起曰 號鬱輪袍 公主大奇之……公主則召試官至第 遣宮婢傳敎 維遂作解頭而一 擧登第『太平廣記』권 179, 대만 新興書局, 644~645쪽.

성공한다는 것은 <왕유전>에서 왕유가 공주의 환심을 사 과거에 급
제하기 위해 岐王의 계략에 따라 換着彈琴함으로써 공주의 마음을 사
과거에 급제하였다는 것과 같다.

<왕유전>을 서포가 읽고 <구운몽>에 반영시켰다는 증거는 다음의
예문에서도 찾을 수 있다.

> 昔王維學士 着樂工衣服 彈琵琶於太平公主之第 仍占壯元 至今爲
> 流傳之美談 楊郞卽爲求淑女 換着女服 實多才之人[115]

위의 예문에서와 같이 <왕유전>의 換着彈琴 설화를 인용한 것을
보면 <구운몽>의 換着彈琴 설화가 <왕유전>에서 유래한 것은 틀림
없다. 그러므로 <구운몽>을 비롯한 여타 고소설에 산재해 있는 換着彈
琴 설화의 원류는 『태평광기』 소재 <왕유전>에다 두어야 할 것이다.

그러나 <왕유전>은 설화의 형태를 별로 벗어나지 못했다. 이에 비
해 <구운몽>에서는 <왕유전>이 차용되어 <구운몽>의 삽화로 머무
르지 않고, <왕유전>의 岐王이 <구운몽>에 杜鍊師로 대치되어 그 전
후 스토리에 잘 연결되었고, <왕유전>의 공주가 <구운몽>의 주요인
물인 정소저로 대치되어 소설화가 잘 되었다. 특히 정소저와 양소유와
의 彈琴問答하는 장면은 우리에게 해학감을 준다. 여기에서 우리는 작
자의 창작력을 여실하게 볼 수 있다.

---

115) <구운몽> 卷之二, 倩女冠鄭府遇知音 老司徒金榜得快壻.

結

이제 결론을 맺도록 하겠다. 서포는 외방 소설을 다독한 경험을 <구운몽>으로 작품화하는 데 성공하였다. 또한 서포가 패서를 많이 읽은 것은 그의 소설가적 기질에도 있었겠지만 陶庵 李縡의

> 西浦金公至孝 自以遺腹者 生不識父面 爲終身痛 事母夫人有甚愛 其所以娛悅親意者 殆類古之弄雛兒啼 以夫人好書 聚古史異書 以至 稗官雜記 日夜談說左右 以資一笑[116]

라는 말을 빌면, 서포의 모부인에 대한 효심과 그 모부인이 패서를 좋아하는 嗜好[117]에 있다고 보아야 할 것이다.

① <구운몽>의 주제는 空사상을 바탕으로 하여 인생의 부귀영화를 일장춘몽으로 돌리는 소위 환몽적 구조로 이루어진 것인데, 이는 『太平廣記』 소재 <枕中記>・<櫻桃靑衣>・<南柯太守傳> 및 <西遊記>의 일장춘몽 설화와 밀접하다. 서포가 여기에 영향을 받고 <구운몽>의 주제를 엮는 데 이들을 차용한 것이다. 그러나 <침중기> 등을 비롯한 중국의 일련의 환몽설화가 모두 단편적인 설화의 경지를 크게 탈피하지 못하였는데, 서포는 이를 그대로 모방하지 않고 잘 변용하여

---

116) 『三官記』耳部, 고대도서관 소장본. 또한 『松泉筆譚』卷亨, 고대도서관 소장본에도 보인다.

117) 서포 문중에는 서포의 모부인 윤씨가 패서를 좋아하였다는 일화가 전한다. 이를 옮겨 본다. 서포의 모부인 윤씨가 패서를 대단히 좋아했는데, 마침 서포가 중국에 사신으로 가게 되었다. 모부인이 서포에게 중국소설을 사다 줄 것을 부탁했는데, 서포가 이를 잊어버렸다가 나중에 생각이 나 돌아오는 길에 써서 모부인에게 중국소설이라고 바친 것이 <구운몽>이었다. 그러나 모부인 윤씨는 <구운몽>을 읽어 보고 중국소설이 아니라고 했다는 것이다 (서포 십대손 金大中 씨 증언).

<구운몽>으로 대작화하는 데 성공하였다. 또한 <구운몽>에 영향을 준 <침중기>를 비롯한 중국의 일련의 환몽설화가 불경『雜寶藏經』의 영향을 받고 성립되었음을 생각할 때, 환몽설화의 원천은 멀리『雜寶藏經』소재 <婆羅那比丘> 설화에 있고, 다시 <침중기>를 비롯한 중국의 환몽설화를 매개로 하여 환몽소설로서 <구운몽>이 한국에서 대성하였다는 것은 그 비교문학적 의의가 크다 하지 않을 수 없을 것이다.

② <서유기>가 우리나라에 들어온 확적한 시기는 알 수 없으나 광해군 때 사람인 許筠이 <서유기>를 애독하였다는 자신의 기록을 보면, <서유기>가 늦어도 광해조까지 전래하였음은 분명하다. 이후 <삼국지연의>나 <수호지>가 혹평을 받은 것과는 달리 <서유기>는 적이 문인들의 호평을 받았다. 서포도 <서유기>를 읽고 <구운몽>에 많은 영향을 주었다. 즉,

㉠ <구운몽>의 이중구조 및 환생 설화는 모두 <서유기>의 영향을 받고 성립하였고, 삼교혼합·불교주류사상을 이룬 사상적 배경은 <구운몽>의 시대적 배경인 唐代가 三敎 鼎立한 사상적 繁華에도 있겠으나, 이를 불교 주류로 이끌어 간 것은 <서유기>와 밀접하다는 것이다. 곧, <서유기>는 삼교가 혼합되면서도『般若心經』을 바탕으로 하여 空사상이 점철되어 있고, <구운몽>은 삼교가 혼합되면서도『금강경』을 바탕으로 하여 空사상이 일관되어 있다는 것이다.

㉡ <구운몽>에 나타난 乘風騰空 설화나 龍王聽經 설화는 모두 <서유기>의 영향을 받고 이루어진 것이다. 乘風騰空 설화는 본시 <서유기>가 광대한 공간을 소재로 하여 소설화되었기 때문에 그 축소감을 가져오기 위해 이것이 잘 적응되었으나, <구운몽>에서는 그 스케일이 이에 미치지 못하였고, 龍王聽經 설화는 <서유기>에서는

그 적응력이 황당할 뿐이나 <구운몽>에서는 육관대사의 법력을 강조하는 데 잘 적용되고 있다.

ⓒ <구운몽>의 擇婚 설화는 <서유기>뿐만 아니라 부분적으로는 『태평광기』 소재 <櫻桃靑衣>의 영향도 받고 이루어진 것이다.

③ <삼국지연의>가 우리나라에 전래한 것은 선조 초기이며 이것이 임병양란을 계기로 操觚界에 대유행이 되었으며, 서포도 <삼국지연의>에 비상한 관심을 가졌다. <삼국지연의>가 <구운몽>에 반영된 것은 대충 두 군데에 등장한다. 먼저 盤蛇谷 설화에는 제갈량의 濾水戰 장면이 반영되었는데 제갈량의 濾水戰은 그 스토리가 복잡 다양하나, 서포는 이를 <구운몽>의 白凌波 설화에다 잘 적용시켜 용해하였다. 그리고 八夫人結爲兄弟 설화에는 <삼국지연의>의 桃園結義가 반영되었는데, 이 도원결의의 유가적 바탕이 八夫人結爲兄弟 설화에서는 <구운몽>이 불교소설에 적용하기 위해 불가적 바탕으로 변용되었다.

④ 『태평광기』가 우리나라에 전래한 시기는 확적히 알 수 없으나, 고려 고종조(1214~1259)까지 전래한 것은 뚜렷하며, 이것이 이조에 들어와서는 자못 유행하였다. 이에 서포는 『태평광기』 소재 <침중기>·<앵도청의>·<남가태수전>을 차용하여 <구운몽>의 주제에 반영시켰다는 것은 앞에서 제시한 바와 같다.

또한 『태평광기』 소재 <柳毅傳>은, 같은 『태평광기』의 凌波女 고사와 함께 <구운몽>의 백능파 설화에 반영되었다. <유의전>의 용녀는 리얼하게 표현하기 위해 종내에는 인간으로 변형하였으며, <유의전>의 단형구조는 이중구조로 하여, 대체로 <유의전>의 설화적인 형태가 <구운몽>에서는 소설화하는 데 성공하였다. 그리고 <구운몽>

의 백능파 설화에 강력하게 반영된 <유의전>이나 凌波女 등의 용녀 설화가 불경『僧祇律』의 영향을 받고 성립한 것을 보면, 백능파 설화의 원천은『僧祇律』에 있고,『태평광기』소재의 <유의전>과 凌波女 고사를 매개로 하여, 이것이 <구운몽>의 백능파 설화에서 용녀설화로서 정착되었다는 것을 알 수 있다. 이로 보면 <구운몽>의 백능파 설화야말로 <구운몽>의 주제에 반영된 환몽설화와 함께 그 비교문학적 의의를 높이 평가해야 할 것이다. 또한 종래에 한·중 비교문학에 대하여 필자가 강조한 바 있는 인도 불경의 중요성118)은 이로써 더욱 확립되었을 것이다.

다음으로 <구운몽>의 換着彈琴 설화는『태평광기』소재 <王維傳>에서 영향을 받은 것이며, 이것 역시 <왕유전>의 짤막한 설화 형태가 <구운몽>의 모든 내용에 조화 용해되어 해학감을 풍기면서 소설화되는 데 성공하였다.

종래에 <구운몽>에 반영된 외방 소설로, 晋代 소설인 <穆天子傳>·<飛燕外傳>·<神仙傳>·<搜神記>·<十洲記> 등을 비롯하여 唐代 傳奇·夢遊錄·<三夢記>·<異夢錄>·<秦夢記>·<隨遺錄>·<流紅記>·<西陽雜俎> 외에 또한 宋代의 <夷堅志> 기타 <齋東野語>·<東京夢華錄> 등이 다채롭게 열거된 바 있으나119) 이는 뚜렷한 考據가 없는 견해이며, 본고를 통하여 위와 같이 <서유기>·<삼국지연의>·『태평광기』로 그 범위가 축소되었다.

대체로 보아 한국의 여타 고소설이 거의가 중국소설의 아류로 혹평

---

118) 정규복, 「한중비교문학의 문제점」,『어문학』12호, 대구어문학회, 1965.
119) 이가원, 「구운몽평고」,『구운몽』교주본, 연세대출판부, 1970, 34~38쪽.
또한 김무조 씨는 「서포연구」(153~157쪽)에서 이를 더욱 확대해 놓았다.

을 받을 만큼 모방·번안·표절의 경지에 그친 것이 많으나, <구운몽>은 <서유기>·<삼국지연의>·『태평광기』의 여러 설화 등을 차용하여 이를 그대로 모방하거나 번안하지 않고 <구운몽>의 大旨에 잘 변형 적용시켜 <구운몽>을 大成하는 데 성공하였다. 바로 여기에서 서포의 창작가로서 뛰어난 역량을 엿볼 수 있다. 불란서 시인 Valéry의 이른바 '남의 것을 섭취하는 것만큼 독창적이요 또 자기적인 것이 없다. 그러나 그것을 소화하지 않으면 안 된다. 사자의 몸뚱이는 양이 동화하여 된 것이다'는 말은 그대로 서포의 <구운몽>에 적용될 것이다.

결 론

    지금까지 텍스트 연구, 사상적 연구, 비교문학적 연구 등 3부로 나누어 논의하였다.

    Ⅰ. 텍스트 연구에서는 <구운몽>이 流播 작품이 아니고 작자가 뚜렷한 작품인 만큼, 많은 이본 가운데 작자 서포의 원작으로 추정되는 老尊本을 찾아내어 <구운몽>의 텍스트를 확립해 놓았다. 이를 확립해 놓은 방법으로는,

    1. '이본고'를 설정하여, <구운몽>의 이본으로 한문목각본 癸亥本을 비롯하여 한문언토본, 국문필사본인 이가원본·이재수본·강윤호본·정규복본·서울대학본·이화대학본·구왕실본, 국문목각본인 경판본·완판본, 활자본인 유일서관본, 外譯本인 게일 박사의 영역본·原文日譯本·日譯本 등 15종을 들어 이들의 내용과 문체 비교를 하였다. 이를 통해 한문본을 제외한 이본에 나타난 譯體·文理의 不備·誤譯 등을 들어, 한문본이 제 이본의 원전임을 밝히고, 한걸음 더 나아가 서포의 국문 원작설에 의문을 던져 서포의 <구운몽> 원작은 국문본이 아니라 한문본일 것임을 추정하였다.

2. '을사본고'를 설정하여 이본고에서 고구된 한문목각본 계해본의 母本이 을사본임을 밝히고, 종래 한문본의 텍스트가 된 계해본(1803년)에서 을사본의 간기 '崇禎後再度乙巳'를 통해 한문본의 성립 연대를 순조 3년(1803)에서 영조 1년(1725)으로 溯上시켰다.

3. '노존본고'를 설정하여 다시 한문본 20종을 수집해서, 이들을 계해본계, 을사본계, 노존본계 등 세 계열로 분류하고, 을사본과 노존본을 문체와 내용 면에서 비교하였다. 그 결과, 을사본에 나타난 類似字에서 비롯된 오자 또는 탈자·문맥의 不備 등을 들어 노존본은 을사본이 판각될 당시 그 대본이 된 것이라고 추정하였다. 이를 통해 노존본이 현존하는 <구운몽> 이본 가운데 宗主本이 될 뿐 아니라, 작자 서포의 원작, 혹은 이에 가장 가까운 近似本이 된다는 것을 밝혔다.

4. '서울대학본고'를 설정하여 종래에 <구운몽>의 원작이 국문본임을 전제로 서울대학본을 작자 서포의 원작으로 추정했던 견해에 대하여, 필자는 서울대학본과 한문본과의 내용과 문체 비교를 통해서 서울대학본에 나타난 譯體·誤譯·誤文·文理의 不備 등을 중심으로 이 이본이 한문본의 번역에서 유래된 국역본임을 밝혔다. 또한 서울대학본은 한문본의 계해본계, 을사본계, 노존본계 가운데 노존본계의 역본임을 아울러 밝혀 놓았다.

5. '新飜九雲夢攷'를 설정하여 종래에 <구운몽> 활판본의 효시로 유일서관본을 지목하였던 견해에 대하여, <신번구운몽>과 유일서관본을 비교하여 거기에 나타난 내용·문체의 일치를 통해서 결국 유일서관본은 <신번구운몽>을 텍스트로 하여 출현한 것임을 밝혔다. 말하자면 <신번구운몽>이 <구운몽> 활판본의 효시에 해당된다는 것이다.

6. '원작에 대하여'는 텍스트 연구의 결론으로, 위에 든 '이본고', '을

사본고', '노존본고', '서울대학본고', '신번구운몽고' 등을 통하여 첫째, <구운몽>의 이본에 있어서 한문본이 모든 이본의 宗主本이 된다는 뚜렷한 사실, 둘째, <구운몽>이 지닌 구조적인 문제, 셋째, 작자 서포의 후손이 <구운몽>의 원작 한문 手稿本을 보관하고 있었다는 서포 문중 설화 등을 근거로 세워, <구운몽>의 원작이 국문으로 씌어졌다는 속설과는 달리, 한문으로 씌어졌다는 결론을 도출하였다.

Ⅱ. 사상적 연구에서는 종래에 <구운몽>의 사상을 유·불·도 삼교사상의 혼합 내지 화합설, 혹은 불교사상설로 보는 견해에 대하여 살펴보았다. 삼교사상설에 대해서는 <구운몽>의 저류에 깔려 있는『금강경』이 바탕이 된 幻夢構造를 중심으로 이를 부정하였으며, 불교사상설에 대해서는 이를 받아들여 더욱 확대하여 <구운몽>의 근원사상은『금강경』이 바탕이 된 空사상임을 밝혔다. 다시 '환몽 구조론'을 설정하여 <구운몽>이 지닌 환몽 구조를 통하여 愛·取·有·生·老死의 五支緣說을 적용하여 <구운몽>의 근원사상인 空사상을 더욱 구체화하였다.

Ⅲ. 비교문학적 연구에 있어서도 <구운몽>의 환몽 구조를 불경설화와 중국소설인 <서유기>·<삼국지연의>·『태평광기』를 가지고 분석 비교하였다. 즉, 환몽 구조의 원천은 불경『雜寶藏經』의 <婆羅那比丘>에 있고, 이 <婆羅那比丘>는 중국 唐代의 傳奇소설인 <枕中記>·<南柯太守傳>·<櫻桃靑衣> 등에 영향을 주었으며, 이 전기소설들은 다시 <구운몽>의 환몽적 구조에 강력하게 영향을 주었다. 그리고 <구운몽>이 다시 일본으로 건너가 明治 시대에 <夢幻>이란 소

설로 번안되었다는 것이다. 말하자면 위와 같이 환몽 구조는 인도·중국·한국·일본 등을 휩쓴 범동양의 소설적 구조이다.

그러나 불경의 <娑羅那比丘>는 설화의 형태에 지나지 않고, 唐代의 傳奇 <침중기>·<남가태수전>·<앵도청의> 등은 설화 형태를 갓 넘은 소설의 초기 형태에 불과하나, <구운몽>은 완전한 소설이라는 것이 매우 주목된다. <구운몽>은 다시 일본으로 건너갔지만 더 발전을 보지 못하고 번안되었을 뿐이다. 이것이 범동양 문학권에 있어서 <구운몽>이 가지고 있는 비교문학적 의의이며, 여기에 <구운몽>의 작자 서포의 뛰어난 창작력을 엿볼 수 있다.

이들 외에도 환몽 구조에 담겨진 현실과 비현실의 세계가 복합화된 이중구조, 성진의 환생 설화, <구운몽>의 사상적 배경을 이루고 있는 삼교혼합·불교주류사상, <구운몽>의 구조상 비현실의 일면인 乘風騰空 설화와 龍王聽經 설화, <구운몽>의 양소유가 정사도의 사위가 되는 擇婿 설화 등은 모두 <서유기>의 영향을 받았고, <구운몽>의 盤蛇谷 설화와 八夫人結爲兄弟 설화 등은 <삼국지연의>에서, <구운몽>의 白凌波 설화와 양소유의 換着彈琴 설화는 모두 『태평광기』의 영향에서 비롯된 것임을 밝혔다.

말하자면 <구운몽>에 짙게 영향을 준 외방 소설은 불경의 『雜寶藏經』, 중국의 <서유기>·<삼국지연의>·『태평광기』 등이라는 것이다.

본고의 텍스트 연구, 사상적 연구, 비교문학적 연구 등을 통하여, 첫째, <구운몽>의 텍스트는 한문본 가운데 한문본 노존본이라는 것, 둘째, <구운몽>은 한국 고소설 가운데 또렷한 空觀小說의 대표작이라는 것, 셋째, 비교문학적 연구를 통하여 <구운몽>은 그 환몽 구조에 있어서 범동양 문학권에서 가장 뛰어난 작품이라는 것이 밝혀진 셈이다.

텍스트 연구에서 <구운몽>의 텍스트가 밝혀진 만큼 앞으로 <구운몽>에 대한 창작기교·문체·작가 심리 등 본격적인 연구가 가능해졌다. 또한 텍스트가 확정됨으로써, 기왕 발표된 논문 가운데 텍스트의 잘못된 선정으로 이루어진 <구운몽>에 대한 제 논문도 때에 따라서는 많이 시정을 가해야 할 것도 있으리라고 본다.

그리고 사상적 연구에서 <구운몽>이 한국 고소설 가운데 사상적 깊이로 내용과 형식의 조화의 극치를 이룬 것이 밝혀진 것은, 오늘날 소설 창작에 있어서 사상적 깊이가 상실되어 가는 이때, 현대 소설가들에게 좋은 본보기가 되리라고 본다.

또한 비교문학적 연구에서 <구운몽>이 그 환몽 구조에 있어서 범동양 문학권에서 가장 우수작이라는 것을 밝힘으로써 국제적인 의의가 충분히 부여되었으리라고 본다. 아울러 <구운몽>에 담겨진 환몽 구조를 통하여 우리는 오늘날 외국 문학의 수용·섭취에 있어서 깊은 반성이 있어야 하리라고 본다.

참고문헌

김병국, 「구운몽 연구」, 서울대 대학원, 1968.

김충렬, 「중국적 사유형식과 불교」, 『경북대학보』 421호.

박성의, 「구운몽의 사상적 배경 연구」, 『아세아연구』 36호, 고대 아세아문제연구소, 1969. 12.

설성경, 「구운몽의 구조적 연구」, 『국어국문학』 58~60, 국어국문학회, 1972.

이가원, 「九雲夢評攷」, 『교주 구운몽』 합본, 덕기출판사, 1956.

이능우, 「중국소설류의 韓來記事」, 『숙대 기념논문집』 7집.

이명구, 「구운몽고」, 『성균학보』 2 · 3집, 성균관대, 1956.

정규복, 「구운몽 영역본고」, 『국어국문학』 19호, 국어국문학회, 1959.

_____, 「한중 비교문학의 문제점」, 『어문학』 12, 대구어문학회, 1964.

_____, 「환몽설화고」, 『아세아연구』 18호, 고대 아세아문제연구소, 1965.

정범진, 「枕中記 연구」, 『대동문화』 9집, 성균관대 대동문화연구원, 1965.

김기동, 『이조시대소설론』, 정연사, 1959.

김동욱, 『춘향전 연구』, 연대출판부, 1965.

김태준, 『조선소설사』, 학예사, 1939.

박성의, 『한국고대소설사』, 일신사, 1958.

이재수, 『한국소설연구』, 선명문화사, 1970.

정주동, 『고대소설론』, 형설출판사, 1966.

주왕산, 『조선고대소설사』, 정음사, 1950.

金萬重, 『西浦漫筆』, 문림사, 油印本.

_____, 『西浦文集』, 통문관, 1971.

金春澤, 『北軒集』, 木版本.

李 縡, 『三官記』, 筆寫本, 고대중앙도서관 소장.

李圭景, 『五洲衍文長箋散藁』, 고전간행회.

沈　鑅, 『松泉筆譚』, 筆寫本, 고대중앙도서관 소장.
許　筠, 『惺所覆瓿藁』, 성균관대 대동문화연구원.
洪萬宗, 『旬五志』, 油印本, 문림사.

周樹人, 『中國小說史略』, 香港 三聊書店.
郭箴一, 『中國小說史』, 대만 商務印書館, 民國 54년.
葛賢宰, 『中國小說史』, 대만 中華文化出版事業委員會, 民國 46년.
孟　謠, 『中國小說史』, 대만 傳記文學社, 1965.
鄭振鐸, 『中國文學硏究』, 香港 文淵書店, 1970.
胡　適, 『胡適文存』, 대만 遠東圖書公司, 民國 50년.
劉大杰, 『中國文學發達史』, 대만 中華書局, 民國 51년.
祝秀俠, 『唐代傳奇硏究』, 中華文化出版事業委員會.
P. van Tieghem, *Littérature Comparee*, 김동욱 교수 역, 『비교문학』.
太田三郎, 『比較文學』, 硏究社, 昭和 33.
渡邊格司, 『世界文學과 比較文學』, 第三書房, 1969.
김동화, 『불교학개론』, 백영사, 1962.
『金剛經』, 圓光大學 敎學硏究會.

李　昉, 『太平廣記』, 대만 新興書局.
羅貫中, 『三國誌衍義』, 대만 世界書局.
吳承恩, 『西遊記』, 대만 世界書局.
『朴通事諺解』
『이씨왕조실록』, 탐구당.
『中國人名大辭典』, 대만 商務印書館.
『조선도서해제』, 조선총독부편찬.

구운몽을 사 본

일러두기

여기에 <구운몽> 이본 가운데 을사본을 그 자료로 소개하게 된 이유는 을사본이 지금까지 나타난 <구운몽>의 제 이본 중, 기록상으로 가장 古本에 해당하며, 또한 <구운몽>의 宗主本으로 추견되는 노존본이 재구되기까지는 현재로서는 <구운몽>의 텍스트로서 부득이 을사본을 사용하지 않으면 안 되겠기 때문이다.

을사본은 英祖 1년(1725)에 목판으로 간행된 것으로 종래 <구운몽> 한문본의 유일본의 역할을 한 계해본의 모본으로서 계해본이 純祖 3년(1803)에 간행된 데 비해 그 간행연도가 무려 78년이나 앞서며, <구운몽>의 작자 서포의 생평에서 불과 30여 년 밖에 안 되는 귀중자료로 아직 학계에 그 전질이 소개된 바 없다.

을사본은 근자 연세대학교 인문과학연구소에서 간행된 『고소설판각본전집』에 그 하권(鄙藏本)이 영인되어 나왔을 뿐이나, 여기서는 상하권 전질을 싣게 된 것은 퍽 다행한 일이라고 생각한다.

을사본에 대한 서지적 사항이나 기타 이본적 가치·특징 등은 본서의 「텍스트 연구」에서 상세히 밝혔으므로 여기서는 이에 대한 부언을 피하기로 하고, 다만 을사본의 원전을 자료로 제공하는 데 몇 가지 부기해 둔다.

1. 여기에 소개되는 을사본 상권은 강전섭 교수 소장본을 텍스트로 하였고, 하권은 정규복본을 텍스트로 하였다.

2. 여기에 을사본을 자료로 소개하는 동시에 또한 계해본과의 차이를 밝히는 것을 목적으로 하였다.

3. 여기에 을사본으로 강전섭 교수 소장본과 정규복본 외에도 안춘근 씨 소장 을사본 하권을 참조하고, 또한 노존본 중 하버드본·김동욱본·정규복본 등을 참고하였으며, 계해본은 정규복본을 텍스트로 하였다.

4. 을사본 상권은 첫 장이 찢어져 없어지고 끝 장 몇 군데가 찢어져 부득이 이들은 복원하였는데, 복원 자료는 계해본을 텍스트로 하고 이 밖에 윤귀섭본·김광순본·노존본 등을 참조하였다.

5. 을사본의 원문은 약자·속자가 더러 나타나 있으나 이들은 가능한 한, 정자로 바로잡았다.
　　예 : 菫→僅　众→衆　泪→淚　盍→鬱　才→纔　仅→儀

6. 을사본 원문에 나타난 오자는 본문에 그대로 싣되 주에서 노존본과 대교하여 바로잡고, 계해본이 을사본에 비해 나타난 오자·異字·正字·缺字·補字 등은 注欄에서 밝혔다.

7. 을사본 본문 중 *는 注標이며 ×는 오자표이고, ○은 복원표이며, 이들 외에 계해본은 '癸'로 노존본은 '老'로 누결은 '欠'으로 안춘근 씨 소장본은 '安'으로. 강전섭 교수 소장본은 '姜'으로 略表하였다.

8. 을사본 원문은 본문에 편의상 띄어 적었고, 詩文·상소문·祝文 등은 행을 따로 하여 적었다.

九雲夢 (上)

蓮花峯大開法宇　眞上人幻生楊家

天下名山, 曰有五焉, 東曰東岳卽泰山, 西曰西岳卽華山, 南曰南岳卽衡山, 北曰北岳卽恒山, 中央之山曰, 中岳卽嵩山, 此所謂五岳也.

五岳之中, 惟衡山距中土最遠, 九疑之山在其南, 洞庭之湖經其北, 湘江之水環其三面, 若祖宗儼然中處, 而子孫羅立, 而拱揖焉. 七十二峰, 或騰踔而矗天, 或嶄屛而截雲, 如奇標俊彩之美丈夫, 七竅百骸, 皆秀麗清爽, 無非元氣所鍾也.

其中最高之峯, 曰祝融, 曰紫蓋, 曰天柱, 曰石廩, 曰蓮花, 五峰也. 其形擢竦, 其勢陟高, 雲翳掩其眞面, 霞氣藏其半腹, 非天氣廓掃, 日色晴朗, 則人不能得其彷彿焉.

昔大禹氏, 治洪水, 登其上, 立石記功德, 天書雲篆, 歷千萬古而尙存. 秦時仙女衛夫人, 修鍊得道, 受上帝之職, 率仙童玉女, 來鎭此山, 卽所謂南岳衛夫人也. 蓋自古昔以來, 靈異之蹟, 瓖奇之事, 不可殫記.

唐時有高僧, 自西域天竺國, 入中國, 愛衡岳秀色, 就蓮花峰上, 結草庵以居, 講大乘之法, 以敎衆生, 以制鬼神. 於是西敎大行, 人皆敬信, 以爲生佛復出於世. 富人薦其財, 貧者出其力, 鏟疊巘架絶壑, 鳩材傭工, 大開法宇, 幽夐寥閴, 勝槪萬

千, 杜工部詩所謂, '寺門高開洞庭野, 殿脚挿入赤沙湖, 五月
寒風冷佛骨, 六時天樂朝香爐', 四句已盡之矣.

山勢之傑, 道場之雄, 稱爲南方之最. 其和尙惟手持金剛
經一卷, 或稱六如和尙, 或稱六觀大師. 弟子五六百人中,
修戒行得神通者, 三十餘人. 有小闍利, 名性眞者, 貌瑩氷
雪, 神凝秋水, 年纔二十歲, 三藏經文, 無不通解, 聰明知
慧, 卓出諸髡, 大師極加愛重, 將欲以衣鉢傳之.

大師每與衆弟子, 講論大法, 洞庭龍王, 化爲白衣老人, 來
參法席, 味聽經文.

一日大師謂衆弟子曰:

"吾老且病, 不出山門, 已十餘年, 今不可輕動矣. 汝輩衆人
中, 誰能爲我入水府, 拜龍王替行回謝之禮乎?"

性眞請行, 大師喜而送之. 性眞着七斤之袈裟, 曳六環之神
節, 飄飄然向洞庭而去.

俄而守門道人, 告於大師曰:

"南岳衛眞君娘娘, 送八介女仙, 已到門矣."

大師命召之, 八仙女次第而入, 周行大師之座, 至三回, 乃
已以仙花散地訖, 跪傳夫人之言曰:

"上人處山之西, 我則處山之東, 起居相近, 飮食相接, 而賤
曹多事, 使我苦惱, 尙未得一造法座, 穩聽玄談, 處仁之智
蔑矣, 交隣之道闕矣. 玆送灑掃之婢, 敬修起居之禮, 兼以
天花仙果, 七寶紋錦, 以表區區之誠."

遂各以所領花果寶貝, 擎進於大師, 大師親受之, 以授侍
者, 供養於佛前, 屈身而禮, 叉手而謝曰:

"老僧有何功德, 荷此上仙之盛饌?"

仍設齋以待八仙, 於其歸, 致敬謝之意而送之.

八仙女同出山門, 携手而行, 相議曰:

議相<癸>

"此南岳天山, 一丘一水, 無非我家境界, 而自和尙開道場
之後, 便作鴻溝之分, 蓮花勝景, 在於咫尺, 而未得探討矣.
今者吾儕, 以娘娘之命, 幸到此地, 且春色正姸, 山日未暮,
趁此良辰, 陟彼崔嵬, 振衣於蓮花之峰, 濯纓於瀑布之泉,
賦詩而吟, 乘興而歸, 誇張於宮中諸娣妹, 不亦快乎?"

皆曰:

"諾."

遂相與緩步而上, 俯見瀑布之源, 緣厓而行, 遵水而下, 少
憩于石橋之上, 此時正當春三月也. 林花齊綻, 紫霞葱蘢,
望之如展錦繡之色, 谷鳥爭鳴, 嬌音宛轉, 聞之如奏管絃
之曲, 春風使人胎蕩, 物色挽人留連.

怡<癸>·駘<老>

八仙女油然而感, 怡然而樂. 踞坐橋上, 俯瞰溪流, 百道流
泉, 滙爲澄潭, 淸冽瑩澈, 如掛廣陵新磨之鏡. 翠蛾紅粧,
照耀水底, 依俙然一幅美人圖, 新出於龍眠手下也. 自愛其
影, 不忍卽起, 殊不覺夕照度嶺, 暝靄生林也.

是日性眞至洞庭, 劈琉璃之波, 入水晶之宮. 龍王大悅, 出
迎於宮門之外, 延入殿上, 分席而坐. 性眞俯伏, 奏大師遙
謝之言, 龍王恭己而聽之, 遂命設大宴而接之, 珍果仙荣,
豊潔可口.

龍王親自執酌, 以勸性眞, 性眞固讓曰:

"酒者伐性之狂藥, 卽佛家大戒, 賤僧不敢飮也."

龍王曰:

"釋氏五戒中禁酒, 予豈不知, 寡人之酒, 與人間狂藥大異,
只能制人之氣, 未嘗蕩人之心, 上人獨不念寡人勤懇之意
耶?"

性眞感其厚眷, 不敢强拒, 乃連倒三厄. 拜辭龍王, 出水府,

纚<老> 御冷風, 向蓮花而來, 至山底, 頗覺酒暈上面, 昏花傾眼,
自訟曰:

"師父若見滿頰紅潮, 則豈不驚怪而切責乎?"

卽臨溪而坐, 脫其上服, 攝置於晴沙之上, 手掬淸波, 沃其
醉面, 忽有異香, 振鼻而迥, 旣非蘭麝之薰, 亦非花卉之馥,
而精神自然震蕩, 鄙吝焂爾消爍, 悠揚荏弱, 不可形喩.

乃自語曰:

"此溪上流, 有何樣奇花, 郁烈之氣, 泛水而來耶? 吾當往
而尋之."

更整衣服, 沿流而上.

錫杖<老> 此時八仙女, 尙在石橋之上, 正與性眞相遇, 性眞捨其杖
錫, 上手而禮曰:

"僉女菩薩, 俯聽貧僧之言. 貧僧卽蓮花道場, 六觀大師弟

狹<老> 子也. 奉師之命, 下山而去, 方還歸寺中矣. 石橋甚俠, 菩薩
齊坐, 男女恐不得分路, 惟願僉菩薩, 暫移蓮步, 特借歸路."

八仙女答拜曰:

"妾等卽衛夫人娘娘侍女也, 承命於夫人, 問候於大師, 歸
路適少留於此矣. 妾等聞之, 禮云, '於行路, 男子由左而行,
婦女由右而行.' 此橋本來偏窄, 妾等且已先坐, 今道人從

橋而去, 於禮不可, 請別尋他路而行."

性眞曰:

"溪水旣深, 且無他逕, 欲使貧僧, 從何處而行乎?"

仙女等曰:

"昔達摩尊者, 乘蘆葉涉大海, 和尙若學道於六觀大師, 則必有神通之術, 涉此小川, 何難之有, 而乃與兒女子爭道乎?"

性眞笑而答曰:

"試觀諸娘之意, 必欲索行人買路之錢也. 貧寒之僧, 本無金錢, 適有八顆明珠, 請奉獻於諸娘子, 以買一線之路." 綿<癸>

說罷手持桃花一枝, 以擲於仙女之前, 四雙絳萼, 卽化爲明珠, 祥光滿地, 瑞彩燭天, 若出於海蚌之胎. 八仙女各拾 懷胎<癸>

取一介, 顧向性眞, 嚓然一笑, 竦身乘風, 騰空而去. 性眞佇立橋頭, 擡首遠望, 良久雲影始滅, 香風盡散.

憫然如失, 怊悵而歸, 以龍王之言, 復於大師, 大師詰其晚歸, 對曰:

"龍王待之甚款, 挽之甚懇, 情禮所在, 不敢拂衣而卽出矣."

大師不答, 使之退休.

性眞來到禪房, 日已曛黑. 自見仙女之後, 嫩語嬌聲, 尙留耳邊, 艶態姸姿, 猶在眼前, 欲忘而難忘, 不思而自思. 神魂怳惚, 悠悠蕩蕩, 兀然端坐, 默念於心曰:

"男兒在世, 幼而讀孔孟之書, 壯而逢堯舜之君, 出則作三軍之帥, 入則爲百揆之長, 着錦袍於身, 結紫綬於腰, 揖讓人主, 澤利百姓, 目見嬌艶之色, 耳聽幻妙之音, 榮輝極於當代, 功名垂於後世, 此固大丈夫之事也. 哀! 我佛家之道,

不過一盂飯一瓶水, 數三卷之經文, 百八顆之念珠而已. 其
德雖高, 其道雖玄, 寂寥太甚矣, 枯淡而止矣. 假令悟上乘
之法, 傳祖師之統, 直坐於蓮花臺上, 三魂九魄, 一散於烟
焰之中, 則夫孰知一介性眞, 生於天地間乎?"

思之如此, 念之如彼, 欲眠不眠, 夜已深矣. 霎然合眼, 則
八仙女忽羅列於前矣, 驚悟開睫, 已不可見矣.

遂大悔曰:

"釋教工夫, 正心志, 斯爲上行矣, 我出家十年, 曾無半點苟
且之心, 邪心忽發, 今乃如此, 豈不有妨於我之前程乎?"

梅<老> 遂自爇梅檀, 趺坐蒲團, 振勵精神, 輪盡項珠, 方靜念千佛
矣.

一童子<癸> 忽然童子立窓外, 呼之曰:

"師兄着寢否? 師父命召之矣."

性眞大愕曰:

"深夜促召, 必有故也."

仍與童子, 忙詣方丈, 大師集衆弟子, 儼然正坐, 威儀肅肅,
燭影煌煌, 乃勵聲責之曰:

"性眞! 汝知汝罪乎?"

性眞顚倒下階, 跪而對曰:

傅<癸> "小子服事師父, 十閱春秋, 而曾未有毫髮不恭不順之事,
誠愚且昏, 實不知自作之罪."

大師曰:

"修行之功, 其目有三, 曰身也, 曰意也, 曰心也. 汝往龍宮,
飲酒而醉, 歸到石橋, 邂逅女子, 以言語酬酢, 折贈花枝,

與之相戲, 及其還來, 且尙繾綣, 初旣蠱心於美色, 旋且留
意於富貴, 慕世俗之繁華, 厭佛家之寂滅, 此三行工夫, 一
時壞了. 其罪固不可仍留於此地也."

性眞叩頭泣訴曰:

"師乎! 師乎! 性眞誠有罪矣. 然自破酒戒, 因主人之强勸,
而不獲已也, 與仙女酬酢言語, 只爲借路, 本非有意, 有何
不正之事乎? 及歸禪房, 雖萠惡念, 一刹那間, 自覺其非,
惕狂心之走作, 藹善端之自發, 咋指追悔, 方寸復正, 此儒
家所謂, '不遠而復'者也. 苟使弟子有罪, 則師父撻楚儆戒,
亦敎誨之一道, 何必迫而黜之, 俾絶自新之路乎? 性眞十
二歲, 棄父母, 離親戚, 依歸師父, 卽剃頭髮, 言其義, 則無
異生我育我, 語其情, 則所謂無子有子. 父子之恩深矣, 師
弟之分重矣, 蓮花道場, 卽性眞之家, 捨此何之?"

大師曰:

"汝欲去之, 吾令去之, 汝苟欲留, 誰使汝去乎? 且汝自謂
曰, '吾何去乎?' 汝所欲往之處, 卽汝可歸之所也."

仍復大聲曰:

"黃巾力士安在?"

忽有神將, 自空中而來, 俯伏聽命, 大師分付曰:

"汝領此罪人, 往豊都, 交付於閻王而回."

性眞聞之, 肝膽墜落, 涕淚迸出, 無數叩頭曰:

"師傅! 師傅! 聽此性眞之言. 昔阿蘭尊者, 入於娼女之家,
與同寢席, 失其操守, 而釋伽大佛, 不以爲罪, 但設法而敎   說<老>
之. 弟子雖有不謹之罪, 比之阿蘭, 猶且輕矣, 何必欲送於

豊都乎?"

大師曰:

"阿蘭尊者, 未制妖術, 雖與娼物親近, 其心則未嘗變矣. 今汝則一見妖色, 全失素心, 嬰情冤緩, 流涎富貴, 其視於阿蘭也何如? 一番輪回之苦, 烏得免乎?"

性眞惟涕泣而已, 頓無行意, 大師復慰之曰:

"心苟不潔, 雖處山中, 道不可成矣. 不忘其根本, 雖落於十丈狂塵之間, 畢竟自有稅駕之處, 汝必欲復歸於此, 則吾當躬自率來, 汝其勿疑而行."

性眞知不可奈何, 拜辭於佛像及師父, 與師兄弟相別, 隨力士而歸, 入陰魂之關, 過望鄉之臺, 至豊都城外, 守門鬼卒問其所從來, 力士曰:

"承六觀大師法旨, 領罪人而來矣."

鬼卒開城門而納之, 力士直抵森羅殿, 以押來性眞之意告之, 閻王使之召入, 指性眞而言曰:

"上人之身, 雖在於南岳山蓮花之中, 上人之名, 已載於地藏王香案之上矣, 寡人以爲上人得成大道, 一陞蓮座, 則天下衆生, 必將普被陰德矣, 今仍何事辱至於此乎?"

性眞大慙, 良久乃告曰:

"性眞無狀, 曾遇南岳仙女於橋上, 不能制一時之心, 故仍以得罪於師父, 待命於大王矣."

閻王使左右, 上言於地藏王曰:

冥<癸老> "南岳六觀大師, 使黃巾力士, 押送其弟子性眞, 要令溟司論罪, 而此與他罪人自別, 敢仰稟矣."

菩薩答曰:

"修行之人, 一往一來, 當依其所願, 何必更問?"

閻王方欲按決矣, 兩鬼卒又告曰:

"黃巾力士, 以六觀大師法命, 領八罪人, 來到於門外矣."

性眞聞此言, 大驚矣. 閻王命召罪人, 南岳八仙女, 匍匐而入, 跪於庭下. 閻王問曰:

"南岳女仙, 聽我言也. 仙家自有無窮之勝槩, 自有不盡之快樂, 何爲而到此地耶?"

八人含羞而對曰:

"妾等奉衛夫人娘娘之命, 修起居於六觀大師, 路逢性眞小和尙, 有問答之事矣. 大師以妾等, 爲玷汚叢林之靜界, 移牒於衛娘娘府中, 拉送妾等於大王. 妾等之昇沈苦樂, 皆懸於大王之手, 伏乞大王大慈大悲, 使之再生於樂地."

閻王定使者九人, 招之前, 密密分付曰:

"率此九人, 速往人間."

言訖, 大風欻起於殿前, 吹上九人於空中, 散之於四面八方. 性眞隨使者, 爲風力所驅, 飄飄搖搖, 無所終薄, 至于一處, 風聲始息, 兩足已在地上矣. 性眞收拾驚魂, 擧目而見之, 則蒼山鬱鬱而四圍, 淸流曲曲而分流, 竹籬茅屋, 隱映草間者, 纔十餘家. 數人相對而立, 私相語曰:

"楊處士夫人, 五十後有胎候, 誠人間稀罕之事矣. 臨産已久, 尙無兒聲, 可怪可慮."

性眞默想曰:

"今者我當輪生於人世, 而顧此形身, 只箇精神而已, 骨肉

正在蓮花峰上, 已火燒矣. 我以年少之故, 未畜弟子, 更有
何人, 收我舍利?"

思量反覆, 心切悽愴. 俄而使者出, 揮手招之言曰:

家<癸老> "此地卽大唐國淮南道秀州縣也, 此亦卽楊處士家也. 處士
乃汝父親, 其妻柳氏, 乃汝慈母也. 汝以前生之緣, 爲此家
之子, 汝須速入, 毋失吉時."

性眞卽入見, 則處士戴葛巾穿野服, 坐於中堂, 對爐煎藥,
香臭靄靄然襲衣, 房內隱隱, 有婦人呻吟之聲矣. 使者促性
眞入房中, 性眞疑慮逡巡, 使者自後推擠, 性眞蹶然仆地,
神昏氣窒, 若在天地翻覆之中者然. 性眞大呼曰:
"救我! 救我!"

而聲在喉間, 不能成語, 只作小兒啼哭之聲矣.

侍婢走告於處士曰:
"夫人誕生小郞君矣."

處士奉藥梡而入, 夫妻相對, 滿面歡喜.

生<癸老> 性眞飢則飮乳, 飽則止哭. 當其始也, 心頭尙記蓮花道場
矣, 及其漸長, 知父母之恩情, 然後前昔之事, 已茫然不能
知矣.

處士見其兒子, 骨格清秀, 撫頂而言曰:
"此兒必天人謫降也."

名之曰 '少游', 字之曰 '千里'.

流光水駛, 犀角日長, 於焉之間, 已至十歲, 容如溫玉, 眼
若晨星, 氣質擢秀, 智慮深遠, 魁然若大人君子矣.

處士謂柳氏曰:

"我本非世俗之人, 而以與君有下界因緣, 故久留於烟火之
中. 蓬萊仙侶, 寄書招邀者已久, 而念君孤子, 不能決去.
今皇天默佑, 英子斯得, 聰達超倫, 穎睿拔萃, 眞吾家千里
駒也. 君旣得依倚之所, 晚年必將覩榮華, 而享富貴也, 此
身去留, 須不介念也."
一日衆道人, 來集於堂上, 與處士, 或騎白鹿, 或驂靑鶴,
向深山而去. 此後, 惟往往自空中, 寄書札而已, 蹤跡未嘗
到家矣.

華陰縣閨女通信　藍田山道人傳琴

自楊處士升仙之後, 母子相依, 經過日月. 少游纔過數年,
才名藹蔚, 本郡太守, 以神童薦于朝, 而小游以親老爲辭,
不肯就之. 年至十四五, 秀美之色, 似潘岳, 發越之氣, 似
靑蓮, 文章燕許如也, 詩材鮑謝如也, 筆法僕命鍾王, 智略
弟畜孫吳, 諸子百家, 九流三敎, 天文地理, 六韜三略, 舞
槍之法, 用劍之術, 神援鬼敎, 無不精通, 蓋以前世修行之
人, 心寶洞澈, 胸海恢廓, 觸處瀜解, 如竹迎刃, 非凡流俗
士之比也.
一日告於母親曰:
"父親升天之日, 以門戶之責, 付之於少子, 而今家計貧屢,
老母勤勞, 兒子若甘爲守家之狗, 曳尾之龜, 而不求世上
之功名, 則家聲無以繼矣, 母心無以慰矣, 甚非父親期待
之意也. 聞國家方設科, 抄選天下之群才, 兒子欲暫離母
親膝下, 歌鹿鳴而西遊."

貴<癸> / 小<老>
/ 婁<癸老>

柳氏見其志氣本不磈磈, 少年行役, 不能無慮, 遠路離別,
亦且關心而已, 知其沛然之氣, 不可以沮, 乃黽勉而許之,
盡賣釵釧, 備給盤纒.

少游拜辭母親, 以三尺書童, 一匹蹇驢, 取道而行. 行累日,
至華州華陰縣, 長安已不遠矣. 山川風物, 一倍明麗. 以科期
尚遠, 日行數十里, 或訪名山, 或尋古跡, 客路殊不寂寥矣.

忽見一區幽庄, 近隔芳林, 嫩柳交影, 綠烟如織, 中有小樓,
丹碧照耀, 蕭灑遼夐, 幽致可想. 遂垂鞭徐行, 迫以視之,
則長條細枝, 拂地嫋娜, 若美女新浴, 綠髮臨風自梳, 可愛
亦可賞也. 少游手攀柳絲, 躑躅不能去, 歎賞曰:
"吾鄉蜀中, 雖多珍樹, 曾未見裊裊千枝, 毿毿萬縷, 若此柳
者也."
乃作楊柳詞, 其詩曰:

楊柳靑如織　長條拂畵樓
願君勤種意　此樹最風流

楊柳何靑靑　長條拂綺楹
願君莫攀折　此樹最多情

詩成浪詠一遍, 其聲淸亮豪爽, 宛若扣金擊石. 一陣春風,
吹其餘響, 飄散於樓上, 其中適有玉人, 午睡方濃, 忽然驚
覺, 推枕起坐, 拓開繡戶, 徙倚雕欄, 流眄凝睇, 四顧尋聲,
忽與楊生, 兩眸相値. 鬖髿雲髮, 亂毛雙鬢, 玉釵欹斜, 眼
波矇矓, 芳魂若痴, 弱質無力, 睡痕猶在於眉端, 鉛紅半消

於臉上矣, 天然之色, 嫣然之態, 不可以言語形容, 丹青描
畵也.

兩人脈脈相看, 未措一辭, 楊生先送書童於村前客店, 使備
夕炊矣. 至是還報曰:

"夕飯已具矣."

美人凝情熟視, 閉戶而入, 惟有陣陣暗香, 泛風而來而已.
楊生雖大恨書童, 一垂珠箔, 如隔弱水, 遂與書童回來, 一
步一顧, 紗窓已緊閉而不開矣. 來坐客店, 悵然消魂.

材<癸>

面<癸>

原來此女子, 姓秦氏, 名彩鳳, 卽秦御史女子也. 早喪慈母,
且無兄弟, 年纔及笄, 未適於人. 時御史上京師, 小姐獨在
於家, 夢寐之外, 忽逢楊生, 見其貌, 而悅其風彩, 聞其詩,
而慕其才華, 乃思:

"惟曰, '女子從人, 終身大事, 一生榮辱, 百年苦樂, 皆係於
丈夫.' 故卓文君以寡婦, 而從相如, 今我卽處子之身也, 雖
有自媒之嫌, 臣亦擇君, 古不云乎? 今若不問其姓名, 不知
其居住, 他日雖稟告於父親, 而欲送媒妁, 東西南北, 何處
可尋?"

於是展一幅之牋, 寫數句之詩, 封授於乳媼曰:

"持此封書, 往彼客店, 尋得俄者身騎小驢, 到此樓下, 詠楊
柳詞之相公而傳之. 俾知我欲結芳緣, 永托一身之意也. 此
吾莫重之事, 愼勿虛徐. 此相公, 其容顔如玉, 眉宇如畵, 雖在
於衆人之中, 昂昂如鳳凰之出鷄群, 媼必親見, 傳此情書."

乳媼曰:

"謹當如敎, 而異時老爺若有問, 則將何以對之耶?"

小姐曰:

"此則我自當之, 汝勿慮焉."

乳娘出門而去, 旋又還問曰:

"相公或已娶室, 或旣定婚, 則何以爲之耶?"

小姐移時沈吟, 乃言曰:

"不幸已娶, 則我固不嫌爲副, 而我觀此人, 年是靑陽, 恐未
及有室家矣."

乳娘往于客店, 訪問吟詠楊柳詞之客. 此時楊生出立於店
門之外, 見老婆來訪, 忙迎而問曰:

"賦楊柳詞者, 卽小生也, 老娘之問, 有何意耶?"

乳娘見楊生之美, 不復致疑, 但云:

"此非討話之地也."

楊生引乳娘, 坐於客榻, 問其來尋之意, 乳娘問曰:

"郞君楊柳詞, 詠於何處乎?"

答曰:

"生以遠方之人, 初入帝圻, 愛其佳麗, 歷覽選勝, 今日之
午, 適過一處, 卽大路之北, 小樓之下, 綠楊成林, 春色可
玩, 感興之餘, 賦得一詩而詠之矣. 老娘何以問之?"

媼曰:

"郞君其時, 與何人相面耶?"

楊生曰:

"小生幸値天仙降臨, 樓上之時, 艶色尙在於眼, 異香猶灑
於衣矣."

媼曰:

“老身當以實告之. 其家蓋吾主人秦御史宅也, 其女卽吾家
小姐也. 小姐自幼時, 心明性慧, 大有知人之鑑, 一見相公,
便欲托身, 而御史方在京華, 往復稟定之間, 相公必轉向
他處, 大海浮萍, 秋風落葉, 將何以訪其蹤跡乎? 絲蘿雖切
願托之心, 爐金實有自躍之恥, 而三生之緣重, 一時之嫌   其<癸> / 臺<癸>
小也. 是以舍經從權, 包羞冒慚, 使老妾問, 郎君姓氏及鄉
貫, 仍探婚娶與否矣.”

生聞之, 喜色溢面, 謝曰:

“小生楊少游, 家本在楚, 年幼未娶矣. 惟老母在堂, 花燭之
禮, 當告兩家父母, 而後行之, 結親之約, 今以一言, 而定
之矣, 華山長靑, 渭水不絶.”

乳娘亦大喜, 自袖中出一封書, 以贈生, 生拆見, 卽楊柳詞
一絶也. 其詩曰:

樓頭種楊柳　擬繫郎馬住
如何折作鞭　催向章臺路

生艷其淸新, 極加歎服, 稱之曰:

“雖古之王右丞李學士, 蔑以加矣.”

遂披彩牋, 寫一詩, 以授媼, 其詩曰:

楊柳千萬絲　絲絲結心曲
願作月下繩　好結春消息

乳娘受置於懷中, 出店門而去, 楊生呼而語之曰:

"小姐秦之人, 小生楚之人, 一散之後, 萬里相阻, 山川脩
敻, 消息難通, 況今日此事, 旣無良媒, 小生之心, 無可憑
信之處也. 欲乘今夜之月色, 望見小姐之容光, 未知老娘以
爲如何? 小姐詩中, 亦有此意, 望老娘更稟于小姐."

乳娘去, 卽還來, 曰:

"小姐奉賢郞和詩, 十分感激, 且備傳郞君之意, 則小姐曰,
'男女未及行禮, 私與相見, 極知其非禮, 然方欲托身於其
人, 而何可有違於其言乎? 且中夜相會, 人言可畏, 異日父
親若知之, 則必有厚責, 欲待明日, 相會於中堂, 相與約定.'
云矣."

楊生嗟歎曰:

"小姐明敏之見, 正大之言, 非小生所及也."

對乳娘, 再三勤囑, 毋令失期, 乳娘唯唯而去.

是夜生留宿於店中, 轉輾不寐, 坐待晨鷄, 苦恨春宵之長
也. 俄而斗杓初轉, 村鼓催鳴, 方欲呼童, 而秣馬矣. 忽聞
千萬人喧鬪之聲, 潮湧湯沸, 自西方而來矣. 楊生大驚, 攝
衣而出, 立街而見之, 則執兵之亂卒, 避亂之衆人, 籠山絡
野, 紛駢雜還, 軍聲動地, 哭響于霄. 問之於人, 則曰:

"神策將軍仇士良, 自稱皇帝, 發兵而反, 天子出巡楊州, 關
中大亂, 賊兵四散, 劫掠人家. 且傳言閉函關, 不通往來之
人, 毋論良賤, 皆作軍丁矣."

生慌忙驚懼, 遂率書童, 鞭驢促行. 望藍田山而去, 欲竄伏
於巖穴之間矣. 仰見絶頂之上, 有數間草屋, 雲影掩翳, 鶴
聲淸亮. 楊生知有人家, 從巖間石逕而上, 有道人凭几而

臥, 見生至, 起坐而問曰:

"君是避亂之人, 必淮南楊處士令郞也."

楊生趨進再拜, 含淚而對曰:

"小生果是楊處士子也. 自別嚴父, 只依慈母, 氣質甚魯, 才
學俱蔑, 而妄生徼倖之計, 冒充觀國之賓, 行到華陰, 猝値
變亂, 不圖今日獲拜大人, 此必上帝俯鑑微誠, 故令叨陪大
仙之几杖, 得聞嚴父之消息, 伏乞仙君母惜一言, 以慰人
子之心, 家嚴今在何山, 而體履亦何如?"

道人笑曰:

"尊君與我, 着碁於紫閣峰上, 別去屬耳, 未知其去向何處,
而童顔不改, 綠髮長春, 惟君母用傷懷."

楊生泣訴曰:

"或因先生, 可得一拜於家嚴乎?"

道人又答曰:

"父子之情雖深, 仙凡之分迥殊, 雖欲爲君圖之末由也, 而
況三山渺邈, 十洲空闊, 尊公去就, 何以得知? 君旣到此,
姑且留宿, 徐待道路之通, 歸去亦未晩也."

楊生雖聞父親安寧之報, 道人落落, 無顧念之意, 會合之
望, 已絶矣, 心緖悽愴, 淚流被面.

道人慰之曰:

"合而離, 離而合, 亦理之常也, 何以爲無益之悲也?"

楊生拭淚而謝, 當隅而坐, 道人指壁上玄琴, 而問曰:

"君能解此乎?"

生對曰:

欠<癸>

倍<癸>

"雖有素癖, 而未遇賢師, 不得其妙處矣."

道人使童子, 授琴於生, 使彈之. 生遂置之膝上, 奏風入松
一曲.

道人笑曰:

"用手之法活動, 可敎也."

乃自移其琴, 以千古不傳之四曲, 次第敎之, 淸而幽, 雅而
亮, 實人間之所未聞者. 生本來精通音律, 且多神悟, 一學
能盡傳其妙. 道人大喜, 又出白玉洞簫, 自吹一曲, 以敎生,
仍謂之曰:

"知音相遇, 古人所難, 今以此一琴一簫贈君, 日後必有用
處, 君其識之."

生受而拜謝曰:

"小生之得拜先生, 必是家親之指導, 先生卽家親故人, 小
生敬事先生, 何異於家親乎? 侍先生杖屨, 以備弟子列. 小
子願也."

道人笑曰:

"人間富貴, 自來偪君, 君將不可免也, 何能從遊老夫, 棲在
巖穴乎? 況君畢竟所歸之處, 與我各異, 非我之徒也. 但不
忍負殷勤之意, 贈此彭祖方書一卷, 老夫之情, 此可領也.
習此, 則雖不能久視延年, 亦足以消病却老也."

生復起拜, 而受之, 仍問曰:

"先生以小子期之, 以人間富貴, 敢問前程之事矣. 小子於
華陰縣, 與秦家女子, 方議婚, 爲亂兵所逐, 奔竄至此, 未
知此婚可得成乎?"

道人大笑曰:

"婚姻之事, 昏黑似夜, 天機不可輕泄. 然君之佳緣, 在於累
處, 秦女不必偏自縫戀也."

生跪而受命, 陪道人, 同宿於客堂. 天未明, 道人喚覺楊生,
而謂之曰:

"道路旣通, 科期退定於明春, 想大夫人方切倚閭之望, 須
早歸故鄕, 毋貽北堂之憂."

仍計給路費. 生百拜床下, 稱謝厚眷, 收拾琴書, 行出洞門,
不勝依黯, 矯首回顧, 茅茨及道人, 已無去處, 惟曙色蒼凉,
彩靄慈蘢而已.

生入山之初, 楊花未落, 一夜之間, 菊花滿發矣. 生大以爲
怪, 問之人, 已秋八月矣. 來訪舊日客店, 新經兵火, 村落
蕭條, 與向來經過之時大異. 赴擧之士, 紛紛下來. 生問都
下消息, 則答曰:

"國家召諸道兵馬, 過五個月, 始削平僭亂, 大駕還都, 科擧
且以明春退定矣."

楊生往訪秦御史家, 則繞溪衰柳, 搖落於風霜之後, 殊非舊
日景色, 朱樓粉墻, 已成灰燼, 陳礎破瓦, 堆積遺墟而已, 四
隣荒凉, 亦不聞鷄犬之聲. 生愴人事之易變, 悵佳期之已曠,
攀援柳條, 佇立斜陽, 徒吟秦小姐楊柳之詞, 一字一涕, 衣
裾盡濕. 欲問往事, 不見人跡, 乃茫然而歸, 問于店主曰:

"彼秦御史家屬, 今往何處耶?"　　　　　　　　　　在<癸>

店主嗟惋曰:

"相公不聞耶? 前者御史仕宦在京, 惟小姐率婢僕守家, 官

軍恢復京師之後, 朝廷以秦御史, 爲受逆賊僞爵, 以極刑斬之, 小姐押去京師, 而其後或言終不免慘禍, 或言沒入掖庭矣. 今朝官人, 押領罪人等數多家屬, 過此店之前, 問之則曰, '此屬皆沒入, 爲英南縣奴婢者也.' 或云, 秦小姐亦入於其中矣."

楊生聽之, 淚汪然自下, 曰:

"藍田山道人云, '秦氏婚事, 昏黑似夜', 小姐必已死矣."

更無詰問之處, 乃治行具, 下去秀州.

此時柳氏, 聞京都禍亂之報, 恐兒子死於兵火, 日夜呼天, 幾不得自保矣, 及見少游, 相持痛哭, 若遇泉下之人.

未幾舊歲已盡, 新春忽屆矣. 生又將作赴擧之行. 柳氏謂生曰:

"去年汝往皇都, 幾陷危境, 至今思惟, 凜凜可怕, 汝年尙穉, 功名不急. 然吾所以不挽汝行者, 吾亦有主意故也. 顧此秀州, 旣狹且僻, 門戶才貌, 實無堪爲汝配者, 而汝已十六歲也, 今若不定, 幾何其不失時乎? 京師紫淸觀杜鍊師, 卽吾表兄, 出家雖久, 計其年歲, 則尙或生存, 此兄氣宇不凡, 知慮有裕, 名門貴族, 無不出入, 寄我情書, 則必視汝如子, 而出力周旋, 爲求賢匹, 汝須留意於此."

仍作書而付之. 生受命, 始以華陰事告之, 輒有悽感之色, 柳氏嗟咄曰:

"秦氏雖美, 旣無天緣, 禍家餘生, 必難全生. 設令不死, 逢着亦難, 汝須永斷浮念, 更求他姻, 以慰老母企望之懷也."

生拜敬登程, 及到洛陽, 猝値驟雨, 避入於南門外酒店, 沽

挾<癸>

親<癸>

酒而飲, 生謂店主曰:

"此酒雖美, 亦非上品也."

主人曰:

"小店之酒, 無勝於此者, 相公若求上品, 天津橋頭酒肆所
賣之酒, 名曰, '洛陽春', 一斗之酒, 千錢其價, 味雖好, 而
價則高矣."

生靜思:

"洛陽自古帝王之都, 繁華壯麗, 甲於天下, 我去年取他路
而去, 未見其勝槪, 今行當不落莫矣."

楊千里酒樓擢桂　桂蟾月鴛被薦賢

生乃使書童, 算給酒價, 仍驅驢, 向天津而行. 及抵城中山
水之勝, 人物之盛, 果叶所聞矣. 洛水橫貫都城, 如鋪白練,
天津橋, 迥跨澄波. 直通大路, 隱隱如彩虹之飲水, 蜿蜿若
蒼龍之展腰, 朱甍聳空, 碧瓦耀日, 色映淸漪, 影抱香街,
可謂第一名區也.

生知其爲店主所謂酒樓, 乃催行. 至其樓前, 金鞍駿馬, 塡
塞通衢, 僕夫林立, 譁聲雷聒. 仰視樓上, 則絲竹轟鳴, 聲
在半空, 羅綺紛繽, 香聞十里. 生以爲河南府尹讌客於此,
使書童問之, 爭言:

"城裡少年諸公子, 聚集一時名妓, 設宴玩景."

生聞之, 已覺醉興翩翩, 豪氣騰騰. 於是當樓下驢, 直入樓
中, 年少書生十餘人, 與美人數十, 雜坐於錦筵之上, 騁高
談, 浮大白, 衣冠鮮明, 意氣軒輊. 諸生見楊生, 容顏秀美,　　輕<癸>

符彩灑落. 齊起迎揖, 分席列坐, 各通姓名後, 上座有盧生者, 先問曰:

"吾見楊兄行色, 所謂'槐花黃擧子忙'者也."

生曰:

"誠如兄言矣."

又有杜生者曰:

"楊兄苟是赴擧之儒, 則雖云, '不速之賓', 參於今日之會, 亦不妨也."

生曰:

貫<癸>　"以兩兄之言觀之, 則今日之會, 非但以酒盃, 留連而已, 必結詩社, 而較文章也. 若小弟者, 以楚國寒賤之人, 年齒旣少, 知識甚狹, 雖以薄劣, 猥充鄕貢, 參與於諸公盛會之末, 不亦僭乎?"

諸人見楊生語遜而年幼, 頗輕易之, 答曰:

"吾輩之會, 非爲結詩社也, 而楊兄所謂較文章, 蓋彷彿矣. 然兄是後來之客, 雖作詩可也, 不作亦可也. 與吾輩, 飮酒洽好矣."

仍促傳巡盃, 使滿坐諸妓, 迭奏衆樂. 楊生乍攪醉眸, 獵視群娼, 二十餘人, 各執其藝, 而惟一人超然端坐, 不奏樂不接語, 淑美之容, 冶艶之態, 眞國色也, 望之如南海觀音,

繪<老>　婷婷獨立於會素之中矣.

頗<癸>　生神魂撩亂, 自忘巡盃, 其美人亦頻顧楊生, 暗以秋波送情. 生又睇視, 則累幅詩箋, 堆積於美人之前, 遂向諸生而言曰:

"彼詩箋, 必諸兄佳製, 可得一賞否?"

諸人未及對, 美人輒起, 攝其華箋, 置之於楊生座前. 生一
一披閱, 則大都十餘丈詩, 而其中雖不無優劣生熟, 蓋平平　　　　張<癸>
無驚語佳句也. 生心語曰:

"我曾聞洛陽多才子矣, 以此見之, 則虛言也."

乃還其詩箋於美人, 對諸生, 拱手而言曰:

"下土賤生, 未嘗見上國文章矣. 今者幸玩諸兄珠玉, 快樂
之心, 不可勝喩."

此時諸生已大醉矣, 恰恰笑曰:

"楊兄但知詩句之妙而已, 不知其間有尤妙之事也."

生曰:

"少弟過蒙諸兄眷愛, 酒盃之間, 已作忘形之友, 所謂妙事　　小<老> / 洒召之間<癸>
何惜向少弟說來耶?"　　　　　　　　　　　　　　　　　　　小<老>

王生大笑曰:

"說道於兄, 何害之有? 吾洛陽素稱人材府庫, 是以近前科
甲, 洛陽之人, 不爲壯元, 則必爲探花, 吾輩諸人, 皆得文
字上虛名, 而不能自定其優劣高下矣. 彼娘子姓桂, 名蟾
月, 非但姿色歌舞, 獨步於東京, 古今詩文, 無所不通. 且
其詩眼尤妙矣, 靈如鬼神, 洛陽諸儒, 納卷而來, 則一閱其
文, 斷其立落, 言如符合, 未嘗一失, 其神鑑如此也. 以是
吾輩, 各以所製之文, 送於桂娘, 經其品題, 取其入眼者,
載之歌曲, 被之管絃, 以之而定其高下, 長其聲價, 如旗亭
故事. 況桂娘姓名, 蓋應月中之桂, 新榜魁元之吉兆, 寔在
於此矣, 楊兄試聞之, 此非妙事乎?"　　　　　　　　　　　生<癸>

有杜生者曰:

"此外有別妙而又妙者, 諸詩之中, 桂卿擇其一首而歌之,
則作其詩者, 今夜當與桂卿, 好結芳緣, 而吾輩皆作賀客而
已, 斯豈非妙而又妙者乎? 楊兄亦男子也, 苟有一段豪興,
亦賦一詩, 與吾輩爭衡, 似好也."

生曰:

"諸兄之詩, 成之已久, 未知桂卿已歌何人之詩乎?"

王生曰:

涉<老> "桂卿尙靳一関淸音, 櫻脣久鎖, 玉齒未啓, 陽春絶調, 猶不入
於吾儕之耳. 桂卿若不故作嬌態, 則必有羞澁之心而然也."

生曰:

"小弟曾在楚中, 雖或依樣畫蘆作一兩首詩, 而卽局外之人
也, 與諸兄較藝, 恐未安也."

王生大言曰:

惡<癸> "楊生容貌, 美於女子矣, 又何無丈夫之意耶? 聖人有言曰,
僞<癸> / 謙<老> '當仁不讓於師', 又曰, '其爭也君子', 第恐楊兄無詩才也,
苟有才也, 豈可徒執撝嫌乎?"

楊生雖外餙虛讓, 一見桂娘, 豪情已不可制矣. 見諸生座
傍, 尙有空箋, 生抽其一幅, 縱橫走筆, 題三章詩, 比如風檣
之走海, 渴馬之奔川. 諸生見其詩思之敏捷, 筆勢之飛動,
莫不驚訝失色矣.

楊生擲筆於席上, 謂諸生曰:

"宜先請敎於諸兄, 而今日座中桂卿, 卽考官也, 納卷時刻,
恐不及也."

卽送其詩箋於桂娘, 其詩曰:　　　　　　　　　　　　　　　　　　卿<癸>

楚客西遊路入秦　酒樓來醉洛陽春
月中丹桂誰先折　今代文章自有人

天津橋上柳花飛　珠箔重重映夕暉
側耳要聽歌一曲　錦筵休復舞羅衣

花枝羞殺玉人粧　未吐纖歌口已香
待得樑塵飛盡後　洞房華燭賀新郞

蟾月乍轉星眸, 霎然看過, 擅板一聲, 淸歌自發, 嫋嫋如縷,　　　　檀<癸老>
咽咽如訴, 鶴唳靑田, 鳳鳴丹丘, 秦箏奪其聲, 趙瑟失其曲.
滿座灑然易容, 初諸人傲視楊生, 許令作詩矣, 及其三詩,
皆入於蟾月之歌, 唯憮然敗興, 相顧無言, 欲讓蟾月於楊
生, 則近於無膽, 欲背座中之初約, 則難於失信, 面面直視,
嘿嘿癡坐.
楊生知其氣色, 悠起告辭曰:
"小弟偶蒙諸兄款接, 叨參盛宴, 旣醉且飽, 誠切感幸. 前路
尙遠, 行色甚忙, 未得終日吐話, 他日曲江之會, 當罄此餘
情矣."
乃從容下去, 諸生亦不肯挽止矣.
生出至樓前, 方欲跨驢, 蟾月忙步而來, 謂生曰:
"此路南畔有粉墻, 墻外有櫻桃盛開, 此乃妾家. 相公須先
往, 訪得此家, 待妾還歸, 妾亦從此往矣."

生點頭而諾, 南向而去. 蟾月上樓, 謂諸生曰:

"諸相公不以妾爲陋, 以數関之歌, 卜今夜之緣, 將何以處
之耶?"

諸人猶不捨愛慕之情, 答曰:

"楊哥客也, 非吾輩中人, 何可以此爲拘乎?"

互相和應, 終無定論. 蟾月以冷談, 應之曰:

"人而無信, 妾不知其可也, 座上娼樂, 非不足也, 諸相公盡
其不盡之興. 妾適有病, 未得侍坐終宴矣."

乃緩步而出. 諸人初旣有約, 且見冷談之色, 不敢出一言矣.

此時楊生往住店, 搬移行李, 趁黃昏, 往尋蟾月之家, 蟾月
先已還家, 掃中堂, 燃華燭, 悄然而待之. 楊生繫驢櫻桃樹
下, 往叩重門. 蟾月聞剝啄之聲, 跕屣出迎曰:

"下樓之時, 郎先而妾後, 妾已先到, 而郎何後也?"

楊生曰:

"以主人而待客可乎, 以客而待主人可乎? 眞所謂非敢後
也, 馬不前也."

遂相與扶携而入, 兩人相對, 其喜可知.

蟾月滿酌玉盃, 以金縷衣一曲侑之, 芳姿嫩聲, 能割人之
腸, 而迷人之魂. 生情不能抑, 相携就寢, 雖巫山之夢, 洛
浦之遇, 未足以踰其樂矣. 至夜半, 蟾月於枕上, 謂生曰:

"妾之一身, 自今日已托於郎君矣, 妾請略暴情事, 惟郎君
俯察而怜悶焉. 妾本韶州人也, 父曾爲此州驛丞矣. 不幸

遞<老> 病死於他鄉, 家事零替, 故山迢遞, 力單勢蹙, 無路返葬,
繼母賣妾於娼家, 受百金而去. 妾忍辱含痛, 屈身事人, 只

祈天或垂怜, 幸逢君子, 復見日月之明. 而妾家樓前, 卽去
長安道也, 車馬之聲, 晝夜不絕, 來人過客, 孰不落鞭於妾
之門前乎? 從來四五年間, 眼閱千萬人矣, 尙未見近似於
郎君者, 今何幸遇我郎君? 至願已畢, 郎若不以妾鄙夷之,
則妾願爲樵爨之婢, 敢問郎君之意如何?"

生乃款答曰:

"我之深情, 豈與桂娘少間哉? 第我本貧秀才也, 且堂有老
親, 與桂卿偕老, 恐不槩於老親之意, 若具妻妾, 則亦恐桂
娘之不樂也. 桂娘雖不以爲嫌, 天下必無可爲桂娘女君之
淑女, 是可慮也."

蟾月曰:

"郎君是何言也? 當今天下之才, 無出於郎君之右者, 新榜
壯元, 固不足論也, 丞相印綬, 大將節鉞, 非久當歸於郎君
手中, 天下美女, 孰不願從於郎君乎? 將見紅拂隨李靖之
匹馬, 綠珠步石崇之香塵, 蟾月何人, 敢有一毫專寵之心?
惟願郎君娶賢婦於高門, 以奉大夫人後, 亦勿棄賤妾焉, 妾
請自今以後, 潔身而待命矣."

生曰:

"去年我曾過華州, 偶見秦家女子, 其容貌才華, 足與桂娘
可較伯仲, 而不幸今也則亡, 桂卿欲使我更求淑女於何處
乎?"

蟾月曰:

"郎君所言者, 必是秦御史女彩鳳也. 御史曾者爲吏於此府,
秦娘子與賤妾, 情誼頗綢密矣. 其娘子且有卓文君之才貌,

郎君豈無長卿之情, 而今雖思之, 亦無益矣, 請郎君更求於
他門矣."

楊生曰:

"自古絶色, 本不世出, 今桂卿秦娘兩人, 生幷一代, 吾恐天
地精明之氣, 殆已盡矣."

蟾月大笑曰:

"郎君之言, 誠如井底蛙矣. 妾姑以吾娼妓中公論, 告於郎
君矣. 天下有靑樓三絶色之語, 江南萬玉燕, 河北狄驚鴻,
洛陽桂蟾月, 蟾月卽妾也, 妾則獨得虛名, 玉燕驚鴻, 眞當
代絶艶, 豈可曰, 天下更無絶色乎?"

生曰:

"吾意則彼兩人, 猥與桂卿齊名矣."

蟾月曰:

"玉燕以地之遠, 雖未得見, 南來之人, 無不稱贊, 可知其決
非虛名, 驚鴻與妾, 情若兄弟, 驚鴻一生本末, 請略陳之.
驚鴻播州良家女也, 早失怙恃, 依其姑母. 自十歲美麗之
色, 名於河北, 近地之人, 欲以千金, 買以爲妾, 媒婆塡門,
鬧如群蜂, 而驚鴻言於姑母, 皆斥遣. 衆媒婆問於姑娘曰,
'姑娘東推西却, 不肯許人, 必得何許佳郎, 乃合於意乎? 欲
以爲大丞相之妾乎? 欲以爲節度使之副室乎? 欲許於名士
乎? 欲送於秀才乎?' 驚鴻替對曰, '若如晉時東山, 携妓之
謝安石, 則可以爲大宰相之妾矣, 若如三國時, 使人誤曲之
周公瑾, 則可以爲節度使之妾矣, 有若玄宗朝, 獻淸平詞之
翰林學士, 則名士可隨矣, 有若武帝時, 奏鳳凰曲之司馬長

始<癸>

卿, 則秀才可從矣, 惟意是適, 何可逆料乎?' 衆婆大笑而
散. 驚鴻私以爲窮鄕女子, 耳目不廣, 將何以揀天下之奇
才, 擇閨中之賢匹乎? 惟娼女則英雄豪傑, 無不接席而酬
酢, 公子王孫, 亦皆開門而逢迎, 賢愚易卜, 優劣可分, 比之
則求竹於楚岸, 採玉於藍田, 奇才美品, 何患不得? 遂願自
賣於娼家, 必欲托身於奇男, 未及數年, 名聲大噪. 去年秋,
山東河北十二州文人才士, 會於鄴都, 設宴以娛, 驚鴻以一 _*誤<癸>
曲霓裳, 舞於席上, 翩如驚鴻, 嬌如翔鳳, 百隊羅綺, 盡失顔
色, 其才其貌, 此可見矣. 宴罷獨上於銅雀臺, 帶月徘徊感
古悲傷, 詠斷腸之遺句, 弔分香之往迹, 仍竊笑曹孟德不能
藏二喬於樓中, 見之者, 無不愛其才, 奇其志, 顧今閨閣之
中, 豈獨無其人乎? 驚鴻與妾, 同遊於上國寺, 與之論懷,
驚鴻謂妾曰, '爾我兩人, 苟得意中之君子, 互相薦引, 同事
一人, 則庶不誤百年之身矣', 妾亦諾之矣. 妾逮遇郎君, 輒
思驚鴻, 而驚鴻方入於山東諸侯宮中, 此所謂好事多魔者
耶? 侯王姬妾, 富貴雖極, 亦非驚鴻之願也."
仍唏噓曰:
"惜乎! 安得一見驚鴻, 說此情也!"
楊生曰:
"靑樓中, 雖有許多才女, 安知士夫家閨秀, 不讓娼扉一頭
地乎?"
蟾月曰: _*欠<癸>
"以妾目見, 無如秦娘子者, 苟下秦娘一等, 妾不敢薦於郎
君. 然妾飽聞長安之人, 爭相稱道曰, '鄭司徒女子, 窈窕之

事<癸>　色, 幽閑之德, 爲當今女子中第一', 妾雖未親見, 大名之下, 本無虛士, 郞君歸到京師, 留意訪問是所望也."

問答之間, 紗窓已微明矣, 兩人同起梳洗畢. 蟾月曰:

尙<癸>　"此處非郞君久留之地也, 況昨日諸公子, 想不無怏怏之心, 恐不利於相公, 須趁早登程. 前頭叨侍之日尙多, 何必爲兒女子屑屑之悲乎?"

問<癸>　生謝曰:

"娘言誠如金石, 當銘鏤於心肝矣."

遂相對揮淚, 分袂而去.

倩女冠鄭府遇知音　老司徒金榜得快壻

楊生自洛陽, 抵長安, 定其旅舍, 頓其行裝, 而科日尙遠矣. 招店人, 問紫淸觀遠近, 云在春明門外矣. 卽備禮緞, 往尋杜鍊師, 鍊師年可六十餘歲, 戒行甚高, 爲觀中女冠之首矣. 生進以禮謁, 傳其母親書簡, 鍊師問其安否, 垂涕而言曰: "我與令堂姐姐, 相別已二十年. 後生之人, 軒仰若此, 人世流光信, 如白駒之忙也. 吾老矣, 厭處於京師煩囂之中, 方欲遠向崆峒, 尋仙訪道, 鍊魂守眞, 樓心於物外矣, 姐姐書

少<癸>　中, 有所托之言, 吾當不得已, 爲君小留. 楊生風彩, 明秀如仙, 當世閨艶之中, 恐難得相敵之良配也. 然從須商量, 如有閑日, 更加一來焉."

楊生曰:

"小姪親老家貧, 年近二十, 而身處僻鄕, 未能擇配, 方當喜

懼之日, 反貽衣食之憂, 誠孝莫展, 歉愧深切, 今拜叔母,
眷念至斯, 感荷良深矣."

卽拜辭而退, 時科日將迫, 而自聞指婚之諾, 稍弛求名之心.
數日後, 復往觀中, 鍊師迎笑曰:

"一處有處女, 言其才與貌, 則眞楊郎之配, 而但其家門楣
太高, 六代公侯, 三代相國, 楊郎若爲今榜魁元, 則此婚事
庶可望矣. 其前發口, 無益也, 楊郎不必煩訪老身, 勉修科
業, 期於大捷可也."

楊生曰:

"第誰家也?"

鍊師曰:

"春明門外鄭司徒家也, 朱門臨道, 門上設棨戟者, 卽其第
也. 司徒有一女, 而其處子, 仙也非人也."

生忽思蟾月之言, 潛念曰:

"此女子果如何, 而大得聲風於兩京之間乎?"　　　　　　譽〈癸〉

問於鍊師曰:

"鄭氏女子, 師傅曾見之乎?"

鍊師曰:

"我豈不見乎? 鄭小姐卽天人, 不可以口舌形其美也."　　少〈癸〉

生曰:

"小姪非敢爲誇大之言也, 今春科第, 當如探囊中物也, 此
則固不足掛念, 而平生有癡獃之願, 不見處子, 則不欲求
婚, 願師傅特出慈悲之心, 使小子一見其顏色如何?"

鍊師大笑曰:

"宰相家女子, 豈有得見之路乎? 楊郎或慮老身之言, 有未可信者乎?"

生曰:

凡<癸>　"小子何敢有疑於尊言乎? 第人之所見, 各自不同, 安保其師傅之眼, 必如小子之目乎?"

鍊師曰:

"萬無此理也, 鳳凰狖獜, 婦孺皆稱祥瑞, 靑天白日, 奴隷亦知高明, 苟非無目之人, 則豈不知子都之美乎?"

楊生猶不快而歸矣.

必欲受諾於鍊師, 翌日淸晨, 又往道觀. 鍊師笑謂曰:

"楊郎, 必有事也."

生曰:

"小子不見鄭小姐, 則終不能無疑於心, 更乞師傅念母親付托之意, 察小子委曲之情, 密運冲襟, 別出妙計, 使小子一遭望見, 則當結草而圖報矣."

鍊師掉頭曰:

"未易哉!"

沈吟半餉, 乃謂曰:

"吾見楊郎聰睿明透, 學問之暇, 或知音律乎?"

生曰:

"小子曾遇異人, 學得妙曲, 五音六律, 頗皆精通矣."

鍊師曰:

"宰相之家, 甲第峨峨, 中門五重, 花園深深, 繚垣數丈, 自非身具羽翼, 不可越也. 且鄭小姐讀詩學禮, 律身有範, 一動一靜, 合度合儀, 旣不焚香於道觀, 又不薦齋於尼院. 正月上元, 不觀燈市之戲, 三月三日, 不作曲江之遊, 外人何從而窺見乎? 且有一事, 或冀萬幸, 而恐楊郞不肯從也."

生曰:

"鄭小姐如可得見, 雖令升天入地, 握火蹈水, 何敢不從乎?"

鍊師曰:

"鄭司徒, 近因老病, 不樂仕窟, 惟寄興於園林鐘鼓. 夫人崔氏, 性好音樂, 而小姐聰慧穎悟, 千萬百事, 無不明知, 至於音律淸濁, 節奏繁促, 一聞輒解, 毫分縷折, 雖妙如師襄, 神如子期, 未必過此, 而蔡文姬之能知斷絃, 蓋餘事耳. 崔夫人聞有新翻之曲, 則必招致其人, 使奏於座前, 令小姐論其高下, 評其工拙, 憑几而聽, 以此爲暮景之樂. 吾意楊郞苟解彈琴, 預習一曲而待之. 二月晦日, 乃靈符道君誕日, 鄭府每年, 必送解事婢子, 齎來香燭於觀中, 楊郞當以此時, 換着女服, 手弄三尺綠綺, 使彼聞之, 則彼必歸告於夫人, 夫人聽之, 則必請去矣. 入鄭府之後, 得見小姐與否, 皆係於天緣, 非老身所知, 而此外無他計矣. 況君貌如美人, 且不生鬚, 出家之人, 或有不裹髮, 不掩耳者, 變服亦不難矣." ^三<癸>

生喜而謝拜而退, 屈指待日矣.

原來鄭司徒, 無他子女, 惟有一女小姐而已. 崔夫人解娩之日, 於昏困中見之, 則有仙女, 把一顆明珠, 入於房櫳, 俄而小姐生矣, 名之曰'瓊貝.' 及長嬌姿雅儀, 奇才徽範, 蓋千古一人也. 父母鍾愛篤, 欲得佳郞, 而無可意者, 年至二八,尙未笄矣.

一日, 崔夫人招小姐乳母錢嫗, 謂之曰:

"今日道君誕日, 汝持香燭, 往紫淸觀, 傳與杜鍊師, 兼以衣
緞茶果, 致吾戀戀不忘之意."

錢嫗領命, 乘小轎, 至道觀. 鍊師受其香燭, 供享於三淸殿,
且奉三種盛餽, 百拜而謝, 齋供錢嫗而送之.

此時, 楊生已到別堂, 方橫琴而奏曲矣. 錢嫗留別鍊師, 正
欲上轎, 忽聽琴韵之出於三淸殿迤西小廊之上, 其聲甚妙, 宛
轉淸新, 如在雲霄之外矣. 錢嫗停轎而立, 側聽頗久, 顧問
於鍊師曰:

"我在夫人左右, 多聽名琴, 而此琴之聲, 果初聞也, 未知何
人所彈也."

鍊師答曰:

"日昨年少女冠, 自楚地而來, 欲壯觀皇都, 姑此淹留, 而時
時弄琴, 其聲可愛, 貧道聾於音律者, 不知其工焉, 知其拙,
今嬤嬤有此嘉獎, 必善手也."

錢嫗曰:

"吾夫人若聞之, 則必有召命, 鍊師須挽留此人, 勿令之他."

鍊師曰:

"當如敎矣."

送錢嫗出洞門後, 入以此言, 傳於楊生, 生大悅, 苦待夫人
之召矣.

錢嫗歸告於夫人曰:

"紫淸觀有何許女冠, 能做奇絶之響, 誠異事矣."

夫人曰:

"吾欲一聽之矣."

明日, 送小轎一乘, 侍婢一人於觀中, 傳語於鍊師曰:

"小女冠雖不欲辱臨, 道人須爲之勸送."

鍊師對其侍婢, 謂生曰:

"尊人有命, 君須勉往."

生曰:

"遐方賤蹤, 雖不合進謁於尊前, 而大師之敎, 何敢有違?"

於是具女道士之巾服, 抱琴而出, 隱然有魏仙君之道骨, 飄
然有謝自然之仙風矣, 鄭府叉鬟, 欽歎不已. 楊生乘小轎,
至鄭府, 侍婢引入於內庭, 夫人坐於中堂, 威儀端嚴. 楊生
叩頭再拜於堂下, 夫人命賜坐, 謂之曰:

"昨日婢子往道觀, 幸聽仙樂而來, 老人方願一見, 得接道
人淸儀, 須覺俗慮之自消."

楊生避席而對曰:

"貧道本是楚間孤賤之人也, 浪迹如雲, 朝暮東西, 玆因賤
技, 獲近於夫人座下, 是豈始望之所及哉?"

夫人命侍婢, 取楊生手中之琴, 置膝摩挲, 乃稱賞曰:

"眞箇妙材也."

生答曰:

"此龍門山上, 百年自枯之桐, 木性已盡於霹靂, 堅强不下
於金石, 雖以千金賭之, 不可易也."

酬答之頃, 砌陰已改, 而漠然無小姐之形影矣. 楊生心甚着
急疑慮, 自起告於夫人曰:

"貧道雖傳得古調, 而今之不彈者多, 貧道亦不能自知其聲之非, 今而古也, 頃仍紫淸觀衆女冠而聞之, 則小姐之知音, 則今世之師曠, 願效賤藝, 以聽小姐之下敎也."

夫人使侍兒, 招小姐, 俄而繡幕乍捲, 薌澤微生, 小姐來坐於夫人座側. 楊生起拜畢, 縱目而望之, 太陽初湧於彤霞, 芳蓮政映於綠水矣, 神搖眸眩, 不能正視. 楊生嫌其坐席稍遠, 眼力有碍, 乃告曰:

正<老>

"貧道欲受小姐之明敎, 而華堂廣闊, 聲韵散泄, 或恐不專於細聽也."

夫人謂侍兒曰:

"女冠之座, 可移於前也."

侍婢移席請坐, 雖已偪於夫人之座, 而適當小姐座席之右, 反不如直視相望之時也. 生大以爲恨, 而不敢再請.

援<癸老>

侍婢設香案於前, 開金爐, 爇名香, 生乃改坐, 授琴先奏霓裳羽衣之曲. 小姐曰:

"美哉, 此曲! 宛然天寶太平之氣像也. 此曲人必解之, 而曲臻其妙, 未有如道人之手段者也, 此非所謂'漁陽鼙鼓動地來, 驚罷霓裳羽衣曲'者乎? 階亂之滛樂, 不足聽也, 願聞他曲."

楊生更奏一曲, 小姐曰:

"此曲, 樂而滛, 哀而促, 卽陳後主玉樹後庭花也, 此非所謂'地下若逢陳後主, 豈宜重問後庭花'者乎? 亡國之繁音, 不足尙也, 更奏他曲."

閣<老>

楊生又奏一闋, 小姐曰:

"此曲, 如悲如喜, 如感激者然, 如思念者然. 昔蔡文姬, 遭

亂被拘, 生二子於胡中矣, 及曺操贖還, 文姬將歸故國, 留
別兩兒, 作胡笳十八拍, 以寓悲憐之意, 所謂‘胡人落淚添
邊草, 漢使斷腸對歸客’者也, 其聲雖可聽也, 夫節之人, 曷
足道哉? 請新其曲.”

淸<癸>

楊生又奏一腔, 小姐曰:

“王昭君出塞曲也. 昭君眷係舊君, 瞻望故鄕, 悲此身之失
所, 怨畵師之不公, 以無限不平之心, 付之於一曲之中, 所
爲‘誰憐一曲傳樂府, 能使千秋傷綺羅’者也. 然胡姬之曲,
邊方之聲, 本非正音也, 抑有他曲乎?”

楊生又奏一轉, 小姐改容而言曰:

“吾不聞此聲久矣, 道人實非凡人也. 此則英雄不遇其時,
宅心於塵世之外, 而忠義之氣, 壹鬱於板蕩之中, 得非嵇
叔夜廣陵散乎? 乃其被戮於東市也, 顧日影彈一曲曰, ‘怨

及<癸老>

哉! 人有欲學廣陵散者乎? 吾惜之而不傳矣. 嗟呼! 廣陵
散從此絶矣’, 所謂‘獨鳥下東南, 廣陵何處在’者也. 後人無
傳之者, 道人必遇嵇康之精靈而學也.”

生膝席而答曰:

“小姐之英慧, 出人上萬萬也. 貧道嘗聞之於師, 其言亦與
小姐一也.”

又奏一飜, 小姐曰:

“優優哉, 渢渢哉! 靑山峨峨, 綠水洋洋, 神仙之跡, 超蛻塵
臼之中, 此非伯牙水仙操乎? 所謂 ‘鍾期旣遇奏, 流水而何
慙’者也, 道人乃千百歲後知音也, 伯牙之靈, 如有所知, 必
不恨鍾子期之死也.”

聞<癸>　楊生又彈一調, 小姐輒正襟, 跪坐曰:

"至矣盡矣, 聖人遭遇亂世, 遑遑四海, 有拯濟萬姓之意, 非
定<老>　孔宣父, 誰能作此曲乎? 必猗蘭操也, 所謂'逍遙九州, 無有
定處'者, 非其意乎?"

楊生跪坐, 添香復彈一聲, 小姐曰:

椅<癸>　"高哉美哉, 猗蘭之操, 雖出於大聖人, 憂時救世之心, 而猶
有不遇時之歎也. 此曲與天地萬物, 熙熙同春, 嵬嵬蕩蕩,
無得以名也, 是必大舜南薰曲也, 所謂'南風之薰兮, 可以
解吾民之慍'者, 非其詩乎? 盡善盡美者, 無過於此者, 雖
有他曲, 不願聞也."

楊生敬而對曰:

"貧道聞, '樂律九變, 天神下降', 貧道所奏者, 只八曲也. 尙
有一曲, 請玉振之矣."

拂柱調絃, 閃手而彈, 其聲悠揚闓悅, 能使人魂佚而心蕩,
庭前百花, 一時齊綻, 乳燕雙飛, 流鶯互歌. 小姐蛾眉暫低,
眼波不收, 泯默而坐矣, 至鳳兮鳳兮歸故鄕, 遨遊四海求
其凰之句, 乃開眸再望, 俯視其帶, 紅暈轉上於雙頰, 黃氣
忽消於八字, 正若被惱於春酒者也, 卽雍容起立, 轉身入
昏<癸>　內. 生愕然無語, 推琴而起, 惟瞪視小姐之背, 魂飛神飄,
立如泥塑. 夫人命坐之, 問曰:

"師傅俄者所彈者, 何曲也?"

詐<老>　生乍對曰:

"貧道傳得於師, 而不知其曲名, 故正待小姐之命矣."

小姐久而不出, 夫人使侍婢, 問其故, 侍婢還報曰:

"小姐半日觸風, 氣候欠安, 不能出來矣."

楊生大疑小姐之覺悟, 蹙蹙不安, 不敢久留, 起拜於夫人曰:

"伏聞小姐玉體不平, 貧道實切憂慮矣. 伏想夫人必欲親自

診視, 貧道請退去矣."　　　　　　　　　　　　　　　誌<癸>

夫人出金帛而賞之, 生辭而不受曰:

"出家之人, 雖粗解聲律, 不過自適而已, 敢受伶人之纏頭

乎?"

因頓首而謝, 下階而去.

夫人憂小姐之病, 卽召問之, 已快愈矣. 小姐還于寢室, 問

於侍女曰:

"春娘之病, 今日何如?"

侍女曰:

"今日則已差, 聞小姐聽琴, 新起梳洗矣."

原來春娘, 姓賈氏, 其父西蜀人也. 上京爲丞相府胥吏, 多

有功勞於鄭司徒家矣, 未久病死. 時春娘年纔十歲, 司徒

夫妻, 憐其無依, 收置府中, 使與小姐同遊, 其齒於小姐較

一月矣. 容貌粹麗, 百態俱備, 端莊尊貴之氣像, 雖不及於　　正<癸>

小姐, 而亦絶代佳人也. 詩才之奇, 筆法之妙, 女紅之工,

足與小姐相上下, 小姐視如同氣, 不忍暫離, 雖有奴主之

分, 實同朋友之誼. 本名卽'楚雲', 而小姐以其態度之可愛,

採韓吏部多態度春定雲之句, 改其名曰'春雲', 家內之人,　　空<癸老>

皆以春雲呼之.

春雲來見小姐, 而問曰:

"朝者諸侍女爭言, 中堂彈琴之女冠, 容如天仙, 手彈稀音,

小姐大加稱贊, 小婢忘却在病, 方欲玩賞, 其女冠何其速去
耶?"

小姐發紅於面, 徐言曰:

"吾動身如玉, 持心如盤, 足跡不出於重門, 言語不交於親
戚, 乃春娘之所知也. 一朝爲人所詐, 忽受難洗之羞辱, 自
此何忍擧面對人乎?"

春雲驚曰:

"怪哉! 此何言也?"

小姐曰:

"俄來女冠, 果然其容貌秀矣, 琴曲妙矣, 卽囁嚅不畢其說."

春雲曰:

"其人第如何耶?"

小姐曰:

"其女冠始奏霓裳羽衣, 次奏諸曲, 其終也, 奏帝舜南薰曲,
我一一評論, 遵季札之言, 仍請止之, 其女冠言有一曲矣,
更奏新聲, 乃司馬相如, 挑卓文君之鳳求凰也. 我始有疑而
見之, 其容貌擧止, 與女子大異, 是必詐僞之人, 欲賞春色,
而變＜癸＞ 變服而來矣, 所恨者, 春娘若不病, 一見可卞其詐也. 我以閨
中處女之身, 與所不知男子, 半日對坐, 露面接語, 天下寧
有是事耶? 雖母子之間, 我不忍以此言告之矣, 非春娘, 誰
與說此懷也?"

春娘笑曰:

"相如鳳求凰, 處子獨不聞耶? 小姐必見杯中之弓影也."

小姐曰:

“不然. 此人奏曲, 皆有次第, 若使無心, 求鳳之曲, 何必奏
之於諸曲之末乎? 況女子之中, 容貌或有淸弱者矣, 或有
壯大者矣, 氣像豪爽, 未見如此人者也. 予意則國試已迫,
四方儒生, 皆集於京師, 其中恐有誤聞我名者, 妄生探芳之
計也.”

春雲曰:

“其女冠果是男子, 則其容顔之秀美如此, 其氣像之豪爽如
此, 其精通音律又如此, 可知其才品之高矣, 安知非眞相如
乎?”

小姐曰:

“彼雖相如, 我則決不作卓文君也.”

春雲曰:

“小姐無爲可笑之說. 文君寡婦也, 小姐處女也, 文君有意
而從之, 小姐無心而聽之, 小姐何以自比於文君乎?”

兩人嬉嬉談笑, 終日自樂.

一日, 小姐侍夫人而坐, 司徒自外而入, 持新出榜眼, 以授
夫人曰:

“女兒婚事, 至今未定, 故欲擇佳郎於新榜之中矣. 聞壯元
楊少游, 淮南之人也, 時年十六歲, 且其科製人, 皆稱贊,
此必一代才子. 且聞其風儀俊秀, 標致高爽, 將成大器, 而
時未娶妻, 若得此人, 爲東床之客, 則於我心足矣.”

夫人曰:

“耳聞本不如目見, 人雖過稱, 我何盡信? 必也親見而後,
方可定之矣.”

司徒曰:

欠<癸>　"是亦不難矣."

詠花鞋透露懷春心 幻仙庄成就小星緣

小姐聞其父親之言, 還入寢室, 謂春雲曰:

"向日彈琴女冠, 自稱楚人, 年可十六七歲矣, 淮南卽楚地, 且其年紀相近, 吾心實不能無疑也. 此人若其女冠, 則必來謁於父親矣, 汝須待其來到, 留意而見之."

春雲曰:

"其人妾曾未之見, 雖與相對, 其何知之? 春雲之意, 則不如小姐, 從靑鎖之內, 親自窺見矣."

兩人相對而笑.

此時楊少游, 連魁於會試及殿試, 卽被揀於翰苑, 聲名聳一世矣. 公侯貴戚, 有女子者, 皆爭送媒妁, 而生盡却之, 往見禮部權侍郎, 以求婚於鄭家之意, 縷縷告之, 仍要紹介, 侍郎裁一札而付之. 生卽袖, 往鄭司徒家, 通其姓名. 司徒知楊壯元之至, 謂夫人曰:

"新榜壯元來矣."

卽迎見於外軒, 楊壯元戴桂花, 擁仙樂, 進拜於司徒, 文彩之美, 禮貌之恭, 已令司徒口呿, 而齒露矣. 一府之人, 惟小姐一人之外, 莫不奔走聳觀焉. 春雲問於夫人侍婢曰:

"吾聞老爺與夫人唱酬之言, 前日彈琴女冠, 卽楊壯元之表妹, 有彷彿處乎?"

爭言曰:

"果是矣, 觀其擧止容貌, 小無參差中表兄弟, 何其酷相似耶?"

春雲卽入, 謂小姐曰:

"小姐明鑑, 果不差矣."

小姐曰:

"汝須更往, 聞其爲何語而來."

春雲卽出去, 久而還曰:

"吾老爺爲小姐, 求婚於楊壯元. 壯元拜而對曰, '晩生自入京師, 聞令小姐窈窕幽閑, 妄出非分之望矣, 今朝往議於座師權侍郎, 則侍郎許以一書, 通於大人, 而顧念門戶之不敵, 如靑雲濁水之相懸, 人品之不同, 如鳳凰烏雀之各異, 侍郎之書, 方在晩生袖中, 而慙愧趑趄, 不敢進矣.' 仍擎而獻之, 老爺見而大悅, 方促進酒饌矣."

小姐驚曰:

"婚姻大事, 不可草率, 而父親何如是輕諾耶?"

語未了, 侍婢以夫人之命招之, 小姐承命而往.

夫人曰:

"壯元楊少游, 一榜所推, 萬人所稱. 汝之父親, 旣已許婚, 吾老夫妻, 已得托身之人矣, 更無可憂者矣."

小姐曰:

"小女聞侍婢之言, 楊壯元容儀, 一如頃日彈琴之女冠, 果其然乎?"

夫人曰:

"婢輩之言是矣, 我愛其女冠, 仙風道骨, 拔出於世, 久猶不
忘, 方欲更邀, 而家間多事, 計莫之遂矣. 今見楊壯元, 宛
如女冠相對, 以此足知楊壯元之美矣."

小姐曰:

"楊壯元雖美, 小女與彼有嫌, 與之結親, 恐不可也."

夫人曰:

"是甚怪事, 怪事! 吾女兒處於深閨, 楊壯元處於淮南, 本無
干涉之事, 有何嫌疑之端乎?"

小姐曰:

"小女之事, 言之可慙, 故尙未得告知於母親矣. 前日女冠,
卽今日之楊壯元也, 變服彈琴, 欲知小女之姸媸也, 小女陷
於奸計, 終日打話, 豈可曰無嫌乎?"

夫人驚懼無語.

司徒送楊壯元, 忙入內寢, 喜色已津津矣, 謂小姐曰:

"瓊貝, 汝今日有乘龍之慶, 甚是快活事也."

夫人以小姐之言, 傳之. 司徒更問於小姐, 知楊生彈求凰曲
之顚末, 大笑曰:

"楊壯元, 眞風流才子也. 昔王維學士, 着樂工衣服, 彈琵琶
於太平公主之第, 仍占壯元, 至今爲流傳之美談, 楊郞爲求
淑女, 換着女服, 實多才之人, 一時遊戲之事, 何嫌之有?
況女兒只見女道士而已, 不見楊壯元也, 楊壯元之換女道
士於汝, 何關也? 與卓文君之隔簾窺見, 不可同日道也, 有
何自嫌之心乎?"

小姐曰:

"小女之心, 實無所愧, 見欺於人, 一至於此, 以是憤恚欲死
爾."
司徒又笑曰:
"此則非老父所知也, 他日汝可問之於楊生也."
夫人問於司徒曰:
"楊郎欲行禮於何間乎?"
司徒曰:
"納幣之禮, 從俗而行之, 親迎則稍待秋間, 陪來大夫人後,　　稱侍<癸>
方定日矣."
夫人曰:
"禮則然矣, 遲速何論?"
遂擇吉日, 捧楊翰林之幣, 仍請翰林處於花院別堂, 翰林以
子婿之禮, 敬事司徒夫妻, 司徒夫妻, 愛翰林如親子焉.
一日小姐, 偶過春雲寢房, 春雲方刺繡於錦鞋, 爲春陽所惱,
獨枕繡機而眠. 小姐因入房中, 細見繡線之妙, 歎其才品之
妙矣. 機下有小紙, 寫數行書, 展見卽咏鞋之詩也, 其詩曰:

憐渠最得玉人親　步步相隨不暫捨
燭滅羅帷解帶時　使爾抛却象床下

小姐見罷, 自語曰:
"春娘詩才, 尤將進矣. 以繡鞋, 比之於身, 以玉人, 擬之於
吾, 言常時與我, 不曾相離, 彼將從人, 必與我相踈也, 春
娘誠愛我也."
又微吟而笑曰:

"春雲欲上於吾所寢象床之上, 欲與我同事一人, 此兒之心, 已動矣."

恐驚春娘回身潛出, 轉入內堂, 見於夫人, 夫人方率侍婢, 備翰林夕饌矣. 小姐曰:

老<癸>

"自楊翰林來往吾家, 母親以其衣服飲食爲憂, 指揮婢僕, 損傷精神, 小女當自當其苦, 而非但於人事有嫌, 在禮亦無所據. 春娘年旣長成, 能當百事, 小女之意, 送春雲於花園, 俾奉楊翰林內事, 則老親之憂, 可除其一分矣."

夫人曰:

欠<癸>

"春雲妙才奇質, 何事不可當乎? 但春雲之父, 曾已有功於吾家, 且其人物出於等夷, 相公每欲爲春雲而求良匹, 終事女兒, 恐非春雲之願也."

小姐曰:

"小女觀春雲之意, 不欲與小女分離矣."

夫人曰:

"從嫁婢妾於古亦有, 然春雲之才貌, 非等閑侍兒之比, 與汝同歸, 恐非遠念."

小姐曰:

"楊翰林以遠地十六歲書生, 媒三尺之琴, 調戲宰相家深閨處子, 其氣像, 豈獨守一女子而終老乎? 他日據丞相之府, 享萬鍾之祿, 則堂中將有幾春雲乎?"

適司徒入來, 夫人以小姐之言, 言於司徒曰:

"女兒欲使春雲, 往侍楊郞, 而吾意則不然. 行禮之前, 先送媵妾, 決知其不可也."

司徒曰:

"春雲與女兒, 才相似, 而貌相若也, 情愛之篤, 亦相同也,
可使相從, 不可使相離也. 畢竟同歸, 先送何妨? 少年男子,
雖無風情, 亦不可獨樓孤房, 與一柄殘燭爲伴, 況楊翰林
乎? 急送春娘, 以慰寂寞之懷, 恐無不可, 而但不備禮, 則
太涉草草, 欲具禮, 則亦有所不便者, 何以則可以得中也?"

小姐曰:

"小女有一計, 欲借春雲之身, 以雪小女之恥."

司徒曰:

"汝有何計? 試言之."

小姐曰:

"使十三兄, 如此如此, 則小女見凌之恥, 可以除矣."

司徒大笑曰:

"此計甚妙矣."

蓋司徒諸姪子中, 有十三郎者, 賢而機警, 志氣浩蕩, 平生
喜作諧謔之事, 且與楊翰林, 氣味相合, 眞莫逆交也. 小姐
歸其寢所, 謂春雲曰:

"春娘吾與汝, 頭髮覆額, 心肝已通, 共爭花枝, 終日啼呼,
今我已受人聘禮, 可知春娘之年亦不稺矣. 百年身事, 汝必
自量, 未知欲托於何樣人也."

春雲對曰:

"賤妾徧荷娘子撫愛之恩, 涓埃之報, 末由自効. 惟願長奉   偏<老>
巾匜 於娘子, 以終此身也."

小姐曰:

蕭<癸老>

"我素知春娘之情, 與我同也, 我與春娘, 欲議一事爾. 楊郎以枯桐一聲, 弄此閨裡之處女, 貽辱深矣, 受侮多矣. 非吾春娘, 誰能爲我雪恥乎? 吾家山庄, 卽終南山最僻處也, 距京城, 僅牛鳴地, 而景致瀟灑, 非人境也. 貰此別區, 設春娘之花燭, 且令鄭兄, 導楊郎之迷心, 行如此如此之計, 則橫琴之詐謀, 彼不得更售矣, 聽曲之深羞, 可以快湔矣, 惟望春娘毋憚一時之勞."

春雲曰:

"小姐之命, 賤妾何敢違乎? 但異日, 何以擧面於楊翰林之前乎?"

小姐曰:

"欺人之羞, 不猶愈於見欺者之羞乎?"

春雲微微笑曰:

"死且不避, 當惟命焉."

翰林職事, 瀑直之外, 無奔忙之苦矣. 持被之餘, 閑日尙多, 或尋朋友, 或醉酒樓, 有時跨驢出郊, 訪柳尋花.

一日, 鄭十三謂翰林曰:

情<老>

"城南不遠之地, 有一靜界, 山川絶勝, 吾欲與一遊, 瀉此幽悁."

翰林曰:

"正吾意也."

遂挈壺榼, 屏騶隷, 行十餘里, 芳草被堤, 靑林繞溪, 剩有山樊之興, 翰林與鄭生, 臨水而坐, 把酒而吟.

此時正春夏之交也, 百卉猶存, 萬樹相映, 忽有落英泛溪而

來, 翰林咏春來遍是桃花水之句曰:

"此間必有武陵桃源也."

鄭生曰:

"此水自紫閣峰發源而來也, 曾聞花開月明之時, 則往往有
仙樂之聲, 出於雲烟縹緲之間, 而人或有聞之者, 弟則仙
分甚淺, 尙未得入其洞天矣. 今日當與大兄, 躡靈境尋仙
蹤, 拍洪厓之肩, 窺玉女之窓矣." 　　　　　　　江<癸>

翰林性本好奇, 聞之欣喜曰:

"天下無神仙則已, 若有之, 則只在此山中矣."

方振衣欲賞, 忽見鄭生家家僮, 流汗而來, 喘促而言曰:

"娘子患候猝甌, 走請郎君矣."

鄭生忙起曰:

"本欲與兄, 壯遊於神仙洞府矣, 家憂此迫, 仙賞已違, 向所
謂'仙分甚淺'者, 尤可驗矣."

促鞭而歸. 翰林雖甚無聊, 而賞興猶不盡矣. 步隨流水, 轉
入洞口, 幽潤冷冷, 群峰矗矗, 無一點飛塵, 胸襟自覺蕭爽
矣. '獨立溪上, 徘徊吟哦矣, 丹桂一葉, 飄水而下, 葉上有
數行之書, 使書童拾取而見之, 有一句詩曰:

仙厖吠雲外　知是楊郎來　　　　　　　　　猊<癸老>

翰林心竊怪之曰:

"此山之上, 豈有人居? 此詩亦豈人所作乎?"

攀蘿緣壁, 忙步連進, 書童曰:

"日暮路險, 進無所托, 請老爺還歸城裡."

翰林不聽, 又行七八里, 東嶺初月, 已在山腰矣. 逐影步光,
穿林橄澗, 惟聞驚禽啼, 而悲猿嘯矣. 已而星搖峰頂, 路鎖
松梢, 可知夜將深矣. 四無人家, 無處投宿, 欲覓禪菴佛寺,
而亦不可得.

方蒼黃之際, 十餘歲靑衣女童, 浣衣於溪邊, 見其來, 忽而
驚起, 且去且呼曰:

"娘子娘子! 郎君來矣!"

生聞之, 尤以爲怪. 又進數十步, 山回路窮, 有小亭, 翼然
臨溪, 窈而深, 幽而闃, 眞仙居也. 一女子被霞光, 帶月影,
孑然獨立於碧桃花下, 向翰林施禮曰:

"楊郞來何晚耶?"

妍<癸>　翰林驚見其女子, 身着紅錦之袍, 頭揷翡翠之簪, 腰橫白玉
之珮, 手把鳳尾之扇, 嬋娟淸高, 認非世界人也. 乃慌忙答
禮曰:

"學生乃塵間俗子, 本無月下之期, 而有此晚來之敎, 何也?"

女子請往亭上, 共做穩話, 仍引入亭中, 分賓主而坐. 招女
童曰:

"郞君遠來, 慮有飢色, 略以薄饌進之."

綺<癸老>　女童受命而退. 少焉排瑤床, 設碕饌, 擎碧玉之鍾, 進紫霞
之酒, 味洌香濃, 一酌便醺. 翰林曰:

"此山雖僻, 亦在天之下也, 仙娘何以厭瑤池之樂, 謝玉京
之侶, 而辱居於此乎?"

美人長吁短歎曰:

田<癸>　"欲說舊事, 徒增悲懷. 妾是王母之侍女, 郞是紫府之仙吏,

玉帝賜宴於王母, 衆仙皆會, 郎偶見小妾, 擲仙果而戲之,
郎則誤被重譴, 幻生於人世, 妾則幸受薄罰, 謫在於此, 而
郎已爲膏火所蔽, 不能記前身之事也. 妾之謫限已滿, 將向
瑤池, 而必欲一見郎君, 乍展舊情, 懇囑仙官, 退却一日之
期, 已知郎君將到此, 而方企待耳, 郎今辱臨, 宿緣可續."
時桂影將斜, 銀河已傾. 翰林携美人同寢, 若劉阮之入天台, 　　阮<老>
與仙娥結緣, 似夢而非夢, 似眞而非眞也. 纔盡繾綣之意,
山鳥已啅於花梢, 而窓紗已微明矣. 美人先起, 謂翰林曰: 　　紗窓<老>
"今日卽妾上天之期也. 仙官奉帝勅, 備幢節, 來迎小妾之
時, 若知郎君在此, 則彼此將俱被譴罰, 郎君促行矣. 郎君
若不忘舊情, 又有重逢之日矣."
遂題別詩於羅巾, 以贈翰林, 其詩曰:

相逢花滿天　相別花在地
春色如夢中　弱水杳千里

楊生覽之, 離懷斗起, 不勝悽黯, 自裂汗衫, 和題一首而贈
之, 其詩曰:

天風吹玉珮　白雲何離披
巫山何夜雨　願濕襄王衣 　　他<癸老>

美人奉覽曰:
"瓊樹月隱, 桂殿霜飛, 作九萬里外面目者, 惟此一詩而已."
遂藏於香囊, 仍再三催促曰:

“時已至矣, 郎可行矣.”

翰林摻手拭淚, 各稱保重而別.

纔出林外, 回瞻亭樹, 碧樹重重, 瑞靄曨曨, 如覺瑤臺一夢.

及歸家, 精爽條飛, 忽忽不樂, 獨坐而思之曰:

“其仙女雖自云, 已蒙天赦, 歸期在卽, 安知其行, 必在於今
日乎? 暫留山中, 藏身密處, 目見群仙, 以幢幡來迎之後,
下來亦未晚也, 我何思之不審, 行之太躁耶?”

悔心憧憧, 達霄不寐, 惟以手書空, 作咄咄字而已.

翌曉早起, 率書童, 復往昨日留宿之處, 則桃花帶笑, 流水
如咽, 虛亭獨留, 香塵已闋矣. 翰林悄凭虛檻, 悵望靑霄,
指彩雲而歎曰:

“想仙娘乘彼雲, 而朝上帝矣. 仙影已斷, 何嗟及矣?”

乃下亭, 倚桃樹而灑涕曰:

識<癸> “此花應知崔護城南之恨矣.”

至夕乃憮然而迴.

至數日, 鄭生來謂翰林曰:

“頃日因室人有疾, 不得與兄同遊, 尙有恨矣. 卽今桃李雖
盡, 城外長郊, 柳陰正好, 與兄當偸得半日之閑, 更辦一場
聽<癸老> 之遊, 玩蝶舞而亦鶯歌矣.”

翰林曰:

“綠陰芳草, 亦勝花時矣.”

兩人共轡同行, 催出城門, 涉遠野, 擇茂林, 藉草而坐, 對
酌數籌. 傍有一杯荒墳, 寄在於斷岸之上, 而蓬蒿四沒, 莎
草盡剗, 惟有雜卉成叢, 綠影相交, 數點幽花, 隱暎於荒阡

亂樹之間也. 翰林因醉興, 指點而歎曰:

"賢愚貴賤, 百年之後, 盡歸於一丘土, 此孟嘗君所以淚下
於雍門琴者也, 吾何以不醉於生前乎?"

鄭生曰:

"兄必不知彼墳也. 此卽張女娘之墳也. 女娘以美色, 鳴一
世, 人以張麗華稱之, 二十而夭, 瘞於此, 後人哀之, 以花
柳, 雜植於墓前, 以誌其處矣. 吾輩以一盃酒, 澆其墳, 以
慰女娘芳魂如何?"

翰林自是多情者, 乃曰:

"兄言可也."

遂與鄭生, 至其墳前, 擧酒澆之, 各製四韻一首, 以弔孤魂.
翰林之詩曰: 欠＜癸＞

美色曾傾國　芳魂已上天
管絃山鳥學　羅綺野花傳   綺＜癸老＞
古墓空春草　虛樓自暮烟
秦川舊聲價　今日屬誰邊

鄭生之詩曰: 欠＜癸＞

問昔繁華地　誰家窈窕娘
荒凉蘇小宅　寂寞薛濤庄
草帶羅裙色　花留寶靨香
芳魂招不得　惟有暮鴉翔

兩人傳看浪吟, 更進一盃. 鄭生繞墓徊徨, 至崩頹之處, 得

白羅所書絶句一首, 而詠之曰:

"何處多事之人, 作此詩, 納於女娘之墓乎?"

仙娘子<癸>　翰林索見之, 則卽自家裂衫製詩, 以贈仙娘者也. 乃大驚於
心曰:

"向日所逢美人, 果是張女娘之靈也."

駭汗自出, 頭髮上竦, 心不能自定而已, 自解曰:

"其色之美如此, 其情之厚如此, 仙亦天緣也, 鬼亦天緣也,
仙與鬼, 不必卜之矣."

乘鄭生起旋之時, 更酌一盃, 潛澆於墳上, 默禱曰:

"幽明雖殊, 情義不隔, 惟祈芳魂鑑此至誠, 更趁今夜, 重續
舊緣."

禱畢, 拉鄭生還歸.

是夜獨在花園, 倚枕欹坐, 想其美人, 思甚渴涸, 耿耿不成
面<癸>　眠矣. 時月光窺簾, 樹影滿窓, 群動已息, 人語正闃, 而似
有跫音, 自暗中而至. 翰林開戶視之, 則乃紫閣峰仙女也.
翰林滿心驚喜, 跳出門限, 携來玉手, 欲入房中. 美人辭曰:

"妾之根本, 郎已知之, 得無嫌猜之心乎? 妾之初遇郎君,
非不欲直吐, 而或恐驚動, 假托神仙, 叨侍一夜之枕席, 榮
已極矣, 情已密也. 庶幾斷魂再續, 朽骨更肉, 而今日郎君
又訪賤妾之幽宅, 澆之以酒, 弔之以詩, 慰此無主之孤魂,
豈敢<老>　妾於此不勝感激, 懷恩戀德, 欲謝厚眷, 面布微悃而來, 敢
欲以幽陰之質, 復近君子之身乎?"

翰林更挽其袖, 而言曰:

"世之惡鬼神者, 愚迷怯懦之人也. 人死而爲鬼, 鬼幻而爲

人, 以人而畏鬼, 人之駭者, 以鬼而避人, 鬼之癡者, 其本則
一也, 其理則同也, 何人鬼之卞, 而幽明之分乎? 我見若斯,
我情若斯, 娘何以背我耶?"

美人曰:

"妾何敢背郎君之恩, 而忽郎君之情哉? 郎君見妾, 眉如蛾
翠, 臉如猩紅, 而有眷戀之情, 此皆假也, 非眞也, 不過作謀巧
飾, 欲與生人, 相接也. 郎君欲知妾眞面目也, 卽白骨數片,
綠苔相縈而已. 郎君何可以如此之陋質, 欲近於貴體乎?"

翰林曰:

"佛語有之, '人之身體, 以水漚風花, 假成者也', 孰知其眞
也, 孰知其假也?"

携抱入寐, 穩度其夜, 情之縝密, 一陪於前矣. 翰林謂美人曰:　倍＜癸老＞

"自今夜夜相會, 毋或自沮."

美人曰:

"惟人與鬼, 其道雖異, 至情所格. 自相感應, 郎君之眷妾,
誠出於至情, 則妾之欲托於郎君, 夫豈淺哉?"

俄聞晨鍾之聲, 起向百花深處而去. 翰林憑欄送之, 以夜爲
期, 美人不答, 倏然而逝矣.

賈春雲爲仙爲鬼　狄驚鴻乍陰乍陽

翰林自遇仙女以來, 不尋朋友, 不接賓客, 靜處花園. 專心
一慮, 夜至則待來, 日出則待夜, 惟望使彼感激, 而美人不
肯數來. 翰林念轉篤, 而望益切矣. 久之, 兩人自花園挾門
而來, 在前者卽鄭十三, 在後者生面也. 鄭生引在後者, 見

於翰林曰:

"此師傅, 卽太極宮杜眞人. 相法卜術, 與李淳風袁天綱, 相頡頏也. 欲相楊兄, 而邀來矣."

翰林向眞人而揖曰:

"慕仰尊名宿矣, 尙未承顔一奉, 亦有數耶? 先生必審見鄭生之相, 以爲如何耶?"

鄭生先答曰:

"此先生相小弟, 而稱曰, '三年之內, 必得高第, 將爲八州刺史.' 於弟足矣. 此先生言, 必有中, 兄試問之."

翰林曰:

聞<癸> "君子不問福, 只問災殃. 惟先生直言可也."

眞人熟視而言曰:

"楊翰林兩眉皆秀, 鳳眼向鬢, 位可躋於三台, 耳根白如塗粉, 圓如垂珠, 名必聞於天下. 權骨滿面, 必手執兵權, 威震四海, 封侯於萬里之外, 可謂百無一缺, 而但今日有目前之橫厄. 若不遇我, 殆哉殆哉."

翰林曰:

"人之吉凶禍福, 無不自己求之, 而惟疾病之來, 人所難免. 無乃有重病之兆耶?"

眞人曰:

"此非尋常之災殃也. 靑色貫於天庭, 邪氣侵於明堂, 相公家內, 或有來歷不分明之奴婢乎?"

翰林於心, 已知張娘之祟, 而蔽於恩情, 略不驚恐.

答曰:

"無是事也."

眞人曰:

"然則或過古墓, 感傷於胸中, 或與鬼神, 相接於夢裡乎?"

翰林曰:

"亦無是事也."

鄭生曰:

"杜先生曾無一言之差. 楊兄更加商念."

翰林不答.

眞人曰:

"人生以陽明, 保其身, 鬼神以幽陰, 成其氣, 若晝夜之相反, 水火之不容. 今見女鬼邪穢之氣, 已罩於相公之身, 數日之後, 必入於骨髓. 相公之命, 恐不可救矣. 此時毋曰, '貧道不曾說來也.'"

翰林念之曰:

"眞人之言, 雖有所據, 女娘與我, 永好之盟固矣, 相愛之情至矣, 夫豈有害吾之理乎? 楚襄遇神女而同席, 柳春畜鬼妻而生子, 從古亦然, 我何獨慮?"

欠<癸>

襄王<老>

乃謂眞人曰:

"人之死生壽夭, 皆定於有生之初, 我苟有將相富貴之相, 鬼神其於我何?"

眞人曰:

"夭亦相公也, 壽亦相公也, 無與於我矣."

乃拂袖而去. 翰林亦不强留焉.

鄭生慰之曰:

"楊兄自是吉人, 神明必有所助, 何鬼之可慮乎? 此流往往,
以誕術動人, 可惡也."

乃進酒, 終夕大醉而散.

是日, 翰林至夜分乃醒. 焚香靜坐, 苦待女娘之來. 已至深
更, 杳無形迹, 翰林拍案曰:

"天欲曙矣, 娘不來矣."

欲滅燭而寢矣. 窓外忽有且啼且語之聲, 細聽之, 則乃女
娘也.

曰:

"郎君以妖道士之符, 莊於頭上, 妾不敢近前. 妾雖知非郎
君之意, 是亦天緣盡, 而妖魔戲也. 惟望郎君保嗇, 妾從此
永缺矣."

訣<癸老> 永缺矣."

翰林大驚而起, 拓戶而視之, 已無人形, 而只有一封書, 在
於階上. 乃拆見之, 卽女娘之所製也. 其詩曰:

昔訪佳期躡彩雲, 更將請酌酹荒墳
深誠未效恩先絶, 不怨郎君怨鄭君

翰林一吟一唏, 且恨且怪, 以手撫頭, 有一物在於總髮之
間. 出而見之, 乃逐鬼符也. 大怒叱曰:

"妖人誤我事也."

遂裂破其符, 痛恚益切. 更把女娘之詩, 微吟一度, 大悟曰:
"張女之怨鄭君, 深矣, 此乃鄭十三之事也. 雖非惡意, 沮敗
好事, 非道士之妖, 乃鄭生也. 吾必辱之."

遂次女娘之詩, 囊以莊之曰:

"詩雖成矣, 誰可贈矣?"

詩曰:

冷然風馭上神雲, 莫道芳魂寄孤墳

圍裡百花花底月, 故人何處不思君

達明, 往鄭十三家, 鄭生出去矣. 三日往尋, 終未一遇. 女
娘影響, 益緲邈矣. 欲訪於紫閣之亭, 則精靈已歸, 欲尋於
南郊之墓, 則音容難接. 無處可問, 無計可施, 抑塞紆軫,
寢食頓減矣.

一日, 鄭司徒夫妻, 置酒饌, 邀翰林, 討穩而飛觴. 司徒曰:

"楊郎神觀, 近何憔悴耶?"

翰林曰:

"與十三兄, 連日過飲, 恐因此而然矣."

鄭生忽來到, 翰林以怒目睨視, 不與語矣. 鄭生先問曰:

"兄近來職事倥傯耶? 心緒不佳耶? 陟屺之情苦耶? 濫酒
之疾作耶? 貌何憔悴耶? 神何蕭索耶?"

翰林微答曰:

"旅遊之人, 安得不然?"

司徒曰:

"家中婢僕, 傳言楊郎與一美姝, 共話於花園, 此語信耶?"

翰林答曰:

"花園僻矣, 人誰往來? 必傳之者妄也."

鄭生曰:

"以楊兄割達之量, 爲兒女羞愧之態耶? 兄雖以大言, 斥杜　豁<癸老>

眞人, 觀兄氣色, 不可掩也. 弟恐兄迷而不悟, 禍將不測, 潛以杜眞人逐鬼之符, 置於兄束髮之間, 而兄醉倒不省矣. 其夜, 潛身於園林蒙密之中, 窺見則有鬼女哭辭於兄寢室外, 卽踰墻而去, 此眞人之言驗矣. 小弟之誠至矣, 兄不我謝, 而乃反齎怒, 何耶?"

翰林知其不可牢諱, 向司徒而言曰:

"小婿之事, 頗涉怪駭, 當備告於岳丈矣."

具其首尾, 悉陳無餘, 仍曰:

"小婿固知十三兄之愛我, 而女娘雖曰鬼神, 莊而不誕, 正而不邪, 決不貽禍於人. 小婿雖疲劣, 亦丈夫也, 不必爲鬼物所迷, 而鄭兄乃以不經之符, 斷其自來之路, 實不能無介於中也."

司徒擊掌大笑曰:

"楊郎文彩風流, 與宋玉同, 必已作神女賦也. 老夫非爲戲言於楊郎也, 少時偶値異人, 果學少翁致鬼之術矣. 今當爲賢婿, 致張女娘之神, 以謝姪兒之罪, 以慰賢婿之心, 未知如何?"

翰林曰:

"此岳丈弄小婿也. 少翁雖能致李夫人之魂, 而此術之不傳也久矣. 小婿於岳丈之言, 不敢信也."

鄭生曰:

"張女娘之魂, 楊兄則不費一言而致之. 小弟則能以一符而逐之. 鬼中之可使者也, 兄何疑乎?"

司徒乃以塵尾, 打屛風曰:

"張女娘安在?"

一女子忽自屛後而出, 含笑含嬌, 立於夫人之後. 翰林一擧
目, 已知其張女娘也. 悅悅惚惚, 莫知端倪, 直視司徒及鄭
生, 而問曰:

"此人耶? 鬼耶? 鬼何以能出於白晝耶?"

司徒及夫人, 啓齒而笑, 鄭生捧腹大噱, 顚仆不能起. 左右
侍婢等, 已折腰矣. 司徒曰:

"老夫方爲賢婿, 而吐其實矣. 此兒非鬼非仙, 卽吾家所育
賈氏女子, 其名春雲. 近因楊郞塊處花園, 喫盡苦況, 老夫
送此美女, 以侍賢郞, 欲以慰客中之無聊, 蓋出於吾老夫
妻好意, 而年少輩, 居間用計, 戲謔太過. 遂使賢郞 無端苦
惱, 不亦可笑乎?"　　　　　　　　　　　　　　　　　　欠＜癸＞

鄭生方止笑而言曰:

"前後再度之逢, 皆我爲媒, 而不感媒妁之恩, 反以仇讐視　　所＜癸老＞
之, 楊兄可謂負功忘德者也."

翰林亦大笑曰:

"岳丈旣以此女, 送於小弟, 鄭兄從中操弄而已, 何功之可
賞?"

鄭生曰:

"操弄之責, 弟實甘心. 發蹤指示, 自有其人, 此豈獨爲小弟
之罪哉?"

翰林向司徒而笑曰:

"苟有是也, 或者岳丈爲小婿作遊戲事也."　　　　　　　少＜癸＞

司徒曰:

"否否. 老夫之髮已黃矣, 豈可作兒戲乎? 楊郎誤思也."

翰林顧鄭生曰:

俑<癸>

"非兄作用, 而誰復爲此戲乎?"

鄭生曰:

"聖人有言, '出乎爾者, 反乎爾.' 楊兄更思之. 曾以何計, 欺
何許人乎? 男子尚化爲女子, 以俗人而爲仙, 以仙子而爲
鬼, 何足怪哉?"

翰林乃大覺, 笑向司徒曰:

"是哉! 是哉! 小婿曾有得罪於小姐之事矣, 小姐必不忘睚
眦之怨也."

司徒與夫人, 皆笑而不答. 翰林顧謂春雲曰:

"春娘, 汝固慧黠矣. 欲事其人, 而先欺之, 其於婦女之道,
何如耶?"

春雲跪而對曰:

"賤妾但聞將軍令, 不聞天子詔也."

翰林嗟歎曰:

"昔神女, 朝爲雲暮爲雨, 今春娘, 朝爲仙暮爲鬼, 雲與雨雖
異, 一神女也, 仙與鬼雖變, 一春娘也. 襄王惟知一神女而
已, 何與於雲雨之數化? 今我亦知一春娘而已, 何論其仙
鬼之互變乎? 然襄王見雲, 則不曰雲, 而曰神女. 見雨則不
曰雨, 而曰神女. 今我遇仙, 則不曰春娘, 而曰仙, 遇鬼則不
曰春娘, 而曰鬼, 是我不及於襄王遠矣. 春娘之變化, 非神
女所及也. 吾聞强將無弱卒, 其神將若此, 其大將不待親
見, 而可知也."

座中又大笑, 更進酒肴, 終夕大醉. 春雲亦以新人, 與於末　　皆<癸>
席. 至夜春雲執燭陪翰林, 至花園, 翰林醉甚, 把春雲之手,
而戱之曰:

"汝眞仙乎, 眞鬼乎?"

仍就視之曰:

"非仙也, 非鬼也, 乃人也. 吾仙亦愛之, 鬼亦愛之, 況人乎?"

又曰:

"仙亦非汝也, 鬼亦非汝也. 或使汝而爲仙, 或使汝而爲鬼
者, 亦眞有爲仙爲鬼之術, 而以楊翰林, 爲俗客, 以不欲相
從耶? 以花園爲陽界, 而不欲相訪耶? 人能使汝爲仙爲鬼,
而我獨不能使汝而變化乎? 使汝而欲爲仙也, 其將爲月殿
之姮娥乎? 使汝而欲爲鬼也, 抑將爲南岳之眞眞乎?"

春雲對曰:

"賤妾潛越, 實多欺罔之罪, 望相公寬假之."　　　　　　惟<癸老>

翰林曰:

"當汝之變化爲鬼, 亦不以爲忌, 到今豈有追咎之心乎?"

春雲起而謝之.

楊翰林得第之後, 卽入翰苑, 自麼職事, 尙未歸覲, 方欲請
暇歸鄕, 省拜母親. 仍陪來京第, 卽過婚禮, 而時國家多事,
吐蕃數侵掠邊境, 河北三節度, 或自稱燕王, 或自稱趙王,
或自稱魏王, 連結强隣, 稱兵交亂. 天子憂之, 博謀於群臣,
廣詢於廟堂, 將欲出師致討. 大小臣僚, 言議矛楯, 皆懷姑
息苟且之計. 翰林學士楊少游, 出班奏曰:

"亘如漢武帝, 招諭南越王故事, 亟下詔書, 誥以禍福. 終不

歸命, 用武取勝, 爲萬全之策也."

上從之, 使少游, 卽草詔於上前. 少游俯伏受命, 走筆製進, 上大悅曰:

"此文典重嚴截, 恩威並施, 大得誥諭之體, 狂寇必自戢矣."

卽下於三鎭, 趙魏兩國, 則去王號, 服朝命, 上表請罪, 遣使進貢, 馬一萬匹, 絹一千匹, 推燕王恃其地遠兵强, 不肯歸順. 上以兩鎭之服, 皆少游之功, 降旨褒崇曰:

惟<癸老>

"河北三鎭, 專據一隅, 屈强造亂, 殆百年矣. 德宗皇帝, 起十萬衆, 命將征伐, 終未能挫其强, 而服其心矣. 今楊少游, 以盈尺之書, 服兩鎭之賊, 不勞一師, 不戮一人, 而皇威遠暢於萬里之外, 朕實嘉之. 賜以絹三千匹, 馬五十匹, 表予優獎之意."

千<癸>

仍欲進秩, 少游進前, 辭謝曰:

"代草王言, 卽臣職分, 兩鎭歸化, 莫非天威, 臣以何功, 叨此重賞? 況一鎭猶梗聖化, 敢肆跳梁, 恨不能提釰執殳, 以雪國家之恥, 陛擢之命, 何安於心? 人臣願忠, 固無間於職階之崇卑, 兵家勝敗, 不專在於士卒之多小. 臣願得一枝之兵, 倚杖大朝之威, 進與燕寇, 決死力戰, 以報聖恩之萬一."

少<老>

上壯其意, 問於大臣, 皆曰:

"三鎭互爲脣齒之形, 而兩鎭旣已屈服, 小燕狂賊, 特鼎魚穴蟻也. 以兵臨之, 則必若摧枯拉朽, 而王者之兵, 先謀後伐, 請遣少游, 喩以利害, 不服則, 卽加兵可也."

上然之, 使楊少游持節往諭. 翰林奉詔旨, 受鈇鉞, 將發行. 拜辭於司徒, 司徒曰:

"邊鎭驚逆, 不用朝命, 非一日也. 楊郎以一介書生, 入不測
之危地, 如有不虞之變, 發於無備之處, 豈但爲老夫之不幸
乎? 吾老且病, 雖不與朝庭末議, 而欲上一書而爭之."

翰林止之曰:

"岳丈毋用過慮. 藩鎭不過乘朝庭之不靖, 哇誤於一時也. 今
天子神武, 朝政淸明, 趙魏兩國, 且已束手, 單弱之小鎭, 偏
小之一燕, 何能爲哉?"

司徒曰:

"王命旣下, 君意已定, 老夫更無他言. 惟願加飡而已."

夫人垂涕而別曰:

"自得賢郎, 頗慰老懷, 郎今遠行, 我懷如何? 王程有限, 只
祝來歸疾也."

翰林退, 至花園, 治行卽發. 春雲執衣而泣曰:

"相公之朝直於玉堂也, 妾必早起, 整包寢具, 奉着朝袍, 相
公必流眄顧妾, 常有眷眷不忍離之意. 今當萬里之別, 何無
一言相贈?"

翰林大笑曰:

"大丈夫當國事, 受重任, 死生且不可顧, 區區私情, 安足論
乎? 春娘無作浪悲, 以傷花色. 謹奉小姐, 穩度時日, 待吾
竣事成功, 腰懸如斗大金印, 得意歸來也."

卽出門, 乘車而行. 行至洛陽, 舊日經過之跡, 尚不改矣.
當時以十六歲藐然一書生, 着布衣跨蹇驢, 揖揖樓樓, 行色　　　猾猾<癸>
艱關, 不啻如蘇秦十上之勞矣. 纔過數年, 建玉節, 驅駟馬,
洛陽縣令, 奔走除道, 河南府尹, 匍匐導行, 光彩照耀於一

路, 先聲震攝於諸州, 閭里聳觀行路咨嗟, 豈不誠偉哉? 翰林先使書童, 往探桂蟾月消息. 書童往蟾月之家, 重門深鎖, 畵樓不開, 惟有櫻桃花, 爛開於墻外而已. 訪於隣人, 則曰:

"蟾月去年春, 與遠方相公, 結一夜之緣, 其後稱有疾病, 謝絶遊客, 官府設宴, 托故不進矣. 未幾佯狂, 盡去珠翠之餙, 改着道士之服, 遍遊山水, 尙未還歸, 不知其方在何山矣."
書童以此來報, 翰林歡意遂沮, 若墜深坑, 過其門墻, 撫跡潛辛. 夜入客舘, 不能交睫. 府尹進娼女十餘人而娛之, 皆一時名艷也. 明粧麗服, 三匝圍坐, 前者天津橋上諸妓, 亦在其中矣. 爭姸誇嬌, 欲睹一眄, 而翰林自無佳緖, 不近一人. 翌曉臨行, 遂題一詩於壁上, 其詩曰:

雨過天津柳色新, 風光宛似去年春
可憐玉節歸來地, 不見當壚勸酒人

寫訖, 投筆乘軺, 取其前路而去. 諸妓立望行塵, 只切慙赧而已. 爭謄其詩, 納於府尹, 府尹責衆娼曰:
"汝輩若得楊翰林之一顧, 則可增三倍之價, 而一隊新粧, 皆不入於翰林之眼, 洛陽自此, 無顔色矣."
問於衆妓, 知翰林屬意之人. 揭榜四門, 訪蟾月去處, 以待翰林復路之日矣. 翰林至燕國, 絶徼之人, 未曾睹皇華威儀, 見翰林如地上祥獜, 雲間瑞鳳, 到底擁車塞路, 無不以一覩爲快, 而翰林威如疾雷, 恩如時雨, 邊民亦皆欣欣鼓

舞, 嘖舌相稱曰:

"聖天子將活我矣."

翰林與燕王相見, 翰林盛稱天子威德, 朝廷處分, 以向背之
勢, 順逆之機, 縱橫闔闢. 言皆有理, 滔滔如海波之瀉, 凜 　　執<癸>
凜如霜飈之烈. 燕王瞿然而驚, 惕然而悟. 乃以霜蔽地, 而
謝曰:

"弊藩僻陋, 自外聖化, 習故狃常, 迷不知返. 此承明教大覺
前非, 自此當永戢狂圖, 恪守臣職, 惟皇使歸奏朝廷, 使小
邦因危獲安, 轉禍爲福, 則是小鎭之幸也."

因設宴於辟鏤宮以餞. 翰林將行, 以黃金百鎰, 各馬十匹贐
之. 翰林却不受, 離燕土而西歸.

行十餘日, 至邯鄲之地, 有美少年, 乘匹馬在前路矣. 仍前
導僻易, 下立於路傍. 翰林望見曰: 　　　　　　　　　　辟<老>

"彼書生所騎者, 必駿馬也."

漸進則其少年, 美如衛玠, 嬌似潘岳. 翰林曰: 　　　　　如<癸>

"吾嘗周行於兩京之間, 而男子之美者, 未見如彼少年者也. 　欠<癸>
其貌如此, 其才可知."

謂從者: 　　　　　　　　　　　　　　　　　　　謂從者曰<老>

"汝請其少年, 隨後而來."

翰林午憩驛舘, 少年已至矣. 翰林使人邀之, 少年入謁. 翰
林愛而謂曰:

"學生於路上, 偶見潘衛之風彩, 便生愛慕之心, 乃敢使人
奉邀, 而惟恐不我顧矣. 今蒙不遺, 幸叨合席, 此所謂傾蓋
若舊者也. 願聞賢兄姓名."

少年答曰:

小<老>
識<癸>

"少生北方之人也, 姓狄, 名白鸞. 生長窮鄉, 未遇碩師良
友, 學術粗淺, 書釰無成, 尙有一片之心, 欲爲知己者死,
今相公過河北, 威德幷行, 雷厲風飛, 陸慴水慄, 人慕榮名,
其有旣乎? 小生不揆鄙拙, 欲托門下, 一效鷄鳴狗盜之賤
技矣. 相公俯察至願, 有此辱速, 豈直爲小生之榮? 實有光
於大人先生, 屈身待士之盛德也."

翰林尤喜曰:

"語云, '同聲相應, 同氣相求', 兩情相投, 甚是快事."

此後與狄生, 幷鑣而行, 對床而食. 過勝地, 則共談山水,
値良宵, 則同賞風月, 不知鞍馬之勞, 行役之苦矣. 還到洛
陽, 過天津橋, 乃有感舊之意曰:

仗<老> / 腕<老>

"桂娘之自稱女冠, 浮遊山間者, 想欲守初盟, 以待吾行, 而
吾已杖節歸來, 桂娘獨不在焉. 人事垂張, 佳期婉晩, 烏得無
惻愴之心乎? 桂娘若知吾頃日之虛過, 則必來待於此, 而
想其蹤迹不在於道觀, 則必在於尼院, 道路消息, 何以得
聞? 噫! 今行又不得相見, 則未知費了幾許日月, 有團會之
期乎?"

忽送遐矚, 則一佳人獨立樓上, 高捲緗簾, 斜倚綵檻, 注目
於車塵馬蹄之間, 卽桂蟾月也. 翰林思想之餘, 忽見舊面,
傾迓之色, 可掬矣. 隼轡如風, 瞥過樓前, 兩人相視, 凝情
而已. 俄至客舘, 蟾月先從捷徑, 已來候於舘中. 見翰林下

倍<癸>

車, 進拜於前, 陪入絣幪, 接裾而坐. 悲喜交切, 淚下言前,

乃傴身而賀曰:

"驅馳原隰, 貴體萬福, 足慰戀慕之賤悰也."

仍歷陳別後事曰:

"自別相公, 公子王孫之會, 太守縣令之宴, 左右招邀, 東西侵逼. 遭逆境者, 非一二, 而自剪頭髮, 稱有惡疾, 僅免脅迫之辱. 盡謝華粧, 幻着山衣, 避城中之囂塵, 樓谷裡之靜室, 每逢遊山之客, 訪道之人, 或自城府而至, 或從京師而來者, 輒問相公消息矣. 今年孟春, 忽聞相公口含天綸, 路經此地, 車徒行色遠矣. 遙望燕雲, 惟灑血淚, 縣令爲相公, 至道觀, 以相公舘壁所題一首詩, 示賤妾曰, '向者, 楊翰林之奉命過此, 金橘滿車, 而以不見蟾娘爲恨, 終日看花, 不折一枝, 惟題此詩而歸. 娘何獨灑山林, 不念故人, 使我接待之禮, 太埋沒乎?' 仍以過致敬禮, 自謝前日之事, 懇請還歸舊居, 以待相公之廻. 賤妾始知女子之身, 亦尊重也. 當賤妾獨立於天津樓上, 望相公之行也. 滿城群妓欄街, 行人孰不羨小妾之貴命, 欽小妾之榮光也哉! 相公之已占壯元, 方爲翰林之報, 妾已聞之矣. 第未知已得主饋之夫人乎?"

翰林曰:

"曾已定婚於鄭司徒女子, 花燭之禮, 雖未及行之, 賢淑之行, 已聞之熟矣. 桂卿之言, 小無逕庭, 良媒厚恩, 太山亦輕矣."

更展舊情, 未忍卽離, 仍留一兩日, 而以桂娘在寢, 久不訪狄生矣, 書童忽來, 密告曰:

"小僕見狄生秀才, 非善人也. 與蟾娘子, 相戲於衆稠之中,

如〈癸〉
攔〈癸老〉

蟾娘子旣從相公, 則與前日大異矣, 何敢若是其無禮乎?"

翰林曰:

"狄生必無是理, 蟾娘尤無可疑. 汝必誤見也."

書童怏怏而退. 俄而復進曰:

"相公以小僕爲誕妄矣, 兩人方相與歡戲, 相公若親見之, 則可知小僕之虛實矣."

欠〈癸〉　翰林乍出西廊, 而望見之, 則兩人隔小墻而立, 或笑或語, 携手而戲, 欲聽其密語, 稍稍近往, 狄生聞曳履聲, 驚而走.

澁〈老〉　蟾月顧見翰林, 頗有羞涉之態.

翰林問曰:

"桂娘曾與狄生, 相親乎?"

蟾月曰:

"妾與狄生, 雖無宿昔之雅, 而與其妹子, 有舊誼, 故問其安否矣. 妾本娼樓賤女, 自然濡染於耳目, 不知遠嫌於男子. 執手娛戲, 附耳密語, 以招相公之疑, 賤妾之罪, 實合萬殞."

翰林曰:

"吾無疑汝之心, 汝須無介於中也."

仍商量曰:

"狄生少年也, 必以見我爲嫌, 我當召而慰之."

使書童請之, 已去矣. 翰林大悔曰:

"昔楚莊王絶纓, 以安其羣臣矣, 我則欲察晻昧之事, 仍失才美之士, 今雖自責, 何可及也?"

卽使從者, 遍訪於城之內外. 是夜與蟾月話舊論心, 對酒取樂, 至夜半, 滅燭而寢矣. 至微明, 始覺則蟾月方對粧鏡,

調鉛紅矣. 瀉情留目, 心忽驚悟, 更見之, 則翠眉明眸, 雲
鬟花臉, 柳腰之勻約, 雪膚之皎潔, 皆蟾月, 而細審之, 則
非也. 翰林驚愕疑惑, 而亦不敢詰焉.

金鸞直學士吹玉簫　蓬萊殿宮娥乞佳句　　　眞<癸>

翰林細繹深推, 知非蟾月而後, 乃問曰:

"美人何如人也?"

對曰:

"妾本播州人, 姓名狄驚鴻也. 自幼時, 與蟾娘, 結爲兄弟.
昨夜, 蟾娘謂妾曰, '吾適有病, 不得侍相公矣. 汝須代我之
身, 俾免相公之責.' 以此妾敢替桂娘, 猥陪相公矣."

言未畢, 蟾月開戶而入曰:

"相公又得新人, 妾敢獻賀矣. 賤妾曾以河北狄驚鴻, 薦於
相公, 賤妾之言, 果何如?"

翰林曰:

"見面大勝於聞名."

更察驚鴻儀形, 則與狄生, 無毫髮異矣. 乃言曰:

"原來狄生, 是鴻娘之同氣也. 男女雖異, 容貌卽同, 狄娘爲
狄生之妹乎, 狄生爲狄娘之兄乎? 我昨日得罪於狄兄矣.
狄兄今何在乎?"

驚鴻曰:

"賤妾本無兄弟矣."

翰林又細見, 大悟笑曰:

“邯鄲道上, 從我而來者, 本狄娘也. 昨日墻隅, 與桂娘語者, 亦鴻娘也. 未知鴻娘以男服, 瞞我何也?”

驚鴻對曰:

“賤妾何敢欺罔相公乎? 賤妾雖貌不逾人, 才不如人, 平生願從君子人矣, 燕王過聞妾名, 睹以明珠一斛, 貯之宮中. 雖口飫珍味, 身厭錦繡, 非妾之願也. 菀菀如鸚鵡, 深鑽於雕籠, 心欲奮飛, 而恨不能得也. 頃日, 燕王邀相公, 開大宴也. 妾穴窓紗而見之, 則是賤妾所願從者也. 然宮門九重, 何以能越長程萬里? 何以自致? 百爾思度, 僅得一計, 而相公離燕之日, 妾若抽身而從之, 則燕王必使人追躡, 故待相公啓程後十日, 偸騎燕王千里馬. 第二日, 追及於邯鄲, 及拜相公, 冝告實狀, 恐煩耳目, 不敢開口, 欺隱之責, 實難逃也. 前日之着男子巾服者, 欲避追者之物色, 昨夜之效唐姬古事者, 蓋循桂娘之情懇也. 前後之罪, 雖有可恕, 而惶恐之心, 久益切矣. 相公若不錄其過, 不嫌其陋, 而假喬木之蔭, 借一枝之巢, 則妾當與蟾娘, 同其去就, 待相公有室之後, 與蟾娘進賀於門下矣.”

翰林曰:

“鴻娘高義, 雖楊家執拂之妓, 不敢跂也. 我愧無李衛公將相之才而已, 欲相好, 豈有量哉?”

鴻娘亦謝之.

蟾月曰:

“鴻娘旣代妾身, 以侍相公, 妾亦當代鴻娘, 而謝於相公矣.”

仍起拜僕僕.

睹＜老＞

是日, 翰林與兩人經夜, 明朝將行, 謂兩人曰:

"道路多煩, 不得同車. 將待立家, 卽相迎矣."

至京師, 復命於闕下. 時燕藩表文, 及貢獻金銀綵緞, 亦適
至矣. 上大悅, 慰其勤勞, 褒其勳庸, 將議封侯, 以答其功.   動<癸>
因翰林力辭, 寢其議, 擢拜禮部尙書兼帶翰林學士, 賞賚
便蕃, 寵遇隆至, 人皆榮之.

翰林還家, 司徒夫妻, 迎見於中堂, 賀其成功於危地, 喜其
超秩於卿月, 歡聲動一家矣. 尙書歸花園, 與春娘, 設離抱   說<老>
結新歡, 鄭重之情, 可想矣.

上重楊少游文學, 頻召便殿, 討論經史, 翰林之直宿最頻.
一日罷夜, 對歸直廬, 宮壺漏滴, 禁苑月上. 翰林不堪豪興,
獨上高樓, 憑欄而坐, 對月吟詩, 忽因風便而聞之, 則洞簫
一曲, 自雲霄葱蘢之間, 漸漸而來矣. 地密聲遠, 雖不能卜   籠<癸>
其調響, 而俗耳所不聞者.

生招院吏, 而問曰:

"此聲出於宮墻之外耶? 或宮中之人, 有能吹此曲者乎?"

院吏曰:

"不知也."

仍命晉酒, 連飮數觥, 仍出所莊玉簫, 自吹數曲. 其聲直上   進<老>
紫霄, 彩雲四起, 聽之若鸞鳳之和鳴也. 靑鶴一雙, 忽自禁
中飛來, 應其節奏, 翩翩自舞, 院中諸吏, 大奇之, 以爲王
子晉在吾翰苑中矣.

時皇太后有二男一女, 皇上及越王·蘭陽公主也. 蘭陽之
誕生也, 太后夢見神女奉明珠, 置懷中矣. 公主旣長, 蘭姿

蕙質, 閨範壺則, 超出於銀潢玉葉之中. 一動一靜, 一語一默, 皆有法度, 頓無俗態, 文章女工, 亦皆逼眞. 太后以此, 鐘愛甚篤.

時, 西域太眞國, 進白玉洞簫, 其制度極妙, 而使工人吹之, 聲不出矣. 公主一夜, 夢遇仙女, 敎以一曲. 公主盡得其妙, 及覺試吹太眞玉簫, 聲韻甚淸, 律呂自叶. 太后及皇上, 皆異之, 而外人莫之知矣. 公主每吹一曲, 群鶴自集於殿前, 蹁躚對舞. 太后謂皇上曰:

"昔秦穆公女弄玉, 善吹玉簫, 今蘭陽妙曲, 不下於弄玉. 必有簫史者, 然後方使蘭陽下嫁矣."

以此蘭陽已長成, 而尙未許聘矣.

是夜, 蘭陽適吹簫於月下, 以調鶴舞矣. 曲罷, 靑鶴飛向玉堂而去, 舞於翰苑, 是後宮人盛傳, 楊尙書吹玉簫, 舞仙鶴. 其言流入宮中, 天子聞而奇之, 以爲公主之緣, 必屬於少游, 入朝於太后, 以此告之曰:

"楊少游年歲, 與御妹相當, 其標致才學, 於群臣中無二, 雖求之天下, 不可得也."

笑<癸> 太后大喜曰:

"簫和婚事, 訖無定處, 我心常自糾結矣. 今聞是語, 楊少游卽蘭陽天定之配也, 但欲見其爲人, 而定之矣."

上曰:

娘娘<老> "此不難矣. 後日當召見楊少游於別殿, 講論文章, 娘從簾內一窺, 則可知矣."

太后益喜, 與皇上定計. 蘭陽公主名簫和, 其玉簫刻簫和二字, 故以此名之.

一日, 天子燕坐於蓬萊殿, 使小黃門, 召楊少游, 黃門往翰
林院, 則院吏曰:

"翰林纔已出去矣."

往問鄭司徒家, 則曰:

"翰林未還矣."

黃門奔馳慌忙, 莫知去向矣.

時楊尙書與鄭十三, 大醉於長安酒樓, 使名娼朱娘玉露唱
歌, 軒軒笑傲, 意氣自若. 黃門飛鞚而來, 以命牌召之. 鄭
十三大驚跳出, 翰林醉目矇矓, 鬢髮崩鬌, 不省黃門之已在   髻<老>
樓上矣. 黃門立促之, 翰林使二娼, 扶而起, 着朝袍, 隨中
使入朝, 天子賜座, 仍論歷代帝王治亂興亡. 尙書出入古
今, 敷奏明愷, 天顔動色, 又問曰:

"組繪詩句, 雖非帝王之要務, 惟我祖宗亦嘗留心於此, 詩
文或傳播於天下, 至今稱誦, 卿試爲我, 論聖帝明王之文
章, 評文人墨客之詩篇, 勿憚勿諱. 定其優劣, 上而帝王之
作, 誰爲雄也, 下而臣隣之詩, 誰爲最也."

尙書伏而對曰:

"君臣唱和, 自大堯帝舜而始, 不可尙已無容議, 爲漢高祖
大風之歌, 魏太祖月明星稀之句, 爲帝王詩詞之宗, 西京之
李陵, 鄴都之曹子建, 南朝之陶淵明, 謝靈運二人, 最其表
著者也. 自古文章之盛, 毋如國朝者, 國朝人才之蔚興, 無
過於開元天寶之間, 帝王文章, 玄宗皇帝, 爲千古之首, 詩
人之才李太白, 無敵於天下矣."

上曰:

"卿言實合於朕意矣. 朕每見太白學士淸平詞行樂詞, 則恨
不與同時也. 朕今得卿, 何羨太白乎? 朕遵國制, 使宮女十
餘人, 掌翰墨, 所謂女中書也. 頗有彫篆之才, 能摸月露之
形, 其中亦有可觀者矣. 卿效李白, 倚醉題詩之舊事, 試揮
彩毫, 一吐珠玉, 毋負宮娥景仰之誠, 朕亦欲觀卿倚馬之
作, 吐鳳之才."

匣<老> 卽使宮女, 以御前琉璃硯甲, 白玉筆床, 玉蟾蜍硯滴, 移置
於尙書席前. 諸宮人已承乞詩之命矣, 各以華牋羅巾畵扇,
擎進於尙書. 尙書醉興方高, 詩思自湧, 遂拈彤管, 次第揮
灑, 風雲倏起, 雲烟爭吐, 或製絶句, 或作四韻, 或一首而
止, 或兩首而罷, 日影未移, 牋帛已盡, 宮女以次跪進於上.
上一一鑑別, 箇箇稱揚, 謂宮娥等曰:

"學士亦旣勞矣."

特宣御醞, 諸宮女或擎黃金盤, 或把琉璃鍾, 或執鸚鵡杯,
或擎白玉床, 滿酌淸醴, 備列佳肴, 乍跪乍立, 迭勸迭進,
翰林左受右接, 隨獻輒倒, 至十餘觥, 韶顔已酡, 玉山欲頹.
上命止之, 又敎曰:

"學士一句, 可直千金, 眞所謂無價寶也. 詩曰, '投之木果,
報以瓊琚', 爾輩以何物, 爲潤筆之資乎?"

群娥或抽金釵, 或解玉珮, 或卸指環, 或脫金釧, 爭投亂擲,
頃刻成堆. 上召謂小黃門曰:

"爾收取尙書所用筆硯及硯滴, 宮娥潤筆之物, 隨尙書而去.
傳給於其家."

尚書叩頓謝恩, 欲起還仆, 上命黃門扶掖, 而出至宮門, 騶
從齊擁上馬, 歸到花園. 春雲扶上高軒, 解其朝服, 而問曰:

"相公過醉, 誰家酒乎?"

翰林醉甚不能答. 已而, 蒼頭奉賞賜筆硯及釵釧首飾等物,
積置於軒上. 尚書戲謂春雲曰:

"此物皆天子賞賜春娘者也. 我之所得, 與東方朔誰優?"

春雲更欲問之, 翰林已昏倒, 鼻息如雷.

翌日高春, 尚書始起, 盥洗矣. 閽者走告曰:

"越王殿下來矣."

尚書驚曰:

"越王之來, 必有以也."

顚踣出迎, 王上座施禮, 年可二十餘歲, 眉宇炯然, 眞天人
也. 尚書跪問曰:

"大王枉屈於陋地, 抑有何敎也?"

王曰:

"寡人竊慕盛德雅矣, 出入異路, 尚稽承穩, 玆奉上命, 來宣
聖旨矣. 蘭陽公主, 正當芳年, 朝家方揀駙馬矣. 皇上愛尚
書才德, 已定釐降之議, 先使寡人諭之, 詔命將繼下矣."　　　儀〈癸〉

尚書大駭曰:

"皇恩至此, 臣首至地, 過福之災, 有不暇論, 而臣與鄭司
徒女子, 約婚納聘, 已經歲矣. 伏望大王以此意, 奏達於皇
上."

王曰:

"吾當歸, 奏於天階, 而惜乎皇上愛才之意, 已歸虛矣."　　　陛〈老〉

尙書曰:

太<癸> "此關係人倫之大事, 不可忽也. 臣當請罪於闕下矣."

王卽辭歸, 尙書入見司徒, 以越王之言告之, 春雲已告於內閣矣. 擧家遑遑, 莫知所爲, 司徒慘沮, 不能出一言. 尙書曰: "岳丈勿慮. 天子聖明, 守法度, 重禮義, 必不壞了臣子之倫紀, 小婿雖不肖, 誓不作宋弘之罪人矣."

先時, 太后出臨蓬萊殿, 窺見楊少游, 心甚喜悅, 謂皇上曰: "此眞蘭陽之匹也. 吾旣親見, 更何議乎?"

卽使越王, 先諭於楊少游, 天子方欲命召, 而面諭矣.

時上在別殿, 忽思昨日少游詩才筆法, 俱極精妙, 更欲親覽, 使太監, 盡收女中書等所受詩牋. 諸宮人皆深莊於篋笥, 而惟一宮人, 持題詩畫扇, 獨歸寢所, 置之懷中, 終夕悲啼, 忘寢廢食, 此宮女非他人也. 姓秦, 名彩鳳, 華州秦御史女子, 御史死於非命, 沒入於宮掖, 宮人皆稱秦女之美, 上召見之, 欲封婕妤, 時皇后有寵, 嫌秦女之太美, 白於上曰:

"秦家女可合昵侍至尊, 而陛下殺其父, 而近其女, 恐非古先哲王立刑遠色之道也."

上從之, 問於秦氏曰:

"汝知文字乎?"

秦氏曰:

"僅卞魚魯矣."

上命爲女中書, 使掌宮中文書, 仍令進往皇太后宮中, 陪蘭陽公主, 讀書習字, 公主大愛秦氏妙色奇才, 視如宗戚, 跬步相隨, 不忍一時分離.

秦氏是日侍太后, 往蓬萊殿, 仍承上命, 與女中書等, 乞詩
於楊尙書, 尙書之七竅百骸, 曾已銘鏤於秦氏之心肝矣. 豈
有不知之理哉? 秦女生存, 尙書旣不能知之, 況天威咫尺,
亦不敢擧目. 秦女一見尙書, 心如火熾, 莊悲匿哀, 恐被人
知, 痛情義之不通. 悲舊緣之難續, 手把圓扇, 口詠淸詩,
一展一吟, 不忍暫釋, 其詩曰:

紈扇團團似明月　佳人玉手爭皎潔
五絃琴裡薰風多　出入懷裡無時歇

紈扇團團月一團　佳人玉手正相隨
無路遮却如花面　春色人間摠不知

秦氏詠前一首, 而嘆曰:
"楊郎不知我心矣. 我雖在宮中, 豈有承恩之念哉!"
又詠後一首, 而歎曰:
"我之容顔, 他人雖不得見之, 楊郎必不忘於心, 而詩意若
斯, 咫尺誠如千里矣."
仍憶在家之時, 與楊郎, 唱和楊柳詞之事, 悲不自抑, 和淚
濡筆, 續題一詩於扇頭, 方吟哶矣. 忽聞太監, 以上命來索
畫扇, 秦氏骨驚膽落, 肥肉自顫, 叫苦之聲, 自出於口曰:
"我其死矣, 我其死矣."

宮女掩淚隨黃門　侍妾含悲辭主人

太監謂秦氏曰:

"皇上欲復見楊尙書之詩, 故小奄承命來收矣."

秦氏泣謂曰:

"薄命之人, 死期已迫, 偶和其詩題於其尾, 自犯必死之罪.
皇上若見之, 則必不免誅戮之禍, 與其伏法而死, 毋寧自決
之爲快也. 方將以此殘命, 付於三尺之下, 而身死後, 擒土
一事, 專恃於太監. 伏乞太監哀之憐之, 收瘞殘骸, 無令爲
烏鳶之食, 幸甚幸甚."

太監曰:

"女中書何爲此言也? 聖上仁慈寬厚, 迥出百王, 或者終不
加罪, 設有震疊之威, 我當出力救之, 中書隨我而來."

秦氏且哭且行, 隨太監而去. 太監使秦氏, 立於殿門之外,
入以諸詩, 進於上. 上留眼披閱, 至秦氏之扇, 尙書所題之
下, 又有他詩, 上訝之, 問於太監. 太監告曰:

"秦氏謂臣云, '不知皇爺有哀取之命, 猥以荒蕪之語, 續題於
其下, 此死罪必不貸也.' 仍欲自死, 臣開諭而止, 領率而來矣."

上又詠其詩, 其詩曰:

紈扇團如秋月團, 憶曾樓上對羞顏
初知咫尺不相識, 却悔敎君仔細看

上見畢曰:

"秦氏必有私情也, 不知於何處, 與何人相見, 而其詩意如
此耶? 然其才足惜, 而亦可獎也."

使太監召之, 秦氏伏於階下, 叩頭請死.

上下敎曰:

"直告則當赦死罪, 汝與何人, 有私情乎?"

秦氏又叩頭曰:

"臣妾何敢抵諱於嚴問之下乎? 臣妾家敗亡之前, 楊尙書
赴擧之路, 適過妾家樓前, 臣妾偶與相見, 和其楊柳詞, 送
人通意, 與結婚媾之約矣. 頃當蓬萊引見之日, 妾能解舊
面, 而楊尙書獨不知, 故妾戀舊興感, 撫躬自悼, 偶題胡亂
之說, 終至於上累聖鑒, 臣妾之罪, 萬死猶輕."

上悲憐其意, 乃曰:

"汝云以楊柳詞, 結婚媾之約, 汝能記得否?"

秦氏卽繕寫以上, 上曰:

"汝罪雖重, 汝才可惜, 且御妹愛汝殊甚, 故朕特用寬典, 赦
汝重罪, 汝其感篆國恩, 殫竭心誠, 以事御妹宜矣."

卽下其執扇, 秦氏拜受, 惶恐頓謝而退.

是日上陪太后而坐, 越王自楊尙書家回來, 入朝以楊尙書
曾以納聘之意, 奏之.

倍<癸> / 曰<癸>
已<癸>

皇太后不悅曰:

"楊少游爵至尙書, 宜知朝廷事體, 而何其固滯若是耶?"

上曰:

"少游雖已納聘, 與成親有異, 朕面諭, 則似不可不從也."

畢<癸>

翌日, 命召禮部尙書楊少游, 少游承命入朝.

上曰:

"朕有一妹, 資質超常, 非卿無可與爲配者, 朕使越王, 以朕

意諭之矣. 聞卿托以納聘云, 此卿之不思也甚矣. 前代帝王
選擇駙馬也, 或出其正妻, 故若王獻之終身悔之, 惟宋弘不
受君命. 朕意則與古先帝王不同, 旣爲天下萬民之父母, 則
豈可以非禮之事, 加於人哉? 今卿雖斥鄭家之婚, 鄭女自
當有可歸之處, 卿無糟糠下堂之嫌, 豈可有害於倫紀乎?"

尙書頓首奏曰:

"聖上不惟不罪, 又從而諄諄面命, 若家人父子之親, 臣感
視天恩之外, 更無可奏者矣. 然臣之情勢, 與他人絶異, 臣
遠方書生, 入京之日, 無處可托, 厚蒙鄭家眷遇之恩, 迎以
舍之, 禮以待之, 非但儷皮之禮已行, 於入門之日, 已與司
徒, 定翁婿之分, 有翁婿之情, 且男女旣已相見, 恰有夫婦
之恩義, 而未行親迎之禮者, 蓋以國家多事, 不遑將母也.
今幸藩鎭歸化, 天憂已紓, 臣方欲急請還鄉, 迎歸老母, 卜
日成禮矣. 意外皇命及於無狀, 小臣驚惶震懼, 不知所以自
處也. 臣若怵威畏罪, 將順皇命, 則鄭女以死自守, 必不他
適, 此豈非匹婦之失所, 王政之有歉者乎?"

上曰:

"卿之情理, 雖云悶迫, 若以大義言之, 則卿與鄭女, 本無夫
婦之義, 鄭女豈可不入於他人之門乎? 今朕之欲與卿結婚
者, 不獨朕以柱石待卿也, 以手足視卿也 太后慕卿威容德
器, 親自主張, 恐朕亦不得自由矣."

尙書猶且固讓, 上曰:

決<癸> "婚姻大事也, 不可以一言訣定. 朕姑與卿着碁, 以消長日
矣."

命小黃門進局, 君臣相對睹勝, 日昏乃罷.

鄭司徒見楊尙書之來, 悲慘之色, 溢於滿面, 拭淚而言曰:

"今日皇太后下詔, 使退楊郎之禮綵, 故老夫已出, 付於春雲,
置於花園, 而顧念小女之身世, 吾老夫妻心事, 當作何如狀
也? 吾則僅能撑支, 而老妻沈慮成疾, 方昏瞀不省人事矣."

尙書失色無言, 過食頃, 乃告曰:

"是事不可但已, 小婿當上表力爭, 朝廷之上, 亦豈無公論?"

司徒止之曰:

"楊郎之違拒上命, 已至再矣. 今若上疏, 則豈無批鱗之懼
哉? 必有重譴, 不如順受而已. 且有一事, 楊郎之仍處花園,
大有不安於事體者, 倉卒相離, 雖甚缺然, 移寓他所, 實合
事宜矣."

楊尙書不答, 屢及花園, 春雲嗚嗚咽咽, 淚痕汎瀾, 乃奉納　　　　　染<癸>
幣物曰:

"賤妾以小姐之命, 來侍相公, 已有年矣. 偏荷盛眷, 恒切感
愧, 神妬鬼猜, 事乃大謬, 小姐婚事, 無復餘望, 賤妾亦當
永訣相公, 歸侍小姐, 天乎? 地乎? 鬼乎? 人乎?"

仍飮泣聲, 如縷矣. 尙書曰:

"吾方欲上疏力辭, 皇上庶或回聽, 設未能得聽, 女子許身
於人, 則從夫禮也, 春娘夫豈背我之人哉?"

春娘曰:

"賤妾雖不明, 亦嘗聞古人緖論矣, 豈不知女子三從之義
乎? 春雲情事, 有異於人, 妾曾自吹葱之日, 與小姐遊戲,
及至毁齒之歲, 與小姐居處, 忘貴賤之分, 結死生之盟, 吉

凶榮辱, 不可異同. 春雲之從小姐, 如影之隨形, 身固旣去,
則影豈獨留乎?"

尙書曰:

"春娘爲主之誠, 可謂至矣. 但春娘之身, 與小姐異, 小姐東
西南北, 惟意擇路, 春娘從小姐, 事他人, 得無有妨於女子
之節乎?"

唯<癸>

春雲曰:

"相公之言到此, 不可謂知吾小姐也. 小姐已有定計, 長在
吾老爺及夫人膝下, 待過百年之後, 潔身斷髮, 去托空門,
發願於佛前, 世世生生, 誓不爲女子之身, 春雲蹤跡, 亦將
如斯而已. 相公如欲復見春雲, 相公禮幣復入於小姐房中
然後, 當議之矣. 不然, 則今日卽生離死別之日也. 妾任相
公使令者專矣, 荷相公恩愛者久矣, 報效之道, 惟在於拂枕
席奉巾櫛, 而事與心違, 到此地頭, 只願後世爲相公犬馬,
以效報主之忱矣. 惟相公保攝! 保攝!"

向隅呼咷者半日, 乃飜身下階再拜而入. 尙書五情憒亂, 萬
慮膠擾, 仰屋長吁, 撫掌頻唏而已.

乃上一疏, 言甚激切, 其疏曰:

禮部尙書臣楊少游, 謹頓首百拜, 上言于皇帝陛下. 伏以倫
紀者, 王政之本也, 婚姻者, 人倫之始也, 一失其本, 則風
化大壞, 而其國亂, 不謹其始, 則家道不成, 而其家亡. 有
關於家國之興衰者, 不其較著乎? 是以聖王哲辟, 未嘗不
留意於是, 欲治其國, 必以植倫紀爲重, 欲齊其家, 必以定
婚姻爲先者, 何莫非端本出治之道, 別嫌明微之意也. 臣

旣已納幣於鄭女, 且已托跡於鄭家, 則臣固有妻也, 固有室
也. 不意今者, 歸妹之盛禮, 遽及於無似之賤臣, 臣始疑終
惑, 震駭悚惕, 實不知聖上之擧措, 朝家處分, 果能盡其禮,
而得其當也. 設令臣未行儷皮之幣, 不作甥舘之客, 族賤
而地微, 才瀾而學茂, 則寔不合於錦鬣之抄揀, 而況與鄭   謂<老>
女, 已有伉儷之義, 與婦翁, 已定舅甥之分, 不可謂六禮之
未行也, 豈可以貴价之尊? 下嫁於匹夫之微, 而不問禮之
可否, 不分事之輕重, 冒苟且之譏, 而行非禮之禮乎? 至於
密下內旨, 使之廢已行之禮儀, 退已捧之聘幣, 尤非臣攸
聞也. 臣恐陛下未能效光武待宋弘之寬也. 賤臣危迫之忱,
已關於聖明之聽, 鄭女窮蹙之情, 亦係於私家之事, 臣固
不敢更悤於絍繢之下, 而臣之所恐者, 王政由臣而亂, 人
倫因臣而廢, 以至於上累聖治, 下壞家道, 終不救亂亡之
禍也.
伏乞聖上重禮義之本, 正風化之始, 亟收詔命, 以安賤分,
不勝幸甚.

上覽疏, 轉奏於太后, 太后大怒, 下楊少游於獄, 朝廷大臣,
一時齊諫.
上曰:
"朕知其罪罰之太過, 而太后娘娘, 方震怒, 朕不敢救."   欠<癸>
太后欲困楊少游, 不下公事者, 至數月, 鄭司徒亦惶恐, 杜   曰<癸> / 欠<癸>
門謝客.
此時, 吐蕃强盛, 輕易中國, 起十萬大兵, 連陷邊郡, 先鋒   欠<癸>
至渭橋, 京師震驚. 上會群臣議之, 皆曰: 欠<癸>

欠\<癸\>   "京城之卒, 未滿數萬, 外方援兵, 勢不可及, 暫棄京城, 出
巡關東, 召諸道兵馬, 以圖恢復可也."

上猶豫未決曰:

"諸臣中惟楊少游, 善謀能斷, 朕甚器之. 前日三鎭之服, 皆
少游之功也."

罷朝入告太后, 使使者持節放少游, 召見問計. 少游奏曰:

"京城宗廟所在, 宮闕所寄, 今若棄之, 則天下人心, 必從動
搖, 且爲强賊所據, 則亦未可指日恢拓矣. 代宗朝, 吐蕃與
回訖合力, 驅百萬兵, 來犯京師, 其時王師之單弱, 甚於此
時, 汾陽王臣郭子儀, 以匹馬却之, 臣之才略比子儀, 雖萬
萬不相及, 願得數千軍, 掃蕩此賊, 以報再生之恩."

上素知少游有將帥才, 卽拜爲大將, 使發京營軍三萬討之.
尙書拜辭而出, 指揮三軍, 陣於渭橋討賊, 先鋒擒左賢王,
賊勢大挫, 潛師遁去. 尙書追擊, 三戰三捷, 斬首級三萬,
獲戰馬八千匹. 以捷書報之, 天子大悅, 使卽班師論諸將之
功, 以次賞賚. 少游在軍中上疏, 其疏曰:

臣聞王者之兵, 貴於萬全, 而坐失機會, 則功不可成也. 又
聞常勝之家, 難與慮敵, 而不乘飢弱, 則賊不可破也. 今
賊之兵力, 不可謂不强, 器械不可謂不利, 而彼則以客而
欠\<癸\> / 欠\<癸\>   犯主, 我則以飽而待飢. 此臣所以得樹尺寸之功, 而賊所
欠\<癸\>   以勢日蹙, 而兵日弱矣. 兵法乘勢, 乘勢而不勝者, 以粮
欠\<癸\>   饋之不及也, 地利之不便也. 今賊氣旣挫, 蹈藉而走, 賊
皆峙葛粮\<老\>   之勞弊極矣. 雄州大城, 皆思峙葛粮, 則我無半菽之患,

平原廣野, 最得形便, 則彼無設伏之處, 若蓄銳勇, 進追　小<癸>
躡其後, 則庶幾坐收全功. 今乃狃一時之少捷, 棄萬全之
良策, 徑罷王師, 不竟天討者, 臣未知其得計也.

伏願陛下, 博採廟議, 廓揮朝斷, 許令臣驅兵遠襲, 直搗巢　乾<癸老>
穴, 臣雖不能燔龍城之積, 勒燕然之石, 誓使隻輪不返, 一　續<癸>
箭不發, 以除我聖上西顧之憂矣.

疏奏, 上壯其意, 嘉其忠, 卽進秩拜御史大夫, 兼兵部尚書
征西大元帥, 賜尙方斬馬釖, 彤弓赤箭, 通天御帶, 白旄黃
鉞, 詔發朔方河東隴西諸道兵馬, 以助其軍勢. 楊少游奉詔
向闕拜謝, 擇吉日, 祭旗纛, 仍發行, 言其兵法, 則六韜之
神謀也. 語其陣勢, 則八卦之奇變也. 軍容井井, 號令肅肅,
因建瓴之勢, 成破竹之功, 數月之間, 復所失五十餘城. 驅
大軍至積雪山下, 一陣回風, 忽起於馬前, 有鳴鵲橫穿陣中
而去, 尙書於馬上卜之, 得一卦曰:

"賊兵, 必襲吾陣, 而終有吉也."

留陣山底, 鋪鹿角蒺藜於四面, 整齊三軍, 設備而待. 尙書
坐帳中, 燒椽燭, 閱看兵書, 巡軍已報三更矣. 忽寒飈滅燭,
冷氣襲人, 一女子自空中, 下立於帳裡, 手把尺八匕首, 色
如霜雪矣. 尙書知其刺客, 而神色不變, 威稜益冽徐問曰:

"女子何人, 夜入軍中, 有甚意也."

女子答曰:

"妾承吐蕃國贊普之命, 欲取尙書首級而來矣."

尙書笑曰:

"大丈夫何畏死也? 須速下手."

女子擲劒而前, 叩頭而對曰:

"貴人毋慮, 妾何敢驚動貴人乎?"

尙書就而扶起曰:

"君旣挾利刃, 入軍營, 反不害我, 何也?"

女子曰:

"妾之本末, 雖欲自陳, 恐非立談之間所能盡也."

尙書賜坐, 而問曰:

"娘子之涉險冒危, 來見少游, 必有好意也, 將何敎之?"

其女子曰:

"妾雖有刺客之名, 實無刺客之心, 妾之心肝, 當吐露於貴
人矣."

其人<癸>　　自起燃燭, 當前而坐. 其女子椎結雲髮, 高揷金簪, 身着挾
袖戰袍, 而袍上畫石竹花, 足着鳳尾靴, 腰懸龍泉劍, 天然
艶色, 若浥露之海棠花, 非從軍之木蘭, 必偸盒之紅線也.

繼而言曰:

"妾本楊州人也. 世爲大唐之民, 幼失父母, 從一女子, 爲其
弟子. 其女子劍術神妙, 敎弟子三人, 卽秦海月金綵虹沈裊
烟, 裊烟卽妾也. 學釰術三年, 能傳變化之術, 乘長風, 逐
飛電, 瞬息之頃, 行千餘里矣. 三人釰術, 別無高下, 而師
或欲報仇, 或欲殺惡人, 則必遣綵虹海月, 而獨不使妾. 妾
問, '吾三人共事師傅, 同受明敎, 而弟子則獨未報師傅之
恩, 敢問妾才拙, 不足任師傅使令乎?' 師曰, '爾非我流也.
他日, 當得正道, 終有成就, 今若共此兩人, 殺害人命, 則
豈不有損於汝之心行乎? 是以不遣也', 妾又問曰, '若然,

則妾學得釰術, 將何用乎?' 師曰, '汝之前世之緣, 在於大
唐國, 而其人大貴人也. 汝在外國, 邂逅無便, 吾所以敎汝
釰術者, 欲使汝因此小技, 得逢貴人, 汝他日當入百萬軍
中, 得成好緣於戎馬之間矣', 今春師又謂妾曰, '大唐天子,
使大將軍, 征伐吐蕃, 贊普榜募刺客, 欲害唐將, 汝須趁此
下山, 往于吐蕃國, 與諸釰客 較長短之術, 一以救唐將之
禍, 一以結前身之緣', 妾奉師命, 之蕃國, 自摘城門所掛之
榜, 贊普召妾而入, 使與先到衆刺客較才, 妾片時能割十餘
人椎髻. 贊普大喜, 遣妾而言曰, '待汝獻唐將之首, 封汝爲
貴妃', 今逢尙書, 師傅之言, 驗矣. 願自此永奉履綦, 忝侍
左右, 相公其果肯諾乎?"

尙書大喜曰:

"娘子旣救濱死之命, 且欲以身而事之, 此恩何可盡報! 白
首偕老, 是我志矣."

因與同寢, 以槍釰之色, 代花燭之光, 以刀斗之響, 替琴瑟   刁<老>
之聲, 伏波營中, 月影正流, 玉門關外, 春色已回, 戎幕中
一片豪興, 未必不愈於羅帷綵屏之中矣. 是後尙書晨昏沉
溺, 不見將士, 至三日矣.

裊烟曰:

"軍中非婦女可居之處, 兵氣恐不揚矣, 乃欲辭歸."

尙書曰:

"仙娘非世上紅粉兒, 所可比也. 方祈畵奇計, 運妙策, 敎我
而破賊矣, 娘何棄歸耶?"

裊烟曰:

"以相公之神武, 蕩殘賊之巢窟, 在唾手間耳. 何足以煩相
公之慮哉? 妾之此來, 雖仍師命, 未及永辭矣. 歸見師傅,
姑居山中, 徐待相公回軍, 當歸拜於京城矣."

尙書曰:

"然, 娘子去後, 贊普更遣他刺客, 將何以備之?"

裊烟曰:

"刺客雖多, 皆非裊烟之敵手, 若知妾歸順於相公, 則他人
安敢來乎?"

手探腰間, 出一顆珠曰:

"此珠名妙兒玩, 卽贊普椎髻上所繫者也. 相公命使者送此
珠, 使贊普知妾無復歸之意也."

尙書又問:

"此外更無可敎者乎?"

裊烟曰:

"前路必過盤蛇谷, 而此谷無可飮之水, 相公須愼之, 鑿井
飮三軍, 則好矣."

尙書又欲問計, 裊烟一躍騰空, 不可復見矣. 尙書會將士,
語裊烟之事, 皆曰:

"元帥洪福如天, 神武慴敵, 想有神人來助矣."

九雲夢 (下)

白龍潭楊郎破陰兵　洞庭湖龍君宴嬌客

尙書卽發, 使遣妙倪玩於吐蕃. 遂行到大山之下, 峽路甚
窄, 纔容一馬, 攀壁緣澗, 魚貫而進, 過數百里, 始得稍廣
之處, 設寨立營, 歇馬休軍, 軍士勞頓渴甚, 求水不得. 見
山下有大澤, 爭飮其水, 飮畢遍身皆靑, 語言不通, 戰棹欲
死, 奄奄就盡. 尙書親自往見, 其水色沉, 碧深不可測, 寒
氣凜慄, 似挾秋霜, 始悟曰:

"是必裊烟所謂盤蛇谷也."

督餘軍掘井, 衆軍鑿數百餘井, 高可十丈, 而無一湧水之
處. 尙書大以爲憫, 方欲撤營, 移陣於他處矣. 鞞鼓之聲,
忽自山後而來, 雷聲殷地. 岩谷皆應, 賊兵據其險阻, 以絶
歸路, 官軍進退俱碍, 飢渴且甚. 尙書方在營中, 思退敵之
計, 而終無善策, 悶惱之久, 神氣頗困, 倚卓而少眠, 忽有
異香, 遍滿營中, 女童兩人, 進立於尙書之前, 容狀奇異,
非仙則鬼. 告於尙書曰:

"吾娘子欲告一言於貴人, 願貴人無惜一枉於陋穢之地."

尙書問曰:

"娘子是何人, 在何處?"

答曰:

"吾娘子, 卽洞庭龍君小女也. 近日暫離宮中, 來寓於此矣."

尙書曰:

“龍神所在, 卽水府也, 我人世人也, 將以何術致身乎?”

女童曰:

“神馬已繫於門外, 貴人騎之, 則自當至矣. 水府不遠, 何難之有乎?”

㺬<癸> 尙書隨女童, 出轅門, 從者數十人, 衣服殊制, 儀形不常, 扶尙書上馬, 馬行如流, 飛塵不起於蹄下矣. 俄頃到水中, 宮闕宏麗, 如王者之居, 守門之卒, 皆魚頭蝦鬚矣. 女童數人, 自內開門出, 導尙書升堂上, 殿中有白玉交倚, 南向而設, 侍女請尙書坐其上, 鋪錦繡步障於階砌之下, 卽入於內殿, 未幾, 侍女十餘人, 引一箇女子, 從左邊月廊, 抵殿前, 姿態之媚, 服飾之華, 俱不可形言.

侍女一人, 至前請曰:

“洞庭龍王之女, 請謁於楊元帥矣.”

瑯<癸> 尙書驚欲避之, 兩侍女挾持, 使不下床. 龍女向前四拜, 琳琅戞響, 芬馥射人, 尙書請上殿, 龍女辭遜不敢, 設小席而坐.

尙書曰:

“楊少游塵世賤品, 娘子水府靈神, 禮貌何太恭也?”

龍女答曰:

“妾卽洞庭龍王末女, 凌波也. 妾之始生也, 父王朝於上界, 逢張眞人, 卜妾之命, 眞人揲蓍曰, ‘此娘子前身, 卽仙女也, 因罪謫降, 爲王之女, 而畢竟復得人形, 爲人間貴人之姬妾, 享富貴榮華之樂, 悉耳目心志之娛, 終歸佛家, 永爲大禪矣.’ 吾龍神爲水族之宗, 而以幻人之形, 爲大榮, 至於仙佛, 尤所敬戴也.

妾之伯兄, 初爲涇水龍君之媛, 夫妻反目, 兩家失和, 再適　宮<癸>
於柳眞君, 九族尊之, 一家敬之, 而妾則將得正果, 一身榮
貴, 必在於伯兄之上也. 父王自聞眞人之言, 愛妾之情, 一
倍隆篤, 宮中大小侍妾, 如待天上眞仙.

及稍長, 南海龍王之子五賢, 聞妾略有姿色, 求婚於父王,
吾洞庭卽南海之管下, 故父王不敢峻斥, 親往南海, 諭以張
眞人之言, 强拒不從, 則南海之王, 爲其驕悍之子, 反以父
王爲惑於誕說, 肆然喝責, 求婚益急.

妾自知若在父母膝下, 則辱必及身, 遠離父母, 抽身遁逃,
披荊棘開窟宅, 自蟄胡地, 苟送歲月, 而南海之逼, 益甚矣.
父母但曰, ‘女子不願歛身遠走, 終欲不棄, 問之於渠.’ 惟彼
狂童, 欺妾孤弱, 自率軍兵, 欲逼賤妾, 妾之至冤苦節, 感
極天地, 瀦澤之水, 居然變化, 冷如寒氷, 昏如地獄, 他國
之兵, 不能輕入, 故妾賴此全完, 尙保危命矣.

今日之幸邀貴人, 臨此陋處者, 不惟欲訴衷情, 目今王師,
暴露旣久, 水路莫通, 井泉不出, 堀土鑿地, 亦云勞止, 雖
遍一山, 而穿萬丈, 水不可得, 而力不可支矣. 此水, 本名
淸水潭, 水性甚美, 自妾來居, 其味苦惡, 飮之者生病, 故
改稱曰, 白龍潭也. 今貴人來此, 賤妾得所, 何羨乎! 銀甁
之上井, 陰谷之生春乎! 妾旣托命於貴人, 許身於貴人, 則
貴人之憂, 卽妾之憂也, 豈敢不效愚智, 而助軍功乎? 自此
之後, 水味之甘, 當如舊日, 士卒皆牛飮, 自無害矣. 病水
之卒, 亦當自瘳矣.”

尙書曰:

"今聞娘子之言, 兩人之緣, 天已定之, 神亦知之, 月老之
約, 肆可卜矣. 娘子之意, 亦如我否."

龍女曰:

"妾之陋質, 雖已許之, 徑侍郎君, 不可者三, 一則不告父母
也, 二則幻形變質而後, 方可以侍貴人也. 今不可以鱗甲之
腥, 鬐鬣之陋, 以累貴人之床席也. 三則南海龍子, 每送邏
卒於此, 暗暗偵探, 不可激其怒, 而挑其禍, 以起一場風波
也. 貴人須早歸陣中, 整軍殲賊, 得遂大勳, 奏凱還京, 則
妾當褰裳涉溱, 從貴人於甲第之中也."

讀<癸>

尙書曰:

"娘子之言雖美, 我思之, 娘之來此, 不但守志, 而亦父王欲
使留待少游之來, 而卽從之也. 今日之相會, 豈非父王之命
乎? 且娘子, 神明之後, 靈異之性也, 出入人神之間, 無所
往而不可, 則豈以鱗鬣爲嫌乎? 少游雖不才, 奉天子之明
命, 將百萬之雄兵, 飛廉爲之導先, 海若爲之殿後, 其視南
海小兒, 如蚊虻螻蟻而已, 渠若不自量, 妄欲相逼, 則不過
汚我寶釖而已. 今夜何幸邂逅相逢, 則良辰豈可虛度, 佳期
何忍孤負?"

遂携龍女, 而就枕, 交會之歡, 非夢則眞.

簸<老>

日未明, 一聲疾雷, 鍧鍧鑅鑅, 籨却水晶宮殿, 龍女忽驚覺
而起, 宮女急報曰:

帥<老>

"大禍出矣. 南海太子, 驅無數軍兵, 來陣山下, 請與楊元
師, 決雌雄矣."

尙書大怒曰:

"狂童何敢乃爾?"

拂袂而起, 跳出水邊, 南海兵已圍白龍潭. 喊聲大震, 陣雲
四起. 所謂太子者, 蹴馬出陣而大叱曰:

"爾爲何人, 而掠人之妻乎? 誓不與共立天地間也."

尙書立馬, 大笑曰:

"洞庭龍女與少游, 有三生宿緣, 卽天宮之所簿, 眞人之所知
也. 我不過順天命也, 奉天敎也, 么麽鱗虫, 何無禮若是耶?"

仍麾兵督戰, 太子大怒, 命千萬種水族, 鯉提督鼈參軍, 鼓
氣賈勇, 騰跳而出. 尙書一麾而斬之, 擧白玉鞭一揮之, 百
萬勇卒, 齊發蹴踏, 不移時, 敗鱗殘甲, 已滿地矣. 太子身
被數瘡, 不能變化, 終爲唐軍所獲. 縛致麾下, 尙書大悅, 擊　　鎗<癸老>
金收軍, 門卒報曰:

"白龍潭娘子, 親詣軍前, 進賀元師, 仍犒軍卒矣."　　　　　　帥<癸老>

尙書使人邀入. 龍女進賀尙書之全勝,　　以千石酒萬頭牛,
大饗三軍. 士卒鼓腹而歌, 翹足而舞, 輕銳之氣, 百倍矣.

楊元帥與龍女同坐, 捽入南海太子, 厲聲責之曰:

"我奉行天討, 征伐四夷, 百鬼千神, 莫不從命. 汝小兒, 不　　命<癸>
知天命, 敢抗大軍, 是自促鱗鯢之誅也. 我有一介寶鈒, 卽　　鯨<老>
魏徵丞相斬涇河龍王之利器也. 當斬汝頭, 以壯軍威, 而
汝鎭定南海, 博施雨澤, 有功於萬民, 是以赦之, 自今勉悛
舊惡, 幸勿得罪於娘子也."

仍命曳出, 太子屛息戢身, 鼠竄而走. 忽有祥光瑞氣, 自東　　朱<癸>
南而至矣, 紫霞蔥鬱, 彤雲明滅, 旌旗節鉞, 自大空繽紛而　　太<癸老>
下. 紫衣使者, 趍而進曰:

"洞庭龍王, 知楊元帥破南海之兵, 救公主之急, 極欲躬謝於
壁門之前, 而職業有守, 不敢擅離, 故方設大宴於凝碧殿,
奉邀元帥, 元帥暫屈焉. 大王亦令小臣, 陪貴主同歸矣."

尙書曰:

"敵軍雖退, 壁壘尙存, 且洞庭在萬里之外, 往返之間, 日月
累矣, 將兵之人, 何敢遠出?"

使者曰:

"已具一車, 駕以八龍, 半日之內, 當去來矣."

楊元帥偸閑叩禪扉　公主微服訪閨秀

楊尙書與龍女登車, 靈風吹輪, 轉上層空, 未知去天, 餘幾
尺也, 距地隔幾里也, 而但見白雲如蓋, 平覆世界而已. 漸
漸低下, 至于洞庭, 龍王遠出迎之, 執賓主之禮, 展翁婿之
情. 揖上層殿, 設宴饗之, 執酌而謝曰:

"寡人德薄而勢孤, 不能使一女, 安其所矣. 今元帥奮神威,
小<癸老>　而擒驕童, 垂厚誼而救少女, 欲報之德, 天高地厚."

尙書曰:

"莫非大王威令所及, 何謝之有?"

至酒闌, 龍王命奏衆樂, 樂律融融, 聞有條節, 而與俗樂異
矣. 壯士千人, 列立於殿左右, 手持劍戟, 揮擊大鼓而進.
美女六佾, 着芙蓉之衣, 振明月之珮, 飄拂藕衫, 雙雙對舞,
眞壯觀也. 尙書問曰:

"此舞未知何曲也."

龍王答曰:

"水府舊無此曲, 寡人長女, 嫁爲涇河王太子之妻, 因柳生
傳書, 知其遭牧羊之困, 寡人弟錢塘君, 與涇河王大戰, 大
破其軍, 率女子而來, 宮中之人, 爲作此舞. 號曰, '錢塘破
陣樂', 或稱, '貴主行宮樂', 有時奏之於宮中之宴矣. 今元
帥破南海太子, 使我父女相會, 與錢塘故事, 頗相似矣. 故
改其名曰, '元帥破軍樂'也."

尙書又聞曰:　　　　　　　　　　　　　　　　　問<癸老>

"柳先生今何在耶? 未可相見耶?"

王曰:

"柳郎今爲瀛洲仙官, 方在職所, 何可來耶?"　　　　府<癸>

酒過九巡, 尙書告辭曰:　　　　　　　　　　　　吉<癸>

"軍門多事, 不可久留, 是可恨也. 惟願使娘子毋失後期也."

龍王曰:

"當如約矣."

出送於殿門之外, 有山突兀, 秀出五峰, 高入於雲烟. 尙書
便有遊覽之興, 問於龍王曰:

"此山何名? 少游歷遍天下, 而惟未見此山及華山也."

龍王曰:

"元帥未聞此山之名乎? 卽南岳衡山, 奇且異也."

尙書曰:

"何以則今日可登此山乎?"

龍王曰:

"日勢猶未晚矣, 雖暫玩而歸, 亦未暮矣."

欠<癸> 　尙書卽上車, 已在衡山之下矣. 携竹杖訪石逕, 經一丘而度
可<癸> 　一壑, 山益高境轉幽, 景物森羅, 不暇應接, 所謂千岩競秀,
　　　萬壑爭流者, 眞善形容也. 尙書柱笻騁矚, 幽思自集, 乃歎
　　　息曰:

　　　"積苦兵間, 樊情勞神, 此身塵緣, 何太重耶? 安得功成身
欠<癸> 　退, 超然作物外之人也?"

　　　俄聞石磬之聲, 出於林端. 尙書曰:

　　　"蘭若必不遠."

　　　及涉絶巘, 上高頂, 有一寺, 殿閣深邃, 法侶坌集, 老僧趺
說<老> 　坐蒲團, 方誦經設法. 眉長而綠, 骨淸而癯, 可知年紀之高
　　　矣. 見尙書至, 率闍利, 下堂迎之曰:

�<老> 　"山野之人聾憒, 不知大元帥之來, 未能迎候於山門, 請相
　　　公恕之. 今番非元帥永來之日, 須上殿禮佛而去."

　　　尙書卽詣佛前, 焚香展拜, 方下殿, 忽跌足驚覺. 身在營中,
　　　倚卓而坐, 東方微明矣. 尙書異之, 問於諸將曰:

　　　"公等亦有夢乎?"

　　　齊答曰:

　　　"小的等, 皆夢陪元帥, 與神兵鬼卒, 大戰而破之. 擒其大將
　　　而歸, 此實擒胡之吉兆也."

　　　尙書備說夢中之事, 與諸將, 往見白龍潭, 碎鱗鋪地, 流血
　　　成川. 尙書持盂, 酌水先嘗, 因飮病卒, 卽快愈矣. 驅衆軍
　　　及戰馬, 臨水快吸, 歡動天地, 賊聞之大懼, 欲輿櫬而降矣.
　　　尙書出師之後, 捷書相續, 上嘉之.

　　　一日朝太后, 稱楊少游之功曰:

"小游, 郭汾陽後一人, 待其還來, 卽拜丞相, 以酬不世之
勳, 而但御妹婚事, 尙未牢定. 彼若回心從命, 則大善, 若
又堅執, 則功臣不可罪矣, 其志不可奪矣. 處治之道, 實難
得當, 是可憫也."

審<癸>

太后曰:

"我聞鄭家女子誠美. 且與少游, 曾已相見, 少游豈肯棄之?
吾意則乘少游出外之日, 下詔於鄭家, 與他人結婚, 則少游
之望絶矣, 君命何可不從乎?"

上久不仰答, 默然而出. 時蘭陽公主在太后之側, 乃告於太
后曰:

"娘娘之敎, 大違於事體, 鄭女之婚與不婚, 自是其家之事.
豈朝廷所可指揮者乎?"

太后曰:

"此卽汝之重事, 國之大禮, 我欲與汝相議爾. 尙書楊少游,
風彩文章, 非獨卓出於朝紳之列, 曾以洞簫一曲, 卜汝秦樓
之緣, 決不可棄楊家, 而求他人矣. 少游本與鄭家, 情分不
泛, 彼此亦不可背矣. 是事極其難處, 少游還軍之後, 先行
汝之婚禮, 使少游次娶鄭女爲妾, 則少游可無辭矣. 第未知
汝意, 以是趑趄耳."

公主對曰:

"小女一生, 不識妬忌爲甚事也. 鄭女何可忌乎? 但楊尙書,
初旣納聘後, 以爲妾, 非禮也. 鄭司徒累代宰相, 國祖大族,
以其女子爲人姬妾, 不亦冤乎? 此亦不可也."

太后曰:

"然則汝意, 欲何以處之乎?"

公主曰:

天<癸> "國法諸侯三夫人也. 楊尙書成功還朝, 則大可爲王, 小不失
爲侯, 聘兩夫人, 實非僭也. 當此之時, 亦許娶鄭女則何如?"

太后曰:

"是則不可, 女子勢均體敵, 則同爲夫人, 固無所妨. 女兒先
帝之愛女, 今上之寵妹, 身固重矣, 位亦尊矣, 豈可與閭閻
小女子, 齊肩而事人乎?"

公主曰:

"小女亦知身地之尊重, 而古之聖帝明王, 尊賢敬士, 忘身
愛德, 以萬乘而友匹夫者. 小女聞鄭氏女子, 容貌節行, 雖
古今<癸> 古烈女, 不及也, 誠如是言, 與彼幷肩, 亦小女之幸也, 非
小女之辱也. 但傳聞易爽, 虛實難副, 小女欲因某條, 親見
鄭氏, 其容貌才德, 果出於小女之右, 則小女屈身仰事. 若
所見, 不如所聞, 則爲妾爲僕, 惟娘娘意."

太后歎嗟曰:

"妬才忌色, 女子常情, 吾女兒愛人之才, 若己之有, 敬人之
德, 如渴求飮, 其爲母者, 豈無嘉悅之心哉? 吾欲一見鄭女,
明日當下詔於鄭家矣."

公主曰:

魯<老> 賫<癸> "雖有娘娘之命, 鄭女必稱病不來. 然則宰相家女兒, 不可賫
致. 若分付於道觀尼院, 預知鄭女焚香之日, 則一者逢着,
恐不難矣."

太后是之, 卽使小黃門, 問於近處寺觀, 正弊院尼姑曰:

"鄭司徒家, 本行佛事於吾寺, 而其小姐元不往來於寺觀. 三日前, 小姐侍婢, 楊尙書小室賈孺人, 奉小姐之命, 以發願之文, 納於佛前而去. 願黃門賫去此文, 復命太后娘娘如何?"

黃門還來, 以此奏進.

太后曰:

"苟如是, 則見鄭女之面難矣."

與公主同覽, 其祝文曰:

弟子鄭氏瓊貝, 謹使婢子春雲, 齋沐頓首, 敬告于諸佛前. 弟子環貝, 罪惡甚重, 業障未除, 生爲女子之身, 且無兄弟之樂. 頃旣受幣於楊家, 將欲終身於楊門矣. 楊郎被揀於錦　　禁\<老\>
闈, 君命至嚴, 弟子已與楊家絶矣. 但恨天意人事, 自相乖戾, 薄命之人, 更無所望, 而身雖未許, 心旣有屬, 則至今二三其德, 非義之所敢出也. 姑欲依存於怙恃膝下, 以送未盡之日月矣. 因此命途之崎嶇, 幸得一身之淸閑, 故乃敢薦誠於佛前, 以告弟子之心誠, 伏願僉佛聖之靈, 燭祈懇之忱, 垂悲慈之念, 使弟子老父母, 俱亨遐筭, 壽與天齊, 令弟　　亨\<老\>
子身無疾病災殃, 以盡衣彩弄雀之歡, 則父母身後, 誓歸空門, 斷俗緣服戒行, 齋心誦經, 潔躬禮佛, 以報諸佛之厚恩矣. 侍婢賈春雲, 本與瓊貝, 大有因果, 名雖奴主, 實則朋友, 曾以主人之命, 爲楊家之妾矣. 事與心違, 佳緣莫保, 永辭楊家, 復歸主人, 死生苦樂, 誓不異同, 伏乞諸佛, 俯憐吾兩人之心事, 世世生生, 俾免爲女子之身, 消前生之罪過, 贈後世之福祿, 使之還生於善地, 長亨逍遙快活之樂.　　亨\<癸老\>

公主見畢, 慘然曰:

"因一人之婚事, 誤兩人之身世, 恐有大害於陰德矣."

太后聽之默然.

婉<癸老> 此時, 鄭小姐侍其父母, 愉容婾色, 無一毫慨恨之色, 而崔

夫人每見小姐, 輒有悲傷之念. 春雲侍小姐, 以翰墨雜技,

肓<老> 强爲排遣之地, 而潛消暗削, 日漸憔悴, 將成膏盲之疾. 小

姐上念父母, 下憐春雲, 心緒搖搖, 不能自安, 而人不能知

矣. 小姐欲慰母親之意, 使婢僕等, 求技樂之人, 玩好之物,

時時奉進, 以娛其耳目矣.

一日女童一人, 來賣繡簇二軸. 春雲取而見之, 一則花間

鴣<癸老> 孔雀, 一則竹林鸚鵡, 手品絶妙, 工如七襄. 春雲驚歎, 留

其人, 以其簇子, 進於夫人及小姐曰:

"小姐每贊春雲之刺繡矣, 試觀此簇, 其才品何如耶? 不出

於仙女機上, 必成於鬼神手中也."

小姐展看於夫人座前, 驚謂曰:

"今之人必無此巧, 而染線尙新, 非舊物也. 怪哉! 何人有此

才也?"

使春雲問其出處於女童, 女童答曰:

"此繡卽吾家小姐所自爲也. 小姐方在寓中, 急有用處, 不

擇金銀錢幣, 而欲捧之矣."

春雲問曰:

"汝小姐誰家娘子, 且因何事, 獨留客中耶?"

答曰:

"小姐李通判妹氏也. 通判陪夫人, 往浙東任所, 而小姐病

不從, 姑留於內舅張別駕宅矣. 別駕宅中, 近有些故, 借寓
於此路迤左, 臙脂店謝三娘家, 以待浙東車馬之來矣."

春雲以其言, 入告小姐, 以釵釧首餙等物, 優其價而買之,
高掛中堂, 盡日愛玩, 嗟羨不已. 此後女童因緣出入於鄭
府, 與府中婢僕相交矣. 鄭小姐謂春雲曰:

"李家女子, 手才如此, 必非常人也. 吾欲使侍婢, 隨往女
童, 求見李小姐容貌矣."

仍送伶利一婢子, 閭家狹窄, 本無內外, 李小姐知鄭府婢　　欠<癸>
子, 饋酒食而送之.

婢子還告曰:

"李小姐豔麗娉婷, 與我小姐, 二而一者矣."

春雲不信曰:

"以其手線而見之, 則李小姐決非魯鈍之質, 而汝何爲過實
之言也? 此世界上, 謂有如我小姐者, 吾實疑之."

婢子曰:

"賈孺人疑吾言乎? 更遣他人而見之, 則可知吾言之不妄
也."

春雲又私送一人矣.

還曰:

"怪哉! 怪哉! 此小姐卽玉京仙娥, 昨日之言, 果實矣. 賈孺
人又以吾言爲可疑, 此後一者, 親見如何?"

春雲曰:

"前後之言, 皆誕矣. 何無兩目也?"

相與大笑而罷.

過數日, 臙脂店謝三娘, 來鄭府, 入謁於夫人曰:

"近者, 李通判宅娘子, 賃居小人之家, 其娘子有貌有才, 實老嫗初見, 窃仰小姐芳名, 每欲一見, 請敎而有不敢者, 以小人獲私於夫人, 使之仰稟矣."

夫人招小姐, 以此意言之, 小姐曰:

錦繡<癸>
"小女之身, 與他人有異, 不欲擧此面目, 與人相對, 而但聞李小姐爲人, 一如其繡線之妙, 小女亦欲一洗昏眵矣."

謝三娘喜而歸. 翌日, 李小姐送其婢子, 先通踵門之意, 日晚, 李小姐乘垂帳小玉轎, 率叉鬟數人. 至鄭府, 鄭小姐邀見於寢房, 賓主分東西而坐. 織女爲月宮之賓, 上元與瑤池之宴矣, 光彩相射, 滿堂照耀, 彼此皆大驚. 鄭小姐曰:

問<癸老>
"頃緣婢輩聞玉趾臨於近地, 而命崎之人, 廢絶人事, 閨候之禮, 尙此闕如矣. 今姐姐惠然辱臨, 旣感且傷, 敬謝之意, 何以口舌盡也?"

李小姐答曰:

"小妹僻陋之人也. 嚴親早背, 慈母偏愛, 平生無所學之事, 無可取之才也. 常自嗟惋曰, '男子迹遍四海, 交結良朋, 有切磋之益, 有規警之道, 而女子惟家內婢僕之外, 無可相
敎<癸>
接之人, 求過於何處, 質疑於何人乎? 自恨爲閨閤中兒女子矣. 恭聞姐姐以班昭之文章, 兼孟光之德行, 身不出於
聖<癸>
中門, 名已徹於九重, 妾以是自忘資品之陋劣, 願接盛德之光輝矣. 今蒙姐姐不棄足償, 小妾之至願矣."

鄭小姐曰:

"姐姐所敎之言, 卽小妹方寸間, 所素畜積者也. 閨中之身,

蹤迹有碍, 耳目多蔽. 本不知滄海之水, 巫山之雲, 志氣之
隘, 見識之偏, 固其宜也, 何足怪也? 此藍荊山之玉, 一埋　　　埋光<老>
光而恥銜, 老蚌之珠, 葆彩而自珍然, 如小妹者, 自視欿然,
何敢當盛獎也?"

因進茶果, 穩吐閑談, 李小姐曰:

"似聞府中, 有賈孺人者, 可得見乎?"

鄭小姐曰:

"渠亦欲一拜於姐姐矣."

招春雲來謁, 李小姐起身迎之. 春雲驚歎曰:

"前日兩人之言, 果信矣. 天旣生我小姐, 又出李小姐, 不自
意飛燕玉環, 並世而出也."

李小姐亦自度曰:

"飽聞賈女之名矣, 其人過其名也. 楊尙書之眷愛, 不亦宜
乎? 當與秦中書幷驅, 若使春娘, 見秦氏, 則豈不效尹夫人
之泣乎? 奴主兩人, 有如此之色, 有如此之才, 楊尙書豈肯
相捨乎?"

李小姐與春雲, 吐心談話, 款曲之情, 與鄭小姐一也. 李小
姐告辭曰:

"日已三竿矣. 不得穩陪淸談可恨, 小妹寓舍, 只隔一路, 當
偸閑更進, 以請餘敎矣."

鄭小姐曰:

"猥荷榮臨, 仍受盛誨, 小妹當進謝堂下, 而小妹處身, 異於
他人, 不敢出戶庭一步之地, 惟姐姐寬其罪, 而恕其情焉."

兩人臨別, 惟黯然而已.

鄭小姐謂春雲曰:

嘗＜癸＞
"寶劍雖埋於獄中, 而光射斗牛, 老蜃雖潛於海底, 而氣成樓臺, 李小姐同在一城, 而吾輩未尙有聞, 誠可怪也."

春雲曰:

"賤妾之心, 第有一事可疑. 楊尙書每言, 華州秦御史女子, 見面於樓上, 得詩於店中, 與結秦晉之約, 而因秦家之遭禍, 終致乖張矣. 仍稱秦女絶世之色, 輒愀然發歎, 而妾亦見楊柳詞, 則誠才女也. 此女子無乃莊其姓名, 締結小姐, 欲成前日之緣乎?"

小姐曰:

"秦氏之美, 吾亦因他路聞之. 似與此女子相近, 而彼遭家禍, 沒入掖庭, 何能得至於此乎?"

入見夫人, 稱李小姐不容口, 夫人曰:

"吾亦欲一請, 而見之矣."

數日後, 使侍婢, 請小姐一枉, 李小姐欣然承命, 又至鄭府. 夫人出迎於堂中, 李小姐以子姪禮, 見於夫人. 夫人大愛, 款接曰:

"頃日小姐爲訪小女, 過垂厚眷, 老身良用感謝, 而其時病, 未能相接, 至今憗歎."

李小姐伏以對曰:

姑＜癸＞
例＜癸＞
"小姪景慕姐姐如天仙, 惟恐賤棄矣. 鄭姐一逢小姪, 便以兄弟之誼待之. 夫人特賜顔色, 以子侄之列畜之. 小姪於此, 實未知措躬之處也. 小姪欲終身出入於門下, 事夫人, 如事慈母矣."

夫人稱不敢者, 再三矣. 鄭小姐與李小姐, 侍坐夫人, 至半日, 仍請李小姐, 歸其寢房, 與春雲鼎足而坐. 嬌聲嫩語, 昵昵相酬, 氣已合矣, 情亦密矣. 評隲文章, 講論婦德, 殊不覺日影已在窓西矣."

兩美人携手同車　長信宮七步成詩

李小姐去後, 夫人謂小姐及春雲曰:

"鄭崔兩門, 宗族甚多, 幾至百千人矣. 吾自少時, 見美色多矣, 皆不及李小姐遠矣, 誠與女兒, 相上下矣. 兩美相從, 結爲兄弟則好也."

小姐以春雲所傳秦氏事, 告曰:

"春雲終不能無疑, 而小女所見, 與春雲異. 李小姐姿色之外, 氣像之飄逸, 威儀之端重, 與閭閻士夫家女子絶異. 秦氏雖有才氣, 何敢比之於此乎? 以妾所聞言之, 蘭陽公主, 貌如其心, 才如其德, 或恐李小姐氣像, 與蘭陽不遠."

夫人曰:

"公主, 吾亦不見, 未可懸度, 而雖居尊位, 得盛名, 安知其必與李娘同符乎?"

小姐曰:

"李小姐蹤迹, 實有可疑者, 後日當使春雲, 往審之矣."

明日, 鄭小姐與春雲, 方議是事, 李小姐婢子, 到鄭府, 傳語曰:

"吾小姐適得浙東順歸之舡, 將以明日發行, 故今日當到府　船〈癸〉

中, 告別於夫人及小姐矣."

小姐方掃軒而待之. 小頃, 李小姐至. 入見夫人及鄭小姐, 兩小姐別意忽忽, 離緒依依, 如仁兄之別愛弟, 蕩子之送 美人也. 李小姐起而再拜, 乃敬告曰:

姐<癸>
"小姪別母離兄, 已周一期, 歸意如矢, 不可復沮, 而但以夫人 之恩德, 姐姐之情分, 心如素絲, 欲解復結矣. 小姪玆有一 言, 欲懇於姐姐, 而恐姐姐不許, 先告於夫人."

仍趑趄不發, 夫人曰:

"娘子所欲請者何事?"

李小姐曰:

"小姪爲先親, 方繡南海大師畫像, 纔已訖工, 而家兄方在任 所. 小姪身是女子, 尙未求文人之贊, 將使前工歸虛, 甚可 惜也. 欲得姐姐數句語數行筆, 而繡幅頗廣, 卷舒有妨, 且 恐褻慢, 不敢取來, 不得已暫邀姐姐, 乞得筆製, 一以完小 女爲親之孝, 一以慰遠路相別之情, 而未知姐姐之意. 不敢

冒<老>
直請, 敢以私懇, 仰瀆於夫人矣."

夫人顧小姐曰:

"汝雖於至親之家, 本不來往, 而顧念此娘子所請, 蓋出於 爲親之至誠, 況娘子僑居, 距此密通, 一霎來去似非難事."

小姐初則似有持難之色, 飜然內悟曰:

"李小姐行色甚忙, 春雲不可送矣. 吾乘此機會, 往探其迹, 則不亦妙乎?"

乃告於夫人曰:

"李小姐所請, 若係等閑之事, 則實難奉副, 而孝親之誠, 人

皆有之, 小姐之言, 何可不從乎? 但欲得日昏而去矣."　　　　待<老>

李小姐大喜, 起謝曰:

"日若曛黑, 則持筆似難. 姐姐若以有煩道路爲嫌, 小妹所
送之轎, 雖甚朴陋, 足容兩人之身也. 與我同乘而去, 乘夕　　乘<癸老>
而還, 亦如何耶?"

小姐答曰:　　　　　　　　　　　　　　　　　　　　　　鄭小姐<老>

"姐姐之敎, 甚合矣."

李小姐拜辭夫人, 退與春雲, 執手而別. 與鄭小姐同乘一
轎, 鄭府侍婢數人, 從小姐之後矣. 鄭小姐來見李小姐寢
室, 所排什物, 不甚繁多, 而品皆精妙. 所進飲食, 雖甚簡
略, 而無非珍味. 鄭小姐留眼見之, 皆可疑也. 李小姐久不
出乞文之言, 而日色看看暮矣. 鄭小姐問曰:

"觀音畫像, 奉置於何處耶? 小妹亟欲禮拜."

李小姐曰:

"當卽使姐姐, 奉玩矣."

語畢, 車馬之聲, 喧聒於門外, 旗幟之色, 掩映於道上. 鄭
家侍婢, 驚惶入告曰:

"一陣軍馬, 急圍此家. 娘子! 娘子! 何以爲之?"

鄭小姐, 旣已知機, 自若而坐. 李小姐曰:

"姐姐安心. 小妹非別人也. 蘭陽公主簫和, 卽小妹職號身
名, 邀致姐姐, 乃太后娘娘之命也."

鄭小姐避席對曰:

"閭巷間微末小女, 雖無知識, 亦知天人骨格, 與常人自殊,
而貴主降臨, 實千萬夢寐外事也. 旣失竭蹶之禮, 又多逋慢

之罪, 伏願貴主生死之."

公主未及對, 侍女告曰:

"自三殿, 遣薛尙宮·王尙宮·和尙宮, 問安於貴主矣."

公主謂鄭小姐曰:

"姐姐少留於此."

乃出坐於堂上, 三人以次而入, 禮謁畢, 伏奏曰:

"玉主離大內, 已累日矣. 太后娘娘思想正切, 萬歲爺爺, 皇后娘娘, 使婢子等問候. 且今日卽玉主還宮之期也, 車馬儀杖, 已盡來待, 而皇上命趙太監, 護行矣."

仗<老>

三尙宮又告曰:

"太后娘娘, 有詔曰, '玉主與鄭娘子, 同輦而來矣.'"

公主留三人於外, 入謂鄭小姐曰:

"多少說話, 當從容穩展, 而太后娘娘, 欲見姐姐, 方臨軒而待之. 姐姐毋庸苦辭, 與小妹同入, 趁今日朝見."

鄭小姐知不可免, 對曰:

"妾已知玉主之眷妾, 而閭家女兒, 未嘗現謁於至尊, 惟恐禮貌之有愆, 以是惶怯矣."

公主曰:

"太后娘娘, 欲見娘子之心, 何異於小妹之愛姐姐乎? 姐姐勿疑也."

鄭小姐曰:

"惟貴主先行, 妾當歸家, 以此意言於老母, 躡後而進矣."

公主曰:

"太后娘娘, 已有詔命, 使小妹與姐姐同車, 而辭意極其懇至, 姐姐勿固讓也."

小姐曰:

"賤妾臣也微也, 何敢與貴主同輦乎?"

公主曰:

"呂尙渭川漁夫, 文王共車, 候嬴夷門監者, 信陵執轡. 苟欲　父<癸>

尊賢, 何可挾貴, 姐姐侯伯盛門, 大臣女子, 何嫌乎? 與小

妹同乘而執嫌, 何太過耶?"　　　　　　　　　　　　　　謙<老>

遂携手登輦. 小姐使侍婢一人, 歸告於夫人, 一人隨入於宮　同<癸>

中. 公主與小姐, 同行入東華門, 歷重重九門, 至挾門外下

車, 公主謂王尙宮曰:

"尙宮陪鄭小姐, 少待於此."

王尙宮曰:

"以太后娘娘之命, 已設鄭小姐幕次矣."

公主喜而留之, 入謁於太后.

原來太后, 初則本無好意於鄭氏矣. 公主以微服, 寓於鄭家

近處, 媒一幅之繡, 結鄭氏之交. 心旣敬服, 情又綢膠. 且　繆<老>

知楊尙書之終不肯疎棄, 相愛相約, 結爲兄弟, 將欲共一

室, 而事一人數以書, 苦諫於太后, 以回其意. 太后於是大

悟, 許以公主及鄭氏, 爲兩夫人於少游, 而必欲親見其容

貌, 使公主設計, 而率來矣.

鄭小姐少憩於幕中矣, 宮女兩人自內殿, 奉衣函而出. 傳太

后之命曰:

"鄭小姐以大臣之女, 受宰相之幣, 而猶着處子之服, 不可　太<癸>

以平服, 朝於我也. 特賜一品命婦章服, 故妾等奉詔而來,

惟小姐着之."

鄭氏再拜曰:

"臣妾以處子之身, 何敢具命婦服色乎? 臣妾所着, 雖簡褻,

嘗<老> 亦當着之於父母之前者也. 太后娘娘, 卽萬民之父母, 請

以見父母之衣服, 入朝於娘娘也."

宮女入告, 太后大嘉之, 卽引見. 鄭氏隨宮女, 入前殿, 左

右宮嬪, 聳見嘖舌曰:

"吾以爲嬌艶, 惟吾貴主而已, 豈料復有鄭小姐乎?"

小姐禮畢, 宮人引之上殿, 太后賜坐, 下敎曰:

"頃者, 因女兒婚事, 詔收楊家禮幣, 此所以遵國法, 別公私

也. 非寡人刱開, 而女兒諫予曰, '使人爲新婚, 而背舊約,

非王者所以正人倫之道也. 且願與汝齊體, 共事少游, 予已

與帝相議, 快從女兒之美意, 將待楊少游還朝, 使之復送禮

幣, 以爾爲一體夫人, 此恩眷古亦無今亦無, 前不見後不見

也. 特令使爾知之矣."

鄭氏起答曰:

"聖恩隆重, 寔出望外, 非臣妾粉糜, 所能上報也. 但臣妾,

詎<老> 是人臣之女, 距敢與貴主, 同其列而齊其位乎? 臣妾設欲

從命, 父母以死固爭, 必不奉詔也."

太后曰:

辭<老> "爾之避遜, 雖可嘉, 鄭門累世侯伯, 司徒先朝老臣, 朝家禮

待, 本來自別. 人臣分義, 不必膠守也."

小姐對曰:

女<癸> "臣子之順受君命, 如萬物之自隨其時, 陞以爲侍妾, 降以

爲婢僕, 又敢違忤天命, 而楊少游亦何安於心乎? 必不從 不<老>
也. 臣妾本無兄弟, 父母亦已衰朽, 臣妾至願, 惟在於竭誠
供養, 以畢餘生而已."

太后曰:

"惟爾孝親之誠, 處子之道, 可謂至矣. 而何可使一物, 不得
其所乎? 況爾百美俱全, 一疵難求, 楊少游, 豈肯甘心於棄 具<癸>
汝乎? 且女兒與楊少游, 以洞簫之一曲, 驗百年之宿緣, 天
之所定, 人不可廢, 而楊少游一代豪傑, 萬古才子, 娶兩箇
夫人, 何不可之有?

寡人本有兩女子, 而蘭陽之兄, 十歲而夭, 予每念蘭陽之孤
子矣, 予今見汝, 其貌其才, 不讓蘭陽, 予亦如見亡女矣.
予欲以汝爲養女, 言之於帝, 定汝位號. 一則所以表予愛女
之情也, 二則所以成蘭陽視汝之志也, 三則使汝與蘭陽, 同 親<老>
歸於楊少游, 則無許多難便之事也. 汝意今則如何?"

小姐稽首曰:

"聖敎又至於此, 臣妾恐損福而死也. 惟望卽收成命, 以安
臣妾."

太后曰:

"予與帝相議, 卽勘定矣. 汝無堅執也." 多<癸>

召公主, 出見鄭小姐, 公主具章服備威儀, 與鄭小姐對坐.

太后笑曰:

"女兒與鄭小姐, 願爲兄弟矣, 今爲眞兄弟, 可謂難兄難弟
矣. 汝意更無憾乎? 仍以取鄭氏, 爲養女之意諭之."

公主大悅, 起謝曰:

"娘娘處分, 盡矣明矣. 小女得成寤寐之願, 此心快樂, 何可盡達?"

太后待鄭氏尤款, 與論古之文章. 太后曰:

"曾仍蘭陽, 聞汝有咏絮之才矣. 今宮中無事, 春日多閑, 毋惜一吟, 以助予歡. 古人有七步成章者, 汝可能乎?"

小姐對曰:

"旣聞命矣, 敢不畵鴉, 以博一笑乎?"

太后擇宮中捷步者, 立於殿前, 欲出題而試之. 公主奏曰:

"不可使鄭氏獨賦, 小女亦欲與鄭氏, 共試之."

太后尤喜曰:

"女兒之意亦妙矣. 但必得淸新之題, 然後詩思自出矣, 方涉獵古詩矣."

時當暮春, 碧桃花盛發於欄外, 忽有喜鵲, 來鳴枝上. 太后指彩鵲, 而言曰:

"予方定汝輩之婚, 而彼鵲報喜於枝頭, 此吉兆也. 以碧桃花上, 聞喜鵲爲題, 各賦七言絶句一首, 而詩中, 必揷入定婚之意."

使宮女, 各排文房四友, 兩人執筆, 宮女已移步, 而意恐或未及成詩, 睨視兩人揮筆, 而擧趾稍緩矣. 兩人筆勢, 風飄雨驟, 一時寫進, 宮女纔轉五步矣. 太后先覽鄭氏, 詩曰:

紫禁春光醉碧桃, 何來好鳥語咬咬

天<癸> 樓頭御妓傳新曲, 南國天華與鵲巢

公主之詩, 曰:

春深宮掖百花繁, 靈鵲飛來報喜言

銀漢作橋須努力, 一時齊渡兩天孫

太后咏歎曰:

"予之兩女兒, 卽女中之靑蓮子建也. 朝廷若取女進士, 當
分占壯元探花矣."

以兩詩, 送示於公主及小姐, 兩人各自敬服矣. 公主告於太
后曰:

"小女雖幸成篇, 其詩意, 孰不能思之? 姐姐之詩, 曲盡精
妙, 非小女所及也."

太后曰:

"然, 女兒之詩, 穎銳殊可愛也."

楊少游夢遊天門　賈春雲巧傳玉語

此時, 天子進候於太后, 太后使蘭陽與鄭氏, 避于挾室, 迎
帝謂曰:

"予爲蘭陽婚事, 使收楊家之幣, 而終有傷於風化, 與鄭氏幷
爲夫人, 則鄭家不敢當矣. 使鄭氏爲妾, 則亦近於强贅矣.　　　脅<老> 賣<癸>
今日予召見鄭女, 鄭女美且才, 足與蘭陽, 爲兄弟也. 以此
予旣以鄭女爲養女, 欲與同歸於楊家, 此事果如何也?"

上大悅, 賀曰:

"此盛德事也, 可謂與天地同大矣. 自古深仁厚澤, 未有及
娘娘者也."

太后卽召鄭氏, 進謁於帝. 帝命之上殿, 告於太后曰:

"鄭氏女子, 已爲御妹, 尙着平服, 何也?"

太后曰:

"以詔命未下, 固辭章服矣."

上謂女中書曰:

"取鸞鳳紋紅錦紙一軸而來."

秦彩鳳擎而進. 上擧筆欲書. 稟於太后曰:

"鄭氏旣封公主, 當賜國姓矣."

太后曰:

"吾亦有此意, 而但聞鄭司徒夫妻, 年旣衰老, 無它子女, 予
不忍老臣無得姓之人. 仍其本姓, 亦曲軫之意也."

上以御筆, 大書曰:

"奉太后聖旨, 以養女鄭氏, 封爲英陽公主, 踏兩宮之寶, 以
賜鄭氏."

處<癸>

使宮女, 擎公主冠服, 着鄭氏. 鄭氏下殿謝恩, 上使與蘭陽
公主, 定其座次. 鄭氏於公主, 長一歲, 而不敢坐其上. 太
后曰:

"英陽今則卽我女, 兄在上, 弟在下, 禮也. 兄弟之間, 何可
餙讓?"

小姐稽顙曰:

"今日坐次, 卽他日行列, 何可不謹於其始乎?"

蘭陽曰:

"春秋時, 趙衰之妻, 卽晋文公之女也. 讓位於先娶之正室,
況姐姐小妹之兄也. 又何疑乎?"

鄭氏讓之, 頗久, 太后命之, 以年齒定坐, 此後, 宮中皆以

英陽公主稱之. 太后以兩人之詩, 示之於上, 上亦嗟賞曰:

"兩詩皆妙, 而英陽之詩, 引周詩之意, 歸德於后妃, 大得體
也."

太后曰:

"帝言, 是也."

上又曰:

"娘娘愛英陽至此, 實國朝所未有也. 臣亦有仰請者矣."

乃以秦中書前後之事, 敷奏曰:

"彼之情勢, 殊甚惻隱, 其父雖以罪死, 其祖先皆本朝臣子,
欲曲收其情, 以爲御妹從嫁之媵."

媵<癸老>

娘娘幸矜而頷之.

太后顧兩公主, 蘭陽曰:

"秦氏曾以此事, 言於小女矣. 小女與秦女, 情分旣切, 不欲
相離. 雖微聖敎, 小臣亦有是心矣."

太后召秦彩鳳, 下敎曰:

"兒女與汝, 有死生相隨之意. 故特使汝爲楊尙書媵侍, 汝
之至願畢矣, 此後須更竭誠悃, 以報公主之恩."

秦氏感泣, 淚漱漱下矣. 謝恩後, 太后又下敎曰:

"兩女婚事, 予旣快定, 而忽有喜鵲, 來報吉兆, 予令兩女,
已作喜鵲之詩矣. 汝亦得依歸之所, 可與同其慶, 作其詩也."

秦氏承命, 卽製進. 其詩曰:

喜鵲査査繞紫宮, 鳳仙花上起春風
安巢不待南飛去, 三五星稀正在東

太后與帝同看, 喜曰:

"雖咏雪之蔡女, 瞠乎下矣. 詩中亦引周詩, 能守嫡妾之分, 此所以尤美也."

蘭陽公主曰:

繞枝<老> "喜鵲詩, 詩料本來不多, 且小女兩人, 旣已先作, 後來者, 無可下手處也. 曹孟德所謂, '繞三匝, 無枝可栖'者, 本非吉語, 取用甚難也. 此詩, 雖雜引孟德子美之詩, 及周詩之句, 合成一句, 而天然渾然, 不見斧鑿之痕. 三家文字, 有若爲秦氏今日事, 而作也."

太后曰:

欠<癸> "古來女子中能詩者, 惟班姬蔡女卓文君謝道蘊, 三四人而已. 今才女三人, 同會一席, 可謂盛矣."

蘭陽曰:

"英陽姐姐侍婢賈春雲, 詩才亦奇矣."

時日將暮, 上歸外殿, 兩公主同退, 宿於寢房. 翌曉鷄鳴初, 鄭氏入朝於太后, 請歸曰:

欄<癸> "小女入宮之時, 父母必驚懼矣. 今日欲歸見父母, 以娘娘恩澤, 小女榮寵, 誇詡於門闌家族, 伏願娘娘許之."

太后曰:

"女兒何可輕離大內? 予與司徒夫人, 亦有相議事矣."

卽下敎於鄭府, 使崔夫人入朝. 鄭司徒夫妻, 因小姐使婢子密通, 驚慮初弛, 感意方深矣, 忽承詔旨, 忙入內殿.

太后引接曰:

"予率來令愛, 不但欲見其貌, 蓋爲蘭陽婚事矣. 一接丰容, 心乎愛矣. 遂爲養女, 兄於蘭陽, 意者寡人前生之女子, 今

世誕生於夫人家矣. 英陽旣爲公主, 則當加之以國姓, 而予
念夫人無子, 不改其姓. 惟夫人領我至情."

崔夫人受恩感激, 叩頭曰:

"臣妾晚得一女, 愛之如玉, 及其婚事, 一誤禮幣. 還送老
身, 魂骨俱碎, 惟願速死, 不見其可憐之形矣. 貴主累枉於
蓬蓽之下, 屈其尊體, 下交賤息, 仍與携入宮禁, 使被廣世
之恩章, 此葉於朽木, 水於涸魚, 惟當竭髓殫力, 以效報答
之悃, 而臣妾夫, 年老病深, 心長髮短, 旣不能奔走職事,
以貢微勞, 妾亦彫謝癃尫, 與鬼爲隣, 亦未由追逐宮娥, 自
服掖庭掃洒之役, 丘山之恩, 將何以仰報乎? 惟有千行感   行<癸>
淚, 河傾雨瀉而已."

乃起而拜, 伏而泣, 雙袖已龍鍾矣. 太后爲之嗟歎, 又曰:

"英陽已爲吾女, 夫人更不挈去矣."

崔氏俯伏奏曰:

"臣妾何敢率歸於家中乎? 但母女不得團聚, 稱頌如天之   誦<癸>
德, 是可欠也."

太后笑曰:

"不越乎行禮之前也, 惟夫人勿憂也. 成婚之後, 蘭陽, 亦托
於夫人矣. 夫人視蘭陽, 亦如寡人之視英陽也."

仍召蘭陽, 與夫人相見. 夫人重謝前日之褻慢.

太后曰:

"聞夫人左右, 有才女賈春雲, 可得見乎?"

夫人卽召春雲, 入朝於殿下. 太后曰:

"美人也."

更進之前曰:

"聞蘭陽之言, 汝曾夢江淹之錦, 可能爲寡人賦乎?"

春雲奏曰:

"臣妾何敢唐突於天威之前乎? 然試欲聞題矣."

太后以三人詩下之曰:

"汝能爲此語乎?"

春雲求筆硯, 一揮而製進. 其詩曰:

報喜微誠祇自知, 虞庭幸逐鳳凰儀

秦樓春色花千樹, 三繞寧無借一枝

太后覽之, 轉示兩公主曰:

"吾聞賈女雖才, 而豈料其品之至斯也?"

蘭陽曰:

"此詩, 以鵲自比其身, 以鳳凰比姐姐, 得體矣. 下句疑小
女, 不許相容, 欲借一枝之栖, 而集古人之詩, 採詩人之意,
鎔成一絶, 思妙意精, 眞善竊狐白裘手也. 古語云, '飛鳥依
人, 人自憐之', 賈女之謂也."

仍令春雲退, 與秦氏接顔, 公主曰:

"此女中書, 卽華陰秦家女子, 與春娘, 同居偕老之人也."

春雲答曰:

"此無乃作楊柳詞之秦娘子乎?"

秦氏驚問曰:

"娘子仍何人, 而聞楊柳詞乎?"

春雲曰:

"楊尚書每思娘子, 輒誦此詩, 妾亦獲聞之矣."

秦氏感愴曰:

"楊尚書不忘妾矣."

春娘曰:

"娘子何爲此言耶? 尙書以楊柳詞藏之於身, 見之而流涕,　也<癸>
咏之則發嘆, 娘子獨不知尙書之情, 何耶?"

秦氏曰:

"尙書若有舊情, 則妾雖不見尙書, 而死無所恨矣."

仍言紈扇詩首末. 春娘曰:

"妾身上釧釵指環, 皆其日所得也."　　　　　　　　　刃<癸>

宮人忽來報曰:

"鄭司徒夫人, 將還歸矣."

兩公主復入侍坐, 太后謂崔夫人曰:

"楊少游未幾當還. 前日禮幣, 自當復入於夫人之門, 而復
受旣退之幣, 頗涉苟且, 況英陽是吾女, 兩女婚禮, 欲幷行
於一日, 夫人許否?"

崔氏伏地曰:

"臣妾何敢自專? 惟娘娘命矣."

太后笑曰:

"楊尚書爲英陽, 三抗朝命, 予亦欲一瞞之矣. 諺曰, '凶言
反吉'. 待尙書來, 瞞言, '鄭小姐, 因病不幸', 曾見尙書疎中,
有曰, '與鄭女相見合巹之日', 欲見尙書, 能解舊面否也."

崔氏承命辭歸, 小姐拜送於殿門之外, 召春雲, 密授瞞了尙
書之謀. 春雲曰:

"妾爲仙爲鬼, 欺尙書者多矣. 至再至三, 不亦太褻乎?"

小姐曰:

"非我也, 太后有詔也."

春雲含笑而去.

此時, 楊尙書, 以白龍潭水, 飮將士, 士氣無前, 皆願一戰.
尙書指授方略, 一鼓直進, 贊普纔受裊烟所送之珠, 知唐
兵已過盤蛇谷, 大懼方議指疊而降. 吐蕃諸將, 生縛贊普,
至唐營而降. 楊元帥更整軍容, 入其都城, 禁止侵掠, 撫安
百姓, 登崑崙山, 立石頌大唐威德, 遂振旅奏凱, 將向京師.
至眞州, 正仲秋也. 山川蕭瑟, 天地搖落, 寒花釀感, 斷鴈
流哀, 令人有覊旅之悲矣. 元帥夜入客館, 懷抱甚惡, 遙夜
漫漫, 不能假寐, 心下自想曰:

詣<癸老>

正當<癸>

覊<癸老> /
帥<癸老>

亲<癸>

"一別桑楡, 三閱春秋, 堂中鶴髮, 想非舊日, 而扶護疾恙,
可托何人? 定省晨昏, 可期何時? 鳴釖之志, 雖展於今日,
列鼎之養, 不及於親闈, 子職虛矣, 人道廢矣. 此古人所以
悲風樹之不停, 望太行而感興者也. 況數年奔走, 內事無
主? 鄭家親禮, 難保無他, 所謂不如意者, 十常八九者, 此
也. 今我復五千里之地, 平百萬衆之賊, 其功亦不爲小矣.
天子必用, 封建之典, 以酬驅馳之勞, 我若還其職號, 陳其
誠懇, 請許鄭家之婚, 則或有允兪之望矣."

念及於此, 心事小寬, 乃就枕而睡. 一夢遽遽飛上天門, 九
重七寶宮闕, 丹碧煌煌, 五彩雲霞, 光影翳翳, 侍女兩人,
來謂尙書曰:

"鄭小姐奉請尙書矣."

尙書從侍女而入, 廣庭弘敞, 仙花爛熳, 仙女三人, 幷坐於
白玉樓上, 其服色如后妃, 而雙眉秀淸, 兩眸流彩, 望之如
碧玉明珠, 倚疊交暎也. 方偎曲欄, 手弄瓊蘂. 見尙書至,
離座而迎, 分席而坐上席. 仙女先問曰:

"尙書別後無恙否?"

尙書定睛詳見, 認是昔日論曲之鄭小姐也. 驚愕欣倒, 欲語
未語. 仙女曰:

"今則我已別人間, 來遊天上, 緬懷疇曩, 如隔兩塵. 君子雖
見妾之父母, 難聞妾之音耗矣."

仍指在傍, 兩仙女曰:

"此卽織女仙君, 彼乃戴香玉女, 與君子有前世之緣. 願君
子毋念妾身, 與此兩人, 先結好約, 則妾亦有所托矣."

尙書望見兩仙女, 坐末席者, 面目雖慣, 而不能記也. 少焉, 〔貫＜癸＞〕
鼓角齊鳴, 蝴蝶忽散, 乃一夢也. 仍想夢中說話, 皆非吉兆,
乃撫心自歎曰:

"鄭娘子必死矣, 不然也, 我夢何其不吉耶?"

又自解曰:

"有思者有夢, 或因相思之切, 而有此夢耶? 桂蟾月之薦,
杜鍊師之媒, 未必非月老之指, 而雙釵未合, 九原遽隔, 則
所謂天者, 不可必也. 理者, 不可諶也. 反凶爲吉, 或者我
夢之謂乎?"

久之, 前軍至京師, 天子親臨渭橋, 以迎之. 楊元帥着鳳係
紫金盔, 穿黃金瑣子甲, 乘千里大宛馬, 以御賜白旄黃鉞龍 〔鎖＜老＞〕
鳳旗幟, 擁前衛後, 排左列右, 鎖贊普於檻車. 著在陣前,

賫<癸>　　西域三十六道君長, 各執琛賫之物, 隨其後, 軍威之盛, 近

古所無. 觀光之人, 彌亘百里, 是日長安城中, 虛無人矣.

元帥下馬, 叩頭拜謁, 上親扶而起, 慰其遠役之勞, 獎其大

功之遂, 卽下詔於朝廷, 依郭汾陽故事, 裂土封王, 以侈賞

意<癸>　　典, 尙書露誠力辭, 終不受命. 上重違其懇, 更下恩旨, 以

楊少游, 爲大丞相, 封魏國公, 食邑三萬戶, 其餘賞賜, 不

可勝記. 楊丞相隨法駕入闕, 祗肅天恩. 上卽命設太平宴,

示<老>　　以視禮遇之恩, 詔畫其像貌於猊猶閣.

丞相自闕下, 來鄭司徒家, 鄭家門族, 皆會外堂, 迎拜丞相,

各自獻賀. 丞相先問司徒及夫人安否, 鄭十三答曰:

"叔父叔母, 身雖撑保, 而自遭妹氏之喪, 哀傷過節, 疾病頻

作, 氣力比前歲頓減, 未能出迎於外堂. 望丞相與小弟, 同

入內堂如何?"

丞相猝聞是說, 如癡如狂, 不能遽問. 過食頃, 乃問曰:

"岳丈遭何人之喪耶?"

鄭十三曰:

欠<癸>　　"叔父本無男子, 只有一女, 而天道無知, 竟至於斯, 暮境傷

康<癸>　　懷, 庸有極乎? 丞相入見, 愼勿出悲慽之言."

丞相大驚大慽, 言纔入耳, 流淚已濕錦袍矣. 鄭生慰之曰:

"丞相婚媾之約, 雖同於金石, 私門不幸, 大事已誤. 望丞相

思惟義理, 勉自排遣."

丞相拭淚而謝之, 與鄭生, 入謁於司徒夫婦, 惟欣賀而已,

不及小姐之夭慽, 丞相曰:

"小婿幸賴國家之威靈, 猥受封建濫賞, 方欲納官陳懇, 以

回天聰, 得成疇昔之約矣. 朝露先晞, 春色已謝, 烏得無存
沒之感乎?"

司徒曰:

"彭殤皆命, 哀樂有數, 天實爲之, 言之何益? 今日卽一家
慶會之日, 不必爲悲楚之言也."

鄭十三數目丞相, 丞相止其言, 辭歸園中, 春雲迎謁於階
下. 丞相見春雲, 如見小姐, 尤切悲懷, 餘淚又汪然數行下.
春雲跪而慰之曰:

"老爺老爺, 今日豈老爺悲傷之日乎? 伏望寬心收淚, 俯聽
妾言. 吾娘子本以天仙, 暫時謫下, 故上天之日, 謂賤妾曰,
'汝自絶楊尙書, 而復從我矣. 今我已棄塵界, 汝其更歸於
楊尙書, 侍其左右, 尙書早晚還歸, 如念妾而悲懷, 汝須以
吾意傳之曰. 禮幣已還, 則便是行路人也. 況有前日聽琴之
嫌乎? 思念過度, 悲哀逾制, 則是慢君命, 而循私情, 貽累
德於已亡之人, 可不愼哉! 且或酹奠墳塋, 或弔哭靈幄, 則
是待我以無行之女子, 豈無憾於地下乎?' 且曰, '皇上必待
尙書之還復, 議公主之婚, 吾聞公主關雎之盛德, 合爲君子
之配匹, 必順受君命, 毋陷罪戾, 是我之望也.'"

丞相聞言, 益切愴然曰:

"小姐遺命, 雖如此, 我何能無悲懷耶? 況小姐臨役, 眷念
少游也如此, 我雖十死, 而報小姐恩德難矣."

仍說眞州夢事, 春雲下淚曰:

"小姐必在玉皇香案前矣. 丞相千秋萬歲後, 豈無會合之期
哉? 愼勿過哀, 似傷貴體."

何<癸安姜>

姜<癸>

受<安姜>

欠<癸> / 戚<癸>

歿<老>

承相曰:

"此外小姐又有何言乎?"

春雲曰:

自<癸> "雖有他言, 不可以春雲之口, 仰達矣."

丞相曰:

"言無淺深, 汝其悉陳."

春雲曰:

欠<癸> "小姐又謂妾曰, ‘我與春雲, 卽一身也. 尙書若不忘我, 視
春雲如吾, 而終始勿棄, 則我雖入地, 如親受尙書之恩也."

丞相尤悲曰:

"我何忍棄春娘乎? 況小姐有付托之命? 我雖以織女爲妻,
以宓妃爲妾, 誓不負春娘也."

陽<癸> ## 合卺席蘭英相諱名, 獻壽宴鴻月雙擅場

明日, 天子召見楊丞相, 下敎曰:

"頃者爲御妹婚事, 太后特下嚴旨, 朕心亦不平矣. 今聞鄭
女已死, 而御妹婚事, 待卿還朝, 蓋久矣. 卿雖思念鄭女,
死者已矣. 卿方少年, 堂上有大夫人, 則甘毳之供, 不可自
當, 況且大丞相官府? 女君不可無矣. 魏國公家廟, 亞獻不
可闕矣. 朕已作丞相府及公主宮, 以待盛禮之日, 御妹之
婚, 今亦不可許乎?"

丞相叩頭奏曰:

"臣前後拒逆之罪, 實合斧鉞之誅, 而聖敎荐下, 玉音春溫,
臣誠感殞, 不知死所. 前日之累抗嚴敎, 有所拘於人倫, 而

不獲已也. 今則鄭女已亡矣, 臣詎敢有他意乎? 但門戶寒
微, 才術空疎, 恐不合於駙馬之尊位也."

上大悅, 卽下詔於欽天舘, 使擇吉日. 太史以秋九月望日奏
之, 只隔數十日矣. 上下敎於丞相曰:

"前日則婚事, 在於可否間, 故不言於卿矣. 朕有妹兩人, 皆
賢淑非凡骨也. 雖欲更求如卿者, 何處可得乎? 以是朕恭
承太后之詔, 欲以兩妹下嫁於卿矣."　　　　　　　　　　間<癸>

丞相忽憶眞州客舘之夢, 大異於心. 伏地奏曰:

"臣自被椒掖之揀, 欲避無路, 欲走無地, 未得置身之所, 第
切致寇之懼, 今陛下欲使兩公主, 共事一人之身, 此則自有
人國家以來, 所未聞者也. 臣何敢承當乎?"

上曰:

"卿之勳業, 足爲國朝第一彝鍾, 不足銘其功也. 茅土不足
償其勞也. 此朕所以以兩妹事之, 且御妹兩人, 友愛之情,　所以<老>
皆出於天, 立則相偎, 坐則相依, 每願至老, 死不相離, 此
太后娘娘之意也, 卿不可辭也. 且宮人奏氏世家士族也, 有
姿色能文章, 御妹視如手足, 待以腹心, 欲以爲滕於下嫁之　勝<癸>
日, 故先使卿知之矣."

丞相又起謝.

時鄭小姐爲公主, 在於宮中. 日月多矣, 事太后, 以孝以至
誠, 與蘭陽及秦氏, 情若同氣, 敬愛深至, 太后益愛之. 婚
期旣迫, 從容告於太后曰:

"當初以蘭陽, 定次之日, 冒居上座, 實涉僭越, 而一向固
辭, 似外於娘娘之恩眷, 故黽勉從之, 而本非我意也. 今歸

楊家, 蘭陽若辭第一位, 則此大不可. 惟望娘娘及聖上, 參
其情禮, 正其位次, 使私分獲安, 家法不紊."

蘭陽曰:

"姐姐德性才學, 皆小女之師也. 姐姐雖在鄭門, 小女當如
趙衰之讓位, 旣爲兄弟之後, 豈有尊卑之分乎? 小女雖爲
第二夫人, 自不失帝女之尊貴, 而若忝居上元之位, 則娘娘
養育姐姐之意, 果安在哉? 姐姐必欲讓於小女, 則小女不
願爲楊家婦也."

恭<癸>

太后問於上, 上曰:

"御妹之讓, 出於中懇, 未聞自古帝王家貴主, 有此事也. 願
娘娘嘉其謙德, 成其美意也."

太后曰:

"帝言, 是也."

乃下敎, 以英陽公主, 封魏國公左夫人, 以蘭陽公主, 封右
夫人, 以秦氏本大夫之女, 封爲淑人. 自古公主婚禮, 行於
闕門之外官府矣. 是日, 太后特令行禮於大內.

致吉日, 丞相以獬袍玉帶, 與兩公主成禮, 威儀之盛, 禮貌
之偉, 不須道也. 禮畢入座, 秦淑人亦以禮納拜於丞相, 仍
侍公主, 丞相賜之座. 三位上仙, 齊會一席, 光搖五雲, 影
眩千門. 丞相雙眸亂縮, 九魄超忽, 只疑身在於黑甛鄉也.
是夜, 與英陽公主聯衾, 早起問寢於太后, 太后賜宴, 皇上
及皇后, 亦入侍太后, 終夕馨歡, 是夕, 又與蘭陽公主並枕,
第三日, 往于秦淑人之房. 淑人視丞相, 輒潛然垂涕. 丞相
驚問曰:

煩<癸>

替<癸>

"今日笑則可, 泣則不可, 淑人之淚, 抑有思乎?"

秦氏對曰:

"不記小妾, 可知丞相之已忘妾也."

丞相少頃乃悟, 就執玉手而謂曰: 小<癸>

"君得非華陰秦氏乎?"

彩鳳無語轉咽, 聲不出口, 丞相曰:

"吾以娘子, 爲已作泉下之人矣, 果在宮中也. 華州相失, 娘
家慘禍, 余欲無言, 娘豈欲聽? 自客店逃亂之後, 何嘗一日,
不思吾娘子, 而只知其死, 不知其生, 今日之得遂舊約, 實
是吾慮之所未及, 亦豈娘子之所期乎?"

卽自囊裡, 出示秦氏之詞, 秦氏亦探懷中, 奉呈丞相之詩,
兩人楊柳詞, 依俙若相和之日也. 各把彩牋, 摧腸叩心而
已. 秦氏曰:

"丞相惟知以楊柳詞, 共結舊日之約, 而不知以紈扇詩, 得
成今日之緣也."

遂開小篋, 出畫扇, 示丞相, 仍備陳其事曰:

"此皆太后娘娘, 及萬歲爺爺, 公主娘娘之洪恩盛德也."

丞相曰:

"其時避兵於藍田山, 還問店人, 則或云, '娘子沒入於掖庭',
或云, '爲孥於遠邑', 或云, '亦不免凶禍', 雖未知的報, 更無
可望, 不得已求婚於他家, 而每過華山渭水之間, 身如失侶
之鴈, 心若中鉤之魚. 皇恩所及, 雖與會合, 第有不安於心
者, 店中初約, 豈以小星相期, 而終使娘子, 屈於此位? 慙
愧何言?"

秦氏曰:

取<癸> "妾之薄命, 妾亦自知, 故曾送乳媼於客店也, 郎若娶室, 則
自願爲小室矣. 今居貴主之副位, 榮也幸也, 妾若怨恨, 則
欠<癸> 天必厭之厭之."

是夜舊誼新情, 比前兩宵, 尤親密矣. 明日, 丞相與蘭陽公
主, 會英陽公主房中, 閑坐傳盃, 英陽低聲招侍女, 請秦氏,
丞相聞其聲音, 中心自動, 悽黯之色, 忽上於面. 蓋曾入鄭
比<老> 府, 對小姐彈琴, 聞其評曲之聲音, 此容貌尤慣矣. 此日聞
英陽之聲, 如自鄭小姐口中出也, 旣聞其聲, 又見其面, 則
聲亦鄭小姐也, 貌亦鄭小姐也. 丞相暗想曰:

"世上果有非兄弟非親戚, 而酷相類者也. 吾約鄭氏之婚也,
儷<老> 意欲同生而同死矣, 今我已結伉儷之樂, 而鄭氏孤魂, 托於
何處耶? 我欲遠嫌, 旣未一酹於其墳, 又孤一哭於其殯, 吾
負鄭娘多矣."

汪汪<癸> 存於中者, 發於外, 雙淚潸潸欲滴. 鄭氏以水鏡之心, 豈不
知其懷抱間事也? 乃整袵而問曰:

"妾聞之, 主辱臣死, 主憂臣辱, 女子之事君子, 如臣之事
君. 今相公臨觴, 忽惻惻不樂, 敢問其故."

丞相謝曰:

"小生心事, 當不諱於貴主矣. 少游曾往鄭家, 見其女子矣,
貴主聲音容貌, 恰似鄭氏女, 故觸目興思, 悲形於色, 遂令
貴主有疑, 貴主勿怪也."

英陽聽訖, 顔頰微赤, 忽起入內殿, 久不出, 使侍女請之,
侍女亦不出. 蘭陽曰:

"姐姐太后娘娘所寵愛也. 性品頗驕傲, 不如妾之殘劣也.
相公比鄭女於姐姐, 姐姐以此, 有未安之心."

丞相卽使秦氏謝罪曰:

"少游被酒因醉妄發, 貴主若出來, 則少游當如晉文公請自
囚矣."

秦氏久而出來, 無所傳之言, 丞相曰:

"貴主有何語?"

秦氏曰:

"貴主怒氣方峻, 言頗過中, 賤妾不敢傳矣."

丞相曰:

"貴主過中之言, 非淑人之愆也, 須細傳之."

秦氏曰:

"英陽公主有敎曰, '妾雖殘劣, 卽太后娘娘之寵女, 鄭女雖
奇, 不過爲閭閻賤微女子. 禮曰, '式路馬', 此非馬之敬也,
敬君父之所乘也. 君父之馬, 尙且敬之, 況君父所嬌之女
乎? 相公若敬君父, 而尊朝廷也, 固不可以妾, 比之於鄭女,
況且鄭氏曾不顧念, 自矜其色, 與相公, 接言語, 論琴曲,
則不可謂持身以禮也, 其濫可知矣. 自傷婚事之差池, 身致   蹉跎<癸>
幽鬱之疾病, 終至夭折於青春, 亦不可謂多福之人也, 其命
最奇矣. 相公何曾比余於是乎?

昔魯之秋胡, 以黃金, 戲採桑之女, 其妻卽赴水而死, 妾何
可以羞顔, 對相公乎? 不願爲無行人之妻也. 且相公記其
顔面於已死之後, 卜其聲音於久別之餘, 此必挑琴於卓女
之堂, 偸香於賈氏之室, 其行之汚, 甚於秋胡. 妾雖不能效   近<癸>

古人之投水, 自此誓不出閨門之外, 終身而死矣. 蘭陽性質
柔順, 不與我同, 惟願相公, 與蘭陽偕老.'"

丞相大怒於心曰:

"天下安有以女子, 而怙勢如英陽者乎? 果知爲駙馬之苦
也."

謂蘭陽曰:

"我與鄭女相遇, 自有曲折矣, 今英陽, 反以淫行, 加之於我
無損, 而但辱及於旣骨之人, 是可歎也."

蘭陽曰:

"妾當入去, 開諭姐姐矣."

卽回身而入, 至日暮, 亦不肯出來, 燈燭已張於房闥矣. 蘭
陽使侍婢, 傳語曰:

"妾遊說百端, 姐姐終不回心, 妾當初與姐姐結約, 死生不
相離, 苦樂必相同, 以矢言告之於天地神祇, 姐姐若終老於
深宮, 則妾亦終老於深宮, 姐姐若不近於相公, 則妾亦不
近於相公. 望相公就淑人之房, 穩度今夜."

及<癸>
等<安姜>

丞相怒瞻撑腸, 堅忍不泄, 而虛帷冷屛, 亦甚無聊. 斜倚寢
床, 直視秦氏, 秦氏則秉燭, 導丞相歸寢房, 燒龍香於金爐,
屛錦衾於象床, 謂丞相曰:

惟<癸>

展<癸老>

"妾雖不敏, 嘗聞君子之風, 禮云, '妾御不敢當夕', 今兩公
主娘娘, 皆入內殿, 妾何敢陪相公而經此夜乎? 惟相公安
寢, 當退去矣."

卽雍容步去, 丞相以挽執爲苦, 雖不留止, 而是夜景色, 頗
冷淡矣. 遂垂幬就枕, 反側不安, 自語曰:

幬<癸>

"此輩結倘挾謀, 侮弄丈夫, 我豈肯哀乞於彼哉? 我昔在鄭家花園, 晝則與鄭十三, 大醉於酒樓, 夜則與春娘, 對燭飮酒, 無一日不閑, 無一事不快矣, 今爲三日駙馬, 已受制於人乎?"

心甚煩惱, 手拓紗窓, 河影流天, 月色滿庭, 乃曳履而出, 巡簷散步, 遠望英陽公主寢房, 繡戶玲瓏, 銀缸煜明, 丞相暗語曰:

"夜已深矣, 宮人何至今不寐乎? 英陽怒我, 而入送我於此, 或者已歸於寢室乎?"

恐出跫音, 擧趾輕步, 潛進窓外, 則兩公主談笑之響, 博陸之聲, 出以外矣. 暗從櫳隙, 而窺之, 則秦淑人坐兩公主之前, 與一女子對博局, 祝紅呼白, 其女子轉身挑燭, 正是賈春雲也. 元來春雲欲觀光於公主大禮, 入來宮中, 已累日, 而藏身掩迹, 不見丞相, 故丞相不知其來矣. 丞相驚訝曰: 許<癸>

"春雲何至於此耶? 必公主欲見而招來也."

秦氏忽改局設馬, 而言曰:

"旣無睹物, 殊覺無味, 當與春娘爭睹矣."

春雲曰:

"春雲本貧女也, 勝則一器酒肴, 亦幸矣. 淑人曰長在貴主之側, 視彩錦如麤織, 以珍羞爲藜藿, 欲使春雲, 以何物爲睹乎?" 淑人<癸老>

彩鳳曰:

"吾不勝, 則吾一身所佩之香, 粧首之餙, 從春雲所求, 而與之, 娘子不勝, 從我請也. 是事於娘子, 固無所費也."

春雲曰:

“所欲請者何事, 所欲聞者何語?”

彩鳳曰:

欠<癸>　“我頃聞兩位貴主私語, 春娘子爲仙爲鬼, 以欺丞相云, 而
我未得其詳. 娘子負, 則以此事替爲古談, 而說與我也.”

春雲乃推局, 向英陽公主而言曰:

“小姐! 小姐! 小姐平日愛春雲, 可謂至矣, 何以爲此可笑
之說, 悉陳於公主乎? 淑人亦旣聞之, 宮中有耳之人, 孰不
知之? 春雲自此, 以何面目立乎?”

彩鳳曰:

“春娘子! 吾公主, 何以爲春娘子之小姐乎? 英陽貴主, 卽
吾大丞相夫人. 魏國公女君, 年齒雖少, 爵位已高, 豈可復
爲春娘子之小姐乎?”

春雲曰:

“十年之口, 一朝難變, 爭花鬪卉, 宛如昨日, 公主夫人, 吾
不畏也.”

仍琅琅而笑. 蘭陽公主問於英陽曰:

“春雲話尾, 小妹亦未及聞之. 丞相其果見欺於春雲乎?”

英陽曰:

“相公之見欺於春雲者, 多矣, 無薪之突, 烟豈生乎? 但欲
見其惺怯之狀矣, 冥頑太甚, 不知惡鬼, 古所謂, 好色之人,
色中餓鬼者, 果非誣也. 鬼之餓者, 豈知鬼之可惡乎?”

一座皆大笑.

丞相方知英陽公主之爲鄭小姐也, 如逢地中之人,　徒切驚
欲直入開窓<癸>　倒之心, 直欲開窓突入, 而旋止曰:

"彼欲瞞我, 我亦瞞彼矣."

乃潛歸於秦氏之房, 披衾穩宿.

天明, 秦氏出來, 問於侍女曰:

"相公已起否?"

侍婢對曰: 女<癸>

"未也."

秦氏久立於帳外, 朝旭滿窓, 早饌將進, 而丞相不起, 時有   旦<癸>

呻吟之聲. 秦氏進問曰:

"丞相有不安節乎?"

丞相忽睜目直視, 有若不見人者, 且往往作譫言. 秦氏問曰:

"丞相何爲此譫語耶?"

丞相慌亂錯莫者久, 忽問曰: 荒<癸>

"汝誰也?"

秦氏曰:

"丞相不知妾乎? 妾卽秦淑人也."

丞相曰:

"秦淑人誰也?"

秦氏不答, 以手撫丞相之頂曰:

"頭部頗溫, 可知相公有不平之候矣. 然一夜之間, 疾何疾

也?"

丞相曰:

"我與鄭女, 達夜相語於夢中, 我之氣候, 安得平穩乎?"

秦氏更問其詳, 丞相不答, 翻身轉臥. 秦氏竊憫, 使侍女告   切<癸>

于兩公主曰:

"丞相有疾, 速臨診視."

英陽曰:

"昨日飮酒之人, 今豈病乎? 不過欲使吾輩出頭也."

而已, 秦氏忙入告曰:

"丞相神氣怳惚, 見人不知, 猶向暗裡, 頻吐狂言, 奏於聖
上, 召太醫治之如何?"

太后聞之, 召公主責之曰:

"汝輩之瞞戲丞相, 亦已過矣. 而聞其疾重, 不卽出見, 是何
事也, 是何事也? 急出問病, 病勢若重, 促召太醫中術業最
妙者而治之."

英陽不得已, 與蘭陽, 詣丞相寢所, 留堂上, 先使蘭陽及秦
氏入見. 丞相見蘭陽, 或搖雙手, 或瞋兩瞳, 初若不相識者,
始作喉間之聲曰:

訣<老> "吾命將盡矣, 要與英陽相決, 英陽何往而不來乎?"

蘭陽曰:

"相公何爲此言乎?"

丞相曰:

"去夜, 似夢非夢間, 鄭氏來我而言曰, '相公何負約耶?' 仍
盛怒呵責, 以眞珠一掬與我, 我受而呑之, 此實凶徵也. 閉
目則鄭女壓我之身, 開眸則鄭女立我之前, 此鄭女怨我之
晷<老> 無信, 而奪我之脩期也, 我何能生乎? 命在晷刻間矣. 欲見
英陽者, 蓋以此也."

言未已, 又作昏困斷盡之形, 回面向壁, 又發胡亂之說. 蘭
陽見此擧止, 不得不動, 而憂慮大起, 出言於英陽曰:

“丞相之病, 似出於憂疑, 非姐姐, 不可醫矣.”

仍言病狀, 英陽且信且疑, 踟躕不入, 蘭陽携手同入, 丞相
猶作譫語, 而無非向鄭氏之說也. 蘭陽高聲曰:

“相公! 相公! 英陽姐姐來矣. 開目而見之.”

丞相乍擧頭頻揮手, 有欲起之狀, 秦氏就身扶起, 坐於床
上. 丞相向兩公主而言曰:

“少游偏蒙異數, 與兩位貴主結親, 方欲同室而同穴矣, 有
欲拉我而去者, 將不得久留矣.”　　　　　　　　　　　若<癸>

英陽曰:

“相公識理之人也, 何爲浮誕之言也? 鄭氏設有殘魂餘魄,
九重嚴邃, 百神護衛, 渠何能入乎?”

丞相曰:

“鄭女方在吾傍, 何以曰不敢入乎?”

蘭陽曰:

“古人見盂中弓影, 而有成疑疾者, 恐丞相之病, 亦以弓, 而
爲蛇也.”

丞相不答, 但搖手而已. 英陽見其病勢轉劇, 不敢終諱, 乃
進坐曰:

“丞相只念死鄭氏, 而不欲見生鄭氏? 相公苟欲見之, 妾卽
鄭氏瓊貝也.”

丞相佯若不信曰:

“是何言也? 鄭司徒只有一女, 而死已久矣. 死鄭女旣在吾
之身邊, 則死鄭女之外, 豈有生鄭女乎? 不死則生, 不生則
死, 人之常也, 一人之身, 或謂之死, 或謂之生, 則死者爲

眞鄭氏乎, 生者爲眞鄭氏乎? 生固眞也, 死則妄也, 死固眞
也, 生則誕也, 貴主之言, 吾不信也."

蘭陽曰:

"吾太后娘娘, 以鄭氏爲養女, 封爲英陽公主, 與妾同事相
公, 英陽姐姐, 卽當日聽琴之鄭小姐也. 不然姐姐, 何以與
鄭氏, 無毫髮爽也?"

丞相不答, 微作呻吟之聲, 忽昂首, 作氣而言:

"我在鄭家之時, 鄭小姐婢子春雲, 使喚於我矣. 今有一言,
欲問於春雲, 春雲亦何在乎? 吾欲見之耳."

蘭陽曰:

來候英陽自外
<癸>來候英戶外
<安姜>

"春雲爲謁, 英陽姐姐, 入宮屬耳, 春雲亦憂丞相之疾, 來候
於戶外."

卽入謁曰:

"相公貴體少康乎?"

丞相曰:

"春雲獨留, 餘皆出."

兩公主及淑人, 退立於欄頭, 丞相卽起梳洗, 整其衣冠, 使
春雲請三人, 春雲含笑而出, 謂兩公主及秦淑人曰:

"相公邀之矣."

四人同入, 丞相戴華陽巾, 着宮錦袍, 執白玉如意, 倚案席
而坐, 氣像如春風之浩蕩, 精神如秋水之澄徹, 不似病起之

澈<老> /
文彩非似<癸>
文以<安姜>

人矣. 鄭夫人方悟見賣, 微笑低頭, 更不問病. 蘭陽問曰:

"相公之氣, 今則如何?"

丞相正色曰:

"少游, 見近來風俗甚怪, 婦女作倆, 欺瞞家夫. 少游職在大
臣之列, 每求規正之術, 而未得其道, 憂勞成病, 昔疾今愈,
不足以煩公主慮也."

蘭陽及秦氏, 惟微笑而不敢答, 鄭夫人曰:　　　　　　　　　欠<癸>

"是事非妾等所知, 相公如欲醫疾, 仰稟于太后娘娘."

丞相心不勝癢, 始乃發笑曰:

"吾與夫人, 只卜後生之相逢矣. 今日我在夢中, 而亦不知
夢耶?"

鄭氏曰:

"此莫非太后娘娘子視之仁, 皇上陛下幷育之恩, 蘭陽公主　　偕<安姜>
之德也, 惟鏤骨銘心而已. 豈口吻所可容謝哉?"　　　　　　欠<癸>

仍細陳顚末, 丞相謝於公主曰:

"公主盛德, 實簡策上, 所未覩者也. 少游實無酬報之路, 惟　　都<癸>
期益加敬服之誠, 不替鍾鼓之樂也."

公主稱謝曰:

"此盖姐姐徽儀柔德, 感回天心, 妾何與哉?"

時太后招宮人, 問病狀, 乃知托病之由. 大笑曰:

"我固疑之矣."

乃召見丞相, 兩公主亦在坐矣. 太后問曰:

"聞丞相與旣死之鄭女, 續已絶之佳緣, 不可無一言賀也."

丞相俯伏對曰:

"聖恩與造化同大, 臣雖摩頂旋踵, 瀝膽露肝, 難報其萬一　　放<老>
矣."

太后曰:

"吾直戲耳, 豈曰恩也?"

是日上受群臣朝賀於正殿, 群臣奏曰:

盛<癸>
"近者, 景星出, 甘露降, 黃河淸, 年穀登, 三鎭節度, 納地而朝, 吐蕃强胡, 革心而降, 此皆聖德所致也."

上謙讓, 歸功於群臣. 群臣又奏曰:

"丞相楊少游, 近作銅龍樓上驕客, 吹玉簫而調鳳凰, 久不下於秦樓, 玉堂公務, 殆將闕矣."

上大笑曰:

"太后娘娘, 連日引見, 此少游所以不敢出也. 朕近當面諭, 使之就職矣."

明日楊丞相就朝堂, 理國政, 遂上疏請暇, 欲將母而來. 其疏曰:

丞相魏國公駙馬都尉臣楊少游, 頓首頓首百拜, 上言于皇帝陛下. 伏以臣卽楚地編戶之民也, 生事不過數頃, 學業止於一經. 而老母在堂, 菽水不繼, 欲營升斗之祿, 以備甘毳才<老> 之供, 不揣寸分, 猥蒙鄕貢, 方臣之躑躅赴擧, 老母臨行送之曰, '門戶殘矣, 家業凋矣. 堂搆之責, 十口之命, 皆付於汝之一身, 汝其力學決科, 以顯父母, 是吾望也. 而祿仕太暴<癸安姜> 旱, 則躁競之刺興, 官職太驟, 則負乘之患生, 汝其戒之.' 臣敢受母訓, 銘在心肝, 而濫以幼少之年, 幸値功名之會, 揚<癸> 立朝數年, 名位俱赫, 金馬玉堂, 世稱華貫, 而臣旣冒據, 討<癸安> 論<姜> 黃麻紫誥, 必須全才. 而臣又添叨奉綸, 南諭强藩, 屈膝受命, 西征凶酋束手, 臣本白面一書生也, 是豈臣能立一策辦一謀, 而致此哉? 莫非皇威所及, 諸將效死, 而陛下乃反獎

其微勞, 褒以重爵, 臣心之愧懼惶感, 有不可論. 而老母所 惕<癸安姜>
戒躁競之刺, 負乘之患, 不幸當之矣. 至於錦鸞抄簡, 尤非 禁<老>
閭巷賤身, 所敢當者, 而聖命勤摯, 謬恩荐加, 臣逃遁不得,
冒沒承順, 豈不足以辱國家, 而羞當世乎? 嗚呼! 老母之所 顔<安姜>
期於臣者, 初不過乎寸廩而已, 臣之所望於國者, 本不外於
一官而已, 今臣居將相之位, 挾公侯之富, 奔走王事, 不遑
將母, 臣偃處丹碧之室, 而臣母則僅掩茅茨, 臣坐享方丈之
食, 而臣母則不厭麤糲. 居處飲食, 母子絕異, 是以貴富處 免<癸>
身, 而以貧賤待母, 人倫廢矣, 子職隳矣. 況臣母年齡已高,
疾病沈篤, 無他子女可以扶護者? 而山川遼闊, 信使阻絕,
消息亦不能以時相通, 不待陟屺望雲, 而肝腸已寸斷無餘
矣. 今幸國家無事, 官府多閑, 伏乞陛下諒臣危迫之情, 察
臣終養之願, 特許數月之暇, 使之歸省先墓, 將歸老母, 母
子同居, 歌詠聖德, 得以盡瀜洩之樂, 效反哺之誠, 則臣謹 欠<癸>
當彈竭移孝之忠, 誓報體下之恩矣. 伏乞陛下矜憫焉. 彌<癸>

上覽之, 歎曰:

"孝哉! 楊少游也."

特賜黃金千斤, 綵帛八百匹, 歸爲老母壽, 且令輦母還返.
丞相入闕祗, 肅拜辭於太后, 太后賜賚金帛, 倍蓰於皇上恩
典矣. 退與兩公主及秦賈兩娘相別, 行到天津, 鴻月兩妓,
因府尹走通, 已來待於客舘. 丞相笑謂兩妓曰: 是<癸>

"吾之此行, 乃私行, 非王命也, 兩娘何以知之?"

鴻月曰:

"大丞相魏國公駙馬都尉之行, 深山窮谷, 亦皆奔迸聳動, 妾 走<癸>

等雖蟄於山林寂廖之地, 豈無耳目乎? 況府尹老爺, 敬待妾
等, 亞於相公, 相公之來, 不敢不報? 昨年相公奉使過此, 妾
等尙有萬丈之光輝, 今相公位益崇, 而名益著, 臣妾之榮,
亦轉加百層矣. 聞相公娶兩公主爲女君, 未知兩位公主, 能
容妾等否?"

丞相曰:

"兩公主, 一則乃聖天子御妹, 一則乃鄭司徒女子. 太后取
鄭氏, 爲養女, 而卽桂娘所薦也. 鄭氏與桂娘, 有汲引之恩,
且與公主, 俱有及人之仁, 容物之德, 豈非兩娘之福乎?"

鴻月相顧而賀.

丞相與兩人經夜, 行到故鄕, 初以十六歲書生, 離親遠遊,
及其來覲, 擁大丞相之軒車, 靽魏國公之印綬, 重之以駙馬
之豪貴, 四年間所成就者何如耶? 入謁於母夫人, 柳氏執
附<癸> 其手, 而撫其背曰:

"汝眞吾兒楊少游耶? 吾不能信也. 當昔誦六甲賦五言之
時, 豈知有今日榮華也?"

喜極而淚下也.

丞相把立名成功之終始, 娶室卜妾之顚末, 悉告無餘. 柳夫
人曰:

"汝父親每以汝, 爲大吾門者, 惜不令汝父, 親見之也."

丞相省祖先丘墓, 以賞賜金帛, 爲大夫人, 設大宴獻壽, 請
宗族故舊隣里, 讌飮十日.

陪大夫人登程, 諸路方伯, 列邑守宰, 輻輳護行, 光彩輝暎
於一方矣. 過洛陽, 分付本州, 招鴻月兩妓, 還報曰:

"兩娘子同向京師, 已有日矣."

丞相頗以交違, 爲悵缺. 至皇城, 奉大夫人於丞相府中, 詣
闕肅謝, 兩宮引見, 賜賚金銀綵緞十車, 俾爲大夫人壽, 請
滿朝公卿, 設三日大酺, 以娛之.

丞相擇吉日, 陪大夫人, 移入於御賜新第, 園林臺沼, 亭榭
宮宇, 下皇居一等. 鄭夫人蘭陽公主, 行新婦之禮, 秦淑人
賈孺人, 亦備禮謁見, 幣物之盛, 禮貌之恭, 足令大夫人敷
和氣, 而聳歡心也. 丞相旣承壽親之命, 以恩賜之物, 又設 欠<癸>
大宴三日, 兩宮賜梨苑之樂, 移御廚之饌, 賓客傾朝廷矣.

丞相具彩服, 與兩公主, 高擎玉杯, 以次獻壽, 柳夫人甚樂.
宴未罷, 閽人入告:

"門外有兩女子, 納名於大夫人及丞相座下矣."

丞相曰:

"必鴻月兩姬也."

以此意, 告於大夫人, 卽招入, 兩妓叩頭拜謁於階前, 衆賓
皆曰:

"洛陽桂蟾月, 河北狄驚鴻, 擅名久矣, 果絶艶也. 非楊相國 欠<癸>
風流, 何能致此也?"

丞相命兩妓, 各奏其藝, 鴻月一時齊起, 曳珠履, 登瓊筵,
拂藕腸之輕杉, 飄石榴之彩袖, 對舞霓裳羽衣之曲, 落花飛
絮, 撩亂於春風, 雲影雪色, 明減於錦帳, 漢宮飛燕, 再生 絮<癸老>
於都尉宮中, 金谷綠珠, 却立於魏公堂上. 柳夫人兩公主,
以錦繡練帛, 賞賜兩人, 秦淑人與蟾月, 舊相識也, 話舊論
情, 一喜一悲, 鄭夫人手把一盃, 別勸桂娘, 以酬薦進之恩. 相<癸>

柳夫人謂丞相曰:

“汝輩進謝於蟾月, 而忘我從妹乎? 不可謂不背本者也.”

丞相曰:

小<癸老> “少子今日之樂, 皆鍊師之德也, 況母親旣入京師? 雖微下教, 固欲奉請矣.”

卽送人於紫淸觀, 諸女冠云:

“杜鍊師入蜀三年, 尙未歸矣.”

柳夫人甚恨恨焉.

詔<癸> / 占<老> ## 樂遊園會獵鬪春色　油碧車招搖古風光

鴻月入楊府之後, 丞相侍人, 日益多矣. 各定其居處, 正堂曰, 慶福堂, 大夫人居之. 慶福之前曰, 燕喜堂, 左夫人英陽公主處之. 慶福之西曰, 鳳簫宮, 右夫人蘭陽公主處之. 燕喜之前, 凝香閣, 淸和樓, 丞相處之, 時時設宴於此. 其前太史堂, 禮賢堂, 丞相接賓客, 聽公事之處也. 鳳簫宮以南, 尋興院, 卽淑人秦彩鳳之室也. 燕喜堂以東, 迎春閣, 卽孺人賈春雲之房也. 淸和樓東西, 皆有小樓, 綠窓朱欄, 蔽虧掩暎, 周回作行閣, 以接於淸和樓凝香閣, 東曰賞花樓, 西曰望月樓, 桂狄兩姬, 各占其一樓.

宮中樂妓八百人, 皆天下有色有才者也. 分作東西部, 左部四百人, 桂蟾月主之, 右部四百人, 狄驚鴻掌之, 敎以歌舞, 課以管絃, 每月會淸和閣, 較兩部之才. 丞相陪大夫人, 率兩公主, 親自等第, 以賞罰, 勝者以三盃酒賞之, 頭揷彩花一枝, 以爲光榮, 負者以一盃冷水罰之, 以墨筆畫一點於

額上, 以愧其心. 以此衆妓之才, 日漸精熟, 魏府越宮女樂,　村<安姜>
爲天下最, 雖梨園弟子, 不及於兩部矣.

一日, 兩公主, 與諸娘, 陪大夫人而坐, 丞相持一封書, 自　欠<癸>
外軒而入, 授蘭陽公主曰:

"此卽越王之書也."

公主展看, 其書曰:

春日淸和, 丞相鈞體蔓福. 頃者, 國家多事, 公私無暇, 樂
遊原上, 不見駐馬之人, 昆明池頭, 無復泛舟之戲, 遂令歌
舞之地, 便作蓬蒿之場, 長安父老, 每說祖宗朝繁華古事,
往往有流涕者, 殊非太平之氣像也. 今賴皇上盛聖, 丞相
偉功, 四海寧溢, 百姓安樂, 復開元天寶間樂事, 卽今日其
會也. 況春色未暮, 天氣方和, 芳花嬌柳, 能使人心駘蕩,
美景賞心, 俱在此時矣? 願與丞相, 會於樂遊原上, 或觀獵
或聽樂, 補張昇平盛事, 丞相若有意於此, 卽約日相報, 使　鋪<老>
寡人隨塵, 幸甚.

公主見畢, 謂丞相曰:

"相公知越王之意乎?"

丞相曰:

"嚘何深意? 不過欲賞花柳之景也, 此固遊閑公子風流事
也."

公主曰:

"相公猶未盡知也. 此兄所好者, 惟美色風樂, 其宮中絶色
佳人, 非一二. 而近聞所得寵姬, 卽武昌名妓玉燕也. 越宮

美人, 自見玉燕, 魂喪魄褫, 以無鹽嫫母自處, 可知其才與
貌, 獨步於一代也. 越王兄聞吾宮中多美人, 欲效王愷石崇
之相較也."

丞相笑曰:

"我果泛見矣, 公主先獲越王之心也."

鄭夫人曰:

"此雖一時遊戲之事, 不必見屈於人也."

目鴻月而謂之曰:

"軍兵, 雖養之十年, 用之在一朝, 兹事勝負, 都在於兩敎師
掌握中矣, 汝輩須努力焉."

蟾月對曰:

"賤妾恐不可敵也. 越國風樂, 擅於一國, 武昌玉燕, 鳴於九
州, 越王殿下, 旣有如此之風樂, 又有如此之美色, 此天下
之强敵也. 妾等以偏師小卒, 紀律不明, 旗鼓不整, 恐未及
交鋒, 便生倒戈之心也. 妾等之見笑, 不足關念, 而只恐貽
羞於吾府中也."

丞相曰:

"我與蟾娘, 初遇於洛陽也, 蟾娘稱有靑樓三絶色, 而玉燕
亦在其中, 必此人也. 然靑樓絶色, 只有三人, 而今我已得
伏龍鳳雛, 何畏項羽之一范增乎?"

公主曰:

"越王姬妾中美色, 非獨一玉燕也."

蟾月曰:

欠<癸> "然則越宮中, 粉其腮, 而臙其頰者, 無非八公山草木也, 有

走而已. 吾何敢當哉? 願娘娘, 問策於狄娘. 妾本來膽弱,
聞此言, 便覺歌喉自廢, 恐不能唱一曲也."　　　　　　　欠<癸>

驚鴻憤然曰:

"蟾娘子, 此果眞說話耶? 吾兩人, 橫行於關東七十餘州,
擅名之妓樂, 無不聽之, 鳴世之美色, 無不見之, 此膝未曾
屈也, 何可遽讓於玉燕乎? 世有傾城傾國之漢宮夫人, 爲
雲爲雨之楚臺神女, 則或有一毫自歉之心, 不然, 彼玉燕,　欠<癸>
何足憚哉?"

蟾月曰:

"鴻娘發言, 何其太容易耶? 吾輩曾在關東, 所糸者, 大則
太守方伯之宴, 小則豪士俠客之會, 未遇强敵, 固其宜也.
今越王殿下, 生長於大內, 萬玉叢中, 眼目甚高, 評論太峻,
所謂觀太山, 而泛滄海者也, 丘垤之微, 涓流之細, 豈入於
眼孔乎? 此以孫吳而爲敵, 與賁育而鬪力, 非庸將孺子所
抗也, 況玉燕卽帷幄中張子房也, 能決勝於千里之外, 何可
輕之? 今鴻娘徒爲趙括之大談, 吾見其必敗也."

仍告丞相曰:

"狄娘有自多之心, 妾請言狄娘之短處. 狄娘之初從相公,
盜騎燕王千里馬, 自稱河北少年, 欺相公於邯鄲道上, 使鴻
娘苟有嬋姸嫋娜之態, 則相公豈以男子知之乎? 且承恩於
相公之日, 乘夜之昏, 假妾之身, 此所謂'因人成事'者也. 今
對賤妾, 有此誇大之言, 不亦可笑乎?"

驚鴻笑曰:

"信乎! 人心之不可測也! 賤妾之未從相公也, 譬之, 如月

殿姮娥, 今乃毁之, 如不直一錢者. 此不過丞相待妾, 過於
蟾娘, 故蟾娘欲專相公之寵, 有此妬忌之言也."

蟾娘及諸娘子, 皆大笑. 鄭夫人曰:

"狄娘之纖弱, 非不足也. 自是丞相一雙眸子, 不能淸明之
致也. 鴻娘名價, 不必以此而低也. 然蟾娘之言, 蓋是確論,
女子以男服欺人者, 必無女子之姿態也, 男子以女粧瞞人
者, 必缺丈夫之氣骨也, 皆因其不足處, 而逞其詐也."

丞相大笑曰:

"夫人此言, 蓋弄我也. 夫人一雙眸子, 亦不淸明, 能卞琴
曲, 而不能卞男子, 此有耳而無目也. 七竅無一, 則其可謂
全人乎? 夫人雖譏此身之殘劣, 見我凌烟閣畫像者, 皆稱
形體之壯, 威風之猛矣."

一座又大笑. 蟾月曰:

"方與勁敵對陣, 豈可徒爲戲談? 不可全恃吾兩人, 賈孺人
亦同往如何? 越王非外人, 淑人亦何嫌之有?"

秦氏曰:

"桂狄兩娘, 若入於女進士場中, 當效一寸之力矣. 歌舞之
場, 安用妾哉? 此所謂'驅市人而戰也', 桂娘必不能成功也."

春雲曰:

"春雲雖無歌舞之才, 惟妾一身, 貽笑於人, 則不過爲妾身
之羞, 豈不欲觀光於盛會哉? 妾若隨去, 則人必指笑曰, '彼
乃大丞相魏國公之妾也, 鄭夫人及公主之媵也', 然則此貽
笑於相公也, 貽憂於兩嫡也, 春雲決不可往矣."

公主曰:

“豈以春娘之去, 而相公被笑於人, 我亦因君而有憂乎?”

春雲曰:

“平鋪彩錦之步障, 高賽白雲之帳幕, 人皆曰, ‘楊丞相寵妾賈孺人來矣’, 駢肩接武, 爭先縱觀, 及其移步登筵, 乃蓬頭垢面也. 然則人皆大驚大吒, 以爲楊丞相有鄧都子之病也, 此非貽笑於相公乎? 至於越王殿下, 平生未嘗見累穢之物, 見妾必嘔逆, 而氣不平矣, 此非貽憂於娘娘乎?”

公主曰:

“甚矣! 春娘之謙也! 春娘昔者以人而爲鬼, 今欲以西施而爲無鹽, 春娘之言, 無足可信也.”

乃問於丞相曰:

“答書以何日爲期乎?”

丞相曰:

“約以明日會矣.”

鴻月大驚曰:

“兩部敎坊, 猶未下令, 勢已急矣, 可奈何哉?”

卽召頭妓, 而言曰:

“明日丞相與越王, 約會於樂遊原, 兩部諸妓, 須持樂器, 餙新粧, 明曉陪丞相行矣.”

八百妓女, 一時聞令, 皆理容畫眉, 執器習樂, 爲明日計矣. 翌曉天明, 丞相早起, 着戎服, 佩弧矢, 乘雪色千里崇山馬, 發獵士三千人, 擁向城南. 蟾月驚鴻, 彫金鏤玉, 綴花裁葉, 各率部妓, 結束隨行, 並乘五花之馬, 跨金鞍, 躡銀鐙, 橫拖珊瑚之鞭, 輕攬瑣珠之轡, 昵隨丞相之後. 八百紅粧, 皆

乘駿驄, 擁鴻月左右而去. 中路逢越王, 越王軍容女樂, 足
與丞相之行幷駕矣. 越王與丞相, 幷鑣而行, 問於丞相曰:
"丞相所騎之馬, 何國之種也?"

丞相曰:

"出於大宛國也. 大王之馬, 亦似宛種也."

越王曰:

"然. 此馬之名, 千里浮雲驄, 去年秋, 陪天子, 獵於上林,
天廐萬馬, 皆追風逸足, 而無追及於此者, 卽今張駙馬之桃
花驄, 李將軍之烏騅馬, 皆稱龍種, 而比此馬, 皆駑駘也."

丞相曰:

"去年討蕃國時, 深險之水, 嶄截之壁, 人不能着足, 而此馬
如踏平地, 未嘗一蹶. 少游之成功, 實賴此馬之力. 杜子美
所謂, '與人一心成大功'者, 非耶? 少游班師之後, 爵品驟
崇, 職務亦閑, 穩乘平轎, 緩行坦途, 人與馬俱欲生病矣, 請
與大王, 揮鞭一馳, 較健馬之快步, 試舊將之餘勇."

越王大喜曰:

"亦吾意也."

遂分付於侍者, 使兩家賓客及女樂, 歸待於幕次, 正欲擧鞭
策馬矣. 適有大鹿, 爲獵軍所逐, 掠過越王之前, 王使馬前
壯士射之. 於是衆矢齊發, 皆不能中, 王大怒, 躍馬而出,
以一矢, 射其左脅而殪之, 衆軍皆呼千歲. 丞相稱之曰:

"大王神弓, 無異汝陽王也."

王曰:

"小技何足稱乎? 我欲見丞相射法, 亦可試否?"

言未訖, 天鴉一雙, 適白雲間飛來. 諸軍皆曰:

"此禽最難射也, 宜用海東靑也."

丞相笑曰:

"汝姑勿放."

卽抽箭, 翻身仰射, 中鵝左目, 而墜於馬前. 越王大贊曰:

"丞相妙手, 今之養由已也."

鴉＜癸＞

基＜老＞

兩人遂揮鞭一哨, 兩馬齊出, 星流電邁, 神行鬼閃, 瞬息之間, 已涉大野, 而登高丘矣. 按轡並立, 周覽山川, 領略風景, 仍論射法釰術, 娓娓不止. 侍者始追及, 以所獲蒼鹿白鵝, 盛銀盤而進之, 兩人下馬, 披草而坐. 拔所佩寶刀, 割肉炙啗, 互勸深盃. 遙見紅袍兩官, 飛鞍而來, 一隊從人, 隨其後, 蓋自城中而出也. 一人疾走而告曰:

"兩殿宣醞矣."

越王往候幕中. 兩大監, 酌御賜黃封美酒, 以勸兩人, 仍授龍鳳彩箋一封, 兩人盥手, 跪伏圻見, 以大獵郊原爲題, 而賦進矣. 兩人頓首四拜, 各賦四韻一首, 付黃門而進之, 丞相詩曰:

晨驅壯士出郊垌, 釰若秋蓮矢若星
帳裡群娥天下白, 馬前雙翮海東靑
恩分玉醞爭含感, 醉拔金刀自割腥
仍憶去年西塞外, 大荒風雪獵王庭

越王詩曰:

蹙蹀飛龍閃電過, 御鞍鳴鼓立平坡

流星勢疾殲蒼鹿, 明月形開落白鵝

殺氣能敎豪興發, 聖恩留帶醉顔酡

汝陽神射君休說, 爭似今朝得雋多

黃門拜辭而歸. 於是, 兩家賓客, 以次列坐, 庖人進饌, 釘
鉹生香, 駝駱之峰, 猩猩之唇, 出於翠釜, 南越荔芰, 永嘉
黃柑, 相溢於玉盤, 王母瑤池之宴, 人無見者, 漢武栢梁之
會, 事已古矣. 不必强援而比之, 人間之珍品異羞, 蔑有加
於此者. 女樂數千, 三匝四圍, 羅綺成帷, 環珮如雷, 一束
纖腰, 爭妬垂楊之枝, 百隊嬌容, 欲奪烟花之色, 豪絲哀竹,
沸曲江之水, 冽唱繁音, 動終南之山. 酒半, 越王謂丞相曰:
"小生過蒙丞相厚眷, 而區區微誠, 無以自效, 携來小妾數
人, 欲賭丞相一歡, 請召至於前, 或歌或舞, 獻壽丞相如何?"
丞相謝曰:
"少游何敢與大王寵姬相對乎? 妄恃姻娅之誼, 敢有僭越
之計矣. 少游侍妾數人, 亦有爲觀盛會而來者, 少游亦欲呼
來, 使與大王侍妾, 各奏長技, 以助餘興."
王曰:
"丞相之敎, 亦好矣."
於是, 蟾月驚鴻及越宮四美人, 承命而至, 叩頭於帳前. 丞
相曰:
"昔者寧王畜一美人, 名曰芙蓉. 太白懇於寧王, 只聞其聲,
不得見其面. 今少游能見四仙之面, 所得比太白十陪矣. 彼

釘飯<老>
甘<癸>

何如<癸>

四美人姓名云何?"

四人起, 而對曰:

"妾等卽金陵杜雲仙, 陳留少蔡兒, 武昌萬玉燕, 長安胡英
英也."

丞相謂越王曰:

"少游曾以布衣, 遊於兩京間, 聞玉燕娘子之盛名, 如天上
人, 今見其面, 實過其名矣."

越王亦聞知蟾月兩人姓名, 乃曰:

鴻<癸老>

"此兩人, 天下之所共推者, 而今者皆入於丞相之府, 可謂
得其主矣. 未知丞相得此兩人, 於何時乎?"

丞相對曰:

"桂氏小游赴擧之日, 適至洛陽, 渠自從之, 狄女曾入於燕王
之宮, 少游奉使燕國也, 狄女抽身隨我, 追及於復路之日矣."

越王拍掌笑曰:

"狄娘子之俠氣, 非楊家紫衣者所比也. 然狄娘子從相公之
日, 相公職是翰林, 且受玉節, 則猶鳳之瑞, 人皆易見. 桂
娘子昔當相公之窮困, 能知今日之富貴, 所謂'識宰相於塵
埃'者也, 尤亦奇也. 未知丞相何以得逢於客路乎?"

丞相笑曰:

"少游追念其時之事, 誠可哈也. 下土窮儒, 一驢一童, 間關
遠路, 爲飢火所迫. 過飮村店之濁醪, 行過天津橋上, 適見
洛陽才子數十人, 大張娼樂於樓上, 飮酒賦詩. 少游以弊衣
破巾, 詣其座上, 蟾月亦在其中矣. 雖諸生奴僕, 未有如少
游之疲弊者. 而醉興方濃, 不知慙愧, 拾掇荒蕪之詞, 不知

欠<癸>

其詩意何如, 句格何如, 而桂娘拈出其詩於衆篇之中, 歌而咏之. 蓋座中初約, ‘諸人所作, 若入於桂娘之歌者, 則當讓與桂娘於其人’, 故不敢與少游相爭, 此亦緣也.”

越王大笑曰:

“丞相爲兩場壯元, 吾以爲天地間快樂之事, 是事之快, 高出於壯元上也. 其詩必妙也, 可得聞歟?”

丞相曰:

“醉中率爾之作, 何能記乎?”

王謂蟾月曰:

“丞相雖已忘之, 娘或記誦否?”

蟾月曰:

“賤妾尙能記之, 未知以紙筆寫呈乎, 以歌曲奏之乎?”

王尤喜曰:

悅<癸>　“若兼聞娘子之玉聲, 則尤快矣.”

蟾月就前, 以遏雲之聲, 歌以奏之, 滿座皆爲之動容. 王大加稱服曰:

“丞相之詩才, 蟾月之絶色淸歌, 足爲三絶也. 第三詩所謂, ‘花枝羞殺玉人粧, 未吐纖歌口已香’者, 能盡出蟾娘, 當使太白退步也. 近世之蘇句餬章, 抽黃媲白者, 安敢窺其藩籬乎?”

批<癸>

欠<癸>　遂滿酌金鍾, 以賞蟾月. 鴻月兩人, 與越王四美人, 迭舞交
少<癸>　歌, 獻壽賓主, 眞天生敵手, 小無衾差, 而況玉燕, 本與鴻月齊名? 其餘三人, 雖不及於玉燕, 亦不遠矣, 王頗自慰喜而已.

醉甚止巡, 與賓客, 出立於帳外, 見武士擊刺奔突之狀. 王曰:
"美女騎射, 亦甚可觀. 故吾宮中, 精熟弓馬者, 有數十人矣.
丞相府中美人, 亦必有自北方來者, 下令調發, 使之射雉逐
兎, 以助一場歡笑如何?"

丞相大喜, 命揀能爲弓馬者數十人, 使與越宮娥賭勝, 驚鴻
起告曰:

"雖不習操弧, 亦慣見他人之馳射, 今日欲暫試之矣."

丞相喜, 卽解給所珮畫弓, 驚鴻執弓而立, 謂諸美人曰:　　　則<癸>
"雖不能中, 願諸娘勿笑也."

乃飛上於駿馬, 馳突於帳前. 適有赤雉, 自草間騰上, 驚鴻
乍轉纖腰, 執弓鳴弦, 五色彩羽, 倏落於馬前. 丞相越王擊　　絃<癸>
掌大噱, 驚鴻轉身還馳, 下於帳外, 穩步就座, 諸美人皆稱
賀曰:

"吾輩虛做十年工夫矣."

此時, 所獲翎毛, 士委山積, 兩處射女, 所殪雉兎, 亦多矣.
各獻於座前, 丞相與越王, 等第其功, 各賞百金. 更成坐次,
俾停衆樂, 只使五六美人, 各奏淸絃, 洗酌更斟矣. 蟾月內　　欠<癸>
念曰:

"吾兩人, 雖不讓於越宮美女, 彼乃四人, 吾則一雙, 孤單甚　　欠<癸>
矣. 惜哉, 不拉春娘而來也! 歌舞, 雖非春娘之所長, 其艶　　恨<癸>
色美談, 豈不能壓倒雲仙輩乎?"

咄咄不已矣, 忽騁矚, 則兩美人, 自野外驅油壁車, 轉行於　　壁<癸>
綠陰芳草之上, 稍稍前進矣, 俄到帳門之外, 守門者問曰:　　欠<癸>
"自越宮來乎? 從魏府至乎?"

御者曰:

"此車上兩娘, 卽楊丞相小室, 適有些故, 初未偕來矣."

門卒入告於丞相, 丞相曰:

"是必春雲欲觀光而來, 行色何其太簡耶?"

卽命召入, 兩娘子, 捲珠箔自車中而出, 在前者沈裊烟, 在後者宛是夢中所見之洞庭龍女也. 兩人俱進丞相座下, 叩頭拜謁, 丞相指越王而言曰:

"此越王殿下也, 汝輩以禮謁之."

兩人禮畢, 丞相賜座, 使與鴻月同坐. 丞相謂王曰:

"彼兩人, 征伐西蕃時, 所得也. 近因多事, 未及率來, 必聞少游與大王同樂, 欲觀盛會而至矣."

王更見兩人, 其色, 與鴻月鴈行, 而縹緲之態, 超越之氣, 似加一節矣. 王大異之, 越宮美人, 亦皆顔如灰色矣. 王問曰:

"兩娘何姓名也, 何地人耶?"

一人對曰:

凉<癸> "小妾裊烟, 姓沈氏, 西㳽州人也."

一人又對曰:

"小妾凌波, 姓白氏, 曾居瀟湘之間, 不幸遭變, 避地西邊, 今從相公而來耳."

王曰:

"兩娘子, 殊非地上人也, 能解管絃否?"

裊烟對曰:

欠<癸> "小妾塞外賤妾也, 未嘗聞絲竹之聲, 將以何技以娛大王乎? 但兒時多事, 浪學釖舞, 而此乃軍中之戲, 恐非貴人所可見也."

王大喜, 謂丞相曰:

"玄宗朝公孫大娘釰舞, 名於天下, 其後此曲遂絶, 不傳於　　鳴<癸>
世. 我每咏杜子美詩, 而恨不及一快覩也, 此娘子能解釰
舞, 快莫甚焉."

與丞相, 各解贈所珮之釰, 裊烟捲袖解帶, 舞一曲於金鑾之
上. 倏閃揮爥, 縱橫頓挫, 紅粧白刃, 炫幻一色, 若三月飛雪
亂灑於桃花叢上. 俄而舞袖轉急, 釰鋒愈疾, 霜雪之色, 忽
滿帳中, 裊烟一身不復見矣. 忽有一丈靑虹, 橫亘天衢, 颯
颯寒飇, 自動於樽俎之間, 座中皆骨冷, 而髮竦矣. 裊烟欲　　上<癸> / 欠<癸>
盡所學之術, 恐驚動越王, 乃罷舞擲釰, 再拜而退. 王久乃
定神, 謂裊烟曰:

"世人釰舞, 何能臻此神妙之境? 我聞仙人多能釰術, 娘子　　境耶<老>
得非其人乎?"

裊烟曰:

"西方風俗, 好以兵器作戱, 故妾童穉之年, 雖或學習, 豈
有仙人之奇術乎?"

王曰:

"我還宮中, 當擇諸姬中便捷善舞者, 而送之, 望娘子勿憚　　授<癸>
敎掖之勞."

裊烟拜而受命. 王又問於凌波曰:

"娘子有何才乎?"

凌波對曰:

"妾家舊在湘水之上, 卽皇英所遊之處也. 有時乎天高夜靜,　　近<癸>

風淸月白, 則寶瑟之聲, 尙在於雲霄間, 故妾自兒時, 倣其
聲音, 自彈自樂而已. 而恐不合於貴人之耳也."

王曰:

"雖因古人詩句, 知湘妃之能彈琵琶, 而未聞其曲流傳於世
人也. 娘子若能傳得此曲, 啁啾俗樂, 何足聆乎?"

已而＜癸＞

凌波自袖中, 出二十五絃, 輒彈一曲, 哀怨淸切, 水落三峽,
鴈號長天, 四座忽凄然下淚. 而已, 千林自振, 秋聲乍動,
枝上病葉, 紛紛交墜. 越王大異之曰:

"吾不信人間曲律, 能回天地造化之權. 娘若人間之人, 則
何能使發育之春爲秋, 敷榮之葉自零也? 俗人亦可學此曲
歟?"

凌波曰:

"妾惟傳古曲之糟粕而已, 有何神妙之術, 而不可學乎?"

萬玉燕告於王曰:

"妾雖不才, 以平日所習之樂, 試奏白蓮曲矣."

斜抱秦箏, 進於席前, 以纖葱拂絃, 能奏二十五絃之聲, 運
指之法, 淸高流動, 殊可聽也. 丞相及鴻月兩人極稱之, 越
王甚悅.

駙馬罰飮金屈巵　聖主恩借翠微宮

是日, 樂遊原之宴, 烟波兩人, 末至助歡. 王及丞相, 興雖
有餘, 而野日將夕矣. 乃罷宴, 兩家各以金銀綵緞爲纏頭之
資, 量珠以斗, 堆錦如阜. 越王與丞相, 帶月色而歸, 入城

門, 鐘聲聞矣. 兩家女樂, 爭途迭先, 珮響如水, 香氣擁街, 遺簪墮珠, 盡入於馬蹄, 窸窣之聲, 聞於暗塵之外. 長安士女, 聚觀如堵, 百歲老翁, 垂淚而言曰:

"我昔髮未總時, 見玄宗皇帝, 幸華清宮, 其威儀如此. 不圖垂死之日, 復見太平景像也."

此時, 兩公主與秦賈兩娘, 陪大夫人, 正待丞相之還. 丞相上堂, 引沈裊烟白凌波, 現於大夫人及兩公主, 鄭夫人曰:

"丞相每言, 得賴兩娘子急難之恩, 幸成數千里拓土之功, 故吾每以曾未見爲恨矣. 兩娘之來, 何太晚耶?"

烟波對曰:

"妾等遠方鄕闍之人也. 雖蒙丞相一顧之恩, 惟恐兩夫人, 不虛一席之地, 未敢卽踵於門下矣. 頃入京師, 得聞於行路, 則皆稱兩公主, 有關雎喬木之德化, 被踈賤, 恩覃上下云, 故方欲冒僭進謁之際, 適値丞相觀獵之時, 叨叅盛事, 獲承下誨, 妾等之幸也." 許〈老〉

公主笑謂丞相曰:

"今日宮中, 花色正滿, 相公必自詫風流, 而此皆吾兄弟之功也. 相公知之乎?"

丞相大笑曰:

"俗云, '貴人喜譽言', 非妄也. 彼兩人新到宮中, 大畏公主威風, 有此詔言, 公主乃欲爲功耶?"

一座譁然大笑. 秦賈兩娘子, 問於蟾月兩人曰: 鴻〈老〉

"今日宴席, 勝負如何?"

驚鴻答曰:

“蟾娘笑妾大言矣, 妾以一言, 使越宮奪氣, 諸葛孔明, 以片
辝入江東掉三寸之舌, 說利害之機, 周公瑾魯子敬輩, 惟口
呿喘息, 而不敢吐氣. 平原君入楚定從, 十九人皆碌碌無
成, 使趙重於九鼎大呂者, 非毛先生一人之功乎? 妾之大,
故言亦大, 之言未必無實也. 問於蟾娘, 則可知妾言之非妄
也.”

蟾月曰:

“鴻娘弓馬之才, 不可謂不妙, 而用於風流, 陣則雖或可稱,
置於矢石場, 則安能馳一步, 而發一矢乎? 越宮奪氣, 所以
服新到, 兩娘子仙貌仙才也, 何足爲鴻娘之功乎? 我有一
言, 當向鴻娘說也. 春秋之時, 賈大夫貌甚醜陋, 天下所共
唾也. 娶妻三年, 其妻未曾一笑, 與妻出郊, 適射獲一雉,
其妻始笑之. 鴻娘之射雉, 或與賈大夫同乎?”

驚鴻曰:

“以賈大夫之醜貌, 能因弓馬之才, 睹得其妻之笑, 若使
才有色, 而且能射雉, 則尤豈不使人愛敬乎?”

蟾月笑曰:

“鴻娘之自誇, 逾往而愈甚, 此無非丞相寵愛之過, 而驕其
心也.”

丞相笑曰:

“我固知蟾娘之多才, 而不知有經術也, 今復兼春秋之癖也.”

蟾月曰:

“妾閑時, 或涉獵經史, 而豈曰能之?”

翌日, 丞相入朝於上, 太后召見丞相及越王, 兩公主已入宮

在座矣. 太后謂越王曰:

"吾兒昨日與丞相, 以春色相較, 孰勝孰負?"

越王奏曰:

"駙馬完福, 非人所爭, 但丞相如此之福, 在女子, 亦爲福
乎, 不爲福乎?"

娘娘以此, 問于丞相, 丞相奏曰:

"越王謂不勝於臣者, 正如李白見崔顥詩, 而奪其氣也. 於
公主, 爲福不爲福, 臣非公主不能自知, 問于公主."

太后笑顧兩公主, 公主對曰:

"夫婦一身, 榮辱苦樂, 不宜異同. 丈夫有福, 則女子亦有福
也, 丈夫無福, 則女子亦無福也, 丞相之所樂, 小女亦同樂
而已."

越王曰:

"妹氏之言雖好, 非肺腑之言也. 自古駙馬, 未有如丞相之
放蕩者, 此由於紀綱之不嚴也, 願娘娘下少游於有司, 問輕
朝廷蔑國法之罪."

太后大笑曰:

"駙馬誠有罪矣. 若欲以法治之, 則其爲老身及兒女之憂不
淺, 故不得不屈公法, 而循私情矣."

越王復奏曰:

"雖然, 丞相之罪, 不可輕赦, 請推問於御前, 觀其援辭而處
之, 可也."

太后大笑, 使越工代草問目, 有曰:

陽<癸>　自前古, 爲駙馬者, 不敢畜姬妾者, 非風流之不足也, 非衣
食之不瞻也. 蓋所以敬君父也, 尊國體也, 況蘭英兩公主,
以位則寡人之女也, 以行則姙姒之德也? 駙馬楊少游, 不
思敬奉之道, 徒懷狂蕩之心, 栖心於粉黛之窟, 遊意於綺羅
之叢, 獵取美色, 甚於飢渴, 朝求於東, 暮取於西, 眼窮燕
趙之色, 耳飫鄭衛之聲, 蟻屯於臺榭, 蜂鬧於房闥, 兩公主
雖以樛木之德, 不生妬忌之心, 在少游敬謹之道, 安敢乃
爾? 驕佚自恣之罪, 不可不懲. 毋隱直招, 以俟處分.

供<老>　丞相乃下殿伏地, 免冠待罪, 越王出立於欄外, 高聲讀問
目. 丞相聽訖, 納拱, 其辭曰:

小臣楊少游, 猥蒙兩殿之盛眷, 驟玷三台之崇班, 則榮已極
矣, 兩公主秉塞淵之德, 有琴瑟之和, 則願已足矣. 而童心
尙存, 豪氣不除, 過耽聲妓之樂, 略聚歌舞之女, 此無非小
臣狃於富貴, 溢於盛滿, 不知自檢之失. 而臣窃伏見國家
令甲, 爲駙馬者, 設有婢妾, 若婚聚前所得, 自有分揀之道,
小臣雖有府中侍妾, 淑人秦氏, 皇上所命, 宜不在指論之
列, 小妾賈氏, 臣曾在鄭家花園時, 使令於前者也, 小妾桂
褐<老>　狄沈白四介女, 或未及釋葛時所卜, 或奉命外國時所從, 而
皆在婚禮以前, 至若幷畜於府中, 蓋從公主之命也, 非小
欠<癸>　臣所敢自擅者也. 論以國制, 斷以王法, 宜無可論之罪, 而
聖敎至此, 惶恐遲晩.

太后覽畢, 大笑曰:

丈<老> / 恕<老>　"多畜姬妾, 不害爲大夫風度, 容有可怒, 而過好盃酌, 疾病

可慮, 推考可也."

越王復奏曰:

"駙馬府中, 不宜有姬妾, 少游雖諉於公主, 在其自處之道, 亨<癸>
實有萬萬不可者, 更以此推問可也."

丞相着急, 乃叩頭謝罪.

太后又笑曰:

"楊郎眞社稷臣也. 我豈以女婿待之?"

仍命整冠上殿. 越王又奏曰:

"少游功大, 雖難加罪, 國法亦嚴, 不可全釋, 宜用酒罰."

太后笑而許之, 宮女擎進白玉小盃. 越王曰:

"丞相酒量, 本來如鯨, 罪名亦重, 安用小盃?"

自擇能容一斗金屈卮, 滿酌淸冽酒而授之. 丞相酒戶雖寬,
連飮數斗, 安得不醉乎? 乃叩頭奏曰:

"牽牛過眷織女, 被譴聘岳, 少游以畜妾於家中, 被岳母之
罰, 爲天王家女婿, 誠難矣. 臣大醉, 請退去矣."

仍欲起, 而仆之. 太后大笑, 命宮女扶送於殿門之外, 謂兩
公主曰:

"丞相爲酒所困, 氣必不平, 汝等卽隨去.

公主承命, 卽隨丞相而去.

大夫人張燭堂上, 方待丞相, 見丞相大醉, 問曰:

"前日, 雖有宣醞之命, 不曾一醉矣, 何今過醉耶?"

丞相以醉眼, 怒視公主, 久而答曰:

"公主兄越王, 訴評於太后, 勒成小子之罪, 小子雖善爲說
辭, 僅得請脫. 越王必欲加罪, 挑於太后, 罰以毒酒, 小子

若無酒量, 幾乎死矣. 此雖越王含憾於樂原之見屈, 必欲報
復, 而亦蘭陽猜我姬妻太多, 乃生妬忌之心, 與其兄挾謀,
而必欲困我也. 平日仁厚之心, 不可恃矣. 伏望母親以一盃
酒, 罰蘭陽, 爲小子雪憤."

柳夫人曰:

"蘭陽之罪, 本不分明, 且不能飲一勺之酒, 汝欲使我罰之,
以茶代酒可也."

丞相曰:

"小子必欲以酒罰之."

柳夫人笑曰:

"公主若不飲罰酒, 則醉客之心, 必不解矣."

使侍女, 送罰酒於蘭陽公主. 執盃欲飲, 丞相忽然生疑, 欲
奪其盃而嘗之. 蘭陽急投於席上, 丞相以指濡盞底餘瀝, 吸
而嘗之, 乃沙糖汁也. 丞相曰:

"太后娘娘, 若以沙糖水罰小子, 則母親亦當以沙糖水罰蘭
陽, 而小子所飲者酒也. 蘭陽安得獨飲沙糖水乎?"

招侍女曰:

"持酒樽而來."

自酌一盃而送之, 公主不得已盡飲. 丞相又告於夫人曰:

"勸太后而罰臣者, 雖蘭陽, 鄭氏亦與其謀, 故在太后座前,
見兒子受困, 目蘭陽而笑之, 其心不可測矣. 願母親又罰
鄭氏."

夫人大笑, 又以罰盃, 送於鄭氏, 鄭氏離座而飲. 夫人曰:

公主<癸> "太后娘娘, 罰少游, 因少游姬妾, 而今主母兩人, 皆飲罰

酒, 姬妾等安得晏然乎?"

丞相曰:

"越王樂原之會, 蓋爲鬪色. 而鴻月烟波, 以小擊衆, 以弱敵
强, 一戰樹勳, 先奏捷書, 致令越王懷感, 仍使小子受罰,
此四人可罰也."

柳夫人曰:

"勝戰者亦有罰乎? 醉客之言可笑."

卽招四人, 各罰一盃, 四人飲畢, 鴻月兩人, 跪奏於柳夫人曰:

"太后娘娘之罰丞相, 實責姬妾之多, 非爲樂遊原之勝也. 貴<癸>
彼烟波兩人, 尙未奉丞相枕席, 而與妾同飲罰酒, 不亦寃枉
乎? 賈孺人奉櫛於丞相, 如彼之久, 受恩於丞相, 如彼之專,
而且不叅樂園之會, 獨免此罰, 下情皆菀抑矣." 原<癸老>

柳夫人曰:

"汝輩之言是也."

以一大盃, 罰春雲, 春娘含笑而飲.

此時, 諸人皆飲罰盃, 座中頗覺粉紅, 蘭陽公主, 被困於酒,
不堪其苦, 而惟秦淑人端坐座隅, 不言不笑. 丞相曰:

"秦氏獨醒, 窃笑醉客之顚狂, 亦不可不罰."

滿酌一盃而傳之, 秦氏亦笑而飲. 柳夫人問於公主曰:

"公主素不飲酒, 酒後之氣何如?"

答曰:

"頭疼正苦矣."

柳夫人使秦氏, 扶歸寢房, 仍使春雲酌酒而來, 把酒而言曰:

"吾之兩婦, 女中之聖也, 吾每恐損福矣, 少游酗酒使狂, 至

令公主不寧, 太后娘娘, 若聞之, 則必過慮矣. 老身不能教
誨兒子, 有此妄擧, 老身亦不可謂無罪. 吾以此盃, 自罰矣."

盡飮之, 丞相惶恐, 跪告曰:

"母親因兒子狂悖, 有此自罰之敎, 兒子之罪, 豈當笞而止
哉?"

使驚鴻, 滿酌一大椀而來, 執臺而跪曰:

"少游不從母親之敎令, 未免貽憂於母親, 謹飮罰酒矣."

盡吸大醉, 不能定坐, 而欲向凝香閣, 以手指之, 大夫人使
春雲, 扶而往之, 春雲曰:

"賤妾不敢陪往矣, 桂娘子狄娘子妬小妾有寵矣."

鴻<老>   仍囑蟾月兩娘, 使之扶去, 蟾月曰:

欠<癸>   "春娘子因吾一言而不去, 妾尤有嫌矣."

欠<癸>   驚鴻笑而起, 扶携丞相而去, 諸人乃散.

丞相以烟波兩人, 性愛山水, 花園中有一畝芳溏, 淸若江

池<癸> / 池<癸老>   湖也. 中有彩閣, 名映蛾樓, 使凌波居之, 他之南有假山,
尖峰瓛玉, 重壁積鐵, 老松陰密, 瘦竹影踈, 中有一亭, 名
曰氷雪軒, 使裊烟居之, 諸夫人及衆娘子, 遊花園之時, 則
兩人爲山中主人矣. 諸人從容謂凌波曰:

"娘子神通變化, 可得一觀乎?"

凌波對曰:

"此賤妾前身之事, 妾乘天地之運, 借造化之力, 盡脫前身,
幻受人形, 所脫鱗甲, 堆積如山, 雀變爲蛤之後, 豈有兩翼,
可以翶翔乎?"

諸夫人曰:

"理固然矣."

裊烟雖時時舞釖於大夫人及丞相兩公主之前, 以供一時之
翫, 而亦不肯頻舞, 曰:

"當時雖借釖術, 以逢丞相, 而殺伐之戲, 元非常時所可見
也."

此後, 兩夫人六娘子, 相得之樂, 如魚川泳而鳥雲飛, 相隨
相依, 如箎如塤, 丞相恩情, 彼此均一. 此雖諸夫人聖德, 能
致一家之和, 而蓋當初九人, 在南岳時, 其發願如此故也.

一日, 兩公主相議曰:

"古之人娣妹諸人, 婚嫁於一國之內, 或有爲人妻者, 或有
爲人妾者, 而今吾二妻六妾, 義逾骨肉, 情同娣妹, 其中或
有從外國而來者, 豈非天之所命乎? 身姓之不同, 位次之
不齊, 有不足拘也, 當結爲兄弟, 以娣妹稱之可也."

以此意, 言於六娘子, 六娘子皆力辭, 而春雲鴻月, 尤落落
不應. 鄭夫人曰:

"劉關張三人, 君臣也, 終不廢兄弟之義. 我與春娘, 自是閨
中管鮑之交也, 爲兄爲弟, 何不可之有? 世尊之妻, 本家之　　東<老>
女, 尊卑絶矣, 貞淫別矣, 同爲大釋之弟子, 終得上乘之正
果, 厥初微賤, 何關於畢境之成就?"　　　　　　　　　　　　竟<老> /
　　　　　　　　　　　　　　　　　　　　　　　　　　　就乎<老>

兩公主遂與六娘子, 詣宮中所藏觀音畫像之前, 焚香展拜,
作誓文而告之. 其文曰:

維年月日, 弟子鄭氏瓊貝, 簫和李氏, 彩鳳秦氏, 春雲賈氏,
蟾月桂氏, 驚鴻狄氏, 裊烟沈氏, 凌波白氏, 越宿齊沐, 謹告　　齋<癸老>
于南海大師之前. 世之人, 或有以四海之人, 而爲兄弟者,

何則以其氣味之合也, 或有以天倫之親, 而爲路人者, 何則以其情志之乖也? 弟子八人等, 始雖各生於南北, 散處於東西, 而及長, 同事一人, 同居一室, 氣相合也, 義相孚也.

撼<老>

比之於物, 一枝之花, 爲風雨所憾, 或落於宮殿, 或飄於閨閣, 或墜於陌上, 或飛於山中, 或隨溪流, 而達於江湖, 然言其本, 則同一根也. 惟其同根也, 故花木無心之物, 而其始也, 同開於枝, 其終也, 同歸於地, 人之所同受者, 亦一氣而已, 則氣之散也. 豈不同歸於一處乎? 古今遼濶, 而生幷一時, 四海廣大, 而居同一室, 此實前生之宿緣, 人生之幸會. 是以弟子等八人, 同約同盟, 結爲兄弟, 一吉一凶, 一生一死, 必欲之相隨而不相離也. 八人中, 苟有懷異心, 而背矢言者, 則天必殛之, 神必忌之. 伏望大師, 降福消災, 以佑妾等, 使百年之後, 同歸於極樂世界, 幸甚.

此後,
六娘子雖自守
名分,
不敢兄弟稱號,
而兩夫人以妹
子呼之<老>

兩夫人以妹子呼之. 此後, 六娘子雖自守名分, 不敢以兄弟稱號, 而恩愛愈密. 八人皆各有子女, 兩夫人及春雲蟾月裊烟驚鴻生男子, 彩鳳凌波皆生女子, 而未嘗見産育之慘, 此亦與凡人殊.

欠<癸>

時天下昇平, 民安物阜, 廟堂之上, 無一事可規畫者, 丞相出, 則陪聖天子, 遊獵於上苑, 入則奉大夫人, 讌樂於北堂, 傲傲舞袖. 任它光陰之流邁, 嘈嘈急絃, 催却春秋之代謝, 丞相躡沙堤, 而執匀衡者, 已累十年, 享萬鍾之富, 盡三牲之養.

欠<癸>

否<老>

泰極丕至, 天道之恒, 興盡悲來, 人事之常也. 柳夫人以天年終, 壽九十九矣. 丞相哀毀逾禮, 幾乎滅性, 兩殿憂之,

遣中使, 勉諭節哀, 以王后禮葬之. 鄭司徒夫妻, 亦得上壽
而終, 丞相悲悼之情, 不下於鄭夫人. 丞相六男二女, 皆有
父母標致, 玉樹芝蘭, 幷耀於門闌. 第一子名大卿, 鄭夫人
出也, 爲吏部尙書. 其次曰次卿, 狄氏出也, 爲京兆尹. 次
曰舜卿, 賈氏出也, 爲御史中丞. 次曰季卿, 蘭陽公主出也,
爲兵部侍郞. 次曰五卿, 桂氏出也, 爲翰林學士. 次曰致卿,
沈氏出也, 年十五, 勇力絶倫, 智略如神, 上大愛之, 爲金
吾上將軍, 將京營軍十萬, 宿衛宮禁. 長女名傳丹, 秦氏出
也, 爲越王子琅耶王妃. 次女名永樂, 白氏出也, 爲皇太子
妾, 後封婕妤.

楊丞相以一介書生, 遇知己之主, 値有爲之時, 武定禍亂,
文致太平, 功名富貴, 與郭汾陽齊名, 而汾陽六十方爲上
將, 少游二十出爲大將, 入爲丞相, 久居鼎位, 協贊國政,
過於汾陽, 二十四考. 上得君心, 下協人望, 坐享豊亨, 豫
大之樂, 誠歷千古絶百代, 而所未聞也. 丞相, 自以盛滿可
戒, 大名難居, 乃上疏乞退. 其疏曰:

臣某謹頓首百拜, 上言于皇帝陛下. 臣窃伏以人臣之落地
而願者, 不過曰將相也, 曰公侯也, 官至將相公侯, 則無餘
願矣. 父母之爲子而祝者, 不過曰功名也, 曰富貴也, 身致
功名富貴, 則無餘望矣. 然則將相公侯之榮, 功名富貴之
樂, 豈非人心之所艶慕, 時俗之所傾奪者乎? 人所同艶, 而
不知盛滿之戒, 時所共爭, 而未免滅頂之禍, 此廣受所以
決勇退之志也, 田竇所以遭傾覆之災也. 將相公侯, 雖可
榮, 而孰如知足乞骸之榮也, 功名富貴, 雖可樂, 而孰如全

身保家之樂哉? 臣才謏能薄, 而躐取高位, 功淺望蔑, 而久
玷要路, 貴已極於人臣, 榮亦及於父母. 臣之始願, 亦不敢
萬一於此, 人豈以是而期臣哉? 況猥以踈逖, 聯結椒掖, 視
遇異於群臣, 恩賚出於格外, 以藜莧之腸肚, 而飫錦欒之
味, 以蓬蒿之蹤跡, 而處沁水之園, 上以貽聖主之辱, 下而
乖賤臣之分, 臣豈敢自安於食息乎? 早欲歛迹避榮, 杜門
辭恩, 以償越濫冒之罪, 自謝於天地神明, 而聖恩隆重, 未

損<癸> / 認<癸>

效涓涘之報, 且臣筋力尙堪驅策之勞, 故臣不得不浹浤蹲
居, 遲回不去, 擬效一分報酬之誠, 而卽退守丘園, 以畢餘

欠<癸>

生矣. 今殊遇未答, 而年齡倏高, 微悃莫展, 而齒髮先衰,
形如病木, 不秋而自枯, 心如眢井, 不汲而自渴, 雖欲復效

山岳<癸>

犬馬之力, 報丘山之德, 其勢末由矣. 今天下賴陛下神聖,

驚<癸>

四夷率服, 兵革不用, 萬民又安, 桴鼓不警, 天休滋至, 年

穀<癸老>

谷累登, 庶幾致三代大同熙皞之治矣. 雖令臣久留輦轂之
下, 冒居廟堂之上, 不過奉朝請, 而費廩粟, 坐聽康衢擊壤
之歌而已, 尙何有經理猷爲之事乎? 噫! 君臣猶父子也,
父母之心, 雖不肖不才之子, 在於膝下, 則喜之, 出於門外
則思之. 臣伏想陛下, 必以臣爲簪履舊物經幄, 老臣不忍
其一朝退去. 而嗚呼! 人子之思父母, 何異於父母之愛其
子也? 臣荷陛下眷注之寵, 旣至矣, 沐陛下生成之澤, 亦深
矣. 一毫一毛, 莫非造化陶鑄之功, 則臣亦豈欲遠辭天陛
退伏兵墼, 便訣堯舜之聖哉? 第已盈之器, 不可使濫, 已泛
之駕, 不可復乘, 伏乞陛下諒臣不堪任事, 察臣不願居尊,
特許卷歸松楸, 以保殘齡, 俾免亢龍之悔. 當歌詠聖德, 感
激洪私, 以圖結草之報矣.

上覽其疏, 乃以手書, 賜批曰:

卿勳業, 溢於鍾鼎, 德澤被於生靈, 學術足以贊治, 威望足
以鎭國, 卿卽國家之柱石, 寡躬之股肱也. 昔太公召公, 齒
幾百歲, 而尙輔周室, 能致至理, 今卿旣非禮經所謂致仕之
年, 則卿雖謝事徑退, 朕不可許矣. 況張壁疆, 本有仙骨, 　　壁<癸>
郪侯老猶不衰, 松柏傲霜雪而猶勁, 蒲柳値秋風而先零, 此
其性質之堅脆不同也. 卿自有松栢之操, 何憂浦柳之衰乎?
朕觀卿風彩猶新, 不減於玉堂草詔之日, 精力尙旺, 不讓於
渭橋討賊之時, 卿雖稱老, 朕固不信. 須回箕山之高節, 以
贊唐虞之至治, 是朕之望也.

丞相以前世佛門高弟, 且受藍田山道人秘訣, 多有修鍊之
功, 故春秋雖高, 容顏不衰, 時人皆以仙人擬之, 是以詔書
中及之. 此後丞相又上疏, 求退甚懇. 上引見曰:
“卿辭一至於此, 朕豈不能勉副, 以成卿五湖高節乎? 但卿
若就所封之國, 非徒國家大事, 無可與相議者, 況今皇太
后, 駟馭上賓, 長秋已空, 朕何忍與英陽及蘭陽相離也? 城
南四十里, 有離宮, 卽翠微宮也, 昔玄宗, 避暑之處也. 此
宮窈而深, 僻而曠, 可合暮年優遊. 故特賜卿, 使之居處矣.”　　傷<癸>
卽下詔, 加封丞相魏國公爵太史, 又加賞封五千戶, 姑收
丞相印綬　　　　　　　　　　　　　　　　　　　　　　　綬<癸老>

楊丞相登高望遠　眞上人返本還元

丞相尤感聖恩, 叩頭祗謝, 擧家卽移接於翠微宮. 此宮在終
南山中, 樓臺之壯麗, 景致之奇絶, 卽蓬萊仙境也. 王維學士
詩曰, '仙居未必能勝此, 何事吹嘯向碧空.' 以此一句, 可占
其絶勝矣. 丞相空其正殿, 奉安詔旨及御製詩文, 其餘樓閣
臺榭, 兩公主諸娘子分居. 丞相日與兩夫人六娘子, 臨水弄
月, 入谷尋梅, 過雲壁, 則賦詩而寫之, 坐松陰, 則橫琴而彈
之, 晚年淸果之朴, 令人起羨.

福<老>

丞相就閑謝客, 亦已累年矣. 仲秋旣望, 卽丞相晬日, 諸子
女設宴獻壽, 至十餘日, 繁華景色, 不可言也. 宴罷, 諸子
女各歸其家, 俄而菊秋佳節, 已迫矣. 菊花綻蕚, 茱萸垂實,
正當登高之時也. 翠微宮西畔有高臺, 登臨, 則八百里秦
川, 如掌樣見也, 丞相最愛其臺.

是日與兩夫人六娘子, 登其上, 頭揷一枝黃菊, 以賞秋景,
相對暢飮. 而已返照倒射於昆明, 雲影低垂於廣野, 秋色燦
爛如展活畫. 丞相手把玉簫, 自吹一曲, 其聲嗚嗚咽咽, 如
怨如訴, 如泣如思, 若荊卿渡易水, 與高漸離, 擊筑相和, 伯
王在帳中, 與虞美人, 唱歌怨別, 諸美人悲思盈襟, 慘怛不
樂. 兩夫人問曰:

沽<癸>

"丞相早成功名, 久享富貴, 一世所美, 近古所罕. 當此佳
辰, 風景正美, 菊英泛觴, 玉人滿座, 之亦人生之樂事, 而
簫聲甚哀, 使人堪涕, 今日之簫聲, 非舊日之聞, 何也?"
丞相乃投玉簫, 徒倚欄頭, 擧手指明月而言曰:

此<癸>

"北望則平郊四廣, 頹嶺獨立, 夕照殘影, 明滅於荒草之間

者, 卽秦始皇阿房宮也. 西望則悲風悄林, 暮雲冪山者, 漢
武帝茂陵也. 東望則粉墻繚繞於靑山, 朱甍隱暎於碧空, 且

繚〈老〉

有明月, 自來自去, 玉欄干頭, 更無人倚者, 卽玄宗皇帝,
與太眞同遊之華淸宮也. 噫! 此三君, 皆千古英雄, 以四海
爲戶庭, 以億兆爲臣妾, 雄豪意氣, 軒輊宇宙, 直欲挽三光,

輊〈癸〉

而閱千歲矣, 而今安在哉?

少游以河東一布衣, 恩承聖主, 位致將相, 且與諸娘子相
遇, 厚意深情, 至老益密, 非前生未了之緣, 必不及於是也.
男女以緣而會, 緣盡而散, 乃天理之常也. 吾輩一歸之後,
高臺自頹, 曲池且堙, 今日歌殿舞榭, 便作衰草寒烟, 必有
樵童牧兒, 悲歌暗歎, 往來而相謂曰, '此乃楊丞相, 與諸娘
子, 所遊之處. 大丞相富貴風流, 諸娘子玉容花態, 已寂寞
矣', 人生到此, 則豈不如一瞬之頃乎?

天下有三道, 曰儒道, 曰仙道, 曰佛道, 三道之中, 惟佛最
高. 儒道成全, 明倫紀, 貴事業, 留名於身後而已. 仙道近
誕, 自古求之者甚多, 而終無所驗, 秦皇漢武及玄宗皇帝,
可鑑也. 吾自致仕來此, 每夜着睡, 則夢中必叅禪於蒲團之
上, 此必與佛家, 有緣也. 我將效張子房, 從赤松子, 棄家
求道, 越南海, 尋觀音, 上義臺, 禮文殊, 得不生不滅之道,
欲超塵世之苦海. 但與君輩, 半生相從, 而未幾將作遠別,
故悲愴之心, 必自發於簫聲之中也."

諸娘子前身, 皆南岳仙女, 且塵緣將盡於此時也. 及聞丞相
之言, 自有感動之心, 齊言曰:

各〈癸〉

"相公繁華之中, 乃有是心, 豈非天之所啓乎? 妾等娣妹八

人, 當共處深閨, 朝夕禮佛, 以待相公之還. 而相公今行,
必値明師, 而遇良朋, 得聞大道矣, 伏望得道之後, 必先敎
妾等."

丞相大喜曰:

"吾九人之心, 旣相合矣, 尙何事之可慮乎? 我當以明日作
行矣."

諸娘子曰:

"妾等當各奉一盃, 以餞丞相矣."

女<癸>　方命侍兒, 洗盞更酌, 投节之聲, 忽出於欄外石逕, 諸人皆
曰:

"何許人敢來於是處乎?"

而已有一衲胡僧至前, 厖眉尺長, 碧眼波明, 形貌動靜, 甚
異矣. 上高臺, 與丞相相對坐曰:

"山野之人, 謁於大丞相矣."

丞相已知非俗僧, 忙起答禮曰:

"師傅來從何處乎?"

胡僧笑曰:

"丞相不解平生故人乎? 曾聞貴人善忘, 果是也."

丞相熟視之, 似是舊面, 而猶不分明矣, 忽大悟, 顧諸夫人
而言曰:

欠<癸>　"少游曾伐吐蕃時, 夢叅於洞庭龍王之宴, 歸路暫上於南岳,
見老和尙跏趺於法座, 與衆弟子等, 講佛經矣. 師傅無乃
夢中所見之和尙乎?"

胡僧拍掌大笑曰:

"是矣, 是矣. 然只記夢中之一見, 不記十年之同處, 誰謂

楊丞相聰明乎?"

丞相憫然曰:

"少游十六歲以前, 不離父母之眼前, 十六歲登第, 連有職
名, 不出京城, 南使燕鎭, 西擊吐蕃之外, 足跡無所及處,
何時與師傅, 十年相從乎?"

胡僧笑曰:

"丞相尙未醒昏夢矣."

少游曰:

"師傅可能使少游大覺乎?"

胡僧曰:

"此不難矣."

高擧手中錫杖, 大叩欄干至再, 遽有白雲亂起於四面山谷
之間, 陣陣飛來, 環擁臺上, 昏昏暗暗, 尋丈不卞, 丞相若
在醉夢中矣. 良久乃大聲疾呼曰:

"師傅不以正道, 指敎少游, 乃以幻術相戲耶?"

言未盡, 雲氣盡捲, 胡僧及兩夫人六娘子, 皆無蹤跡矣. 大
驚大惑, 定睛詳視, 則層樓複臺, 踈簾密箔, 都不可見. 而
自顧其身, 則獨在小庵中蒲團上, 火消香爐, 月在西峰, 自
撫其頭, 則頭髮新剃, 餘根鬆鬆, 百八顆念珠, 已垂項前,
眞是小和尙形摸, 非復大丞相威儀. 神情惚惚, 胸膈憧憧

矣. 旣久忽覺, 其身是蓮花道場性眞小和尙也. 回念, 初被
師傅戒責, 隨力士, 徃豊都, 幻生人世, 爲楊家之子, 早捷
壯元, 爲翰苑之官, 出將三軍, 入摠百揆, 上疏乞退, 謝事
就閑, 與兩公主六娘子, 對歌舞聽琴瑟, 盂酒團欒, 晨昏行

樂, 皆一場春夢中事耳. 乃曰:

"此必師傅知吾一念之差, 俾著人間之夢, 要令性眞, 知富貴繁華, 男女情慾, 皆妄幻也."

急向石泉, 淨洗其面, 着衲整弁, 自詣方丈, 衆闍梨已齊會矣. 大師高聲問曰:

"性眞, 人間滋味果如何耶?"

性眞叩頭流涕曰:

"性眞已大覺矣. 弟子無狀, 操心不正, 自作之孽, 誰怨誰咎? 宜處缺陷之世界, 永受輪回之咎殃, 而師傅喚起一夜之夢, 能悟性眞之心, 師傅大恩, 雖閱千萬塵, 而不可報也."

塵劫<癸>

大師曰:

"汝乘興而去, 興盡而來, 我有何干與之事乎? 且汝曰, '弟子夢人間輪回之事', 此汝以夢與人世, 分而二之也, 汝夢猶未覺也. 莊周夢爲蝴蝶, 蝴蝶又變爲莊周, '莊周之夢, 爲蝴蝶耶? 蝴蝶之夢, 爲莊周耶?', 終不能卞之, 孰知何事之爲夢, 何事之爲眞耶? 今汝以性眞爲汝身, 以夢爲汝身之夢, 則汝亦以身與夢, 謂非一物也. 性眞少游, 孰是夢也? 孰非夢也?"

且<癸>

性眞曰:

"弟子蒙暗, 不能卞夢非眞也, 眞非夢也. 望師傅設法, 使弟子覺之."

大師曰:

設<癸> / 暫<癸>

"我當說金剛經大法, 以悟汝心, 而當有新來弟子, 汝姑待之."

言未畢, 守門道人入告曰:

"昨日所來衛夫人座下仙女八人, 又到請謁於大師矣."

大師命召之, 八仙女詣大師之前, 合掌叩頭曰:

"弟子等雖侍衛夫人左右, 而實無所學, 未制妄念, 情慾乍動, 重譴隨至, 塵土一夢, 無人喚醒. 幸蒙師傅慈悲, 親往挈來, 而昨往衛夫人宮中, 摧謝前日之罪, 旋辭夫人, 永歸佛門, 伏乞師傅快赦舊愆, 特垂明敎."

大師曰:

"女仙之意雖美, 佛法深遠, 不可猝學, 非大德量大發願, 則道不能成矣. 惟仙女自量而處之."   仙女<癸>

八仙女卽退, 滌滿面之臙粉, 脫遍身之綺縠, 取金剪刀, 自剃綠雲之髮. 復入告曰:

"弟子等旣已變形, 誓不慢師傅之敎訓矣."

大師曰:

"善哉, 善哉! 汝等八人也. 至誠如此, 寧不感動?"

遂引上法座, 講說經文, 其經有, '白毫光射世界, 天花下如亂雨'等語. 說法將畢, 乃誦四句之偈, 性眞及八尼姑, 皆頓悟本性, 大得寂滅之道. 大師見性眞戒行純熟, 乃會衆弟子, 而言曰:

"我本爲傳道, 遠入中國, 今旣得傳法之人, 我今行矣."

以袈裟及一鉢淨瓶錫杖金剛經一卷, 給性眞, 遂向西天而去.

此後性眞率蓮花道場大衆, 大宣敎化, 仙與龍神, 人與鬼物, 尊重性眞, 如六觀大師, 八尼皆師事性眞, 深得菩薩大得<癸>　　道, 畢境皆歸於極樂世界. 嗚呼異哉!

崇禎後三度癸亥<癸>　崇禎後再度乙巳 錦城午門新刊

부록

『금강경』과 〈구운몽〉

〈구운몽〉의 문예미학적 접근

『금강경』과 〈구운몽〉

1.

　〈구운몽〉은 한국 고소설 가운데 사상이 또렷하게 담겨진 유니크한 작품이다. 즉, 〈구운몽〉은 사상과 敍情과의 조화가 극치를 이룬 가장 뛰어난 소설이라는 것이다. 문학 작품은 내용과 형식으로 이루어진다. 문예 작품도 예술의 한 분야인 만큼 내용에 치우쳐도 안 되고, 그렇다고 하여 형식, 즉 심미성에만 치중할 수도 없다. 말하자면 이 두 가지의 균형을 이상으로 한다. 그래서 오늘날의 작가들은 문학 작품에 있어서 내용과 형식의 조화를 꾀한다. 그런데 이미 3백여 년 전에 서포 김만중은 〈구운몽〉이란 대작으로써 능히 내용과 형식의 조화를 이루어 놓았다.

　그러면 〈구운몽〉의 사상은 무엇일까. 이에 대해 종래부터 유・불・도 삼교사상의 화합이니, 혹은 일부다처주의니, 혹은 불가의 윤회사상이니 다채롭게 논의되어 왔다. 이에 대해 필자가 근래에 이들의 삼교화합설, 혹은 윤회사상설 등을 부정하고, 〈구운몽〉이 불교사상, 좀 더 좁혀 말하면 『금강경』을 바탕으로 하는 空사상으로 이루어진 작품이

란 것을 강조한 바 있다.[1] 그런데 요새 또다시 <구운몽>의 사상이 삼
교사상, 혹은 불가의 윤회사상이란 설이 나돌고 있다. 이들의 중요한
미스는 졸고「구운몽의 근원사상고」를 읽지 않았거나, 혹은 아전인수
격으로 옛 학설을 무리하게 정당화하는 데서 기인한 것이 아닌가 한다.

이 글에서는『금강경』을 바탕으로 하는 空사상이라는 필자의 주장
을 재확인하는 의도에서, 「금강경과 구운몽」이란 논제로 <구운몽>의
사상에 대해 더욱 축소 구체화하여 논할까 한다.

그러면 먼저『금강경』의 내용을 서술하고 나서, <구운몽>의 내용을
분석한 후『금강경』과 <구운몽>의 相乘 관계를 논증하기로 한다.

2.

『金剛般若波羅密經』(vajracchedikā-prajñāpāramitā-sūra)은 불타
가 한때 舍衛國 祇樹給孤園에 있을 때, 釋尊의 老弟子 須菩提의 질문
에 대해 我相・人相・衆生相・壽者相 등에 집착해서 布施・持戒 등
의 바라밀을 행하여도 진정한 菩薩行이 될 수 없고, 無所入・無所
住・無所得으로 淸淨한 마음이 생기면, 불토도 또한 청정할 수 있다고
설명한다. 또 청정한 마음에 거할 때, 一切相을 떠나서 法身如來를 볼
수 있으며, 32상을 가지고 여래를 보고자 하여도 불가능하기 때문에
'若以色身我 以音聲求我 是人行邪道 不能見如來'의 倡頌을 들어 보
였다.

---

1) 정규복,「구운몽의 근원사상고」,『아세아연구』28호, 고대 아세아문제연구소.

그런데 이 경전 중에서 '如是我聞'으로부터 '果報亦不可思議'까지의 전반부와 '爾時須菩提白佛言'으로부터 마지막까지의 후반부는 어구와 文意가 거의 비슷하다. 이에 관하여 승려 肇는 전반부는 後會衆을 위한 것이고, 전반부는 利根, 후반부는 鈍根을 위해서 말한 것이며, 전반부는 緣을 다하고, 후반부는 觀을 다했다고 말하고 있다.[2]

여러 大乘 경전 가운데 가장 원시적이고 근본적인 것은 두말할 것도 없이 『般若經』이다. 『반야경』을 대표하는 空사상은 원시불교 緣起觀의 결론이며, 部派佛敎에 있어서 발달된 여러 가지 空觀의 總匯라고 할 수 있다. 또 공사상은 모든 大乘 경전의 인생관이며 세계관이다. 그러므로 『반야경』은 예로부터 모든 大乘의 모태라는 말이 성립되었다.

이 般若部의 경전은 모든 경전 가운데 가장 분량이 많고, 그 방대한 부피치고는 내용이 극히 간결한 편이다. 그 근본 사상은 한마디로 말해서 '諸法皆空'이라는 것이다. '諸法皆空'은 '諸法無自性' 또는 '假名無實體'라고도 하며, 諸法의 고정적 실체 관념을 송두리째 부정하는 데 있다. 말하자면, 一切法은 본질적으로 空이라고 달관하여 無得 自由의 생활 활동의 힘을 기른 것을 이름이다.

그런데, 『금강경』은 위와 같은 空觀에 뿌리박은 대반야바라밀경 가운데서 가장 중요한 지위를 갖고 있는 대표적인 경전이다. 『금강경』의 大意綱領은 한마디로 말해서 眞空(人無相), 無相(法無我·諸法皆空)에 있다. 이는 무척 소극적인 언사로 표명되었다고 할 것이나, 本經은 곧 大乘始敎로서 聲聞으로 하여금 비로소 불타가 되게 하려는 시기에 처해 있기 때문이다. 불타는 곧 煩惱障을 끊고 大涅槃을 증득하여 所

2) 『望月 佛敎大辭典』 2권, 일본 世界聖典刊行會.

知障을 끊고 大菩提를 증득하는 것인 만큼, 불타로 되어 올라가는 시기에 있어서 知‧情‧意의 세 방향에 消蕩뿐이다. 그 증거로는 第七疑의 '報身法門' 중에 '一切 모든 相을 여의면 곧 諸佛이라고 이름하기 때문이다'라고 한 須菩提의 답이 있을 뿐 아니라 『금강경』 각처에 空‧無‧不‧非 등의 부정적 언사로써 空觀的 사상이 점철되어 있는 것이 곧 그것이다.

그러므로 根本智와 後得智 중에서 그 중심이 되어 있는 것은 바로 根本智이며, 이 경지에 나타난 것이 곧 法身이며 열반이다. 그 이유는 법신과 열반은 모두 이 根本智의 영역이기 때문이다. 이 법신과 열반을 透證해 보고 이를 얻게 하기 위해 이 『금강경』에서는 불타의 根本智를 금강석의 견고함에 비유하였다. 이리하여 모든 번뇌와 有相을 깨뜨리고 眞空‧無相에 투철하도록 하는 것이다. 그래서 처음에는 열반의 장애가 되는 人相‧我相 등 四相을 타파하고, 다음에는 법신의 장애가 되는 色 등 諸法을 遮遣하였다. 앞의 것은 바로 十住位로서 空觀과 眞諦(非有卽有之空)와 人無我와 心解脫에 속하고, 뒤의 것은 十行位로서 假觀과 俗諦(非非有卽空之有)와 法無我와 境解脫에 속한다.

다시 말하면, 앞의 것은 마음의 때(垢)가 벗겨진 경지에서 나타난 眞空에 해당하고, 뒤의 것은 지혜의 때가 벗겨진 경지에서 나타난 無相에 해당된다. 따라서 이 두 가지는 바로 『금강경』의 근간이 되는 것이다. 곧 『금강경』의 法門은 眞‧俗 二諦가 서로 씨줄과 날줄이 되어 상호 조직하여 그 隱顯이 퍽 많고, 影略이 적지 않으며, 부정(第一義諦)과 긍정(俗諦)이 종종 있는 것이다. 그러므로 『금강경』의 법 문식은 대개 非有(眞諦)‧非非有(俗諦) 식으로 되어 있어서 원문의 해독에 있어서 약간 난삽함을 느끼게 된다.

또한 『금강경』은 無碍自在의 경지인 眞空·無相의 도리를 통달하기 위하여 遮遣消蕩의 부정, 또는 소극적인 언사가 많이 씌어 있다. 이것을 잘못 이해하여 불교를 염세적 종교라는 그릇된 평을 내리는 경우가 간혹 있다. 그러나 그것은 불교에 대한 邪見을 노정함에 지나지 않는 것이다. 이 空에는 空·不空의 두 가지가 있는데, 空이란 곧 龍樹의 이른바 空의 義가 있으므로 一切法이 이루어진다는 것이며, 不空이란 곧 大自在의 경지를 나타내 보인 것이다. 그리고 『금강경』의 降伏條에는 九類衆生을 다 濟度한 말이 있고, 그 다음 住修條에는 住着한 바 없는 보시를 해야 한다는 말이 있다. 無住란 바로 평등을 표현한 것이며, 보시란 곧 六度를 총칭한 말이다. 그러므로 이 無住란 大慈의 圓融門을 표시한 것이며, 보시는 大悲의 行布門을 표시한 것이다. 그렇다면 이 大心의 活動態야말로 전 우주가 그의 한 가정이며 전 인류가 그의 일가족이고 친족이다. 그러므로 이 無住·平等과 布施·萬行의 圈內에서는 정치·사회 기타 모든 면이 빠짐없이 충족되어 있는 것이다.[3]

3.

〈구운몽〉이 『금강경』을 바탕으로 하여 空사상이 전개되었다는 것은, 五支緣說이 중심을 이루고 있는 그 환몽적인 구조 면에서도 또렷하게 나타나 있다.[4] 환몽소설인 〈구운몽〉을 삼단으로 나눈다면, 여타

---

3) 임석진, 「금강경 연구의 일단」, 『불교학보』 제6집 참조.
4) 정규복, 「구운몽의 환몽 구조론」, 『이재수박사 화갑기념논총』.

의 환몽소설과 같이 '꿈 이전 → 꿈의 세계 → 꿈 이후'로 나눌 수 있다. 그런데 <구운몽>의 분량 대부분은 주로 꿈의 세계인 양소유의 기나긴 향락이 차지하고 있지만, <구운몽>의 大旨는 짤막한 성진의 깨달음에 있다.

성진은 수도하는 승려로서 용왕에게 回謝하러 갔다가 돌아오는 길에 石橋에서 팔선녀와 수작하여 그들의 미모에 혹해 선방에 돌아와서까지도 팔선녀를 생각하게 된다. 그런 나머지 마침내 불가의 적막을 느끼고, 유가의 측면인 인간의 부귀공명을 마음껏 흠모한다.

> 性眞來到禪房 日已曛黑 自見仙女之後 嫩語嬌聲 尙留耳邊 艶態姸姿 猶在眼前 欲忘而難忘 不思而自思 神魂悅惚 悠悠蕩蕩 兀然端坐 默念於心曰 男兒在世 幼而讀孔孟之書 壯而逢堯舜之君 出則作三軍之帥 入則爲百撥之長 着錦袍於身 結紫綬於腰 揖讓人主 澤利百姓 目見嬌艶之色 耳聽幻妙之音 榮輝極於當代 功名乘於後世 此固大丈夫之事 哀我佛家之道 不過一盂飯一瓶水 數三卷之經文 百八顆之念珠而已 其德雖高 其道雖玄 寂寞太甚矣 枯淡而止矣 假令悟上乘之法 傳祖師之統 直坐於蓮花臺上 三魂九魄 一散於烟焰之中則 夫孰知一介性眞生於天地間乎[5]

이것이 緣이 되니 성진은 地府로 회부되었다가 양소유로 환생하여 팔선녀의 후신인 진채봉・계섬월・적경홍・정경패・가춘운・이소화・심요연・백능파 등 여덟 미인을 차례로 만나 가연을 맺었을 뿐아니라, 장원급제 후 삼진과 토번을 정벌하여 벼슬이 대승상 위국공에까지 이르러 출장입상의 부귀와 영화를 마음껏 누린다.

---

5) <구운몽> 卷之一, 蓮花峰大開法宇 眞上人幻生楊家.

그러나 양소유는 이와 같은 부귀와 영화가 절정에 달했을 때, 인간의 숙명인 老死에 부닥친다. 양소유가 그의 말년에 생일날 종남산 취미궁에서 여덟 미인을 데리고 마음껏 遊玩할 때, 앞으로 다가올 老死로 인해 인생의 무상과 허무를 느낀다.

仲秋旣望 卽丞相晬日 諸子女設宴獻壽 至十餘日 繁華景色 不可言也 宴罷諸子女各歸其家 俄而菊秋佳節已迫矣 菊花綻蕚 茱萸垂實 正當登高臺之時也 翠微宮西畔有高臺 登臨則八百里山川如掌樣見也 丞相最愛其臺 是日 與兩夫人六娘子 登其上頭 揷一技黃菊 以賞秋景 相對暢飮 已而返照倒射於昆明 雲影垂於廣野 秋色燦爛 如展活畵 丞相手把玉簫 自吹一曲 其聲嗚嗚咽咽 如怨如訴 如泣如思 若荊卿 渡易水 與高漸離擊筑相和 伯王在帳中 與虞美人 唱歌怨別 諸美人 悲思盈襟 慘怛不樂 兩夫人問曰 丞相早成功名 久享富貴 一世所美 近古所罕 當此佳辰 風景正美 菊英泛觴 玉人滿座 此亦人生之樂事 而簫聲甚哀 使人堪涕 今日之簫聲 非舊日之聞 何也 丞相乃投玉簫 徒倚欄頭 擧手指明月而言曰 北望則平郊四廣 頹嶺獨立 夕照殘影 明滅於荒草之間者 卽秦始皇阿房宮也 西望則悲風悄林 暮雲悄山者 漢武帝茂陵也 東望則 粉墻繚繞於靑山 朱甍隱映於碧空 且有明月 自來自去 玉欄干頭 更無人倚者 卽玄宗皇與太眞 同遊之華淸宮也 噫此三君 皆千古英雄 以四海爲戶庭 以億兆爲臣妾 雄豪意氣 軒輊宇宙 直欲換三光而閱千歲矣 而今安在哉 少遊以河東布衣 恩承聖主 位致將相 且與諸娘子相遇 厚意深情 至老益密 非前生未了之緣 必不及於是也 男女以緣而會 緣盡而散 乃天理之常 吾輩一歸之後 高臺自頹 曲池且堙 今日歌殿舞榭 便作衰草寒煙 必有樵童牧兒 悲歌暗歎往來而相謂曰 此乃楊丞相與諸娘子 所遊之處 大丞相富貴風流 諸娘子玉容花態 乃寂寞矣 人生到此則 豈不如一瞬之頃乎6)

이후, 성진은 팔선녀로 인하여 육관대사의 戒責을 받고, 力士를 따라 豊都로 회부되었다가 양처사의 아들로 환생하여 장원급제로 한림이 되고, 나아가 三軍을 통솔하고 들어와 百揆를 잡았다가 은퇴하여 2처 6첩과 더불어 부귀와 영화를 누린 화려했던 인생이 모두 일장춘몽임을 깨닫게 된다.

> 回念初被師傅戒責 隨力士往豊都 幻生人世爲楊處士之子 早捿壯元爲翰苑之官 出將三軍 入摠百揆 上疏乞退 謝事就閑 與兩公主六娘子 對歌舞聽琴琵 盃酒團欒 晨昏行樂 皆一場春夢耳[7]

이와 같이 <구운몽>의 주지는 일찍이 陶庵 李縡가 '稗史九雲夢者 卽西浦所作 大旨以功名富貴 歸之於一場春夢'[8]이라 언급한 바와 같이 인생의 부귀영화를 일장춘몽으로 돌리는 불가의 諸法皆空, 즉 空사상이 강력하게 밑받침되어 있다. 이와 같이 <구운몽>에 반영된 空觀은, 『금강경』에 이른바 '一切有爲法 如夢如幻泡影 如露亦如電'[9] 혹은 '凡所有相 皆是虛妄'[10]이나 혹은 『반야심경』의 '色則是空 空則是色' 등과 여실하게 부합됨은 물론이다.

그러면 <구운몽>에 짙게 반영된 空사상은 여러 반야경 중 어느 경전에 의거하고 있는 것일까. 『금강경』이 반야경 중 그 중심을 이루고 있다는 것은 앞에서 언급한 바 있거니와 작자 서포는 <구운몽>에 空

---

6) <구운몽> 을사본 하권, 楊丞相登高望遠 眞上人返本還元.
7) 상동.
8) 『三官記』耳.
9) 『金剛般若波羅密經』第三十二 應化非眞分.
10) 『金剛般若波羅密經』第五 如理實見分.

사상을 펴기 위해 『금강경』을 의식적으로 삽입시켜 놓았다.

〈구운몽〉의 서두를 보면, 육관대사가 서역으로부터 중국에 들어와 南岳 衡山 蓮花峰 위에 암자를 짓고 전교할 때에 오직 『금강경』만을 가지고 왔음을 알 수 있다.

> 自西域天竺入中國 愛衡岳秀色 就蓮花峯上 結草庵以居 講大乘之法 以敎衆生 以制鬼神 於是西敎大行 人皆敬信 以爲生佛復出於世……其和尙惟手持金剛經一卷 或稱六如和尙 或稱六觀大師[11]

그리고 성진이 꿈에서 大覺한 후에도 꿈과 현실의 한계성을 설파하려 할 때, 육관대사는 성진에게 『금강경』을 강설함으로써 꿈과 현실이 일직선으로 연결됨을 일깨워준다.

> 大師曰 汝乘興而去 興盡而來 我有何干與之事乎 且汝曰 弟子夢人間輪廻之事 且汝以夢與人世 二分爲也 汝夢猶未覺也 莊周夢爲蝴蝶 蝴蝶又變爲莊周 莊周之夢爲蝴蝶耶 蝴蝶之夢爲莊周耶 終不能辨之 孰知何事之爲夢 何事之爲眞耶 今汝以性眞爲汝身 以夢爲汝身之夢 則汝亦以身與夢 謂非一物也 性眞少游 孰是夢也 孰非夢也 性眞曰 弟子蒙暗 不能辨夢非眞也 眞非夢也 望師傅說法 使弟子覺之 大師曰 我當說金剛經大法 以悟汝心[12]

이와 같이 육관대사는 꿈과 현실의 한계에 대해 몽매했던 성진에게 『금강경』大法으로 大覺하게 한 후, 성진이 비로소 正果를 얻은 것을 보고 다시 그에게 『금강경』을 전수하고 서역으로 가버리는 것이다.

---

11) 〈구운몽〉卷之一, 蓮花峰大開法宇 眞上人幻生楊家.
12) 〈구운몽〉卷之六, 楊丞相登高望遠 眞上人返本還元.

大師見性眞戒行純熟 乃會衆弟子而言曰 我本爲傳道 遠入中國 今
旣得傳法之人 我今行矣 以袈裟及一鉢淨甁錫杖金剛經一卷 遂向西天
而去13)

위의 인용문 가운데 육관대사가 성진에게 준 가사·一鉢淨甁·錫杖
등은 스승이 道統을 제자에게 전하는 것의 상징이다. 그것도 많은 불
경 중 『금강경』 한 권을 전수하였다는 것은, 그만큼 『금강경』이 空觀
소설인 <구운몽> 작품에 의식적으로 삽입되어 그 차지하는 비중이
얼마나 무거운가를 여실하게 보여 주는 것이라고 하겠다.

4.

위에서 본 것처럼 <구운몽>은 그 주지가 인간 세상의 모든 부귀영
화를 일장춘몽으로 돌리는 『금강경』을 바탕으로 하여 空사상이 강력
하게 반영된 작품임은 두말할 나위가 없다. 그런데 앞에서도 언급한
바 있지만, 요새 다시 <구운몽>을 삼교의 화합이나 불가의 윤회사상
으로, 혹은 엉뚱하게 유교사상으로 규정지으려는 경향이 있다. 하지만
이는 <구운몽>의 표면만을 보고 위와 같은 불가의 空觀的 주류를 망
각한 데서 기인한 것이라 하겠다.

한국 고전문학 작품의 사상 분석이 요새 자못 활발히 시도되고 있는
감이 있다. 거의가 과학적인 방법으로 시도되는 듯하지만, 실은 모두가
메카니즘의 타성에 빠지고 있다. 더구나 사상 분석을 통계적인 방법으

---

13) 상동.

로 도식화한다면 자칫하다가 학문의 중요한 방향감각을 상실할 우려조차 없지 않다. 우리는 작품 분석에 있어서 사상을 가지고 내용을 분석하는 따위의 연역적 방법을 쓸 것이 아니라, 거꾸로 내용, 즉 그 작품의 중심 흐름에 즉해서 사상을 분석하는 귀납적 방법을 시도해야 할 것이다. 이와 같이 사상 분석의 오류를 범한 것이 〈구운몽〉이 삼교 화합이니 윤회사상이니, 혹은 유교사상이니 운운하는 것이 아닌가 한다.

〈구운몽〉이야말로 문학 작품의 이상을 이룬, 말하자면 내용과 형식의 조화의 극을 이룬 대작이다. 다시 말하거니와 〈구운몽〉은 인생의 부귀와 영화를 일장춘몽으로 돌리는 주지 밑에 『금강경』을 바탕으로 한 空사상으로 일관된, 한국 고소설 중에서 주요한 불교소설이다.

〈구운몽〉의 문예미학적 접근

1. 머리말

　일찍부터 〈구운몽〉과 〈춘향전〉은 서로의 대응성을 통하여 한국의
대표적 고소설로 평가를 받아왔다. 그러나 〈춘향전〉이 국내적 평가에
치중된 것과는 달리, 〈구운몽〉은 대외적 평가에서 계속 우수성을 인
정받아 왔다고 해도 과언이 아니다. 전자가 민족서사시라고 일컬어져
온 이면에 한국사회의 계급적 연속성이 있다면, 후자는 시간과 공간을
초월한 문자의 사상성과 예술성 때문에 주로 외국인에 의해 깊이 접촉
될 수 있지 않았는가 생각된다. 그 대표적인 예가 바로 한국에 선교사
로 와 있던 奇一 박사(James Gale, 1863~1937)와 성공회 신부로 와
있던 盧大榮(Richard Rutt) 신부의 〈구운몽〉에 대한 평가가 아닌가
한다.

　스코트(Elespet, K. Robostson Scott)는 〈구운몽〉의 사상성을 구
체화하여 '〈구운몽〉은 동양인이 지상의 사물뿐만 아니라, 우주의 감
추어진 사물에까지도 생각하고 느끼는 그 무엇의 계시이며, 아울러 우
리 서양인들로 하여금 극동의 지혜를 이해하도록 도와준다'[1]라고 하

였고, 리차드 러트 신부는 한국문학에 대한 보다 전문적 입장에서 〈구운몽〉을 〈춘향전〉과 대비하는 가운데

"더욱 이야기를 확대해 보건대, 나는 〈춘향전〉이 〈구운몽〉보다 우수하다는 것을 찾을 수가 없다. 즉, 〈춘향전〉은 흥밋거리이지만, 〈구운몽〉은 독자를 사로잡는다. 〈춘향전〉은 연회석상에서 나눌 만한 이야깃거리이지만 〈구운몽〉은 음미하며 읽어야 하는 문학작품으로, 전자는 민속학의 대상이지만 후자는 문학작품의 하나라는 것이다."[2]

라고 하여 〈춘향전〉과 〈구운몽〉을 대비시켜 〈구운몽〉의 우수성을 강조하고 있다.

그런데 〈구운몽〉에 대하여 오늘날까지 주로 연구의 대상이 되어온 것은 〈구운몽〉의 외부적 골격의 문제인 텍스트의 문제, 사상의 문제 내지 비교문학적 문제에 대하여 집중되었다고 생각한다. 이미 이 방면에 대한 논문은 무려 150여 편에 이르고 있지만, 〈구운몽〉 작품이 지닌 창작기교 등 예술성에 대한 문제는 별반 다루어지지 않고 있다.

〈구운몽〉에 대한 많은 논문 가운데 창작성 문제 등 미적인 측면의 연구는, 거듭되는 말이지만, 그리 많이 이루어지지 않았다. 전규태는 〈구운몽〉이 지닌 소설적 구성인, 주제와 결구의 인물·사건·배경을

---

1) "The Cloud Dream of the Nine" is a revelation of what the Oriental thinks and feels not only about things of the earth but about the hidden things of the Universe. It helps us towards a comprehensible knowledge of the Far East. 영역본, 9쪽.

2) I would go on further. but I can not find a point in which *Chunhyang* is superior to *Ku-unmong*. *Chunhyang* is interesting, but *Ku-unmong* is absorbing. *Chunhyang* is a tale to tell at parties. *Ku-unmong* is a book to read and savor. The former is folklore, the latter is literature *Korea Journal* Vol. 10, No. 1. January, 1970.

들어 그 우수성을 강조하였고,[3] 김혜자는 배움의 도상에 있는 학생 신분으로 역시 <구운몽>이 지닌 자연의 표현, 인물묘사와 전범적인 통일성과 조화를 들어 여타 고소설과 비견될 수 없는 치밀하고 우수한 예술성을 강조하였다.[4] 이 두 논문의 문제점은 내용도 초보적 접근이지만, 텍스트도 이가원본 등 국역본을 가지고 표현·기교·구성의 문제를 논의했다는 데에 있다.

1970년대에 들어와 김윤식은 <구운몽>을 <춘향전>과 대비시켜 주로 생철학의 입장에서 문제제기를 하고 있다. 그런데 논자가 완결의 형식과 출발의 형식을 주제로 하고 있고, 더구나 부제가 '언어와 현실에 대한 노트'로 되어 있는 이상, 텍스트가 분명히 결정되어야 하는데, 그렇지 않아서 결론의 도출도 애매할 수밖에 없지 않았나 생각된다.[5] 또 설성경은 <구운몽>의 구조 연구를 시도하여 표현론으로 미시적·거시적 고찰을 위한 구조의 방법, 전통적 접근을 위한 비교문학적 방법 및 소재의 분석을 위한 문헌학적 방법과 민속학적 방법 등을 총동원하고 있다. 논자의 해박성은 곳곳에 드러나 있지만, 논자가 내건 표현 문제는 추상화될 수밖에 없는 감이 있다.[6]

1978년도에 이르러 황패강은 <구운몽>의 골격인 환몽을 통하여 假相과 實相, 성진과 양소유의 실체적 풀이를 통하여 결국 불교의 근본 철학적 의미를 부여하였다. 논자가 <구운몽>의 구조를 숙명적 인과로서가 아니라 자율적 구원으로 매김한 것은, <구운몽>을 한층 높은 차

---

3) 김규태, 「서포의 문학세계」, 『인문과학』 9, 연세대, 1963.

4) 김혜자, 「구운몽의 표현고구」, 『한국어문학 연구』 8, 이화여대, 1968.

5) 김윤식, 「완결의 형식과 출발의 형식 – 구운몽과 춘향전 언어와 현실에 대한 노트」, 『현대문학』 188, 1970.

6) 설성경, 「구운몽의 구조적 연구–표현론」, 『언어와 문학』 1, 연세대, 1974.

원의 작품으로 부각시킨 것으로서 작품 분석상 큰 의의를 지닌다.7) 최근에 안창수는 <구운몽>의 형식과 내용의 밀착성을 찾기 위해 비교적 착실한 분석을 시도하였다. 그 결과 종래의 형식과 내용의 밀착성에 의문을 제기하고 작자 김만중이 처한 사상적 내지 사회적 괴리로 인하여 형식과 내용이 유리될 수밖에 없다는 결론을 제시해 놓고 있다.8)

안창수의 본론은 <구운몽>의 환몽에 대하여는 여타 문제는 차치하고, 몇 가지 문제를 짚어볼 필요가 있다. 첫째, 논자가 만남과 헤어짐의 틀에서 불연속현상으로 든 성진의 대각 과정에서 돌연히 출현한 육관대사의 문제이다. 육관대사가 두 차례나 꿈속에 등장하는데, 하나는 동정 용궁의 잔치가 파한 후 어느 寺門을 찾는 과정에서, 다른 하나는 양소유가 성진으로 환원되는 과정에서 등장한다. <구운몽>의 골격구조가 환몽으로 이루어진 것인 만큼, 이 두 차례의 등장에 의미를 부여해야 할 것이다. 즉 첫 번째 등장은 <구운몽>의 꿈 이야기가 길게 진행되는 가운데 중요인물 관대사를 오랫동안 등장시키지 않았다가 독자들에게 환기시키는 한편, 이야기가 끝나가고 있음을 알리기 위한 것일 것이다. 두 번째 등장은 꿈에서 현실로 환원되는 이야기에서 꼭 있어야 할 매개의 역할로 보인다. 그리고 양소유의 부귀공명이 일장춘몽임을 깨닫는 大覺에서 이를 재부정하는 성진과 양소유, 현실과 꿈의 이분법을 부정하여 하나로 연계시키는 大悟의 장면이 관념적으로 이루어진 것 같지만, 필자는 이미 이 문제에 대하여 '大覺'과 '大悟'가 분리될 수 없는 同位의 것임을 피력한 바 있다.9)(이 문제에 대하여는 후

7) 황패강, 『조선왕조 소설연구』, 한국연구원, 1978, 173~180쪽.
8) 안창수, 「구운몽에 나타난 형식과 내용의 관계」, 『영남어문학』 16집, 영남대, 1989.
9) 정규복, 「구운몽의 '空觀' 시비」, 『수여성기설박사 회갑기념논총』, 1989.

술될 것이다.)

둘째는 텍스트의 문제이다. 논자가 <구운몽>의 텍스트로 사용한 것은 서울대학본이다. 서울대학본이 漢文 老尊本의 국역본이란 것은 이미 1970년대에 밝혀진 바 있다.10) 아울러 근래에 한문 노존본이 이분화되면서 서울대학본은 노존본 B본의 국역본임이 확적하게 제시되었다.11) 그런데 구태여 왜 오역과 오류가 산재된 국역본의 일종인 서울대학본을 <구운몽>의 본격적인 작품 분석의 텍스트로 썼는지 의심스럽다. 또한 논자가 결론에서 인용한, <구운몽>의 이본은 기껏해야 산략·누결·문리의 불비·오문 등이 엿보일 정도이며, 내용에 별 차이가 없다12)는 필자의 말은, 본래 필자가 <구운몽>의 국역본이 그렇다는 것이지, 그것들의 원본인 한문본에 해당되는 것은 아님을 알리고 싶다. 아울러 <구운몽>의 한문 노존본과 을사본의 차이는 표현·기교 등 상당 부분의 출입이 심함을 다시 한번 언급하고 싶다.

이상에서 언급한 바 <구운몽>에 대한 창작 표현·기교 문제의 접근 방법에서 드러난 것은 거의가 신빙할 수 없는 국역본을 사용하였다는 것에서 연구의 제한이 우선 눈에 띈다는 것이다. 더구나 창작 기교·표현 문제는 문학의 본격적 연구에 해당되기 때문에, 텍스트의 선정은 무엇보다도 중요하다고 사료되기 때문이다.

본고에서는 가장 믿을 만한 텍스트인 再構本 노존본을 텍스트로 하여 문예미학적 문제에 접근해 나아갈까 한다.13) 그 서술 순서는, 우선

---

10) 정규복, 『구운몽 연구』, 고려대 출판부, 1974, 157~188쪽.
11) 정규복, 「서울대학본 재고」, 『대동문화연구』 26집, 성균관대, 1991.
    정규복, 『한국고전문학의 원전비평적 연구』, 고려대 민족문화연구소, 1992, 253~275쪽.
12) 안창수, 앞의 논문, 35쪽.
13) 필자에 의해 再構된 소위 재구본 <구운몽>의 텍스트에 대하여 최근 필자는 다시

2장 '사상과 주제의 조화'에서 사상과 주제가 각기 분리된 것이 아니라, 하나로 조화를 이루고 어떻게 통일되었는가를 살피고, 3장 '현실과 꿈의 일직선'에서는 현실과 꿈의 두 이야기가 접합과 분리를 통하여 어떻게 서로 하나로 일직선으로 이루어졌는가를 살필 것이다. 4장 '환생의 도킹'에서 성진의 地府의 이행과 양소유의 환생의 두 이야기가 어떻게 멋지게 '救我救我'로 도킹되었는가를 살피고, 마지막으로 환몽 구조의 이야기에서 사상과 구성의 大成을 살피고자 한다.

2. 사상과 주제의 조화

주지하는 바와 같이 문학 작품에 있어서 형식과 내용의 조화는 작가의 이상이라 할 수 있다. 문학 작품이 예술 작품의 하나인 한, 아무리 좋은 내용을 지니고 있다 하더라도 이를 뒤따르는 형식이 서투르면 그 내용은 살 수가 없다. 마찬가지로 아무리 아름다운 형식을 지니고 있다 하더라도 이를 뒷받침해주는 내용이 없으면 예술의 우수성이 부여될 수가 없다. 그러므로 예술가는 형식과 내용, 내용과 형식의 조화를

노존본(강전섭 소장)을 찾아내어 그 선후 문제를 따지는 「구운몽 노존본의 이분화」, 『동방학지』59(연세대, 1988)를 엮어낸 바 있다. 즉 필자에 의해 재구된 노존본을 A본, 새로 출현된 노존본을 B본이라 할 경우, B본에서 A본으로 진행되었다는 것이다. 그러나 근래에 이들을 다시 정밀 검토하는 과정에서 B본이나 A본이 단독적인 것이 아니라, B본은 작자 김만중에 의해 이루어진 서투른 노존본이고, A본은 B본이 대본이 되어 다시 작가 김만중에 의해 좀 더 시간적 여유를 두고 정밀하게 정리된 것이라는 강한 확신을 갖게 되었다. 이 문제에 대하여는 따로 지면을 빌릴까 한다. 그러므로 본고에서는 〈구운몽〉의 텍스트로 선행본인 B본을 사용하지 않고 필자의 재구본을 사용하게 된 것이다.

금과옥조로 삼아왔다. 한국에서도 일찍이 李奎報의 시론인 意氣論이 등장한 것도 그런 차원에서 이해되어야 하리라고 본다.

<구운몽>은 고전 작품으로서는 드물게 나타난, 형식과 내용이 잘 조화를 이룬 작품으로 이해되어 왔다. 한국의 고소설 작품들 대부분이 작가의 미숙으로 시간과 장소의 불일치로 이루어진 것이 많지만, <구운몽>은 유별나게 시간과 장소의 일치를 이룰 뿐 아니라, 끝내는 형식과 내용의 조화를 이루게 한 뛰어난 작품으로 평가를 받게 되었다.14) 말하자면 다음에서 논의될 사상과 주제의 문제, 현실과 꿈의 문제 등은 <구운몽>이 지닌 형식과 내용의 극치라고 생각한다.

그보다 먼저 <구운몽>의 형식과 내용의 조화에 있어서 언급할 것은, 사상을 내용, 주제를 형식이라 할 경우, 사상과 주제가 완벽하게 일치가 이루어졌다는 것이다. 작품의 미학에 있어서 주제는 무엇보다도 생명의 역할을 담당하고 있지만, 곁들여 각가지의 사상이 역할 분담을 하는 가운데 이들 각가지 사상들이 주제에 흡수되지 않으면 안된다는 것이다. 말하자면 사상과 주제가 유리될 때, 비록 사상적 설득력에는 성공하는 경우가 있을 수 있지만, 결국 미학의 역할에는 실패하여 독자로 하여금 감동을 줄 수는 없게 된다는 것이다. 실제로 한국

---

14) <구운몽>이 그 구성에 있어서 뛰어난 형식과 내용의 조화를 이루면서도 성진의 '龍宮來往', 팔선녀의 '騰空' 이야기, 양상서가 꿈속에서 洞庭龍宮 잔치에서 백능파를 만나 그녀를 실제 인물로 부각시킨 이야기 등은 고소설적 비현실담으로서 <구운몽>이 고소설로서 지닌 한계성이라 생각한다. 그리고 <구운몽>이 지닌 형식과 내용의 조화에 대하여 안창수는 그의 「구운몽의 형식과 내용의 관계」(『영남어문학』 16집, 영남대, 1989)에서, 거듭되는 말이지만, 세속과 탈세속적인 삶을 구별하는 편협한 사고에서 벗어나게 하는 <구운몽>의 주제도 작품 끝머리에서 몇 마디의 말로 관념화된 것으로 이를 형식과 내용의 유리로 보고 있는 것 같다. 그러나 이 문제는 후술할 기회가 있을 것이다.

고소설에 있어서 작가의 미숙함으로 인해 사상과 주제가 분리됨으로써 연구자들이 흔히 일탈된 사상과 주제의 결론에 이르게 되는 경우를 볼 수가 있다.

그러나 〈구운몽〉의 경우, 사상과 주제가 혼연일체로 이루어져 있다는 것은 앞에서 언급한 바와 같다. 〈구운몽〉의 사상적 배경은 일찍이 스코트가 유·불·도 삼교가 혼합되어 있다고 언급한 대로,15) 유·불·도 삼교가 골고루 작품 사상의 배경을 이루고 있다. 즉 유·불·도가 꼭 같이 균형을 이루면서 〈구운몽〉의 주제에 잘 융화되어, 말하자면 주제와 사상이 분리되어 있지 않고, 〈구운몽〉의 주제에 대하여 제일 먼저 李緯가 '大旨以功名富貴 歸之於一場春夢'16)이라고 언급한 바와 같이 대개 일장춘몽에다 두고 있는 것 같다. 〈구운몽〉의 주인공 성진이 부귀공명을 마음껏 흠모하다가, 이것이 꿈속 양소유의 세계에서 부귀영화와 여성 편력의 행각으로 이루어졌다가, 꿈에서 깨어나 본래 성진으로 환원된 것을 생각할 때, 〈구운몽〉은 애정소설로서 그 주제는 의당 일장춘몽에 들 수밖에 없을 것 같다.

그러나 〈구운몽〉의 주제를 일장춘몽으로만 보는 것은 표면적인 것에만 주목한 단견이다. 김기동은 〈구운몽〉의 주제를 〈구운몽〉의 강한 불교이야기로 바탕된 불교적인 인생관17)에 두고 있다. 그는 이를 좀 더 구체화하여 인간 세계에 있어서의 부귀와 공명을 부정하며 諸行無常의 현실생활을 초탈하고 영원히 안주할 수 있는 불교의 내세인 극락세계를 추구하는 인생관으로 확대하였다.

---

15) 영역본 13쪽, 『구운몽연구』 125쪽, 영역본 11쪽.

16) 李緯, 『三官記』 上.

17) 김기동, 『이조시대소설론』, 선명문화사, 1975, 314쪽.

김기동의 주제 접근은 일장춘몽으로 보는 것보다는 훨씬 진보적이다. 李緯의 '일장춘몽'은 유가사회에서 불교를 부정적으로만 보아온 데서 이루어진 단견인 것 같다. 우선 일장춘몽이라고 할 때, 자연 <구운몽>은 허무주의적 작품이라고 보아야 할 터인데, 김기동이 <구운몽>을 고소설 장르 분류에서 '理想소설'의 항에다18) 포함시킨 바와 같이, 허무주의적 작품이 아니라는 데 문제가 있다.

<구운몽>의 주제는 <구운몽>의 章回 명칭대로 주인공 성진이 양소유로 '幻生'하였다가, 기나긴 꿈을 통하여 본래의 성진으로 '還元'된다는 불교적 大覺大悟에 있다. 다시 말하면 본성을 깨닫지 못하는 迷妄의 성진이 양소유의 꿈의 환생을 통하여 대각대오의 성진으로 돌아온다는 것이다. 이것은 불교의 大敎旨이다. 그 대교지에 맞추기 위해 대승불교의 중심경인 『금강경』이 밀접하게 원용되어 있을 뿐이다.

필자는 이와 같은 <구운몽>의 주제와 잘 연관된다고 보이는 황패강과 안창수의 최근 논문을 적용하고 싶다. 즉 성진이 그의 원대로 양소유가 되었다가 다시 성진으로 되돌아온 두 가지 삶이 그의 자율성일 뿐, 결국 <구운몽>은 인간의 자율적 구도의 구제문학이라고 규정한 황교수의 견해나,19) 성진의 세속과 탈세속적인 삶을 구별해서 보는 편협한 생각에서 벗어나게 한 것이라는 안창수의 견해20)는 필자의 논지와 부합하는 것이라 생각된다.

그러면 <구운몽>의 사상은 무엇이 중심으로 돼 있을까. 필자가 기존의 삼교 화합설 내지 막연한 불교사상설 등에 대한 비판을 통하여

---

18) 김기동, 앞의 책.
19) 황패강, 앞의 책, 179~180쪽.
20) 안창수, 앞의 논문, 33쪽.

〈구운몽〉의 근원사상의 바탕이 『금강경』의 空觀에 있음을 밝힌 것은
이미 구체적으로 언급한 바 있다.21) 그러므로 여기에서는 다만 그 결
론어인 空觀만을 제시할까 한다.

　주지하는 바와 같이 〈구운몽〉의 사상은 유·불·도 삼교 혼합에서
불교의 윤회 등 잡다한 불교의 사상 등을 거쳐 『금강경』이 바탕된 空
觀으로 매김되었다. 이 같은 불교적 空觀의 사상 밑에 〈구운몽〉의 골
격구조인 幻夢을 이용하여 독자들에게 강하게 풍기게 하는 역설적 일
장춘몽22)으로 사상과 주제를 몰고 간 것에서 우리는 작가 김만중의
뛰어난 미학을 엿볼 수가 있다는 것이다. 말하자면 표면적으로는 사상
과 주제를 일장춘몽으로 내세우면서도, 끝내는 〈금강경〉의 설법으로

---

21) 삼교 화합 내지 혼합설 및 막연한 불교사상설의 비판과 필자가 주장한 『금강경』이
　　바탕된 空觀에 대하여는 졸저, 『구운몽 연구』(고려대 출판부, 1974, 214~241쪽)를 참
　　고하기 바람. 아울러 필자의 『금강경』이 바탕된 空觀에 대해 김일렬과 조동일의 비판이
　　있었는데, 김교수는 그의 「구운몽 新考」(『한국고전산문연구』, 이우출판사, 1981)에서
　　'미숙한 空觀'으로, 조교수는 그의 「구운몽과 금강경, 무엇이 문제인가」(『김만중 연구』,
　　새문사, 1983)에서 '1차적 空觀'으로 비판이 이루어졌다. 이들에 대하여 필자는 성진이
　　일장춘몽을 통해 大覺한 후에도 다시 꿈과 현실의 갈림길의 방황을 함으로써, 육관대사
　　의 『금강경』을 통한 '성진과 양소유' '身과 夢' '莊周와 胡蝶' 등의 둘을 하나로 통합하
　　는, 말하자면 大悟의 경지에 이르게 한 데서 우리는 〈구운몽〉의 사상과 주제야말로
　　'완숙한 내지 2차적 空觀'임을 지실할 수가 있다는 것이다. 이에 대하여는 졸고, 「구운
　　몽의 '空觀'시비」, 『수여성기열박사송수기념논총』, 1989. 참고 요망.
　　　이 외에 여기에 부언해 두어야 할 일은 최근 설중환이 그의 「구운몽의 불교세계」(『인
　　문대논집』 8·9, 고려대 인문대학, 1991)에서 〈구운몽〉 사상에 대한 종래의 空觀에
　　대하여 이를 부정하고, 대신 僧郞의 '二諦合明論'을 들어 '한' 사상으로 결론지어 놓았
　　다는 것이다. 그러나 설교수가 이끌어낸 '한'도 결국 근원적으로는 空觀의 범주에 예속
　　된다고 본다. 이 문제에 대하여는 따로 지면을 갖고 싶다.
22) 앞에서 언급된 바 있지만, 〈구운몽〉의 주제는 李縡가 '一場春夢'으로 본 바와 같이
　　누구나 일장춘몽으로 보기 쉬운 표면적 주제다. 그렇지만 실은 〈구운몽〉의 주제는
　　일장춘몽을 초극하여 그 뒤 이야기로 이어지는 大悟의 경지에 이르러 '성진과 양소유'
　　'현실과 꿈' '장주와 호접'을 하나로 묶는 데서 표면적 주제인 일장춘몽이 역설적으로
　　재부정된다는 것으로, 필자는 '역설적 일장춘몽'이란 말을 써본 것이다.

써 '성진과 양소유' '身과 夢' '장주와 호접'을 통일하여 역설적으로 일
장춘몽을 재부정하여 놓은 뚜렷한 空觀이라는 것이다. 이처럼 <구운
몽>의 사상과 주제는 꼭 같이 불가적 空觀이 적용되어 사상과 주제,
주제와 사상이 空觀으로 흡수되어 이루어졌다는 것에서 우리는 <구운
몽>의 미학을 만끽할 수가 있는 것이다.

3. 현실과 꿈의 일직선

<구운몽>은 한국 고소설로서는 장편에 속하는 소설이지만, 거의 90
프로가 꿈의 이야기로 엮어져 있다. 이 때문에 주인공을 성진 대신에
양소유로 착각하는 경우가 있고, 실제로 양소유로 보는 경우도 있다.[23]
그러나 <구운몽>의 주인공은 엄연히 성진이다. 그만큼 <구운몽>의
작품 구조에서 꿈속에서의 양소유의 형상화는 너무나 큰 비중을 지니
고 있다.

혼히 한국 고소설에서 적지 않은 분량을 차지한 꿈이 소재가 된 몽
유록류의 경우, 작자의 미숙함으로 형식상 현실과 꿈, 꿈과 현실을 이
원화하여 입몽과 각몽 과정을 뚜렷이 하고 있다. 그러므로 독자는 입
몽과 각몽 과정을 여실하게 구별할 수가 있다. 그러나 <구운몽>에서
는 현실과 꿈의 경계를 쉽게 알 수 없을 뿐만 아니라, 현실의 이야기가
꿈의 세계로 그대로 이어지면서 흥미진진한 가운데 기나긴 꿈의 세계
를 오랫동안 만끽하였다가 현실로 되돌아올 때, 비로소 이야기가 꿈이

---

23) 조동일, 「구운몽과 금강경, 무엇이 문제인가」, 『김만중 연구』, 새문사, 1983.
　　설중환, 「구운몽의 불교세계」, 『인문대논집』 8 · 9, 고려대, 1991.

었음을 깨닫게 된다는 것이다.

성진이 육관대사의 명에 따라 용궁에 가 용왕에게 回謝하고 나서 돌아오는 길에 팔선녀와 만나는데, 그것이 집착이 되어 선방에 돌아와서까지 팔선녀로 인해 유가적 부귀와 불가적 적막의 사이를 오가며 방황한다. 드디어 목탁을 두드리며 지장보살을 念하는 가운데 부귀를 박차고 적막으로 되돌아오면서 꿈의 세계로 돌입하게 된다. 그러나 작자는 몽유록류의 설화와는 달리 현실과 꿈을 경계 짓지 않고 다음과 같이 표현하고 있다.

> 내가 출가한 지 10년에 일찍 반 점의 구차한 마음이 없었더니, 이제사 망념이 이렇듯 홀연히 생기니 어찌 내 앞길에 방해가 되지 않으리오 하고, 드디어 스스로 향을 피우고 방석에 꿇어 앉아 정신을 가다듬고 목의 염주를 굴려 조용히 일천불을 외우니, 홀연 어느 동자가 창 밖에 서서, 사형은 주무시는가 사부께서 부르신다 하는 것이 들리거늘, 성진이 크게 놀라 이르기를 깊은 밤에 사부께서 재촉하여 부르시니 반드시 까닭이 있음이라 하고, 동자와 함께 바삐 方丈을 찾아가니라24)

위의 방점 부분은 현실과 꿈의 세계가 혼합된 부분이며, 특히 △부분 '홀연 어느 동자가 창 밖에 서서 사형은 주무시는가 사부께서 부르신다 하는 것이 들리거늘'은 현실과 꿈의 경계 부분인 비몽사몽에 해당된다.

---

24) 我出家十年 曾無半點苟且之心矣 邪心忽發 今乃如此 豈不有妨於我之前程乎 遂自栴檀 趺坐蒲團 振刷精神 輪盡項珠 方靜念千佛矣 忽聞童子立窓外 呼之日 師兄着睡乎 師父命召之矣 性眞大愕日 深夜促召 必有故也 仍與童子 忙詣方丈 재구본, 170쪽.

그러나 위의 인용문에서와 같이 꿈이라는 직설적 언어의 표현이 없기 때문에, 독자들은 현실의 이야기가 그대로 이어지는 것으로 착각하게 된다. 그 후 전개되는 각종의 연애·기담·모험 등 다양한 장면 장면에서 양소유는 국가에 큰 공을 세우고 대승상 위국공의 지위에 오르고 은퇴하게 된다. 양승상은 그의 생일을 맞이하여 천자에게서 하사받은 종남산 취미궁에서 팔선녀와 가을 경치를 만끽하는 가운데, 머지않아 닥쳐올 죽음을 의식하면서 어느 노승(실은 육관대사)과 대화를 나누는 가운데 꿈에서 깨어나 성진으로 돌아오자 독자들은 기나긴 이야기가 꿈의 이야기였음을 비로소 깨닫게 된다.

양소유로부터 춘몽을 깨게 해 달라는 부탁을 받은 노승(육관대사)과 양소유의 사이에는 다음과 같은 대화가 전개된다.

호승이 가로되 이는 어렵지 아니하도다 하고, 손 가운데 錫杖을 높이 들어 난간을 크게 두어 번 치니, 홀연 네 산곡으로부터 흰 구름이 일어나 어지러이 날아 臺上에 끼이어 지척을 분별치 못하니, 태사 정신이 아득하여 마치 취몽 중에 있는 듯하다가, 오래게야 소리질러 이르기를, 스승은 어찌하여 정도로 소유를 인도치 아니하고 환술로 희롱하나이까. 말을 마치지 않아서 구름이 거두니 노승과 두 부인 여덟 낭자가 간 곳 없는지라. 정히 경황하여 자세히 본즉 높은 대와 많은 집이 모두가 없어지고, 제 몸을 돌아다보니 한 작은 암자 속의 한 포단 위에 앉았으되, 향로에 불은 이미 사라지고 달은 서쪽 봉우리에 있더라. 스스로 머리를 만져보니 머리털이 새로 깎은 듯 까칠까칠하고, 일백여덟날 염주는 이미 목에 드리워져 있어서 진실로 소화상의 몸이요 다시는 대승상의 위의 아니라. 정신이 황홀하고 가슴이 답답하여 오랜 후에 비로소 제 몸이 연화도량의 성

진행자인 줄 알더라.25)

위의 인용문에서 △부분은 기나긴 꿈의 이야기에서 현실로 되돌아
온 비몽사몽에 해당된다. 즉 꿈과 현실의 경계에서 '홀연 네 산곡으로
부터 구름이 일어나 臺上에 끼이어 지척을 분별치 못하니, 태사 정신
이 아득하여 마치 취몽 중에 있는 듯하다가 오래 되어 소리 질러 이르
기를, 스승은 어찌하여 정도로 소유를 인도치 아니하고 환술로 희롱하
나이까 말을 마치지 않아서 구름이 거두니'에서와 같이 그 중 '醉夢',
'幻術', '구름' 등이 암시하듯 비몽사몽의 예술적 형상화로 이루어졌음
을 알 수가 있다.

흔히 전대의 몽유록류에서 상투어로 이루어진 '俄成假寢 忽夢金氏
娘'(조신)이라는 구절이나 '遽然醒悟 乃一夢也'(안빙몽유록)라는 구절
과는 함께 논의될 수 없는 것이다. 즉 〈구운몽〉은 기나긴 꿈의 세계를
현실로 가장하여 독자에게 만끽시키다가, 위와 같은 현실과 꿈, 꿈과
현실의 경계를 직접적 언어로 표시하는 것이 아니라 예술적으로 형상
화함으로써 독자들로 하여금 비로소 현실의 세계를 착각한 것임을 인
지하게 한 것이다. 바로 여기서 우리는 작자의 뛰어난 창작력을 느끼
게 되는 것이다.

---

25) 丞相尙未醒昏夢矣 少游曰 師傅可能使少游大覺乎 胡僧曰 此不難矣 高擧手中錫杖
大叩欄干至再 遽有白雲亂起於四面山谷之間 陣陣飛來 環擁臺上 昏昏暗暗 尋丈不
卞丞相若在醉夢中矣 良久乃大聲疾呼曰 師傅不以正道指敎少游 乃以幻術相戲耶 言
未盡 雲氣盡捲 胡僧及兩夫人六娘子 皆無蹤跡矣 大警大惑 定晴詳視 則層樓複臺 踈
簾密箔 都不可見 而自顧其身 則獨在小庵中蒲團上火消香爐 月在西峰 自撫其頭 則
頭髮新剃 餘根鬆鬆 一百八顆念珠 已垂項前 眞是小和尙形摸 非復大丞相威儀 神精
惚惚 胸膈憧憧矣 旣久忽覺 其身是蓮花道場性眞小和尙也 재구본, 280쪽.

4. 환생의 도킹

성진이 용왕에게 회사하고 돌아오다가 팔선녀와의 수작하는데, 이 것이 원인이 되어 유가의 입신양명을 흠모하고 불가의 적막을 혐오하다가 마침내 지옥에 떨어져 양소유로 태어나는 소위 환생담은 다분히 중국의 <西遊記>에서 유래된 것이다.26)

성진이 지옥으로 떨어지는 장면과 양소유로 태어나는 장면이 교묘히 하나로 환생, 즉 도킹되는 장면은 작자의 뛰어난 창작력이 작용한 것이라는 데에 우리는 주목해야 할 것이다. 즉 지옥으로 떨어지는 장면과 양소유로 태어나는 장면이 각기 분리되어 이야기가 전개되어 오다가, 양소유가 환생되려는 찰나, 아무런 틈새를 남겨놓지 않고, 마치 두 우주선이 분리되어 각기 지구 외권을 돌아다니다가 결정된 시간에 하나로 도킹을 이루는 것처럼 하나의 환생으로 융합되는 것은 여간한 창작의 기술이 아닐 수가 없다는 것이다.

<구운몽>의 환생 이야기의 來源을 이룬 <서유기>의 당태종 재생담을 보면, 당태종이 그의 재상 魏懲이 涇河龍王을 참수하는 것을 막지 못한 일로 인해 지옥에 떨어졌다가, 염왕의 동정으로 지옥을 벗어나 염왕의 사신 朱太尉의 안내로 이승으로 빠져나오는 장면과, 궁중에서 당태종이 죽어 여러 날이 되었지만 다시 살아나기를 기대하는 장면 등 두 장면으로 이루어져 있다. 즉 전자의 장면 이야기에서 당태종이 渭水에 이르러 아름다운 금붕어 구경에 도취될 때, 주태위에 떠밀려 외치는 '幾乎淹死'27)(빠져 죽게 되는구나)와, 후자의 장면에서 궁중에

---

26) 정규복, 『구운몽 연구』, 288~292쪽.
27) <西遊記> 11회, 대만 世界書局, 71쪽.

있는 당태종의 시체가 살아나면서 외치는 '溺殺我耶 溺殺我耶'[28](나를 물에 **빠뜨려** 죽이누나)가 각기 분리되어 이루어졌을 뿐이니, 〈구운몽〉에서와 같이 두 장면이 도킹이나 융합은 아니라는 것이다.

〈구운몽〉에서는 성진이 지옥으로 추방되었다가 염왕의 동정으로 楊家의 양소유로 환생되는 장면과, 이와는 따로 楊家의 유부인이 나이 오십 후에 태기 있어 진통을 겪고 양처사가 출산을 돕기 위해 약탕관을 다리는 장면이 서술되는 가운데, 유부인이 한창 진통을 겪는 중에 성진이 사자의 인도로 楊家에 인도되어 그 문 앞에서 주저하다가 사자에 의해 떠밀리는 순간, '救我救我'라 외치는 것은 정말로 작자의 뛰어난 창작력이 아닐 수가 없다. 이 '救我救我'는 전언한 바와 같이 다분히 〈서유기〉의 '溺殺我耶 溺殺我耶'의 모방에서 이루어진 것으로 보이지만, 성진이 사자에 의해 떠밀려 놀라 소리치는 '나를 살려 달라'는 訓과, 성진이 양소유로 환생되는 신생아의 울음소리 '구아구아'의 의성어의 音이 멋지게 하나로 결합되어 폭발되는, 정말로 천재일우의 창작력이 아닐 수가 없다.

5. 환몽소설의 완성

1) 구성의 치밀

〈구운몽〉의 골격구조는 누누이 언급한 바와 같이 幻夢構造(fantasy structure)에 있다. 환몽 구조의 변별성은 꿈의 이야기이면서도 현실에

---

28) 위의 책, 71쪽.

서 입신양명과 부귀영화 등 향락적 대상이 갈망의 극에 치우친 나머지, 이것이 꿈속에서나마 구체적으로 실현되어 부귀영화를 만끽해 보았지만, 꿈에서 깨어나 현실로 환원되는 순간 일장춘몽임을 깨닫게 된다는 것이다. 말하자면 현세의 부귀와 영화가 모두 헛것임을 깨닫게 하는 데 있다.

이런 환몽 구조의 이야기는 동아시아 문화권의 보편적 구조로서 그 원천은 불경 『雜寶藏經』 <娑羅那比丘>에 있고, 이것이 중국에 들어와 唐代의 傳奇 <침중기> · <남가태수전> · <앵도청의> 등으로 성장하였으며, 이들 중국의 傳奇가 한국으로 유입되어 김만중의 <구운몽>으로 정착하게 되었다. 한편 <구운몽>은 일본으로 전하여져 明治시대에 小宮山天香의 <夢幻>으로 번안되었다.29)

그러나 우리가 주목하여야 할 일은, 이들 환몽 구조의 이야기가 인도에서 출발하여 중국을 거쳐 한국에서 정착되었다는 것을 통하여 확인할 수 있는 바와 같이 계속적으로 성장되어 왔다는 것이다. 인도의 <娑羅那比丘>는 다만 짧막한 교훈적 설화의 수준에 불과하지만, 이것의 영향으로 성립된 중국의 <침중기> · <남가태수전> · <앵도청의> 등은 중국소설사상 초기형 소설로 성장하였다는 것이다. 뿐만 아니라 중국의 <침중기> 등은 한국의 <구운몽>으로 이루어지게 할 때, 장편으로 내용과 형식의 조화를 이루는 大作으로 정착되었다는 것이다.30) 즉 인도의 <娑羅那比丘>나 중국의 <침중기> · <남가태수전> · <앵도청의> 등은 현실에서 꿈으로 이행되고 다시 꿈에서 현실로 환원되는 '현실→꿈→현실'의 구조에서 독자에게 현실과 꿈의 경계

---

29) 정규복, 『구운몽연구』, 265~277쪽.
30) 정규복, 「구운몽의 동아시아에서의 위상」, 『모산학연구』 6집, 모산학연구소, 1993.

를 알리고 있는 것이다.

　가령 <娑羅那比丘>의 경우, 주인공 사라나 비구가 입몽할 때는 '便爲現夢'으로, 다시 꿈에서 현실로 환원될 때는 '先聲而覺'[31]으로 표현되었고, 중국의 <침중기>의 주인공 盧生의 경우에는 '目昏思寢' '欠伸而悟'[32]로, <남가태수전>에서는 '倦解巾就枕' '披閱窮跡 皆符所夢'[33]으로, <앵도청의>에서는, '倦寢夢至精舍門' '忽然夢覺'[34] 등으로 표시되어 있다.

　이와 같은 입몽과 각몽의 과정에서 夢과 覺의 글자를 빌어 표현하는 것은 하나의 설화 수준이지, 예술 작품의 수준은 아니라는 것이다. 그러나 <구운몽>에 이르러서는 이미 3장 '현실과 꿈의 일직선'에서 언급한 바와 같이, 현실과 꿈의 경계를 일직선으로 이루어 꿈의 이야기임을 깊이 감추어 두었다가, 꿈에서 현실로 환원될 때 비로소 꿈 이야기임을 독자로 하여금 깨닫게 하는 오묘한 창작력이 작용했다. 바로 여기에서 우리는 작자 김만중의 뛰어난 미학을 엿볼 수가 있는 것이다.

2) 사상의 완숙

　환몽소설의 시발인 <娑羅那比丘>는 불교를 포교하는 전교적 수준의 교훈 설화에 불과하다는 것을 누누이 언급한 바 있다. <娑羅那比丘>의 주인공 사라나가 왕자로 있다가 출가, 비구의 신분으로 미녀들

---

31) 『大正大藏經』 제4권, 本緣部 下 雜寶藏經, 459쪽.
32) 『唐人傳奇小說集』 2권, 대만 世界書局, 37~38쪽.
33) 위의 책, 90쪽.
34) 위의 책, 40~41쪽.

에게 설법한 것에 질투를 느낀 惡生王이 사라나에게 모진 구타를 가한다. 사라나는 구타를 당하자 과거 왕자의 신분이었음을 생각하여 和尙을 찾아가 환속하여 악생왕에 복수할 것을 제언한다. 그러나 사라나는 그날 꿈속에서 악생왕과의 격투 끝에 오히려 살해될 찰나에 꿈에서 깨어나 모든 生死鬪戰은 都無有勝임을 깨닫고, 복수를 포기하고 불도에 더욱 힘써 阿羅漢이 되었다는 불교적 교훈을 담고 있다.

중국의 <침중기>·<남가태수전>·<앵도청의> 등은 <사라나비구>의 영향으로 성립되었지만, <침중기>와 <남가태수전>은 다분히 도가사상으로 점철되어 있다. 즉 <침중기>의 주인공 盧生은 과거에 여러 번 낙방하고 呂翁이 준 베개를 베고 자다가 꿈에서 깨어나자 인생의 寵辱·窮達·得喪·死生이 결국 한갓 일장춘몽임을 깨닫고 어디론지 사라져 버린다는 데서 다분히 도가적임을 엿볼 수가 있다.

<남가태수전>의 주인공 淳于棼도 마찬가지다. 순우분의 내력에 대하여는 분명치 않으나, 그가 槐安國의 화려한 꿈을 꾸고 나서, 南柯의 浮虛를 깨닫고 도문에 귀의하였다는 것을 통해 역시 작자 李公佐의 강한 도가적 접근을 엿볼 수가 있다.

이와 달리 <앵도청의>는 철저하게 불가의 이야기로 엮여져 있다. <앵도청의>의 주인공 盧生이 가난한 서생으로서 어느 날 精舍에서 불경의 강론을 듣다가 잠이 들어, 꿈에 입신양명을 마음껏 경험하고 꿈에서 깨어나자 일장춘몽임을 깨닫고 불도에 귀의하였다는 것에서 우리는 역시 작자의 강한 전교 의식을 엿볼 수가 있는 것이다.

위와 같이 인도의 <娑羅那比丘>, 중국의 <침중기>·<남가태수전>·<앵도청의> 등에서 우리는 불교 내지 도교의 외골 성향을 인지할 수가 있다. 『唐人傳奇小說集』의 <침중기>·<남가태수전>·<앵

도청의〉 등에 대한 다음과 같은 해설문은, 이를 더욱 밑받침해주고
있다.

> 생각건대 당나라 때 불교와 도교사상이 사류들에게 널리 퍼진 고로
> 문학이 그 감화를 받게 된 글들이 많이 이루어졌다. 즉 짧은 꿈속에서
> 홀연히 한 생을 보게 되는데, 영화와 쇠퇴, 슬픔과 기쁨 등이 순간순간
> 다한다.[35]

〈구운몽〉은 위의 〈娑羅那比丘〉를 위시한 〈침중기〉·〈남가태수
전〉·〈앵도청의〉 등 짧은 이야기가 훨씬 다양화되면서 길어지는 가
운데 사상에 있어서도 불가 아니면 도가의 단조로운 반영인 것과는 달
리, 유·불·도 등 동양의 삼교가 골고루 배경이 되면서 근원적으로는
불가의 고도한 空觀에 의해 재구된 것이다. 말하자면 동양의 근저사상
인 유·불·도 삼교가 모두 흡수 수용되면서 이들 삼교가 관통되는 空
觀으로 재구된 것이다. 〈구운몽〉의 주인공 성진은 그 신분이 불승이
며, 그를 이끄는 육관대사 역시 고승이라는 점에서 〈구운몽〉의 골격
의 사상적 배경은 불교임을 알겠지만, 여기에 위부인과 팔선녀는 도교
적 존재로 설정되어 있으며, 성진의 환생인 양소유의 입신양명과 부귀
공명의 삶은 유가에 속한 것이다.

그렇지만 이들 유가·불가·도가 삼교가 〈구운몽〉의 전체적 구도
밑에 아무런 차질 없이 질서정연하게 이야기가 짜여 있는 것은 확실히
'사상의 화합'[36]에 속한다. 스코트가 게일의 〈구운몽〉 영역본의 해제

---

35) 又按唐時佛道思想 遍播士類 故文學受感化 篇代尤多 本文於短夢中忽歷一生 其間
　　榮悴悲懽 刹那而盡. 『唐人傳奇小說集』, 대만 世界書局, 39쪽.
36) 일찍이 〈구운몽〉에 반영된 유·불·도 삼교화합설을 주창한 주왕산의 언급(『조선고

에서 '유가·불가·도가의 사상이 이야기를 두루 하여 섞여 있다.'[37]고 한 것은 이런 차원에서 이해되어야 할 것이다.

<구운몽>에 반영된 유·불·도 삼교는 모두가 동양사상의 근저의 하나를 담당하는 역할로서, 이들을 불가의 이야기 밑에 하나의 것에 치우치지 않고 삼교를 버무려서 하나의 大成을 이루어 놓은 것이『금강경』이 바탕이 된 空觀이 아닌가 싶다. 작자 김만중은 당시 편협한 유가사상 일변도에서 탈출하여 儒佛의 同異는 물론, 산수·율려·천문·지리 등 소위 잡학에까지도 통달한 박학자인 동시에 자유주의적 성향이 강한 근대적 의식의 소유자라고 생각된다.

그러므로 <구운몽>에 반영된 사상은 유·불·도 어느 하나에 매어 있지 않고, 동양의 유·불·도 삼교를 하나로 버무려 통합시킨 것이 불가의 空觀일 수밖에 없지 않은가 생각된다. 말하자면 <구운몽>에 결론적으로 도출된 불가의 空觀은 이를 불가 일변도로 보기보다는, 누누이 언급했지만 유·불·도가 부정된 것이 아니라 이들이 지양되어 도출된 것이 불가의 空觀이라 보아야 할 것이다.

이를 밑받침해 주는 것으로는, 역시 스코트가 <구운몽> 영역본 해제에서 "<구운몽>은 우리로 하여금 중국혼의 내재적 침실을 들여다보게 하는 감정과 열망과 사상의 기록이며, 동양인들이 우주의 신비뿐만 아니라, 지상의 것에 대하여 느끼고 생각하게 하는 계시이며, 아울러 극동의 지식을 이해하도록 도와주고 있다"[38]는 언급이 그대로 적

대소설사』, 168쪽)은 삼교를 꿰뚫은 불가의 空觀을 놓친 표현이지만, <구운몽>의 배경에 있어서는 삼교가 골고루 균형을 유지하고 있음은 틀림없다.

37) 앞의 책 영역본, 13쪽, 주석 15번 참조.

38) It is a record of emotions, aspirations and ideas which enables us to look into the innermost chambers of the Chinese soul. "The Cloud Dream of the Nine" is

용되리라 본다.

그러므로 〈구운몽〉이야말로 환몽 구조의 소설로서, 인도의 〈娑羅那比丘〉를 시발로 하여 이루어진 것이 중국의 〈침중기〉·〈남가태수전〉·〈앵도청의〉 등으로 성장되었다가, 이것들이 결국 한국의 〈구운몽〉으로 구성 면에서나 사상 면에서 통합되어 大作으로 정착된 것이라고 할 수 있다. 바로 이것이 〈구운몽〉이 동아시아 문화권에서 지니고 있는 창작적 미학이며 비교문학적 의의라고 생각된다.

6. 마무리

지금까지 〈구운몽〉의 문예미학적 문제에 대해 사상과 주제, 현실과 꿈, 환생의 문제, 동아시아 문화권에서의 환몽 구조 소설로서의 위치 등 네 가지로 나누어 살폈다. 그 내용을 간추리면 다음과 같다.

첫째, 사상과 주제에 있어서는 작자들의 창작력의 미숙으로 인해 흔히 범하기 쉬운 형식과 내용의 분리에서 벗어나, 사상과 주제를 교묘히 결합시켜 조화를 이루게 함으로써 내용이 형식이 되고 형식이 내용을 이룰 수 있도록, 문자 그대로 형식과 내용이 하나가 되게 하였다는 것이다. 즉, 〈구운몽〉은 『금강경』이 바탕된 空觀의 사상을 그대로 주제가 되게 하였다는 것이다.

둘째, 현실과 꿈의 관계에 있어서는 흔히 몽유록류가 입몽과 각몽

---

a revelation of what the Oriental thinks and feels not only about things of the earth but about the hidden things of the Universe. It helps us towards a comprehensible knowledge of the Far East. 영역본, 9쪽.

과정에서 꿈임을 직설적으로 알리는 것과는 달리, <구운몽>에서는 성진의 현실이야기가 양소유의 꿈 이야기로 일직선으로 연결되어 독자로 하여금 꿈 이야기를 현실의 이야기로 착각하게 했다가, 종결에 가서 현실로 되돌아올 때, 비로소 꿈 이야기임을 알게 한다. 바로 이런 점에서 우리는 작자의 근대적 창작력을 엿볼 수가 있다는 것이다. 이 같은 현실과 꿈의 일직선은 『삼국유사』의 <調信>과 <구운몽>이 아울러 소재가 되었다고 보이는 이광수의 『꿈』에서도 엿볼 수 있음은 주목해야 할 일이다.

셋째, 성진이 풍도로 인도됐다가 염왕의 동정을 받고 양소유로 환생하는 장면은 그 來源이 <서유기>의 당태종이 지부로 떨어졌다가 염왕의 동정을 받고 환생되는 장면에 있다. 하지만 <구운몽>의 양소유의 환생은 성진이 풍도로 떨어졌다가 사자에 의해 楊家로 인도되는 장면과 양가에서 유부인의 진통 장면을 일원화하여, '救我救我'라는 신생아의 울음소리의 音과 성진이 양가로 사자에 의해 떠밀릴 때 놀라 '나를 살려 달라'라고 말한 訓을 교묘히 폭발시키는 장면은 작자의 뛰어난 근대적 창작이 아닐 수가 없다는 것이다.

넷째, <구운몽>의 '환몽 구조'의 이야기는 그 원천이 인도의 <娑羅那比丘>를 시발로 하여 중국의 <枕中記>·<南柯太守傳>·<櫻桃靑衣> 등을 거쳐 한국의 <구운몽>으로 정착된 것이다. 그런데 이들 '환몽 구조'의 이야기에 있어 형식인 구성 면과 내용인 사상 면에서 인도의 <娑羅那比丘>와 중국의 <침중기>·<남가태수전>·<앵도청의> 등은 입몽과 각몽 과정에서 꿈 이야기임을 독자에게 제시하는 설화의 경지에 머물러 있으나, <구운몽>은 입몽 과정에서 꿈 이야기임을 나타내는 부분을 제거시켜 현실과 꿈을 일직선으로 연결시켰다. 또

한 사상 면에서도 전자의 작품들이 불교 혹은 도교 등 하나의 사상성
으로 고정되어 역시 단조로운 설화의 경지를 벗어날 수 없으나, 〈구운
몽〉에 이르러서는 유·불·도 삼교를 골고루 균형 있게 유지하면서도
끝내는 동양사상의 근저로 보이는 불교의 空觀으로 끌고 간 것은 역시
작자의 뛰어난 창의력임을 주목하지 않을 수가 없다.

　말하자면 〈구운몽〉은 한국의 지역성을 떠나 동양인이면 누구나 공
감하는 철저한 동양인의 정서와 사상을 만끽하게 하는 寶庫라고 결론
짓고 싶다. 일찍이 스코트가 '〈구운몽〉을 깊이 감상하고자 하면 모든
서양의 도덕적 관념을 떠나야 한다'[39]라고 한 것도 이런 차원에서 이
해되어야 할 것이다.

---

39) The reader must lay aside all Western notions of morality if he would thoroughly
　　enjoy this book. 영역본, 9쪽.

찾아보기

정규복

1927년 서울 출생
아호 石軒

성균관대학교 국어국문학과 졸업
고려대학교 대학원 문학석사·문학박사
國立臺灣師範大學 中文研究所 修學
프랑스 College de France와 파리 7대학 초빙교수
계명대학교 국어국문학과 교수
고려대학교 국어국문학과 교수

현재 고려대학교 명예교수
　　　중국 연변대학 명예교수
　　　東方文學比較硏究會 명예회장

저서
구운몽 연구, 고려대학교 출판부, 1974.
구운몽 원전의 연구, 일지사, 1977.
한중문학비교의 연구, 고려대학교 출판부, 1987.
한국고전문학의 원전비평적 연구, 고려대학교 민족문화연구원, 1992.
한국고소설사의 연구, 한국연구원, 1992.
한국문학과 중국문학(증보판), 국학자료원, 2001.

산문집
인생송가, 나남, 1982.
생명의 畏敬, 국학자료원, 2001.
찰나와 영겁, 국학자료원, 2003.
바람 따라 물 흐르듯, 좋은수필사, 2009.

석헌 정규복 총서 1

구운몽 연구

2010년 2월 25일 초판 1쇄 펴냄

저 자 정규복
발행인 김흥국
발행처 도서출판 보고사

등록 1990년 12월 13일 제6-0429호
주소 서울특별시 성북구 보문동7가 11번지 2층
전화 922-5120~1(편집), 922-2246(영업)
팩스 922-6990
메일 kanapub3@chol.com
http://www.bogosabooks.co.kr

ISBN 978-89-8433-751-0
       978-89-8433-750-3 (전8권)

정가 35,000원